文学美育

美

WENXUE MEIYU

主　编　杨海燕
副主编　徐爱梅　栾　妮

山东大学出版社
SHANDONG UNIVERSITY PRESS
·济南·

图书在版编目（CIP）数据

文学美育 / 杨海燕主编. -- 济南 : 山东大学出版社, 2024. 11

ISBN 978-7-5607-8138-9

Ⅰ. ①文… Ⅱ. ①杨… Ⅲ. ①文学欣赏－世界－高等学校－教材 Ⅳ. ①I106

中国国家版本馆 CIP 数据核字（2024）第 029609 号

责任编辑 张铭芳
封面设计 张 荔

文 学 美 育
WENXUE MEIYU

出版发行 山东大学出版社
社　　址 山东省济南市山大南路 20 号
邮政编码 250100
发行热线 （0531）88363008
经　　销 新华书店
印　　刷 山东新华印务有限公司
规　　格 787 毫米×1092 毫米 1/16
　　　　 25.75 印张 552 千字
版　　次 2024 年 11 月第 1 版
印　　次 2024 年 11 月第 1 次印刷
定　　价 66.00 元

编辑委员会

前　言

当前我国的高等教育方针强调构建德智体美劳全面培养的教育体系，并要求进一步强化学校美育育人功能。本教材立足于这一时代语境，尝试将对古今中外优秀文学作品的审美欣赏，作为高校实施美育的一种具体方式和途径。

美育是审美教育（aesthetic education）的简称，是以正确审美观和敏锐审美能力的培养为核心的素质教育，其最终目标是引导受教育者由领悟美、欣赏美、追求美而养成健全的人格。

文学是以语言为传达媒介的艺术样式，既与其他艺术样式，如音乐、绘画、舞蹈、影视、雕塑、建筑等，有共同的性质和密切的联系，又有自身明显的特性。通过文学欣赏来实施美育（即文学美育），是艺术教育的有机组成部分。

本教材最大的特色便是将文学和美育结合起来，以文学为手段，以美育为旨归，以文学的方式普及美育，以美育的体系架构文学。

文学中蕴含着丰富的美育资源。首先，文学是人学，文学的世界是与人相关的世界，与人相关的世界便是与美相关的世界。大自然的美、生活的美、人文的美、艺术的美等，无不被文学包容和体现。其次，文学作品本身就是作家创造性劳动的产物，是美的物化形态与集中体现，其自身便呈现着多姿多彩的美的类型和风格。最后，优秀的文学是人类高尚情感的结晶，以美的形式表达着对美好人格、美好生活、美好社会、美好世界的向往和追求，是真善美的高度统一。因此，通过文学实施美育，具有充分的可行性和极大的包容性。

基于文学和美育的多重关系，本教材筛选提炼出适宜文学表现且重要的十四个美育相关主题，其中第一讲至第七讲涉及审美领域，第八讲至第十三讲涉及审美范畴，第十四讲涉及审美人生。每讲精选古今中外文学经典，以呈现相应的美育主题。需要说明的是，除了诗歌、散文、小说、戏剧这些基本文学文体之外，本教材还选用了书信、传记及一些专业性较强的理论文章，虽然溢出了“纯文学”的范畴，但从本质上说，它们同样也以语言文字的形式呈现内容、表现思想，且语言成就很高，因此依然可以归属于文学。另外，由于教学的需要，部分课文较原文有所删改。

编写体例方面，通过“概说＋选文＋阅读提示＋思考与练习”的方式，促进学生全方位感受文学之美，领悟美育之识，思考人生之道。每讲前有概说，帮助学生从宏观上了解相关美育知识，并从整体上掌握本讲选文和相应美育主题之间的关系。每篇课文后有阅读提示，引导学生从微观上理解课文所呈现的美育内容及艺术特色。课文后辅以思考与练习，题目并不局限于课文本身，目的为推动学生进行文学或美育相关主题的课外阅读和延伸思考。

每讲课文的编排，基本按先中后外、先古后今的顺序排列。但第八讲至第十二讲中，每讲包含两种审美范畴，因此课文按不同审美范畴排列。

本教材为山东大学2021年度精品教材建设项目、2020年度山东大学文学院重大科研项目的研究成果，并入选山东大学2022年度高质量教材出版专项。美学专家程相占教授为本教材学术顾问，程教授不仅提出了以文学实施美育的教材写作创意，也对教材的整体架构及具体编写提出了很多宝贵意见。本书主编杨海燕负责整体策划和具体组织工作，并审阅和修订全稿。栾妮和徐爱梅负责审阅了部分书稿。全书编写的具体分工为：栾妮负责第一讲、第二讲，赵焕祯负责第三讲、第四讲，孙丽华负责第五讲、第六讲，杨海燕负责第七讲、第八讲、第十一讲，徐爱梅负责第九讲、第十讲、第十二讲，王江、杨海燕负责第十三讲、第十四讲。

本教材在编写过程中参考借鉴了一些美学及美育领域的成果资料，如叶朗《美学原理》、曾繁仁《美育十五讲》等，在此一并致谢。

本书编写组

2023年12月5日

目　录

第一讲　自然之美　1
赠兄秀才入军（其十四）/嵇康　5
游斜川（并序）/陶渊明　6
蝉/虞世南　8
溪居/柳宗元　9
山园小梅二首/林逋　10
苏幕遮/梅尧臣　12
题龙阳县青草湖/唐珙　13
萤火/赵执信　14
三峡/郦道元　15
大地上的事情（节选）/苇岸　17
致云雀（节选）/雪莱　19
天鹅（节选）/布封　22
尼亚加拉大瀑布/狄更斯　24
树林和草原（节选）/屠格涅夫　27

第二讲　生态之美　31
一个消逝了的山村（节选）/冯至　35
咏水仙/华兹华斯　38
论自然（节选）/爱默生　40
漫步/梭罗　42
林中小溪/普利什文　46
像山那样思考/利奥波德　49

白鲸（节选）/赫尔曼·梅尔维尔 52
野性的呼唤（节选）/杰克·伦敦 55

第三讲　形神之美 59
硕人/《诗经》 62
简兮/《诗经》 63
娇女诗/左思 64
世说新语（十则）/刘义庆 66
浮生六记（节选）/沈复 68
边城（节选）/沈从文 71
呼兰河传（节选）/萧红 73
她走在美的光彩中/拜伦 76
复活（节选）/列夫·托尔斯泰 77
飘（节选）/马格丽泰·密西尔 80

第四讲　情感之美 83
溱洧/《诗经》 86
湘夫人/屈原 87
行行重行行/《古诗十九首》 89
叙旧赠江阳宰陆调/李白 90
酬乐天频梦微之/元稹 92
无题·昨夜星辰昨夜风/李商隐 93
鹧鸪天·壮岁旌旗拥万夫/辛弃疾 94
祭石曼卿文/欧阳修 95
先妣事略/归有光 97
伊底眼/汪静之 99
赞美/穆旦 100
谈交友/朱光潜 104
我与地坛（节选）/史铁生 108

白朗宁夫人抒情十四行诗二首/白朗宁夫人 111

第五讲 思想之美 113

老子（三章）/老子 116

论语（十则）/《论语》 117

宋诗四首/黄庭坚等 119

过客/鲁迅 121

哲学的魅力（节选）/周国平 126

理想国（节选）/柏拉图 130

论学究式教育（节选）/蒙田 134

爱弥儿（节选）/卢梭 138

如何避免愚蠢的见识/罗素 141

论读书/萨特 143

第六讲 生活之美 147

女曰鸡鸣/《诗经》 149

西湖七月半/张岱 150

睡/李渔 152

乌篷船/周作人 155

市声拾趣/张恨水 157

清明/丰子恺 159

蹓跶/王力 161

我读一本小书同时又读一本大书（节选）/沈从文 164

放风筝/梁实秋 167

更衣记/张爱玲 171

故乡的吃食/迟子建 177

第七讲 艺术之美 181

道、舞、空白：中国艺术意境结构的特点（节选）/宗白华 183

"月朦胧，鸟朦胧，帘卷海棠红" /朱自清 191
水墨文字/冯骥才 192
圣母院（节选）/维克多·雨果 198
论贝多芬/科尔曼 203

第八讲　优美与崇高 207
西洲曲/《乐府诗集》 210
破阵子/晏殊 211
春底林野/许地山 213
笑/冰心 214
第一次的茉莉/泰戈尔 216
静/蒲宁 217
我善养吾浩然之气/孟子 222
六月二十日夜渡海/苏轼 223
渔家傲/李清照 225
正气歌/文天祥 226
浮士德（节选）/歌德 229
他是我们的良知（节选）/罗曼·罗兰 235

第九讲　悲剧与喜剧 239
赵氏孤儿（节选）/纪君祥 243
痴公子杜撰芙蓉诔（节选）/曹雪芹 248
哈姆莱特（节选）/莎士比亚 252
木母同降怪体真（节选）/吴承恩 254
骇人的风车奇险（节选）/塞万提斯 258
钦差大臣（节选）/果戈里 260

第十讲　丑与荒诞 265
枯树/韩愈 269

西门庆热结十兄弟（节选）／兰陵笑笑生 270
生死疲劳（节选）／莫言 274
局外人（节选）／加缪 276
变形记（节选）／卡夫卡 279
等待戈多（节选）／萨缪尔·贝克特 282
第二十二条军规（节选）／约瑟夫·海勒 288

第十一讲　幽默与讽刺 291
饮中八仙歌／杜甫 295
跑警报——昆明忆旧之四／汪曾祺 297
幽默的境界／余光中 302
我为什么要写作／王小波 305
蝜蝂传／柳宗元 308
匡超人高兴长安道（节选）／吴敬梓 309
围城（节选）／钱锺书 314
午餐／毛姆 318

第十二讲　沉郁与飘逸 323
黍离／《诗经》 326
短歌行／曹操 327
登高／杜甫 328
关山月／陆游 329
苏武传（节选）／班固 331
与妻书／林觉民 337
拟挽歌辞（其三）／陶渊明 339
古风·齐有倜傥生／李白 340
定风波／苏轼 341
黄英／蒲松龄 343

第十三讲　空灵之美 349
过瞿溪石室饭僧/谢灵运 352
春江花月夜/张若虚 354
竹里馆/王维 356
题崇福寺禅院/崔峒 357
垂虹亭/王安石 358
泊汉江望黄鹤楼/张居正 359
印象/戴望舒 360
雨后/孔孚 361
倒影/李瑛 362
读山/贾平凹 364
雪国（节选）/川端康成 367

第十四讲　人生境界 373
子路、曾皙、冉有、公西华侍坐章/《论语》 377
逍遥游（节选）/庄子 379
宝绘堂记/苏轼 382
颂平常心是道/无门慧开禅师 385
泰山高次王内翰司献韵/王守仁 386
人生的境界/冯友兰 388
诗化人生/王兆胜 391
从彼得堡到莫斯科旅行记（节选）/拉吉舍夫 393
我的世界观/爱因斯坦 397

第一讲

自然之美

自然之美泛指天空、大地、水体、日月星辰、花草树木、鸟兽虫鱼等自然事物中蕴含的美。

自然是人类赖以繁衍生息的所在，自然也赋予了人类最早的美学体验。自然美是美学最基础的形式之一，或者说美学正是在人类漫长的对自然的审美实践中形成和发展的。

自然在中国传统文化中很早就获得了很多关注，但是中国古代先哲一开始并没有直接探讨自然美，他们最初关注的是自然本身。

中国文化的自然观最先来自道家。《老子·第二十五章》中说："人法地，地法天，天法道，道法自然。"老子把自然置于首位，认为它是万物（包括人）运行的根本。道家的另一个重要代表人物庄子也说："天地有大美而不言，四时有明法而不议，万物有成理而不说。"（《庄子·外篇·知北游》）意思是：大道主宰宇宙万物的变化，世间的一切都自然而然地发生。但不管是老子还是庄子，道家所讲的"自然"都是"自己如此""自己而然"之意。

儒家自孔子始，更偏于探讨自然与人之间的关系。《论语·雍也》里说："知者乐水，仁者乐山；知者动，仁者静；知者乐，仁者寿。""仁"和"知"都属于道德范畴，以自然现象为人的品质、思想的表征，将美与真、善联系起来。这一观点成为中国文化中自然观的又一重要内容，搭建了中国文化中人与自然关系的框架。这以后，历代文人都依循着这一框架不断阐释，强调人要在自然中实现由沉浸感悟到提升完善的修身之路。比如唐代张九龄的《感遇·其一》以春兰、秋桂自比，感悟了洁身自好的操守和恬淡超脱的襟怀；清代赵执信的《萤火》中描绘的萤火虫生活环境艰苦，但仍具有自我牺牲的高尚品质，这也正是诗人从大自然中体悟到的自我激励。这些文学作品都是对孔子"知者乐水，仁者乐山"思想的进一步发挥。

儒道两家的自然观有差别也有共性，都有人与自然和谐共处、"天人合一"的观念，这对中国文学有极大影响。这种观念源于东晋陶渊明和南北朝的谢灵运，而唐代王维、孟浩然等的山水田园诗就是"天人合一"思想在文学中最好的体现。文人往往以自然山水或农村自然景物、田园生活为吟咏对象，把细腻的笔触投向静谧的山林、悠闲的田野，创造出一种田园牧歌式的生活。如柳宗元的《溪居》、常建的《题破山寺后禅院》等。

自然成为独立的欣赏对象和艺术表现对象，是从魏晋时期开始的。自然赋予魏晋艺术家以极大灵感。群贤毕至，列坐咏诗，作歌相和，一觞一咏，正是魏晋名士风雅盛会之景。天地日月、山川河流，莫不给予酒兴诗兴正浓的文人墨客们以素材与想象，王羲之即兴而作《兰亭集序》："仰观宇宙之大，俯察品类之盛，所以游目骋怀，足以极视听之娱，信可乐也。"魏晋艺术寄情山水的思路，大大开拓了中国文学的新天地。

在中国文化中，对自然美的体认大致经历了致用、比德和畅神三个阶段。早期以自然的实用功能为美，处于自然美的致用阶段，比如《诗经》里很多的农事诗，都愉悦地歌颂了春耕秋收、酿酒打猎等农事活动，因为在我们的祖先看来，这些都是大自然的馈赠，神奇而美好。儒家用道德探讨美，以自然山水的某些形态特征与人的品格道德相比拟，极力借自然的感性之美强化人格中的理性内容，属于比德层面。比如虞世南的《蝉》，从蝉的叫声解读出高洁清远的人格感悟。畅神的艺术实践始于魏晋，理论则稍晚，出于南朝的宗炳。宗炳在他的《画山水序》中云："夫圣人以神法道，而圣者通；山水以形媚道，而仁者乐。"在他看来，流泉飞瀑、茂林修竹、飞鸟游鱼唤起的不仅是取譬象征的比德，人类才是审美的主体。在自然山水的游乐场中，获得生命的激情和超然的心境，在自然山水中寻找到与人的内在心灵性情相通的精髓所在，使心灵在自然山水中获得完全的舒展自由。宗炳将儒家和道家对自然的观点融会贯通，将画家的思想境界提升到了哲学的高度。贺铸的《钓船归》描绘自己在如画的春景中物我两忘的悠然和超脱之情，就是对这一理论的完美表现。

之后，对中国文学影响颇深的禅宗文化也正是佛教从儒道文化汲取自然观后，才渐渐趋于中国化的。王维的诗歌最有代表性，他将自己领悟到的佛教禅宗思想融入创作之中，使他的山水田园诗蕴含着一种空灵之美、空明之境，禅与美有机结合，出神入化。比如《终南别业》中的"行到水穷处，坐看云起时"，《竹里馆》中的"深林人不知，明月来相照"等。儒道在大自然中修治身心的部分与佛教摒弃物欲情欲的出世倾向颇有契合。

不同的社会生产方式，往往会铸就不同的人与自然的关系。人与自然关系的特性，则直接决定了人对自然美的认识和对自然价值的判断。

在西方，古希腊文明是一种主要靠航海贸易兴起的文明。商业贸易靠商人的四处游走完成。它和农业生产的最大差异，就是无法固着于同一片土地，无法和周围的自然环境建立稳固的关系。同时，它的财富不是从自然中直接获取的，而是靠人的智慧和勤劳在商业交换中获得。这种商业主导的生产方式，注定了古希腊人对自然缺乏感情，而是将人自身的力量作为肯定和赞美的对象。从《奥德赛》中与惊涛骇浪搏斗的奥德修斯，到《被缚的普罗米修斯》中为人类盗火的普罗米修斯，再到《西西弗神话》中日复一日推石上山的西西弗，无不歌颂了人类征服自然的决心和毅力。

十七、十八世纪，伴随着工业革命所带来的科学技术的突飞猛进，西方人的自信更是不断膨胀。他们自诩为"宇宙之王"，征服自然的野心达到了巅峰。杰克·伦敦的《热爱生命》里淘金者靠智慧和力量走出了人迹罕至的荒原，赫尔曼·梅尔维尔的《白鲸》里船长为了追逐并杀死白鲸，最终与白鲸同归于尽。

与西方文化更多地将人与自然分开，强调人类对自然的征服与改造的"二元对立"论不同，中国文化则将人与自然统一起来，强调人类顺应自然、与自然和谐共处的"一元论"。

造成中西方文化自然审美差别的原因是什么呢？中国社会之所以会形成顺应自然的价值观念，与古代中国农耕社会的形态对自然的依赖以及古老中国"天人合一"的宇宙观有关。对中国人来说，土地是农业人口最重要的财富，也是获得生活资料的主要来源。人生于斯又葬于斯，土地是生的起点也是死的归宿，这种人与土地的紧密关系铸就了中国人对于土地和自然永难割舍的亲切情感。因此，在中国古典美学中，对田园自然风物的歌咏和怀恋，对远方瑰丽世界的惆怅和诗意畅想，对大地纵深的山林之美的好奇与想象，对身边一花一草一木的细腻品味，几乎主宰了中国人的情感世界。

但不管是中国自然观中对于自然的顺应、对自我的体察，还是西方自然观对于自然的挑战、对于自然的抗争，其实背后都是对人类自我生命的认知和超越，这反映了人类突破自我、超越自我的渴望。我们体味自然之美，其实也是从自然转向生命的寻理之道。

赠兄秀才入军①（其十四）

稽　康②

息徒兰圃③，秣马华山④。
流磻平皋⑤，垂纶长川⑥。
目送归鸿，手挥五弦。
俯仰自得，游心太玄⑦。
嘉彼钓叟，得鱼忘筌⑧。
郢人逝矣⑨，谁与尽言。

选自孟泽注译：《嵇康集》，岳麓书社2021年版。

阅读提示：

诗人根据想象描绘了哥哥嵇喜行军之暇领略山水乐趣的情景：他将在长满兰草的野地上休息，在鲜花盛开的山坡上喂马，在草地上弋鸟，在长河里钓鱼。一边若有所思地目送南归的鸿雁，一边信手抚弹五弦琴。他的心神游于天地自然之中，随时随地都对自然之道有所领悟。显然，这里与其说是书写了征人生活，不如说是抒写了诗人自己纵心自然的理想和追求。诗中“目送归鸿，手挥五弦”二句最为后人所称道。它通过两个同时进行的不同动作，巧妙地描绘出虚静澄明、物我两忘的精神状态，以凝练的语言传达出一种悠然自得、与造化相侔的哲理境界。

思考与练习：

诗的最后，诗人用《庄子》中郢人“匠石”的典故来表达自己什么样的心情？

---

① 《赠兄秀才入军》是嵇康所写的一组四言古诗，一共十八首，是其为送别哥哥嵇喜参军而作。

② 嵇康（224—263）：字叔夜，三国时期曹魏著名的文学家、思想家、音乐家。

③ 兰圃：长有兰草的野地。

④ 秣马：饲马。

⑤ 磻（bō）：古代一种射鸟的工具，在系箭的丝绳上加系石块。皋：沼泽地。

⑥ 纶：指钓丝。

⑦ 太玄：“太”亦作“泰”。李善注：“泰玄，谓道也。”指古代道家之道。“游心太玄”，是说心中对于道有所领会。

⑧ 筌：捕鱼竹器名。

⑨ 郢：古地名，春秋时楚国的都城。《庄子·杂篇·徐无鬼》中有一个寓言，是关于一个楚国人和一个匠人配合默契的故事。这个寓言是庄子在惠施墓前对人说的，表示惠施死后再没有可以谈论的对手。这二句的意思是：像郢人死后，匠人再也找不到与他配合默契的人一样，嵇喜如对自然大道有所领会，在军中也难得知己。

游斜川（并序）

陶渊明①

辛酉正月五日，天气澄和②，风物闲美③。与二三邻曲④，同游斜川⑤。临长流⑥，望曾城⑦，鲂鲤跃鳞于将夕，水鸥乘和以翻飞。彼南阜者⑧，名实旧矣，不复乃为嗟叹。若夫曾城，傍无依接⑨，独秀中皋⑩。遥想灵山⑪，有爱嘉名⑫。欣对⑬不足，率尔赋诗。悲日月之遂往，悼吾年之不留。各疏年纪乡里⑭，以记其时日。

开岁倏五十⑮，吾生行归休。
念之动中怀，及辰为兹游⑯。
气和天惟澄，班坐依远流⑰。
弱湍驰文鲂⑱，闲谷矫鸣鸥⑲。
迥泽散游目⑳，缅然睇曾丘㉑。
虽微九重秀㉒，顾瞻无匹俦㉓。

---

① 陶渊明（约365—427）：字元亮，晚年更名潜，字渊明。东晋末年杰出的诗人、辞赋家、散文家，被誉为“隐逸诗人之宗”“田园诗派之鼻祖”。代表作品有《饮酒》《桃花源记》《归去来兮辞》《五柳先生传》等。

② 澄和：清朗和暖。

③ 闲美：闲静优美。

④ 邻曲：乡邻，邻居。

⑤ 斜川：地名。

⑥ 长流：长长的流水。

⑦ 曾城：山名，在庐山北。

⑧ 南阜：南山，指庐山。

⑨ 傍无依接：形容曾城高耸独立，无所依傍。

⑩ 中皋（gāo）：泽中高地。皋：近水处的高地。

⑪ 灵山：指昆仑山最高处的曾城，又叫层城。古代神话传说中，昆仑山为西王母及诸神仙所居处，故曰灵山。这是诗人游斜川时，由目前所见之曾城，而联想到神仙所居的昆仑曾城，故曰“遥想灵山”。

⑫ 嘉名：美名。

⑬ 欣：高兴。对：面对，赏观。

⑭ 疏：有条理地分别记载。乡里：指籍贯。

⑮ 开岁：指一年开始，即元旦。倏（shū）：忽然，极快。

⑯ 及辰：及时，趁着大好时光。兹游：这次游赏，指斜川之游。

⑰ 班坐：依次列坐。依：依傍，靠着。远流：长长的流水。

⑱ 弱湍：舒缓的水流。驰：快速游动。文鲂（fáng）：有花纹的鲂鱼。

⑲ 闲谷：空谷。矫：高飞，健飞。鸣鸥：鸣叫着的水鸥。

⑳ 迥（jiǒng）泽：广阔的湖水。迥：远。散游目：纵目远望，随意观赏。

㉑ 缅然：沉思很久。睇（dì）：流盼。曾丘：即曾城。

㉒ 微：不如。九重：指的是昆仑山最高处的曾城，又叫层城。传说中天之极高处。秀：秀丽。

㉓ 匹俦：匹敌，同类。

提壶接宾侣，引满更献酬①。
未知从今去，当复如此不②。
中觞纵遥情③，忘彼千载忧。
且极今朝乐④，明日非所求。

选自逯钦立校注：《陶渊明集》，中华书局 1979 年版。

阅读提示：

此诗的序文交代了写作背景：晋安帝义熙十年（414），陶渊明（如图 1-1）年近五十。正月初五，“天气澄和，风物闲美”，他和二三邻里，偕游斜川。诗人一面感年时易往，一面喜景物宜人，不禁欣慨交心、悲喜集怀，因而创作此诗，真实记录了自己刚入半百之年的心态。序文本身就是一段精美的山水游记，言情并茂，充满诗情画意，与诗歌交相辉映，自然浑成。

图 1-1　清 石涛 陶渊明诗意图（其一）

诗的开头四句写出出游的缘由。随着新岁来临，诗人进入五十之年，正如日过午、岁入秋，是足以“念之动中怀”的。于是，在初五这个天和景明的日子，诗人进行了这次出游。接下去的八句，诗人就“游”字充分着笔。在一碧如洗的天幕下，游侣们分布而坐。山水景物，一一呈献在眼前：湖水深广，鱼儿在嬉游；天空辽阔，鸥鸟在鸣叫。空中、水底无处不洋溢着生机，令人神驰意远。从“提壶接宾侣”开始四句，写好景诱人，邻里欢饮，使诗人不禁兴起“未知从今去，当复如此不”的怀想，表达了诗人对以往风物之美、人情之美、生活之美的无限热爱和无比留恋。结尾四句，写酒至半酣、意醉神迷的境界。古人说：“生年不满百，常怀千岁忧。”而诗人在将暮之年却以高昂的意气唱出“忘彼千载忧”的超脱和旷达。

---

① 引：斟酒。更：更替，轮番。献酬：互相劝酒。
② 不（fǒu）：同“否”。
③ 中觞（shāng）：饮酒至半，呈半醒半醉状态。纵遥情：放开超然世外的情怀。
④ 极：指尽情。

思考与练习：

这篇序表达了诗人怎样的情感？

蝉

虞世南①

垂緌饮清露②，流响出疏桐③。

居高声自远④，非是藉秋风⑤。

选自（清）彭定求等编：《全唐诗》，中华书局1999年版。

阅读提示：

这是一首咏物诗，咏物中尤多寄托，具有浓郁的象征性。

首句写蝉的形状与食性，栖高饮露。“垂緌”暗示显宦身份。显宦的身份和地位在一般老百姓心目中，和“清客”是有矛盾甚至是不相容的，但在诗人笔下，却把它们统一在“垂緌饮清露”的蝉的形象中了。次句写蝉声之传播，响亮悠远。这两句的描写使蝉的高标逸韵的情态如在眼前。三、四两句是全诗比兴寄托的“点睛”之笔。诗人特别强调蝉声远播，不是借助于秋风的传送，而是“居高”自能致远。显然，诗人明写蝉，实际却暗喻了这样的人生哲理：修身而品格高尚的人，并不需要某种外在的凭借（例如权势地位、武力等的帮助），自能声名远扬。

此诗托物寓意，句句写的是蝉的形体、习性和声音，而句句又暗示着诗人高洁清远的品行志趣，物我互释，咏物的深层意义是咏人。全诗简练传神，比兴巧妙，以秋蝉高洁傲世的品格自况，耐人寻味。

实际上，《蝉》包含着诗人的夫子自道。他作为唐贞观年间画像悬挂在凌烟阁的二十四功臣之一，博学多能，高洁耿介，与唐太宗谈论历代帝王为政得失，能够直言善谏，

---

① 虞世南（558—638）：字伯施，越州余姚县（今浙江慈溪市）人。南朝至隋唐时期政治家、书法家、文学家、诗人。

② 垂緌（ruí）：古代官帽打结后下垂的部分。蝉的头部有伸出的触须，形状像下垂的冠缨；也指蝉的下巴上与帽带相似的细嘴。

③ 流响：指蝉长鸣的声音传得很远。

④ 居高：指栖息在高处，这里语意双关。

⑤ 藉（jiè）：凭借，依赖。秋风：暗指帝王的权势。

为贞观之治作出独特贡献。为此，唐太宗称他有“五绝”（德行、忠直、博学、文辞、书翰），并赞叹：“群臣皆如虞世南，天下何忧不理！”可他不以鲲鹏鹰虎，而以一只不起眼的蝉来自喻，可见其老成谨慎，以及有自知之明。

思考与练习：

本文与骆宾王的《在狱咏蝉》都是托咏蝉的高洁以寄意的名作，差别在哪里？

溪居

柳宗元①

久为簪组累②，幸此南夷谪③。
闲依农圃邻，偶似山林客。
晓耕翻露草，夜榜响溪石。
来往不逢人，长歌楚天碧。

选自（唐）柳宗元著：《柳宗元集》，中华书局1979年版。

阅读提示：

《溪居》是柳宗元贬官永州时创作的一首五言古诗。

元和五年（810），诗人贬官永州已有五年之久，他在闲暇游览时发现了风景秀丽的愚溪，于是在溪水东南筑屋居住，写下愚溪诸咏，此为其中一篇。

这首诗描写诗人被贬官到有“南荒”之称的永州后，在溪边筑室而居，过着闲适的生活。闲暇时与种菜的老农为邻，有时还真像是在山林隐居的人。清晨他翻除带着露水的杂草，晚上乘船沿着溪水前进。有时整日独来独往碰不见一个行人，于是放声高歌，声音久久地回荡在沟谷碧空之中，多么清越空旷。

---

① 柳宗元（773—819）：字子厚，河东郡（今山西运城）人。与韩愈一起倡导古文运动，并称“韩柳”，同列入“唐宋八大家”。代表作有诗歌《江雪》、寓言《黔之驴》、山水游记《永州八记》等。

② 簪（zān）组：古代官吏的饰物。簪：冠上的装饰。组：系印的绶带。此以簪组指做官。

③ 南夷：古代对南方少数民族或其居住的地区的称呼，这里指永州。

纵观全诗，诗人似乎已经淡忘了遭贬的痛苦，诗中把被贬谪的不幸称为幸，将孤独冷清的生活诠释为飘逸闲适的生活。实际上这全都是诗人激愤的反语，在这种被美化了的谪居生活的背后，隐蕴的是诗人内心深深的郁闷和怨愤。全诗清丽简练，含蓄深沉，意在言外，耐人寻味。

思考与练习：

在你看来，诗人对溪居生活的赞美与歌咏，是被贬谪之后有了闲暇，偶然发现了山水之美，还是一种随遇而安的心理？

山园小梅二首

林　逋①

其一

众芳摇落独暄妍②，占尽风情向小园。
疏影横斜水清浅③，暗香浮动月黄昏。
霜禽欲下先偷眼④，粉蝶如知合断魂⑤。
幸有微吟可相狎⑥，不须檀板共金樽⑦。

其二

剪绡零碎点酥乾⑧，向背稀稠画亦难⑨。
日薄从甘春至晚⑩，霜深应怯夜来寒。

---

① 林逋（967—1028）：字君复，后人称为“和靖先生”，杭州钱塘（今浙江杭州）人，一说奉化大里黄贤村人。北宋著名隐逸诗人。林逋隐居西湖孤山，终生不仕不娶，唯喜植梅养鹤，自谓“以梅为妻，以鹤为子”，人称“梅妻鹤子”。

② 暄妍：（景物）明媚鲜丽，这里是形容梅花。

③ 疏影横斜：梅花枝干斜横，投影在水中。

④ 霜禽：羽毛白色的禽鸟。偷眼：偷偷地看。

⑤ 合：应该。断魂：形容神往、销魂。

⑥ 狎（xiá）：亲近。

⑦ 檀（tán）板：檀木制成的拍板，歌唱或演奏音乐时用以打拍子。这里泛指乐器。金樽（zūn）：豪华的酒杯，此处指饮酒。

⑧ 绡（xiāo）：生丝绸。酥：酥酪一般的。乾（gān）：枝干。

⑨ 向背：面向和背对的姿态。稀稠：疏疏密密的布局。

⑩ 日薄：日落。从：任从。甘：甘心。

澄鲜只共邻僧惜①，冷落犹嫌俗客看。

忆着江南旧行路，酒旗斜拂堕吟鞍②。

选自（宋）林逋著，沈幼征校注：《林和靖集》，浙江古籍出版社2012年版。

阅读提示：

该组诗突出地写出梅花（如图1-2）特有的姿态美和高洁的品性，以梅的品性比喻自己孤高幽逸的生活情趣。作者赋予梅花以人的品格，作者与梅花的关系达到了精神上的无间契合。

图1-2　明　周之冕

梅花野雉图（局部）

第一首诗开头先写梅花的品质不同凡花。颔联从姿态和香气上完美地表现出梅花的淡雅和娴静。颈联从霜禽、粉蝶对梅花的态度，侧面加强前一联描绘出来的梅花的美。最后说幸好可以吟诗与梅花亲近，用不着敲着檀板唱歌、执金杯饮酒来欣赏它。

第二首诗首联写梅花像是剪碎的丝织品，自然且画不出来。颔联写梅花享受春晚日落而受不住寒冷霜夜，表达出诗人对梅花的无比深情。颈联把“邻僧”和“俗客”对举，用以赞美梅花孤高绝俗的品性。尾联描写落下的梅花打在走在江南路上吟诗者的马鞍上，以此作结，饶有情趣。

这组诗着意写意传神，采用侧面烘托的方法，渲染梅花清绝高洁的风骨，极富神韵。

思考与练习：

组诗其一的第二联“疏影横斜水清浅，暗香浮动月黄昏”被后世人称为“咏梅的绝唱”，你认为这两句好在哪里？

---

① 澄鲜：清新。

② 吟鞍：指吟诗者所骑的马鞍。

苏幕遮①

梅尧臣②

露堤平，烟墅杳③。乱碧萋萋，雨后江天晓。独有庾郎年最少④。窣地春袍⑤，嫩色宜相照⑥。

接长亭，迷远道。堪怨王孙，不记归期早。落尽梨花春又了。满地残阳，翠色和烟老。

选自唐圭璋选编：《全宋词简编》，上海古籍出版社1986年版。

阅读提示：

关于此词的创作背景，宋代吴曾《能改斋漫录》卷十七《乐府·咏草词》记载：梅圣俞在欧阳公座，有以林逋《草》词“金谷年年，乱生青草谁为主”为美者，圣俞因别为《苏幕遮》一阕，“露堤平”云云，欧公击节赏之。

此词上片开头两句写长堤上绿草平整、露光闪烁，远处的房舍在如烟绿草的掩映下若隐若现。接下来一句写芳草萋萋。“雨后江天晓”，是用特定的最佳环境来点染春草的精神，通过雨后万物澄澈、江天开阔的明媚物象，活化出浓郁的春意和蓬勃的生机，为下文“少年”的出场作铺垫。“独有庾郎年最少”三句，由物及人，由景入意。以上，作者描摹出春草的芊绵可爱，用遍地春草映衬出宦游少年的春风得意。下片转而抒写宦游少年春尽思归的情怀。过片二句化用李白《菩萨蛮·平林漠漠烟如织》词末二句“何处是归程？长亭更短亭”之意。接下来两句，词人流露出对宦海浮沉的厌倦，用自怨自艾的语调表达了强烈的归思。“落尽梨花春又了”，以自然界春色的匆匆归去，暗示自己仕途上的春天正消逝。尾拍两句渲染了残春的迟暮景象。全词结尾处的“老”字与上片“嫩”字遥相呼应。于春草的由“嫩”变“老”之中，暗寓伤春之意，而这也正好是词人嗟老、倦游心情的深刻写照。

---

① 苏幕遮：唐教坊曲名，来自西域，后用为词牌名。双调，六十二字，上下片各四仄韵。

② 梅尧臣（1002—1060）：字圣俞，世称“宛陵先生”，宣州宣城（今安徽省宣城市）人。北宋官员，诗人。梅尧臣写诗主张写实，反对内容空虚、词藻华丽的西昆体，所作力求平淡、含蓄，被誉为宋诗的“开山祖师”。

③ 墅：田庐、村舍。杳：幽暗，深远，看不到踪影。

④ 庾郎：本指庾信。庾信是南朝梁代文士，出使西魏被留，被迫仕于北朝。庾信留魏时已经四十二岁，当然不能算“年最少”，但他得名甚早，“年十五，侍梁东宫讲读”（《庾开府集序》）。这里借指一般离乡宦游的才子。

⑤ 窣（sū）地：拂地，拖地。窣：拂，甩动。

⑥ 嫩色宜相照：指嫩绿的草色与袍色互相辉映，显得十分相宜。

“咏物词，最忌说出题字。”（宋沈义父《乐府指迷》）这首咏草词虽不着一“草”字，却用环境、形象、神态的描绘，将春草写得形神俱备。全词通过上下片的对照，抒发了作者的惜草、惜春的情怀，寄寓了作者的身世之感，形象鲜明突出，意境深远含蓄，耐人寻味。

思考与练习：

用一个字概括这首词的词眼。

题龙阳县青草湖①

唐　珙②

西风吹老洞庭波③，一夜湘君白发多④。
醉后不知天在水⑤，满船清梦压星河。

选自（清）彭定求等编：《全唐诗》，中华书局1999年版。

阅读提示：

这是一首七言绝句，应是诗人辗转漂泊到湘北青草湖时，于某个秋夜所作的纪游诗。

一、二两句写景，诗人把对历史的追忆与对眼前壮阔的自然景色的描绘巧妙地结合起来，以虚幻的神话传递出真实的感情。秋风飒飒而起，广袤无垠的洞庭湖水，泛起层层白波，渺渺茫茫，诗人悲秋之情隐隐而出。三、四句写人，描绘诗人的豪迈洒脱。入夜时分，风停波静，明亮的银河倒映在湖中。湖边客船上，酣醉的诗人渐入梦乡。半梦半醒之间，诗人仿佛觉得自己不是在洞庭湖中泊舟，而是在银河之上荡桨，船舷周围见

---

① 龙阳县：即今湖南汉寿。青草湖：位于洞庭湖的东南部，因湖的南面有青草山而得名。与洞庭湖相连，所以诗中又写成“洞庭”。

② 唐珙：字温如，会稽山阴（今浙江绍兴）人。元末诗人，《全唐诗》误以为其为唐人，故收录其诗。

③ 吹老：吹皱。层层波纹如同人老生皱纹一样。

④ 湘君：湘水之神，一说是巡视南方时死于苍梧的舜。

⑤ 天在水：天上的银河映在水中。

到的是一片星光灿烂的世界。一二句的衰飒之景与三四句的豪迈之情，不仅对照强烈，而且转接无痕。

也许诗人的现实是残酷的，但诗人的梦境是美好的。诗歌充满浪漫主义色彩，无论写景叙梦，都有虚有实，惝恍迷离。全诗构思精巧，意境奇幻缥缈，笔调轻巧灵动，读后令人怦然心动。

思考与练习：

“满船清梦压星河”被称为元代最美诗句。你觉得它美在哪里？

萤 火①

赵执信②

和雨还穿户，经风忽过墙。
虽缘草成质③，不借月为光。
解识幽人意④，请今聊处囊⑤。
君看落空阔，何异大星芒。

选自赵蔚芝、刘聿鑫选注：《赵执信诗选》，齐鲁书社 1983 年版。

阅读提示：

这是一首写萤火虫的五言诗。前四句写萤火虫虽然地位低微，但仍凭借自己的努力有所建树。它在风雨之中穿户过墙，不停地飞动。虽从草丛成形长出，却能自发亮光，不向天上月亮借光。后四句赞颂了萤火虫的奉献精神和高尚品质。“处囊”用了“囊萤”

---

① 萤火：萤火虫。

② 赵执信（shēn）（1662—1744）：清代诗人、诗论家、书法家。他论诗强调“文意为主，言语为役”。所作诗文深沉峭拔，亦不乏反映民生疾苦的篇目。

③ 质：性质，本质。

④ 解识：懂得。幽人：幽居之人，指隐士。

⑤ 处囊（chǔ náng）：放在袋子里。相传晋人车胤家贫，时常无油点灯，夏日里就用白布囊“盛数十萤火以照书”，后来以寒素博学知名于世。（《晋书·车胤传》）

的典故，意思是即使光芒微弱，在清贫苦读之人大有作为之前也可姑且为其照明。诗的最后两句可以理解为萤火虫的自信自勉之语：“你看我飘飞在广阔的夜空之中，跟大而亮的星星的光芒有何不同？”当然也是诗人的自我激励之语。萤火虫生活环境艰苦，但它不畏困苦、自我牺牲的高尚品质，也正是诗人自己所追求的完美形象。这首诗是对萤火虫的赞美，也是诗人的自我激励。

本诗的寓意在于，正直的人处世，虽然地位低微，仍可凭借自己的努力有所建树。诗人赞颂的是正直不阿、自信自强的品格。

思考与练习：

有人说：萤火之光岂能与皓月争辉，但诗人却相信萤火虫的光“何异大星芒”，你怎么理解这句话？

三　峡①

郦道元②

自三峡七百里中，两岸连山，略无阙处③，重岩叠嶂，隐天蔽日，自非停午夜分④，不见曦月⑤。

至于夏水襄陵⑥，沿溯阻绝⑦，或王命急宣，有时朝发白帝，暮到江陵，其间千二百里，虽乘奔御风⑧，不以疾也。

春冬之时，则素湍绿潭⑨，回清倒影，绝巘多生怪柏⑩，悬泉瀑布，飞漱其间⑪，清

---

① 本文节选自郦道元《水经注》三十四卷《江水》，文章的题目为后人所加。

② 郦道元（470—527）：字善长，范阳涿县（今河北省涿州市）人。北魏时期官员、地理学家，著有《水经注》四十卷，是中国游记文学的开创者。

③ 阙（quē）：同“缺”，空隙、缺口。

④ 自非：如果不是。停午：同“亭午”，正午。夜分：半夜。

⑤ 曦：日光，这里指太阳。

⑥ 襄陵：指水漫上山陵。襄：淹上，漫上。陵：山陵。

⑦ 沿溯阻绝：上行和下行的航道都被阻断，不能通航。沿：顺流而下。溯：逆流而上。

⑧ 奔：这里指飞奔的马。

⑨ 素湍（tuān）：激起白色浪花的急流。素：白色。湍：急流的水。

⑩ 绝巘（yǎn）：极高的山峰。绝，极。

⑪ 飞漱：飞速地往下冲荡。漱：冲荡。

荣峻茂①，良多趣味。

每至晴初霜旦，林寒涧肃，常有高猿长啸，属引凄异②，空谷传响，哀转久绝。故渔者歌曰："巴东三峡巫峡长，猿鸣三声泪沾裳③。"

选自（北魏）郦道元撰，谭属春等点校：《水经注》，岳麓书社1995年版。

阅读提示：

本文不到200字，却勾画出三峡山水四季不同的景色变化，再现了三峡的自然美景（如图1-3）。

图1-3　三峡风景图

全文共四段。第一段写三峡的山。先用"自三峡七百里中"起笔，写山之"长"；用"两岸连山，略无阙处"写山之"连"；用"重岩叠嶂，隐天蔽日"写山之"高"；用"自非停午夜分，不见曦月"侧面烘托山之"狭窄"。寥寥数笔，就形象地勾勒出三峡两岸的山既磅礴逶迤又雄伟峭拔的整体风貌，引读者震撼。

第二、三、四段写三峡的水。作者按自然时令来写，先写水势最大最急的夏季，"朝发白帝，暮到江陵，其间千二百里，虽乘奔御风，不以疾也"，用对比、夸张的手法突出三峡夏季水之"大"和"疾"。再写水势减小的春冬：水退潭清，木荣草茂。作者将冬春二季放在一起写，形成对比：冬季水枯，才会出现"素湍绿潭"；春天物鲜，才有草木"荣茂"。夏季的三峡和春季的三峡风光形成对比，意趣迥异：夏水急猛，春水潺潺；夏水陡险，春水舒缓。再写三峡秋季的情形，水枯气寒，猿鸣凄凉，渲染了秋天的萧瑟气氛。

全文以凝练生动的笔墨，描画出三峡的雄险奇拔、清幽秀丽。文章笔法动静相生，情景交融，用生动传神的语言描画了三峡的四季风光，俨然四幅挺拔隽秀的水墨山水画。

思考与练习：

文章结尾引用了渔者的歌词，作者的用意是什么？

---

① 清荣峻茂：水清树荣，山高草盛。荣：茂盛。

② 属（zhǔ）：动词，连接。引：延长。

③ 裳（cháng）：古代遮盖下肢的衣裙，借指衣服。

大地上的事情（节选）

苇　岸①

一

我观察过蚂蚁营巢的三种方式。小型蚁筑巢，将湿润的土粒吐在巢口，垒成酒盅状、灶台状、坟冢状、城堡状或松疏的蜂房状，高耸在地面；中型蚁的巢口，土粒散得均匀美观，围成喇叭口或泉心的形状，仿佛大地开放的一只黑色花朵；大型蚁筑巢像北方人的举止，随便、粗略、不拘细节，它们将颗粒远远地衔到什么地方，任意一丢，就像大步奔走撒种的农夫。

二

下雪时，我总想到夏天，因成熟而褪色的榆荚被风从树梢吹散。雪纷纷扬扬，给人间带来某种和谐感，这和谐感正来自于纷纭之中。雪也许是更大的一棵树上的果实，被一场世界之外的大风刮落。它们漂泊到大地各处，它们携带的纯洁，不久即繁衍成春天动人的花朵。

三

写《自然与人生》的日本作家德富芦花，观察过落日。他记录太阳由衔山到全然沉入地表，需要三分钟。我观察过一次日出，日出比日落缓慢。观看日落，大有守侍圣哲临终之感；观看日出，则像等待伟大英雄辉煌的诞生。仿佛有什么阻力，太阳艰难地向上跃动，伸缩着挺进。太阳从露出一丝红线，到伸缩着跳上地表，用了约五分钟。

世界上的事物在速度上，衰落胜于崛起。

四

这是一具熊蜂的尸体，它是自然死亡，还是因疾病或敌害而死，不得而知。它偃卧在那里，翅零乱地散开，肢蜷曲在一起。它的尸身僵硬，很轻，最小的风能将它推动。我见过胡蜂巢、土蜂巢、蜜蜂巢和别的蜂巢，但从没有见过熊蜂巢。熊蜂是穴居者，它们将巢筑在房屋的立柱、檩木、横梁、椽子或枯死的树干上。熊蜂从不集群活动，它们个个都是英雄，单枪匹马到处闯荡。熊蜂是昆虫世界当然的王，它们身着的黑黄斑纹，是大地上最怵目的图案，高贵而恐怖。老人们告诉过孩子，它们能蜇死牛马。

---

① 苇岸（1960—1999）：原名马建国，北京人，新生代散文作家。

五

麻雀在地面的时间比在树上的时间多。它们只是在吃足食物后，才飞到树上。它们将短硬的喙像北方农妇在缸沿砺刀那样，在枝上反复擦拭。麻雀蹲在枝上啼鸣，如孩子骑在父亲的肩上高声喊叫，这声音蕴含着依赖、信任、幸福和安全感。麻雀在树上就和孩子们在地上一样，它们的蹦跳就是孩子们的奔跑。而树木伸展的愿望，是给鸟儿送来一个个广场。

六

穿越田野的时候，我看到一只鹞子。它静静地盘旋，长久浮在空中。它好像看到了什么，径直俯冲下来，但还未触及地面又迅疾飞起。我想象它看到一只野兔，因人类的扩张在平原上已近绝迹的野兔，梭罗在《瓦尔登湖》中预言过的野兔："要是没有兔子和鹧鸪，一个田野还成什么田野呢？它们是最简单的土生土长的动物，与大自然同色彩、同性质，和树叶、和土地是最亲密的联盟。看到兔子和鹧鸪跑掉的时候，你不觉得它们是禽兽，它们是大自然的一部分，仿佛飒飒的木叶一样。不管发生怎么样的革命，兔子和鹧鸪一定可以永存，像土生土长的人一样。不能维持一只兔子的生活的田野一定是贫瘠无比的。"

看到一只在田野上空徒劳盘旋的鹞子，我想起田野往昔的繁荣。

七

在我的住所前面，有一块空地，它的形状像一只盘子，被四周的楼群围起。它盛过田园般安详的雪，盛过赤道般热烈的雨，但它盛不住孩子们的欢乐。孩子们把欢乐撒在里面，仿佛一颗颗珍珠滚到我的窗前。我注视着男孩和女孩在一起做游戏，这游戏是每个从他们身边匆匆走过的大人都做过的。大人告别了童年，就将游戏像玩具一样丢在了一边。但游戏在孩子们手里，依然一代代传递。

选自苇岸著：《大地上的事情》，广西师范大学出版社2014年版。

阅读提示：

《大地上的事情》是苇岸关于自然主题的一部散文集。在这部作品中，苇岸为读者描绘了一个广阔、安静、自然、美好的世界。

节选的部分由七段札记式的片段组成，描绘了大地上的种种事情。所谓"大地上的事情"，其实就是日常生活中一些容易被人们忽略的事物，比如蚂蚁窝的样子、熊蜂的尸体、在田野上盘旋的鹞子、蹲在枝头上啼鸣的麻雀、被风吹散的榆荚、日出日落、下雨下雪等。在文中，作者以细腻且富有情感的笔触，为自然界中的万物驻足，他仔细观察大自然中季节的转换，并挖掘其中的意义，将自己对自然的热爱与对生命、哲学的思考相融合。

苇岸的文字简约而节制，通过实录阐释自然，展现出优美的智性与诗质。阅读他的文字，我们可以感受到他所恪守和阐释的大地道德信念，也能从中获得对自然的新认知，重新思考人类与自然的关系。

思考与练习：

这篇散文带给你对大自然最深切的感受是什么？

致云雀（节选）

雪　莱[1]

像一位诗人，隐身
在思想的明辉之中，
吟诵着即兴的诗韵，
直到普天下的同情
都被未曾留意过的希望和忧虑唤醒；

像一位高贵的少女，
居住在深宫的楼台，
在寂寞难言的时刻，
排遣她为爱所苦的情怀，
甜美有如爱情的歌曲，溢出闺阁之外；

① 珀西·比希·雪莱（1792—1822）：英国浪漫主义诗人、小说家、散文家，其创作受空想社会主义思想影响颇深。著有叙事长诗《麦布女王》《解放了的普罗米修斯》《倩契》以及《西风颂》等。雪莱也是英国文学史上最优秀的抒情诗人之一，被誉为“诗人中的诗人”，与拜伦并称为英国浪漫主义诗歌的“双子星座”。

像一只金色的萤火虫，
在凝露的深山幽谷，
不显露它的行踪，
把晶莹的流光传播，
在遮断我们视线的芳草鲜花丛中；

像一朵让自己的绿叶
荫蔽着的玫瑰，
遭受到热风的摧残，
直到它的芳菲
以过浓的香甜使鲁莽的飞贼沉醉；

晶莹闪烁的草地，
春霖洒落时的声息，
雨后苏醒的花蕾，
称得上明朗、欢悦，
清新的一切，都不及你的音乐。

飞禽或是精灵，有什么
甜美的思绪在你心头？
我从来没有听到过
爱情或是醇酒的颂歌
能够迸涌出这样神圣的极乐音流。

赞婚的合唱也罢，
凯旋的欢歌也罢，
和你的乐声相比，
不过是空洞的浮夸，
人们可以觉察，其中总有着贫乏。

什么样的物象或事件，
是你欢乐乐曲的源泉？
什么田野、波涛、山峦？

什么空中陆上的形态？
是你对同类的爱，还是对痛苦的绝缘？

有你明澈强烈的欢快，
倦怠永不会出现，
烦恼的阴影从来
近不得你的身边，
你爱，却从不知晓过分充满爱的悲哀。

是醒来或是睡去，
你对死的理解一定比
我们凡人梦想到的
更加深刻真切，否则
你的乐曲音流，怎能像液态的水晶涌泻？

我们瞻前顾后，为了
不存在的事物自扰，
我们最真挚的笑，
也交织着某种苦恼，
我们最美的音乐是最能倾诉哀思的曲调。

可是，即使我们能摈弃
憎恨、傲慢和恐惧，
即使我们生来不会
抛洒一滴眼泪，
我也不知，怎能接近于你的欢愉。

比一切欢乐的音律
更加甜蜜美妙，
比一切书中的宝库
更加丰盛富饶，
这就是鄙弃尘土的你啊，你的艺术技巧。

教给我一半，你的心
必定熟知的欢欣，
和谐、炽热的激情
就会流出我的双唇，
全世界就会像此刻的我——侧耳倾听。

选自［英］雪莱著，江枫译：《雪莱诗选》，湖南人民出版社 1980 年版。

阅读提示：

《致云雀》是雪莱抒情诗中的不朽杰作之一。诗作运用浪漫主义的手法，运用比喻、类比、设问等方式，从各个角度对云雀加以描绘、赞美。他把云雀比作诗人、比作深闺中的少女、比作萤火虫，使云雀的美丽形象生动地展现在读者的面前。诗人把云雀的歌声同春雨、婚礼上的合唱、胜利的歌声相比，突出云雀歌声的无比美妙。在诗人笔下，云雀并不单单是一只小鸟，它是“欢乐的精灵”，是欢乐、光明、美丽的象征，象征着人们对自由与美好的渴望和追求。或者说，云雀其实就是雪莱的自画像。二者有许多相似之处：他们都希望逃离肮脏的尘世，都追求一种至纯的宁静，都向往着全新的世界。

诗歌文字洗练，节奏轻快激昂、鲜明，比喻新颖多样，风格清丽明快，而且有种雄浑磅礴、大开大阖而又圆融内敛的气势。诗歌充满活力和锐气，自有一种催人前进的力量。

思考与练习：

诗中云雀的象征意义是什么？

天　鹅（节选）

布　封①

无论动物界还是人类社会，从前暴力产生暴君，如今则仁德造出贤主。地上的狮、虎，空中的鹰、鹫，均以善战来称霸，以逞凶施暴来统御。但是天鹅（如图 1-4）则不

① 布封（1707—1788）：18 世纪法国博物学家、作家。他用毕生精力经营皇家花园，并用 40 年的时间完成了 36 卷巨册——博物志《自然史》。

然，它在水上为王，完全依靠高尚、庄严和文雅等足以缔造太平世界的美德。天鹅有威势，有力量，也有勇气，又有不滥施威和只为自卫为武的意志。它从不主动攻击，但又善战而决胜，身为水禽的和平之王，却敢于同空中的暴君抗争。它不挑衅，也不畏惧，只等待鹰来进袭。它那强劲的翅膀就是盾牌，从坚韧的翎羽、翅膀频频有力的扑击，来对抗鹰的武器，奋力击退鹰的进攻，经常是赢得胜利。况且，天鹅也只有这一个霸道的敌人，而其他善战的鸟儿无不尊敬它，整个大自然都与它和睦相处。它在种类繁多的水禽中，总是以朋友的身份，而不是以君主的面目出现，却能赢得所有水禽的臣服。天鹅仅仅是一个安定的共和国的首脑，第一公民，只求安宁和自由，向公众索取的和给予公众的一样多，而公众对这样一个主人，当然也就不惧怕了。

图 1-4　天鹅

天鹅形貌秀雅，仪态姣美，恰好与温和的天性相匹配，谁见了谁觉得赏心悦目。天鹅所到之处，不但自成一景，还给周围增色添彩，人人都喜爱，人人都欢迎，人人都赞赏。哪种鸟儿都没有像它这样受之无愧；也难怪，大自然对任何鸟儿，也没有赐予这样的高雅和婉妙，令人联想到最美妙的造物。天鹅身形优美，体态丰盈，线条曼妙，白色晶莹纯洁，而动作又柔美又令人神往，时而活泼欢快，时而悠然自得。总而言之，天鹅浑身焕发着令人从优雅和妍美领受的快感和诱惑，天鹅浑身都向我们宣示，都体现它是爱情之鸟①。一切都证实这个充满才情和风趣的神话：这种可爱的鸟儿是天下第一美女的父亲②。

古人不仅把天鹅描绘成奇妙的歌手，还认为在一切能知死之将至的生灵中，惟独天鹅在弥留之际还能歌唱，以和谐之音预示它的最后一息。据古人说，天鹅在临终之时，是要凄婉而深情地告别生命，声调才那么美妙动人：那如泣如诉，低回哀怨，恰恰是为自己唱挽歌。只有到黎明，风平浪静的时分，才能听见这种歌声。有人甚至见过天鹅唱着自己的挽歌，在歌声中咽气。自然史中哪个杜撰的故事，古代社会里哪个寓言，也没有这个传说备受人赞美，备受人传颂，也倍加令人相信。这个传说甚至控制了古希腊人敏锐丰富的想象力：无论诗人、辩士，还是哲人，无不认同，觉得这个传说实在太喜人，谁也不愿意怀疑其真实性。应当原谅他们编造的寓言：这些寓言又可爱又感人，无愧于可悲的、枯燥的事实；对于敏感的心灵，这是美妙的象征。毫无疑问，天鹅并不歌唱自己的死亡；然而，每次谈到一位天才生命到尽头时的最后腾跃、最后冲刺，就总动情地提起这种动人的说

---

① 古罗马诗人贺拉斯（前64—前8）在诗中描述，爱和美的女神驾着天鹅拉的车。

② 希腊神话中，海上仙女勒达在沐浴时将化为天鹅的宙斯搂在怀里，之后生下一儿一女。女儿便是有倾国倾城之貌的海伦。

法：“这是天鹅之歌！”

选自［法］布封著，李玉民等译：《松鼠：布封动物散文》，人民文学出版社2021年版。

阅读提示：

布封是人文主义思想的继承者和宣传者，在创作中，他常用人性化的笔触去描摹动物。他往往把动物拟人化，赋予它们以某种人格。比如马像英勇忠烈的战士，狗是忠心耿耿的义仆，啄木鸟像苦工一样辛勤劳动，海狸与人和平共处、毫无争斗，狼凶残而又怯懦，像“浑身一无是处”的暴君。

在《天鹅》一篇中，作者把天鹅描绘为和平的、开明的君主。在作者眼里，天鹅是“凭着一切足以缔造太平世界的美德”而不是武力成为水禽之王。它有威势，有力量，有勇气，但又有不滥用权威的意志、非自卫不用武力的决心；它能战斗，能取胜，却从不攻击别人。天鹅的外表优雅美好，自带王者气度。而在一切临终时有所感触的生物中，只有天鹅会在弥留时歌唱，用和谐的声音作为最后叹息的前奏。天鹅反映了作者的社会政治观点，表现了他对封建专制主义政治的不满，寄托了他向往“开明君主”的历史唯心主义的理想。

思考与练习：

在文中，布封把天鹅描绘为和平、开明的君主。在你的心目中，天鹅是怎样的形象？

尼亚加拉大瀑布

狄更斯①

那一天的天气寒冷潮湿，着实苦人；凄雾浓重，几欲成滴，树木在这个北国里还都枝柯赤裸，完全冬意。不论多会儿，只要车一停下来，我就侧耳静听，看是否能听到瀑布的吼声，同时还不断地往我认为一定是瀑布所在那方面死乞白赖地看；我所以知道瀑布就在那一方面，因为我看见河水滚滚朝着那儿流去；每一分钟都盼望会有飞溅的浪花出现。恰恰在我们停车以前几分钟内，我看见了两片嵯峨的白云，从地心深处巍巍而出，冉冉而上。当时所见，仅止于此。后来我们到底下了车了，于是我才头一回听到洪流的砰訇，同

① 狄更斯（1812—1870）：19世纪英国杰出的批判现实主义作家。他的小说以幽默讽刺见长，最著名的作品有《大卫·科波菲尔德》《艰难时世》《双城记》等。

时觉得大地都在我脚下颤动。

崖岸陡峭，又因为有刚刚下过的雨和化了一半的冰，地上滑溜溜的，所以我自己也不知道我是怎么下去的，不过我却一会儿就站在山根那儿，同两个英国军官（他们也正走过那儿，现在和我到了一块）攀登到一片嶙峋的乱石上了；那时湍渤大作，震耳欲聋，玉花飞溅，蒙目如眯，我全身濡湿，衣履俱透。原来我们正站在美国瀑布（如图 1-5）的下面。我只能看见巨浸滔天，劈空而下，但是对于这片巨浸的形状和地位，却毫无概念，只渺渺茫茫，感到泉飞水立，浩瀚汪洋而已。

我们坐在小渡船上，从紧在这两个大瀑布前面那条汹涌奔腾的河里过的时候，我才开始感到是怎么回事；不过我却有些目眩心摇，因而领会不到这副光景到底有多博大。一直到我来到平顶岩上看去的时候——哎呀天哪，那样一片飞立倒悬的晶莹碧波！——它的巍巍凛凛，浩瀚峻伟，才在我眼前整个呈现。

图 1-5　尼亚加拉瀑布

于是我感到，我站的地方和造物者多么近了，那时候，那副宏伟的景象，一时之间所给我的印象，同时也就是永永无尽所给我的印象——一瞬的感觉，而又是永久的感觉——是一片和平之感：是心的宁静，是灵的恬适，是对于死者淡泊安详的回忆，是对于永久的安息和永久的幸福恢廓的展望。不掺杂一丁点暗淡之情，不掺杂一丁点恐怖之心。尼亚加拉一下就在我心里留下了深刻的印象——留下了一副美丽的形象；这副形象，一直永世不尽留在我的心头，永远不改变，永远不磨灭，一直到我的心房停止了搏动的时候。

我们在那个神工鬼斧、天魔帝力所创造出来的地方上待了十天，在那永久令人不忘的十天里，日常生活中的龃龉和烦恼，如何离我而去，越去越远啊！巨浸的砰訇对于我如何震聋发聩啊！绝迹于尘世之上而却出现于晶莹垂波之中的，是何等的面目啊！在变幻无常、横亘半空的灿烂虹霓四围上下，天使的泪如何玉圆珠明，异彩缤纭，纷飞乱洒，纵翻横出啊！在这种眼泪里，天心帝意，又如何透露而出啊！

我一起始，就跑到了加拿大那一边儿，在那十天里就一直在那儿没动。我从来没再过过河，因为我知道，河那边也有人，而在这种地方，当然不能和不相干的闲杂人搀和。整天往来徘徊，从一切角度，来看这个垂瀑；站在马蹄铁大瀑布的边缘上，看着奔腾的水，在快到崖头的时候，力充劲足，然而却又好像在驰下崖头、投入深渊之前，先停顿一下似的；从河面上往上看巨涛下涌；攀上邻岭，从树杪间瞭望，看激湍盘旋而前，翻下万丈悬崖；站在下游三英里的巨石森岩下面，看着河水，波涌涡漩，砰訇应答，表面上看不出来它所以这样的原因，实在在河水深处，却受到巨瀑奔腾的骚扰；永远有尼亚加拉当前，看它受日光的蒸腾，受月华的逌逗，夕阳西下中一片红，暮色苍茫中一片灰；白天整天眼里看它，夜里枕上醒来耳里听它；这样的福就够我享的了。

我现在每到平静之时都要想：那片浩瀚汹涌的水，仍旧尽日横冲直滚，飞悬倒洒，砰訇澌渤，雷鸣山崩：那些虹霓仍旧在它下面一百英尺的空中弯亘横跨。太阳照在它上面的时候，它仍旧像玉液金波，晶莹明彻。天色暗淡的时候，它仍旧像玉霰琼雪，纷纷飞洒；像轻屑细末，从白垩质的悬崖峭壁上阵阵剥落；像如絮如棉的浓烟，从山腹幽岫里蒸腾喷涌。但是这个滔天的巨浸，在它要往下流去的时候，永远老像要先死去一番似的，从它那深不可测、以水为国的坟里，永远有浪花和迷雾的灵魂，其大无物可与伦比，其强永远不受降伏，在宇宙还是一片混沌、黑暗还复掩渊面的时候，在匝地的巨浸——水——以前，另一个漫天的巨浸——光——还没经上帝吩咐而一下弥漫宇宙的时候，就在这儿森然庄严地呈异显灵。

选自［英］狄更斯著，张谷若译：《游美札记》，上海译文出版社 2013 年版。

阅读提示：

《游美札记》是一部散文游记，描写了狄更斯应美国友人的邀请，1842 年访美期间的所见所闻。本文节选的是作者游览著名的尼亚加拉瀑布的部分，也是全书最精彩的篇章之一。尼亚加拉瀑布位于加拿大安大略省和美国纽约州的尼亚加拉河上，是世界第一大跨国瀑布，也是美洲大陆最著名的奇景之一。狄更斯来到尼亚加拉瀑布游览之后，深受震撼。为了饱览瀑布的奇景美色，作者在那里盘桓了十天之久，对它进行了全面细致的观察。对大瀑布的描写，作者采用了由远及近、由概貌到细部、由仰视至俯瞰等多角度的表现手法，声貌并举，情景交融。

本文可分为三个部分：第一部分写作者未见到瀑布前的迫切期待。第二部分写瀑布的壮美和作者观瀑时的感受。面对如此气势恢宏的景色，作者的心灵受到空前的震撼和净化。第三部分写作者回想品味瀑布壮美的景色，对其发出由衷的赞叹。

本文通过对大瀑布壮美景色的描绘和观瀑时心灵感受的抒发，赞叹了大自然净化人心灵的独特魅力、无与伦比的力量以及永恒的生命力。

思考与练习：

文中第二段和第五段，作者从观赏瀑布中获得的感受或体验有何不同？

树林和草原（节选）

屠格涅夫①

有时你吩咐套上竞走马车，到树林里去猎松鸡。车子在两旁长着又高又密的黑麦的狭路上经过，是很愉快的事。麦穗轻轻地打你的脸，矢车菊绊住你的脚，四周有鹌鹑叫着，马儿跑着懒洋洋的大步子。树林到了。阴暗而寂静。体态匀称的白杨树高高地在你上面簌簌作响；白桦树的下垂的长枝微微颤动；一棵强大的橡树像战士一般站在一棵优雅的菩提树旁边。你的车子在长满绿草的、阴影斑驳的小路上行驶着；黄色的大苍蝇一动不动地在金黄色的空气中逗留了一会儿，突然飞去；小蚊蚋成群地盘旋着，在阴暗的地方发亮，在太阳光里发黑；鸟儿安闲地歌唱着。知更鸟的金嗓子欢愉地发出天真烂漫的絮絮叨叨声，这声音同铃兰的香气很调和。再走远去，再走远去，去到树林的深处。……树林丛密起来。……心中感觉到说不出的沉寂；四周也都充满睡意，悄然无声。但是忽然一阵风吹来了，树梢哗哗地响起来，仿佛翻落的波浪。有些地方，从去年的褐色的落叶中间生出很高的草来；蘑菇各自戴着自己的帽子站着。雪兔突然跳出，狗高声吠叫着急起直追。……

同是这座树林，当晚秋山鹬飞来的时候，显得多么美好啊！山鹬不停在树林深处，必须到树林边上去找它们。没有风，也没有太阳，没有光亮，没有阴影，没有动作，没有声音；柔和的空气中弥漫着秋天的像葡萄酒似的香气；远处黄橙橙的田野上笼罩着一层淡薄的雾。光秃秃的褐色树枝中间，露出宁静而洁白的天空；菩提树上有几处挂着最后几片金色的叶子。两脚踏在潮湿的土地上觉得有弹性；高高的干燥的草一动也不动；长长的蛛丝在苍白的草上闪闪发光。呼吸舒畅，可是心里感到一种异样的惊悸。你沿着树林边缘走去，一路照看着你的狗，这期间可爱的形象、可爱的人——死了的和活着的——都回忆起来了，久已睡着了的印象蓦地苏醒过来；想象力像鸟一般翱翔，一切都在眼前清晰地出现并活动起来了。心有时突然颤抖跳动，热情地向前突进，有时一去不回地沉没在回忆中了。全部生活就像一个手卷似的轻快迅速地展开来；人在这时候掌握了他的全部往事、全部感情、力量、全部灵魂。四周没有一样东西来妨碍他——既没有太阳，也没有风，又没有声音……

在秋天，早晨严寒而白天明朗微寒的日子里，那时候白桦树仿佛神话里的树木一般全部作金黄色，优美地显出在淡蓝色的天空中；那时候低斜的太阳照在身上不再感到温暖，但是比夏天的太阳更加光辉灿烂；小小的白杨树林全部光明透彻，仿佛它认为光秃秃地站着是愉快而轻松的；霜花还在山谷底上发白，清风徐徐地吹动，追赶着卷曲的落叶；那时

---

① 伊凡·谢尔盖耶维奇·屠格涅夫（1818—1883）：19世纪俄国伟大的批判现实主义作家。《猎人笔记》是他的成名作。主要作品有长篇小说《罗亭》《贵族之家》《父与子》《处女地》，中篇小说《阿霞》《初恋》等。

候河里欢腾地奔流着青色的波浪，一起一伏地载送着逍遥自在的鹅和鸭；远处有一座半掩着柳树的磨坊轧轧地响着，鸽子在它的上空迅速地盘着圈子，在明亮的空气中斑斑驳驳地闪耀着。……

夏天的烟雾弥漫的日子也很美好，虽然猎人不喜欢这种日子。在这些日子里不能打枪，因为鸟儿从你的脚边拍翅飞起，立刻消失在白茫茫的凝滞的烟雾中了。然而四周多么静寂，静寂得难于形容！一切都觉醒了，然而一切都默不作声。你经过一棵树旁边，它一动也不动，正在悠然自得。通过均匀地散布在空气中的薄雾，在你前面显出一片长长的黑影。你以为这是近处的树林；你走过去，这树林就变成了长在田界上的一排高高的苦艾。在你的上空，在你的四周，到处都是雾。……可是这时候风轻轻地吹出了，一块淡蓝色的天空通过了稀薄如烟的雾气而显现出来，金黄色的阳光突然侵入，照射成一条长长的光带，落到田野上，钻进树林里，——接着，一切又都被遮蔽起来。这斗争继续了很久；但是光明终于胜利，被太阳照暖了的最后一阵阵烟雾时而凝集起来，铺展得平平的，时而盘旋缭绕，消失在发着柔和的光辉的蔚蓝色的高空中，这一天就变成壮丽无比的晴明天气了。

现在你要出发到远离庄园的草原上去行猎了。你的车子在乡间土道上行驶了大约十俄里，终于来到了大道上。你经过无数的货车旁边，经过几家大门敞开的旅店旁边，望见里面有一口井，屋檐下还有茶炊吱吱地沸腾着，你的车子从一个村庄开到另一个村庄，穿过一望无际的原野，沿着绿色的大麻田，长久地行驶着。喜鹊从一棵柳树飞到另一棵柳树；农妇们手里拿着长长的草耙，正在田野里慢慢地走；一个行路人穿着一件破旧的土布外套，肩上背着一只行囊，拖着疲劳的步子行走着；地主家的笨重的轿形马车上套着六匹高大而疲乏的马，向你迎面而来。车窗里露出垫子的角；一个穿大衣的侍仆扶着绳子，横着身子，坐在马车后面的脚踏上的一只蒲包上，泥污一直溅到眉毛上。现在你来到了一个小县城里，这里有木造的歪斜的小屋子、无穷尽的栅栏、不住人的石造商店、深谷上的古老的桥。……再走远去，再走远去！……来到了草原地带。你从山上眺望，风景多么好！一个个全部耕种过的圆圆低低的丘陵，像巨浪一般起伏着；长满灌木丛的溪谷蜿蜒在丘陵中间；一片片小小的丛林像椭圆形的岛屿一般散布着；狭窄的小径从一个村庄通到另一个村庄；各处有白色的礼拜堂；柳丛中间透出一条亮闪闪的小河，有四个地方筑着堤坝；远处原野中有一行野雁并列地站着；在一个小池塘上，有一所古老的地主邸宅，附有一些杂用房屋、一个果园和一个打谷场。然而你的车子继续向前行驶。丘陵越来越小了，树木几乎看不见了。终于，你来到了一片茫无际涯的草原上！……

选自［俄］屠格涅夫著，丰子恺译：《猎人笔记》，译林出版社 2017 年版。

阅读提示：

《猎人笔记》采用狩猎见闻录的形式，生动形象地记述了19世纪中叶俄罗斯的农村生活。体裁风格多样，语言简练优美，是散文，也可以说是散文化的小说、诗化的小说。《猎人笔记》对俄罗斯文学产生了很大的影响。

《树林和草原》是《猎人笔记》的最后一篇。屠格涅夫以极富表现力的语言，生动地描绘了俄罗斯草原独特的夏日风光。在作家笔下，树林和草原就是一部令人心驰神往的田园风景影片，由一幕幕细腻生动的工笔画连缀而成，欢愉与感伤的情绪则是它们的背景音乐，充满了诗意的氛围。无论是夏天烟雾弥漫的静寂，还是秋日里的金黄，都被作家深深的情愫所渗透，令读者如临其境。作家擅长描写自然风景，他笔下的景物总是在朴实的描写中散发出浓郁的诗意，给人无穷的遐想和美的享受！托尔斯泰称赞他："两三笔一句，大自然就发出芬芳的气息。"

思考与练习：

阅读本文，你更喜欢树林和草原的夏天还是秋天？为什么？

第二讲

生态之美

在人类文明的漫漫长河中，我们与自然的关系犹如一首悠扬的交响曲，时而和谐共鸣，时而冲突对抗。而生态文学，则是这首交响乐中最为动人的音符之一，它以独特的视角和深邃的思考，引领我们重新审视人与自然的关系，探寻生态之美与人类心灵的交融。

胡志红教授在他的《生态文学讲读》一书中结合生态文学的缘起、发展、演变以及当下的研究状况，这样给生态文学定义："生态文学是通过描写人类与非人类自然之间的复杂纠葛而揭示生态危机产生的深层思想根源，以探寻走出生态困局的文化和现实路径的文学。其宗旨是实现具有普遍公平正义的人文世界与非人类自然世界之间的永续和谐共生，非人类中心主义取向的生态伦理的建构、对主流科学预设和物质主义文明的批判、生态乌托邦的构建及生态灾难启示录书写是其显著特征。"①

生态文学是在自然书写的基础上发展而来，具备强烈而自觉的生态意识。它不仅是对自然风光的描绘，更体现了对生态系统的尊重、对生命多样性的赞美、对人类在自然中位置的深刻反思。它是文学与生态的完美结合，是用文字编织的绿色诗篇，是唤醒人们生态意识的嘹亮号角。

我们简要梳理一下生态文学的产生与发展。18 世纪，英国一位名叫吉尔伯特·怀特的牧师、博物学家撰写的《塞尔伯恩博物志》成为自然书写的开山之作，这也是生态文学最早、最具代表性的作品之一。文中既有对自然生灵直接的观察，也蕴含着作者贴近自然生命的欢乐和激情，更有对人与自然关系的深沉思考，并隐含着深深的生态焦虑。

让人感到遗憾的是，在以效率为先、财富至上为思想主导的社会里，在以工业技术推动社会进步和发展的时代潮流中，人们鲜有闲情去聆听山间潺潺的水声、林中飒飒的风声和草丛里蟋蟀的鸣声，更没有时间去观赏天空中翱翔的飞禽和大地上奔跑的走兽，去嗅闻田野里花草的清香，所以《塞尔伯恩博物志》问世后遭到冷落几乎半个世纪之久。直到 19 世纪 30 年代，吉尔伯特·怀特和塞尔伯恩崇拜热才初露端倪。此后几十年，自然书写通过亨利·梭罗、玛丽·奥斯汀、奥尔多·利奥波德、蕾切尔·卡逊、爱德华·阿比和安妮·迪拉德等一系列作家延伸到美国并繁荣发展。其中，梭罗被看作怀特"阿卡狄亚"遗产的继承者，其著作《瓦尔登湖》被视为自然书写的典范之作，他用传记体式的散文（除了《瓦尔登湖》，还有《一个人的远行》《河上一周》《马萨诸塞自然史》《康科德及梅里马克河畔一周》和《缅因森林》等）讲述他的第一手自然经验。利奥波德被尊为"美国生态先知"，其名篇《沙乡年鉴》被称为"自然资源保护者的《圣经》"。蕾切尔·卡逊的《寂静的春天》成为直接推动美国社会生态革命的绿色经典，她与利奥波德一道成为直接推动生态批评兴起的先驱。而将上述作家的眼光引向自然，鼓动他们走进自然、融入自然、感悟自然、书写自然的则是 19 世纪美国著名的哲学家、自然文学倡导者爱默生。

① 胡志红著：《生态文学讲读》，北京：北京大学出版社，2021 年，第 17 页。

他的自然观和超验主义思想在他的著作《论自然》中得到了集中体现。他确立了美国生态文学永恒的主题，对后来的美国生态文学发展产生了深远影响。

在美国这片广袤的沃土上，自然书写根深叶茂，硕果累累，并伴随西方工业技术文明的世界性扩展和东西方文学交流的浪潮，将文学种子播撒到世界其他国家和地区。苏联艺术家普里什文被誉为“世界生态文学和大自然文学的先驱”。他的随笔集《大自然的日历》《飞鸟不惊的地方》《林中水滴》等细腻地描写了大自然的美妙与神秘，传达出对自然的敬畏与热爱。他强调人与自然的和谐共生，让读者深刻感受到自然的生命力量。

在后来的发展过程中，自然书写的内容逐渐变得充实，“生态议题”进入形式多样的文学创作中，形成了文体多样的“生态文学”。“湖畔派诗人”威廉·华兹华斯、塞缪尔·泰勒·柯勒律治及罗伯特·骚塞是浪漫主义生态诗人的代表。尤其是华兹华斯，他被尊为现代生态诗歌的鼻祖。他满怀深情歌唱生机勃勃、庄严而充满神性的大自然，摒弃启蒙思想家所勾勒的死气沉沉、按照确定规律运转的“机械自然”。他在《咏水仙》中这样吟唱道：“后来多少次我郁郁独卧/感到百无聊赖心灵空漠/这景象便在脑海中闪现/多少次安慰过我的寂寞/我的心又随水仙跳起舞来/我的心又重新充满了欢乐”。

综上所述，生态文学早期的文学样态是自然书写散文和生态诗歌。后来，传统的自然书写散文和生态诗歌在驾驭复杂的现实生态问题时常常显得捉襟见肘、力不从心。因此，“生态小说”也就应运而生。像自然书写散文一样，生态小说极力倡导构建人与自然之间的崭新关系，这种关系重视风景的精神维度，呼吁人们尊重和敬畏土地，例如书写荒野终结挽歌的福克纳的《熊》，精彩诠释狮与人神圣一体的霍根的《力量》，想象草原、狼与人和谐共生的姜戎的《狼图腾》，描绘捕鲸船长大战白鲸的赫尔曼·梅尔维尔的《白鲸》等。这些题材多样的生态小说揭示了人类中心主义、文化偏见等在歧视自然甚至殖民自然方面的内在逻辑关联，探寻解决人与环境之间冲突和对抗的文化策略以及构建公正的生态世界的文化路径。

简而言之，以描绘和探究人与自然的关系为写作重心的生态文学早已成为世界性文学现象，其丰富的生态文化内涵潜藏着无尽的生态能量。生态文学成了协调和守护社会人文生态、非人类自然生态、人类精神生态及其和谐关系的重要文化力量。

面对严峻的生态形势，当代生态文学创作更加活跃，佳作迭出，构建了一个多姿多彩、生机盎然的生态文学“百花园”。然而，如果我们认真品味就会发现，尽管生态文学繁荣丰富，令人眼花缭乱，但其创作依然有章可循。文学家们大多遵循共同的基本原则，他们的作品也表现出明显相似的审美特征：一是彻底摈弃那种基于人与世界对立、主客二分的传统审美模式，代之以人与世界融合为一的“审美交融”模式。二是把生态意识作为生态审美的必要前提条件。三是以自然科学知识作为生态审美的基础。四是以生物多样性和生态平衡作为生态价值准则，反思和批判人类中心主义的审美天性和习性。①

生态文学以其独特的视角和敏锐的感知，揭示了自然的奥秘和生态的规律。通过生态文学的描绘，我们能够领略大自然的神奇与伟大，感受到生命的脆弱与坚韧，从而更加珍惜这来之不易的生态家园。

同时，生态文学也深入挖掘了人类心灵与自然的内在联系。在快节奏的现代生活中，人们常常感到疲惫和迷茫，心灵被物质的追求和功利的思维所束缚。生态文学正是通过文字的力量，让我们重新找回那份与自然亲近的本能，唤醒内心深处对美的追求和对生命的热爱。

生态文学还具有强烈的批判精神。它毫不留情地揭示了人类活动对生态环境造成的破坏，批判了短视的发展观念和贪婪的消费主义。它呼吁人们摒弃以牺牲环境为代价的发展模式，倡导绿色、可持续的生活方式，让人类的发展与自然的保护相协调。在这个意义上，生态文学不仅是一种艺术表达，更是一种社会责任感的体现，它激励着我们为保护生态环境、建设美丽家园而努力奋斗。

让我们走进生态文学的世界，用心灵去感受大自然的美丽与神奇，用文字去传递生态的智慧与力量。让我们在这片绿色的生态文学天地中，找到心灵的归宿，共同谱写人与自然和谐共处的美好篇章！

---

① 程相占：《论生态审美的四个要点》，《天津社会科学》2015年第5期。

一个消逝了的山村（节选）

冯　至①

在人口稀少的地带，我们走入任何一座森林，或是一片草原，总觉得它们在洪荒时代大半就是这样。人类的历史演变了几千年，它们却在人类以外，不起一些变化，千百年如一日，默默地对着永恒。其中可能发生的事迹，不外乎空中的风雨，草里的虫蛇，林中出没的走兽和树间的鸣鸟。我们刚到这里来时，对于这座山林，也是那样感想，绝不会问到：这里也曾有过人烟吗？但是一条窄窄的石路的残迹泄露了一些秘密。

我们走入山谷，沿着小溪，走两三里到了水源，转上山坡，便是我们居住的地方。我们住的房屋，建筑起来不过二三十年，我们走的路，是二三十年来经营山林的人们一步步踏出来的。处处表露出新开辟的样子，眼前的浓绿浅绿，没有一点历史的重担。但是我们从城内向这里来的中途，忽然觉得踏上了一条旧路。那条路是用石块砌成，从距谷口还有四五里远的一个村庄里伸出，向山谷这边引来，先是断断续续，随后就隐隐约约地消失了。它无人修理，无日不在继续着埋没下去。我在那条路上走时，好像是走着两条道路：一条路引我走近山居，另一条路是引我走到过去。因为我想，这条石路一定有一个时期宛宛转转地一直伸入谷口，在谷内溪水的两旁，现在只有树木的地带，曾经有过房屋，只有草的山坡上，曾经有过田园。

我不能研究这个山村的历史，也不愿用想象来装饰它。它像是一个民族在这世界里消亡了，随着它一起消亡的是它所孕育的传说和故事。我们没有方法去追寻它们，只有在草木之间感到一些它们的余韵。

最可爱的是那条小溪的水源，从我们对面山的山脚下涌出的泉水，它不分昼夜地在那儿流，几棵树环绕着它形成一个阴凉的所在。我们感谢它，若是没有它，我们就不能在这里居住，那山村也不会曾经在这里滋长。这清冽的泉水，养育我们，同时也养育过往日那村里的人们。人和人，只要是共同吃过一棵树上的果实，共同饮过一条河里的水，或是共同担受过一个地方的风雨，不管是时间或空间把他们隔离得有多么远，彼此都会感到几分亲切，彼此的生命都有些声息相通的地方。我深深理解了古人一首情诗里的句子：“日日思君不见君，共饮长江水。”

其次就是鼠曲草。这种在欧洲非登上阿尔卑斯山的高处不容易采撷得到的名贵的小草，在这里却每逢暮春和初秋一年两季地开遍了山坡。我爱它那从叶子演变成的，有白色茸毛的花朵，谦虚地掺杂在乱草的中间。但是在这谦虚里没有卑躬，只有纯洁；没有矜

① 冯至（1905—1993）：现代诗人、学者。他与卞之琳一起被认为是中国新诗史上的现代派大家。他创作的诗集有《昨日之歌》《北游及其他》和《十四行集》。冯至也是中国文学研究家，他撰写学术著作《杜甫传》，被毛主席称赞是“为中国人民做了一件好事”。

持，只有坚强。有谁要认识这小草的意义吗？我愿意指给他看：在夕阳里一座山丘的顶上，坐着一个村女，她聚精会神地在那里缝什么，一任她的羊在远远近近的山坡上吃草，四面是山，四面是树，她从不抬起头来张望一下，陪伴着她的是一丛一丛的鼠曲从杂草中露出头来。这时我正从城里来，我看见这幅图像，觉得我随身带来的纷扰都变成深秋的黄叶，自然而然地凋落了。这使我知道，一个小生命是怎样鄙弃了一切浮夸，孑然一身担当着一个大宇宙。那消逝了的村庄必定也曾经像是这个少女，抱着自己的朴质，春秋佳日，被这些白色的小草围绕着，在山腰里一言不语地负担着一切。后来一个横来的运命使它骤然死去，不留下一些夸耀后人的事迹。

雨季是山上最热闹的时代，天天早晨我们都醒在一片山歌里。那是些从五六里外趁早上山来采菌子的人。下了一夜的雨，第二天太阳出来一蒸发，草间的菌子，俯拾皆是：有的红如胭脂，青如青苔，褐如牛肝，白如蛋白，还有一种赭色的，放在水里立即变成靛蓝的颜色。我们望着对面的山上，人人踏着潮湿，在草丛里，树根处，低头寻找新鲜的菌子。这是一种热闹，人们在其中并不忘却自己，各人盯着各人目前的世界。这景象，在七十年前也不会两样。这些彩菌，不知点缀过多少民族的童话，它们一定也滋养过那山村里的人们的身体和儿童的幻想吧。

这中间，高高耸立起来那植物界里最高的树木，有加利树。有时在月夜里，月光把被微风摇摆的叶子镀成银色，我们望着它每瞬间都在生长，仿佛把我们的身体，我们的周围，甚至全山都带着生长起来。望久了，自己的灵魂有些担当不起，感到悚然，好像对着一个崇高的严峻的圣者，你不随着他走，就得和他离开，中间不容有妥协。——但是，这种树本来是异乡的，移植到这里来并不久，那个山村恐怕不会梦想到它，正如一个人不会想到他死后的坟旁要栽什么树木。

秋后，树林显出萧疏。刚过黄昏，野狗便四出寻食，有时远远在山沟里，有时近到墙外，作出种种求群求食的嗥叫的声音。更加上夜夜常起的狂风，好像要把一切都给刮走。这时有如身在荒原，所有精神方面所体验的，物质方面所得获的，都失却了功用。使人想到海上的飓风，寒带的雪潮，自己一点也不能作主。风声稍息，是野狗的嗥声，野狗声音刚过去，松林里又起了涛浪。这风夜中的嗥声对于当时的那个村落，一定也是一种威胁——尤其是对于无眠的老人，夜半惊醒的儿童和抚慰病儿的寡妇。

在比较平静的夜里，野狗的野性似乎也被夜的温柔驯服了不少。代替野狗的是麂子的嘶声。这温良而机警的兽，自然要时时躲避野狗，但是逃不开人的诡计。月色朦胧的夜半，有一二猎夫，会效仿麂子的嘶声，往往登高一呼，麂子便成群地走来……据说，前些年，在人迹罕到的树丛里还往往有一只鹿出现。不知是这里曾经有过一个繁盛的鹿群，最后只剩下了一只，还是根本是从外边偶然走来而迷失在这里不能回去呢？反正这是近乎传说了。这美丽的兽，如果我们在庄严的松林里散步，它不期然地在我们对面出现，我们真会像是 Saint Eustace 一般，在它的两角之间看见了幻境。

两三年来，这一切，给我的生命许多滋养。但我相信它们也曾以同样的坦白和恩惠对待那消逝了的村庄。这些风物，好像至今还在述说它的运命。在风雨如晦的时刻，我踏着那村里的人们也踏过的土地，觉得彼此相隔虽然将及一世纪，但在生命的深处，却和他们有着意味不尽的关连。

选自冯至著：《山水》，北京出版社 2019 年版。

阅读提示：

1931 年，冯至在翻译了里尔克《给一个青年诗人的十封信》后，在译者序里写下了这样的一段话："他告诉我们，人到世上来，是艰难而孤单。一个个的人在世上好似园里的那些并排着的树。枝枝叶叶也许有些呼应吧，但是它们的根，它们盘结在地下摄取营养的根却各不相干，又沉静，又孤单。人每每为了无谓的喧哗，忘却生命的根蒂，不能在寂寞中，在对于草木鸟兽（它们和我们一样都是生物）的观察中体验一些生的意义，只在人生的表面上永远往下滑过去。"这段话也表达了冯至对自然万物的态度。在其众多的文学作品中，他都毫不吝惜地表达着对平常景物的情有独钟。他以诗人的审美眼光体验和描述着平凡山水中的一草一木、一溪一石，从而发现其中蕴含的独特的意趣，借此阐发人生哲理。

在《一个消逝了的山村》中，冯至以诗人的眼光透视平凡山水人事，以散文的形式创造一种富有张力的诗的意境、沉思的理趣。冯至由眼前之景，回眸历史，观照现实，使生命跨越了时空，阐发出对人生的生死病苦、兴衰存亡之感慨，表现对存在意义的思考，流露出沉重的历史感。

从宏观角度来看，作者写"一个消逝了的山村"更多地体现着人与自然的对话，体现出人在自然当中完成审美感悟与哲学思考的心路历程。文章借助对一个已经消逝了的自然山村的写实与自身想象及意象建构基础上的写意，让一个已经消逝了的自然山村成为内心意象建构的基础，从而在作者自己的心中、在读者的心中展现出一幅和谐美丽的画卷。散文充满了盎然诗意和悠远理趣。

思考与练习：

在文章的结尾，作者写自己与村庄的人们"相隔虽然将及一世纪，但在生命的深处，却和他们有着意味不尽的关连"，如何理解这句话的含义？

咏水仙

华兹华斯①

我好似一朵孤独的流云，
高高地飘游在山谷之上，
突然我看见一大片鲜花，
是金色的水仙遍地开放。
它们开在湖畔，开在树下，
它们随风嬉舞，随风波荡。

它们密集如银河的星星，
像群星在闪烁一片晶莹；
它们沿着海湾向前伸展，
通往远方仿佛无穷无尽；
一眼看去就有千朵万朵，
万花摇首舞得多么高兴。

粼粼湖波也在近旁欢跳，
却不知这水仙舞得轻俏；
诗人遇见这快乐的旅伴，
又怎能不感到欢欣雀跃；
我久久凝视——却未领悟
这景象所给我的精神至宝。

后来多少次我郁郁独卧，
感到百无聊赖心灵空漠；
这景象便在脑海中闪现，
多少次安慰过我的寂寞；

① 华兹华斯（1770—1850）：英国浪漫主义诗人。作为湖畔派诗人中最杰出的代表，华兹华斯写了许多以自然与人生关系为主题的诗歌，代表作有长诗《序曲》《丁登寺》《咏水仙》《孤独的割麦女》等。

我的心又随水仙跳起舞来，

我的心又重新充满了欢乐。

选自［英］华兹华斯等著，顾子欣译：《英国湖畔三诗人选集》，湖南人民出版社1986年版。

阅读提示：

在诗的开头，诗人首先把自己比喻成一朵孤独的流云，孤单地在高高的天空中飘荡。后来孤傲的诗人偶然发现了一大片金色的水仙（如图2-1），它们正欢快地遍地开放、随风起舞，像群星一样璀璨。身处其中的诗人与它们融为一体，构成了一幅人与自然的和谐画面。诗人为有这样的同伴而欢欣鼓舞。诗人早已厌倦了工业文明带给城市的喧嚣，他将热烈绽放的水仙视为同行的伙伴和精神的伴侣，在与水仙的对望和交流中，纯净的自然让诗人体会到了诗意栖居的感受。在诗歌的最后，诗人在脑海中与水仙共舞，人类与自然完美和谐地共存，这正是诗人所追求的理想生活方式。

图2-1　水仙

诗歌的整个基调是浪漫的，同时又带有浓烈的象征主义色彩。可以说，诗人在大自然中找到了精神的寄托。

全诗一共分为四节，每节六行，二、四、六句押韵，具有整齐的韵律美，读后给人以美的享受。

思考与练习：

诗人在与水仙的对望和交流中，体会到了诗意栖居的感受。你在生活中也有类似的感受吗？说说你的体验。

论自然（节选）

爱默生①

一个人要想离群索居，他就需要像远离社会那样，远远地避开他的卧室。当我读书写作时，我并不是孤独的，尽管我身边没有旁人。可若是一个人希望独处，那就让他去看天上的星星。从天国传来的那些光线，将会把他和他触摸的东西分离开来。我们可以设想，四周的气氛将因此而变得圣洁而飘渺，它使得人在凝视那美妙的星体时领悟到静止不变的崇高境界。当你在城里的大街上仰望这些星星时，它们是多么璀璨动人啊！假如这些星星每隔一千年才出现一次的话，人们将会怎样地崇敬信仰它们，并且会怎样地为后代保存这一上苍显灵的记忆啊！然而，这些美的使者每个晚上都会出现，用它们那带有训诫意味的微笑照亮整个大地。

星星在我们心中唤起某种崇敬之情。因为它们尽管时常露面，却是不可企及的。但是当心灵向所有的自然物体敞开之后，它们给人的印象却是息息相关、彼此沟通的。大自然从不表现出贫乏单一的面貌。最聪明的人也不可能穷尽它的秘密，或者由于寻找出它所有的完美而丧失自己的好奇心。对于智者来说，大自然绝不会变成玩具。鲜花、动物、山峦都反映出他成熟的智慧，正如这些东西曾经在他幼年时给了他天真的欢愉一样。

当我们以这种口吻谈论自然时，我们的心目中有一种鲜明而又极富诗意的感觉。这感觉来自由无数自然物体造成的完整印象。正是这种完整统一的意识使我们能够分辨出伐木工人的木料和诗人笔下的树木。今天早晨我目睹的迷人风景，毫无疑问，至少是由二三十个农场组合而成的。米勒家拥有这一片田地，洛克占了那一块，而曼宁的地产在矮树林的那一端。但是他们中间的任何一家都无法拥有整个风景。在远方的地平线上有着一桩财产——它不属于任何人，除非有人能以自己的目光将它所有的部分组合起来——此人必定是个诗人。这风景是农场主财产中最好的部分，然而他们的地契却没有提及这一款。

说真的，几乎没有几个成年人能够亲眼看到自然。大多数人不会去盯住太阳细看。至少他们是一掠而过。太阳仅仅照亮成年人的眼睛，可它却一直透过孩子的眼睛照亮他的心灵。热爱大自然的人是那种内外感觉仍然协调一致的人，他在成年之后依然保持着孩童般的纯真。他与天地的交流变成了他每日食粮的一部分。面对自然，他胸中便会涌起一股狂喜，尽管他有自己的悲哀。大自然说——他是我的创造物，虽然他有种种无端的悲苦，总是高兴和我相处的。并非只有太阳与夏季是令人愉悦的。每个时辰、每个季节都会产生它独有的喜人之处。这是因为，每个时辰、每种变化都配合并导致一种不同的心灵状态，从静寂无声的中午，直到夜幕沉沉的午夜。大自然是一台背景，它既可做喜庆场合的陪衬，

① 爱默生（1803—1882）：美国思想家、作家、诗人。他的代表作《论自然》被称为美国超验主义的宣言。

也同样能衬托悲哀的事件。当我身心健康时，空气中都弥漫着善意与美德。穿越空旷的广场，脚踩积雪的水坑，时值黎明前夕，天空布满云层——此时我心中虽然没有一点有关好运气的想法，但是我经历了极度的喜悦。我高兴到了恐惧的边缘。在丛林中也是如此：一个人像蛇蜕皮一样一年年长大，但是不论他年纪有多大，他永远是个孩子。人在丛林里能永久地保持青春。在这些上帝掌管的庄园里，有一种神圣的礼仪和秩序统治一切。一年四季，延绵不断地过节，而客人乐在其中，一千年也不会感到厌烦。我们在丛林中重新找到了理智与信仰。在那里，我觉得一辈子也不会有祸事临头——没有羞辱，没有灾难（让我的眼睛避开它们吧）——而这些人为祸事是大自然无法弥补的。站在空地上，我的头颅沐浴在清爽宜人的空气中，飘飘若仙，升向无垠的天空——而所有卑微的私心杂念都荡然无存了。此刻的我变成了一只透明的眼球。我不复存在，却又洞悉一切。世上的生命潮流围绕着我穿越而过，我成了上帝的一部分或一小块内容。最亲近的朋友的名字听起来也陌生奇异之极。兄弟也好，熟人也罢，是主人还是仆佣——这些都在一刹那变得无谓，甚至讨厌。我成了一种巨大而不朽的美的崇拜者。我在荒野里发现了某种比在大街上或村镇里更为亲昵、更有意味的气氛。在静谧的田野上，尤其是在遥远的地平线上，人看到了某种像他的本性一样美好的东西。

田野与丛树所引起的欢愉，暗示着人与植物之间的一种神秘联系。它们说明我不是孤身一人，也不是不被理睬。它们在向我点头，我也向它们致意。在暴风雨中摇摆的树枝，对我既是生疏的，又是熟悉的。它令我十分吃惊，但又不是完全陌生的东西。它的效果就好比是在我自以为是、沾沾自喜时，突然被一种更崇高的思绪或更美好的感情所征服。

然而可以肯定，产生这种欢愉心情的力量并不存在于大自然之中，它出自人的心灵，或者出自心灵与自然的和谐之中。人们有必要以极大的节制态度来利用这种欢愉。因为大自然并非总是用节日盛装打扮自己——昨天依然是花香四溢、光彩迷人的美景，仿佛是专供仙女们玩耍嬉闹的地方，今天却沉寂一片，毫无生气。大自然总是染有情绪色彩。对一个在苦难中辛苦工作的人来说，他心中怒火熊熊，饱含悲伤。在另一种情况下，一个刚刚得知朋友死讯的人则会感到他周围的风景含有讥讽意味。当天空为这位芸芸众生中的小人物致哀时，它看上去也不再像往日那样开阔壮观。

选自［美］爱默生著，赵一凡译：《论自然·美国学者》，生活·读书·新知三联书店 2015 年版。

阅读提示：

浪漫主义思潮时期是美国文学发展史上最重要的创作时期之一。超验主义是美国文学史上浪漫主义思潮发展到一定阶段的产物。爱默生是 19 世纪美国超验主义的杰出代表和领袖人物，被林肯总统称为“美国文明之父”。

爱默生发表于1836年的《论自然》几乎包含了他所有重要思想的胚芽，集中反映了超验主义的思想与理论，被誉为美国自然文学的“精神宝库”。该书提出了一种新的思维方式——师法自然。这种新的思想推动美国浪漫主义文学发展到一个更新、更成熟的阶段。该阶段文学极度繁荣，因此也被称为“美国的文艺复兴”。爱默生的《论自然》这部书被称为19世纪美国文艺复兴的宣言。

本文节选自爱默生《论自然》的第一章“自然”。这一章从自然、物质、美、语言、知识、理念、精神和未来八个方面阐述了大自然的丰富意蕴和作者自身的独特见解。

在爱默生看来，自然都是人的精神化身，他认为只有在孤独时人的各种内在天赋才能得到充分发展。在《论自然》中，他倡导人们用一种新的眼光来看待自然。他认为，唤醒人们对自然新的认识，等于唤醒了人们精神生命的新生。他认为传统和权威已经成为人们对宇宙认识的障碍，他激励人们从思想的桎梏中解脱出来，与漂浮在自然之中那种令人欢愉、令人激动的精神动力相交融。爱默生相信：人与宇宙是和谐的，是一个完整的统一体。因此，每个人都能够与宇宙保持最原始的关系。他主张人类应该始于自然，归于自然，与自然和谐共生。

正是基于这种从自然中寻求思想和文化的观念，爱默生后来在被誉为“美国知识界独立宣言”的《美国学者》一书中推出了具有深远影响的观点：“总之，古代那条箴言‘认识你自己’，与现代这条格言‘研习大自然’合而为一了。”这一论点不仅可视为美国学者毕生的神圣使命，也可视为日后蓬勃发展的美国自然文学的理论基础。

思考与练习：

在爱默生看来，自然对人类不只是物质，也是过程和结果。你怎么理解？

漫　步

梭　罗①

几个月前，我全程游览了莱茵河。它就像中世纪的一个梦。我如痴如醉地沿着莱茵河的历史洪流顺流而下，从罗马人建造、后世英雄修缮的桥下穿过，从各城邑与城堡的旁边荡

① 梭罗（1817—1862）：美国作家、哲学家。他是一位自然主义者和超验主义者，提倡回归本心，亲近自然。他的代表作品长篇散文《瓦尔登湖》（又译为《湖滨散记》），是超验主义经典作品。梭罗一生创作了二十多部散文集，被称为自然随笔的创始者。

过——它们的名字如音乐般悦耳，每个名字背后都有一个传说，其中包括埃伦布赖特施泰因、罗兰泽克和科布伦茨，这些地方我只在历史故事中听说过。我对它们的废墟特别感兴趣。莱茵河水面的藤蔓覆盖着的山冈和溪谷里仿佛飘来一缕肃穆的音乐，如同十字军出征圣地时那肃穆的乐章。我沉漫在莱茵河的魔咒中，仿佛来到一个英雄时代，呼吸着骑士的豪迈之气。

不久之后，我又游览了密西西比河的全景。我一路溯河而上，以今人的眼光，看着汽船往上游去收集木材，数着拔地而起的新兴城市，凝望着新近出现的纳府遗址，瞧见印第安人跨过溪流向西迁徙。正如我之前眺望摩泽尔河那样，此刻我远远看着俄亥俄河与密苏里州，听着迪比克的传说与威诺娜悬崖的传奇故事，我想的更多的是未来，而不是过去或现在。我发现这是一条不同的“莱茵河”，河畔的城堡尚未奠基，河上著名的桥梁也尚未架起。我又感到，这本身就是个英雄时代，尽管我们没有认出它来，因为英雄通常是最淳朴、最不起眼的。

我所说的西方只是“荒野”的代名词，而我一直想要表达的是：世界存乎野性。每一棵树都伸出须根去探寻它，每座城市都不惜代价去引进它，而人类为了它扬帆远航。人类强身健体的补品和树皮都来自森林与荒野。我们的祖先是野蛮人，传说罗慕路斯和勒莫是狼养大的，这不是一则毫无意义的故事。每个声名显赫的国家，其缔造者都从这样的荒野中汲取过养料和活力。帝国的传人不是狼哺育长大的，所以才被那些在北方森林里由狼哺育的传人征服和取代。

我信任森林，信任草地，信任庄稼生长的夜晚。我们需要在茶茗中沏泡铁杉或崖柏。为了获取力量而吃喝与纯粹的贪馋暴饮不一样。事实上，霍屯督人会急切地生吞弯角羚及其他羚羊的骨髓；我们北部某些印第安人也会生吞驯鹿的骨髓及其他部位，包括柔软的鹿茸。有鉴于此，在美食方面他们恐怕已经抢在巴黎厨师前面捷足先登了。那些被扔进火里烧掉的柴火，也是他们取食的对象。在塑造人的身体这方面，这大概比棚养的牛肉和屠宰场的猪肉好。给我野性吧，没有文明能承受得起野性那匆匆一瞥——就好比我们过的是茹毛饮血的生活。

画眉鸟各种族地盘的边界中间有些空隙，我愿意迁徙到那空隙间——那是尚未被移居者擅自占用的荒野之地，依我之见，我已经适应这样的环境了。

非洲猎手卡明告诉我们，原产于非洲的大羚羊和其他大多数羚羊刚毙命的时候，皮肤会弥散出一股最怡人的草木芳香。我希望每一个人都像野羚羊似的，成为大自然不可或缺的一部分，希望他的身体会散发出那股草木香，让我们感知到他的存在，联想到他在大自然中常常流连的角落。如果设陷阱诱捕动物者的外套弥散出麝鼠的香味儿，我绝不会挖苦嘲讽，对我来说，这股香味儿比商人或学者的衣服上散发出来的气味更甘甜。当我打开他们的衣橱，触摸他们的礼服时，想到的不是他们时常出入的绿草茵茵的平原与繁花似锦的草地，而是灰尘飞扬的商业交易所和图书馆。

晒黑的皮肤更为可敬。或许，对于人们抑或丛林的常住民们来说，橄榄色是比白色更健康的肤色。“苍白的白种人！”无怪乎非洲人觉得他们可怜。自然主义学家达尔文说：“白种人站在塔希提人身边洗澡，就像把一株经园艺漂白的植物同旷野里茁壮生长的康健、苍翠的植物相对比。”

本·琼森宣称——

“公正何等近乎善！”

而我想说——

“野性何等近乎善！”

生命与野性并存。最有野性的才是最有生命力的。野性尚未屈服于人类，而它的存在使人精神振作。一个前进不倦、劳作不辍的人，一个快速成长并无休止地探索生命的人，总是会发现自己身处一片全新的乡村或荒野，被生命的原材料簇拥在中间。他会翻过原始林木匍匐在地上的枝干。

对我而言，希望与未来不在草坪与耕地上，不在城镇与都市里，而在不渗水、颤巍巍的沼泽上。以前，我曾琢磨着买下哪块农田，当我分析自己对某块农田的偏爱时，频频发觉吸引我的不过是几个见方不渗水且深不可测的沼泽——大自然的天然水池，那是令我目眩神迷的珍宝。我所获得的给养，更多的是来自于环绕家乡小镇的沼泽，而不是来自村庄里培育的园圃。在我眼中，没有比丛生的马醉木花床更华丽的花圃了，它们覆盖在地球表面这些柔软的地方。植物学顶多只能把这些长在这里的灌木名称告诉我——高灌蓝莓、圆锥花序马醉木、狭叶山月桂、映山红和北美杜鹃，它们全都伫立在颤巍巍的水藓中间。我常想，我宁愿铲平花坛、云杉和锦熟黄杨，甚至铲掉碎石小径，好在我的屋前栽下这一大丛暗红色的灌木。我宁愿我窗下有这片肥沃的沼泽地，而不是手推车运进来的几车泥土，覆盖挖地窖时抛出来的沙子。为何不把我的房屋和起居室摆在这片沼泽地的后面？那被我称为“前院"的地方种着几株珍稀品种，虽有“自然与艺术”的名声，却不过徒有虚名。虽然木匠和泥瓦匠为路过的人和住在房子里人所做出的修饰一样多，但他们走后，我应当清理一空，装扮得更得体。雅致的前院篱笆从来不是令人愉悦的研究对象，那些诸如橡实盖之类的精美装饰品很快就会令我厌倦。那么，就让你的门槛紧挨着沼泽吧！尽管这里并不是修建干燥地窖的最佳场所，但这样城里人就没有通道从那边进来了。修建前院本来就不是让人走进走出的，最多只是为了从中间穿过，你完全可以从后门进来。

是的，或许你会认为我这人性格乖张，可是你若问我是喜欢住在世界上最美的人工花园附近，还是喜欢住在迪斯默尔沼泽旁边，我肯定会毫不犹豫地选择后者。那么，诸位，对我而言，你们这些城里人的辛劳是多么徒然无益啊！

外面的世界越荒凉，我的精神就越高涨。给我海洋、沙漠或荒野吧！在沙漠中，纯净的空气与绝对的独处弥补了对水分和富饶的需求。正如旅行家伯顿所说的那样："你的道德品行提高了，你变得坦率而诚恳、热情而单纯……在沙漠中，烈酒只会令人作呕。我们纯粹地像动物那样生存便会产生一种强烈的愉悦感。"那些常年在鞑靼大草原上跋涉的人说："一旦重返耕地，人类文明世界的躁动、茫然和混乱就会让我们感到压抑和窒息，感觉喘不过气来，仿佛每时每刻都有可能死于窒息似的。"当我自己想消磨时光的时候，就会去寻找最密不透风的丛林，去寻找最黏稠、最深不见底且对城里人来说最沉闷的沼泽。走进沼泽就如同走进圣地——sanctum sanctorum（拉丁语：至圣所），那里有大自然的力量，是大自然的精髓。原始丛林里藏着松软肥沃的处女地，这样的土壤无论对人还是对树木都大有裨益。一个人的农田需要多少肥料，他就需要能在其视野范围里看到多少草地，只有这样才能健健康康地生活下去。草地为他提供着赖以为生的、品质优良的肉类。要拯救一个城镇，不仅要靠城市里正义的勇士，还要靠周围的丛林与沼泽。若是一个城镇不仅地面上有一片原始森林在摇曳，地下还有一片原始森林在腐烂，那它不仅适合培育玉米与土豆，还适合养育未来的诗人与哲学家。就是这样的土壤孕育了荷马、孔子以及诸贤人，就是这样的旷野走出了吃蝗虫和野蜂蜜的改革家。

选自［美］亨利·戴维·梭罗著，任小红译：《一个人的远行》，哈尔滨出版社2018年版。

阅读提示：

散文集《一个人的远行》涵盖了梭罗对以美洲、欧洲为主的自然风光的所见所感，包括四季各有特点的宜人景色，山川、森林、野生动物、秋叶、苹果树等自然界中的美好事物。作者用一个人远行的足迹，印证大自然给人类带来的美好和享受，洗涤心灵，熏陶情感。

在这篇名为《漫步》的文章中，梭罗倡导了一种到田野或丛林中漫步，让脚步为大自然所引导，心灵自然而然就会踏上朝圣之路的理念。在他看来，漫步不同于散步，它必须离开城市，走上田野或走进丛林；漫步不同于旅游观光，还会回到起点，而应当抱着永不回来的决心；漫步也不同于规律的运动，它是一天中的冒险和探险。它有三大不可或缺的因素：悠闲、独立和自由。每次漫步之旅，都应该抱着至死不渝的信念，抱着永远不再回来的决心。

作者用自己漫步——每天到附近田野、丛林的短暂漫步，几个月前到莱茵河、密西西比河等的远方漫步——所感受的欢愉告诉我们：生命与野性并存，生命与未来就在大自然中。到大自然中漫步，就是向着圣地漫步，总有一天，太阳的光芒会照进我们的思想和心灵，点亮我们的人生。

思考与练习：

在你看来，梭罗倡导的简单生活跟现代文明发展之间是否矛盾？你欣赏梭罗的做法吗？

林中小溪

普利什文[1]

如果你想了解森林的秘密，就找一条林中小溪（如图2-2），沿它的岸向上游或下游走。早春时我就在我喜爱的小溪岸上走。下面就是我在这里的所见所闻所思。

我看到，在一个小小的地方流水遇到了云杉树根的阻碍，因此而发出潺潺声并生出泡沫，这些泡沫很快奔驰而去并迅即破灭了。但是很大一部分是在遇到老远就可见到的一团白雪处的新障碍才破碎的。

图2-2　林中小溪

水面上阳光的颤动在云杉树干上、在草上投下了阴影，阴影沿着树干、草而移动。在这种颤动中产生了声音，令人觉得，仿佛草在音乐声中生长，你看到了阴影的协调和谐。

水从略为宽阔的水面急速流向狭窄的深水道，因为这无声的奔流，使人觉得，仿佛水在收缩肌肉，而太阳与此相呼应，水流的阴影紧张地在树干上、草上掠过。

要不就遇上一个大障碍，水仿佛在抱怨，远远地就能听到它的怨泣声和拍溅声，但是这不是软弱，不是抱怨，不是绝望，水根本不知道人的这些情感，每一条小溪都深信，它能奔流至自由的水域，即使遇到山，就算是厄尔布鲁士山，它也能将它切割成两半，或迟或早它能奔流到……

水上的涟漪沐浴着阳光，阴影像清烟一般永远在树木和绿草上飘移。在小溪的淙淙声中含着树脂的芽苞绽开了，草从水下和在岸上长了起来。

静静的水潭里有一棵倒下的树，这里闪闪发亮的漩涡在静静的水面上放出波澜。

水流伴随着低沉的汩汩声有信心地流淌着，不能不欢乐地彼此呼应着，因为许多条强大的水流正汇合成一股巨流，它们相遇，相汇，相谈，相应。这是所有来到和散去的水流在彼此招呼。

水碰到了新长的黄花的花蕾，于是就颤动起来。小溪的生活就在水泡和泡沫中，不然就是在鲜花和舞动的阴影中欢乐地呼应着度过的。

一棵树早就牢牢地横卧在小溪上甚至已经发绿，但是小溪给自己在树下找了个出口，

---

① 普里什文（1873—1954）：俄罗斯作家，世界生态文学和大自然文学的先驱，代表作是体现其“自然与人”创作思想的散文随笔集《大自然的日历》《鸟儿不惊的地方》以及日记体小说《林中水滴》等。

迅速地，带着颤动的阴影奔流着，发出潺潺的响声。

有些草已长出水面，现在在水流中经常俯向水面，回应着阴影的颤动和小溪的行进。

让路上有堵塞，让它有吧！障碍造就着生活，没有它们，水就没有生气地立即流向了海洋，犹如莫名的生命离开了无生气的躯体。

在路上出现了宽阔而略深的低洼。小溪没有吝惜自己的水，注满了它，继续向前奔流，让这个水洼过它自己的生活。

在冬雪的重压下一株宽阔的乔木弯曲了。现在许多枝杈伸进了小溪，像蜘蛛似的，还是灰色的，趴在小溪上，蠕动着自己所有的长腿。

云杉和白杨的种籽漂浮在水面上。

小溪穿过树林的整个行程是一条漫长的斗争道路。这里时间就是这样产生的，斗争就是这样延续的。在这种漫长的过程中得以产生生活和自我意识。

是的，没有这些每一步都出现的障碍，水立即就流走了，就根本不会有时间和生命……

在自己的斗争中小溪努力着，水流如肌肉一般拧紧，但是毫无疑问，或迟或早它会流入汪洋自由的水中，这“或迟或早”就是时间，就是生命。

望着这生气勃勃的小溪，我也想到了自己，或迟或早我将归入浩瀚的水中，纵然我在这里将是最后一个，那里一定会把我当第一个来接纳。在那里，在浩瀚的水域，在汪洋中，全都是第一个，因为生命没有尽头。

一股股水流呼应着，在两岸紧挟中奋力奔流，反复说着自己的话——“或迟或早”，就这样整日整夜嘀咕着这“或迟或早”。只要没有流走最后一滴水，只要春天的小溪不干涸，水就会不倦地重复着：“或迟或早我们会归入海洋。”

沿着岸边水面，春水被切割成一个浅圆湖，里面有湖水泛溢留下的一条狗鱼，它成了俘虏。

或是你突然来到了小溪的一处安静地方。整个树林你都能听到灰雀的咕咕鸣叫，苍头燕雀触动老树叶发出的簌簌声。

或是有力的水流和两股水流的小溪呈斜角汇合，全力冲击着陡坡，百年云杉那强大的根系却使陡坡变得非常坚固。

我就坐在根上，感觉非常好。我边休息边听着下雨。陡坡下面，强劲的水流满怀信心地呼应着，在自己的“或迟或早”中呼——应——着。

在小山杨林中水拍溅着，在一个角落聚合，像一个湖似的，从高约一米的断面落下去，因而老远就汩汩作响，虽然水声汩汩，小湖上却只有宁静的波纹，小小的波纹，密集的小山杨树被冲歪在水下，像蛇一样不停歇地要向下奔去，但总被自己的根系拖住而无法离去。

小溪把我束缚住了，我无法离开它，我感到无聊。

我走到林中一条路上。现在这里是长得最低的青草，青翠碧绿，可以说，几乎是毒草，两侧是灌满了水的两个车辙。

在最年轻的白桦树上，带着树脂清香的芽苞灿烂地闪耀着，但是树林尚未披上绿装，而布谷鸟今年飞到了这个尚是光秃的树林中。布谷鸟飞到光秃的树林被认为是不好的兆头。

在只开着瑞香、银莲花和报春花，树林尚未披上绿装的春天，我这么早就走过这伐木迹地已经是第十二个年头了。这里的灌木丛、树木甚至树墩我都了如指掌。荒野的伐木迹地于我就像是花园：我抚爱每一丛灌木，每一棵松树，每一株云杉。它们全都是我的，这一切如同是我栽了它们一样，这是我个人的花园。

从这个花园我回到了小溪。在这里看到了林中发生的大事：一棵百年云杉结满了新老球果，被小溪冲刷了树根，倒了下来，无数树枝横卧在小溪上。现在流水拍击着每一根树枝，边奔流边重复着“或迟或早……”，与其他的水流交相呼应。

小溪从荒僻的树林流到了林中空地上，在没有遮蔽的温暖的阳光中漫溢成宽阔的水洼。这里从水中长出了第一朵黄色的花，犹如一个蜂房，里面结着青蛙的卵，它们已经成熟。透过透明的蜂房孔可以看到黑黑的蝌蚪。这里，就在水的上方，几乎有跳蚤那么大的浅蓝的小苍蝇飞舞着，立即掉入水中，又不知从哪里飞了出来，又掉下去，似乎它们短暂的生命就在于此。如铜一般闪耀的水甲虫在静静的水中旋转着。一只姬蜂向四面八方飞窜，甚至都没有使水波动。又大又鲜艳的黑星黄粉蝶也在水的上方飞舞。在静静的水湾周围小小的水洼长满了草和花，而在一些早萌动的柳树上，毛茸茸的柳花绽放了，很像黄毛绒绒的小鸡。

小溪发生什么情况了？有一半水成单股溪流向一方流去，而另一半则流向另一边。也许，在为“或迟或早”的信念的斗争中水分流了：一股水说，这条路将早一点通向目标，另一个方向的水则看到了一条近路，于是它们分道扬镳，绕了一个大圈，在它们之间形成了一个大岛，重又高兴地汇合在一起并明白了：对于水来说没有不同的路，所有的路或迟或早都必定将它通向大洋。

我的眼睛里充满令人亲切眷爱的景象，耳朵里一直听到“或迟或早”的声音，白杨和白桦树脂的芳香——一切都汇合在一起，我觉得好得不能再好了，我不用再去哪儿。我坐到树根之间，靠在树干上，脸朝向温暖的太阳，这时我所期望的时刻降临了并停住了，我第一个进入了鲜花盛开的世界。

我的小溪来到了大洋。

选自［俄］普里什文著，石国雄译：《林中水滴》，北京大学出版社2017年版。

阅读提示：

普里什文是20世纪俄罗斯文学史上极具特色的作家。他有一双善于捕捉大自然情趣的慧眼。他怀有强烈的宇宙感，诚挚倾听鸟兽之语、草虫之音。他的作品用富有民间文学特色的语言，细致而生动地描绘了俄罗斯的自然地貌和人文景观，描述了尚未被现代文明冲击的淳朴生活和风俗习惯，并且寻幽探秘，追寻当地独特的地域文化，在文字中融合了从历史深处延宕而来的凝重而从容的思考。

《林中水滴》是一部日记体小说，让人深刻体会到"普里什文式的深情"。作家用细腻的笔触，把我们带进了一个森林的王国，鲜明灵动地展示出这个王国的美丽和丰富，文字流畅清丽，意境隽永，蕴含着一种音乐般的韵律。

水的形象在文中获得了普里什文多种意义的解读。譬如，冰雪消融后的水滴意味着万物的起源，小溪代表着独立的个性，湖泊是大地的眼睛，而急流与海洋象征着人类统一体。

在普里什文的笔下，无论水是以何种形态呈现，都在迸发出生命的欢欣与鼓舞，真可谓是"散文交响乐"和"生活欢乐和爱情的颂歌"。

在普里什文看来，水滴既是生命的起源，后续也在不断地滋养着生命，见证着生命的循环往复。在宇宙之中，水是万物的基础，是维持整个世界秩序的物质。没有了水，生命就没有了根基，世界的秩序也就不复存在。普里什文对水的描绘体现了他对世界的思考：世界万物不生不灭，在生生不息中暗自较量，却又互相依存。

思考与练习：

在普里什文笔下，自然与人类的关系是什么？

像山那样思考

利奥波德①

一声深沉的、骄傲的嗥叫，从一个山崖回响到另一个山崖，荡漾在山谷中，渐渐地消失在漆黑的夜色里。这是一种不驯服的、对抗性的悲哀，和对世界上一切苦难的蔑视情感的迸发。

每一种活着的东西（大概还有很多死了的东西），都会留意这声呼唤。对鹿来说，它

① 利奥波德（1887—1948）：美国作家、生态学家。这位"近代环保之父"、美国环境伦理的播种者，一生共出版了三部书，发表了五百多篇文章。其中，1949年出版的《沙乡年鉴》是其代表作。

是死亡的警告；对松林来说，它是半夜里在雪地上混战和流血的预言；对郊狼来说，是就要来临的拾遗的允诺；对牧牛人来说，是银行里赤字的坏兆头；对猎人来说，是狼牙抵制弹丸的挑战。然而，在这些明显的、直接的希望和恐惧之后，还隐藏着更加深刻的涵义，这个涵义只有这座山自己才知道。只有这座山长久地存在着，从而能够客观地去听取一只狼的嗥叫。

不过，那些不能辨别其隐藏的涵义的人也都知道这声呼唤的存在，因为在所有有狼的地区都能感到它，而且，正是它把有狼的地方与其他地方区别开来的。它使那些在夜里听到狼叫，白天去察看狼的足迹的人毛骨悚然。即使看不到狼的踪迹，也听不到它的声音，它也是暗含在许多小小的事件中的：深夜里一匹驮马的嘶鸣，滚动的岩石的嘎啦声，逃跑的鹿的砰砰声，云杉下道路的阴影。只有不堪教育的初学者才感觉不到狼是否存在，和认识不到山对狼有一种秘密的看法这一事实。

我自己对这一点的认识，是自我看见一只狼死去的那一天开始的。当时我们正在一个高高的峭壁上吃午饭。峭壁下面，一条湍急的河蜿蜒流过。我们看见一只雌鹿——当时我们是这样认为——正在涉过这条急流，它的胸部淹没在白色的水中。当它爬上岸朝向我们，并摇晃着它的尾巴时，我们才发觉我们错了：这是一只狼。另外还有六只显然是正在发育的小狼也从柳树丛中跑了出来，它们喜气洋洋地摇着尾巴，嬉戏着搅在一起。它们确确实实是一群就在我们的峭壁之下的空地上蠕动和互相碰撞着的狼。

在那些年代里，我们还从未听说过会放过打死一只狼的机会那种事。在一秒钟之内，我们就把枪弹上了膛，而且兴奋的程度高于准确：怎样往一个陡峭的山坡下瞄准，总是不大清楚的。当我们的来复枪膛空了时，那只狼已经倒了下来，一只小狼正拖着一条腿，进入到那无动于衷的静静的岩石中去。

当我们到达那只老狼的所在时，正好看见在它眼中闪烁着的、令人难受的、垂死时的绿光。这时，我察觉到，而且以后一直是这样想，在这双眼睛里，有某种对我来说是新的东西，是某种只有它和这座山才了解的东西。当时我很年轻，而且正是不动扳机就感到手痒的时期。那时，我总是认为，狼越少，鹿就越多，因此，没有狼的地方就意味着是猎人的天堂。但是，在看到这垂死的绿光时，我感到，无论是狼，或是山，都不会同意这种观点。

自那以后，我亲眼看见一个州接一个州地消灭了它们所有的狼。我看见过许多刚刚失去了狼的山的样子，看见南面的山坡由于新出现的弯弯曲曲的鹿径而变得皱皱巴巴。我看见所有可吃的灌木和树苗都被吃掉，先变成无用的东西，然后则死去。我看见每一棵可吃的、失去了叶子的树只有鞍角那么高。这样一座山看起来就好像什么人给了上帝一把大剪刀，并禁止了所有其他的活动。结果，那原来渴望着食物的鹿群的饿殍，和死去的艾蒿丛一起变成了白色，或者就在高出鹿头的部分还留有叶子的刺柏下腐烂掉。这些鹿是因其数目太多而死去的。

我现在想，正是因为鹿群在对狼的极度恐惧中生活着，那一座山就要在对它的鹿的极度恐惧中生活。而且，大概就比较充分的理由来说，当一只被狼拖去的公鹿在两年或三年就可得到补替时，一片被太多的鹿拖疲惫了的草原，可能在几十年里都得不到复原。

牛群也是如此，清除了牧场上的狼的牧牛人并未意识到，他取代了狼用以调整牛群的数目以适应其牧场的工作。他不知道像山那样来思考。正因为如此，我们才有了尘暴，河水把未来冲刷到了大海。

我们大家都在为安全、繁荣、舒适、长寿和平静而奋斗着。鹿用轻快的四肢奋斗着，牧牛人用套圈和毒药奋斗着，政治家用笔，而我们大家则用机器、选票和美金。所有这一切带来的都是同一种东西：我们这一时代的和平。用这一点去衡量成就，全部是很好的，而且大概也是客观的思考所不可缺少的，不过，太多的安全似乎产生的仅仅是长远的危险。也许，这也就是梭罗的名言潜在的涵义：这个世界的启示在野性中。大概，这也是狼的嗥叫中隐藏的内涵，它已被群山所理解，却还极少为人类所领悟。

选自［美］奥尔多·利奥波德著，侯文蕙译：《沙乡年鉴》，商务印书馆2016年版。

阅读提示：

《沙乡年鉴》是奥尔多·利奥波德创作的一部自然随笔和哲学论文集。它记录了作者对自然界中各种生命之间彼此依存的感知和体悟，文笔优美，思想深邃，被誉为“生态思想的《圣经》”。在《沙乡年鉴》中，奥尔多·利奥波德第一次提出了一种新的伦理学——土地伦理学。他认为，新伦理学必须改变两个决定性的概念和规范：一是伦理学的概念必须扩大到对自然界的关心，尊重自然界的所有生命。二是“权利”的概念应当扩大到自然界的所有个体，赋予它们存在的权利。为此，他提出了“大地共同体”的概念。他说：“大地伦理学只是扩大了共同体的边界，把土地、水、植物和动物包括在其中，或把这些看作是一个完整的集合：大地。”人只是大地共同体的一个成员，而不是土地的统治者，我们需要尊重土地。

《像山那样思考》是《沙乡年鉴》中的一则随笔。作者以“草—鹿—狼”这条食物链被斩断的后果为例，揭示了在人类愚蠢的短视行为背后隐藏的巨大生存危机。

作者把科学的事实和诗意的描述相结合，让读者首先沉浸在一种诗情的氛围之中，然后开始评论和展开思考。最后，回归心灵的顿悟和思想的升华。文章文笔简洁洗练，既有哲人的深刻，又有诗人的激情和想象。这一切，构成了文章鲜明的诗意美和思辨色彩。

思考与练习：

“大概，这也是狼的嗥叫中隐藏的内涵，它已被群山所理解，却还极少为人类所领悟。”你怎么理解文末这最后一句话？

白　鲸（节选）

赫尔曼·梅尔维尔①

于是就这样，莫比·迪克在热带海洋的水波不兴的宁静中，听着海浪鼓掌，而在高兴得过分时连掌也忘了鼓的情况下一直往前游，依然不把沉在水底下的躯体的令人胆战心惊的真面目在水面上一露，它的狞恶的受过伤的歪嘴更是深藏不现。不过它的前身不久便缓缓露出在水面；一时间，它的整个大理石般的身躯形成了一座高高的拱门，像是弗吉尼亚州的天然桥在空中摇着它的犹如旗帜的尾巴，像是在警告世人。这位尊贵的大神略一现身，又沉下水去不见了。那些在飞翔中的白色海鸟停了停，翅膀一侧浸入水中，在白鲸（如图 2-3）留下的一潭激荡不已的海水上久久不愿离去。

图 2-3　白鲸

三艘小艇的大桨竖起，小桨放下，一张张帆都松了；它们此刻只是静静地浮在水面上，等待莫比·迪克的再次出现。

"等一个钟头。"埃哈伯说，他站在艇艄像生了根似的。他的目光越过鲸鱼出没的地方，伸向朦朦胧胧的蓝色水面和下风头那一大片招人前往的空旷处。这只是一瞬间的事；因为随着他的目光在海面扫视了一圈，他的眼珠好似也骨碌碌打了一个转。此刻微风吹来，气息清新，海上开始起浪了。

"那些鸟儿！——那些鸟儿！"塔希特戈嚷起来。

那些白鸟犹如苍鹭起飞时那样，排成长长的一列纵队，飞向埃哈伯的小艇。飞到只有十几英尺距离时，它们开始在水面上扑打起翅膀来，一圈圈地盘旋，发出快活的有所期待的叫声。它们的视力比人的视力要犀利，埃哈伯这时并没有在海里发现什么迹象。然而在他朝海底下一直望下去时，突然看到了在深海中有一个并不比一只白鼬更大的活动的白点正在飞快地上升，越往上越大，最后打了个转，这时才看明白了，原来是两排长而凸凹不齐的白森森的牙齿从深不可测的海底浮上来；那是莫比·迪克的张着的嘴和它的下巴，它的硕大无朋的隐蔽着的身躯的一半还和蓝色的海洋溶在一起。它的闪闪发光的嘴在艇子底下打了个呵欠，好似打开了的一座大理石坟墓；埃哈伯用掌舵的桨往边上一划，艇子便转

① 赫尔曼·梅尔维尔（1819—1891）：19世纪美国伟大的小说家、散文家和诗人，美国象征主义文学大师。其代表作品《白鲸》，被英国作家毛姆认为可列为世界十大文学名著之一。

向一边，躲过了这好不厉害的幽灵。然后他叫费达拉和他对换了地方，自己到了艇艄，抓起了珀斯的镖枪，下令手下的水手拿起桨来，准备倒划。

此时，由于他及时使小艇转了过来，艇艄正好如他所预期的对着当时还在水下的鲸的脑袋。谁知莫比·迪克真是个人人称道的鬼精灵，它好似识破了他的计谋，把身子一横，眨眼间把自己满脸打褶的脑袋直钻到了艇子底下。

在一刹那间，艇子一下子整个儿发起抖来，连每一块船板，每一根肋材都抖起来；鲸鱼斜斜地仰天躺着，摆出鲨鱼正要咬人的架势，慢慢地颇有感情地将艇艄全都纳入它的嘴中，以致它的长而窄的弧形的下巴高高地探向空中，成一弧形；它的一颗牙齿卡在一个桨环里。它的珍珠似的白里透青的下巴内侧离埃哈伯的脑袋不到六英寸，而且比他的脑袋还高。白鲸这时就以这个姿势摇撼那小巧的杉木艇艄，活像一头装出一副和善神气的恶猫戏弄它逮住的耗子。费达拉毫不惊慌地环抱着两条胳膊眼望着它，而那几个虎黄色皮肤的水手却已在连爬带滚地相互挤压着，想爬到艇艄尖上。

就在鲸鱼恶毒地尽情戏弄着这艘大限将到的艇子的同时，艇子的富有弹性的两舷一鼓一吸地动着，而由于鲸鱼的身子沉在艇子底下的海中，费达拉无法在艇艄投枪刺它，因为艇艄几乎可以说是全部在它嘴里。同时其他两艘艇子由于危机突如其来，一时无法应付，不由得都愣了。这时，一心要报仇的埃哈伯眼看着仇人近得叫人手发痒，偏偏自己身陷在那可恨的下巴之内而无计可施。他气得发了疯，竟赤手空拳抓住了那长长的颚骨，死命地要把它拧下来。就在他这样拧而又拧不下来的时候，那颚骨从他手里滑脱了；脆薄的艇舷经不住折腾，凹了进去，碎了，断了。同时，鲸鱼的犹如一把特大剪刀的上下颚往后一缩一咬，把小艇咬成了两半，接着上下颚又在海中紧紧闭上了，把浮着的小艇残骸的一半关在了上下颚之外。这些残骸漂到了一边。在艇艄那几个水手紧紧抓住舷板，一边死命握着桨不撒手，好划着它们回到大船上。

在小艇断裂之前那一刻，埃哈伯首先识破了鲸鱼的意图；他随机应变地把自己的脑袋往上一顶，这一来就暂时松开了抓下巴骨的那只手，趁此机会，他的手作了一次最后的努力，想把艇子推出鲸口。其结果却是使艇子进一步滑到鲸鱼嘴里去，同时使它侧向一边。但艇子到底使他松开了抓下巴骨的手，就在他俯身推船的当儿，把他摔出了鲸口，在海面上摔了个脸朝下。

莫比·迪克随波起伏退走了，抛下了它的猎物，此时已停留在不远处；它的椭圆形的白色脑袋在大浪中直上直下地升降，同时缓缓地转动着它的纺锤般的身躯；因此当它的满是皱襞的大脑门子升出水面二十余英尺时，正在上涨的大浪连同所有那些向它汇合的波浪晶光耀眼地一齐撞碎在它的脑门子上，转而把它们的浪沫迸射到更高的空中好一泄它们心头之恨。这正如在狂风中，英吉利海峡中的巨浪打在涡石灯塔的底座上受挫后反弹回来，却将它们的浪沫飞溅到灯塔的顶上而自鸣得意。

但是不久莫比·迪克恢复了它的水平态势，飞快地绕着那些遭难的水手泅了一圈又一圈，用它的尾巴把两边的海水搅得天翻地覆，好似准备好要发动又一次更加猛烈的攻击。看来它一见那四分五裂的艇子就怒从心上起，正如《马卡比父子书》中安泰奥卡斯的大队的像见了扔在它们面前的血红的葡萄和桑椹一样。同时，埃哈伯被鲸鱼尾巴旁若无人地搅起的浪沫闷得几乎闭过气去；他又是个重残废，游不了水，不过他还能使自己浮在水面，哪怕是处在目前这样的漩涡中心也罢。远远望去，埃哈伯的有气无力的脑袋好像撒在水面上的一个气泡，稍有震动就会破裂。费达拉从残破的艇艄漠然不为所动地平静地瞅着他；漂在海上的另一部分艇艄上，抓住舷板不放的水手自顾不暇，实在帮不了他。由于打着转的白鲸模样儿着实吓人，也由于它飞快地转的圈子越转越小，使它看来像是要横扫他们，尽管其余的小艇未受损伤，就在近旁徘徊，却仍然不敢冲入涡流中去发动攻击，怕的是这样的攻击会成为埃哈伯和其他几个已遭到打击的难友即刻被消灭的信号；而在这种情况之下，他们自己也难望逃此厄运。因此他们始终睁大着眼睛停留在危急地带的外围，而埃哈伯老头的脑袋此时已经成了这一地带的中心。

选自［美］赫尔曼·梅尔维尔著，成时译：《白鲸》，人民文学出版社2021年版。

阅读提示：

《白鲸》是1851年发表的一部海洋题材的长篇小说，小说描写了亚哈船长为了追逐并杀死白鲸（实为白色抹香鲸）莫比·迪克，最终与白鲸同归于尽的故事。

在梅尔维尔笔下，大海永远是变幻莫测、充满险恶的，它“冷酷恶毒”，“在它那一派蔚蓝的、柔和的底里，隐藏有一种邪恶的魔力”。白鲸莫比·迪克，则是大自然无常力量的象征。白鲸的存在，无时无刻不在给捕杀它的人们带来宿命般的恐惧与哀伤。在作者的描述中，“大寿衣似的”海洋与幽灵般的白鲸，两者在阴险、邪恶的轨道上融为一体。而亚哈船长是这部小说的灵魂：他显现了上升时期的美国朝气蓬勃的奋斗冒险和战胜一切困难的大无畏精神，代表了20世纪美国的“硬汉性格”。但最终亚哈的命运仍然是悲剧的，捕鲸船也沉没了。

《白鲸》从始到终贯穿一条主线：人一旦置身于大自然中，唯一的选择只有充当征服者，他与被征服对象的关系必然是对立的，两者彼此仇视、互不相容。象征手法贯穿小说的始终，从而揭示出梅尔维尔对人与自然关系的看法：人类若狂妄地反抗自然，就会导致毁灭。

思考与练习：

《白鲸》的象征意义之一是写出了人与自然的关系问题。你怎么看待人类征服自然、改造自然这样的话题？

野性的呼唤（节选）

杰克·伦敦①

无法抗拒的冲动支配着它。它会趴在营地里，在炎热的天气懒散地打瞌睡，突然抬起头，竖起耳朵，全神贯注地倾听，一跃而起冲出去，一直往前奔跑数小时，穿过森林里的小路和林中开阔的空地——空地上长着一堆堆杂草。它喜欢在干枯的水道上奔跑，悄悄去窥探林中鸟儿的生活。有时它一整天爬在下层丛林里，观察石鸡的欢叫，上下跳来跳去。但它尤其喜欢在夏日的午夜奔跑于朦胧的夜色中，倾听森林里柔和的、令人昏昏欲睡的声音，细细辨认各种迹象和声响，如人们读书一样，寻求着那呼唤的神秘东西——无论它醒来还是睡去，那东西一直在呼唤着它跟去。

一天晚上它睡着时突然被惊醒跳起来，热切地张着眼睛，鼻孔颤动、嗅着，鬃毛像波浪一样一次一次地竖起。森林里传来呼唤声（或者呼唤声的一个声调，因为呼唤声有很多种声调），从未有过这么清楚、确切——是一声长长的嗥叫，既像但又不像爱斯基摩狗的任何声音。它知道这声音以前听过，仍然那么熟悉、亲切。它冲过安睡中的营地，悄然飞奔在林中。离叫声越来越近时它放慢了脚步，每移动一下都小心翼翼，直至来到林中一个开阔的地方，往前一看便发现了一只长长的、骨瘦如柴的狼，挺直地蹲坐在那里，抬头仰望天空。

它没有任何响动，但不再嗥叫，极力感觉巴克到来的气息。巴克大步走到中间空地，半蹲着身子，浑身紧紧凝聚在一起，尾巴又直又硬，脚小心落到地上，但实无必要。每个动作既表示威胁又表示友好。这是一种带着威胁的休战，捕食的野兽碰见时都这样。可那只狼看见巴克竟逃跑了。巴克疯狂地跟在后面要追上它，把它追进河床里一条死路，被一片树林挡住。狼旋转过身子，像乔和所有走投无路的爱斯基摩狗那样后脚立起，毛发竖立发出嗥叫，牙齿快速不断地咬紧发出啪啪声。

巴克并没攻击它，而是绕着它转，友好地靠近。这只狼又怀疑又害怕，因为它体重只是巴克的三分之一，头也只齐巴克的肩头。它一瞧准机会就冲开，于是巴克又开始追踪。它一次次被追到角处，一次次跑开，不过，显然它的身体不好，否则巴克不会那么容易追上的。当巴克的头部齐到它的腰部时，它就无可奈何地转身反抗，但一有机会就又逃跑。

但巴克的执拗终于得到报偿，因为狼发现并不会受到什么伤害，最后和它互相用鼻子嗅着。然后它们成了朋友，兴奋激动、有些羞怯地玩着，凶猛的野兽以这种方式掩盖了它们凶残的本性。一段时间后这只狼大步慢跑地离开，明显表示它要去什么地方。它让巴克明白会回来的，于是它们肩并肩，穿过阴沉的黎明，沿河床直上，进入它先前出来的峡

---

① 杰克·伦敦（1876—1916）：美国现实主义作家。他一共写过 19 部长篇小说、150 多篇短篇小说、3 部剧本等。代表作有中篇小说《野性的呼唤》《热爱生命》《白牙》，长篇小说《海狼》《铁蹄》和《马丁·伊登》等。

谷，穿过荒凉的分水岭爬上山坡。

它们从分水岭对面斜坡上下去来到一个平坦地方，这儿有大片大片的树林和许多小溪。它们穿过这些树林，从容不迫一直往前跑，太阳不断升高，天气越来越暖和。巴克欣喜若狂，知道终于在回应那呼唤了，和自己的林中兄弟一起跑向必定是那呼唤传出的地方。旧的记忆很快回到它身上，使它激动不安，正如过去，现实本身——记忆是现实的影子——使它激动不安一样。以前它也这样地做过，那是在另一个朦朦胧胧、记忆中的世界的什么地方，而现在它又这样做了，在旷野里自由奔跑，脚下的土地十分松软，头上的天空广阔无边。

它们在一条流动的小溪旁停下饮水，这时巴克想起了约翰·桑顿。它坐下来。狼又继续向那呼声传出的地方跑去，又向它折回身，互相嗅鼻，做些像是鼓励它的动作。但巴克转开身子，慢慢沿路返回。这只荒野的兄弟和它一起跑了大半个小时，低声呜呜地叫着，然后坐下，仰望天空发出嗥叫（如图 2-4）。这是一声悲哀的嗥叫，巴克不断返回时听见那声音越来越微弱，直至消失在远处。

图 2-4　狼

选自［美］杰克·伦敦著，刘荣跃译：《野性的呼唤》，上海译文出版社 2020 年版。

阅读提示：

《野性的呼唤》写了一只叫巴克的狗历经磨难，从家犬到荒野狼首领的蜕变。

巴克原是米勒法官家的一只爱犬，经过了文明的教化，一直无忧无虑地生活在美国加州温暖的气候里。后被偷狗贼卖到美国北部寒冷偏远、盛产黄金的阿拉斯加，成了一只拉雪橇的狗。在那里，它见识了大自然的残酷与美丽，以及弱肉强食的生存法则。巴克在与环境的搏斗中，内在的野性力量逐渐觉醒了，最终融入自然，回归荒野。小说以狗作为主人公，对“人乃万物之灵长”这一观念发出了挑战，批判了人类以自我为中心的思想观念和行为方式。

节选的部分写巴克听到了来自森林深处的野性呼唤。这呼唤之声象征着巴克内心深处对自由和野性的渴望，它源自巴克的本能。杰克·伦敦通过细腻的描写，让读者深切感受到了这声音的强烈与不可抗拒。巴克心中的野性逐渐被唤醒，这声音提醒着巴克，它属于荒野，为结尾巴克在主人桑顿死后追随其跃入森林、回归自然、成为荒野狼群首领埋下伏笔。

小说以荒野为背景，作者通过巴克的故事给人类一个警示——荒野是一曲自然生命的交响乐，而人与其他动物一样只不过是自然乐曲中一个个小小的音符。人类以自我为中心，剥夺生态系统中其他物种应有的平等地位，势必将破坏整个生态系统的和谐。

该作延续了杰克·伦敦小说的“生存”主题：生命总是在不断挣扎求存的过程中获得意义与力量。

思考与练习：

你认为生命的价值和意义是什么？

第三讲

形神之美

人是客观世界的存在物，是一种复杂的存在。从本质上讲，人是自然属性与社会属性的统一。从物质构成来说，人是自然的产物，秉承着自然的特点和生命需求，遵行着自然规律和法则的制约，“食色，性也”便是最基本的表现。但人不是自然的奴隶，不是以自然赋予的形态简单不变地复制自身。在漫长的历史活动中，人类逐渐创造、改变和丰富了自身。在对自然的敬畏和超越中，在人类社会内部的相互依赖和排斥中，在自然生命的原始本能之上，人类创造了丰富复杂的精神世界，包括情感、道德、理想、信仰等。“一半是野兽，一半是天使”的诗意概括，表达的就是人的本质的双重性。人既是审美活动的主体，又是审美活动的客体，人把自身当作审美的对象。当我们人类以审美的眼光相互打量时、在内心里反观自我时，会得到不同层次、不同维度的审美体验。面对美丽的人体，会产生一种羞涩的激动，并伴随心理的舒畅感和对生命的自豪感，这是人类对自我的肯定和欣赏；察其言，观其色，透过人物的一举一动或不起眼的细节，可以见微知著地领略其内心世界的丰富复杂；面对美好的情感，我们的目光会变得柔和，心中会感到温润，有一种心灵相通的和谐感、信任感；面对精妙的思想、智慧和高尚的信仰，我们会感到光亮驱走黑暗的拯救感和通透感，心间顿生遥望未来的喜悦和激动。

当我们把目光投向每个生命个体，首先感知到的便是人的形体，这是生命的物质存在形式，可以通过视觉、嗅觉、触觉、听觉捕捉对象的信息，可以通过联想和想象感受到无形的、潜藏的内容。所谓形，即形质，指人的形貌，它是有形的、物质化的，是生命可见的外在存在形式。而神，是潜藏在形貌中的精神意蕴，它是无形的，潜在的，是生命看不见的内化的心灵内容。

人的形体美，也可称作人体美，是由形体、色彩、比例、曲线等因素构成的一个充满生命力的意象世界。这些构成因素在割裂状态下，并不能产生审美效果，只有共同组合成一个生命力充盈的个体，在历史和现实环境共同塑造的文化背景下，才能产生意蕴和审美价值。人的形体从来就是人的重要的审美对象。人体美的标准，尽管不同时代和民族有各自不同的要求和尺度，大体上也有共同的趋向，譬如比例匀称、整体和谐、曲线优美等。当然还有一个不言而喻的标准，即充满了生命力的健康美。在西方，古希腊人非常欣赏人体的完美，崇尚力量、结实、灵活、健美，甚至可以裸体参加运动赛事，把比赛的胜利看作最高的荣誉。在西方艺术史上，人体一直是雕塑和绘画钟爱的题材。如米隆的雕塑《掷铁饼者》、米开朗琪罗的《大卫》是突出的代表；法国安格尔的绘画《泉》是公认的杰作，画中少女匀称的身材、协调的体态、暗色背景衬托出的鲜亮光滑的皮肤、文静含情的眼神以及倾泻的泉水，营造出鲜活而纯净的美。在中国，对人体美的表现也丰富多样，但相对于西方则显得间接含蓄。文学领域中，《诗经》中的《硕人》、宋玉的《登徒子好色赋》、曹植的《洛神赋》，还有诗歌《陌上桑》《古诗为焦仲卿妻作》以及诗集《玉台新咏》和词集《花间集》等，对女性形象的描写都非常生动传神。在戏曲《西厢记》《长生殿》，尤其在小说《红楼梦》中，对形体美的表现笔致更充分、更完美，描摹对象更显个性化和内在丰富性。

如果说人体美侧重于表现外在的静态之美，那么神采美则是一种动态之美，是人在运动过程中，在人的举手投足、音容笑貌中透露出的一种风姿、气质，一种内在的心灵美和情趣美。莱辛在《拉奥孔》中将这种动态中的美称为“媚”，“它是一种一纵即逝而却令人百看不厌的美。它是飘来忽去的”。杨贵妃的“回眸一笑百媚生”，使得“六宫粉黛无颜色”；《西厢记》的崔莺莺，初遇张生“临去秋波那一转”，使得“便是铁石人也意惹情牵”。这种化静为动的艺术，使人物神采之美灿然而生。神采美又是无形的、含蓄的。《硕人》中美人的“巧笑倩兮，美目盼兮”引人无限遐思；《世说新语》中，对人物的表现不以叙事见长，却能以简约的笔墨，通过描摹人物突出的形体特点和关键时刻的言语动作，写出人物的内在气质和精神风采。可以说，神采美是一种含蓄隐秘的内心情怀，是萦绕在人物周围的灵动的光环，变幻无形，却又挥之不去，欣赏者要足够敏感和细腻，才能品味到其中意蕴，而对这种动态之美、内在之美的捕捉和领悟，又能给人带来极大的审美愉悦。

对形神之美的发现和欣赏，是人对自我的认同和自豪，是人与人之间的交流和抚慰。对形神之美的体验，可以促进人情感的细腻、心灵沟通的顺畅，使人在互相观照、欣赏和理解中走向和谐，走向升华。

硕　人①

硕人其颀②，衣锦褧衣③。齐侯之子，卫侯之妻。东宫之妹，邢侯之姨，谭公维私④。
手如柔荑⑤，肤如凝脂，领如蝤蛴，齿如瓠犀⑥，螓首蛾眉。巧笑倩兮，美目盼兮⑦。
硕人敖敖⑧，说于农郊⑨。四牡有骄，朱幩镳镳⑩，翟茀以朝。大夫夙退，无使君劳⑪。
河水洋洋，北流活活⑫，施罛濊濊，鳣鲔发发，葭菼揭揭⑬。庶姜孽孽，庶士有朅⑭。

选自周振甫译注：《诗经译注》，中华书局2010年版。

阅读提示：

《卫风·硕人》是一首卫人赞美卫庄公夫人庄姜的诗。

全诗共分四章，每一章都从不同的角度去赞美她。第一章交代她的出身和家世；第二章描写其外貌和动态；第三、四章叙述她的婚礼场面。四章内容构成一个整体，直接或间接地讴歌卫人心目中国君夫人庄姜的出身高贵、天生丽质和仪态万千。

从艺术上看，本诗有三点令人称道。第一点，聚焦式表现与周围烘托相结合。第二章集中表现新娘的倾城之姿，而第一章、第三章和第四章，则从身世、人事和自然景观等外围去陪衬烘托，使人物形象更加饱满立体。第二点，静态描写与动态表现相结合。第二章中，诗歌以聚焦式的铺叙手法，连用六个比喻，描绘出新娘的外观形象特点。第

---

① 本诗出自《诗经·卫风》。《诗经》是中国最早的诗歌总集，收录西周初至春秋中期的作品，共305篇，故又称《诗三百》，或简称《诗》，至西汉始称《诗经》。《诗经》在内容上反映了当时社会生活的各个方面，具有重要的历史和文化价值。在形式上以四言为主，兼有杂言，韵律和谐流畅，表现自然质朴，对中国的后世文学发展产生了深远影响。

② 硕人：美人，古人以高大壮健为美。颀：修长。

③ 褧（jiǒng）：麻类衣料制成的罩衫、披风，为防御行道风尘。

④ 姨：古代男子称妻子的姊妹为姨，相当于现在俗称的大姨子、小姨子。私：古称姊妹之夫为“私”。

⑤ 荑：茅之嫩芽，因其既白且滑，故喻女性之可爱。

⑥ 蝤蛴（qiú qí）：昆虫天牛的幼虫，体长而白软。瓠犀（hù xī）：葫芦子儿，外观整齐洁白。

⑦ 螓（qín）首：螓，一种小蝉，额广方正。形容女性前额丰满开阔。蛾眉：蚕蛾的触须，比喻女性眉毛弯长秀美。倩：美，指笑时嘴角妩媚动人。盼：目动之状，形容眼波流动有情。

⑧ 敖敖：高大修长的样子，与硕、颀意义近似。

⑨ 说（shuì）：停车休息。农郊：城郊。

⑩ 牡：公马。骄：健壮的样子。幩（fén）：装饰。镳镳：盛美醒目之义。

⑪ 翟茀（dí fú）：翟，山鸡。茀：蔽，代指车篷。

⑫ 活活：水流的声音，犹如“哗哗”。

⑬ 罛（gū）：网。濊（huò）：渔网入水的声音，象声词，如“豁豁”“沙沙”之类。鳣（zhān）：黄鱼。鲔（wěi）：鲟鱼。菼（tǎn）：初生的荻，似苇而小，茎秆可以编席箔等。揭揭：长大挺直的样子。

⑭ 朅（qiè）：高大强壮的样子。

三点，用比兴手法对自然景观进行描写。此诗本来表达的是一个婚礼场面，但第四章用比兴，描写了一幅自然景观，营造出一种辽远壮阔的气势，散发出一种旺盛的生命力，也许这就是婚礼的意义，是新娘内心的期待和幸福的未来吧。

此诗开启了后世描写美人的先河，“巧笑倩兮，美目盼兮”二语之传神表现尤受后人推崇。

思考与练习：

《硕人》如何表现新娘的内在之美？

简　兮①

简兮简兮，方将万舞②。日之方中，在前上处③。

硕人俣俣④，公庭万舞。有力如虎，执辔如组⑤。

左手执籥，右手秉翟⑥。赫如渥赭，公言锡爵⑦。

山有榛，隰有苓⑧。云谁之思，西方美人。彼美人兮，西方之人兮！

选自周振甫译注：《诗经译注》，中华书局2010年版。

阅读提示：

《简兮》是一首赞美舞师的诗。描写一位宫廷女子在观看大型宫廷舞蹈过程中，由对领舞的男性舞师舞姿、气度的喜爱赞美，到逐渐产生绵绵情思的过程。

全诗共分四章。第一章写卫国宫廷举行的大型舞蹈，交代了舞名、时间、地点和领舞者；第二章写舞师武舞时的雄壮勇猛，突出他高大魁梧的身躯和威武健美的舞姿；第三章写舞师文舞时的雍容优雅，翩翩风度引得观舞女子赞美有加，心生爱慕；第四章倾

① 简：鼓声，如“咚咚”声。本诗出自《诗经·邶风》。
② 万舞：舞的总称，包括文舞和武舞。
③ 上处：舞队前列的首位。
④ 俣（yǔ）：健美魁梧的样子。
⑤ 组：丝带。
⑥ 籥（yuè）：竹制乐器，似笛。翟：野鸡的尾羽。
⑦ 赫：红色。渥：优厚。赭：赤褐色的矿石。锡：通“赐”。
⑧ 隰（xí）：低湿之地。苓：甘草。

诉了观舞女子对舞师的深切爱慕和刻骨相思。前三章的客观表现是前提，最后一章的情感抒发是高潮和升华。全诗前后相属，一气呵成。

在艺术上，最有魅力的是最后一章。此章从前三章的客观表现，转向女子的主观内心世界。“山有榛，隰有苓”的朦胧意象背后，托兴的是绵邈低徊的情思。正如清末吴闿生《诗义会通》所言：“末章词微意远，缥缈无端。”

思考与练习：

如何理解《简兮》的艺术视角？

娇女诗

左　思①

吾家有娇女，皎皎颇白皙。小字为纨素，口齿自清历。②
鬓发覆广额，双耳似连璧。明朝弄梳台，黛眉类扫迹。③
浓朱衍丹唇，黄吻澜漫赤。娇语若连琐，忿速乃明愐。④
握笔利彤管，篆刻未期益。执书爱绨素，诵习矜所获。⑤
其姊字蕙芳，面目粲如画。轻妆喜楼边，临镜忘纺绩。⑥
举觯拟京兆，立的成复易。玩弄眉颊间，剧兼机杼役。⑦
从容好赵舞，延袖象飞翮。上下弦柱际，文史辄卷襞。⑧
顾眄屏风画，如见已指摘。丹青日尘暗，明义为隐赜。⑨

---

① 左思（约250—305）：西晋文学家。字太冲，临淄（今山东淄博）人。出身贫寒，仕途坎坷，又因不善交际，生活颇有不得志之感。代表作品有《三都赋》《咏史》《娇女诗》。后人辑有《左太冲集》。

② 皎皎：洁白的样子。清历：清晰，明白。

③ 扫迹：扫过的痕迹。意指眉毛画得又粗又黑，不仔细不精致，没有成人画眉的秀美效果。

④ 衍：蔓延，遍布。黄吻：小孩的嘴角。澜漫：分散杂乱的样子。连琐：连环之义，代指说话语速快而悦耳。

⑤ 利：喜欢，贪图。篆刻：写字。绨（tí）：帛类光滑的丝织品。素：白，白净。矜：夸耀，自得。

⑥ 粲：华美，美丽。

⑦ 觯（zhì）：酒器。举觯，在诗中实是操持画笔的意思。京兆：指汉代京兆尹张敞。诗中借用其为妻画眉的故事。的（dì）：古代妇女点在面部的一种装饰性的色点，类似于“美人痣”样的妆饰。剧：剧烈，紧张。

⑧ 翮：鸟翼，翅膀。襞（bì）：折叠衣裙。

⑨ 指摘：评论，点评。赜（zé）：幽深，深奥。

驰骛翔园林，果下皆生摘。红葩掇紫蒂，萍实骤抵掷。①
贪华风雨中，倏忽数百适。务蹑霜雪戏，重綦常累积。②
并心注肴馔，端坐理盘槅。翰墨戢闲案，相与数离逖。③
动为垆钲屈，屣履任之适。止为荼菽据，吹嘘对鼎䥶。④
脂腻漫白袖，烟熏染阿锡。衣被皆重地，难与沉水碧。⑤
任其孺子意，羞受长者责。瞥闻当与杖，掩泪俱向壁。⑥

选自（陈）徐陵编，张亚新译注：《玉台新咏》，中华书局2021年版。

阅读提示：

《娇女诗》在左思诗歌中是非常特殊的一首。诗歌从父亲的角度，描写了家中两个未成年的女儿的形象。她们相貌可爱，性情活泼，娇憨中透露着纯真和童趣，散发着旺盛的生命力。这是一幅风俗画，也是家庭天伦之乐图。

全诗共分三部分。第一部分写小女儿纨素。先写她娇美的外貌；接着，通过一系列行为描写，表现出女童的天真顽皮；最后描写女儿的娇憨的性情。第二部分写大女儿蕙芳。主要凸显她的爱美心理，写她化妆打扮的忘我投入；写她的舞蹈和弹琴，表现她的女性之美；写她观画和评画，表现孩子自以为是的心理和成长过程中对成人化的期待。第三部分合写两个女儿的活泼顽皮，因为不适宜的举动招惹麻烦后，既撒娇又委屈，“掩泪俱向壁”的楚楚可怜之态，诙谐的气氛中流露出严父眼中的亲情和温暖。

在艺术上，本诗有以下几个方面比较突出：对日常生活的叙述，对细节的捕捉与凸显；两个人物一幼一长的对比性描写；语言的质朴中不乏准确与形象；先分写再合写的结构安排，显得自然流畅。当然，从父亲的眼光去表现，既真切诙谐，又处处荡漾着父母的慈爱，创造出丰富饱满的艺术情调。这份儿女之爱、骨肉之情，也许是仕途不顺的左思难得的精神安慰和心灵寄托。

思考与练习：

体会一下，孩子们对父亲的态度是什么？

---

① 抵：掷，扔。
② 倏忽：瞬间。綦（qí）：鞋带。
③ 槅：通“核”。戢：集聚。逖：远。
④ 垆钲：招徕顾客而敲击的乐器。菽（shū）：豆类的总称。吹嘘：吹气，使火更旺。
⑤ 阿：轻细的丝织品。锡：通“緆”，指细布。
⑥ 任：放任，迁就。

世说新语[1]（十则）

刘义庆[2]

1. 时人目夏侯太初“朗朗如日月之入怀”，李安国“颓唐如玉山之将崩”。[3]

2. 嵇康身长七尺八寸，风姿特秀。见者叹曰：“萧萧肃肃，爽朗清举。”或云：“肃肃如松下风，高而徐引。”山公曰：“嵇叔夜之为人也，岩岩若孤松之独立；其醉也，傀俄若玉山之将崩。”[4]

3. 裴令公目王安丰：“眼烂烂如岩下电。”[5]

4. 有人语王戎曰：“嵇延祖卓卓如野鹤之在鸡群。”答曰：“君未见其父耳。”[6]

5. 裴令公有俊容仪，脱冠冕，粗服乱头皆好，时人以为“玉人”。见者曰：“见裴叔则，如玉山上行，光映照人。”[7]

6. 骠骑王武子是卫玠之舅，俊爽有风姿。见玠，辄叹曰：“珠玉在侧，觉我形秽。”

7. 王大将军称太尉：“处众人中，似珠玉在瓦石间。”[8]

8. 王右军见杜弘治，叹曰：“面如凝脂，眼如点漆，此神仙中人。”时人有称王长史形者，蔡公曰：“恨诸人不见杜弘治耳！”[9]

9. 时人目王右军：“飘如游云，矫若惊龙。”

10. 有人叹王恭形茂者，云：“濯濯如春月柳。”[10]

选自朱碧莲、沈海波译注：《世说新语》，中华书局2011年版。

---

① 《世说新语》：魏晋南北朝时的志人小说，也是魏晋风流的故事集，主要记录了魏晋名士的逸闻轶事、容貌举止以及玄理清谈。从思想倾向上讲，既有传统崇儒的一面，又有对传统伦理的突破和对名教的挣脱。这种魏晋风流是乱世之下痛苦内心的折射，是对汉儒传统的为人准则的否定。从深层来看，这是一种新的人格美的表现，其中有对心灵自由的向往，对旷达、真率境界的追求，对人生艺术化的渴慕，对自我表现的冲动。本文全部选自《世说新语》之《容止》篇。

② 刘义庆（403—444）：江苏彭城人，南朝宋文学家，袭封临川王，结识广泛，在士林颇有影响，撰有《世说新语》，内记魏晋名士言行真切、丰富，具有很高的史料价值和文学价值。

③ 朗朗：富有光彩的样子。

④ 萧萧：洒脱的样子。嵇叔夜：嵇康，字叔夜。岩岩：高大魁梧的样子。傀俄：倾倒之态。

⑤ 裴令公：中书令裴楷。王安丰：安丰侯王戎。烂烂：光亮灿烂的样子。

⑥ 嵇延祖：嵇绍，字延祖，嵇康之子。

⑦ 乱头：披头散发之状。玉人：仪容俊美之人。

⑧ 太尉：王衍。

⑨ 杜弘治：杜乂，字弘治。王长史：左长史王濛。

⑩ 形茂：形体华美。濯濯：像洗过一样清新明朗。春月：春天。

阅读提示：

图3-1　唐 孙位 高逸图

《世说新语》的《容止》篇，主要从人物的仪容举止角度，表现那个时代人们的爱好和审美标准，是魏晋风度的绝佳体现（如图3-1）。全篇包含了三十九个故事，从不同的角度和层次表现了人物之美。有的表现最直观的外在之美，如杜弘治“面如凝脂，眼如点漆”。有的超越具体形态的描绘，利用简洁的文笔，采用抽象形容的方式，表现人物的可爱，如嵇康之“风姿特秀”，潘岳之“妙有姿容，好神情”，裴楷之“有俊容姿”，刘伶之“貌甚丑悴”。有的用比喻象征手法、通感的体验形式，让人领略人物的风韵美、气度美，如夏侯太初“朗朗如日月之入怀”，李安国“颓唐如玉山之将崩”，嵇康“岩岩若孤松之独立”，王羲之“飘如游云，矫若惊龙”，王恭“濯濯如春月柳”。有的则通过人物的言行，表现人物的内心世界，展现人物的精神与气度，如魏武帝追杀匈奴使，表现出他的狡猾与多疑。

对各色人等的品鉴，是功名观念的淡化与突破，是生命意识的觉醒，因而也激发了审美意识的提高。对艺术尤其是文学的发展来说，这些变化是必不可少的文化土壤。这也许是动荡的时代中艰辛与苦难孕育的一点宽慰和喜悦。

《世说新语》语言含蓄简约，隽永传神，尤其擅长以人物外貌和言行举止表现人物的性格气质和精神境界，《容止》篇是典型的体现。

思考与练习：

魏晋时代人物品鉴风尚产生了怎样的文化影响？

浮生六记[①]（节选）

沈　复[②]

余幼聘金沙于氏，八龄而夭；娶陈氏。陈名芸，字淑珍，舅氏心余先生女也。生而颖慧，学语时，口授《琵琶行》即能成诵。四龄失怙；母金氏，弟克昌，家徒壁立。芸既长，娴女红，三口仰其十指供给，克昌从师修脯无缺。一日，于书簏中得《琵琶行》，挨字而认，始识字；刺绣之暇，渐通吟咏，有“秋侵人影瘦，霜染菊花肥”之句。余年十三，随母归宁，两小无嫌，得见所作，虽叹其才思隽秀，窃恐其福泽不深；然心注不能释，告母曰：“若为儿择妇，非淑姊不娶。”母亦爱其柔和，即脱金约指缔姻焉；此乾隆乙未七月十六日也。是年冬，值其堂姊出阁，余又随母往。芸与余同齿而长余十月，自幼姊弟相呼，故仍呼之曰淑姊。时但见满室鲜衣，芸独通体素淡，仅新其鞋而已。见其绣制精巧，询为己作，始知其慧心不仅在笔墨也。其形削肩长项，瘦不露骨，眉弯目秀，顾盼神飞，唯两齿微露似非佳相。一种缠绵之态，令人之意也消。索观诗稿，有仅一联，或三四句，多未成篇者。询其故，笑曰：“无师之作，愿得知己堪师者敲成之耳。”余戏题其签曰“锦囊佳句”，不知夭寿之机此已伏矣。是夜送亲城外，返已漏三下，腹饥索饵，婢妪以枣脯进，余嫌其甜。芸暗牵余袖，随至其室，见藏有暖粥并小菜焉。余欣然举箸，忽闻芸堂兄玉衡呼曰：“淑妹速来！”芸急闭门曰：“已疲乏，将卧矣。”玉衡挤身而入，见余将吃粥，乃笑睨芸曰：“顷我索粥，汝曰‘尽矣’，乃藏此专待汝婿耶？”芸大窘避去，上下哗笑之。余亦负气，挈老仆先归。

自吃粥被嘲，再往，芸即避匿，余知其恐贻人笑也。至乾隆庚子正月二十二日花烛之夕，见瘦怯身材依然如昔，头巾既揭，相视嫣然。合卺后，并肩夜膳，余暗于案下握其腕，暖尖滑腻，胸中不觉怦怦作跳。让之食，适逢斋期，已数年矣。暗计吃斋之初，正余出痘之期，因笑谓曰：“今我光鲜无恙，姊可从此开戒否？”芸笑之以目，点之以首。

余性爽直，落拓不羁，芸若腐儒，迂拘多礼，偶为披衣整袖，必连声道“得罪！”或递巾授扇，必起身来接。余始厌之，曰：“卿欲以礼缚我耶？语曰：‘礼多必诈。’”芸两颊发赤，曰：“恭而有礼，何反言诈？”余曰：“恭敬在心，不在虚文。”芸曰：“至亲莫如父母，可内敬在心而外肆狂放耶？”余曰：“前言戏之耳。”芸曰：“世间反目多由戏起，后勿冤妾令人郁死！”余乃挽之入怀，抚慰之，始解颜为笑。自此“岂敢”“得罪”竟成语助词矣。鸿案相庄廿有三年，年愈久情愈密。家庭之内，或暗室相逢，窄途邂逅，必握

---

① 《浮生六记》：清代沈复的自传体散文集，流传后世的只有前四“记”，后两“记”散佚。作者以夫妻家庭生活为主线，以质朴自然的文笔回忆了自己生活的各个方面，譬如婚姻爱情生活、家族内部冲突和自己的家庭变故、生活中的闲情志趣和书画癖好、崇尚自然的山水游历等。本文节选自《浮生六记》卷一《闺房记乐》。

② 沈复（1763—?）：字三白，苏州人。正史无传，从事书画经营。

手问曰“何处去?”私心忒忒，如恐旁人见之者。实则同行并坐，初犹避人，久则不以为意。芸或与人坐谈，见余至，必起立偏挪其身，余就而并焉。彼此皆不觉其所以然者，始以为惭，继成不期然而然。独怪老年夫妇相视如仇者，不知何意？或曰：“非如是，焉得白头偕老哉!”斯言诚然欤？

吾父稼夫公喜认义子，以故余异姓弟兄有二十六人；吾母亦有义女九人。九人中王二姑、俞六姑与芸最和好。王痴憨善饮，俞豪爽善谈。每集，必逐余居外，而得三女同榻；此俞六姑一人计也。余笑曰：“俟妹于归后，我当邀妹丈来，一住必十日。”俞曰：“我亦来此，与嫂同榻，不大妙耶?”芸与王微笑而已。时为吾弟启堂娶妇，迁居饮马桥之仓米巷，屋虽宏畅，非复沧浪亭之幽雅矣。吾母诞辰演剧，芸初以为奇观。吾父素无忌讳，点演《惨别》等剧，老伶刻画，见者情动。余窥帘见芸忽起去，良久不出，入内探之。俞与王亦继至。见芸一人支颐独坐镜奁之侧。余曰：“何不快乃尔?”芸曰：“观剧原以陶情，今日之戏徒令人断肠耳。”俞与王皆笑之。余曰：“此深于情者也。”俞曰：“嫂将竟日独坐于此耶?”芸曰：“俟有可观者再往耳。”王闻言先出，请吾母点《刺梁》《后索》等剧，劝芸出观，始称快。

芸初缄嘿，喜听余议论，余调其言，如蟋蟀之用纤草，渐能发议。其每日饭必用茶泡。喜用茶泡食芥卤乳腐，吴俗呼为臭乳腐；又喜食虾卤瓜。此二物余生平所最恶者，因戏之曰：“狗无胃而食粪，以其不知臭秽；蜣螂团粪而化蝉，以其欲修高举也。卿其狗耶?蝉耶?”芸曰：“腐取其价廉而可粥可饭，幼时食惯。今至君家已如蜣螂化蝉，犹喜食之者，不忘本也。至卤瓜之味，到此初尝耳。”余曰：“然则我家系狗窦耶?”芸窘而强解曰：“夫粪，人家皆有之，要在食与不食之别耳。然君喜食蒜，妾亦强啖之。腐不敢强，瓜可掩鼻略尝，入咽当知其美；此犹无盐貌丑而德美也。”余笑曰：“卿陷我作狗耶?”芸曰：“妾作狗久矣，屈君试尝之。”以箸强塞余口，余掩鼻咀嚼之，似觉脆美，开鼻再嚼，竟成异味。从此亦喜食。芸以麻油加白糖少许拌卤腐，亦鲜美。以卤瓜捣烂拌卤腐，名之曰双鲜酱，有异味。余曰：“始恶而终好之，理之不可解也。”芸曰：“情之所钟，虽丑不嫌。”

余启堂弟妇，王虚舟先生孙女也，催妆时偶缺珠花。芸出其纳采所受者呈吾母，婢妪旁惜之。芸曰：“凡为妇人，已属纯阴，珠乃纯阴之精，用为首饰，阳气全克矣，何贵焉。”而于破书残画反极珍惜。书之残缺不全者，必搜集分门，汇订成帙，统名之曰“断简残编”；字画之破损者，必觅故纸粘补成幅，有破缺处，倩予全好而卷之，名曰“弃余集赏”。于女红中馈之暇，终日琐琐不惮烦倦。芸于破笥烂卷中，偶获片纸可观者，如得异宝。旧邻冯妪每收乱卷卖之。其癖好与余同；且能察眼意，懂眉语，一举一动，示之以色，无不头头是道。

离余家半里许，醋库巷有洞庭君祠，俗呼水仙庙，回廊曲折，小有园亭。每逢神诞，众姓各认一落，密悬一式之玻璃灯，中设宝座，旁列瓶几，插花陈设以较胜负。日惟演戏，夜则参差高下插烛于瓶花间，名曰“花照”。花光灯影，宝鼎香浮，若龙宫夜宴。司事者或笙箫歌唱，或煮茗清谈，观者如蚁集，檐下皆设栏为限。余为众友邀去，插花布置，因得躬逢其盛。归家向芸艳称之，芸曰：“惜妾非男子，不能往。”余曰：“冠我冠，衣我衣，亦化女为男之法也。”于是易髻为辫，添扫蛾眉，加余冠，微露两鬓，尚可掩饰，服余衣长一寸又半，于腰间折而缝之，外加马褂。芸曰：“脚下将奈何？”余曰：“坊间有蝴蝶履，小大由之，购亦极易，且早晚可代撒鞋之用，不亦善乎？”芸欣然。及晚餐后，装束既毕，效男子拱手阔步者良久，忽变卦曰：“妾不去矣。为人识出既不便，堂上闻之又不可。”余怂恿曰：“庙中司事者谁不知我，即识出亦不过付之一笑耳。吾母现在九妹丈家，密去密来，焉得知之。”芸揽镜自照，狂笑不已。余强挽之，悄然径去。遍游庙中，无识出为女子者，或问何人，以表弟对，拱手而已。最后至一处，有少妇幼女坐于所设宝座后，乃杨姓司事者之眷属也。芸忽趋彼通款曲，身一侧，而不觉一按少妇之肩，旁有婢媪怒而起曰：“何物狂生，不法乃尔！”余欲为措词掩饰。芸见势恶，即脱帽翘足示之曰：“我亦女子耳。”相与愕然，转怒为欢。留茶点，唤肩舆送归。

选自（清）沈复著，俞平伯校点：《浮生六记》，人民文学出版社 1980 年版。

阅读提示：

《浮生六记》的艺术魅力之一就是真切细致地表现了作者的家庭生活，温婉细腻地写出了夫妻之间的真情恩爱，以及生活的酸甜苦辣和动荡起伏。尤其是回忆中刻画的妻子陈芸的形象，既可亲可爱又可叹可惜。作者在哀悼的回忆里，展现了妻子喜里藏悲、乐中带苦的坎坷人生和悲剧命运。

林语堂在译介《浮生六记》时曾经深情地赞叹陈芸是“中国文学史上一个最可爱的女人”，这种可爱之处就蕴含在沈复对妻子的哀婉的回忆中。“其形削肩长颈，瘦不露骨，眉弯目秀，顾盼神飞”，令人赏心悦目；知书明礼，贤淑乐观，吃苦耐劳，以自己的辛苦和娴熟技能支撑家庭；夫妻之间真情相爱，既有少女情怀的天真可爱，又有相濡以沫、患难与共的深情坚贞；富有才情，追求雅趣，醉心书画，具有难得的审美眼光和艺术见解；性情温柔，心胸豁达，物欲淡薄，率性单纯，待人以诚；努力营造自己家庭的幸福甜蜜氛围，追求相互关爱、平等的家庭关系，又突破家庭的局限，对外面的世界充满向往和好奇，这是她旺盛的生命力的体现。

妻子陈芸在四十一岁时贫病而亡，这种命运的打击使沈复在对妻子的回忆中有意无意地暗示着不幸因子的潜藏，表达了福祸相依的矛盾和悲剧命运，也使妻子的形象与性格显示出复杂的一面。

一个没有史传记载的普通文人和书画商人，因真实自然、质朴深情地描写了自己的婚姻爱情和家庭生活而被后人记住并赞美，这是沈复未能预料的幸运，也是情感之真和艺术之美对他的馈赠。

思考与练习：

阅读《浮生六记》，说一说陈芸性格之可爱在何处，又复杂在何处？

边　城[1]（节选）

沈从文[2]

管理这渡船的，就是住在塔下的那个老人。活了七十年，从二十岁起便守在这小溪边，五十年来不知把船来去渡了若干人。年纪虽那么老了，本来应当休息了，但天不许他休息，他仿佛便不能够同这一分生活离开。他从不思索自己的职务对于本人的意义，只是静静的很忠实的在那里活下去。代替了天，使他在日头升起时，感到生活的力量，当日头落下时，又不至于思量与日头同时死去的，是那个伴在他身旁的女孩子，他唯一的朋友为一只渡船与一只黄狗，唯一的亲人便只那个女孩子。

女孩子的母亲，老船夫的独生女，十五年前同一个茶峒军人，很秘密的背着那忠厚爸爸发生了暧昧关系。有了小孩子后，这屯戍军士便想约了她一同向下游逃去。但从逃走的行为上看来，一个违悖了军人的责任，一个却必得离开孤独的父亲。经过一番考虑后，军人见她无远走勇气，自己也不便毁去作军人的名誉，就心想：一同去生既无法聚首，一同去死当无人可以阻拦，首先服了毒。事情业已为作渡船夫的父亲知道，父亲却不加上一个有分量的字眼儿，只作为并不听到过这事情一样，仍然把日子很平静的过下去。女儿一面怀了羞惭一面却怀了怜悯，仍守在父亲身边，待到腹中小孩生下后，却到溪边吃了许多冷水死去了。在一种奇迹中这遗孤居然已长大成人，一转眼间便十三岁了。为了住处两山多篁竹，翠色逼人而来，老船夫随便为这可怜的孤雏，拾取了一个近身的名字，叫作“翠翠”。

翠翠在风日里长养着，故把皮肤变得黑黑的，触目为青山绿水，故眸子清明如水晶。自然既长养她且教育她，故天真活泼，处处俨然如一只小兽物。人又那么乖，如山头黄鹿

---

① 本文选自《边城》第一章。原文刊载于1934年《国闻周报》第11卷第1、2、4、10—16期。

② 沈从文（1902—1988）：原名沈岳焕，湖南凤凰县人，现代著名作家，一生著述甚丰。代表性作品有小说《边城》《长河》和短篇小说集《月下小景》等，散文集有《烛虚》《湘行散记》，晚年的学术著作《中国古代服饰研究》颇有影响。

一样，从不想到残忍事情，从不发愁，从不动气。平时在渡船上遇陌生人对她有所注意时，便把光光的眼睛瞅着那陌生人，作成随时皆可举步逃入深山的神气，但明白了人无机心后，就又从从容容的在水边玩耍。

老船夫不论晴雨，皆守在船头，有人过渡时，便略弯着腰，两手缘引了竹缆，把船横渡过小溪。有时疲倦了，躺在临溪大石上睡着了，人在隔岸招手喊过渡，翠翠不让祖父起身，就跳下船去，很敏捷的替祖父把路人渡过溪，一切皆溜刷在行，从不误事。有时又与祖父黄狗一同在船上，过渡时与祖父一同动手，船将近岸边，祖父正向客人招呼“慢点，慢点”时，那只黄狗便口衔绳子，最先一跃而上，且俨然懂得如何方为尽职似的，把船绳紧衔着拖船拢岸。

风日清和的天气，无人过渡，镇日长闲，祖父同翠翠便坐在门前大岩石上晒太阳，或把一段木头从高处向水中抛去，嗾身边黄狗从岩石高处跃下，把木头衔回来。或翠翠与黄狗皆张着耳朵，听祖父说些城中多年以前的战争故事。或祖父同翠翠两人，各把小竹作成的竖笛，逗在嘴边吹着迎亲送女的曲子，过渡人来了，老船夫放下了竹管，独自跟到船边去，横溪渡人，在岩上的一个，见船开动时，于是锐声喊着：

“爷爷，爷爷，你听我吹——你唱！”

爷爷到溪中央很快乐的唱起来，哑哑的声音同竹管声，振荡在寂静空气里，溪中仿佛也热闹了一些。（实则歌声的来复，反而使一切更寂静一些了。）

有时过渡的是从川东过茶峒的小牛，是羊群，是新娘子的花轿，翠翠必争着做渡船夫，站在船头，懒懒的攀引缆索，让船缓缓的过去，牛羊花轿上岸后，翠翠必跟着走，站到小山头，目送这些东西走去很远了，方回到船上，把船牵靠近家的岸边。且独自低低的学小羊叫着，学母牛叫着，或采一把野花缚在头上，独自装扮新娘子。

茶峒山城只隔渡头一里路，买油买盐时，逢年过节祖父得喝一杯酒时，祖父不上城，黄狗就伴同翠翠入城里去备办东西。到了买杂货的铺子里，有大把的粉条，大缸的白糖，有炮仗，有红蜡烛，莫不给翠翠一种很深的印象，回到祖父身边，总把这些东西说个半天。那里河边还有许多船，比起渡船来全大得多，有趣味得多，翠翠也不容易忘记。

选自沈从文著：《边城》，人民文学出版社2000年版。

阅读提示：

《边城》发表于1934年，是沈从文的小说代表作。小说以湘西小城茶峒为背景，表现了当地居民和缓宁静的乡村生活以及古朴淳厚的民风，塑造了翠翠这一可爱的少女形象。翠翠这一形象，是沈从文向往的理想生活方式和理想爱情的象征和寄托，是超越都市文明的更纯粹、更完美的人性的体现。

翠翠是一个天真善良、情窦初开的少女。她的命运是坎坷不幸的，因父母殉情自杀，出生便成孤儿；翠翠是淳朴、乐观的，与爷爷相依为命，摆渡为生，在爷爷的怀抱里获得人生的温暖；翠翠是善良、勤快的，对爷爷体贴周到；翠翠是乖巧漂亮的，眉清目秀，天真单纯，恰似山水间可爱的精灵，内无丝毫心机；同时，翠翠的内心又是孤独的，与爷爷的年龄差距，生活、劳作范围的固定狭小，使她身边缺乏可以交流的同龄人。迎亲送女曲子的吹奏，争着摆渡新娘子花轿，显示出翠翠内心深处对情感的渴望。镇上的生活和景象令翠翠印象深刻，也显示出她对山外生活和远方世界的渴望。

在艺术上，作者擅于利用自然山水来烘托人物的内心世界，在爷孙形象的反差中显示翠翠未经沧桑的单纯可爱，特别是通过翠翠自身的言行和神态细节展现微妙细腻的少女情怀，使人物鲜活生动，呼之欲出。

思考与练习：

文中是如何表现翠翠的少女情怀的？

呼兰河传①（节选）

萧　红②

祖父的眼睛是笑盈盈的，祖父的笑，常常笑成和孩子似的。

祖父是个长得很高的人，身体很健康，手里喜欢拿着个手杖。嘴上则不住的抽着旱烟管，遇到了小孩子，每每喜欢开个玩笑，说：

“你看天空飞个家雀。”

趁那孩子往天空一看，就伸出手去把那孩子的帽给取下来了，有的时候放在长衫的下边，有的时候放在袖口里头。他说：

“家雀叼走了你的帽啦。”

---

① 本文选自《呼兰河传》第三章。《呼兰河传》是萧红1940年创作的长篇自传体小说，全书共七章和一个尾声。小说以萧红的童年生活为线索，描写了中国东北的一个偏远小城呼兰的人世百态和风土人情，反映了触目惊心的众生相、社会相，揭示了封建积习的凝重残酷以及世人精神的愚昧麻木。同时，这份关于故土、亲人的回忆，对于流落香港的萧红来说是难得的心灵抚慰，特别是善良慈祥的祖父，是照亮那段回忆的光源，是萧红童年幸福欢快的所在。

② 萧红（1911—1942）：原名张廼莹，笔名萧红，中国现代著名女作家。《生死场》是萧红的成名作，其他的主要作品有长篇小说《呼兰河传》《马伯乐》，短篇小说《小城三月》《牛车上》，散文《回忆鲁迅先生》等。

孩子们都知道了祖父的这一手了，并不以为奇，就抱住他的大腿，向他要帽子，摸着他的袖管，撕着他的衣襟，一直到找出帽子来为止。

祖父常常这样做，也总是把帽放在同一的地方，总是放在袖口和衣襟下。那些搜索他的孩子没有一次不是在他衣襟下把帽子拿出来的。好像他和孩子们约定了似的，“我就放在这块，你来找吧！”

这样的不知做过了多少次，就像老太太永久讲着“上山打老虎”这一个故事给孩子们听似的，哪怕是已经听过了五百遍，也还是在那里回回拍手，回回叫好。

每当祖父这样做一次的时候，祖父和孩子们都一齐的笑得不得了。好像这戏还像第一次演似的。

别人看了祖父这样做，也有笑的，可不是笑祖父的手法好，而是笑他天天使用一种方法抓掉了孩子的帽子，这未免可笑。

祖父不怎样会理财，一切家务都由祖母管理。祖父只是自由自在的一天闲着，我想，幸好我大了，我三岁了，不然祖父该多寂寞。我会走了，我会跑了。我走不动的时候，祖父就抱着我。我走动了，祖父就拉着我。一天到晚，门里门外，寸步不离，而祖父多半是在后园里，于是我也在后园里。

后园中有一棵玫瑰。一到五月就开花的。一直开到六月。花朵和酱油碟那么大。开得很茂盛，满树都是，因为花香，招来了很多的蜂子，嗡嗡的在玫瑰树那儿闹着。

别的一切都玩厌了的时候，我就想起来去摘玫瑰花，摘了一大堆把草帽脱下来用帽兜子盛着。在摘那花的时候，有两种恐惧，一种是怕蜂子的勾刺人，另一种是怕玫瑰的刺刺手。好不容易摘了一大堆，摘完了可又不知道做什么了。忽然异想天开，这花若给祖父戴起来该多好看。

祖父蹲在地上拔草，我就给他戴花。祖父只知道我是在捉弄他的帽子，而不知道我到底是在干什么。我把他的草帽给他插了一圈的花，红通通的二三十朵。我就一边插着一边笑，当我听到祖父说：

“今年春天雨水大，咱们这棵玫瑰开得这么香。二里路也怕闻得到的。”

就把我笑得哆嗦起来。我几乎没有支持的能力再插上去。等我插完了，祖父还是安然的不晓得。他还照样的拔着垅上的草。我跑得很远的站着，我不敢往祖父那边看，一看就想笑。所以我借机进屋去找一点吃的来，还没有等我回到园中，祖父也进屋来了。

那满头红通通的花朵，一进来祖母就看见了。她看见什么也没说，就大笑了起来。父亲母亲也笑了起来，而以我笑得最厉害，我在炕上打着滚笑。

祖父把帽子摘下来一看，原来那玫瑰的香并不是因为今年春天雨水大的缘故，而是那花就顶在他的头上。

他把帽子放下，他笑了十多分钟还停不住，过一会一想起来，又笑了。

祖父刚有点忘记了，我就在旁边提着说：

“爷爷……今年春天雨水大呀……”

一提起，祖父的笑就来了。于是我也在炕上打起滚来。

就这样一天一天的，祖父，后园，我，这三样是一样也不可缺少的了。

刮了风，下了雨，祖父不知怎样，在我却是非常寂寞的了。去没有去处，玩没有玩的，觉得这一天不知有多少日子那么长。

选自萧红著：《呼兰河传》，人民文学出版社2001年版。

阅读提示：

从外表看，祖父是个魁梧的男子汉。“长得很高”“身体很健康”，是东北男子汉的形象，让人产生可靠感和依赖感，祖父是童年萧红的安全避风港。祖父是一个和善的人，“眼睛是笑盈盈的”，“常常笑成和孩子似的”。和蔼的笑容，显示的是对周围人的信任和友好，传播的是由衷的善意和温暖。祖父是一个富有童心和幽默感的人。他喜欢和小孩子开玩笑，又总是不厌其烦地运用同样的语言、同样的方式，有人觉得祖父可笑，而祖父却富有仪式感地投入和沉醉，也许在这与孩子的游戏中，祖父获得了只有自己明了的喜悦和满足。祖父又是一个宽容的人，不管童年的萧红做了什么，不会苛求计较，在祖父帽子上插满玫瑰花的恶作剧事件便是明证。但祖父又是一个被边缘化的孤独的人。他居住在一个闭塞的偏僻的小城，远离了时代的大潮。即使在家庭里，祖父也是闲人一个，寂寞而无为。“后园”是祖父的逍遥之处、逃避之所。在某种意义上，“后园”也是祖父闭塞的生活世界的象征，在与孙女相伴的天伦之乐里，总是散发出几分孤独与寂寞的味道。

其实，祖父的一生是复杂坎坷的，只是他自己默默无声地承受了。但他给了萧红一个自由快乐的童年，成为萧红寂寞人生路上永远的温暖回忆。

简洁的语言，舒缓的笔调，把浓重深厚的情感压缩在点滴的日常生活的陈述中，似淡实浓，让人五味杂陈，扼腕唏嘘。

思考与练习：

阅读《呼兰河传》，理解这段关于祖父的书写在全书中的意义。

她走在美的光彩中

拜　伦①

一

她走在美的光彩中，像夜晚
皎洁无云而且繁星满天；
明与暗的最美妙的色泽
在她的仪容和秋波里呈现：
耀目的白天只嫌光太强，
它比那光亮柔和而幽暗。

二

增加或减少一分明与暗
就会损害这难言的美，
美波动在她乌黑的发上，
或者散布淡淡的光辉
在那脸庞，恬静的思绪
指明它的来处纯洁而珍贵。

三

呵，那额际，那鲜艳的面颊，
如此温和，平静，而又脉脉含情，
那迷人的微笑，那容颜的光彩，
都在说明一个善良的生命：
她的头脑安于世间的一切，
她的心充溢着真纯的爱情！

选自［英］拜伦著，查良铮译：《拜伦诗选》，上海译文出版社 1982 年版。

---

① 拜伦（1788—1824）：英国 19 世纪初期伟大的浪漫主义诗人。出身贵族，深受启蒙思想影响，憎恨反动的封建专制势力，抨击英国贵族当局。曾游历过西班牙、希腊、土耳其等国，从而激发了诗人反侵略、反压迫的斗争热情。1823 年，拜伦投入了希腊抗击土耳其的民族解放运动，后不幸遇雨受寒，于 1824 年 4 月 19 日病逝于米索朗基。主要作品有长诗《恰尔德·哈洛尔德游记》《青铜时代》，诗剧《曼弗雷德》，代表作是讽刺长诗《唐璜》。

阅读提示：

此诗作于1814年，是拜伦最为人称道的抒情诗之一，也是拜伦浪漫主义风格的代表作。诗歌的创作起因于诗人的一次舞会经历。拜伦在一次舞会上看见了威尔莫夫人，她当时身着哀服，黑色的衣裙上饰有很多闪亮的金箔。在灯火辉煌的舞厅中，这种装扮给拜伦留下了深刻的印象，在诗人心中激起了复杂的体验和遥远的遐思。舞会后，拜伦回家写下了这首脍炙人口的浪漫抒情诗。

诗人把威尔莫夫人的形象比喻成夜空，黑衣与闪亮的金箔幻化成星光闪烁、明暗辉映的世界。其间有柔和光亮，又在幽暗中引人萌生神秘好奇之感。这光彩，这情调，是诗人内心充满喜悦的朦胧体验，也让人联想到威尔莫夫人此时复杂的内心世界。对于威尔莫夫人的美，诗人不光写出她外形的美，而且进一步写出她心灵的美。外表的美是根植于她心灵的“纯洁而珍贵”，在诗歌的结尾，诗人更对她的品行给予了高度评价和礼赞，她是“一个善良的生命”，“她的头脑安于世间的一切，她的心充溢着真纯的爱情”。

在艺术上，诗歌从心理感受的角度，以诗人的主观感觉来表现威尔莫夫人的美，其中对色彩美的捕捉尤其动人。全诗通过对女性的赞美，表达了对真、善、美的追求，具有纯粹而崇高的境界美。

思考与练习：

拜伦是如何表现女性之美的？

复　活[①]（节选）

列夫·托尔斯泰[②]

监狱院子里，空气就比较新鲜爽快些，那是从田野上吹来的。但监狱走廊里却弥漫着令人作呕的污浊空气，里面充满伤寒菌以及粪便、煤焦油和霉烂物品的臭味，不论谁一进

① 《复活》是列夫·托尔斯泰的代表作之一，首次出版于1899年。作品通过贵族聂赫留朵夫与使女身份的玛丝洛娃的情感故事，抨击了法庭、监狱、官僚机关的黑暗与腐败以及教会的虚伪，同时反映出作者的独特的宗教博爱观念，宣扬了禁欲主义、心灵救赎、道德自我完善的思想倾向。作品体现了托尔斯泰晚年的精神状态与信仰追求，也体现了他一生的思索与精神突围。本文选自《复活》第一部第一章。

② 列夫·托尔斯泰（1828—1910）：俄国伟大的现实主义作家、思想家，出身贵族。主要作品有自传体三部曲《童年》《少年》《青年》，中篇杰作《一个地主的早晨》《哥萨克》和《哈吉·穆拉特》，长篇代表作是《战争与和平》《安娜·卡列尼娜》和《复活》。

来，都会感到郁闷和沮丧。女看守虽已闻惯这种污浊空气，但从院子里一进来，也免不了有这样的感觉。她一进走廊，就觉得浑身无力，昏昏欲睡。

牢房里传出女人的说话声和光脚板的走路声。

“喂，玛丝洛娃，快点儿，别磨磨蹭蹭的，听见没有!”看守长对着牢门喊道。

过了两分钟光景，一个个儿不高、胸部丰满的年轻女人，身穿白衣白裙，外面套着一件灰色囚袍，大踏步走出牢房，敏捷地转过身子，在看守长旁边站住。这个女人脚穿麻布袜，外套囚犯穿的棉鞋，头上扎着一块白头巾，显然有意让几绺乌黑的鬈发从头巾里露出来，她的脸色异常苍白，仿佛储存在地窖里的土豆的新芽。那是长期坐牢的人的通病。她那双短而阔的手和从囚袍宽大领口里露出来的丰满脖子，也是那样苍白。她那双眼睛，在苍白无光的脸庞衬托下，显得格外乌黑发亮，虽然有点浮肿，但十分灵活。其中一只眼睛稍微有点斜视。她挺直身子站着，丰满的胸部高高地隆起。她来到走廊里，微微仰起头，盯住看守长的眼睛，现出一副唯命是从的样子。看守长刚要关门，一个没戴头巾的白发老太婆，从牢房里探出她那张严厉、苍白而满是皱纹的脸来。老太婆对玛丝洛娃说了几句话。看守长就对着老太婆的脑袋推上牢门，把她们隔开了。牢房里响起女人的哄笑声。玛丝洛娃也微微一笑，向牢门上装有铁条的小窗洞转过脸去。老太婆在里面凑近窗洞，哑着嗓子说：

“千万别跟他们多罗唆，咬定了别改口，就行了。”

“只要有个结局就行，不会比现在更糟的。”玛丝洛娃晃了晃脑袋，说。

“结局当然只有一个，不会有两个，”看守长煞有介事地摆出长官的架势说，显然自以为说得很俏皮，“跟我来，走!”

老太婆的眼睛从窗洞里消失了。玛丝洛娃来到走廊中间，跟在看守长后面，急步走着。他们走下石楼梯，经过比女监更臭更闹、每个窗洞里都有眼睛盯着他们的男监，走进办公室。办公室里已有两个持枪的押送兵等着。坐在那里的文书把一份烟味很重的公文给一个押送兵，说：

“把她带去!”

那押送兵是下城的一个农民，红脸，有麻子，他把公文掖在军大衣翻领里，目光对着那女犯，笑嘻嘻地向颧骨很高的楚瓦什同伴挤挤眼。这两个士兵押着女犯走下台阶，向大门口走去。

大门上的一扇便门开了，两个士兵押着女犯穿过这道门走到院子里，再走出围墙，来到石子铺成的大街上。

马车夫、小店老板、厨娘、工人、官吏纷纷站住，好奇地打量着女犯。有人摇摇头，心里想：“瞧，不像我们那样规规矩矩做人，就会弄到这个地步!”孩子们恐惧地望着这个女强盗，唯一可以放心的是她被士兵押着，不能再干坏事了。一个乡下人卖掉了煤炭，在茶馆里喝够了茶，走到她身边，画了个十字，送了她一个戈比。女犯脸红了，低下头，嘴里喃喃地说了句什么。

女犯察觉向她射来的一道道目光，并不转过头，却悄悄地斜睨着那些向她注视的人。大家在注意她，她觉得高兴。这里的空气比牢房里清爽些，带有春天的气息，这也使她高兴。不过，她好久没有在石子路上行走，这会儿又穿着笨重的囚鞋，她的脚感到疼痛。她瞧瞧自己的双脚，竭力走得轻一点。他们经过一家面粉店，店门前有许多鸽子，摇摇摆摆地走来走去，没有人来打扰它们。女犯的脚差点儿碰到一只瓦灰鸽。那只鸽子拍拍翅膀飞起来，从女犯耳边飞过，给她送来一阵清风。女犯微微一笑，接着想到自己的处境，不禁长叹了一声。

选自［俄］列夫·托尔斯泰著，草婴译：《复活》，上海译文出版社 1983 年版。

阅读提示：

《复活》中，托尔斯泰运用自己富有文采的笔触，满含着怜悯与思考，怀抱着救赎的期待，刻画出了一个年轻漂亮，却被侮辱与摧残的女人的形象——玛丝洛娃（如图 3-2）。

玛丝洛娃沦落风尘，遭遇许多不幸与摧残，这些都在她身上留下了挥之不去的影子，但尽管如此，她依然年轻、漂亮，有着女人特有的魅力。那几绺从头巾里露出的卷发，那乌黑发亮但其中一只微微斜视的眼睛，那表现出的唯命是从……托尔斯泰以极富个性和耐人品味的描写，巧妙而又精准地表现出玛丝洛娃的性格特征与人生悲剧。

图 3-2 《复活》剧照

本文还运用了多角度的对比。首先是狱内与狱外环境的对比。狱外是春天，给人带来温暖和喜悦，以及自由的感觉，而狱内却是污浊与肮脏，郁闷沮丧，与其说是环境恶劣，不如说是制度、社会和人性的堕落和丑恶。其次是两类人群的对比。监狱管理者与司法人员冷酷、昏庸、残忍和麻木，他们对监狱的恶劣环境视而不见，麻木不仁。而监狱外的世人，有的单纯，有的麻木，有的贫困中保持着善良之心。这些都是当时俄罗斯社会的缩影。而玛丝洛娃的悲剧，正是这种社会土壤的必然结果。

思考与练习：

在街道上的市民眼里，玛丝洛娃是一个怎样的形象？

飘[1]（节选）

马格丽泰·密西尔[2]

那郝思嘉小姐长得并不美，可是极富于魅力，男人见了她，往往要着迷，就像汤家那一对双胞胎兄弟似的。原来这位小姐脸上显然混杂着两种特质：一种是母亲给她的娇柔，一种是父亲给她的豪爽。因为她母亲是个法兰西血统的海滨贵族，父亲是个皮色深浓的爱尔兰人，所以遗传给她的质地难免不调和。可是质地虽然不调和，她那一张脸蛋儿却实在迷人得很，下巴颏儿尖尖的，牙床骨儿方方的。她的眼珠子是一味的淡绿色，不杂一丝儿的茶褐，周围竖着一圈儿粗黑的睫毛，眼角微微有点翘，上面斜竖着两撇墨黑的蛾眉，在她那木兰花一般白的皮肤上，划出两条异常惹眼的斜线。就是她那一身皮肤，也正是南方女人最最喜爱的，谁要长着这样的皮肤，就要拿帽子、面罩、手套之类当心保护着，舍不得让那大热的阳光晒黑。

一八六一年四月一个晴朗的下午，思嘉小姐在陶乐垦植场的住宅，陪着汤家那一对双胞胎兄弟——一个叫汤司徒，一个叫汤伯伦的——坐在一个阴凉的走廊里。这时春意正浓，景物如绣，她也显得特别的标致。她身上穿着一件新制的绿色花布春衫，从弹簧箍上撑出波浪纹的长裙，配着脚上一双也是绿色的低跟鞋，是她父亲新近从饿狼陀买来给她的。她的腰围不过十七英寸，穿着那窄窄的春衫，显得十分合身。里面紧紧绷着一件小马甲，使得她胸部特别隆起。她的年纪虽只十六岁，乳房却已十分成熟了。可是不管她那散开的长裙显得多么端庄，不管她那梳得光滑的后髻显得多么老实，也不管她那叠在膝头上的一双雪白的小手显得多么安静，总都掩饰不了她的真性情。她那双绿色的眼睛虽然嵌在一张矜持的面孔上，却是骚动不宁的，慧黠多端的，洋溢着生命的，跟她那一副装饰起来的仪态截然不能相称。原来她平日受了母亲的温和训诲和嬷嬷的严厉管教，这才把这副姿态勉强造成，至于那一双眼睛，那是天生给她的，决不是人工改造得了的。

选自［美］马格丽泰·密西尔著，傅东华译：《飘》，浙江文艺出版社1985年版。

---

① 《飘》是美国女作家马格丽泰·密西尔在20世纪30年代创作的一部长篇小说。小说以南北战争为背景，描写了美国南方各省的风土人情、生活境况。既写出了战争的残酷，南北各方在制度、观念、经济模式上的分歧和冲突，又生动地表现了时代风云变幻中不同人物生活的动荡和命运变迁，尤其是对爱情和婚姻的追求与遗憾，其中女主人公郝思嘉是塑造得最出色的人物形象。本文选自《飘》的第一章。

② 玛格丽泰·密西尔（1900—1949）：美国现代著名女作家。1900年出生于佐治亚州的亚特兰大，文学博士毕业，曾担任记者。1937年出版长篇小说《飘》，并荣获普利策奖。1949年8月16日车祸身亡。《飘》的成功使后人不断地对这一小说作品进行演绎和改编，使其影响和传播更加广泛。

阅读提示：

这是小说《飘》的开篇，是女主角郝思嘉第一次出场。从另一角度来说，相对于小说展现的郝思嘉的整个波澜起伏的人生和爱恨交加的情感旅程，十六岁的当下虽然只是个起点，却透露了女主人公复杂矛盾的个性，并埋下了未来命运的种子。

本文表面上展现了一个十六岁少女的漂亮可爱，但是核心的内容却是突显郝思嘉身上包含的矛盾与冲突。主要体现在三个方面：一是父母遗传的冲突，一个娇柔，一个豪爽；二是郝思嘉“长得并不美”，却对男人具有超强的魅力，暗示出郝思嘉身上潜藏的独异之处；三是“装饰起来的仪态”和“真性情”的不相称，表面上端庄、老实、安静，内心却骚动不宁、狡黠多端。

郝思嘉身上充满旺盛的欲望和生命力，却又因女人的狡黠和虚荣，使生活和命运多了许多波折和遗憾。她的爱情总是伴随事与愿违的遗憾，现实的选择与内心的真实常常发生冲突和矛盾。但她终归是坚强的，具有生活的毅力和韧性，不管遭遇怎样的不幸和灾难，总能奋力抗争，成为自己命运的主宰。

小说用生动的笔墨表现郝思嘉的形态外貌，营造出扑面而来的诱惑力；尤其擅于利用环境和场合，让人物内心的潜在欲望含蓄地散发出来，更有助于表现出人物的精神和心灵深度。正是这种多维呈现，使郝思嘉立体地鲜活地呈现在读者面前。

思考与练习：

郝思嘉的魅力来源于什么？

第四讲

情感之美

情感是人类与生俱来的天性，伴随我们生命的始终，贯穿在似水流年的每一天。它是一种无形的存在，但在我们的一颦一笑中闪现；它是易变的，时间会让它变质，甚至随风而去，了无痕迹；但它又可以是耐久的，超越时间和空间，成为内心深处永恒的坚守。情感是生活的动力，是生命的色彩和温度，影响着我们对自己和外部世界之间关系的判断和选择，是生命意义生成的关键因素。情感可以温暖、拯救一个人，也可以打击、毁灭一个人，于是人们便有了对情感的不同心态：追求或逃避，陶醉或煎熬。这也是人的心灵世界丰富性的表现。

本讲主要涉及亲情、友情、爱情、爱国之情。亲情以血缘关系为基础，主要发生在父母、兄弟姐妹等血缘亲密的成员之间，是家庭伦理的情感体现。亲情是相互的，所谓的上慈下孝即是；亲情又是多维的，衣食住行、冷暖饥饱、喜怒哀乐都在亲人的关注之中；它是无私的，讲究理解、宽容和担当；它是持久的，能够超越时间甚至生死，在岁月的回望中更显醇厚感人；它是温暖的，弱者尤能激起亲人内心的牵挂和温情的施予。家和家人是人类情感世界的中心，是人们抵御不幸、遮蔽风雨的最后堡垒。在无数人心中，母亲的呼唤是最美的声音，父亲的肩膀是最结实的依靠，家人的理解和鼓励是最持久的力量源泉，家人的安好和团圆是人生最幸福的所在。《诗经》中的《蓼莪》《凯风》表现了父母的养育之恩，抒发了子女的感恩之情和“莫慰母心”的愧疚自责；归有光的《先妣事略》，在有限而渺茫的记忆里，回味着母亲生前的艰辛和贤德，感叹着幼年丧母的命运不公；《我与地坛》里，已近中年的史铁生喃喃地诉说着对离世母亲的思念、对当年不能理解母亲的忏悔和无法补偿的遗憾；杜甫的《月夜忆舍弟》、白居易的《邯郸冬至夜思家》、张籍的《秋思》、苏轼的《江城子》、韩愈的《祭十二郎文》、袁枚的《祭妹文》、余光中的《乡愁》，都表达了对亲人的惦记和思念。

友情是超越血缘和性别而建立起来的人与人之间的一种感情。它具有广阔性，超越家庭、地缘、国别，广大的社会空间都是友情的有效范围。友情主要源于相互之间共同的志趣或爱好，共同的价值观念和道德标准，以及相互欣赏的能力。友情讲究平等、自由、相互尊重，无现实的功利目的性。蒙田认为，真正的友谊，“是两颗心灵叠合，我中有你，你中有我，浑然成为一体，令二者联结起来的纽带已消隐其中，再也无从辨认”，“那一切由娱乐或利益，由公共或私人的需要所结合和滋养的，他们愈把其他原因、目的和效果混在友谊之内，愈不见其那么美丽和高贵，也愈不成其为友谊了”。这种观念与我们传统的“君子之交淡如水”不谋而合。常言说“人生得一知己足矣”，友情的寻找和建立，具有极强的随机性和自由选择性，是可遇而不可强求的。朋友可以带来眼泪和笑声，可以给予陪伴和力量，可以消除孤独和寂寞。朋友是危难时的希望，是颓唐时的良药，是一生的财富。李白的《闻王昌龄左迁龙标遥有此寄》《送友人》和《叙旧赠江阳宰陆调》，杜甫的《梦李白二首》，欧阳修的《祭石曼卿文》，王安石的《祭范颍州文》，苏轼的《祭欧阳文忠公文》，表达了对朋友的惜别之情、对朋友人格和才华的敬佩赞美、对朋友驾鹤西去的怀念。朱光潜的《谈交友》对交友之道娓娓道来，让人内生触动，受益匪浅。

爱情是基于生理、心理和主观情感等综合因素产生的人与人之间的关系。爱情具有生物性和社会性双重属性。一方面，爱情以生理本能的满足为动力，是一种生物性的肉体之爱；同时，人对异性的喜爱和选择又受到历史传统和现实环境的影响，欲望的满足和情感表达又受到习俗、道德、法律的制约，呈现出一种社会性的升华。爱情作为一种情感类型和社会关系，具有个性化和排他性、私密性和禁忌性。爱情能给人带来强烈的刺激和满足。它是永恒的，又是易逝的；它能让人兴奋、期待，又能使人在失恋中感到沮丧、幻灭。所以爱情是一朵带刺的玫瑰，是一首幸福和痛苦的变奏曲。爱情是文学永恒的主题，古今中外无数作品抒写出爱情的无穷魅力和无穷滋味。《诗经》中的《静女》和《溱洧》让人感受到浪漫纯粹、真挚甜蜜；屈原《九歌》中的《湘夫人》表现出湘君内心诚挚缠绵的爱情；韦庄的《荷叶杯》和欧阳修的《生查子》表现出对心爱之人的思念和留恋；《菩萨蛮·枕前发尽千般愿》《望江南·莫攀我》表达了对爱情的坚守和情感自尊；白朗宁夫人在《抒情十四行诗集》中的由衷表达，显示出爱情的纯洁高贵和动人心魄。还有，在席慕蓉的诗中，我们可以感受到青春岁月里带有丝丝甜蜜的忧愁，那是爱情的特殊味道吧。

爱国之情，是指个人、群体和组织对国家的一种积极和支持的态度。国家，可以是空间意义上的权力实体，也可以指历史和文化意义上的民族共同体，如“祖国”的观念。在中国历史上，“朝廷”“天下”的称谓承载着现代语义上“国”的内涵。爱国之情，揭示的是个体和国家之间的依存关系，是人们对自己家园和民族、文化的认同感和归属感，同时伴随产生尊严感和荣誉感的精神享受。爱国情怀是对一己私利的超越，是对个体意义世界的拓展，是一种忠诚的信仰表现。在古代知识分子身上，主要体现在士大夫的济世、忧世情怀中。《诗经·黍离》中“行迈靡靡，中心摇摇”的失魂落魄，王昌龄《从军行》中“黄沙百战穿金甲，不破楼兰终不还”的豪迈誓言，杜甫中《哀江头》“少陵野老吞声哭”的苍凉悲恸，陆游《关山月》中“中原干戈古亦闻，岂有逆胡传子孙”的激愤质疑，岳飞《满江红》中“驾长车，踏破贺兰山缺”的英雄风姿，辛弃疾《鹧鸪天》中“壮岁旌旗拥万夫，锦襜突骑渡江初”的豪情满怀，无不散发着浓浓的爱国之情和责任担当。在现代，闻一多的《祈祷》、戴望舒的《我用残损的手掌》、艾青的《我爱这土地》、穆旦的《赞美》都体现了对苦难祖国的热爱和对国家命运的深深忧思。

爱是生命的源泉，是生活的动力和阳光。亲情、友情、爱情、爱国情，它们不仅为我们提供心灵的慰藉，更能激发人性的光辉，推动我们去营造理性而又诗意的精神家园。

溱 洧[1]

溱与洧，方涣涣兮②。士与女，方秉蕑兮③。女曰："观乎？"士曰："既且④，且往观乎⑤？"洧之外，洵訏且乐⑥。维士与女，伊其相谑⑦，赠之以勺药⑧。

溱与洧，浏其清矣⑨。士与女，殷其盈矣⑩。女曰："观乎？"士曰："既且，且往观乎？"洧之外，洵訏且乐。维士与女，伊其将谑⑪，赠之以勺药。

选自周振甫译注：《诗经译注》，中华书局2010年版。

阅读提示：

图4-1　隋 展子虔 游春图

《溱洧》是一首描写郑国三月上巳节青年男女在溱水和洧水岸边游春（如图4-1）的诗歌。按照当时郑国的风俗，三月上巳节这天，人们要在流水中洗去宿垢，拂除不祥，招魂续魄，祈求幸福安康。青年男女也借此机会互诉衷肠，表达爱情。这首诗抒写的正是诗人对节日盛况的赞叹、对青春欢愉的讴歌。

诗歌从节日欢会的大背景写起，先以寥寥四句描绘出一幅春回大地、冰雪消融、水流清澈汩荡的风景画；再写人们经过一个冬天的蛰伏，从沉闷的生活状态中醒来，人手一束兰草，到野外、到水边，去迎接春天的到来；后聚焦于一对青年男女情爱对答的场景，趣味横生。

---

① 溱（zhēn）洧（wěi）：即溱水、洧水，是流经郑国的两条河流，并在郑国首都新郑附近交汇。本诗出自《诗经·郑风》。

② 方：正。涣涣：水盛的样子。

③ 秉：持，拿着。蕑：即"兰"，一种香草。

④ 且：通"徂"，去、往。

⑤ 且：再，又。

⑥ 洵：确实。訏：大，广阔。

⑦ 维、伊：发语词。谑：开玩笑。

⑧ 勺药：即芍药，一种香草。

⑨ 浏：水流清澈的样子。

⑩ 殷：多。盈：满。

⑪ 将：相。

诗歌从“蔺”转向“勺药”，从风俗转向爱情，从大自然的春天转向人生的青春，诗意明朗，欢快清新，流转自然，构思奇妙。

思考与练习：

查找资料，了解此诗所体现的上巳节习俗。

湘夫人①

屈　原②

帝子降兮北渚，目眇眇兮愁予③。嫋嫋兮秋风④，洞庭波兮木叶下。
白薠兮骋望，与佳期兮夕张。鸟萃兮蘋中，罾何为兮木上⑤。
沅有茝兮醴有兰，思公子兮未敢言。荒忽兮远望⑥，观流水兮潺湲。
麋何食兮庭中？蛟何为兮水裔⑦？朝驰余马兮江皋，夕济兮西澨⑧。
闻佳人兮召予，将腾驾兮偕逝。筑室兮水中，葺之兮荷盖。
荪壁兮紫坛，匊芳椒兮成堂。桂栋兮兰橑，辛夷楣兮药房⑨。
罔薜荔兮为帷⑩，擗蕙櫋兮既张⑪。白玉兮为镇，疏石兰兮为芳。
芷葺兮荷屋，缭之兮杜衡。合百草兮实庭，建芳馨兮庑门。

---

① 本诗选自《楚辞·九歌》。《楚辞》是西汉刘向所编辞赋集，收有楚国屈原、宋玉和西汉文人的作品，包括刘向本人的作品，共十六篇。东汉王逸为其作章句，又加入了自己的作品《九思》，全书遂成十七篇。

② 屈原（前340—前278）：名平，字原；又名正则，字灵均。屈原是我国第一位伟大的诗人，出身楚国贵族，“博闻强记”，“娴于辞令”，楚怀王时任左徒、三闾大夫，对内主张明法度，任贤才，对外主张联齐抗秦。后因嫉遭馋，去职流放。顷襄王即位后，曾被短暂召回，又被流放江南。诗人目睹家国的日渐危亡，内心悲愤绝望，终于在郢都被秦所破该年的夏历五月五日投汨罗江而亡。流传于世的作品有《离骚》《天问》《九歌》《九章》等。

③ 眇眇：远视的样子。

④ 嫋嫋：风吹动的样子。

⑤ 罾：渔网。

⑥ 荒忽：通“恍惚”。

⑦ 水裔：水岸边。

⑧ 澨：水边。

⑨ 药：白芷。

⑩ 罔：通“网”，编织。

⑪ 擗：破开。櫋：屋檐板，或室中隔扇。

九嶷缤兮并迎，灵之来兮如云。捐余袂兮江中，遗余褋兮醴浦。

搴汀洲兮杜若，将以遗兮远者。时不可兮骤得，聊逍遥兮容与①！

选自林家骊译注：《楚辞》，中华书局2010年版。

阅读提示：

在《九歌》中，《湘夫人》和《湘君》是姊妹篇，内容相关，情节相联，表现了湘君和湘夫人（如图4-2）这对男女水神的爱情追求。《湘夫人》是由男神的扮演者演唱，刻画了湘君这一水神形象，表达了对湘夫人的缠绵爱情。

《湘夫人》全诗主要描写了湘君与湘夫人的一次约会，从湘君的角度表现他赴约北渚的一段心理和情绪的变化过程。其间既有阴差阳错未见湘夫人的失望和惆怅，又有对美好爱情的渴望和执着；湘君虽对湘夫人的约而不见有过质疑和激愤，但最终化作一腔悠远的思念和从容的期待。在内容上，《湘夫人》可分为三层：第一层，从开头到"观流水兮潺湲"，表现湘君对湘夫人虔诚的渴望和约而未遇的哀伤惆怅；第二层，从"麋何食兮庭中"到"灵之来兮如云"，写湘君幻想中与湘夫人如约相会的情景；第三层，从"捐余袂兮江中"到结尾，写湘君从绝望激愤、情绪激动走向从容等待的平静，表达了他对爱情的坚守和执着。

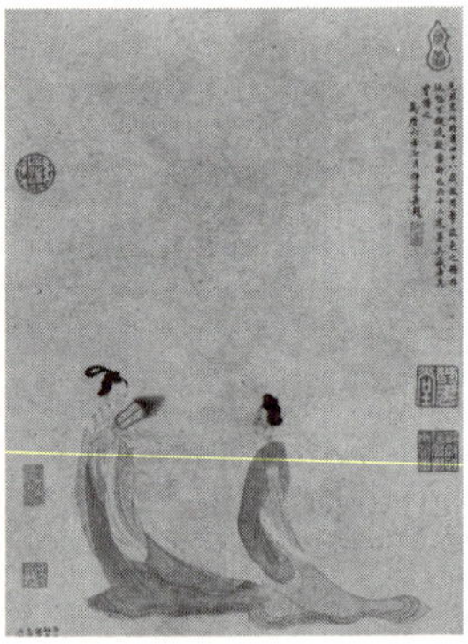

图4-2　明 文徵明 湘君湘夫人图

在艺术上，本诗颇有令后世称道之处。第一层中，利用人物动作和形态的描写，表现人物的内心世界。利用环境、景物来烘托人物的心理状态，微妙细腻，生动传神。其中秋景的描写最为突出，秋风扑面，秋叶纷纷，自然的萧瑟和凄清映衬出人物情绪的哀怨和伤感。第二层中，对所居庭堂的描写，富有浪漫神奇色彩。以一系列的香草花木作为建筑材料和装饰之物，淡化了实用色彩，显得华美艳丽，烘托和象征人物内心爱情的高洁和生活欢乐。第三层的心理表现特别具有起伏感和变化性，展示出了人物心灵的丰富曲折。抛弃爱的信物是一种绝望的激愤，而对湘夫人的深爱和向往又使湘君内心产生懊悔，于是采集香草作为赠物予以补救，珍惜这次相约的机会，劝说自己耐心地等待。

湘君既有对湘夫人的真诚的挚爱，又有偶然错失会面产生的质疑和误解，但最终心中依然坚信高洁爱情的存在和未来相聚相爱的缘分。这样的心理模式和情感状态，也许是屈原与楚王之间关系的象征，是屈原自身命运的写照。

① 容与：舒闲自适的样子。

思考与练习：

体会一下，诗歌第三层是怎样表现湘君心理变化的？

行行重行行①

行行重行行，与君生别离。相去万余里，各在天一涯。
道路阻且长，会面安可知？胡马依北风，越鸟巢南枝。
相去日已远，衣带日已缓。浮云蔽白日，游子不顾反。
思君令人老，岁月忽已晚。弃捐勿复道，努力加餐饭。

选自（梁）萧统编，（唐）李善注：《文选》，上海古籍出版社 1986 年版。

阅读提示：

诗歌从思妇的角度，表现了东汉末期社会动荡给百姓带来的离乱相思之苦。

本诗以顺叙的手法书写了思妇与夫君相别、相隔、相思、自我宽慰和期待的心路历程。第一、二句，以反复的叠音形式，表现分手相别时的依依不舍、无限留恋之情；之后四句，从时间、空间、道路的坎坷等方面表现难以相见的痛苦；再后四句，以胡马、越鸟比兴，想象远方游子的眷恋，实则写思妇内心的想念，渐缓的衣带更表现出她的相思之深、之苦；此后四句，表现思妇因夫君久别不归而产生了移情别恋的猜测，内心笼罩在被欺被弃的疑虑纠结中，可依然苦苦思念等待，不觉间岁月飞逝，红颜已老，痛苦达到顶峰；最后两句，是思妇的自我劝勉和自我解脱，“努力加餐饭”朴拙直白，却有力地表现了思妇的通达、坚毅和执着。全诗既表现了思妇对真挚爱情的追求和呼唤，又抒发了思妇内心的矛盾和孤独，而她那份在岁月流逝中的执着坚守，更令人感慨万端。

诗歌语言质朴自然，情真意挚，或隐或显，或曲或直，表现手法丰富多样，写出了思妇微妙的情感变化和心灵世界，具有永恒的艺术魅力。

---

① 本诗出自《古诗十九首》。这十九首诗作为一个整体被南朝梁萧统编入《文选》，为汉代文人所作，未注明作者，非一人之作，亦非一时一地之作，代表了汉代文人五言诗的最高成就。

思考与练习：

钟嵘《诗品》中评价《古诗十九首》“惊心动魄，可谓几乎一字千金”，结合本诗谈谈你的体会。

叙旧赠江阳宰陆调

李　白①

泰伯让天下，仲雍扬波涛。②
清风荡万古，迹与星辰高。
开吴食东溟，陆氏世英髦。③
多君秉古节，岳立冠人曹。④
风流少年时，京洛事游遨。
腰间延陵剑，玉带明珠袍。⑤
我昔斗鸡徒，连延五陵豪。
邀遮相组织，呵吓来煎熬。⑥
君开万丛人，鞍马皆辟易。⑦
告急清宪台，脱余北门厄。
间宰江阳邑，翦棘树兰芳。⑧
城门何肃穆，五月飞秋霜。⑨

---

① 李白（701—762）：字太白，号青莲居士，又号“谪仙人”，是唐代伟大的浪漫主义诗人。其诗歌感情豪迈奔放，想象奇特，辞采瑰丽，风格飘逸。他被后人誉为“诗仙”，有《李太白集》。

② 泰伯、仲雍：周文王祖父周太王有三子，即泰伯、仲雍、季历。太王想把君位传于三子季历，为遂父愿，泰伯、仲雍逃到吴地，建立吴国，季历继太王君位。后世赞二人主动让贤，品德高尚。

③ 英髦：杰出人才。陆姓乃吴地望族，故有此赞美。

④ 多：赞美。冠：突出，领先。人曹：人群。

⑤ 延陵剑：典出春秋吴公子季札赠剑徐国国君的故事，赞美陆调颇重友情。季札封于延陵，故称延陵季子。季札北使晋国，路经徐国，徐国国君对季札佩戴宝剑有喜慕之心，季札有使命在身，未作表示。归来路经徐国，徐国国君已逝，季札即把宝剑挂于墓旁的树枝上，了却国君生前的心愿，即为“挂剑空垅”的故事。

⑥ 邀遮：拦住路。呵吓：恐吓、威胁。

⑦ 辟易：因惊恐而避让、后退。

⑧ 间：新近。棘：代指坏人。兰芳：喻才德之士。

⑨ 两句意指陆调治理当地威严有方。

好鸟集珍木，高才列华堂。①
时从府中归，丝管俨成行。
但苦隔远道，无由共衔觞。
江北荷花开，江南杨梅熟。
正好饮酒时，怀贤在心目。
挂席拾海月，乘风下长川。②
多沽新丰醁，满载剡溪船。③
中途不遇人，直到尔门前。
大笑同一醉，取乐平生年。

选自（清）彭定求等编：《全唐诗》，中华书局1999年版。

阅读提示：

此诗是叙旧之作。当时李白（如图4-3）在江南，故友陆调在江北的江阳县当县令，李白感念陆调当年在洛阳的解围搭救之恩，称赞陆调的重友之德和为官之才，表达了再聚畅饮的内心期盼，抒发了心怀友情的激动喜悦。

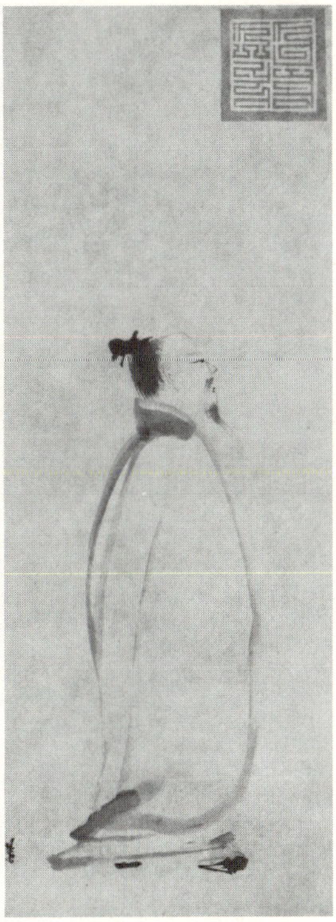
图4-3 南宋 梁楷 太白行吟图

全诗可分三层：第一层从开头至“玉带明珠袍”，颂扬陆调的故乡吴地、望族家世和他个人的高尚品行。追叙太伯、仲雍让贤王位，退避吴地，被拥为吴王开创吴国，表示吴地乃人杰地灵之处，贤德高尚之风绵延悠长，陆氏家族受此浸染，成为当地豪门望族，人才辈出。陆调继承先辈气节，德才出众。用延陵季札赠送徐国国君宝剑的典故，褒扬陆调看重友情的品行。第二层从“我昔斗鸡徒”至“无由共衔觞”，回忆昔日危难之际的搭救之恩，以及调任江阳后的政绩。其间既有对朋友的敬仰和赞美，也有对朋友的思念和再未谋面的遗憾。第三层从“江北荷花开”至结尾，表达重逢的渴望和喜悦。在花开梅鲜的季节，载满一船好酒，张帆远航，直奔朋友而去，相聚尽欢，不醉不休。酒逢知己千杯少，美酒的沉醉，在心灵深处是友情的甘醇和陶醉。

---

① 两句意指陆调属下人才济济，皆为慕陆调之名而来。

② 挂席：张帆行舟。

③ 新丰：地名，陕西临潼附近，以产酒闻名。醁：美酒。剡溪船：典用东晋王子猷雪夜访戴逵的故事，表达访友心情之迫切、兴致之高涨，其间亦有两人趣同道和的喜悦和表白。

在艺术上，本诗多用历史典故，含蓄表达对友人的赞美敬仰，避免抒情直露而有浅白之嫌。结尾部分富有浪漫色彩，以轻快的笔调、昂扬的节奏，表达了内心的喜悦和对再聚的向往。

思考与练习：

本诗的浪漫风格是如何体现的？

酬乐天频梦微之

元　稹①

山水万重书断绝，念君怜我梦相闻。
我今因病魂颠倒，唯梦闲人不梦君。

选自（清）彭定求等编：《全唐诗》，中华书局 1999 年版。

阅读提示：

这是一首七言绝句，约写于唐宪宗元和十二年（817）。元稹和白居易是一生的挚友，不但交情深厚，而且在漫长的创作道路上互相影响，在文学史上并称“元白”。当时白居易和元稹同时遭贬。元稹贬通州（今四川达州）司马，白居易谪江州（今江西九江）司马，一南一北，两人相隔数千里之遥，音信不通，只有梦中相见。817 年，白居易写了一首诗寄给元稹：“晨起临风一惆怅，通川湓水断相闻。不知忆我因何事，昨夜三更梦见君。”于是，元稹写了上面这首和诗。

诗的前两句，诗人首先感叹由于“山水万重”的阻隔，常常音书断绝。而在孤苦潦倒中得到好友寄诗，从好友的诗中又知悉对方在梦中都关切着自己的境遇，诗人不禁感慨万千，夜不能寐。后两句，诗人紧扣好友寄诗中的急切询问，作了深情的回答。他告诉好友自己病魔缠身，梦到一些闲人却梦不到朋友。两人同样思念彼此，但不同的是，白居易写“梦见君”，而元稹写“不梦君”。这一唱一和，在构思上独出机杼，使人于同中见异。

---

① 元稹（779—831）：字微之，中唐诗人。与白居易交好，多有唱和诗作，世称“元白”。创作前期是新乐府运动的支持者，后期创作多艳诗，有淫靡之风。有传奇小说《莺莺传》，为后世《西厢记》所借鉴。

全诗纯用白描，人物形象生动隽永，把诗人对好友的无限感念之情和内心世界的凄苦心境描写得淋漓尽致，情调境界感人肺腑。尤其作为酬答诗，在韵脚受到严格限制的情况下，匠心独运，别出心裁。

思考与练习：

在唐代文坛中，除了元白之外，还有哪些著名的友谊，说说他们的故事。

无题·昨夜星辰昨夜风

李商隐①

昨夜星辰昨夜风，画楼西畔桂堂东。
身无彩凤双飞翼，心有灵犀一点通。
隔座送钩春酒暖②，分曹射覆蜡灯红③。
嗟余听鼓应官去④，走马兰台类断蓬⑤。

选自（清）彭定求等编：《全唐诗》，中华书局1999年版。

阅读提示：

这是一首七言律诗，着重抒写爱情受到重重阻隔不能如愿的怅惘之情。

首联交代相会时的时间和地点。诗人没有具体描摹昨夜相会的情事，只是借助星辰和风的点染、画楼桂堂的映衬，传达出一种温馨旖旎、富有暗示性的环境氛围；颔联抒写自己和意中人的情意相知、灵犀相通，表达出对意中人浓浓的爱意和相思；颈联写当

---

① 李商隐（约813—858）：字义山，号玉谿生，又号樊南生，晚唐著名诗人。因朋党之祸，仕途坎坷，潦倒终身。多咏史之作和“无题”篇什，表达自己的政治抱负和内心的郁闷不平，风格独异。

② 送钩：古代藏钩之戏，分人为两组，一组藏钩于手中暗相传递，而令对方猜测钩在谁手，猜不中者罚酒。

③ 射覆：射，猜测的意思。射覆原是古代一种用占卜来猜物的游戏。于覆器之下置诸物，令暗射之，故谓射覆。后演化成一种酒令，用字句、隐物为谜让人猜测。

④ 听鼓：唐代设官掌管宫门，凡夜漏尽，即击漏鼓而开宫门，诸官闻漏鼓而上朝。应官：应差，上朝。

⑤ 兰台：原指汉代宫内藏书处，唐高宗改秘书省为兰台，李商隐曾任秘书省校书郎，故称任职处为兰台。转蓬：蓬草随风飘转，比喻身世飘零，人生坎坷。

时送钩射覆酒暖灯红之乐，衬托出自己当下萧索孤独之感；尾联回忆今晨离席应差时的情景，感慨事业无成，身不由己。

李商隐的无题诗往往着重抒写主人公的心理感受，事件与场景的描述常常打破常规的时空次序，随着心理活动的流程交错展现，因此常常显得意境迷离，情意朦胧。这首诗即是如此。诗人将身世之叹融入艳情，以华艳词章反衬困顿失意情怀，情感深挚缠绵，炼句设色流丽圆美，营造出婉曲幽约的艺术境界。

思考与练习：

你如何理解恋人间“心有灵犀”的感觉？

鹧鸪天①·壮岁旌旗拥万夫

辛弃疾②

有客慨然谈功名，因追念少年时事，戏作。

壮岁旌旗拥万夫③，锦襜突骑渡江初④。燕兵夜娖银胡䩮⑤，汉箭朝飞金仆姑⑥。

追往事，叹今吾，春风不染白髭须⑦。却将万字平戎策⑧，换得东家种树书⑨。

选自邓广铭笺注：《稼轩词编年笺注》，上海古籍出版社1978年版。

---

① 鹧鸪天：词牌名。

② 辛弃疾（1140—1207）：字幼安，号稼轩，山东历城人。南宋著名词人。主张抗金，收复失地，上书《美芹十论》《九议》等奏疏，提出建议，均未被采纳，且遭投降派打击排挤，长期赋闲。其词多抒发恢复国家统一的爱国之情，倾诉报国无门、壮志难酬的悲愤，揭露统治集团的腐朽无能和屈节投降。还有部分作品表现了山河之美和田园之乐，风格闲适优美。从整体创作而言，其艺术风格多样，以豪放为主，慷慨悲壮，热情洋溢，与苏轼并称“苏辛”。

③ 壮岁：青年时代。拥：统帅。

④ 锦襜（chān）突骑（jì）：威武勇猛的锦衣骑兵。绍兴三十二年，辛弃疾奉耿京之命渡江归宋，受高宗召见。随后奉朝廷之命以使节印回山东告召耿京，恰逢叛徒张安国投降金国，刺杀耿京。辛弃疾大怒，率义军直突金营，生擒张安国，然后带领万余人成功突围，渡江归宋。

⑤ 娖（chuó）：整理、准备。银胡䩮（lù）：饰银的箭袋。指义军夜间做好杀敌作战的准备。有注家认为此句描写金兵的追杀，可为另说。

⑥ 金仆姑：箭名。

⑦ 髭（zī）须：胡须。

⑧ 平戎策：平定金人的计划和策略，指作者曾上书的《美芹十论》《九议》等奏议。

⑨ 东家：东邻。

阅读提示：

这首词是辛弃疾晚年赋闲在家时的抒怀之作。前有小引，点明因由。词人晚年居家，主客相聚，碰到客人与之谈起建立功名之事，于是引发词人回想自己从青年到晚年的经历，抒发了壮志难酬、怀才不遇的内心感叹。

词的上片回忆词人青年时代的经历，有组织义军打击金兵的忠心爱国壮举，更有直闯敌营、生擒叛徒、胜利南归的英雄传奇。“拥万夫”写出义军声势的浩大，“锦襜突骑”描写出义军的英姿和兵贵神速的迅猛，渲染出惊险传奇的风采。后两句通过“夜”“朝”两个时间军队活动的具体描写，凸显出南奔归宋时战斗情况的紧急，表达出奋勇杀敌的淋漓豪情。下片表达的是南归后的失望和幻灭，以及人生易老、功名难成的内心无奈。今昔对照，慨叹无情岁月的流逝、人生难以预料的无奈和挫折。“春风不染白髭须”，春风可以吹绿草木，却无法使白须老者变回黑发的翩翩少年，有一种青春虚度的叹息，又有一种时不待我却壮志难抛的惘然。最后两句以“平戎策”和“种树书”两种反差极大的典型形象，生动地表达出理想和现实之间的矛盾，显示出辛弃疾仕途上的政治悲剧，透漏出一种英雄无用武之地的深沉的悲凉感。

在艺术形式上，作者多用对比手法。今昔对比，昔日雄壮，今日悲凉，表达出宦海的浮沉、理想的幻灭、人世的沧桑。“白髭须”与自然草木对比，“平戎策”与“种树书”对比，表现出一种无奈和徒劳。但回荡全诗的，仍是辛弃疾永不磨灭的社稷之忧和爱国情怀。

思考与练习：

想一想，“种树书”的象征寓意是什么？

祭石曼卿文①

欧阳修②

维治平四年七月日③，具官欧阳修谨遣尚书都省令史李敭至于太清④，以清酌庶羞之奠，致祭于亡友石曼卿之墓下，而吊之以文曰：

---

① 石曼卿（994—1041）：名延年，字曼卿，河南宋城（今河南商丘）人，一生怀才不遇，仕途不顺，四十七岁过早离世，有《石曼卿诗集》。

② 欧阳修（1007—1072）：字永叔，号醉翁、六一居士。北宋文学家、史学家。欧阳修对政坛有举足轻重的影响，又是北宋古文运动的领袖。有《欧阳文忠公集》，与宋祁等合修《新唐书》，独撰《新五代史》。

③ 维：发语词。治平四年：1067年，宋英宗在位。

④ 太清：石曼卿的墓地所在地。

呜呼曼卿！生而为英，死而为灵。其同乎万物生死而复归于无物者，暂聚之形[①]；不与万物俱尽而卓然其不朽者，后世之名。此自古圣贤，莫不皆然，而著在简册者，昭如日星。

呜呼曼卿！吾不见子久矣，犹能仿佛子之平生。其轩昂磊落，突兀峥嵘，而埋藏于地下者，意其不化为朽壤，而为金玉之精。不然生长松之千尺，产灵芝而九茎。奈何荒烟野蔓，荆棘纵横，风凄露下，走磷飞萤。但见牧童樵叟，歌吟而上下，与夫惊禽骇兽，悲鸣踯躅而咿嘤[②]。今固如此，更千秋而万岁兮，安知其不穴藏狐貉与鼯鼪[③]？此自古圣贤亦皆然兮，独不见夫累累乎旷野与荒城！

呜呼曼卿！盛衰之理，吾固知其如此，而感念畴昔，悲凉凄怆，不觉临风而陨涕者，有愧乎太上之忘情[④]。尚飨[⑤]！

选自（宋）欧阳修著，李逸安点校：《欧阳修全集》，中华书局2001年版。

阅读提示：

此文是欧阳修对忘年交石曼卿的祭文。两人于1034年相识，同官馆阁校勘，时欧阳修28岁，石曼卿40岁。两人不到一年即分别，四五年后再度相逢，但石曼卿甚为落魄，终于1041年早逝，年仅47岁。1067年，石曼卿去世二十多年后，欧阳修又派人去墓前祭奠，遂作此文，再表怀思。

第一节是一般性交代，但有两点关键：一是时间，此时距石曼卿亡时已二十多年，可见友情真挚，绵长难忘；二是作者未亲临现场，此文是遥寄怀思，故文中有想象之处。第二节以突兀的笔势、真切的语言，表达对才高德贤的曼卿的赞美，望其身虽灭，名长存。这是欧阳修心中的期待和对曼卿的敬仰。第三节写出了现世和愿望的冲突，表达了欧阳修对石曼卿气质、德行、才华的敬仰和思念，同时又表露出作者对人世和官场的激愤与人生的虚无幻灭感，这也是欧阳修自己的人生际遇和仕途体验。第四节再次表达自己的不胜悲凄之感，自愧难达“圣人忘情”的境界，反衬情之真、意之切，遥思绵绵，余情不尽。

在艺术上，此文不以叙事见长，善于在环境的描写中塑造气氛和情调，表达作者的怀念和哀思；又善用对比，揭示事实与情感、常理与悖逆、现实与未来的矛盾，在世事的感慨与议论中，蕴含着对朋友千回百转的一往情深。

---

① 暂聚之形：肉身、躯体。
② 咿嘤：鸟鸣兽叫之声。
③ 鼯鼪（wú shēng）：指飞鼠和黄鼠狼。
④ 太上：最高，指圣人。
⑤ 尚飨：祭文结语，希望死者来享受祭品。

思考与练习：

欧阳修为什么把墓地环境想象得如此凄凉？

先妣事略

归有光[①]

先妣周孺人，弘治元年二月二十一日生[②]。年十六年，来归[③]。逾年，生女淑静，淑静者，大姊也。期而生有光[④]。又期而生女子，殇一人，期而不育者一人。又逾年，生有尚，妊十二月。逾年，生淑顺，一岁，又生有功。

有功之生也，孺人比乳他子加健。然数颦蹙顾诸婢曰："吾为多子苦！"[⑤] 老妪以杯水盛二螺进，曰："饮此，后妊不数矣。"孺人举之尽，喑不能言[⑥]。正德八年五月二十三日，孺人卒。诸儿见家人泣，则随之泣，然犹以为母寝也。伤哉！于是家人延画工画，出二子，命之曰："鼻以上画有光，鼻以下画大姊。"以二子肖母也[⑦]。

孺人讳桂。外曾祖讳明，外祖讳行，太学生。母何氏。世居吴家桥，去县城东南三十里[⑧]。由千墩浦而南，直桥并小港以东，居人环聚，尽周氏也。外祖与其三兄，皆以赀雄[⑨]，敦尚简实，与人姁姁说村中语[⑩]，见子弟甥侄，无不爱。孺人之吴家桥，则治木绵。入城则缉纑，灯火荧荧，每至夜分[⑪]。外祖不二日，使人问遗[⑫]，孺人不忧米盐，乃劳苦若不谋夕。冬月炉火炭屑，使婢子为团，累累暴阶下[⑬]。室靡弃物[⑭]，家无闲人。儿女大

---

① 归有光（1507—1571）：明代散文家。字熙甫，号震川，昆山人。屡试不第，嘉靖四十四年（1565）才考中进士，曾任长兴知县，官至南京太仆寺丞。散文创作受司马迁和欧阳修影响较大，与王慎中、唐顺之、茅坤等被称为"唐宋派"。作品朴素简洁，笔墨疏淡，言近旨远，情感真挚，被誉为"明代文章第一人"。著有《震川先生集》。

② 先妣：已去世的母亲。孺人：明代七品以下官妻称孺人。

③ 归：出嫁。

④ 期（jī）：一周年。

⑤ 数（shuò）：屡次。颦蹙：皱眉头。顾：看。

⑥ 喑：哑。

⑦ 延：请。肖：像。

⑧ 去：离。

⑨ 赀：家财，家产。雄：有名有势。

⑩ 姁姁（xǔ xǔ）：和悦的样子。

⑪ 每：常常。

⑫ 问遗：慰问，赠送财物。

⑬ 暴：通"曝"，晒。

⑭ 靡：无。

者攀衣，小者乳抱，手中纫缀不辍①。户内洒然②。遇僮奴有恩，虽至棰楚，皆不忍有后言③。吴家桥岁致鱼蟹饼饵，率人人得食④。家中人闻吴家桥人至，皆喜。

有光七岁，与从兄有嘉入学，每阴风细雨，从兄辄留。有光意恋恋，不得留也。孺人中夜觉寝⑤，促有光暗诵《孝经》，即熟读无一字龃龉⑥，乃喜。孺人卒，母何孺人亦卒。周氏家有羊狗之痾⑦。舅母卒，四姨归顾氏，又卒，死三十人而定，惟外祖与二舅存。

孺人死十一年，大姊归王三接，孺人所许聘者也。十二年，有光补学官弟子。十六年而有妇，孺人所聘者也。期而抱女，抚爱之，益念孺人。中夜与其妇泣，追惟一二⑧，仿佛如昨，余则茫然矣。世乃有无母之人，天乎！痛哉！

选自（明）归有光著：《震川先生集》，上海古籍出版社 1981 年版。

阅读提示：

《先妣事略》是归有光简略叙述母亲生平事迹、表达思念之情的文章。这篇文章在语调舒缓的回忆中，通过对日常琐事的叙述、对生活细节的描写和刻画，将一个贤惠而不幸的母亲形象鲜活地展现在读者面前，让读者恻然，深深感叹一位母亲短暂而辛劳的一生，理解作者对去世母亲的无限怀思和感念。

文中对母亲的回忆主要侧重于两个方面：母之苦和母之德。多育之苦是对母亲最痛苦的折磨。母亲十六岁出嫁，二十六岁离世，十年间连续生育四女三男，既要接受幼女夭折的无奈，又要承受养育一群子女的艰辛。土方节育的心切，结果却是苦上加苦。文中说："有功之生也，孺人比乳他子加健。"然而下文笔锋一转，却写母亲年纪轻轻便溘然长逝，这种含蓄的先扬后抑，让人泪目和深思。母亲的可敬品德，主要表现在勤劳、节俭、条理治家、仁慈宽容等方面。其中教子有方，望子成龙，更表现出母亲的爱子心切。

本文对悲剧气氛的营造可谓出神入化。在对母亲葬礼的描写中，孩子的懵懂无知、母亲遗像的画制，都使读者心酸泪目；母亲娘家盛衰的前后对比，写出人世的沧桑；结

---

① 纫缀：缝补衣物。辍：停止。
② 洒然：整洁的样子。
③ 棰楚：以杖击之。后言：背后抱怨、责怪。
④ 率：一概，全部。
⑤ 觉寝：睡醒。
⑥ 龃龉（jǔ yǔ）：本意牙齿上下不对称，这里指内容生疏，背诵不流畅、不熟练。
⑦ 羊狗之痾：动物传染的疾病。痾（ē）：病。
⑧ 追惟：追思。

尾处，自己怀抱爱女时，对母亲记忆的渐渐模糊，让人泣之不已；最后一句“天乎！痛哉！”的惊叹，更令人惊心不已！

思考与练习：

如何评价母亲和家仆之间的关系？

伊底眼

汪静之[1]

伊底眼是温暖的太阳；
不然，何以伊一望着我，
我受了冻的心就热了呢？

伊底眼是解结的剪刀；
不然，何以伊一瞧着我，
我被镣[2]铐的灵魂就自由了呢？

伊底眼是快乐的钥匙；
不然，何以伊一瞅着我，
我就住在乐园里了呢？

伊底眼变成忧愁的引火线了；
不然，何以伊一盯着我，
我就沉溺在愁海里了呢？

选自汪静之著：《蕙的风》，上海书店 1984 年版。

阅读提示：

《蕙的风》初版于 1922 年，作品多是诗人在浙江第一师范读书时的创作，是“五四”新文化运动反对封建、解放思想、崇尚个性的时代精神的写照。爱情是诗集篇章的核心主

① 汪静之（1902—1996）：安徽绩溪人，现代著名作家、诗人、学者，是湖畔诗社的重要成员和骨干，诗集《蕙的风》是诗人最有影响的作品，也是其成名作和代表作，曾受到鲁迅先生的赏识。

② 原文作“锐”。

题，表现年轻人对爱情的梦想和期待、对爱情的追求和体验，既有欢欣的雀跃，也有沮丧伤感的彷徨，情感天真清新，表达自然，确有天籁之感。《伊底眼》就表现了恋爱中的男女内心的复杂和情感的微妙，激动中伴随着忐忑，甜蜜中隐含着忧思。

全诗共分四节，连用了四个比喻，含蓄而形象地表现出恋爱过程中不同的情绪体验。情感是抽象无形的，爱情更是隐秘而曲折的，要把这种内在的东西传达和表现出来，必须把它外在具象化，成为一种感性显现。诗人以“太阳”“剪刀”“钥匙”来表现热恋中的温暖、自由和快乐，表现爱情给恋人带来的欣喜和甜蜜，而“忧愁的引火线”则表现爱的远去，表达心中的失望和烦恼。这些平易真切的物象，很容易使读者产生联想和共鸣。

本诗写眼，不写眼的客观静态形象，而是写眼的动作，通过这扇“心灵的窗户”生动准确地表现出人物心理的微妙变化及其含蓄委婉。“望”“瞧”“瞅”“盯”四个动词，均有“看”的意思，但它们各自体现出来的距离感、力度感，乃至冷暖的温度感和色彩感都有细腻的差异，这种差异无声地传递着恋爱中的男女多情而又多变的情感世界，当然对方也会感受到这种委婉的表达而产生相应的心理波动，可能是微波涟漪，也可能是惊涛骇浪。

此外，反问句式的运用，强化了抒情效果。结构的整齐匀称，形成了诗歌形式富有节奏的回环之美，让人联想到《诗经》千年流转的艺术韵味。

思考与练习：

“望”和“盯”表现的内涵有何不同？

赞　美

穆　旦①

走不尽的山峦的起伏，河流和草原，
数不尽的密密的村庄鸡鸣和狗吠，
接连在原是荒凉的亚洲的土地上，
在野草的茫茫中呼啸着干燥的风，

① 穆旦（1918—1977）：原名查良铮，著名诗人、翻译家、学者。中国现代派诗歌的代表人物，出版有《探险队》《穆旦诗集》《旗》等诗集，译作主要有《普希金抒情诗集》《雪莱抒情诗选》《济慈诗选》《拜伦抒情诗选》及拜伦的长诗《唐璜》等。

在低压的暗云下唱着单调的东流的水，
在忧郁的森林里有无数埋藏的年代
它们静静的和我拥抱：
说不尽的故事是说不尽的灾难，沉默的，
是爱情，是在天空飞翔的鹰群，
是忧伤的眼睛期待着泉涌的热泪，
当不移的灰色的行列在遥远的天际爬行；
我有太多的话语，太悠久的感情，
我要以荒凉的沙漠，坎坷的小路，骡子车，
我要以槽子船，漫山的野花，阴雨的天气，
我要以一切拥抱你，你
我到处看见的人民呵，
在耻辱里生活的人民，佝偻的人民，
我要以带血的手和你们一一拥抱，
因为一个民族已经起来。

一个农人，他粗糙的身躯移动在田野中，
他是一个女人的孩子，许多孩子的父亲，
多少朝代在他的身上升起又降落了
而把希望和失望压在他身上，
而他永远无言地跟在犁后旋转，
翻起同样的泥土溶解过他祖先的，
是同样的受难的形象凝固在路旁。
在大路上多少次愉快的歌声流过去了，
多少次跟来的是临到他的忧患，
在大路上人们演说，叫嚣，欢乐，
然而他没有，他只放下了古代的锄头，
再一次相信名辞，溶进了大众的爱，
坚定地，他看见自己移进死亡里，
而这样的路是无限的悠长的，
而他是不能够流泪的，

他没有流泪，因为一个民族已经起来。

在群山的包围里，在蔚蓝的天空下，
在春天和秋天经过他家园的时候，
在幽深的谷里隐着最含蓄的悲哀：
一个老妇期待着孩子，许多孩子期待着
饥饿，而又在饥饿里忍耐，
在路旁仍是那聚集着黑暗的茅屋，
一样的是不可知的恐惧，一样的是
大自然中那侵蚀着生活的泥土，
而他走去了从不回头诅咒。
为了他我要拥抱每一个人，
为了他我失去了拥抱的安慰，
因为他，我们是不能给以幸福的，
痛哭吧，让我们在他的身上痛哭吧，
因为一个民族已经起来。

一样的是这悠久的年代的风，
一样的是从这倾圮的屋檐下散开的
无尽的呻吟和寒冷，
它歌唱在一片枯栖的树顶上，
它吹过了荒芜的沼泽，芦苇和虫鸣，
一样的是这飞过的乌鸦的声音，
当我走过，站在路上踟蹰，
我踟蹰着为了多年耻辱的历史
仍在这广大的山河中等待，
等待着，我们无言的痛苦是太多了，
然而一个民族已经起来，
然而一个民族已经起来。

一九四一，十二月。

选自穆旦著：《穆旦诗集（1939—1945）》，人民文学出版社 2001 年版。

阅读提示：

《赞美》创作于 1941 年，正值中国抗日战争最艰难的岁月、民族危亡的关键时期。诗人以澎湃的激情、低沉的语调、深广的悲悯写出了中华民族深重的历史苦难以及人民在苦难面前的抗争和觉醒。诗歌像一支号角，吹奏出一曲高昂的民族精神的赞歌。

全诗共分四节。第一节以山峦、村庄、土地、暗云、森林、沙漠、风等意象写出了中华民族苦难的深重、生存的艰难，但“佝偻的人民”在苦难面前觉醒了，在存亡之际勇敢地奋起抗争了，诗人满怀激情地讴歌这个伟大的时代，期待着新时代的到来。“一个民族已经起来”是一声自豪的呐喊，是全诗的感情基调，也是全民的心声。第二节表现一个农人的选择，他承担着家庭的责任，也背负着历史和社会的沉重，在民族危亡面前，“放下了古代的锄头”，融入抗日救亡的洪流，即使“他看见自己移进死亡里”也“没有流泪”。这是舍“小家”保“大家”的崇高情怀，一个农人是千万觉醒的国民的缩影和象征。第三节在内容上接续第二节，描写了失去支柱的农人家庭的苦难和不幸，深陷困苦和贫穷，但这些挡不住农人的选择，“他走去了从不回头诅咒”，诗人讴歌国民的坚强不屈、义无反顾的抗争精神，也被这种精神所感染，在“痛哭”中表达着敬畏和欣喜。第四节是诗意的深化，在苦难和抗争中期待新时代的到来，在民族觉醒的呼唤中表达着冲破黑暗、迎接曙光的希望。

在艺术上，诗人把中国传统和西方现代派诗歌艺术相结合，创造出现代诗歌新的风格。独特意象的选择、陌生化句式的运用、反复手法的采纳（“一个民族已经起来”的咏叹），使全诗低沉而又激昂，长歌当哭，悲中有壮。

思考与练习：

诗歌题为《赞美》，诗人赞美的究竟是什么？

谈交友[1]

朱光潜[2]

人生的快乐有一大半要建筑在人与人的关系上面。只要人与人的关系调处得好，生活没有不快乐的。许多人感觉生活苦恼，原因大半在没有把人与人的关系调处适宜。这人与人的关系在我国向称为“人伦”。在人伦中先儒指出五个最重要的，就是君臣、父子、夫妇、兄弟、朋友。这五伦之中，父子、夫妇、兄弟起于家庭，君臣和朋友起于国家社会。先儒谈伦理修养，大半在五伦上做功夫，以为五伦上面如果无亏缺，个人修养固然到了极境，家庭和国家社会也就自然稳固了。五伦之中，朋友一伦的地位很特别，它不像其他四伦都有法律的基础，它起于自由的结合，没有法律的力量维持它或是限定它，它的唯一的基础是友爱与信义。但是它的重要性并不因此减少。如果我们把人与人中间的好感称为友谊，则无论是君臣、父子、夫妇或是兄弟之中，都绝对不能没有友谊。就字源说，在中西文里“友”字都含有“爱”的意义。无爱不成友，无爱也不成君臣、父子、夫妇或兄弟。换句话说，无论哪一伦，都非有朋友的要素不可，朋友是一切人伦的基础。懂得处友，就懂得处人；懂得处人，就懂得做人。一个人在处友方面如果有亏缺，他的生活不但不能是快乐的，而且也决不能是善的。

谁都知道，有真正的好朋友是人生一件乐事。人是社会的动物，生来就有同情心，生来也就需要同情心。读一篇好诗文，看一片好风景，没有一个人在身旁可以告诉他说：“这真好呀！”心里就觉得美中有不足。遇到一件大喜事，没有人和你同喜，你的欢喜就要减少七八分；遇到一件大灾难，没有人和你同悲，你的悲痛就增加七八分。孤零零的一个人不能唱歌，不能说笑话，不能打球，不能跳舞，不能闹架拌嘴，总之，什么开心的事也不能做。世界最酷毒的刑罚要算幽禁和充军，逼得你和你所常接近的人们分开，让你尝无亲无友那种孤寂的风味。人必须接近人，你如果不信，请你闭关独居十天半个月，再走到十字街头在人丛中挤一挤，你心里会感到说不出来的快慰，仿佛过了一次大瘾，虽然街上那些行人在平时没有一个让你瞧得上眼。人是一种怪物，自己是一个人，却要显得瞧不起人，要孤高自赏，要闭门谢客，要把心里所想的看成神妙不可言说，“不可与俗人道”，其实隐意识里面唯恐人不注意自己，不知道自己，不赞赏自己。世间最欢喜守秘密的人往往

---

① 本文选自朱光潜《谈修养》一书。本书最早由重庆中周出版社于1943年出版。内容涉及与青年人密切相关的种种问题，如以“三此主义”立志、培养奋斗精神、把握个人与社群国族间的互动，以及谈心性、学问、读书、交友、性爱、恋爱、结婚乃至价值意识、美感教育等。

② 朱光潜（1897—1986）：笔名孟实，安徽桐城（今安徽枞阳）人。美学家、文艺理论家、翻译家。我国现代美学奠基人、开拓者之一。历任北京大学、四川大学、武汉大学等院校教授。著有《给青年的十二封信》《谈美》《西方美学史》《诗论》等，曾翻译柏拉图《文艺对话集》、莱辛《拉奥孔》、黑格尔《美学》等。

也是最不能守秘密的人。他们对你说："我告诉你，你却不要告诉人。"他不能不告诉你，却忘记你也不能不告诉人。这所谓"不能"实在出于天性中一种极大的压迫力。人需要朋友，如同人需要泄露秘密，都由于天性中一种压迫力在驱遣。它是一种精神上的饥渴，不满足就可以威胁到生命的健全。

谁也都知道，朋友对于性格形成的影响非常重大。一人的好坏，朋友熏染的力量要居大半。既看重一个人把他当作真心朋友，他就变成一种受崇拜的英雄，他的一言一笑，一举一动都在有意无意之间变成自己的模范，他的性格就逐渐有几分变成自己的性格。同时，他也变成自己的裁判者，自己的一言一笑，一举一动，都要顾到他的赞许或非难。一个人可以蔑视一切人的毁誉，却不能不求见谅于知己。每个人身旁有一个"圈子"，这圈子就是他所尝亲近的人围成的，他跳来跳去，尝跳不出这圈子。在某一种圈子就成为某一种人。圣贤有道，盗亦有道。隔着圈子相视，尧可非桀，桀亦可非尧。究竟谁是谁非，责任往往不在个人而在他所在的圈子。古人说："与善人交，如入芝兰之室，久而不闻其香；与恶人交，如入鲍鱼之肆，久而不闻其臭。"久闻之后，香可以变成寻常，臭也可以变成寻常，而习安之，就不觉其为香为臭。一个人应该谨慎择友，择他所在的圈子，道理就在此。人是善于模仿的，模仿品的好坏，全看模型的好坏，有如素丝，染于青则青，染于黄则黄。"告诉我谁是你的朋友，我就知道你是怎样的一种人。"这句西谚确实是经验之谈。《学记》论教育，一则曰："七年视论学取友"，再则曰："相观而善之谓摩"。从孔孟以来，中国士林向奉尊师敬友为立身治学的要道。这都是深有见于朋友的影响重大。师弟向不列于五伦，实包括于朋友一伦里面，师与友是不能分开的。

许叔重《说文解字》谓"同志为友"。就大体说，交友的原则是"同声相应，同气相求"。但是绝对相同在理论与事实都是不可能。"人心不同，各如其面。"这不同亦正有它的作用。朋友的乐趣在相同中容易见出；朋友的益处却往往在相异处才能得到。古人尝拿"如切如磋，如琢如磨"来譬喻朋友的交互影响。这譬喻实在是很恰当。玉石有瑕疵棱角，用一种器具来切磋琢磨它，它才能圆融光润，才能"成器"。人的性格也难免有瑕疵棱角，如私心、成见、骄矜、暴躁、愚昧、顽恶之类，要多受切磋琢磨，才能洗刷净尽，达到玉润珠圆的境界。朋友便是切磋琢磨的利器，与自己愈不同，磨擦愈多，切磋琢磨的影响也就愈大。这影响在学问思想方面最容易见出。一个人多和异己的朋友讨论，会逐渐发现自己的学说不圆满处，对方的学说有可取处，逼得不得不作进一层的思考，这样地对于学问才能鞭辟入里。在朋友互相切磋中，一方面被"磨"，一方面也在受滋养。一个人被"磨"的方面愈多，吸收外来的滋养也就愈丰富。孔子论益友，所以特重直谅多闻。一个不能有诤友的人永远是愚而好自用，在道德学问上都不会有很大的成就。

好朋友在我国语文里向来叫作"知心"或"知己"。"知交"也是一个习用的名词。这个语言的习惯颇含有深长的意味。从心理观点看，求见知于人是一种社会本能，有这本能，人与人才可免除隔阂，打成一片，社会才能成立。它是社会生命所借以维持的，犹如食色本能是个人与种族生命所借以维持的，所以它与食色本能同样强烈。古人尝以一死报知己，钟子期死后，伯牙不复鼓琴。这种行为在一般人看似近于过激，其实是由于极强烈的社会本能在驱遣。其次，从伦理哲学观点看，知人是处人的基础，而知人却极不易，因为深刻的了解必基于深刻的同情。深刻的同情只在真挚的朋友中才常发见。对于一个人有深交，你才能真正知道他。了解与同情是互为因果的。你对于一个人愈同情，就愈能了解他；你愈了解他，也就愈同情他。法国人有一句成语说："了解一切，就是宽容一切。"（tout comprendre，c'est tout pardonner）这句话说来像很容易，却是人生的最高智慧，需要极伟大的胸襟才能做到。古今有这种胸襟的只有几个大宗教家，像释迦牟尼和耶稣，有这种胸襟才能谈到大慈大悲；没有它，任何宗教都没有灵魂。修养这种胸襟的捷径是多与人做真正的好朋友，多与人推心置腹，从对于一部分人得到深刻的了解，做到对于一般人类起深厚的同情。从这方面看，交友的范围宜稍广泛，各种人都有最好，不必限于自己同行同趣味的。蒙田在他的论文里提出一个很奇怪的主张，以为一个人只能有一个真正的朋友，我对这主张很怀疑。

交友是一件寻常事，人人都有朋友，交友却也不是一件易事，很少人有真正的朋友。势利之交固容易破裂，就是道义之交也有时不免闹意气之争。王安石与司马光、苏轼、程颢诸人在政治和学术上的倾轧便是好例。他们个个都是好人，彼此互有相当的友谊，而结果闹成和世俗人一般的翻云覆雨。交友之难，从此可见。从前人谈交道的话说得很多。例如"朋友有信"，"久而敬之"，"君子之交淡如水"，视朋友须如自己，要急难相助，须知护友之短，像孔子不假盖于悭吝朋友；要劝善规过，但"不可则止，无自辱焉"。这些话都是说起来颇容易，做起来颇难。许多人都懂得这些道理，但是很少人真正会和人做朋友。

孔子尝劝人"毋友不如己者"，这话使我很惶惶不安。你不如我，我不和你做朋友，要我和你做朋友，就要你胜似我，这样我才能得益。但是这算盘我会打你也就会打，如果你也这么说，你我之间不就没有做朋友的可能么？柏拉图写过一篇谈友谊的对话，另有一番奇妙议论。依他看，善人无须有朋友，恶人不能有朋友，善恶混杂的人才或许需要善人为友来消除他的恶，恶去了，友的需要也就随之消灭。这话显然与孔子的话有些牴牾。谁是谁非，我至今不能断定，但是我因此想到朋友之中，人我的比较是一个重要问题，而这问题又和善恶问题密切相关。我从前研究美学上的欣赏与创造问题，得到一个和常识不相通的结论，就是：欣赏与创造根本难分，每人所欣赏的世界就是每人所创造的世界，就是他自己的情趣和性格的返照；你在世界中能"取"多少，就看你在你的性灵中能提出多少"与"它，物与我之中有一种生命的交流，深人所见于物者深，浅人所见于物者浅。现在我思索这比较实际的交友问题，觉得它与欣赏艺术自然的道理颇可暗合默契。你自己是什样的人，就会得到什样的朋友。人类心灵尝交感回流。你拿一分真心待人，人也就会拿一分真心待你，你所“取”如何，就看你所“与”如何。“爱人者人恒爱之，敬人者人恒敬之。”人不爱你敬你，就显得你自己有损缺。你不必责人，先须返求诸己。不但在情感方面如此，在性格方面也都是如此。友必同心，所谓“心”是指性灵同在一个水准上。如果你我在性灵上有高低，我高就须感化你，把你提高到同样水准；你高也是如此，否则友谊就难成立。朋友往往是测量自己的一种最精确的尺度。你自己如果不是一个好朋友，就决不能希望得到一个好朋友。要是好朋友，自己须先是一个好人。我很相信柏拉图的“恶人不能有朋友”的那一句话。恶人可以做好朋友时，他在他方面尽管是坏，在能为好朋友一点上就可证明他还有人性，还不是一个绝对的恶人。说来说去，“同声相应，同气相求”那句老话还是对的，何以交友的道理在此，如何交友的方法也在此。交友和一般行为一样，我们应该常牢记在心的是“责己宜严，责人宜宽”。

选自朱光潜著：《朱光潜散文》，人民文学出版社 2022 年版。

阅读提示：

《谈修养》一书内容丰富，不仅是朱光潜先生自己人生体验和智慧的总结，更表达着先生对年轻一代的关心和期望，体现着一个长者和师者传道解惑的崇高信念。

《谈交友》论述的是交友之道，主要阐述了以下几个方面。首先，朋友是不可或缺的。朋友是五伦的基础，“友”的核心意义是友爱和信义，是建立人与人之间良好健康关系的关键因素；人是社会性动物，需要他人的理解和同情，需要朋友的支持和认同；朋友对人的性格会产生显著的影响，所谓人以群分，物以类聚。其次，交友是不易的。其一在于知人之难，相互了解和同情的可贵难得；其二在于相处不易，势利之交难持久，道义之交易生意气之争，还有某些观念的误导。最后，是正确的交友之道。交友要眼光开阔，取长补短，求同存异。在同处彼此寻找共鸣的乐趣，在异处得到磨炼和启迪的益处。最根本的是，与人相处要有真诚和爱心、宽容和理解，所谓“责己宜严，责人宜宽”。文中包含着先生为人处世的智慧和信仰，既有传统的滋养，更有独到的思考。

文章语言通俗易懂，平易近人，表现出忠厚长者的风范。文中既有理论阐释，又有经验分析，情理并茂，令人信服。

思考与练习：

你认为友谊是建立在功利还是非功利的基础上？

我与地坛（节选）

史铁生①

现在我才想到，当年我总是独自跑到地坛去，曾经给母亲出了一个怎样的难题。

她不是那种光会疼爱儿子而不懂得理解儿子的母亲。她知道我心里的苦闷，知道不该阻止我出去走走，知道我要是老待在家里结果会更糟，但她又担心我一个人在那荒僻的园子里整天都想些什么。我那时脾气坏到极点，经常是发了疯一样地离开家，从那园子里回来又中了魔似的什么话都不说。母亲知道有些事不宜问，便犹犹豫豫地想问而终于不敢问，因为她自己心里也没有答案。她料想我不会愿意她跟我一同去，所以她从未这样要求过，她知道得给我一点儿独处的时间，得有这样一个过程。她只是不知道这过程得要多久和这过程的尽头究竟是什么。每次我要动身时，她便无言地帮我准备，帮助我上了轮椅车，看着我摇车拐出小院；这以后她会怎样，当年我不曾想过。

有一回我摇车出了小院，想起一件什么事又返身回来，看见母亲仍站在原地，还是送我走时的姿势，望着我拐出小院去的那处墙角，对我的回来竟一时没有反应。待她再次送我出门的时候，她说："出去活动活动，去地坛看看书，我说这挺好。"许多年以后我才渐渐听出，母亲这话实际上是自我安慰，是暗自的祷告，是给我的提示，是恳求与嘱咐。只是在她猝然去世之后，我才有余暇设想。当我不在家里的那些漫长的时间，她是怎样心神不定坐卧难宁，兼着痛苦与惊恐与一个母亲最低限度的祈求。现在我可以断定，以她的聪慧和坚忍，在那些空落的白天后的黑夜，在那不眠的黑夜后的白天，她思来想去最后准是对自己说："反正我不能不让他出去，未来的日子是他自己的，如果他真的在那园子里出了什么事，这苦难也只好我来承担。"在那段日子里——那是好几年前的一段日子，我想我一定使母亲做过最坏的准备了，但她从来没有对我说过："你为我想想。"事实上我也真的没为她想过。那时她的儿子还太年轻，还来不及为母亲想，他被命运击昏了头，一心以为自己是世上最不幸的一个，不知道儿子的不幸在母亲那儿总是要加倍的。她有一个长到二十岁上忽然截瘫了的儿子，这是她唯一的儿子；她情愿截瘫的是自己而不是儿子，可这事无法代替；她想，只要儿子能活下去哪怕自己去死呢也行，可她又确信一个人不能仅仅是活着，儿子得有一条路走向自己的幸福；而这条路呢，没有谁能保证她的儿子最终能找到——这样一个母亲，注定是活得最苦的母亲。

有一次与一个作家朋友聊天，我问他学写作的最初动机是什么？他想了一会说："为

---

① 史铁生（1951—2010）：北京人，著名小说家，散文家。曾插队陕西延安，后因病回京治疗，直至下肢瘫痪。病后致力于文学创作，成绩斐然，屡获奖项。曾任北京作家协会副主席，中国作家协会全国委员会委员，中国残疾人联合会副主席。主要作品有中短篇小说集《我的遥远的清平湾》《礼拜日》《舞台效果》《命若琴弦》等，长篇小说《务虚笔记》等。

我母亲，为了让她骄傲。”我心里一惊，良久无言。回想自己最初写小说的动机，虽不似这位朋友的那般单纯，但如他一样的愿望我也有，且一经细想，发现这愿望也在全部动机中占了很大比重。这位朋友说：“我的动机太低俗了吧？”我光是摇头，心想低俗并不见得低俗，只怕是这愿望过于天真了。他又说：“我那时真就是想出名，出了名让别人羡慕我母亲。”我想，他比我坦率。我想，他又比我幸福，因为他的母亲还活着。而且我想，他的母亲也比我大母亲运气好，他的母亲没有一个双腿残废的儿子，否则事情就不这么简单。

在我的头一篇小说发表的时候，在我的小说第一次获奖的那些日子里，我真是多么希望我的母亲还活着。我便又不能在家里待了，又整天整天独自跑到地坛去，心里是没头没尾的沉郁和哀怨，走遍整个园子却怎么也想不通：母亲为什么就不能再多活两年？为什么在她儿子就快要碰撞开一条路的时候，她却忽然熬不住了？莫非她来此世上只是为了替儿子担忧，却不该分享我的一点点快乐？她匆匆离我去时才只有四十九岁呀！有那么一会儿，我甚至对世界对上帝充满了仇恨和厌恶。后来我在一篇题为《合欢树》的文章中写道：“坐在小公园安静的树林里，我闭上眼睛，想，上帝为什么早早地召母亲回去呢？很久很久，迷迷糊糊地，我听见了回答：‘她心里太苦了。上帝看她受不住了，就召她回去。’我似乎得了一点安慰，睁开眼睛，看见风正从树林里穿过。”小公园，指的也是地坛。

只是到了这时候，纷纭的往事才在我眼前幻现得清晰，母亲的苦难与伟大才在我心中渗透得深彻。上帝的考虑，也许的对的。

摇着轮椅在园中慢慢走，又是雾罩的清晨，又是骄阳高悬的白昼，我只想着一件事：母亲已经不在了。在老柏树旁停下，在草地上在颓墙边停下，又是处处虫鸣的午后，又是鸟儿归巢的傍晚，我心里只默念着一句话：可是母亲已经不在了。把椅背放倒，躺下，似睡非睡挨打日没，坐起来，心神恍惚，呆呆地直坐到古祭坛上落满黑暗然后再渐渐浮起月光，心里才有点儿明白，母亲不能再来这园中找我了。

曾有过好多回，我在这园子里待得太久了，母亲就来找我。她来找我又不想让我发觉，只要见我还好好地在这园子里，她就悄悄转身回去，我看见过几次她的背影。我也看见过几回她四处张望的情景，她视力不好，端着眼镜像在寻找海上的一条船，她没看见我时我已经看见她了，待我看见她也看见我了我就不去看她，过一会儿我再抬头看她就又看见她缓缓离去的背影。我单是无法知道有多少回她没有找到我。有一回我坐在矮树丛中，树丛很密，我看见她没有找到我；她一个人在园子里走，走过我的身旁，走过我经常待的一些地方，步履茫然又急迫。我不知道她已经找了多久还要找多久，我不知道为什么我决意不喊她——但这绝不是小时候的捉迷藏，这也许是出于长大了的男孩子的倔强或羞涩？但这倔强只留给我痛悔，丝毫也没有骄傲。我真想告诫所有长大了的男孩子，千万不要跟母亲来这套倔强，羞涩就更不必，我已经懂了可我已经来不及了。

儿子想使母亲骄傲，这心情毕竟是太真实了，以致使“想出名”这一声名狼藉的念头也多少改变了一点儿形象。这是个复杂的问题，且不去管它了罢。随着小说获奖的激动逐日暗淡，我开始相信，至少有一点我是想错了：我用纸笔在报刊上碰撞开的一条路，并不就是母亲盼望我找到的那条路。年年月月我都到这园子里来，年年月月我都要想，母亲盼望我找到的那条路到底是什么。母亲生前没有给我留下过什么隽永的哲言，或要我恪守的教诲，只是在她去世之后，她艰难的命运、坚忍的意志和毫不张扬的爱，随光阴流转，在我的印象中愈加鲜明深刻。

有一年，十月的风又翻动起安详的落叶，我在园中读书，听见两个散步的老人说："没想到这园子有这么大。"我放下书，想，这么大一座园子，要在其中找到她的儿子，母亲走过了多少焦灼的路。多年来我头一次意识到，这园中不单是处处都有过我的车辙，有过我的车辙的地方也都有过母亲的脚印。

选自史铁生著：《我与地坛》，人民文学出版社2011年版。

阅读提示：

《我与地坛》是史铁生的散文代表作，被文坛公认为20世纪中国最优秀的散文之一。

这是一部长篇散文，全文共分七个部分，从不同的角度述说自己与地坛的相遇相守、对地坛一草一木的发现、对不同人群的命运体悟。它是史铁生的灵魂自叙传，是对从苦难的黑暗寻找精神阳光的心路历程的刻写，是自我救赎的跋涉和挣扎。史铁生把目光从自身投向身外的世界，投向周围的人群：母亲、长跑者、中年夫妇，还有那个爱唱歌的小伙子，那个漂亮而不幸的姑娘，乃至整个人类，他发现生命本来就是难以圆满的，人要学会接受苦难，只有勇敢地面对和抗争，才能体现生命的价值和意义。

本文所节选的是对母亲的回忆。在件件往事的缓缓叙说中，作者抒发着对母亲的留恋，张扬了母爱的无私和伟大。其中的那份理解、追悔和无奈的自我宽慰尤其令人触动。儿子的苦难转嫁给了无辜的母亲，她默默地为孩子撑起了一片生命和希望的天空，而这些，儿子在母亲死后才真正理解和体悟。所以，母亲早早离世的艰难命运、承受不幸的坚忍的意志、对儿子的无私博大的爱，恰恰给儿子提供了精神开悟的契机：接受苦难，直面不幸，看透生活，热爱生活，以抗争的生命姿态超越黑暗、汲取阳光。这是走向每一个明天的动力和信仰。

本文语言朴素，独白式的口语充满耐人品味的诗意和哲思；舒缓的叙述节奏散发出岁月沉淀后的从容和静穆。

思考与练习：

为什么史铁生说自己的母亲是"活得最苦的母亲"？

白朗宁夫人抒情十四行诗二首①

白朗宁夫人②

六

舍下我，走吧。可是我觉得，从此
我就一直徘徊在你的身影里。
在那孤独的生命的边缘，从今再不能
掌握自己的心灵，或是坦然地
把这手伸向日光，像从前那样，
而能约束自己不感到你的指尖
碰上我的掌心。劫运叫天悬地殊
隔离了我们，却留下你那颗心，
在我的心房搏动着双重声响。
正像是酒，总尝得出原来的葡萄，
我的起居和梦寐里，都有你的份。
当我向上帝祈祷，为着我自个儿，
他却听得了一个名字、那是你的；
又在我眼里，看见有两个人的眼泪。

四十三

我是怎样地爱你？让我逐一细算。
我爱你尽我的心灵所能及到的
深邃、宽广、和高度——正像我探求
玄冥中上帝的存在和深厚的神恩。
我爱你的程度，就像日光和烛焰下
那每天不用说得的需要。我不加思虑地
爱你，就像男子们为正义而斗争；
我纯洁地爱你，像他们在赞美前低头。

---

① 二诗选自《白朗宁夫人抒情十四行诗集》（又名《葡萄牙人十四行诗集》），共收录 44 篇。

② 白朗宁夫人（1806—1861）：英国女诗人，全名伊丽莎白·芭蕾特·白朗宁，是诗人罗伯特·白朗宁的妻子。出身贵族，从小爱好文学，尤其是诗歌。活泼好动，喜欢骑马，15 岁时骑马发生意外，跌损脊椎，自此二十多年瘫痪在床，以阅读和写作打发时光。诗人罗伯特·白朗宁钦佩她的毅力和才华，两人相识、相恋，最终瞒着家人秘密结婚，继而出走法国，最终定居意大利，他们一起度过 15 年的幸福时光，最后白朗宁夫人因病在丈夫的怀中安详离世。其最杰出的诗作是表达夫妻两人之间爱情的《白郎宁夫人抒情十四行诗集》。

我爱你以我童年的信仰；我爱你
以满怀热情，就像往日满腔的辛酸；
我爱你，抵得上那似乎随着消失的圣者
而消逝的爱慕。我爱你以我终生的
呼吸，微笑和泪珠——假使是上帝的
意旨，那么，我死了我还要更加爱你！

选自［英］白朗宁夫人著，方平译：《白朗宁夫人抒情十四行诗集》，四川人民出版社 1982 年版。

阅读提示：

1845 年，白朗宁夫人与同为诗人的白朗宁相爱，并最终答应了白朗宁的求婚。白朗宁夫人的十四行诗集获得了文坛高度评价，成为与莎士比亚的十四行诗集相媲美的诗歌经典。诗集写于答应求婚之后，是白朗宁夫人献给自己的丈夫的，在某种意义上也是献给自己，以及所有心存爱情梦想的人们的。诗中既有对爱情的歌颂，也有内心对爱情的默默祈祷；既表现爱情来临后的纠结和忧虑，又抒发挣脱羁绊、为爱奋斗的坚忍之情，真诚坦率地表现了自己的情感历程以及对命运垂青的感恩。第六首描写了一个女孩在爱情面前的复杂心理，内心燃烧着烈火般的深情，又忧虑爱情的不能善终，因此承受着冲突矛盾带来的煎熬。“舍下我，走吧”是一句违心的含泪的乞求，不幸的经历使她准备承受永远孤独的厄运，不敢奢望青春的恢复和爱情的降临。这是诗人自己瘫痪卧床的病残经历和死亡恐惧投下的心理阴影。爱情火焰的点燃，平静寂寞的生活被打破，女孩内心既惊喜又不安，所以竭力“约束自己”，不敢放纵自己享受爱情的幸福。这是心坠入爱河中的痛苦挣扎。诗人先抑后扬，笔锋一转，细腻深情地描写了那份刻骨铭心的爱，那种无处不在的绵绵思念。在日日的起居里、睡梦里，在跳动的脉搏里，在祈祷的声音里，在满眼的泪光里，爱人已融入了自己的整个生命里，爱深情笃，真挚动人。第四十三首是诗人圆满地收获了爱情和婚姻之后的情感表达。诗人以反问的句式、排比的结构、贴切的比喻、诺言般的虔诚，表达了对爱情的全心投入、对爱情的执着与坚守。这是生命的意义，是关于爱情的最高誓言。

真挚热烈的情感，丰富饱满的心灵，坚忍不拔的抗争，超越不幸和偏见的勇气，细腻诗意的表达，是这本诗集永恒的魅力。

思考与练习：

如何理解女诗人既深爱又拒绝的矛盾心理？

第五讲

思想之美

人的美不仅仅包括表现在外的形神之美和易于感知的情感之美，还包括深植于内的思想之美。思想是人类智慧皇冠上的璀璨明珠，是人类在长期的实践中，通过对所处世界和历史的观察和思考，获得的对物性、人性及社会的独特感受和经验。这种对宇宙万物的洞察，表现为犀利的聪明才智或深沉的思想意识，以及对人生价值意义的终极关怀。

帕斯卡尔说："人是一根会思想的芦苇。"人因为有思想才能意识到自我、鼓舞自我，因为有思想才变得强大、高贵、有尊严，因为有思想才能从所处的时空局限中突围出来。人通过思想的力量启迪心智、动员行为，形成和修正人的宇宙观、人生观、价值观，在实践中对人类的生存与发展产生作用。正如叔本华所说："只有我们具备独一无二的思想，才真正具有真理和生命。"人生短暂而又漫长，人渺小而又伟大，如果太沉溺于娱乐消遣，仅仅满足本能的需要，那就和动物无异；如果太忙忙碌碌，做社会运行的工具，那就与机器无异；人的一生，会因为思想的价值和对人类的贡献而被世人敬仰、被历史铭记。

人的思想力表现在，当我们在黑暗中摸索时有一束光来指引方向，当我们在困境中无助时有一种力量来激励斗志。思想之美就是百思不解时得到点拨，百无聊赖时受到鞭策，百般苦恼时重燃热情；就是在心灵压抑中搬开巨石得以翻身，在头脑禁锢时解开枷锁获得自由。在现实中，人们有诸多思想谬误：无知、空洞、贫乏、片面、肤浅、偏见、保守、迷信、苦闷、纠结、郁愤……这常常是智慧不够的表现。有智慧的思想能够拨云见日，通过多维思考把握全局、纾困解忧，通过批判性思维在观念上茅塞顿开，通过逆向反思豁然开朗……人有抽象思维，通过概念、判断、推理，做出决定，指导行动；人有理性思考，能够辨别是非、曲直、利害，控制自己的行为；人有主观意识，追求真善美的统一，建设自己的精神家园。人在思想过程中可以发挥能动性，体验到自身力量，感受到灵魂深处的愉悦。

然而，由于事物的复杂性，普通人常常难以洞察事物内在的本质和规律。思想家们怀着好奇探寻的心态，在长期的生活经验和理论研究中，以自内而外的真诚，通过内力驱动、定向引导、验证强化，去展示真实、揭露真相、追求真理。他们还通过先知先觉的科学原理、条分缕析的逻辑力量，逐渐摸索和掌握事物发生发展的规律。他们洞察各种现象，详尽描述人生，挖掘社会关系，深刻地剖析人性、阐释人心，他们揭示隐藏的问题和社会矛盾的根源，指出解决问题的路径。他们带着向善的诉求，关怀和解救在苦厄中挣扎的芸芸众生。他们对各领域的知识进行互通整合，常常脑洞大开，对人类历史深沉地反思。他们往往另辟蹊径，提出创见性的新思想，从而推动社会向前进步。

康德说："感觉无思想是瞎的，思想无感觉是空的。"古今中外有许多经典作品以生动感人的形象塑造来代替抽象的逻辑推理，构建出丰富的意象和美妙的意境，以富有文学色彩的哲学表达唤起人生经验的通感，从而使受众心领神会。黑格尔也曾说过："美是理念的感性显现。"人们通过经典作家对思想之美的辨识、发现、赏评和拓展，经由作品魅力的诱引，使阅读成为“悦读”，在真切可感的文字中领悟到浓缩其中的智慧，思想在不知不觉中走向深刻。

本讲所选文章，涵盖古今中外诸多经典作家的作品，其思想具有跨越时空的普世价值。先秦诸子百家中影响最为深远的儒家思想集古代思想之大成，怀揣“修身，齐家，治国，平天下”的抱负，倡导仁、义、礼、智、信、忠恕、孝悌、中庸，修养目标是“成人”，理想人格是“君子”；道家智慧提出的颠覆常规认知的见解惊世骇俗，但又让人由衷折服，对中国哲学发展具有深刻影响，也给文化架构开辟了一个极其高远、富有想象力的思想空间，体现了道家“全身养性”的终极关怀；宋代哲理诗向内心深处开掘，意蕴深厚，富含哲理；鲁迅思想对中国文化的深度考察，对构建现代人的精神世界具有深刻的启迪意义；当代哲学家周国平用诗化的文学语言谈论深奥的西方哲学，将抽象思维与逻辑思考寓于形象化、情感化的解说中；柏拉图的《理想国》是轴心时代经典中的经典，在人类思想史上具有奠基作用；法国思想家卢梭的教育小说提出了自然主义思想；蒙田创作的《随笔集》以优美的文笔观察世界、记录人生、剖析灵魂，使人在精彩的文字中获得教益；罗素和萨特都是获得诺贝尔文学奖的哲学家，他们关于读书、思考的见解激发了人们的思想灵感。我们在这些作品中觉察、顿悟，认同、修正或摒弃某种思想观念，并在人生旅途中去检验、践行。

思想家透过现象看本质，把形成的思想成果诉诸语言文字。他们的洞见深刻而犀利，具有批判性和创造性。关于思想之美的作品让我们体验到人类的高级情感：理智感、道德感和美感。通过阅读，我们可以站在巨人的肩膀上，看得更广阔，想得更深远，悟得更通透，活得更明白；更有预见性和把控力，更能够释放天性、实现潜能，更接近意志自由的美好境界。世界思想文化遗产是人类在认识世界、改造世界的历史进程中积累的经验，是启示人类个体成长进步和社会生存发展的宝贵财富。

老　子[1]（三章）

老　子[2]

天下皆知美之为美，斯恶已；皆知善之为善，斯不善已。[3]

有无相生，难易相成，长短相形，高下相盈，音声相和，前后相随。[4]

是以圣人处无为之事，行不言之教；万物作而不为始，生而不有，为而不恃，功成而弗居。[5] 夫唯弗居，是以不去。[6]（第二章）

上善若水。水善利万物而不争，处众人之所恶，故几于道。[7] 居善地，心善渊，与善仁，言善信，政善治，事善能，动善时。[8] 夫唯不争，故无尤。[9]（第八章）

有物混成，先天地生。寂兮寥兮，独立不改，周行而不殆，可以为天下母。[10] 吾不知其名，强字之曰“道”，强为之名曰“大”。[11] 大曰逝，逝曰远，远曰反。[12]

故道大，天大，地大，人亦大。域中有四大，而人居其一焉。[13]

人法地，地法天，天法道，道法自然。[14]（第二十五章）

选自陈鼓应注译：《老子今注今译》，商务印书馆 2003 年版。

阅读提示：

道家思想的主要范畴是“道”，自然、无为是老子（如图 5-1）思想的主旨。

《老子》第二章认为世界上的任何事物都是相比较而存在的：美丑、善恶、难易、长短、是非、祸福等都是相互对立又相互依存、“有无相生”的，可以相互转化、相反相成，反映了朴素的辩证法思想。老子主张“处无为之事、行不言之教”。无为，就是

---

① 《老子》相传是春秋末期的老子所作。分为《道经》和《德经》，因而又被称为《道德经》。传世《老子》一般为八十一章，五千余言，韵散结合，是道家哲学思想的重要来源。

② 老子（前 571—前 471）：姓李名耳，字聃，春秋末期人，中国古代思想家、哲学家、文学家和史学家，道家学派创始人和主要代表人物，与庄子并称“老庄”。

③ 恶：丑。

④ 相形：互相体现。盈：呈现。音：音调有节奏的乐音。声：音调简单的发音。

⑤ 处无为之事：行事顺其自然。行不言之教：实行不用言辞的教育。万物作而不为始：作，兴起。指对万物不加干涉。有：据为己有。恃：依赖。弗居：不居功。

⑥ 夫（fú）：句首语气词。去：离开。

⑦ 几：接近。

⑧ 渊：深沉，沉静。与善仁：与善人相交。动善时：行动善于把握时机。

⑨ 尤：过失，责怪。

⑩ 殆：通“怠”，息的意思。

⑪ 强：勉强。

⑫ 逝：运行永不停息。反：返回。

⑬ 域中：宇宙之中。

⑭ 道法自然：道本身的法则是自然的。

因循自然，不妄为、强为。无论治世，还是个人安身立命，都要依乎天理，让事物自然展开。

自然界万事万物中最近于道的是水，老子赞美水德。水的特质在于没有固定的形体，随形而变，川流不息，归于江海。第八章是说完美的品德就好像水一样：滋润万物而不与之争；蛰居低处，有容乃大；滴水穿石，以柔克刚。“上善若水”，道的存在虚怀若谷，道的运行静水流深。

图 5-1　明 张路 老子骑牛图

第二十五章讲：道缔造、成就了天地万物，是天地之始、万物之母，是宇宙生成的本原。道作为万事万物存在的本体及宇宙运行的普遍规律，完全是自然而然的。老子曰：“人法地，地法天，天法道，道法自然。”顶真的修辞手法将语意上承下递。自然，是指道的状态与作为，而非道之外某一实体的自然。道之本性是通过自然无为成就有为，从而成就了一切，就是“无为而无不为”。

《老子》行文韵散结合，朗朗可诵，是诗化的散文；善于运用具体形象表现抽象哲理，多用隐喻，意境玄妙，哲思深邃；思维辩证对立，文中妙用对句，语言凝练精妙，浓缩思想精华；全篇首尾贯通，尺水兴波，文短意长。

思考与练习：

结合作品说说道家思想的主要内涵是什么，并谈谈你对“儒道互补”的理解。

论　语①（十则）

子②曰：“质胜文则野，文胜质则史。文质彬彬，然后君子。”（雍也第六）

子曰：“知者乐水，仁者乐山。知者动，仁者静。知者乐，仁者寿。”（雍也第六）

---

① 《论语》是孔子弟子及再传弟子把孔子及其弟子的言行和思想记录下来，编纂整理而成语录文集，包含了儒学的基本思想，被奉为儒家经典。

② 子：孔子（前 551—前 479），名丘，字仲尼。春秋时期鲁国陬邑（今山东曲阜）人。中国古代著名的思想家、教育家、政治家，儒家学派创始人，创办了私学，被尊称为“大成至圣先师”。

子曰："君子博学于文，约之以礼①，亦可以弗畔矣夫②！"（雍也第六）

子曰："中庸之为德也③，其至矣乎！民鲜久矣。"（雍也第六）

子曰："志于道，据于德，依于仁，游于艺。"（述而第七）

子曰："仁远乎哉？我欲仁，斯仁至矣。"（述而第七）

子曰："兴于《诗》，立于礼，成于乐。"（泰伯第八）

子曰："知者不惑，仁者不忧，勇者不惧。"（子罕第九）

子曰："小子何莫学夫诗？诗，可以兴，可以观，可以群，可以怨。迩之事父，远之事君；多识于鸟兽草木之名。"（阳货第十七）

子曰："不知命，无以为君子也；不知礼，无以立也；不知言④，无以知人也。"（尧曰第二十）

选自杨伯峻译注：《论语译注》，中华书局2006年版。

阅读提示：

《论语》包含丰富的人生感悟和深邃的哲理思想，历经2500多年的文化积淀，留下了许多万口传播、千古传诵的格言警句，许多观念成为国人的集体无意识，日用而不知。本篇选取的《论语》十则，可以使我们对孔子（如图5-2）开创的儒家美育思想有所了解，体会孔子语录的文学色彩，初步感悟《论语》的美学意义。

儒家美学以"仁"为核心，阐释了"文""质"统一的依存关系；提出了"乐山乐水"的生态自然审美意识；把一贯推崇的"中庸"之道与美结合，即为中和之美；"兴于诗，立于礼，成于乐"，兴于诗教，经过礼乐的规范、调和、文饰，成长为一位君子；"无惑""无忧""无惧"展示了理想人格的自由之美，"兴""观""群""怨"指出了文化审美的社会功能，揭示了文学艺术陶冶情感的社会作用及伦理修养的社会效果……总之，儒家强调个体要求和社会规范相统一的美学思想，提倡和谐统一之美。

图5-2 唐 吴道子
先师孔子行教像拓片

---

① 博学于文，约之以礼：广泛地学习古代的文化典籍，又以礼来约束自己。

② 畔：同"叛"，违背。

③ 中庸：折中，平常。无过无不及。

④ 知言：善于分析别人的言语，辨别其是非善恶。

《论语》在字里行间生动地表现了孔子的言谈举止，丰富的语气词抒发了充沛的情感，语言上多用修辞，言近旨远、词约义丰。读者从作品内涵的挖掘中感受到儒家思想的博大精深，领略到孔子作为万世师表的人格魅力，欣赏到他哲人的思辨、贤者的仁爱、志士的博毅的性格形象。

思考与练习：

细读《论语》，体会孔子的美育思想。

宋诗四首

悟道诗

某尼①

尽日寻春不见春，芒鞋踏遍陇头云②。
归来笑拈梅花嗅，春在枝头已十分。

选自（宋）罗大经著：《鹤林玉露》，上海书店1990年版。

杂诗七首·其一

黄庭坚③

此身天地一蘧庐④，世事消磨缘鬓疏。
毕竟几人真得鹿⑤，不知终日梦为鱼⑥。

选自（宋）黄庭坚撰，刘尚荣校点：《黄庭坚诗集注》，中华书局2003年版。

---

① 姓名、生平皆不详。

② 芒鞋：草鞋。陇：同垄，田埂，此指高地。

③ 黄庭坚（1045—1105）：字鲁直，号清风阁等。洪州分宁（今江西省九江市）人。北宋著名文学家、书法家。江西诗派开山之祖。黄庭坚在诗、词、散文、书、画等方面取得了很高成就，是“苏门四学士”之一。

④ 蘧庐（qú lú）：驿站附设专供行人休息的房舍。

⑤ 真得鹿：典出《列子·周穆王》的“蕉鹿梦”的故事。

⑥ 梦为鱼：典出《庄子·大宗师》孔子和颜回的对话：“且汝梦为鸟而厉乎天，梦为鱼而没于渊。”

庚子正月五日，晓过大皋渡二首·其一

杨万里①

雾外江山看不真，只凭鸡犬认前村。
渡船满板霜如雪，印我青鞋第一痕。

选自（宋）杨万里撰，辛更儒笺校：《杨万里集笺校》，中华书局2007年版。

水口②行舟二首·其一

朱　熹③

昨夜扁舟雨一簑④，满江风浪夜如何⑤？
今朝试卷孤篷看，依旧青山绿树多。

选自黄珅译注：《朱熹诗文选译》，凤凰出版社2011年版。

阅读提示：

与“唐诗以韵胜”相比较，“宋诗以意胜”。宋人善于从万物中发现一些有趣的现象，包括一些生活的哲理。宋诗之美表现在尚理趣、重构思，诗中常表达对人生的思考，给人以启迪。哲理诗就是将哲理寓于形象之中，其趣味在于形象与哲理水乳交融，是诗情与哲学的结合，思想的光芒以诗歌的形式呈现。本篇选取的四首宋代哲理诗，都有脍炙人口、意蕴深长的特点。

《悟道诗》上联以寻春写求道，下联以拈梅写悟道。主人公执着求索，从时间、空间两个维度尽言向外的寻春过程之艰难，千辛万苦遍觅，不遇春的踪迹。山重水复之际，归见枝头梅花，妙手偶得，瞬间顿悟：春不在远方，而就在内心！一嗅一笑，心花怒放，柳暗花明，春意盎然。由外向内，明心见性，禅机妙理，道不远人。

黄庭坚的《杂诗七首·其一》平淡中蕴含深刻的人生感悟：当人们有了足够的经历，回首时会发现：其实芸芸众生都只是天地旅馆中的过客，平平凡凡。让人魂牵梦绕的荣华富贵，不知醒来是否真的拥有。人生好似一场梦，不必太过计较成败得失。

---

① 杨万里（1127—1206）：字廷秀，号诚斋，今江西省吉水县人。南宋文学家、理学家、官员，“中兴四大诗人”之一。杨万里的诗独辟蹊径，自成一家，别具风格，形成对后世影响颇大的“诚斋体”。

② 水口：在福建邵武东南，古称闽关，宋置水口寨。

③ 朱熹（1130—1200）：字元晦，号晦庵。中国南宋时期哲学家、教育家。朱熹是理学集大成者，被后世尊称为朱子。他与二程（程颢、程颐）为“程朱学派”的代表人物。

④ 雨一簑：雨中披着蓑衣。簑同“蓑”。

⑤ 夜如何：一夜的风浪不知要造成怎样的后果。

杨万里从家乡出发到广东任职，一路有诗记行。《庚子正月五日，晓过大皋渡二首·其一》描景状物清新脱俗，画面唯美。虽寥寥数语，却不乏深意：做事需有破冰精神，勇于迈出第一步，敢于开拓创新，以取得突破性进展。

朱熹的《水口行舟二首·其一》一问一答，寄情于景，寓理于趣：生活之路并非总是风和日丽、一片坦途，面临风雨交加、浪高夜黑的日子，不要气馁，要处变不惊，禁得起风吹雨打。等到雨过天晴，便化险为夷，又见青山绿树，享受到胜利的乐趣。

思考与练习：

你学过哪些宋代哲理诗？其中的哲理，对人生有何启迪？

过　客①

鲁　迅②

时：或一日的黄昏

地：或一处

人：老翁——约七十岁，白须发，黑长袍。

女孩——约十岁，紫发，乌眼珠，白地黑方格长衫。

过客——约三四十岁，状态困顿倔强，眼光阴沉，黑须，乱发，黑色短衣裤皆破碎，赤足著破鞋，胁下挂一个口袋，支着等身的竹杖。

东，是几株杂树和瓦砾；西，是荒凉破败的丛葬③；其间有一条似路非路的痕迹。一间小土屋向这痕迹开着一扇门；门侧有一段枯树根。

（女孩正要将坐在树根上的老翁搀起。）

翁——孩子。喂，孩子！怎么不动了呢？

孩——（向东望着，）有谁走来了，看一看罢。

---

① 《过客》：选自《野草》。《野草》是鲁迅创作的一部散文诗集，收录了1924年至1926年其所作的散文诗23篇。《过客》可以称为《野草》的压卷之作，发表于1925年3月，采用对话体剧本的创作形式，表达了作者当时在孤独探索路上的彷徨、迷茫的感受，反映了其思想深处光明与黑暗、希望与绝望的矛盾，呈现出一个革命者彻底抛弃旧思想的勇气。

② 鲁迅（1881—1936）：原名周樟寿，后改名周树人，字豫山，后改字豫才，浙江绍兴人。著名文学家、思想家、革命家，新文化运动的重要参与者，中国现代文学的奠基人之一。

③ 丛葬：乱坟堆。

翁——不用看他。扶我进去罢。太阳要下去了。

孩——我，——看一看。

翁——唉，你这孩子！天天看见天，看见土，看见风，还不够好看么？什么也不比这些好看。你偏是要看谁。太阳下去时候出现的东西，不会给你什么好处的。……还是进去罢。

孩——可是，已经近来了。阿阿，是一个乞丐。

翁——乞丐？不见得罢。

（过客从东面的杂树间跄踉走出，暂时踌躇之后，慢慢地走近老翁去。）

客——老丈，你晚上好？

翁——阿，好！托福。你好？

客——老丈，我实在冒昧，我想在你那里讨一杯水喝。我走得渴极了。这地方又没有一个池塘，一个水洼。

翁——唔，可以可以。你请坐罢。（向女孩，）孩子，你拿水来，杯子要洗干净。

（女孩默默地走进土屋去。）

翁——客官①，你请坐。你是怎么称呼的。

客——称呼？——我不知道。从我还能记得的时候起，我就只一个人，我不知道我本来叫什么。我一路走，有时人们也随便称呼我，各式各样地，我也记不清楚了，况且相同的称呼也没有听到过第二回。

翁——阿阿。那么，你是从哪里来的呢？

客——（略略迟疑，）我不知道。从我还能记得的时候起，我就在这么走。

翁——对了。那么，我可以问你到哪里去么？

客——自然可以。——但是，我不知道。从我还能记得的时候起，我就在这么走，要走到一个地方去，这地方就在前面。我单记得走了许多路，现在来到这里了。我接着就要走向那边去，（西指，）前面！

（女孩小心地捧出一个木杯来，递去。）

客——（接杯，）多谢，姑娘。（将水两口喝尽，还杯，）多谢，姑娘。这真是少有的好意。我真不知道应该怎样感激！

翁——不要这么感激。这于你是没有好处的。

客——是的，这于我没有好处。可是我现在很恢复了些力气了。我就要前去。老丈，你大约是久住在这里的，你可知道前面是怎么一个所在么？

翁——前面？前面，是坟。

---

① 客官：对出门人的尊称。

客——（诧异地，）坟？

孩——不，不，不的。那里有许多许多野百合，野蔷薇，我常常去玩，去看他们的。

客——（西顾，仿佛微笑，）不错。那些地方有许多许多野百合，野蔷薇，我也常常去玩过，去看过的。但是，那是坟。（向老翁，）老丈，走完了那坟地之后呢？

翁——走完之后？那我可不知道。我没有走过。

客——不知道?!

孩——我也不知道。

翁——我单知道南边；北边；东边，你的来路。那是我最熟悉的地方，也许倒是于你们最好的地方。你莫怪我多嘴，据我看来，你已经这么劳顿了，还不如回转去，因为你前去也料不定可能走完。

客——料不定可能走完？……（沉思，忽然惊起）那不行！我只得走。回到那里去，就没一处没有名目①，没一处没有地主，没一处没有驱逐和牢笼，没一处没有皮面的笑容，没一处没有眶外的眼泪②。我憎恶他们，我不回转去！

翁——那也不然。你也会遇见心底的眼泪，为你的悲哀。

客——不。我不愿看见他们心底的眼泪，不要他们为我的悲哀！

翁——那么，你，（摇头），你只得走了。

客——是的，我只得走了。况且还有声音常在前面催促我，叫唤我，使我息不下。可恨的是我的脚早经走破了，有许多伤，流了许多血。（举起一足给老人看，）因此，我的血不够了；我要喝些血。但血在哪里呢？可是我也不愿意喝无论谁的血。我只得喝些水，来补充我的血。一路上总有水，我倒也并不感到什么不足。只是我的力气太稀薄了，血里面太多了水的缘故罢。今天连一个小水洼也遇不到，也就是少走了路的缘故罢。

翁——那也未必。太阳下去了，我想，还不如休息一会的好罢，像我似的。

客——但是，那前面的声音叫我走。

翁——我知道。

客——你知道？你知道那声音么？

翁——是的。他似乎曾经也叫过我。

客——那也就是现在叫我的声音么？

翁——那我可不知道。他也就是叫过几声，我不理他，他也就不叫了，我也就记不清楚了。

客——唉唉，不理他……。（沉思，忽然吃惊，倾听着，）不行！我还是走的好。我息

---

① 名目：即名义、借口。

② 眶外的眼泪：不是流自衷心底的眼泪，虚伪的眼泪。

不下。可恨我的脚早经走破了。（准备走路。）

孩——给你！（递给一片布，）裹上你的伤去。

客——多谢，（接取，）姑娘。这真是……。这真是极少有的好意。这能使我可以走更多的路。（就断砖坐下，要将布缠在踝上，）但是，不行！（竭力站起，）姑娘，还了你罢，还是裹不下。况且这太多的好意，我没法感激。

翁——你不要这么感激，这于你没有好处。

客——是的，这于我没有什么好处。但在我，这布施是最上的东西了。你看，我全身上可有这样的。

翁——你不要当真就是。

客——是的。但是我不能。我怕我会这样：倘使我得到了谁的布施，我就要像兀鹰看见死尸一样，在四近徘徊，祝愿她的灭亡，给我亲自看见；或者咒诅她以外的一切全都灭亡，连我自己，因为我就应该得到咒诅。但是我还没有这样的力量；即使有这力量，我也不愿意她有这样的境遇，因为她们大概总不愿意有这样的境遇。我想，这最稳当。（向女孩，）姑娘，你这布片太好，可是太小一点了，还了你罢。

孩——（惊惧，退后，）我不要了！你带走！

客——（似笑，）哦哦，……因为我拿过了？

孩——（点头，指口袋，）你装在那里，去玩玩。

客——（颓唐地退后，）但这背在身上，怎么走呢？……

翁——你息不下，也就背不动。——休息一会，就没有什么了。

客——对咧，休息……。（默想，但忽然惊醒，倾听。）不，我不能！我还是走好。

翁——你总不愿意休息么？

客——我愿意休息。

翁——那么，你就休息一会罢。

客——但是，我不能……。

翁——你总还是觉得走好么？

客——是的。还是走好。

翁——那么，你还是走好罢。

客——（将腰一伸，）好，我告别了。我很感激你们。（向着女孩，）姑娘，这还你，请你收回去。

（女孩惊惧，敛手，要躲进土屋里去。）

翁——你带去罢。要是太重了，可以随时抛在坟地里面的。

孩——（走向前，）阿阿，那不行！

客——阿阿，那不行的。

翁——那么，你挂在野百合野蔷薇上就是了。

孩——（拍手，）哈哈！好！

翁——哦哦……。

（极暂时中，沉默。）

翁——那么，再见了。祝你平安。（站起，向女孩，）孩子，扶我进去罢。你看，太阳早已下去了。（转身向门。）

客——多谢你们。祝你们平安。（徘徊，沉思，忽然吃惊，）然而我不能！我只得走。我还是走好罢……。（即刻昂了头，奋然向西走去。）

（女孩扶老人走进土屋，随即阖了门。过客向野地里踉跄地闯进去，夜色跟在他后面。）

一九二五年三月二日

选自《鲁迅全集》第2卷，人民文学出版社1991年版。

阅读提示：

剧中，鲁迅（如图5-3）笔下的三个艺术形象——过客、老翁、女孩，分别象征了三个社会群体或者说三个人生阶段，以及三种不同的人生态度：困顿倔强、不畏艰险、追求光明的中年探索者；曾经追求但已被现实磨去勇气与精力的老者；尚未体验世事艰辛的天真稚弱的青年。

图5-3　鲁迅像

文中以意象组合的方式来构成阴冷的场景，如：以"黄昏""杂树""瓦砾""丛葬""枯树根"等一组意象营造出荒凉破败的背景，代指病态的中国。以象征、暗喻、对比等艺术手法的大量运用来表现主题，如："坟地"象征黑暗的社会，"声音"意为理想和期冀，"布片"暗喻怜悯与牵绊，"野百合""野蔷薇"代表纯真和美好，流露出绝望中的希望之光……这些构成了新奇和深远的意境，增强了作品的感染力。

全篇通过三个角色的对话来展开情节。如：老翁的劝退与过客的拒绝，女孩给布片与过客的推辞，展现了各自的内心世界与鲜明的个性，表达了过客的思考与决心。冲突的焦点是过客停步、归去，还是继续向前、步步推进、层层深入。以悲怆的孤独姿态向前走去的过客，有彷徨、有矛盾、有挣扎，更有追求、有独立、有坚韧，是最能代表《野草》世界的人物形象，有鲁迅自况的意味。

总之，作品以其构思新颖的艺术风格与寓意深刻的思想内涵，成为现代文学史上的经典之作。

思考与练习：

结合当时的社会环境和作者的创作心态，分析“过客”的象征意义。

哲学的魅力[①]（节选）

周国平[②]

哲学是枯燥的吗？哲学是丑陋的吗？哲学是令人生厌的东西吗？——在我们的哲学课堂上，在许多哲学读物的读者心中，常常升起这样的疑问。

当然，终归有一些真正的哲学爱好者，他们惯于在哲学王国里信步漫游，流连忘返。在他们眼前，那一个个似乎抽象的体系如同精巧的宫殿一样矗立，他们悠然步入其中，与逝去的哲学家的幽灵款洽[③]对话，心领神会，宛如挚友。

且不论空洞干瘪的冒牌哲学，那些概念的木乃伊确实是老的，令人生厌的。真正的哲学至少能给人以思维的乐趣。但是，哲学的魅力仅止于此吗？诗人在孕育作品时，会有一种内心的颤栗，这颤栗又通过他的作品传递到了读者心中，哲学家能够吗？

人们常常谈论艺术家的气质，很少想到做哲学家也需要一种特别的气质。人处在时间和空间的交叉点上，作为瞬息和有限的存在物，却向往永恒和无限。人类最初的哲学兴趣起于寻找变中之不变，相对中之绝对，正是为了给人生一个总体说明，把人的瞬息存在与永恒结合起来。“我们从哪里来？我们到哪里去？我们是谁？”高更[④]的这个画题可说是哲学的永恒主题。追究人生的根底，这是人类本性中固有的形而上学冲动，而当这种冲动在某一个人身上异常强烈时，他便是一个有哲学家气质的人了。

哲学的本义不是“爱智慧”吗？那么，第一，请不要把智慧与知识混同起来，知识关乎事物，智慧却关乎人生。第二，请不要忘记这个“爱”字，哲学不是智慧本身，而是对智慧的爱。一个好的哲学家并不向人提供人生问题的现成答案，这种答案是没有的，毋宁

① 本文选自《诗人哲学家》，书中介绍了尼采、叔本华、帕斯卡尔、海德格尔、萨特、加缪等12位西方思想家。其永恒的主题、深邃的思考、优美的文字，深受读者欢迎。

② 周国平（1945—）：中国当代哲学家，著名作家。

③ 款洽（kuǎn qià）：亲切融洽。

④ 高更（1848—1903）：法国后印象派画家、雕塑家。

说他是一个伟大的提问者，他自己受着某些根本性问题的苦苦折磨，全身心投入其中，不倦地寻找着答案，也启发我们去思考和探索他的问题。他也许没有找到答案，也许找到了，但这并不重要，因为他的答案只属于他自己，而他的问题却属于我们大家，属于时代、民族乃至全人类。谁真正爱智慧，关心生命的意义超过关心生命本身，谁就不能无视或者回避他提出的问题，至于答案只能靠每个人自己去寻求。知识可以传授，智慧无法转让，然而，对智慧的爱却是能够被相同的爱激发起来的。我们读一位哲学家的书，也许会对书中聪明的议论会心一笑，但最能震撼我们心灵的却是作者对人生重大困境的洞察和直言不讳的揭示，以及他寻求解决途径的痛苦而又不折不挠的努力。哲学关乎人生的根本，岂能不动感情呢？哲学探讨人生的永恒问题，又怎么会没有永恒的魅力？一个人从哲学中仅仅看到若干范畴和教条，当然会觉得枯燥乏味，而且我们可以补充说，他是枉学了哲学。只有那些带着泪和笑感受和思考着人生的人，才能真正领略哲学的魅力。

当然，这样的哲学也必定闪放着个性的光彩。有一种成见，似乎哲学与个性是不相容的，一种哲学把哲学家本人的个性排除得愈彻底，愈是达到高度的抽象和普遍，就愈成其为哲学。我们读文学作品，常常可以由作品想见作家的音容笑貌、爱憎好恶，甚至窥见他隐秘的幸福和创伤。可是，读哲学著作时，我们面前往往出现一张灰色的概念之网，至于它由哪只蜘蛛织出，似乎并不重要。真的，有些哲学文章确实使我们永远断了和作者结识一番的念头，即使文章本身不无可取之处，但我们敢断定，作为一个人，其作者必定乏味透顶。有时候，这可能是误断，作者囿于成见，在文章里把自己的个性隐匿了。个性在哲学里似乎成了一种可羞的东西。诗人无保留地袒露自己心灵里的每一阵颤栗，每一朵浪花，哲学家却隐瞒了促使他思考的动机和思考中的悲欢，只把结论拿给我们，连同事后追加的逻辑证明。谁相信人生问题的答案能靠逻辑推理求得呢？在这里，真正起作用的是亲身的经历，切身的感受，灵魂深处的暴风骤雨，危机和觉醒，直觉和顿悟。人生最高问题对于一切人相同，但每人探索的机缘和途径却千变万化，必定显出个性的判别。“我重视寻求真理的过程甚于重视真理本身。”莱辛①的这句名言对于哲学家倒是一个启发。哲学家不是一份真理的清单，而恰恰是寻求人生真理的过程本身，这个过程与寻求者的个人经历和性格密不可分。我们作为读者要向哲学家说同样的话：我们重视你的人生探索过程甚于重视你的结论，做一个诚实的哲学家吧，把这过程中的悲欢曲折都展现来，借此我们与你才有心灵的沟通。我们目睹了你的真诚的探索，即我们不赞同你的结论，你的哲学对于我们依然有吸引力。说到底，我并不在乎你的结论及其证明，因为结论要靠我们自己去求得，至于证明，稍微懂一点三段论的人谁不会呢？

哲学的魅力在于它所寻求的人生智慧的魅力，在于寻求者的个性的魅力，最后，如果

---

① 莱辛（1729—1781）：德国戏剧家、文艺批评家和美学家。

一位哲学家有足够的语言技巧的话，还应该加上风格的魅力。叙述某些极为艰深的思想时的文字晦涩也许是难以避免的，我们也瞧不起用美文的语言掩盖思想的贫乏，但是，独特的个性，对人生的独特感受的思考，是应该闪射独特风格的光华的。我们倒还不太怕那些使人头痛的哲学巨著，这至少说明它们引起了我们的紧张思索。最令人厌烦的是那些千篇一律的所谓哲学文章，老是摆弄着同样几块陈旧的概念积木。风格的前提始终是感受和思想的独创性。真正的哲学家，即使晦涩如康德①、黑格尔②，他们的著作中也常有清新质朴的警句跃入我们眼帘，令人铭记不忘。更有些哲学家，如蒙田③、帕斯卡尔④、爱默生⑤、尼采⑥，全然抛开体系，以隽永的格言表达他们哲思。法国哲学家们寓哲理于小说、剧本，德国浪漫派哲人们寓哲理于诗。既然神秘的人生有无数张变幻莫测的面孔，人生的探索者有各不相同的个性，那么，何妨让哲学作品也呈现丰富多彩的形式，百花齐放的风格呢?

也许有人会说：你所谈的只是人生哲学，还有其他的哲学呢? 好吧，我们乐于把一切与人生根本问题无关的哲学打上括号，对它们作为哲学的资格存而不论。尽管以哲学为暂时栖身之地的学科都已经或终将从哲学分离出去，从而证明哲学终究是对人生的形而上学沉思，但是，这里不是详细讨论这个问题的地方。

也许有人会问：要求哲学具有你说的种种魅力，它岂不成了诗? 哲学和诗还有什么区别? 这正是本书所要说明的问题。从源头上看，哲学和诗本是一体，都孕育于神话的怀抱。神话是原始人类对于人生意义的一幅形象的图解。后来，哲学和诗渐渐分离了，但是犹如同卵孪生子一样，它们在精神气质上仍然酷似。诚然，有些诗人与哲学无缘，有些哲学家与诗无缘。然而，没有哲学的眼光和深度，一个诗人只能是吟花咏月、顾影自怜的浅薄文人。没有诗的激情和灵性，一个哲学家只能是从事逻辑推理的思维机器。大哲学家与大诗人心灵相通，他们受同一种痛苦驱逼，寻求着同一个谜的谜底。庄子、柏拉图、卢梭、尼采的哲学著作放射着经久不散的诗的光辉，在屈原、李白、苏轼、但丁、莎士比亚、歌德的诗篇里回荡着千古不衰的哲学喟叹。

有时候，我们真是难以断定一位文化巨人的身份。可是，身份与天才何干，一颗渴望

---

① 康德（1724—1804）：德国哲学家、作家，德国古典哲学创始人，其学说深深影响近代西方哲学，并开启了德国古典哲学和康德主义等诸多流派，被认为是继苏格拉底、柏拉图和亚里士多德后，西方最具影响力的思想家之一。

② 黑格尔（1770—1831）：德国哲学家。黑格尔时代略晚于康德，是德国19世纪唯心主义哲学的代表人物之一、德国古典哲学的代表人物之一。

③ 蒙田（1533—1592）：法国思想家、作家。

④ 帕斯卡尔（1623—1662）：法国数学家、物理学家、哲学家、散文家。

⑤ 爱默生（1803—1882）：美国思想家、文学家、诗人，是确立美国文化精神的代表人物。

⑥ 尼采（1844—1900）：德国著名哲学家、语言学家、文化评论家、诗人、作曲家、思想家，被认为是西方现代哲学的开创者，主要著作有《权力意志》《悲剧的诞生》。

无限的心灵难道还要受狭隘分工的束缚？在西方文化史上，我们可以发现一些极富有诗人气质的大哲学家，也可以发现一些极富有哲人气质的大诗人，他们的存在似乎显示了诗与哲学一体的源远流长的传统。在这里，我们把他们统称为“诗人哲学家”。这个称呼与他们用何种形式写作无关，有些人兼事哲学和文学，有些人仅执一端，但在精神气质上都是一身而二任的。一位严格意义上的“诗人哲学家”应该具备三个条件：第一，把本体诗化或把诗本体化；第二，通过诗的途径（直觉、体验、想象、启示）与本体沟通；第三，作品的个性色彩和诗意风格。当然，对于这些条件，他们相符的程度是很不一致的。

选自周国平主编：《诗人哲学家》，上海人民出版社 1987 年版。

阅读提示：

《哲学的魅力》是周国平为《诗人哲学家》作的前言。哲学的本义是“爱智慧”，但不是“智慧”本身。他认为，“爱”是带着感情百折不挠地去经历、体验人生，去感悟、思考真理，去寻觅、追求理想的过程，所以哲学也必定闪耀着个性的光彩。

文章通过对比哲学家与诗人指出，从源头上看，哲学和诗本是一体，都试图回答这些命题：“我们从哪里来？我们到哪里去？我们是谁?”只是路径不一。哲学背后的哲学家不是思想机器，他们和诗人一样，也是带着这种人类本性的强烈冲动去探索、去发现，对人生重大困境进行洞察和直言不讳地揭示。

哲学的魅力不仅在于它所寻求的人生智慧的魅力，还在于哲人个性的魅力，以及他语言风格的魅力。哲人可以通过直觉、体验、想象、启示等诗的途径来表达，正如诗人可以写出富有哲理的诗句，哲人也可以写出富有诗意的警句。

思考与练习：

哲学与诗的区别何在？哲学的魅力表现在哪些方面？

理想国[①]（节选）

柏拉图[②]

苏[③]：接下来让我们把受过教育的人与没受过教育的人的本质比作下述情形。让我们想象一个洞穴式的地下室，它有一长长通道通向外面，可让和洞穴一样宽的一路亮光照进来。有一些人从小就住在这洞穴里，头颈和腿脚都绑着，不能走动也不能转头，只能向前看着洞穴后壁。让我们再想象在他们背后远处高些的地方有东西燃烧着发出火光。在火光和这些被囚禁者之间，在洞外上面有一条路。沿着路边已筑有一带矮墙。矮墙的作用像傀儡戏演员在自己和观众之间设的一道屏障，他们把木偶举到屏障上头去表演。

格[④]：我看见了。

苏：接下来让我们想象有一些人拿着各种器物举过墙头，从墙后面走过，有的还举着用木料、石料或其他材料制作的假人和假兽。而这些过路人，你可以料到有的在说话，有的不在说话。

格：你说的是一个奇特的比喻和一些奇特的囚徒。

苏：不，他们是一些和我们一样的人。你且说说看，你认为这些囚徒除了火光投射到他们对面洞壁上的阴影而外，他们还能看到自己的或同伴们的什么呢？

格：如果他们一辈子头颈被限制了不能转动，他们又怎样能看到别的什么呢？

苏：那么，后面路上人举着过去的东西，除了它们的阴影而外，囚徒们能看到它们别的什么吗？

格：当然不能。

苏：那么，如果囚徒们能彼此交谈，你不认为，他们会断定，他们在讲自己所看到的阴影时是在讲真物本身吗？

格：必定如此。

苏：又，如果一个过路人发出声音，引起囚徒对面洞壁的回声，你不认为，囚徒们会断定，这是他们对面洞壁上移动的阴影发出的吗？

格：他们一定会这样断定的。

苏：因此无疑，这种人不会想到，上述事物除阴影而外还有什么别的实在。

---

① 本文节选自《理想国》第七卷。《理想国》是柏拉图的代表作，共十卷，被认为是最具学术影响力的经典之一。在这部对话体著作中，作者勾勒了一个真善美相统一的、可以达到正义的理想国，这是人类历史上最早的乌托邦。

② 柏拉图（前427—前347）：古希腊伟大的哲学家，是整个西方文化中最伟大的思想家之一。他是苏格拉底的学生，也是亚里士多德的老师，他们三人被认为是西方哲学的奠基者。

③ 苏：苏格拉底（前469—前399），希腊哲学的创始人之一，对古代和近代的哲学家产生了强烈的影响。苏格拉底对艺术、文学和大众文化的描述使他成为西方哲学传统中最广为人知的人物之一。

④ 格：格劳孔，柏拉图的堂弟，是在《理想国》中与苏格拉底讨论的主要人物之一。

格：无疑的。

苏：那么，请设想一下，如果他们被解除禁锢，矫正迷误，你认为这时他们会怎样呢？如果真的发生如下的事情：其中有一人被解除了桎梏，被迫突然站了起来，转头环视，走动，抬头看望火光，你认为这时他会怎样呢？他在做这些动作时会感觉痛苦的，并且，由于眼花潦乱，他无法看见那些他原来只看见其阴影的实物。如果有人告诉他，说他过去惯常看到的全然是虚假，如今他由于被扭向了比较真实的器物，比较地接近了实在，所见比较真实了，你认为他听了这话会说些什么呢？如果再有人把墙头上过去的每一器物指给他看，并且逼他说出那是些什么，你不认为，这时他会不知说什么是好，并且认为他过去所看到的阴影比现在所看到的实物更真实吗？

格：更真实得多呀！

苏：如果他被迫看火光本身，他的眼睛会感到痛苦，他会转身走开，仍旧逃向那些他能够看清而且确实认为比人家所指示的实物还更清楚更实在的影象的。不是吗？

格：会这样的。

苏：再说，如果有人硬拉他走上一条陡峭崎岖的坡道，直到把他拉出洞穴见到了外面的阳光，不让他中途退回去，他会觉得这样被强迫着走很痛苦，并且感到恼火；当他来到阳光下时，他会觉得眼前金星乱蹦金蛇乱串，以致无法看见任何一个现在被称为真实的事物的。你不认为会这样吗？

格：噢，的确不是一下子就能看得见的。

苏：因此我认为，要他能在洞穴外面的高处看得见东西，大概需要有一个逐渐习惯的过程。首先大概看阴影是最容易，其次要数看人和其他东西在水中的倒影容易，再次是看东西本身；经过这些之后他大概会觉得在夜里观察天象和天空本身，看月光和星光，比白天看太阳和太阳光容易。

格：当然啰。

苏：这样一来，我认为，他大概终于就能直接观看太阳本身，看见他的真相了，就可以不必通过水中的倒影或影象，或任何其他媒介中显示出的影象看它了，就可以在它本来的地方就其本身看见其本相了。

格：这是一定的。

苏：接着他大概对此已经可以得出结论了：造成四季交替和年岁周期，主宰可见世界一切事物的正是这个太阳，它也就是他们过去通过某种曲折看见的所有那些事物的原因。

格：显然，他大概会接着得出这样的结论。

苏：如果他回想自己当初的穴居、那个时候的智力水平，以及禁锢中的伙伴们，你不认为，他会庆幸自己的这一变迁，而替伙伴们遗憾吗？

格：确实会的。

苏：如果囚徒们之间曾有过某种选举，也有人在其中赢得过尊荣，而那些敏于辨别而且最能记住过往影象的惯常次序，因而最能预言后面还有什么影象会跟上来的人还得到过奖励，你认为这个既已解放了的人他会再热衷于这种奖赏吗？对那些受到囚徒们尊重并成了他们领袖的人，他会心怀嫉妒，和他们争夺那里的权力地位吗？或者，还是会像荷马所说的那样，他宁愿活在人世上做一个穷人的奴隶，受苦受难，也不愿和囚徒们有共同意见，再过他们那种生活呢？

格：我想，他会宁愿忍受任何苦楚也不愿再过囚徒生活的。

苏：如果他又回到地穴中坐在他原来的位置上，你认为会怎么样呢？他由于突然地离开阳光走进地穴，他的眼睛不会因黑暗而变得什么也看不见吗？

格：一定是这样的。

苏：这时他的视力还很模糊，还没来得及习惯于黑暗——再习惯于黑暗所需的时间也不会是很短的。如果有人趁这时就要他和那些始终禁锢在地穴中的人们较量一下“评价影象”，他不会遭到笑话吗？人家不会说他到上面去走了一趟，回来眼睛就坏了，不会说甚至连起一个往上去的念头都是不值得的吗？要是把那个打算释放他们并把他们带到上面去的人逮住杀掉是可以的话，他们不会杀掉他吗？

格：他们一定会的。

苏：亲爱的格劳孔，现在我们必须把这个比喻整个儿地应用到前面讲过的事情上去，把地穴囚室比喻可见世界，把火光比喻太阳的能力。如果你把从地穴到上面世界并在上面看见东西的上升过程和灵魂上升到可知世界的上升过程联想起来，你就领会对了我的这一解释了，既然你急于要听我的解释。至于这一解释本身是不是对，这是只有神知道的。但是无论如何，我觉得，在可知世界中最后看见的，而且是要花很大的努力才能最后看见的东西乃是善的理念。我们一旦看见了它，就必定能得出下述结论：它的确就是一切事物中一切正确者和美者的原因，就是可见世界中创造光和光源者，在可理知世界中它本身就是真理和理性的决定性源泉；任何人凡能在私人生活或公共生活中行事合乎理性的，必定是看见了善的理念的。

格：就我所能了解的而言，我都同意。

苏：那么来吧，你也来同意我下述的看法吧，而且在看到下述情形时别感到奇怪吧：那些已达到这一高度的人不愿意做那些琐碎俗事，他们的心灵永远渴望逗留在高处的真实之境。如果我们的比喻是合适的话，这种情形应该是不奇怪的。

格：是不足为怪的。

苏：再说，如果有人从神圣的观察再回到人事；他在还看不见东西还没有变得足够地习惯于黑暗环境时，就被迫在法庭上或其他什么地方同人家争讼关于正义的影子或产生影子的偶像，辩论从未见过正义本身的人头脑里关于正义的观念。如果他在这样做时显得样子很难看举止极可笑，你认为值得奇怪吗？

格：一点也不值得奇怪。

苏：但是，凡有头脑的人都会记得，眼睛有性质不同的两种迷盲，它们是由两种相应的原因引起的：一是由亮处到了暗处，另一是由暗处到了亮处。凡有头脑的人也都会相信，灵魂也能出现同样的情况。他在看到某个灵魂发生迷盲不能看清事物时，不会不加思索就予以嘲笑的，他会考察一下，灵魂的视觉是因为离开了较光明的生活被不习惯的黑暗迷误了的呢，还是由于离开了无知的黑暗进入了比较光明的世界，较大的亮光使它失去了视觉的呢？于是他会认为一种经验与生活道路是幸福的，另一种经验与生活道路是可怜的；如果他想笑一笑的话，那么从下面到上面去的那一种是不及从上面的亮处到下面来的这一种可笑的。

格：你说的非常有道理。

选自［古希腊］柏拉图著，郭斌和等译：《理想国》，商务印书馆1986年版。

阅读提示：

选文主要讨论哲学家的培养，也就是执政者的高级阶段教育，认为人类的真正出路在于哲学家掌握政权。选文中有个著名的核心比喻是“洞穴之喻”，描述了对人类知识的基本想象。《理想国》全书开头和结尾都在回应着这个隐喻，它体现了柏拉图（如图5-4）的政治理想。

图5-4　柏拉图雕像

“洞穴之喻”不是一个简单的文学意象，它是以现实世界为明确旨归的“隐喻”：洞穴之中的世界相当于可感世界，而洞穴外面的世界则比类理智世界；阳光象征着善的理念；墙上的影子是指人们思维中对事物的观念，被锁在洞穴中的囚徒代表人类的状态。他们以为由观念组成的世界是真实的；而囚徒被拉出洞穴的过程则相仿于通过教育而获得启蒙的过程，是灵魂上升到理智世界的过程。

洞穴之喻告诉我们：眼见不一定为实，感官的现象世界并不可靠。感官产生的知觉不等同于知识和真实本身。这并不是否定感官，而是要在感官之上继续探求真实的东西。需要摆脱幻想，让理性运作起来，通过学习、思考不断发现真相、真理。如果想看到真理就必须转身，转身之后张开心灵之眼才能够真正看到真相。从旧有观念的束缚中挣脱出来，要面对周遭环境的抗拒，这需要一个适应的过程，如同从黑暗走向光明，眼睛需要一个适应的过程。洞穴之喻对于后来的政治和教育理论影响巨大。

思考与练习：

尝试画出“洞穴之喻”示意图，并思考教育的本质、内涵及作用。

论学究①式教育（节选）

蒙　田②

后来随着年岁增长，我发现这话说得很有道理，“最有学问的人不是最聪明的人”。（拉伯雷书中的引语）一个博古通今、见多识广的人思想不见得敏捷活跃，而不通文墨的粗人不用多学，就像世上满腹经纶之士那么通情达理，这又是怎么一回事？我还是不明白。

我们公主中的公主提到某人时对我说过这样的话，把其他那么多人博大精深的思想放在头脑里，自己的思想为了让出地方就挤压得很小了。

我想说的是植物吸水太多会烂死，灯灌油太多会灭掉。同样，书读得太多也会抑制思维活动。思想中塞了一大堆五花八门的东西，就没有办法清理，这副担子压得它萎靡消沉。

据亚里士多德③说，有人把泰勒斯④、阿那克萨哥拉⑤这类人称为聪明的人，而不是实际的人，对于实用的事物不够注意；除了我对这两词的区别还不大吃透，这也不能给我的那些人护短。看到他们安于缺衣少食的清贫生活，我们很有道理用这两个词，称他们既不是聪明的人，也不是实际的人。

第一个原因我就不解释了，倒不如相信这个弊端来自他们对待学问的错误主导思想；按照我们接受教育的方式，学生与教师虽然知识会学到更多，但是人不会变得更能干，这是不足为奇的。当今的父辈花费心血与金钱，其实只是在让我们的头脑灌满知识。至于判断力与品德则很少关注。

有人经过时你不妨对大家喊：“嗨，那是个有学问的人！”再有一人经过时：“嗨，那是个好人！”不大会有人转过身朝第一人看一眼，表示敬意。必须有第三人喊：“嗨，那是个博学的人！”我们就会乐意打听：“他懂希腊语还是拉丁语？他写诗歌还是散文？”但是他是否变得更优秀或更明白事理，这问题才是主要的，却是最没人提及的。应该打听的是他是不是学得更好了，不是学得更多了。

我们学习只是让记忆装满，却让理解与意识空白。犹如鸟儿出去觅食，不尝一尝就衔

---

① 学究：此指迂腐、浅陋、浮夸的读书人。

② 蒙田（1533—1592）：文艺复兴时期法国思想家、作家、学者。所著《随笔集》开创了随笔式作品之先河，有“生活的哲学”之美称，名列世界文学经典。

③ 亚里士多德（前384—前322）：古希腊哲学家、科学家和教育家，是柏拉图的学生。其著作涉及科学、伦理学、心理学、经济学、美学、神学、政治学、修辞学、自然科学、教育学，以及逻辑、诗歌、风俗、法律等。

④ 泰勒斯（前624—前546）：古希腊时期的思想家、科学家、哲学家，是古希腊最早的哲学学派——米利都学派的创始人。

⑤ 阿那克萨哥拉（前500—前428）：古希腊哲学家、原子唯物论的思想先驱。

了回来喂小鸟，我们的学究也从书本里搜集知识，只是挂在嘴边，然后吐出来不管被风吹往哪里。

妙的是我这人本身何尝不是蠢事的例子。本书中的大部分文章不是也在做同样的事么？我从书籍中随时摘录我喜欢的警句名言，不是为了记住，我这个记性不好，而是为了用到这部书里，说实在的，不论在这里还是在源文本里都不是我原创的。我相信，我们不是依靠过去的也不是依靠未来的，而是依靠现在的知识才做上个有学问的人。

但是更糟的是，他们的学生和孩子都不以知识充实自己、营养自己；只是把知识辗转相传，唯一的目的是炫耀自己，娱乐大众，当作谈话资料。像一枚不流通的筹码除了计个数扔掉以外，没有任何实际价值。

> 他们学会了跟别人说话，不是跟自己说话。
>
> ——西塞罗①
>
> 要的不是说话，要的是指导。
>
> ——塞涅卡②

大自然为了表示在它的指导下不会有野蛮的东西，往往在艺术教育不发达的民族中产生的精神作品，可以与最佳的艺术杰作媲美。关于我的这句话，加斯科涅有一句谚语说得很巧妙，来自一首歌谣："吹啊吹，学会手指哪里按。"

我们会说："西塞罗是这样说的；这是柏拉图的思想特点；这是亚里士多德的原话。"但是我们自己说什么呢？自己评判什么呢？自己做什么呢？可以说是鹦鹉学舌。这种做法使我想起那位罗马富人，他花大钱用心搜罗精通某门学科的人，让他们时刻不离左右，当他有机会跟朋友谈到某一主题时，他们代替他的位子，人人都准备好向他提供资料，这人一条论据，那人一句荷马的诗，谁都派得上用场。他认为在那些清客头脑里的学问也是他的，就像有些人的才学都关在他们豪华的书房里一样。

我认识一个人，当我问他知道什么，他向我要了一本书指给我看，他若不在词典里查到什么是疥疮，什么是屁股，就不敢跟我说他的屁股上长了疥疮。

我们接受了他人的看法与学问，仅此而已。必须把这些看法与学问化为自己的。正像那个到邻居家去借火的人，看到炉子里的火烧得正旺，就留在那里烤火了，却忘了取火回家这件事。肚子里塞满了肉而不把它消化，不转化为自身的养料，不健壮体格，这对我们有什么用呢？卢库卢斯③没有经验，通过书本成为一名大将，我们怎么相信他会像我们这样学习的吗？

我们让自己重重靠着人家的胳膊走路，也耗尽了自己的力气。我要武装自己去克服死

---

① 西塞罗（前106—前43）：古罗马著名政治家、哲学家、演说家和法学家。

② 塞涅卡（约前4—65）：古罗马政治家、斯多葛派哲学家、悲剧作家、雄辩家。

③ 卢库卢斯（前117—前56）：罗马将军和执政官。

亡的恐惧吗？去向塞涅卡讨教。我要为自己成为别人找些安慰话吗？去向西塞罗讨教。我若早已融会贯通，就不用向谁讨教了。我不喜欢这种时时求助于人的依赖性。

虽则可以用别人的知识使自己长知识，可是要聪明那只有靠自己才会聪明。

第欧根尼①嘲笑语法学家，他们只关心打听尤利西斯②的毛病，而不知道自己的毛病；音乐家调谐自己的笛声，却不会调谐自己的习惯；演说家头头是道讲正义，却不会贯彻正义。

如果我们的心灵不走向健康，如果我们的判断力不改进，我宁可让学生打网球消磨时间；至少身体可以更矫健。看看他从那里学了十五六年回来，没有什么是用得上的。在他身上多了的只是，学了拉丁文和希腊文使他们比离家前更神气与尖刻。他原该带回一个充实的心灵，而今却是虚空的；没有茁壮长大，只是浮肿虚胖。

这样的教书先生，就像柏拉图说的诡辩学③家——他们的叔伯兄弟——口口声声说自己是一切人中间对人类最有用的人，其实是一切人中间唯有他们不把人家交付的工作，像木匠、泥瓦匠那样做好，反而做坏，还要对他们做坏的事付报酬。

我用佩里戈尔方言把这些小文人戏称为“Lettre - ferits”，就像大家说的“Lettre - ferus”，从意思来说，就是“打印在脑子里的文字”。说真的，他们好像经常被打得失去了常识。因为农夫和鞋匠，你看他们简单朴实地过自己的生活，说他们知道的东西；而那些人靠着脑海中漂浮着的一些知识抬高自己，神气活现，不断地陷入尴尬境地，脱不了身。他们说出来的漂亮话，要由别人去做。他们知道罗马名医盖伦，却一点不了解病人；他们会在你的脑袋里填满法律条款，却找不出案件的症结。他们知道一切事物的理论，却要找人付诸实施。

我看到来做客的一位朋友，为了消磨时间，跟这样一个人交谈，造怪句子，前言不搭后语，意思生搬硬套，时时又穿插一些辩论用语，就这样纠缠着那个蠢人玩了一天，而那人还真以为在回答人家对他的反驳。那人还是颇有声望的文人，穿一件华丽的长袍。

这类学究遍布各地，谁对他们仔细观察，就会像我一样发现大多数情况下他们不懂自己说什么，也听不懂别人在说什么；他们记的事很多，判断力很差，莫不是他们这方面天生就是与众不同。

我们的法院招聘人才，考官只测试他们的知识；另一些法院还加试一桩案例考查他们的判断力。我觉得后者的做法要好得多。其实这两种考试都不可或缺，应该并存，实际上对知识的要求不及对判断的要求重要。有判断可以不要知识，有知识不可不要判断。

“他们教育我们不是为了生活，而是为了传播。”（塞涅卡）因而不应该把知识贴在心

---

① 第欧根尼（前412—前323）：古希腊哲学家。

② 尤利西斯：罗马神话中著名的英雄。

③ 诡辩学：古希腊的一个哲学流派，他们对自然哲学持怀疑态度，认为世界上没有绝对不变的真理。

灵表面，应该注入心灵里面；不应该拿它来喷洒，应该拿它来浸染。要是学习不能改变心灵，使之趋向完美，最好还是就此作罢。这是一把危险的剑，如果它掌握在弱者不知使用的手里，只会使主人碍手碍脚，受到伤害“还不如什么都没有学到。”（西塞罗）

因而我们的祖先并不重视学问，即使今日在国王身边只是偶尔几位主要谋士有些文才，也就不值得奇怪了。今日提倡司法、医学、教育，还有神学，唯一的目的是发财致富，这才使大家看重学问，否则会看到它跟从前一样处境悲惨。学问若不能教我们好好思想与行动，那多么可惜！“自从出现了有学问的人，就很少见正直的人。”（塞涅卡）

一个人不学善良做人的知识，其他一切知识对他都是有害的。但是我刚才寻求的理由也来自下列事实：在法国，学习除了谋利以外几乎没有其他目的。除非那些人生来可以去从事比营利更高尚的工作，他们就是做学问，也往往时间很短，还没有感到兴趣，就抽身去做跟书本毫无关系的工作。一般说来，留下来全心全意做学问的，只是那些贫寒出身的人，也只是寻求谋生手段而已。

这类人的心灵出于本性、家庭教育和不良影响，不能得到学问的真谛。因为学问不会给漆黑一团的心灵带来光明，就像不能使盲人看到东西；学习的职责不是给他提供视力，而是调整视力，如像一个人必须有了挺直有力的腿脚，才可以训练他的步伐。

知识是良药，但是不管什么良药因药罐保存的质量差，都会变质失效。一个人可以看得清，不一定看得准，从而看到好事不去做，学到知识不会用。柏拉图在《理想国》中的主要条例，按照公民的天性分配工作。天性能做一切，一切也由天性去做。脚跛的人不宜做体力运动，心灵跛的人不宜做智力运动；劣质与庸俗的人不配学哲学。看到一人脚上穿双破鞋，我们就会说他是鞋匠谁都不会奇怪。同样经验好像也在告诉我们，与常人相比，经常还是医生不好好服药，神学家不好好忏悔，学者不好好充实自己。

选自［法］蒙田著，马振骋译：《蒙田随笔全集》，人民文学出版社 2018 年版。

阅读提示：

文章从大量材料中提炼出论点：拥有知识并不等于拥有本事，知识渊博不等于思想敏捷，满腹经纶不等于思想充实，饱学书本不等于富有才干。这五百年前的见解在今天看来，不仅没有过时，还相当具有现实意义，可谓真知灼见。

基于“知识不是思想”的总论点，作者通过列举种种耳闻目睹的现象，睿智地厘清一些概念的边界——学究气绝不等于真才实学，记忆力好不一定理解力强，死记硬背不意味着形成了自己的意识，引经据典也不能说明那是自己的学识，学得多不如学得精，有学问不意味着一定有判断力，学者、学究不一定是有智慧、有品德的人，有说教而无行动是有害无益的。是的，作为一个学习者，不要鹦鹉学舌、拾人牙慧、做两脚书橱，要学思结合、知行合一；作为教育者，应注意培养受教育者的独立思考能力、批判性思维和解决实际问题的能力；作为管理者，在选拔人才、使用人才、评价人才时，应当注意，有文凭不代表德才兼备，工作量大不说明成就高，博学之士不一定是有头脑的优秀人才。

作者阅历广博，思路开阔，从现实到书本，从古到今，从人到我，所用材料十分丰富，不经意之间运用了多种论证方法——引证、例证、反证等，尤其使用了大量的喻证，不仅有说服力，还具有感染力。蒙田所开创的随笔文体虽然在结构上比较随意，但所述、所评、所论始终围绕主题，从头至尾形散而神不散。

思考与练习：

如何理解知识与本事的关系？本文对我们的教育有何启发？

爱弥儿[①]（节选）

卢　梭[②]

出自造物主之手的东西，都是好的，而一到了人的手里，就全变坏了。他要强使一种土地滋生另一种土地上的东西，强使一种树木结出另一种树木的果实；他将气候、风雨、季节搞得混乱不清；他残害他的狗、他的马和他的奴仆；他扰乱一切，毁伤一切东西的本来面目；他喜爱丑陋和奇形怪状的东西；他不愿意事物天然的那个样子，甚至对人也是如此，必须把人像练马场的马那样加以训练；必须把人像花园中的树木那样，照他喜爱的样子弄得歪歪扭扭。

不这样做，事情可能更糟糕一些；我们人类不愿意受不完善的教养。在今后的情况下，一个生来就没有别人教养的人，他也许简直就不成样子。偏见、权威、需要、先例以及压在我们身上的一切社会制度都将扼杀他的天性，而不会给它添加什么东西。他的天性将像一株偶然生长在大路上的树苗，让行人碰来撞去，东弯西扭，不久就弄死了。

我恳求你，慈爱而有先见之明的母亲，最因为你善于避开这条大路，而保护这株正在

---

① 《爱弥儿》是卢梭论教育的著作，首次出版于1762年，问世后在欧洲引起强烈的反响。该书是夹叙夹议的教育小说，以假设的教育对象爱弥儿为主人公，针对不同年龄阶段的儿童，提出了与之相适应的教育原则、内容和方法。全书共五卷，依次论述每个阶段的教育重点，即体育、感官、智育、德育、爱情。

② 卢梭（1712—1778）：法国启蒙思想家、哲学家、教育家、文学家。主要著作有《论人类不平等的起源和基础》《社会契约论》《爱弥儿》《忏悔录》等。卢梭倡导回归自然、崇尚自我、张扬情感的思想，深深影响了资产阶级自由民主。

成长的幼苗，使它不受人类的各种舆论的冲击！你要培育这棵幼树，给它浇浇水，使它不至于死亡；它的果实将有一天会使你感到喜悦。趁早给你的孩子的灵魂周围筑起一道围墙，别人可以画出这道围墙的范围，但是你应当给它安上栅栏。

我们栽培草木，使它长成一定的样子，我们教育人，使他具有一定的才能。如果一个人生来就又高大又强壮，他的身材和气力，在他没有学会如何使用它们以前，对他是没有用处的；它们可能对他还有所不利，因为它们将使别人想不到要帮助这个人；于是，他孤孤单单的，还没有明白他需要些什么以前，就悲惨地死了。我们怜悯婴儿的处境，然而我们还不了解，如果人不是从做婴儿开始的话，人类也许是已经灭亡了。

我们生来是软弱的，所以我们需要力量；我们生来是一无所有的，所以需要帮助；我们生来是愚昧的，所以需要判断的能力。我们在出生的时候所没有的东西，我们在长大的时候所需要的东西，全都要由教育赐与我们。

这种教育，我们或是受之于自然，或是受之于人，或是受之于事物。我们的才能和器官的内在的发展，是自然的教育；别人教我们如何利用这种发展，是人的教育；我们对影响我们的事物获得良好的经验，是事物的教育。

所以，我们每一个人都是由三种教师培养起来的。一个学生，如果在他身上这三种教师的不同的教育互相冲突的话，他所受的教育就不好，而且将永远不合他本人的心意；一个学生，如果在他身上这三种不同的教育是一致的，都趋向同样的目的，他就会自己达到他的目标，而且生活得很有意义。这样的学生，才是受到了良好的教育的。

在这三种不同的教育中，自然的教育完全是不能由我们决定的，事物的教育只是在有些方面才能够由我们决定。只有人的教育才是我们能够真正地加以控制的；不过，我们的控制还只是假定的，因为，谁能够对一个孩子周围所有的人的言语和行为通通都管得到呢？

一旦把教育看成是一种艺术，则它差不多就不能取得什么成就，因为，它要成功，就必须把三种教育配合一致，然而这一点是不由任何人决定的。我们殚思极虑所能做到的，只是或多或少地接近目标罢了；不过，要达到这一点，还需要有一些运气咧。

是什么目标呢？它不是别的，它就是自然的目标，这是刚才论证过的。既然三种教育必须圆满地配合，那么，我们就要使其他两种教育配合我们无法控制的那种教育。也许，自然这个辞的意义是太含糊了，在这里，应当尽量把它明确起来。

有人说，自然不过就是习惯罢了。这是什么意思呢？不是有一些强制养成的习惯永远也不能消灭天性的吗？举例来说，有一些被我们阻碍着不让垂直生长的植物，它们就具有这样的习性。自由生长的植物，虽然保持着人们强制它倾斜生长的方向，但是它们的液汁并不因此就改变原来的方向，而且，如果这种植物继续发育的话，它又会直立地生长的。人的习性也是如此。只要人还处在同样的境地，他就能保持由习惯产生的习性，虽然这些习性对我们来说是最不自然的；但是，只要情况一有改变，习惯就消失了，天性又回复过来。教育确实只不过是一种习惯而已。不是有一些人忘掉了他们所受的教育，另外一些人则保持了他们所受的教育吗？这种差别从什么地方产生的呢？如果是必须把自然这个名词只限用于适合天性的习惯，那么，我们就可以省得说这一番多余的话了。

我们生来是有感觉的，而且我们一出生就通过各种方式受到我们周围的事物的影响。可以说，当我们一意识到我们的感觉，我们便希望去追求或者逃避产生这些感觉的事物，我们首先要看这些事物使我们感到愉快还是不愉快，其次要看它们对我们是不是方便适宜，最后则看它们是不是符合理性赋予我们的幸福和美满的观念。随着我们的感觉愈来愈敏锐，眼界愈来愈开阔，这些倾向就愈来愈明显；但是，由于受到了我们的习惯的遏制，所以它们也就或多或少地因为我们的见解不同而有所变化。在产生这种变化以前，它们就是我所说的我们内在的自然。

因此，必须把一切都归因于这些原始的倾向；如果我们所受的三种教育只不过是有所不同的话，这是可以的；但是，当三种教育彼此冲突的时候，当我们培养一个人，不是为他自己，而是为了别人的时候，又怎样办呢？这样，要配合一致，就不可能了。由于不得不同自然或社会制度进行斗争，所以必须在教育成一个人还是教育成一个公民之间加以选择，因为我们不能同时教育成这两种人。

选自［法］卢梭著，李平沤译：《爱弥儿（论教育）》，商务印书馆1983年版。

阅读提示：

本文以园丁栽培植物作比，着重论述了两岁以前婴幼儿的体育，阐发儿童自然发展的观念。开头部分有三层意思：影响人发展的力量来源有三种，即“自然天性”“所处环境”和“人为教育”；三种影响因素要具有一致性并良好结合，才能达到预期的目的；自然教育的最终目标是“自然人”。

卢梭认为教育的目的在于使人成为自然人。自然人是生活在社会中的自然人，即身心健康、体脑并用、有良心、有能力的新人，这是生命的最高境界。他认为：“教育儿童并不是要读文学名著，而是要认识自然，感受自然。”即通过阅读自然这本无字大书来了解外界知识，而不是以抽象的文字、语言去获得知识。

卢梭提出自然主义教育思想，持有性善论。《爱弥儿》全书第一句一经喊出即成名言：“出自造物主之手的东西，都是好的，而一到了人的手里，就全变坏了。”可谓振聋发聩，在教育史上掀起了一场“哥白尼式的革命”。作品系统阐述的新儿童教育观，对后世许多教育家、思想家都有深刻启发和深远影响。

思考与练习：

卢梭自然主义教育思想的要点是什么？其现代教育价值表现在哪些方面？

如何避免愚蠢的见识

罗　素①

怀有各种各样愚蠢的见识乃是人类的通病。要想避免这种通病，并不需要超人的天才。下面提供的几项简单原则，虽然不能保证你不犯任何错误，却可以保证你避免一些可笑的错误。

如果一个问题但凭观察就可以解决的话，就请您亲自观察一番。亚里士多德误以为妇女牙齿的数目比男人少。这种错误，他本来是可以避免的，而且办法很简单。他只消请他的夫人把嘴张开亲自数一数就行了。但他却没有这样做，原因是他自以为是。自以为知道而实际上自己并不知道；这是我们人人都容易犯的一种致命错误。我自己就以为刺猬好吃油虫，理由无非是我听人这么讲过；但是如果我真的要动手写一部介绍刺猬习性的著作，我就不应该妄下断语，除非我亲自看见一只刺猬享用这种并不可口的美餐。然而亚里士多德却不够谨慎。古代和中古时代的著作家谈起麒麟和火蛇来头头是道；但是他们当中的谁也没有觉得，既然自己从未见过任何麒麟和火蛇，那就必须避免武断。

不过也有许多事情不那么容易用经验加以检验。如果你像大多数人一样在许多这类事情上有颇为激烈的主张，也有一些办法可以帮你认识自己的偏见。如果你一听到一种与你相左的意见就发怒，这就表明，你已经下意识地感觉到你那种看法没有充分理由。如果某个人硬要说二加二等于五，或者说冰岛位于赤道，你就只会感到怜悯而不是愤怒，除非你自己对数学和地理也是这样无知，因而他的看法竟然动摇了你的相反的见解。最激烈的争论是关于双方都提不出充分证据的那些问题的争论。迫害见于神学领域而不见于数学领域，因为数学问题是知识问题，而神学问题则仅是见解问题。所以，不论什么时候，只要发现自己对不同的意见发起火来，你就要小心；因为一经检查，你大概就会发现，你的信念并没有充分证据。

摆脱某些武断看法的一种好办法就是设法了解一下与你所在的社会圈子不同的人们所持有的种种看法。我年轻时期在外国——法、德、意、美等国住过很长时间。我觉得这对削弱狭隘偏见的强烈程度很有好处。如果你无法外出旅行，也要设法和一些持不同见解的人们有些交往，或者阅读一种和你政见不同的报纸。如果这些人和这种报纸在你看来是疯狂的、乖张②的，甚至是可恶的，那么你不应该忘记在人家看来你也是这样。双方的这种看法可能都是对的，但不可能都是错的。这样想一下，应该能够慎重一些。

---

① 罗素（1872—1970）：英国哲学家、数学家、逻辑学家、历史学家、文学家，世界思想文化名人。他在将近一百年的漫长生活历程中，在哲学、逻辑、数学、政治、教育、伦理、文学、宗教和社会学等诸多方面，都有卓越的建树，被西方称为“百科全书式的作家”。1950年，其作品《哲学—数学—文学》获诺贝尔文学奖，颁奖词是：“表彰他所写的捍卫人道主义理想和思想自由的多种多样意义重大的作品。”

② 乖张：形容人偏执，不驯服，与众不同。现在多用于形容人做事情不正规，不是很讲究。

有些人富于心理想象力。对于这些人来说，一个好办法便是设想一下自己在同一位怀有不同偏见的人进行辩论。这同实地跟论敌进行辩论比起来有一个（也只有一个）有利条件，那就是这种方法不受时间和空间的限制。圣雄甘地①就对铁路、轮船和机器深表遗憾，在他看来整个产业革命都要不得。也许你永远没有机会真的遇见一位抱有这种见解的人，因为在西方国家里大多数人都把现代技术的种种好处视为当然。但是如果你想弄确实你同意这种流行的看法乃是正确的，那么一个好办法就是设想一下甘地为了反驳现代技术的种种好处而可能提出的论据，从而检验一下你自己想到的论据。我自己有时就因为进行这种想象性的对话而真的改变了原来的看法；即令没有改变原来的看法，也常常因为认识到假想的论敌有可能满有道理而变得不那么自以为是。

对于那些容易助长你狂妄自大的意见尤宜提防。不论男人或女人，十之八九都坚信男性或女性特别优越。双方都有不可胜数的证据。如果你自己是男性，你可以指出大多数诗人和科学家都是男子；而如果你是女性，你可以用大多数罪犯也都是男子来反唇相讥。这个问题本来就根本无法解决；但是，自尊心却使大多数人都看不到这一点。不管我们属于世界上哪个国家，我们大家总是认为我们自己的民族比所有其他民族都优越。既然每个民族都有自己特有的长处和短处，我们就把自己的价值标准加以调整，以便证明自己民族的长处乃是真正重要的长处，而其缺点相对来说则微不足道。在这个问题上，一位明白事理的人也一定会承认，它没有明显正确的答案。由于我们无法和人类之外的智者辩论清楚，所以要处理这个人之作为人的自高自大的问题就更加困难了。就我所知，处理这个普遍存在的人类自高自大问题的唯一方法就是，要经常提醒自己，在茫茫宇宙中一个小小角落的一颗小小星球的生命史上，人类仅仅是一个短短的插曲，而且说不定宇宙中其他地方还有一些生物，他们优越于我们的程度不亚于我们优越于水母的程度。

选自［英］罗素著，高健译：《如何避免愚蠢的见识》，《英语世界》1982年第2期。

阅读提示：

文章标题径直提出问题，十分简洁利落。由于“怀有各种各样愚蠢的见识乃是人类的通病”，所以问题具有普遍意义。分析问题也很简明扼要，文章开始就直截了当揭示出问题的根源：人类的“自以为是”就是症结所在。文章最后重申：要经常提醒自己，提防“自高自大”，因为在茫茫宇宙中人类极其渺小。整篇首尾照应，强化了文章的内在逻辑性。

① 甘地（1869—1948）：被尊称为“圣雄甘地”，印度民族解放运动的领导人、印度国民大会党领袖。

文章的主要篇幅是致力于解决问题——“如何避免愚蠢的见识?”首段就说明要“提供几项简单的原则”，接下来每段都提供了有针对性的解决办法：亲自观察，检查证据，换位思考，想象辩论，以及认识到人类的局限性。

这篇小文堪称议论文的典范，是一篇严谨又通俗的说理文。论点鲜明、集中，思想深刻，见解独到。论据材料旁征博引，大量实例信手拈来。有名人有普通人，有古人有自己，有正面的有反面的，有数学的有神学的。论证过程多用例证，逻辑清晰，层次分明，既在理论上站得住，又在实践中行得通。论说的语言自然精练，行文节奏轻快活泼。

罗素集思想家和文学家于一身，在这篇随笔中把深刻的思想观点用文学化的语言表达得通俗易懂。文章跳出了议论文常见的单调板滞的窠臼，既有数学的准确，又有哲学的深刻，还有文学的生动。发人深思又具有感染力，既充满理性的力量又在字里行间彰显出人文情怀。

思考与练习：

你认为人类愚蠢见识的根源有什么？避免愚蠢见识的方法有哪些？请举例论证。

论读书

萨　特①

我在书丛里出生成长，大概也将在书丛里寿终正寝。在外祖父的办公室里到处是书，一年只在十月开学的时候打扫一次，平时不许掸灰尘。我早在不识字的时候就已经崇敬书籍，这些竖着的宝石，有的直立，有的斜放，有的像砖一样紧码在书柜架上，有的像廊柱一样堂而皇之地间隔矗立着，我感到我们家是靠了书才兴旺的。我在一间小小的圣殿里嬉戏，周围是一些方方厚厚的古代艺术珍品，它们亲眼目睹我出世，也将给我送终；书不离身使我有一个清静的过去，也使我有一个清静的未来。

从书里跳出来的句子使我惊恐不已，这可是真正的蜈蚣呵：音节和字母麇集在一起乱蹿乱动，二合元音拉得长长的，双辅音抖抖嗦嗦的。琅琅的读书声中鼻音很重，虽然休止和换气时稍断一断，但仍旧浑然一体，抑扬顿挫地带着许多我不懂的词语向前流动，根本

① 萨特（1905—1980）：法国哲学家，存在主义的主要代表人物。优秀的文学家、戏剧家、评论家和社会活动家。代表作有《存在与虚无》《恶心》等。1964 年被授予诺贝尔文学奖（但萨特“谢绝一切来自官方的荣誉”）。他是 20 世纪世界思想发展史上一个里程碑式的人物。

不答理我。有时候没有等我明白，就滑过去了；有时候我早已明白，却大模大样地摇来摆去一直拖到终点，连一个逗号也不给我落下。毫无疑问，这篇宏论不是为我而发的。至于故事，则经过一番节日的打扮。樵夫，樵夫的老婆以及他们的两个女儿，还有仙女，所有这些平民百姓，我们的同类，都变得庄严郑重起来了。人们用华丽的笔调来描述他们褴褛的衣衫，言词装饰着事物，使行动礼仪化，使事情仪式化。故事讲到这里，就有人发问，这是因为外祖父的出版商专门出版学校读物，就是说他不肯失去任何机会去训练年轻读者的智慧。我好像感到有人在向一个孩子发问：要是处在樵夫的地位，他会干些什么呢？他喜欢两姐妹中的哪一位呢？为什么？他赞成惩罚巴贝特吗？这个孩子不完全是我吧，我可害怕回答呀。不过我还是作了回答，但我微弱的声音消失了，感到自己变成了另一个孩子；安娜—玛丽也是，也变成了另一个女人，带着“天眼通”瞎子的神情。我感到我是所有母亲的孩子，她则是所有孩子的母亲。母亲停下不念了，我生气地从她手里夺回书，夹在腋下走了，连谢也不谢一声。

久而久之，我喜欢上使我神往的啪嗒翻书声：莫里斯·布肖眼观世界，关怀着儿童，宛如大商店的各部门主任关照着女顾客。我十分得意，无意中喜欢上预先编好的故事，而不怎么喜欢即兴的故事了。我对言词前后严密的排列开始具有感受力，每念一遍，书上都是同样的词，都是同样的秩序排列，可以事先盼着。在安娜—玛丽的故事里人物则是瞎碰运气的。就像她自己瞎撞瞎碰一样，但最后人人各得其所。而我好似在做弥撒，人名和事情周而复始地在我耳边缭绕。

我于是妒忌起母亲来，决心取她而代之，强夺了一本书，书名是《一个中国人在中国的苦难》。我拿着书躲到堆杂物的房间里，爬到一张有栏杆的铁床上，摆出一副读书的样子：我顺着一行一行黑字往下看，一行也不跳过。我大声地给自己编讲故事，并且注意发清楚每个音节。家人无意撞见了我——也许我故意让人撞见——喜出望外，决定教我识字，我很勤奋，活像初学教理的人，甚至于自己开小灶上课：我带着埃克多·马洛的《苦儿流浪记》① 爬到围栏式铁床上学起来。这个故事我记得很熟，一半靠死记硬背，一半靠连蒙带猜，反正我一页接着一页地往下念，等念完最后一页，我已经学会念书了。

应该区别两种阅读。一种是局限于某一时间范围内的阅读，是阅读一些直接有助于我的文学或哲学写作的书和文献。另一种是自由独立的阅读——所读的这本书是刚刚出版的，或者是由某个人推荐的，或者是一本我没有读过的18世纪的书。就它关系到我的整个人的存在、我的整个生活来说，这也是介入的阅读。但它跟我那时要写的一本书却没有什么确定的关系。在这种对一切有文化者的无特定目的的阅读中，我开始接触到传奇故

① 《苦儿流浪记》：法国作家埃克多·马洛（1830—1907）创作的长篇小说，首次出版于1878年。小说围绕主人公雷米的命运，展开了富有传奇性的情节，是反映19世纪法国生活的一面镜子。

事，那是在十岁时，你知道的。尼克·卡特尔和布法罗·比尔以及跟他们同样的作家，在某种程度上让我看到了世界。布法罗·比尔和尼克·卡特尔的东西在美国很流行，从杂志每一期的插图上看，尼克·卡特尔成了美国人自己的创造物。他看来确实像一个标准的美国人，就像人们在电影里看到的那一种。他高大、强健，脸刮得很干净，他被仆人和伙伴们陪同着，他们都是一样的高大强健。这些故事在某种程度上描述了纽约的生活。事实上这是我第一次知道纽约。

选自［法］萨特著，陈宣良等译：《超越生命的选择》，长江文艺出版社 2009 年版。

阅读提示：

这是篇大家小文，是萨特对小时候读书启蒙情况的回忆。

他的童年是在外祖父母家度过的。他的外祖父是语言学教授，家中拥有大量藏书。所以，他开篇第一句就说："我在书丛里出生成长，大概也将在书丛里寿终正寝。"但这不只是说有间书房就够了，从文章的叙述中我们得知：要养成读书习惯，耳濡目染只是前提条件，真正起作用的因素是：所处其中的人对书籍的那份敬重和虔诚的态度。只有坚持这种态度，才会使孩子视书房为气宇轩昂的圣殿，视书籍为珍贵的宝物，在书中神秘之美的诱惑下着迷于读书。在外祖父和母亲的影响下，作者受到书中故事的吸引，在好奇心驱使下喜欢上读书。他时而默读，时而朗读，受到家人的鼓舞；他为寻找问题的答案，自觉地去书中探索发现，得到极大满足。

他还区分了两种读书：一种是功利的或曰实用性阅读；另一种是自由的介入式或曰沉浸式阅读。他认为后者才是真正的读书，才能使人获得真正的心理满足和成长进步。他的读书经历及真知灼见无疑对当今的阅读教育仍有启发意义。

思考与练习：

为什么说阅读使人思想丰富？怎么养成终身读书的习惯？

第六讲

生活之美

每个人都拥有自己的生活，在生活中都有丰富多彩的人生经历，在阅历中尽情体验生活的种种况味。生活是人们为了生存发展的需要进行的各种社会活动，可以是政治生活、经济生活、文化生活等，这里主要是指物质文化生活，如衣食住行、风俗人情、节气节日、休闲娱乐等。生活不仅需要满足个体果腹暖身的本能需求，还要满足具有文化意蕴的社会需求。一些有仪式感的生活方式可以使人摆脱日常生活的功利性，超越日常生活的种种束缚，感受到天人合一的忘我境界和自由幸福的审美体验。

丰富厚重的生活基础、对生活目标的向往，是人们追求美好梦想的力量源泉。人的感性生命的绽放，心理能量的开发，心灵世界的开拓，个体性格的培养，都可以通过丰富的生活得到实现。人们在实际生活中提升认知、增长才干，获得自我成长的充实感和自我成就的满足感，体会到人的本质力量。生活是个体展示自己的审美形象的重要途径，是群体表现人际交往活动所特有的审美品位和审美价值的重要渠道。

生活美的本质在于人的需要在生活中得到满足。人在对物的利用中满足生存的生理与心理需要，并感受到自我的力量；在与人的沟通交流中获得归属感以及爱与被爱的满足感；在社会关系间的对话与协作中感受到自尊与尊重的满意感——合乎人性的就是美的。罗丹说：“生活不是缺少美，而是缺少发现美的眼睛。”日常生活看似重复单调、平淡无趣，可若以审美的眼光去观照，就可以生成蕴含本真生活又高于俗世生活的意象世界，从而充满情趣和美感。发现美的不仅是感觉器官，还有敏于感受的心灵。生活的有心人能够以开放的心胸和享受当下的心态，在普通人柴米油盐酱醋茶的平凡琐事中，多角度感受生活美以提升品质，多维度体验人生美以滋润心灵。

生活的样态各式各样、多姿多彩，古今中外关于生活之美的文学作品也繁盛灿烂。作家们以广泛的现实生活为基础，从民众身边的生活中发现素材，反映真实生活的方方面面。美是感性的，是眼耳鼻舌身的感官享受，可以用视觉、听觉、嗅觉、味觉、肤觉的感知还原出过去生活的记忆，勾勒出某地生活的场景，擘画出心中的美好愿景，如《市声拾趣》《故乡的吃食》就让我们领略了舌尖上的享受；美既是主观的，又是客观的，生活之美不仅表现于人们的偏爱和癖好，还升华于专业性的讲究，于是便有了饮食文化、服饰文化、茶文化、酒文化、游乐文化等，《睡》《乌篷船》《放风筝》和《更衣记》便是对这些生活文化的探究和展示；审美是多向度的，生活既有激情浪漫的理想之美，又有岁月静好的现实之美，《诗经·女曰鸡鸣》《西湖七月半》和《蹓跶》，即呈现了生活美的多姿多态；岁月流转中的节气节日和轮番登场的民风民俗，也是生活美的缩影，丰子恺的《清明》便展现了这样的场景；生活五光十色的美深深地吸引着身处其中的人们，沈从文的《我读一本小书同时又读一本大书》，揭示了生活本身给他的文学创作带来无尽灵感的奥妙。

这些作品从生机勃勃的现实生活中来，引领人们到满怀憧憬的生活中去。它们以自觉的审美眼光去触碰日常生活，以真切平实的语言捕捉、记录生活中令人难忘的场景，抒发和分享普通人令人感动的情思；它们以充满情趣的审美心态，唤醒了人们对过往生活经历的回忆，激活了内心深处对当下美好生活的体验，点燃了对未来美好生活的向往。

女曰鸡鸣[①]

女曰鸡鸣，士曰昧旦[②]。
子兴视夜，明星有烂[③]。
将翱将翔[④]，弋凫与雁。

弋言加之[⑤]，与子宜之。
宜言饮酒，与子偕老。
琴瑟在御[⑥]，莫不静好。

知子之来之[⑦]，杂佩以赠之。
知子之顺之，杂佩以问之[⑧]。
知子之好之[⑨]，杂佩以报之。

选自周振甫译注：《诗经译注》，中华书局 2010 年版。

阅读提示：

《诗经》是展现两三千年前社会生活的巨幅画卷。农事、战争、祭祀、宴飨、爱情、婚姻……作品题材广泛，全景式记录了当时的社会现实，也表现了朴素真挚的情感和生活理想。

《女曰鸡鸣》出自《郑风》。诗歌从一日之晨写起，点染出一角情趣盎然的家庭生活画面，字里行间流露出女人的含蓄委婉、温柔笃定、贤惠勤勉，展示了男人的直白率性、勤劳担当、情深意挚，更表现出夫妻关系的情投意合、琴瑟和谐。全诗赞美了平淡日子里的岁月静好。

本诗采用了极富情趣的对话体。对话由短到长，节奏由慢到快，情感由平静到热烈，人物个性也由隐约到鲜明。全诗恰似一幕情意融融的生活短剧：有时间，有地点，

---

① 本诗出自《诗经·郑风》。
② 昧旦：天色将亮之际。
③ 明星：启明星。
④ 将翱将翔：宿鸟将出巢飞翔。弋（yì）：用绳系在箭上射。凫：野鸭。
⑤ 言：语助词。加：射中。宜：作肴，烹饪。
⑥ 御：用，弹奏。静好：和睦安好。
⑦ 来：通“赉”，慰劳。杂佩：各种佩玉，故称杂佩。
⑧ 问：慰问，问候。
⑨ 好（hào）：恩爱。

有人物；有画面，有音效；有静态，有动态；有语言，有行动；有叙事，有抒情。末章六句构成三组叠句，每组叠句易词反复咏叹，把丈夫对妻子热烈深挚的感情表现得淋漓酣畅，达到了艺术的高潮。

思考与练习：

“宜言饮酒，与子偕老。琴瑟在御，莫不静好。”结合本诗，畅想营造和谐感情、创造美好生活的愿景。

西湖七月半①

张　岱②

图6-1　南宋 李嵩 西湖图

西湖（如图6-1）七月半，一无可看，止可看看七月半之人。③ 看七月半之人，以五类看之。④ 其一，楼船箫鼓，峨冠盛筵，灯火优傒，声光相乱，名为看月而实不见月者，看之。⑤ 其一，亦船亦楼，名娃闺秀，携及童娈，笑啼杂之，环坐露台，左右盼望，身在月下而实不看月者，看之。⑥ 其一，亦船亦声歌，名妓闲僧，浅斟低唱，弱管轻丝，竹肉相发，亦在月下，亦看月，而欲人看其看月者，看之。⑦ 其一，不舟不车，不衫不帻，酒醉饭饱，呼群三五，跻入人丛，昭庆、断桥，嚣呼嘈杂，装假醉，唱无腔曲，月亦

---

① 本文选自《陶庵梦忆》。《陶庵梦忆》为作者张岱在明亡入清后所著。全书以追忆笔调，叙写前朝风俗人情、名胜景物，寄寓故国之思。

② 张岱（1597—1689?）：字宗子，号陶庵老人等，浙江山阴（今浙江绍兴）人，明清之际史学家、文学家。作者早年生活优裕，久居杭州。明亡后，避居山中著述，一生淡泊功名，情趣广泛。文学创作上，以小品文见长。

③ 七月半：农历七月十五，又称中元节。止：同“只”。

④ 以五类看之：把看月的人分作五类来看。

⑤ 楼船：指考究的有楼的大船。峨冠：头戴高冠，指高官。优傒（xī）：优伶和仆役。

⑥ 名娃闺秀：大家闺秀。娃：美女。童娈（luán）：美貌的侍童。

⑦ 浅斟低唱：慢慢斟酒，轻声歌唱。弱管轻丝：轻柔的管弦音乐。竹肉相发：箫笛和歌喉相谐。

看，看月者亦看，不看月者亦看，而实无一看者，看之。① 其一，小船轻幌，净几暖炉，茶铛旋煮，素瓷静递，好友佳人，邀月同坐，或匿影树下，或逃嚣里湖，看月而人不见其看月之态，亦不作意看月者，看之。②

杭人游湖，巳出酉归，避月如仇。③ 是夕好名，逐队争出，多犒门军酒钱。轿夫擎燎，列俟岸上。④ 一入舟，速舟子急放断桥，赶入胜会。⑤ 以故二鼓以前，人声鼓吹，如沸如撼，如魇如呓，如聋如哑。⑥ 大船小船一齐凑岸，一无所见，止见篙击篙，舟触舟，肩摩肩，面看面而已。少刻兴尽，官府席散，皂隶喝道去；轿夫叫船上人，怖以关门，灯笼火把如列星，一一簇拥而去。岸上人亦逐队赶门，渐稀渐薄，顷刻散尽矣。⑦ 吾辈始舣舟近岸，断桥石磴始凉，席其上，呼客纵饮。⑧ 此时，月如镜新磨，山复整妆，湖复颒面，向之浅斟低唱者出，匿影树下者亦出。⑨ 吾辈往通声气，拉与同坐。韵友来，名妓至，杯箸安，竹肉发。⑩ 月色苍凉，东方将白，客方散去。吾辈纵舟，酣睡于十里荷花之中，香气拍人，清梦甚惬。

选自（明）张岱著，林邦钧注评：《陶庵梦忆注评》，上海古籍出版社2014年版。

阅读提示：

张岱作为明朝遗民，写此篇或另有寄托怀抱，然字里行间不见褒贬之词、扬抑之意。作者以旁观者眼光，详细描绘了当时杭州中元节喧嚣热闹之盛况，展示了明末清初西湖的民间风俗、世情百态。

本文描述了五类不同阶层的人的享乐方式和审美情趣，随镜头推移，仿佛展开了一幅场面丰富的节日风俗画。文章还对比了西湖七月半的两种过法，一种代表了官府、百姓的方式，场面人山人海，摩肩接踵，人声鼎沸，震耳欲聋，吃吃喝喝，聚散匆匆，却

---

① 帻（zé）：头巾。跻（jī）：通“挤”。昭庆：昭庆寺，在西湖东北角岸上。断桥：西湖名胜之一，在苏堤上。嚣：呼叫。无腔曲：没有腔调的歌曲，形容唱得乱七八糟。

② 铛（chēng）：煮茶温酒的器具。旋：随时，随即。素瓷静递：雅洁的瓷杯无声地传递。匿影：藏身。里湖：苏堤与外湖相隔的一小片湖水。作意：故意，作出某种姿态。

③ 巳：巳时，约为上午九时至十一时。酉：酉时，约为下午五时至七时。

④ 是夕好名：七月十五这天夜晚，人们喜欢这个名目。名：指“中元节”的名目、名堂。门军：守城门的军士。燎：火把。列俟（sì）：排着队等候。

⑤ 放：开船。速：催促。

⑥ 二鼓：二更，夜里九点到十一点。呓：说梦话。指在喧嚷中种种怪声。如聋如哑：指喧闹声震耳欲聋，说话听不见。

⑦ 皂隶：穿着黑衣的衙门差役。喝道：吆喝着让人肃静让路。怖以关门：用关城门吓唬人。

⑧ 舣（yǐ）：通“移”，移动船使停泊岸边。石磴（dèng）：石头台阶。席其上：在石磴上摆设酒筵。

⑨ 颒（huì）面：洗脸。此处形容湖面恢复了明净。向：方才，先前。

⑩ 往通声气：过去打招呼。韵友：气味相投的朋友。

唯独“避月如仇”；另一种是以“吾辈”为代表的高人雅士、小众一族，气质脱俗，情态自适。泛舟湖上，酣睡于十里荷花之中，从“月如镜新磨”到“月色苍凉”，整宿与清风明月相陪相伴，享受自在。

虽曰游湖赏月，但作者却借机看人，文章视角独到，出人意料，给人耳目一新之感。当时的人物、场景纷繁复杂，作者却观察细致，雅俗并陈，转接呼应极有条理，使读者如见其人，如置其境。

思考与练习：

根据文本，试想象这幅节日的民俗风情画，你比较认同哪种审美情趣？

睡①

李　渔②

有专言法术之人，遍授养生之诀，欲予北面事之③。予讯益寿之功，何物称最？颐生之地，谁处居多？如其不谋而合，则奉为师，不则友之可耳。其人曰：“益寿之方，全凭导引；安生之计，惟赖坐功。”予曰：“若是，则汝法最苦，惟修苦行者能之。予懒而好动，且事事求乐，未可以语此也。”其人曰：“然则汝意云何？试言之，不妨互为印政。”予曰：“天地生人以时，动之者半，息之者半。动则旦，而息则暮也。苟劳之以日，而不息之以夜，则旦旦而伐之，其死也，可立而待矣。吾人养生亦以时，扰之以半，静之以半，扰则行起坐立，而静则睡也。如其劳我以经营，而不逸我以寝处，则岌岌乎殆哉④！其年也，不堪指屈矣。若是，则养生之诀，当以善睡居先。睡能还精，睡能养气，睡能健脾益胃，睡能坚骨壮筋。如其不信，试以无疾之人与有疾之人，合而验之。人本无疾，而劳之以夜，使累夕不得安眠，则眼眶渐落而精气日颓，虽未即病，而病之情形出矣。患疾之人，久而不寐，则病势日增；偶一沉酣，则其醒也，必有油然勃然之势。是睡，非睡也，药也；非疗一疾之药，乃治百病，救万民，无试不验之神药也。兹欲从事导引，并力

---

① 本文选自《闲情偶寄·颐养部》。李渔的《闲情偶寄》包括戏曲理论、烹饪、营造、器玩、园艺等诸方面的精妙论述，是专门研究生活艺术的书，其行文接近于白话，幽默风趣。

② 李渔（1611—1680）：字笠鸿，号笠翁，兰溪（今属浙江）人。明末清初文学家、戏剧家、美学家。他游历四方，遍交名士，饶有情致，是休闲文化的倡导者。他著述甚丰，素有才子之誉。

③ 北面：古时臣子面向北方朝见天子，故以北面代替臣子的地位；这里指弟子行敬师之礼。

④ 岌岌乎殆哉：山高陡峭，就要倒下的样子。形容非常危险，快要倾覆或灭亡。

坐功，势必先遣睡魔，使无倦态而后可。予忍弃生平最效之药，而试未必果验之方哉?”其人艴然而去①，以予不足教也。予诚不足教哉！但自陈所得，实为有见而然，与强辩饰非者稍别。

前人睡诗云：“花竹幽窗午梦长，此中与世暂相忘。华山处士如容见，不觅仙方觅睡方。”近人睡诀云：“先睡心，后睡眼。”此皆书本唾余②，请置弗道，道其未经发明者而已。睡有睡之时，睡有睡之地，睡又有可睡可不睡之人，请条晰言之。

由戌至卯③，睡之时也。未戌而睡，谓之先时，先时者不详，谓与疾作思卧者无异也；过卯而睡，谓之后时，后时者犯忌，谓与长夜不醒者无异也。且人生百年，夜居其半，穷日行乐，犹苦不多，况以睡梦之有余，而损宴游之不足乎？有一名士善睡，起必过午，先时而访，未有能晤之者。予每过其居，必俟良久而后见。一日闷坐无聊，笔墨具在，乃取旧诗一首，更易数字而嘲之曰：“吾在此静睡，起来常过午。便活七十年，止当三十五。”同人见之，无不绝倒。此虽谑浪④，颇关至理。

是当睡之时，止有黑夜，舍此皆非其候矣。然而午睡之乐，倍于黄昏，三时皆所不宜⑤，而独宜于长夏。非私之也，长夏之一日，可抵残冬之二日；长夏之一夜，不敌残冬之半夜，使止息于夜，而不息于昼，是以一分之逸，敌四分之劳，精力几何，其能堪此？况暑气铄金，当之未有不倦者。倦极而眠，犹饥之得食，渴之得饮，养生之计，未有善于此者。午餐之后，略逾寸晷⑥，俟所食既消，而后徘徊近榻。又勿有心觅睡，觅睡得睡，其为睡也不甜。必先处于有事，事未毕而忽倦，睡乡之民自来招我。桃源、天台诸妙境，原非有意造之，皆莫知其然而然者⑦。予最爱旧诗中有“手倦抛书午梦长”一句。手书而眠，意不在睡；抛书而寝，则又意不在书，所谓莫知其然而然也。睡中三昧，惟此得之。此论睡之时也。

睡又必先择地。地之善者有二：曰静，曰凉。不静之地，止能睡目，不能睡耳，耳目两岐⑧，岂安身之善策乎？不凉之地，止能睡魂，不能睡身，身魂不附，乃养生之至忌也。

至于可睡可不睡之人，则分别于“忙闲”二字。就常理而论之，则忙人宜睡，闲人可以不必睡。然使忙人假寐，止能睡眼，不能睡心，心不睡而眼睡，犹之未尝睡也。其最不

---

① 艴（fú）然：恼怒、生气的样子。

② 唾余：比喻别人的无足轻重的点滴言论或意见。

③ 由戌至卯：戌时是指晚上七点至九点；卯时是指早上五点至七点。中国古代用十二地支纪时法，将一日均分为十二时辰。

④ 谑浪：戏谑放荡。

⑤ 三时：这里指春、秋、冬三季。

⑥ 寸晷（guǐ）：日影移动一寸的时间。形容短暂的时光。

⑦ 莫知其然而然者：不知怎么就这样做到了。

⑧ 耳目两岐：亦作“两歧”，分为两支，指两个分岔。

受用者，在将觉未觉之一时，忽然想起某事未行，某人未见，皆万万不可已者，睡此一觉，未免失事妨时。想到此处，便觉魂趋梦绕，胆怯心惊，较之未睡之前，更加烦躁。此忙人之不宜睡也。闲则眼未阖而心先阖，心已开而眼未开；已睡较未睡为乐，已醒较未醒更乐，此闲人之宜睡也。然天地之间，能有几个闲人？必欲闲而始睡，是无可睡之时矣。有暂逸其心以妥梦魂之法：凡一日之中，急切当行之事，俱当于上半日告竣，有未竣者，则分遣家人代之，使事事皆有着落，然后寻床觅枕以赴黑甜①，则与闲人无别矣。此言可睡之人也。而尤有吃紧一关未经道破者②，则在莫行歹事。“半夜敲门不吃惊”，始可于日间睡觉，不则一闻剥啄③，即是逻倅到门矣④。

选自（清）李渔著：《闲情偶寄》，知识出版社 2015 年版。

阅读提示：

闲情是紧张生活之外的舒缓，是对世俗生活的热爱和对理想生活的追求，是对生命意义和人生价值的肯定。在明末清初闲赏文化的背景下，由于其家学渊源，以及个人丰富的人生体验和审美实践活动，李渔参透生活的真谛及生存之道，崇尚贵己自适、以心为乐的生活美学。

《闲情偶寄·颐养部》对生活许多细节的品味都有新颖的议论，比如“睡”。他并不迷信专言养生法术之人的说法，而以科学的态度通过试验来亲身验证。他以天人合一理念为基础，结合传统养生文化，认为睡觉既要考虑季节、日夜、时辰等时间因素，又要考虑环境是否安静、凉爽等地点因素，还要考虑睡者的忙闲、德行的端正等人的因素。他认为良好的睡眠既要人的身心一致，又要人与天地协调。这些见解，及至四百年后的今天也并不过时，含有朴素的辩证法思想。

李渔把对大自然的观察理解投射到人的身上，意识到人类生活与自然的密切关系。强调做人做事的方式要讲时机、讲限度，要分季节、合时宜，适应时序节令之变化。他关注的不只是个人的欢愉，而且指向整个人类的生存发展，寻求人类生命价值的充分体现。李渔关于人与自然的和谐统一理念，超越了当时人们所认识的“美”的内容。

思考与练习：

以《睡》为例，分析《闲情偶寄》的生活美学思想。

---

① 赴黑甜：宋时，人们管睡眠叫“黑甜”，入梦乡即“赴黑甜”。
② 吃紧：重要，要紧。
③ 剥啄：象声词，这里指轻轻敲门的声音。
④ 逻倅：古同“卒”，巡逻的士兵。

乌篷船

周作人①

子荣君②：

接到手书③，知道你要到我的故乡去，叫我给你一点什么指导。老实说，我的故乡，真正觉得可怀恋的地方，并不是那里，但是因为在那里生长，住过十多年，究竟知道一点情形，所以写这一封信告诉你。

我所要告诉你的，并不是那里的风土人情，那是写不尽的，但是你到那里一看也就会明白的，不必啰嗦地多讲。我要说的是一种很有趣的东西，这便是船。你在家乡平常总坐人力车，电车，或是汽车，但在我的故乡那里这些都没有，除了在城内或山上是用轿子以外，普通代步都是用船。船有两种，普通坐的都是“乌篷船”，白篷的大抵作航船用，坐夜航船到西陵④去也有特别的风趣，但是你总不便坐，所以我也就可以不说了。乌篷船大的为“四明瓦”（Sy－menngoa），小的为脚划船（划读如 uoa）亦称小船。但是最适用的还是在这中间的“三道”，亦即三明瓦。篷是半圆形的，用竹片编成，中夹竹箬⑤，上涂黑油；在两扇“定篷”之间放着一扇遮阳，也是半圆的，木作格子，嵌着一片片的小鱼鳞，径约一寸，颇有点透明，略似玻璃而坚韧耐用，这就称为明瓦。三明瓦者，谓其中舱有两道，后舱有一道明瓦也。船尾用橹，大抵两支，船首有竹篙，用以定船。船头着眉目，状如老虎，但似在微笑，颇滑稽而不可怕，唯白篷船则无之。三道船篷之高大约可以使你直立，舱宽可以放下一顶方桌，四个人坐着打马将——这个恐怕你也已学会了罢？小船则真是一叶扁舟，你坐在船底席上，篷顶离你的头有两三寸，你的两手可以搁在左右的舷上，还把手都露出在外边。在这种船里仿佛是在水面上坐，靠近田岸去时泥土便和你的眼鼻接近，而且遇着风浪，或是坐得少不小心，就会船底朝天，发生危险，但是也颇有趣味，是水乡的一种特色。不过你总可以不必去坐，最好还是坐那三道船罢。

你如坐船出去，可是不能像坐电车的那样性急，立刻盼望走到。倘若出城，走三四十里路（我们那里的里程是很短，一里才及英里三分之一），来回总要预备一天。你坐在船上，应该是游山的态度，看看四周物色，随处可见的山，岸旁的乌桕，河边的红蓼和白苹，渔舍，各式各样的桥，困倦的时候睡在舱中拿出随笔来看，或者冲一碗清茶喝喝。偏

① 周作人（1885—1967）：浙江绍兴人。是鲁迅（周树人）之弟，周建人之兄。中国现代著名散文家、文学理论家、评论家、诗人、翻译家、思想家。五四运动时期倡导“人的文学”。中国民俗学开拓人，新文化运动的杰出代表。

② 子荣君：作者曾经使用过的笔名，这是一封作者写给自己的信。

③ 手书：亲笔书写的信。

④ 西陵：绍兴附近地名。

⑤ 竹箬（ruò）：箬竹的叶子。

门外的鉴湖①一带，贺家池，壶觞左近，我都是欢喜的，或者往娄公埠②骑驴去游兰亭③（但我劝你还是步行，骑驴或者于你不很相宜），到得暮色苍然的时候进城上都挂着薜荔④的东门来，倒是颇有趣味的事。倘若路上不平静，你往杭州去时可下午开船，黄昏时候的景色正最好看，只可惜这一带地方的名字我都忘记了。夜间睡在舱中，听水声橹声，来往船只的招呼声，以及乡间的犬吠鸡鸣，也都很有意思。雇一只船到乡下去看庙戏，可以了解中国旧戏的真趣味，而且在船上行动自如，要看就看，要睡就睡，要喝酒就喝酒，我觉得也可以算是理想的行乐法。只可惜讲维新以来这些演剧与迎会⑤都已禁止，中产阶级的低能人别在“布业会馆”等处建起“海式”的戏场来，请大家买票看上海的猫儿戏。这些地方你千万不要去。——你到我那故乡，恐怕没有一个人认得，我又因为在教书不能陪你去玩，坐夜船，谈闲天，实在抱歉而且惆怅。川岛⑥君夫妇现在偁山⑦下，本来可以给你绍介，但是你到那里的时候他们恐怕已经离开故乡了。初寒，善自珍重，不尽。

十五年⑧一月十八日夜，于北京。

选自周作人著，止庵校订：《知堂文集》，河北教育出版社2001年版。

阅读提示：

旅行可以拓展生活空间，增长见识；可以为生活增加色彩，愉悦情感；还可以给人生增添意义，培养情调。说到出游，一般会令人联想到人声鼎沸、欢腾喧嚣的所在。周作人的这篇《乌篷船》却别具一格，向读者推荐一种颇具地方特色的交通工具——乌篷船，以及传达乘坐乌篷船出行所带来的、不同一般旅行的淡泊自然的趣味。

首先，出行选择乌篷船是因为它是独特的。文章对乌篷船的形色、材质、尺寸及制作都细细打量，从船头到船尾，从船外到船内，都饶有兴味地做了介绍。然后，文章重点描述了乘坐乌篷船的别样体验：心需要先慢下来，不急于抵达，才能从容不迫、舒缓自在地享受旅行的过程。

---

① 鉴湖：亦称镜湖，在绍兴市西南二公里处。

② 贺家池、壶觞（shāng）、娄公埠：均为绍兴附近的地名。

③ 兰亭：在绍兴市西南兰渚山下，传为东晋书法家王羲之所造。亭以王羲之《兰亭集序》而出名。

④ 薜荔：木本植物。

⑤ 迎会：即“迎神赛会”，旧俗把神像抬出庙来游行，并举行祭会，以求消灾赐福。

⑥ 川岛：即章廷谦的笔名，浙江上虞人，与周作人、鲁迅交往。

⑦ 偁（chēng）山：山名。

⑧ 十五年：指民国十五年，即1926年。

本文为书信体，作者拟写与老友信笔闲聊，非常真诚、亲切、闲适、随意。内容虽然是旅游的推介，但没有写成干巴巴的说明文。文章质朴中充满韵味，犹如一幅淡泊自然的水墨画，带有作者自身舒缓自如的风格与冲淡平和的审美特点。

思考与练习：

读后联想自己的旅行经历及体验，并将精华部分写信与你的好友分享。

市声拾趣

张恨水①

我也走过不少的南北码头，所听到的小贩吆唤声，没有任何一地能赛过北平的。北平小贩的吆唤声，复杂而谐和，无论其是昼是夜，是寒是暑，都能给予听者一种深刻的印象。虽然这里面有部分是极简单的，如“羊头肉”“肥卤鸡”之类。可是他们能在声调上，助字句之不足。至于字句多的，那一份优美，就举不胜举，有的简直是一首歌谣，例如夏天卖冰酪的，他在胡同的绿槐阴下，歇着红木漆的担子，手扶了扁担，吆唤着道：“冰琪林，雪花酪，桂花糖，搁的多，又甜又凉又解渴。”这就让人听着感到趣味了。又像秋冬卖大花生的，他喊着：“落花生，香来个脆啦，芝麻酱的味儿啦。”这就含有一种幽默感了。

也许是我们有点主观，我们在北平住久了的人，总觉得北平小贩的吆唤声，很能和环境适合，情调非常之美。如现在是冬天，我们就说冬季了，当早上的时候，黄黄的太阳，穿过院树落叶的枯条，晒在人家的粉墙上，胡同的犄角儿上，兀自堆着大大小小的残雪。这里很少行人，两三个小学生背着书包上学，于是有辆平头车子，推着一个木火桶，上面烤了大大小小二三十个白薯，歇在胡同中间。小贩穿了件老羊毛背心儿，腰上来了条板带，两手插在背心里，喷着两条如云的白气，站在车把里叫道：“噢……热啦……烤白薯啦……又甜又粉，栗子味。”当你早上在大门外一站，感到又冷又饿的时候，你就会因这种引诱，要买他几大枚白薯吃。

在北平住家稍久的人，都有这么一种感觉，卖硬面饽饽的人极为可怜，因为他总是在深夜里出来的。当那万籁俱寂、漫天风雪的时候，屋子外的寒气，像尖刀那般割人。这位小贩，却在胡同遥远的深处，发出那漫长的声音：“硬面……饽饽哟……”我们在暖温的

---

① 张恨水（1895—1967）：原名张心远，恨水是笔名，取南唐李煜词《乌夜啼》“自是人生长恨水长东”之意。安徽安庆潜山市人，现代文学史上的“章回小说大家”，鸳鸯蝴蝶派代表作家。长篇小说代表作有《金粉世家》《啼笑因缘》等。

屋子里，听了这声音，觉得既凄凉，又惨厉，像深夜钟声那样动人，你不能不对穷苦者给予一个充分的同情。

其实，市声的大部分，都是给人一种喜悦的，不然，它也就不能吸引人了。例如：炎夏日子，卖甜瓜的，他这样一串的吆唤着："哦！吃啦甜来一个脆，又香又凉冰琪林的味儿。吃啦，嫩藕似的苹果青脆甜瓜啦！"在碧槐高处一蝉吟的当儿，这吆唤是够刺激人的。因此，市声刺激，北平人是有着趣味的存在，小孩子就喜欢学，甚至借此凑出许多趣话。例如卖馄饨的，他吆喝着第一句是"馄饨开锅"。声音宏亮，极像大花脸喝倒板，于是他们就用纯土音编了一篇戏词来唱："馄饨开锅……自己称面自己和，自己剁馅自己包，虾米香菜又白饶。吆唤了半天，一个子儿没卖着，没留神啰丢了我两把勺。"因此，也可以想到北平人对于小贩吆唤声的趣味之浓了。

选自张恨水著：《张恨水散文集》，北方文艺出版社 2019 年版。

阅读提示：

本文作者选取了一个新颖的角度来写生活，对城市叫卖声进行了细致的刻画和描写，同时抒发了作者对人情冷暖的感知和慨叹。

"市声"，也称货声，俗称吆喝、吆唤，是当年生活环境的声音景观；"趣"，是老北京的情趣及魅力。街头巷尾的吆喝声，内容风趣、幽默，语音声调有节奏、有气势、响亮悠长，比如"芝麻酱"味儿的落花生、"栗子"味儿的烤白薯……以形象生动的声音串联起通感，吊起胃口，勾出食欲，戳中需求，让人如见其物，如闻其香。

伴随着冬夏昼夜各不相同的叫卖声，作品展示了七八种当年老北京的特色美食。通过阅读，使人们犹如看到一幅幅市井风俗画，仿佛听到一首首走街串巷的市井交响曲，宛若品尝到一种种诱人的美味小吃，感受到浓浓的生活气氛和人间烟火的市井暖意，好像是欣赏了一场过瘾的戏。

思考与练习：

生活中有哪些声音是让你觉得美好而久久不能忘怀的？试以口头语言讲出来，再以书面文字写下来。

清　明

丰子恺[1]

清明例行扫墓。扫墓照理是悲哀的事。所以古人说："鸦啼雀噪昏乔木，清明寒食谁家哭。"又说："佳节清明桃李笑，野田荒冢只生愁。"然而在我幼时，清明扫墓是一件无上的乐事。人们借佛游春，我们是"借墓游春"。我父亲有八首《扫墓竹枝词[2]》：

别却春风又一年，梨花似雪柳如烟。
家人预理上坟事，五日前头折纸钱。

风柔日丽艳阳天，老幼人人笑口开。
三岁玉儿娇小甚，也教抱上画船来。

双双画桨荡轻波，一路春风笑语和。
望见坟前堤岸上，松阴更比去年多。

壶榼纷陈拜跪忙，闲来坐憩树阴凉。
村姑三五来窥看，中有谁家新嫁娘。

周围堤岸视桑麻，剪去枯藤只剩花。
更有儿童知算计，松球拾得去煎茶。

荆榛坡上试跻攀，极目云烟杳霭闲。
恰得村夫遥指处，如烟如雾是含山。

纸灰扬起满林风，杯酒空浇奠已终。
却觅儿童归去也，红裳遥在菜花中。

解将锦缆趁斜晖，水上蜻蜓逐队飞。
赢受一番春色足，野花载得满船归。

这里的"三岁玉儿"，就是现在执笔写此文的七十老翁。我的小名叫做"慈玉"。

清明三天，我们每天都去上坟。第一天，寒食，下午上"杨庄坟"。杨庄坟离镇五六里路，水路不通，必须步行。老幼都不去，我七八岁就参加。茂生大伯挑了一担祭品走在

---

① 丰子恺（1898—1975）：中国现代著名的书画家、文学家、散文家、翻译家，被誉为"中国现代漫画鼻祖"。丰子恺绘画师从李叔同，国文师从夏丏尊。他在漫画、书法、翻译等方面均有突出成就，先后出版书法和画集、散文著作、美术理论和音乐理论著作等160多部。

② 竹枝词：一种诗体，本为巴渝一带民歌，唐代刘禹锡把民歌变成诗体，对后代影响很大。

前面，大家跟他走，一路上采桃花，偷新蚕豆，不亦乐乎。到了坟上，大家息足，茂生大伯到附近农家去，借一只桌子和两只条凳来，于是陈设祭品，依次跪拜。拜过之后，自由玩耍。有的吃甜麦塌饼，有的吃粽子，有的拔蚕豆梗来作笛子。蚕豆梗是方形的，在上面摘几个洞，作为笛孔。然后再摘一段豌豆梗来，装在这笛的一端，笛便做成。指按笛孔，口吹豌豆梗，发音竟也悠扬可听。可惜这种笛寿命不长。拿回家里，第二天就枯干，吹不响了。祭扫完毕，茂生大伯去还桌子凳子，照例送两个甜麦塌饼和一串粽子，作为酬谢。然后诸人一同在夕阳中回去。杨庄坟上只有一株大松树，临着一个池塘。父亲说这叫做"美人照镜"。现在，几十年不去，不知美人是否还在照镜。闭上眼睛，情景宛在目前。

正清明那天，上"大家坟"。这就是去上同族公共的祖坟。坟有共五六处，须用两只船，整整上一天。同族共有五家，轮流作主。白天上坟，晚上吃上坟酒。这笔费用由祭田开销。祖宗们心计长，恐怕子孙不肖，上不起坟，叫他们变成饿鬼。因此特置几亩祭田，租给农民。轮到谁家主持上坟，由谁家收租。雇船办酒之外，费用总有余裕。因此大家高兴作主。而小孩子尤其高兴，因为可以整天在乡下游玩，在草地上吃午饭。船里烧出来的饭菜，滋味特别好。因为，据老人们说，家里有灶君菩萨，把饭菜的好滋味先尝了去，而船里没有灶君菩萨，所以船里烧出来的饭菜滋味特别好。孩子们还有一件乐事，是抢鸡蛋吃。每到一个坟上，除对祖宗的一桌祭品以外，必定还有一只小匾，内设小鱼、小肉、鸡蛋、酒和香烛，是请地主吃的，叫做拜坟墓土地。孩子们中，谁先向坟墓土地叩头，谁先抢得鸡蛋。我难得抢到，觉得这鸡蛋的确比平常的好吃。上了一天坟回来，晚上是吃上坟酒。酒有四五桌，因为出嫁姑娘也都来吃。吃酒时，长辈总要训斥小辈，被训斥的，主要是乐谦、乐生和月生。因为乐谦盗卖坟树，乐生、月生作恶为非，上坟往往不到而吃上坟酒必到。

第三天上私房坟。我家的私房坟，又称为旗杆坟。去上的就是我们一家人，父母和我们姐弟数人。吃了早中饭，雇一只客船，慢吞吞地荡去。水路五六里，不久就到。祭扫期间，附近三竺庵里的和尚来问讯，送我们些春笋。我们也到这庵里去玩，看见竹林很大，身入其中，不见天日。我们终年住在那市井尘嚣中的低小狭窄的百年老屋里，一朝来到乡村田野，感觉异常新鲜，心情特别快适，好似遨游五湖四海。因此我们把清明扫墓当作无上的乐事。我的父亲孜孜兀兀①地在穷乡僻壤的蓬门②败屋之中度送短促的一生，我想起了感到无限的同情。(1972 年)

选自丰子恺著，丰一吟编：《缘缘堂随笔集》，浙江文艺出版社 1983 年版。

---

① 孜孜兀兀：勤勤恳恳，专心致志。孜孜：勤勉。兀兀：辛苦。

② 蓬门：用蓬草编成的门。以蓬草为门，指贫寒之家。

阅读提示：

清明，是全年唯一既是节气又是节日的日子，自古以来就承载着丰富的文化内涵。本篇通过生动的笔触，让我们了解到清明节的正确打开方式：它既是一个冬去春来、生机勃勃的踏青的快乐时节，又是一个乍暖还寒、怀念追思的扫墓的哀伤日子。

作者先以其父的竹枝词开篇，然后文章结构同时进行着两条线索：一条线索叙述大人们在松阴下慎终追远的祭奠仪式，由远及近介绍了故乡的丧葬祭扫习俗，通过准备祭品、跪拜行礼、烧纸浇酒等祭祀祖先的活动，表现了当地醇厚的民风。另一条线索是孩童们借墓游春、赏春。在风清景明的大自然怀抱中，他们跟着大人，沐浴着春光，吃野餐、采野花，生趣盎然，萌发出新生命的活力。两条线索虽似平行，实为二而为一。可以说大人和孩童的清明节活动及心情，是人一生的缩影：生老病死，喜怒哀乐，阴晴圆缺，四季轮转，人来人往，生生不息。

借此仪式，大人们化解痛苦，疗愈创伤，增强了凝聚力；孩童们强身健体的同时，也懂得了敬畏、感恩和珍惜；这其实也是对祖先们最好的告慰。

思考与练习：

了解中国传统节气与传统节日，着重谈谈清明节的正确打开方式。

蹓　跶[①]

王　力[②]

在街上随便走走，北平话叫做“蹓跶”。溜达和散步不同；散步常常是拣人少的地方走去，溜达却常常是拣人多的地方走去。蹓跶又和乡下人逛街不同；乡下人逛街是一只耳朵当先，一只耳朵殿后[③]，两只眼睛带着千般神秘，下死劲地钉着商店的玻璃橱；城里人蹓跶只是悠游自得地信步而行，乘兴而往，兴尽则返。蹓跶虽然用脚，实际上为的是眼睛的享受。江浙人叫做“看野眼”，一个“野”字就够表示眼睛的自由，和意念上毫无粘着的样子。

---

① 作者20世纪20年代曾在法国巴黎大学留学五年，其间走遍巴黎的大街小巷。本文即是记录此段生活的美文。

② 王力（1900—1986）：字了一，广西博白县人。中国语言学家、教育家、翻译家、散文家、诗人，中国现代语言学奠基人之一。

③ 殿后：部队运动时位于最后，泛指居后。

蹓跶的第一个目的是看人。非但看熟人，而且看陌生的人；非但看异性，而且看同性。有一位太太对我说："休说你们男子在街上喜欢看那些太太小姐们，我们女子比你们更甚！"真的，世上没有一样东西，比一件心爱的服装，一双时款的皮鞋，或一头新兴的发鬟，更能在街上引起一个女子的注意了。甚至曼妙的身段，如塑的圆腓①，也没有一样不是现代女郎欣赏的对象。中国旧小说里，以评头品足为市井无赖的邪僻②行为，其实在阿波罗③和藐子④所启示的纯洁美感之下，头不妨评，足不妨品，只要品评出于不语之语，或交换于知己朋友之间，我们看不出什么越轨的地方来，小的时候听见某先生发一个妙论，他说太阳该是阴性，因为她射出强烈的光来，令人不敢平视：月亮该是阳性，因为他任人注视，毫无掩饰。现在想起来，月亮仍该是阴性。因为美人正该如晴天明月，万目同瞻；不该像空谷幽兰，孤芳自赏。

蹓跶的第二个目的是看物。任凭你怎样富有，终有买不尽的东西。对着自己所喜欢的东西瞻仰一番，也就可饱眼福。古人说："过屠门而大嚼，虽不得肉，聊且快意"；现在我们说："入商场而凝视，虽不得货，聊且过瘾。"关于这个，似乎是先生们的瘾浅，太太小姐们的瘾深。北平东安市场里，常有大家闺秀的足迹。然而非但宝贵的东西不必多买，连便宜的东西也不必常买；有些东西只值得玩赏一会儿，如果整车的搬回家去，倒反腻了。话虽如此说，你得留神多带几个钱，提防一个"突击"。我们不能说每一次蹓跶都只是蹓跶而已；偶然某一件衣料给你太太付一股灵感，或者某一件古玩给你本人送一个秋波，你就不能不让你衣袋里的钞票搬家，并且在你的家庭账簿上，登记一笔意外的账目。

就我个人而论，蹓跶还有第三个目的，就是认路。我有一种很奇怪的脾气，每到一个城市，恨不得在三天内就把全市的街道都走遍，而且把街名及地点都记住了。不幸得很，我的记性太坏了，走过了三遍的街道也未必记得住。但是我喜欢闲逛，就借这闲逛的时间来认路。我喜欢从一条熟的道路出去蹓跶，然后从一条生的道路兜个圈子回家。因此我常常走错了路。然而我觉得走错了不要紧；每走错了一处，就多认识一个地方。我在某一个城市住了三个月之后，对于那城市的街道相当熟悉；住了三年之后，几乎够得上充当一个向导员。巴黎的五载居留，居然能使巴黎人承认我是一个"巴黎通"。天哪！他们那里知道这是我五年努力（按理，"努力""蹓跶"这两个词儿是不该发生关系的）的结果呢？

蹓跶是一件乐事，最好是有另一件乐事和它相连，令人乐上加乐，更为完满，这另一件乐事就是坐咖啡馆或茶楼。经过了一二个钟头的"无事忙⑤"之后，应该有三五十分钟

① 腓（féi）：腿肚子。

② 邪僻：乖谬不正，品行不端。

③ 阿波罗：古希腊神话中的光明、预言、音乐和医药之神，消灾解难之神。同时也是人类文明、迁徙和航海者的保护神。

④ 藐子：即缪斯，希腊神话中主司艺术与科学的九位古老文艺女神的总称。

⑤ 无事忙：指没有什么大事，却又忙碌。

的小憩。在外国，街上蹓跶了一会儿，走进了一家咖啡馆，坐在 Terrasse① 上，喝一杯咖啡，吃两个“新月”面包，听一曲爵士音乐，其乐胜于羽化而登仙。Terrasse 是咖啡馆前面的临街雅座，我们小憩的时候仍旧可以“看野眼”，一举两得。中国许多地方没有这种咖啡馆，不过坐坐小茶馆也未尝不“开心”。这样消遣了一两个小时之后，包管你晚上睡得心安梦稳。

蹓跶自然是有闲阶级的玩意儿，然而像我们这些“无闲的人”，有时候也不妨忙里偷闲蹓跶。因为我们不能让我们的精神终日紧张得像一面鼓！

选自欧阳利锋编译：《悠闲生活絮语》，外语教学与研究出版社 2013 年版。

阅读提示：

蹓跶有三种目的：观人，看物，认路。观人可以随意地评头论足，看物可以任性地买或不买，认路可以走错重来。所以蹓跶并不是带有功利性的追求，比刻意的运动更随意。蹓跶时，腿脚在不停地行走的同时，眼睛在不住地观察，心情在此过程中渐渐放松。这种放松不仅是身体的锻炼、感官的享受，更是心灵的满足，是回到孩童初识世界时，以好奇心驱动的对大千世界的探索，是积极而主动的学习，所以不亦乐乎！

工作需要讲求目标、功用、效率，不免紧张，而人不是机器，不能一直忙于运转而无暇理会内心的精神活动；人又不能只像动物那样仅仅满足于本能的快感，沉溺于感官的享受而失去思考的乐趣。所以，身体要休息，心境要宽松，意态要潇洒。忙中偷闲，落座街头，边饮边看，使身心在压力中释放出来，“羽化而登仙”，信可乐也！

随着作者的笔触，我们不仅感受其闲情逸致之美，还在字里行间体会其张弛有度、收放自如的语言之美。作为一个语言学者，作者既有古语今言的联想，又有中说西谈的切换，对语言的共通之处以及语义的差别都是敏感而讲究的。北平话所说的“蹓跶”，江浙话叫“看野眼”，不同于散步，又不同于逛街。这种对语词的辨析，既边界清晰，又轻松随意，读来饶有趣味。

思考与练习：

你喜欢蹓跶吗？度过闲暇时光还有哪些雅俗共赏的方式？和同学交流谈论一下悠闲生活的艺术。

---

① Terrasse：法语，意为露台。

我读一本小书同时又读一本大书[1]（节选）

沈从文

我有了外面的自由，对于家中的爱护反觉处处受了牵制，因此家中人疏忽了我的生活时，反而似乎使我方便了好些。领导我逃出学塾，尽我到日光下去认识这大千世界微妙的光、稀奇的色，以及万汇百物的动静，这人是我一个张姓表哥。他开始带我到他家中橘柚园中去玩，到城外山上去玩，到各种野孩子堆里去玩，到水边去玩。他教我说谎，用一种谎话对付家中，又用另一种谎话对付学塾，引诱我跟他各处跑去。即或不逃学，学塾为了担心学童下河洗澡，每到中午散学时，照例必在每人左手心中用朱笔写一大字，我们还依然能够一手高举，把身体泡到河水中玩个半天，这方法也亏那表哥想得出来。我感情流动而不凝固，一派清波给予我的影响实在不小。我幼小时较美丽的生活，大部分都同水不能分离。我的学校可以说是在水边的。我认识美，学会思索，水对我有极大的关系。我最初与水接近，便是那荒唐表哥领带的。

现在说来，我在做孩子的时代，原本也不是个全不知自重的小孩子。我并不愚蠢。当时在一班表兄弟中和弟兄中，似乎只有我那个哥哥比我聪明，我却比其他一切孩子懂事。但自从那表哥教会我逃学后，我便成为毫不自重的人了。在各样教训、各样方法管束下，我不欢喜读书的性情，从塾师方面，从家庭方面，从亲戚方面，莫不对于我感觉到无多希望。我的长处到那时只是种种的说谎。我非从学塾逃到外面空气下不可，逃学过后又得逃避处罚。我最先所学，同时拿来致用的，也就是根据各种经验来制作各种谎话。我的心总得为一种新鲜声音、新鲜颜色、新鲜气味而跳。我得认识本人生活以外的生活。我的智慧应当从直接生活上吸收消化，却不须从一本好书、一句好话上学来。似乎就只这样一个原因，我在学塾中，逃学记录点数，在当时便比任何一人都高。

离开私塾[2]转入新式小学时，我学的总是学校以外的。到我出外自食其力时，又不曾在职务上学好过什么。二十岁后我“不安于当前事务，却倾心于现世光色，对于一切成例与观念皆十分怀疑，却常常为人生远景而凝眸”，这分性格的形成，便应当溯源于小时在私塾中的逃学习惯。

自从逃学成习惯后，我除了想方设法逃学，什么也不再关心。

有时天气坏一点，不便出城上山里去玩，逃了学没有什么去处，我就一个人走到城外

---

① 本文选自《从文自传》。《从文自传》写于1931年，记录了沈从文少年、青年时期的生活经历。用他的话说，是想写点在“这地面上过的日子，所见的人，所听的声音，所嗅的气味”，具有浓郁的地方色彩。

② 私塾：中国旧时一种开设于家庭、宗族或乡村内部的私人所办的民间教育机构。

庙里去。本地大建筑在城外计三十来处，除了庙宇[1]就是会馆[2]和祠堂[3]。空地广阔，因此均为小手工业工人所利用。那些庙里总常常有人在殿前廊下绞绳子，织竹簟[4]，做香[5]，我就看他们做事。有人下棋，我看下棋。有人打拳，我看打拳。甚至于相骂，我也看着，看他们如何骂来骂去，如何结果。因为自己既逃学，走到的地方必不能有熟人，所到的必是较远的庙里。到了那里，既无一个熟人，因此什么事皆只好用耳朵去听，眼睛去看，直到看无可看听无可听时，我便应当设计打量我怎么回家去的方法了。

来去学校我得拿一个书篮。内中有十多本破书，由《包句杂志》《幼学琼林》到《论语》《诗经》《尚书》，通常得背诵，分量相当沉重。逃学时还把书篮挂到手肘上，这就未免太蠢了一点。凡这么办的可以说是不聪明的孩子。许多这种小孩子，因为逃学到各处去，人家一见就认得出，上年纪一点的人见到时就会说："逃学的，赶快跑回家挨打去，不要在这里玩。"若无书篮可不必受这种教训。因此我们就想出了一个方法，把书篮寄存到一个土地庙里去，那地方无一个人看管，但谁也用不着担心他的书篮。小孩子对于土地神全不缺少必需的敬畏，都信托这木偶，把书篮好好地藏到神座龛子[6]里去，常常同时有五个或八个，到时却各人把各人的拿走，谁也不会乱动旁人的东西。我把书篮放到那地方去，次数是不能记忆了的，照我想来，搁的最多的必定是我。

逃学失败被家中学校任何一方面发觉时，两方面总得各挨一顿打。在学校得自己把板凳搬到孔夫子牌位前，伏在上面受笞[7]。处罚过后还要对孔夫子牌位作一揖，表示忏悔。有时又常常罚跪至一根香时间。我一面被处罚跪在房中的一隅，一面便记着各种事情，想象恰如生了一对翅膀，凭经验飞到各样动人事物上去。按照天气寒暖，想到河中的鳜鱼被钓起离水以后拨剌的情形，想到天上飞满风筝的情形，想到空山中歌呼的黄鹂，想到树木上累累的果实。由于最容易神往到种种屋外东西上去，反而常把处罚的痛苦忘掉，处罚的时间忘掉，直到被唤起以后为止，我就从不曾在被处罚中感觉过小小冤屈。那不是冤屈。我应感谢那种处罚，使我无法同自然接近时，给我一个练习想象的机会。

家中对这件事自然照例不大明白情形，以为只是教师方面太宽的过失，因此又为我换一个教师。我当然不能在这些变动上有什么异议。这事对我说来，倒又得感谢我的家中，因为先前那个学校比较近些，虽常常绕道上学，终不是个办法，且因绕道过远，把时间耽误太久时，无可托词。现在的学校可真很远很远了，不必包绕偏街，我便应当经过许多有

---

① 庙宇：供奉神佛或历史名人的处所。

② 会馆：中国明清时期都市中由同乡或同业组成的团体。

③ 祠堂：旧时同族的人共同祭祀祖宗的厅堂，或社会公众共同祭祀生前有功德之人的庙堂。

④ 竹簟（diàn）：竹席。

⑤ 做香：制香、焚香。香，即香料或香的成品，如香片、香饼、香包，柱香、线香、散香等。

⑥ 神座龛子：神龛，旧时中国民间放置神仙的塑像或祖宗灵牌的小阁。

⑦ 受笞：被鞭杖或竹板打。

趣味的地方了。从我家中到那个新的学塾里去时，路上我可看到针铺门前永远必有一个老人戴了极大的眼镜，低下头来在那里磨针。又可看到一个伞铺，大门敞开，做伞时十几个学徒一起工作，尽人欣赏。又有皮靴店，大胖子皮匠，天热时总腆出有一个大而黑的肚皮（上面有一撮毛！）用夹板绱鞋。又有个剃头铺，任何时节总有人手托一个小小木盘，呆呆地在那里尽剃头师傅刮脸。又可看到一家染坊，有强壮多力的苗人，踹在凹形石碾上面，站得高高的，手扶着墙上横木，偏左偏右地摇荡。又有三家苗人打豆腐的作坊，小腰白齿头包花帕的苗妇人，时时刻刻口上都轻声唱歌，一面引逗缚在身背后包单里的小苗人，一面用放光的红铜勺舀取豆浆。我还必须经过一个豆粉作坊，远远地就可听到骡子推磨隆隆的声音，屋顶棚架上晾满白粉条。我还得经过一些屠户肉案桌，可看到那些新鲜猪肉砍碎时尚在跳动不止。我还得经过一家扎冥器①出租花轿的铺子，有白面无常鬼②，蓝面阎罗王③，鱼龙、轿子，金童玉女。每天且可以从他那里看出有多少人接亲，有多少冥器，那些定做的作品又成就了多少，换了些什么式样。并且还常常停顿下来，看他们贴金、敷粉、涂色，一站许久。

我就欢喜看那些东西，一面看一面明白了许多事情。

选自沈从文著：《从文自传》，作家出版社 2023 年版。

阅读提示：

本文写沈从文少时逃学，竟让他发现了一本比学校的“小书”丰富得多的生活“大书”，并一发不可收。

他逃出家门，看到了外面的山水；他逃出私塾，呼吸到外面的新鲜空气；他逃出新式小学，倾心于校外的现世光色；他逃出城外，见识了几十座庙宇、会馆和祠堂；他把真书寄存在土地庙，去读教科书以外的真实生活；他被处罚时，灵魂飘离身外，在联想和想象的广阔空间逍遥……他穿梭其中的原汁原味的生活这本“大书”，展现出无比丰富、鲜活精彩的内容。他离经叛道、不惜代价、不计成本地去读的生活“大书”，给他带来超乎年龄之外的巨大收获。

这段丰富的生活经历，使沈从文亲密接触人间烟火、市井红尘，为他日后的文学艺术创作积累了受用不尽的素材，也锻炼了他执着追求事业的胆略和勇气。他在强烈的好

---

① 冥器：古代殉葬的器物。多指焚化给死者的纸做的器物。

② 无常鬼：民间故事中城隍庙里的无常鬼，长相比较吓人。

③ 阎罗王：亦称“阎王”“阎罗”“阎王爷”，为阴曹地府中第五殿的殿主冥王，是中国古代宗教神话中的阴间神祇，传说为掌管人间众生寿命和生死的鬼王。

奇心的牵引下探索发现，突破了自身环境的局限，获得了创作的不竭动力，去描写美丽自然、叙写新奇生活、抒发美好理想。正如他后来自己所说：“逃避那些书本枯燥文句，去同一切自然相亲近。这一年的生活形成了我一生性格与感情的基础。”

思考与练习：

什么吸引着作者逃学？这些生活经历对作者以后的创作有何影响？

放风筝①

梁实秋②

偶见街上小儿放风筝，拖着一根棉线满街跑，嬉戏为欢，状乃至乐。那所谓风筝，不过是竹篾架上糊一点纸，一尺见方，顶多底下缀着一些纸穗，其结果往往是绕挂在街旁的电线上。

常因此想起我小时候在北平放风筝的情形。我对放风筝有特殊的癖好，从孩提时起直到三四十岁，遇有机会从没有放弃过这一有趣的游戏。在北平，放风筝有一定的季节，大约总是在新年过后开春的时候为宜。这时节，风劲而稳。严冬时风很大，过于凶猛，春季过后则风又嫌微弱了。开春的时候，蔚蓝的天，风不断地吹，最好放风筝。

北平的风筝最考究。这是因为北平的有闲阶级的人多，如八旗子弟，凡属耳目声色之娱的事物都特别发展。我家住在东城，东四南大街，在内务部街与史家胡同之间有一个二郎庙，庙旁边有一风筝铺，铺主姓于，人称“风筝于”。他做的风筝在城里颇有小名。我家离他近，买风筝特别方便。他做的风筝，种类繁多，如肥沙雁、瘦沙雁、龙井鱼、蝴蝶、蜻蜓、鲇鱼、灯笼、白菜、蜈蚣、美人儿、八卦、蛤蟆，以及其他形形色色的。鱼的眼睛是活动的，放起来滴溜溜地转，尾巴拖得很长，临风波动。蝴蝶蜻蜓的翅膀也有软的，波动起来也很好看。风筝的架子是竹制的，上面绷起高丽纸面，讲究的要用绢绸，绘制很是精致，彩色缤纷。“风筝于”的出品，最精彩是“提线”拴得角度准确，放起来不“折筋斗”，平平稳稳。风筝小者三尺，大者一丈以上，通常在家里玩玩由三尺到六尺就很

---

① 本文是梁实秋暮年回忆几十年前北平往事的作品。

② 梁实秋（1903—1987）：浙江人，出生于北京，中国现当代散文家、学者、文学批评家、翻译家，是中国翻译《莎士比亚全集》第一人。

够。新年厂甸①开放，风筝摊贩也很多，品质也还可以。

放风筝的线，小风筝用棉线即可，三尺以上就要用棉线数绺捻成的“小线”，小线也有粗细之分，视需要而定。考究的要用“老弦”：取其坚牢，而且分量较轻，放起来可以扭成直线，不似小线之动辄出一圆兜。线通常绕在竹制的可旋转的“线桄子②”上。讲究的是硬木制的线桄子，旋转起来特别灵活迅速。用食指打一下，桄子即转十几转，自然地把线绕上去了。

有人放风筝，尤其是较大的风筝，常到城根或其他空旷的地方去，因为那里风大，一抖就起来了。尤其是那一种特制的巨型风筝，名为“拍子”，长方形的，方方正正没有一点花样，最大的没有超过九尺。北平的住宅都有个院子，放风筝时先测定风向，要有人带起一根大竹竿，竿顶置有铁叉头或铜叉头（即挂画所用的那种叉子），把风筝挑起，高高举起到房檐之上，等着风一来，一抖，风筝就飞上天去，竹竿就可以撤了，有时候风不够大，举竹竿的人还要爬上房去踞坐在房脊上面。有时候，费了不少手脚，而风姨不至，只好废然作罢。不过这种扫兴的机会并不太多。

风筝和飞机一样，在起飞的时候和着陆的时候最易失事。电线和树都是最碍事的，须善为躲避。风筝一上天，就没有事，有时候进入罡风③境界，真不需用手牵着，大可以把线拴在屋柱上面，自己进屋休息，甚至拴一夜，明天再去收回。春寒料峭，在院子里久了会冻得涕泗交流，线弦有时也会把手指勒得青疼，甚至出血，是需要到屋里去休息取暖的。

风筝之“筝”字，原是一种乐器，似瑟而十三弦。所以顾名思义，风筝也是要有声响的，《询刍录》④ 云：“五代李邺于宫中作纸鸢，引线乘风为戏，后于鸢首，以竹为笛，使风入竹，声如筝鸣。”这记载是对的。不过我们在北平所放的风筝，倒不是“以竹为笛”，带响的风筝是两种，一种是带锣鼓的，一种是带弦弓的，二者兼备的当然也不是没有。所谓锣鼓，即是利用风车的原理，捶打纸制的小鼓，清脆可听。弦弓的声音比较更为悦耳。有诗为证：

夜静弦声响碧空，
宫商⑤信任往来风。
依稀似曲才堪听，

---

① 厂甸：原为明、清琉璃窑前一片空地。过去每年旧历正月初一在此附近设摊售货，游人云集，即所谓“逛厂甸”。今厂甸指“海王村公园”附近地带。

② 线桄（guàng）子：缠线的器具，中间有轴，可以旋转，线就绕在轴上。

③ 罡（gāng）风：指强劲的风，所到之处，扫荡一切。

④ 《询刍录》：是明代陈沂所撰语言杂著，一卷。

⑤ 宫商：古代五音中的宫音与商音，泛指乐曲、音律。

又被风吹别调中。

——高骈①《风筝》诗

我以为放风筝是一件颇有情趣的事。人生在世上，局促在一个小圈圈里，大概没有不想偶然远走高飞一下的。出门旅行，游山逛水，是一个办法，然亦不可常得。放风筝时，手牵着一根线，看风筝冉冉上升，然后停在高空，这时节仿佛自己也跟着风筝飞起了，俯瞰尘寰②，怡然自得。我想这也许是自己想飞而不可得，一种变相的自我满足罢。春天的午后，看着天空飘着别人家放起的风筝，虽然也觉得很好玩，究不若自己手里牵着线的较为亲切，那风筝就好像是载着自己的一片心情上了天。真是的，在把风筝收回来的时候，心里泛起一种异样的感觉，好像是游罢归来，虽然不是扫兴，至少也是尽兴之后的那种疲惫状态，懒洋洋的，无话可说，从天上又回到了人间，从天上翱翔又回到匍匐地上。

放风筝还可以“送幡”（俗呼为“送饭儿”）。用铁丝圈套在风筝线上，圈上附一长纸条，在放线的时候铁丝圈和长纸条便被风吹着慢慢地滑上天去，纸幡在天空飞荡，直到抵达风筝脚下为止。在夜间还可以把一盏一盏的小红灯笼送上去，黑暗中不见风筝，只见红灯朵朵在天上游来游去。

放风筝有时也需要一点点技巧。最重要的是在放线松弛之间要控制得宜。风太劲，风筝陡然向高处跃起，左右摇晃，把线拉得绷紧，这时节一不小心风筝便会倒栽下去。栽下去不要慌，赶快把线一松，它立刻又会浮起，有时候风筝已落到视线所不能及的地方，依然可以把它挽救起来，凡事不宜操之过急，放松一步，往往可以化险为夷，放风筝亦一例也。技术差的人，看见风筝要栽筋斗，便急忙往回收，适足以加强其危险性，以至于不可收拾。风筝落在树梢上也不要紧，这时节也要把线放松，乘风势轻轻一扯便会升起，性急的人用力拉，便愈纠缠不清，直到把风筝扯碎为止。在风力弱的时候，风筝自然要下降，线成兜形，便要频频扯抖，尽量放线，然后再及时收回，一松一紧，风筝可以维持于不坠。

好斗是人的一种本能。放风筝时也可表现出战斗精神。发现邻近有风筝飘起，如果位置方向适宜，便可向它斗争。法子是设法把自己的风筝放在对方的线兜之下，然后猛然收线，风筝陡地直线上升，势必与对方的线兜交缠在一起，两只风筝都摇摇欲坠，双方都急于向回扯线，这时候就要看谁的线粗，谁的手快，谁的地势优了。优胜的一方面可以扯回自己的风筝，外加一只俘虏，可能还有一段的线。我在一季之中，时常可以俘获四五只风筝。把俘获的风筝放起，心里特别高兴，好像是在炫耀自己的胜利品，可是有时候战斗失利，自己的风筝被俘，过一两天看着自己的风筝在天空飘荡，那便又是一

---

① 高骈（piǎn）（821—887）：字千里。幽州（今北京市）人，唐朝后期名将、诗人。

② 尘寰：尘世，人世间。

种滋味了。这种斗争并无伤于睦邻之道，这是一种游戏，不发生侵犯领空的问题。并且风筝也只好玩一季，没有人肯玩隔年的风筝。迷信说隔年的风筝不吉利，这也许是卖风筝的人造的谣言。

选自梁实秋著：《闲雅意趣有清音》，广东人民出版社 2021 年版。

阅读提示：

本文先写做风筝、选风筝的考究：从形色到取名，从材料到工艺，从种类到尺寸，从声响到技法……除了对风筝品质的讲究，还有对放飞当日天气的观察、对地形的判断、对风筝线松紧的操纵，都写得极有趣味。作者对风筝喜爱的真性情跃然纸上。

放风筝不仅情趣多多，有益于身心健康，还令作者生发出诸多感悟：既是癖好，就不会因树枝、天寒、勒手等困难阻碍而半途放弃；人性中都有远走高飞的愿望，但受种种条件所限不易实现，放风筝便可在一定程度上使愿望得到替代性实现；风筝飞升到高远天空，风筝线却在手中，放者脚踏实地，只需通过指掌对风筝线的操作即可保持风筝的动态平衡，这种轻松把控的感觉，让人怡然自得；还有与其他风筝之间的竞争与较量，胜与败后的心情变奏，不因输赢妨碍睦邻友好的相处之道。

作为少时的癖好，作者把放风筝的游戏玩到了极致，若干年后靠回忆写来还是栩栩如生、兴致盎然，入笔自然，又兴尽而止。文中关于风筝的文献信笔拈来、旁征博引，使游戏上升到文化精神层面。叙事、抒情、议论水乳交融，文风通脱、清远，态度闲适、稳健。

思考与练习：

放风筝有哪些方面的情趣？模仿本文写一篇你认为有趣味的游戏。

更衣记[1]

张爱玲[2]

如果当初世代相传的衣服没有大批卖给收旧货的，一年一度六月里晒衣裳，该是一件辉煌热闹的事吧。你在竹竿与竹竿之间走过，两边拦着绫罗绸缎[3]的墙——那是埋在地底下的古代宫室里发掘出来的甬道。你把额角贴在织金的花绣上。太阳在这边的时候，将金线晒得滚烫，然而现在已经冷了。

从前的人吃力地过了一辈子，所作所为，渐渐蒙上了灰尘；子孙晾衣裳的时候又把灰尘给抖了下来，在黄色的太阳里飞舞着。回忆这东西若是有气味的话，那就是樟脑的香，甜而稳妥，像记得分明的快乐，甜而怅惘，像忘却了的忧愁。

我们不大能够想象过去的世界，这么迂缓，安静，齐整——在满清三百年的统治下，女人竟没有什么时装可言！一代又一代的人穿着同样的衣服而不觉得厌烦。开国的时候，因为“男降女不降”，女子的服装还保留着显著的明代遗风。从十七世纪中叶直到十九世纪末，流行着极度宽大的衫裤，有一种四平八稳的沉着气象。领圈很低，有等于无。穿在外面的是“大袄”。在非正式的场合，宽了衣，便露出“中袄”。“中袄”里面有紧窄合身的“小袄”，上床也不脱去，多半是妖媚的桃红或水红。三件袄子之上又加着“云肩背心”，黑缎宽镶，盘着大云头。

削肩，细腰，平胸，薄而小的标准美女在这一层层衣衫的重压下失踪了。她的本身是不存在的，不过是一个衣架子罢了。中国人不赞成太触目的女人。历史上记载的耸人听闻的美德——譬如说，一只胳膊被陌生男子拉了一把，便将它砍掉——虽然博得普通的赞叹，知识阶级对之总隐隐地觉得有点遗憾，因为一个女人不该吸引过度的注意；任是铁铮铮的名字，挂在千万人的嘴唇上，也在呼吸的水蒸气里生了锈。女人要想出众一点，连这样堂而皇之的途径都有人反对，何况奇装异服，自然那更是伤风败俗了。

出门时裤子上罩的裙子，其规律化更为彻底。通常都是黑色，逢着喜庆年节，太太穿红的，姨太太穿粉红。寡妇系黑裙，可是丈夫过世多年之后，如有公婆在堂，她可以穿湖色或雪青。裙上的细褶是女人的仪态最严格的试验。家教好的姑娘，莲步[4]珊珊，百褶裙虽不至于纹丝不动，也只限于最轻微的摇颤。不惯穿裙的小家碧玉走起路来便予人以惊风

---

① 张爱玲1943年1月在英文杂志《二十世纪》上发表英文文章《中国人的生活和服装》，并附有自画的十二幅关于妇女新旧服装的插图；同年12月改写为中文文章《更衣记》，发表在《古今》杂志上。

② 张爱玲（1920—1995）：原名张煐，笔名梁京，祖籍河北，生于上海，后赴美国定居。中国现代女作家。她家世显赫，祖父张佩纶是清末名臣，祖母李菊耦是朝廷重臣李鸿章的女儿。作品类型有小说、散文、电影剧本、学术论著、翻译作品等。主要作品有《金锁记》《倾城之恋》等。有《张爱玲全集》16卷行世。

③ 绫罗绸缎：泛指各种精美的丝织品。

④ 莲步：旧时指女子婀娜多姿的步态。

骇浪的印象。更为苛刻的是新娘的红裙，裙腰垂下一条条半寸来宽的飘带，带端系着铃。行动时只许有一点隐约的叮当，像远山上宝塔上的风铃。晚至一九二〇年左右，比较潇洒自由的宽褶裙入时了，这一类的裙子方才完全废除。

穿皮子①，更是禁不起一些出入，便被目为暴发户。皮衣有一定的季节，分门别类，至为详尽。十月里若是冷得出奇，穿三层皮是可以的，至于穿什么皮，那却要顾到季节而不能顾到天气了。初冬穿“小毛”，如青种羊、紫羔、珠羔；然后穿“中毛”，如银鼠、灰鼠、灰脊、狐腿、甘肩、倭刀；隆冬穿“大毛”——白狐、青狐、西狐、玄狐、紫貂。“有功名”的人方能穿貂。中下等阶级的人以前比现在富裕得多，大都有一件金银嵌或羊皮袍子。

姑娘们的“昭君套”为阴森的冬月添上点色彩。根据历代的图画，昭君出塞所戴的风兜是爱斯基摩式的，简单大方，好莱坞明星仿制者颇多。中国十九世纪的“昭君套”却是癫狂冶艳的，——一顶瓜皮帽，帽檐围上一圈皮，帽顶缀着极大的红绒球，脑后垂着两根粉红缎带，带端缀着一对金印，动辄相击作声。

对于细节的过分的注意，为这一时期的服装的要点。现代西方的时装，不必要的点缀品未尝不花样多端，但是都有个目的——把眼睛的蓝色发扬光大起来，补助不发达的胸部，使人看上去高些或矮些，集中注意力在腰肢上，消灭臀部过度的曲线……古中国衣衫上的点缀品却是完全无意义的，若说它是纯粹装饰性质的吧，为什么连鞋底上也满布着繁缛的图案呢？鞋的本身就很少在人前漏脸的机会，别说鞋底了。高底的边缘也充塞着密密的花纹。

袄子有“三镶三滚”“五镶五滚”“七镶七滚”之别，镶滚②之外，下摆与大襟上还闪烁着水钻盘的梅花，菊花。袖上另钉着名唤“阑干”③ 的丝质花边，宽约七寸，挖空镂出福寿字样。这里聚集了无数小小的有趣之点，这样不停地另生枝节，放恣，不讲理，在不相干的事物上浪费了精力，正是中国有闲阶级一贯的态度。惟有世上最清闲的国家里最闲的人，方才能够领略到这些细节的妙处。制造一百种相仿而不犯重的图案，固然需要艺术与时间；欣赏它，也同样地烦难。

古中国的时装设计家似乎不知道，一个女人到底不是大观园。太多的堆砌使兴趣不能集中。我们的时装的历史，一言以蔽之，就是这些点缀品的逐渐减去。

当然事情不是这么简单。还有腰身大小的交替盈蚀。第一个严重的变化发生在光绪三十二三年。铁路已经不这么稀罕了，火车开始在中国人的生活里占一重要位置。诸大商港的时新款式迅速地传入内地。衣裤渐渐缩小，“阑干”与阔滚条过了时，单剩下一条极窄

① 皮子：皮草，指利用动物的皮毛所制成的服装。

② 镶滚：镶边、滚边。

③ 阑干：纵横交织。这里指衣服边缘上的装饰。

的。扁的是“韭菜边”，圆的是“灯果边”，又称“线香滚”。在政治动乱与社会不靖的时期——譬如欧洲的文艺复兴时代——时髦的衣服永远是紧匝在身上，轻捷俐落，容许剧烈的活动，在十五世纪的意大利，因为衣裤过于紧小，肘弯膝盖，筋骨接笋处非得开缝不可。中国衣服在革命酝酿期间差一点就胀裂开来了。“小皇帝”登基的时候，袄子套在人身上像刀鞘。中国女人的紧身背心的功用实在奇妙——衣服再紧些，衣服底下的肉体也还不是写实派的作风，看上去不大像个女人而像一缕诗魂。长袄的直线延至膝盖为止，下面虚飘飘垂下两条窄窄的裤管，似脚非脚的金莲①抱歉地轻轻踏在地上。铅笔一般瘦的裤脚妙在给人一种伶仃无告的感觉。在中国诗里，“可怜”是“可爱”的代名词。男子向有保护异性的嗜好，而在青黄不接的过渡时代，颠连困苦的生活情形更激动了这种倾向。宽袍大袖的，端凝的妇女现在发现太福相②了是不行的，做个薄命③的人反倒于她们有利。

那又是一个各趋极端的时代。政治与家庭制度的缺点突然被揭穿。年轻的知识阶级仇视着传统的一切，甚至于中国的一切。保守性的方面也因为惊恐的缘故而增强了压力。神经质的论争无日不进行着，在家庭里，在报纸上，在娱乐场所。连涂脂抹粉的文明戏演员，姨太太们的理想恋人，也在戏台上向他的未婚妻借题发挥，讨论时事，声泪俱下。

一向心平气和的古国从来没有如此骚动过。在那歇斯底里的气氛里，“元宝领”这东西产生了——高得与鼻尖平行的硬领，像缅甸的一层层叠至尺来高的金属项圈一般，逼迫女人们伸长了脖子。这吓人的衣服与下面的一捻柳腰完全不相称，头重脚轻，无均衡的性质正象征了那个时代。

民国初建立，有一时期似乎各方面都有浮面的清明气象。大家都认真相信卢梭的理想化的人权主义。学生们热诚拥护投票制度，非孝、自由恋爱。甚至于纯粹的精神恋爱也有人实验过，但似乎不曾成功。

时装上也显出空前的天真，轻快，愉悦。“喇叭管袖子”飘飘欲仙，露出一大截玉腕。短袄腰部极为紧小。上层阶级的女人出门系裙，在家里只穿一条齐膝的短裤，丝袜也只到膝为止，裤与袜的交界处偶然也大胆地暴露了膝盖，存心不良的女人往往从袄底垂下挑拨性的长而宽的淡色丝质的裤带，带端飘着排穗。

民国初年的时装，大部分的灵感是得自西方的。衣领减低了不算，甚至被蠲免④了的时候也有。领口挖成圆形、方形、鸡心形、金刚钻形。白色丝质围巾四季都能用。白丝袜脚跟上的黑绣花，像虫的行列，蠕蠕爬到腿肚子上。交际花与妓女常常有戴平光眼镜以为美的。舶来品不分皂白地被接受，可见一斑。

---

① 金莲：旧时指缠足妇女的脚。形容妇女步态轻盈的纤细小脚。

② 福相：有福气的相貌。

③ 薄命：旧指命运不好，福分不大。

④ 蠲（juān）免：免除。

军阀来来去去，马蹄后飞沙走石，跟着他们自己的官员、政府、法律，跌跌绊绊赶上去的时装，也同样地千变万化。短袄的下摆忽而圆，忽而尖，忽而六角形。女人的衣服往常是和珠宝一般，没有年纪的，随时可以变卖，然而在民国的当铺里不复受欢迎了，因为过了时就一文不值。

时装的日新月异并不一定表现活泼的精神与新颖的思想。恰巧相反。它可以代表呆滞；由于其他活动范围内的失败，所有的创造力都流入衣服的区域里去。在政治混乱期间，人们没有能力改良他们的生活情形。他们只能够创造他们贴身的环境——那就是衣服。我们各人住在各人的衣服里。

一九二一年，女人穿上了长袍。发源于满洲的旗装自从旗人入关之后一直与中土的服装并行着的，各不相犯，旗下的妇女嫌她们的旗袍缺乏女性美，也想改穿较妩媚的袄裤，然而皇帝下诏，严厉禁止了。五族共和之后，全国妇女突然一致采用旗袍，倒不是为了效忠于清朝，提倡复辟运动，而是因为女子蓄意要模仿男子。在中国，自古以来女人的代名词是“三绺梳头，两截穿衣”。一截穿衣与两截穿衣是很细微的区别，似乎没有什么不公平之处，可是一九二〇年的女人很容易地就多了心。她们初受西方文化的熏陶，醉心于男女平权之说，可是四周的实际情形与理想相差太远了，羞愤之下，她们排斥女性化的一切，恨不得将女人的根性斩尽杀绝。因此初兴的旗袍是严冷方正的，具有清教徒的风格。

政治上，对内对外陆续发生的不幸事件使民众灰了心。青年人的理想总有支持不了的一天。时装开始紧缩。喇叭管袖子收小了。一九三〇年，袖长及肘，衣领又高了起来，往年的元宝领的优点在它的适宜的角度，斜斜地切过两腮，不是瓜子脸也变了瓜子脸，这一次的高领却是圆筒式的，紧抵着下颌，肌肉尚未松弛的姑娘们也生了双下巴。这种衣领根本不可恕。可是它象征了十年前那种理智化的淫逸的空气——直挺挺的衣领远远隔开了女神似的头与下面丰柔的肉身。这儿有讽刺，有绝望后的狂笑。

当时欧美流行着的双排钮扣的军人式的外套正和中国人凄厉的心情一拍即合。然而恪守中庸之道的中国女人在那雄赳赳的大衣底下穿着拂地的丝绒长袍，袍叉开到大腿上，露出同样质料的长裤子，裤脚上闪着银色花边。衣服的主人翁也是这样的奇异的配搭，表面上无不激烈地唱高调。骨子里还是唯物主义者。

近年来最重要的变化是衣袖的废除。（那似乎是极其艰难危险的工作，小心翼翼地，费了二十一年的工夫方才完全剪去。）同时衣领矮了，袍身短了，装饰性质的镶滚也免了，改用盘花钮扣来代替，不久连钮扣也被捐弃了，改用揿钮。总之，这笔账完全是减法——所有的点缀品，无论有用没用，一概剔去。剩下的只有一件紧身背心，露出颈项、两臂与小腿。

现在要紧的是人，旗袍的作用不外乎烘云托月忠实地将人体轮廓曲曲勾出。革命前的装束却反之，人属次要，单只注重诗意的线条，于是女人的体格公式化，不脱衣服，不知道她与她有什么不同。

我们的时装不是一种有计划有组织的实业，不比在巴黎，几个规模宏大的时装公司如Lelong's Schiaparelli's，垄断一切，影响及整个白种人的世界。我们的裁缝却是没主张的。公众的幻想往往不谋而合，产生一种不可思议的洪流。裁缝只有追随的份儿。因为这缘故，中国的时装更可以作民意的代表。

究竟谁是时装的首创者，很难证明，因为中国人素不尊重版权，而且作者也不甚介意，既然抄袭是最隆重的赞美。最近入时的半长不短的袖子，又称“四分之三袖”，上海人便说是香港发起的，而香港人又说是上海传来的，互相推诿，不敢负责。

一只袖子翩翩归来，预兆形式主义的复兴。最新的发展是向传统的一方面走，细节虽不能恢复，轮廓却可尽量引用，用得活泛，一样能够适应现代环境的需要。旗袍的大襟采取围裙式，就是个好例子，很有点“三日入厨下”的风情，耐人寻味。

男装的近代史较为平淡。只有一个极短的时期，民国四年至八九年，男人的衣服也讲究花哨，滚上多道的如意头，而且男女的衣料可以通用，然而生当其时的人都认为那是天下大乱的怪现状之一。目前中国人的西装，固然是谨严而黯淡，遵守西洋绅士的成规，即使中装也长年地在灰色、咖啡色、深青里面打滚，质地与图案也极单调。男子的生活比女子自由得多，然而单凭这一件不自由，我就不愿意做一个男子。

衣服似乎是不足挂齿的小事。刘备说过这样的话：“兄弟如手足，妻子如衣服。”可是如果女人能够做到“丈夫如衣服”的地步，就很不容易。有个西方作家（是萧伯纳么？）曾经抱怨过，多数女人选择丈夫远不及选择帽子一般的聚精会神，慎重考虑。再没有心肝的女子说起她“去年那件织锦缎夹袍”的时候，也是一往情深的。

直到十八世纪为止，中外的男子尚有穿红着绿的权利。男子服色的限制是现代文明的特征。不论这在心理上有没有不健康的影响，至少这是不必要的压抑。文明社会的集团生活里，必要的压抑有许多种，似乎小节上应当放纵些，作为补偿。有这么一种议论，说男性如果对于衣着感到兴趣些，也许他们会安分一点，不至于千方百计争取社会的注意与赞美，为了造就一己的声望，不惜祸国殃民。若说只消将男人打扮得花红柳绿的，天下就太平了，那当然是笑话。大红蟒衣里面戴着绣花肚兜①的官员，照样会淆乱朝纲。但是预言家威尔斯的合理化的乌托邦里面的男女公民一律穿着最鲜艳的薄膜质的衣裤、斗篷②，这倒也值得做我们参考的资料。

因为习惯上的关系，男子打扮得略略不中程式，的确看着不顺眼，中装上加大衣，就是一个例子，不如另加上一件棉袍或皮袍来得妥当，便臃肿些也不妨。有一次我在电车上看见一个年轻人，也许是学生，也许是店伙，用米色绿方格的兔子呢制了太紧的袍，脚上

① 肚兜：肚兜又称“抹胸”，是中国传统服饰中护胸腹的贴身内衣。

② 斗篷：有帽无袖的长披风。

穿着女式红绿条纹短袜，嘴里衔着别致的描花假象牙烟斗，烟斗里并没有烟。他吮了一会，拿下来把它一截截拆开了，又装上去，再送到嘴里吮，面上颇有得色。乍看觉得可笑，然而为什么不呢，如果他喜欢？……秋凉的薄暮，小菜场上收了摊子，满地的鱼腥和青白色的芦粟①的皮与渣。一个小孩骑了自行车冲过来，卖弄本领，大叫一声，放松了扶手，摇摆着，轻倩地掠过。在这一刹那，满街的人都充满了不可理喻的景仰之心。人生最可爱的当儿便在那一撒手吧？

选自张爱玲著：《张爱玲文集》，中国戏剧出版社 2003 年版。

阅读提示：

服饰不是无生命的身外物品，不是抽象的符号，而是寄托着生命体验的有灵性的有机组成，是一个人表彰在外的认知、情感、意志，体现其气质、性格、能力、个性，以及对人生的态度。

图 6-2　张爱玲像

张爱玲（如图 6-2）从日常生活中的“衣”这一基本物品入手，历数近代服装的演变过程并寻找它流变的渊源。文章洋洋洒洒，评述满清、民国各个时期服饰的流行特点以及与社会文化的关联，对社会发展进程带给中国人的社会心理的转变娓娓道来。通过古今比较、中西对比、男女差异对照等，文章评述了服装的种类、穿着的习俗、式样的变迁、配饰的讲究。从衣料的材质、花样到工艺、尺寸，从整体、局部到细节、特写，从视觉到触觉，作者以行家的犀利眼光、敏锐的直觉、精妙的笔墨，表达了对服饰的独到鉴赏。

读者可以从字里行间细心体味穿衣美学之丰富，还可感受文字之灵气。文章既有历史厚重感又不乏浓郁的生活气息，行文既缜密又灵动，既准确又华美，尽显机智和情趣。

思考与练习：

请根据作者细腻的文笔，尝试给本文配画插图；并模仿《更衣记》的写法，描述并评鉴新中国 70 多年来的服装更替，及其背后的时代变迁及社会文化因素。

---

① 芦粟：别名甜秆，多汁液，味甜。

故乡的吃食

迟子建①

北方人好吃，但吃得不像南方人那么讲究和精致，菜品味重色暗，所以真正能上得了席面的很少。不过寻常百姓家也是不需要什么席面的，所以那些家常菜一直是我们的最爱。

如果不年不节的，平素大家吃的都很简单。由于故乡地处苦寒之地，冬季漫长，寸草不生，所以吃不到新鲜的绿色蔬菜。我们食用的，都是晚秋时储藏在地窖里的菜：土豆、萝卜、白菜、胡萝卜、大头菜、倭瓜，当然还有腌制的酸菜和夏季时晒的干菜，比如豆角干、西葫芦干、茄子干等等。人们喜欢吃炖菜，冬天的菜尤其适合炖。将一大盆连汤带菜的热气腾腾的炖菜捧上桌，寒冷都被赶走了三分。人们喜欢把主食泡在炖菜中，比如玉米饼和高粱米饭，一经炖菜的浸润，有如酒经过了岁月的洗礼，滋味格外的醇厚。而到了夏季，炖菜就被蘸酱菜和炒菜代替了。园田中有各色碧绿的新鲜蔬菜，菠菜呀、黄瓜呀、青葱呀、生菜呀，等等，都适宜生着蘸酱吃；而芹菜、辣椒等则可爆炒，这个季节的主食就不像冬天似的以干的为主了，这时候人们喜欢喝粥，云豆大碴子粥、高粱米粥以及小米绿豆粥，是此时餐桌的主宰。

家常便饭到了节日时，就像毛手毛脚的短工，被打发了，节日自有节日的吃食。先从春天说起吧。立春的那一天，家家都得烙春饼。春饼不能油大，要擀得薄如纸片，用慢火在锅里轻轻翻转，烙到白色的面饼上飞出一片片晚霞般的金黄的印记，饼就熟了。烙过春饼，再炒上一盘切得细若游丝的土豆丝，用春饼卷了吃，真的觉得春天温暖地回来了。除了吃春饼，这一天还要“啃春”，好像残冬是顽石一块，不动用牙齿啃噬它，春天的气息就飘不出来似的。我们啃春的对象就是萝卜，萝卜到了立春时，柴的比脆生的多，所以选啃春的萝卜就跟皇帝选妃子一样周折，既要看它的模样，又要看它是否丰腴，汁液是否饱满。很奇怪，啃过春后，嘴里就会荡漾着一股清香的气味，恰似春天草木复苏的气息。立春一过，离清明就不远了。人们这一天会挎着篮子去山上给已故的亲人上坟。篮子里装着染成红色的熟鸡蛋，它们被上过供后，依然会被带回到生者的餐桌上，由大家分食，据说吃了这样的鸡蛋很吉利。而谁家要是生了孩子，主人也会煮了鸡蛋，把皮染红，送与亲戚和邻里分享。所以我觉得红皮鸡蛋走在两个极端上：出生和死亡。它们像一双无形的大手，一手把新生婴儿托到尘世上，一手又把一个衰朽的生命送回尘土里。所以清明节的鸡蛋，吃起来总觉得有股土腥味。

清明过后，天气越来越暖了，野花开了，草也长高了，这时端午节来了。家家户户提前

---

① 迟子建（1964—）：中国一级作家，黑龙江漠河人，凭小说《雾月牛栏》《清水洗尘》《世界上所有的夜晚》三次获得鲁迅文学奖，还获得过冰心散文奖、茅盾文学奖等。作品有英、法、日、意等多种语言译本。

把风干的粽叶泡好，将糯米也泡好，包粽子的工作就开始了。粽子一般都包成菱形，若是用五彩线捆粽叶的话，粽子看上去就像花荷包了。粽子里通常要夹馅的，爱吃甜的就夹上红枣和豆沙，爱吃咸的就夹上一块腌肉。粽子蒸熟后，要放到凉水中浸着，这样放个两天三天都不会坏。父亲那时爱跟我们讲端午节的来历，讲屈原，讲他投水的那条汨罗江，讲人们包了粽子投到水里是为了喂鱼，鱼吃了粽子，就不会吃屈原了。我那时一根筋，心想你们凭什么认为鱼吃了粽子后就不会去吃人肉？我们一顿不是至少也得吃两道菜吗！吃粽子跟吃点心是一样的，完全可以拿着它们到门外去吃。门楣上插着拴着红葫芦的柳枝和艾蒿，一红一绿的，看上去分外明丽，站在那儿吃粽子真的是无限风光。我那时对屈原的诗一无所知，但我想他一定是个了不起的诗人，因为世上的诗人很多，只有他才会给我们带来节日。

端午节之后的大节日，当属中秋节了。中秋节是一定要吃月饼的。那时商店卖的月饼只有一种，馅是用青红丝、花生仁、核桃仁以及白糖调和而成的，类似于现在的五仁月饼，非常甜腻。我小的时候虫牙多，所以记得有两次八月十五吃月饼时，吃得牙痛，大家赏月时，我却疼得呜呜直哭。爸爸会抱起我，让我从月亮里看那个偷吃了长生不老药而飞入月宫的嫦娥，可我那双朦胧的泪眼看到的只是一团白花花的东西。月光和我的泪花融合在一起了。在这一天，小孩子们爱唱一首歌谣：蛤蟆蛤蟆气臌①，气到八月十五，杀猪，宰羊，气得蛤蟆直哭。

蛤蟆的哭声我没听到，倒是听见了自己牙痛的哭声。所以我觉得自己就是歌谣中那只可怜的蛤蟆，因牙痛而不敢碰中秋餐桌上丰盛的菜肴。

中秋一过，天就凉了，树叶黄了，秋风把黄叶吹得满天飞。雪来了。雪一来，腊月和春节也就跟着来了。都说腊七腊八冻掉下巴，所以到了腊八的时候，人们要煮腊八粥喝。腊八粥的内容非常丰富，粥中不仅有多种多样的米，如玉米、高粱米、小米、黑米、大米，还有一些豆类，如云豆、绿豆、黑豆等，这些米和豆经过几个小时慢火的熬制，香软滑腻，喝上这样一碗香喷喷的粥，真的是不惧怕寒风和冰雪了。

一年中最大最隆重的节日莫过于春节了。我们那里一进腊月，女人们就开始忙年了。她们会每天发上一块大面团，花样翻新地蒸年干粮，什么馒头、豆包、糖三角、花卷、枣山，蒸好了就放到外面冻上，然后收到空面袋里，堆置在仓房，正月时随吃随取。除了蒸年干粮，腊月还要宰猪。宰猪就是男人们的事情了。谁家宰猪，那天就是谁家的节日。餐桌上少不了要有蒜泥血肠、大骨棒炖干豆角、酸菜白肉等令人胃口大开的菜。

人们一年的忙活，最终都聚集在除夕的那顿年夜饭里。除了必须要包饺子之外，家家都要做上一桌的荤菜，少则六个，多则十二、十八个，看到盘子挨着盘子，碗挨着碗，灯影下大人们脸上的表情就是平和的了。他们很知足地看着我们，就像一只羊喂饱了它的羊

① 臌（gǔ）：鼓胀。

羔，满面温存。我们争着吃饺子，有时会被大人们悄悄包到饺子里的硬币给硌了牙，当我们“当啷”一声将硬币吐到桌子上时，我们就长了一岁。

选自迟子建著：《迟子建散文》，人民文学出版社 2008 年版。

阅读提示：

《故乡的吃食》写的既不是饕餮大餐，也不是精美小吃，但是却写出了家乡美食的酣畅味道，写出了浓郁醇厚的故乡情韵。

空间坐标是作者的故乡。东北地域的食材，在冬季是地窖里储存的干菜、冻菜，做法是味重色暗的炖菜。那么，吃食美在哪里？在季节的差异里，在极好的胃口里，在对故乡的深情、对土地馈赠的感恩里。时间坐标是春夏秋冬的不同季节。在全年的传统节气、节日里，各色吃食，如春饼、红蛋、粽子、月饼、饺子等和代代相传的嫦娥、屈原的故事，为故乡的饮食文化增添了丰富的意蕴。

这篇小文中，既有色香味俱全的美食，也有自我的经历与成长，以及人与人之间的温存关爱、情感滋润。作者擅长运用各种修辞手法，尤其善用比喻，使笔下的一粥一饭都散发着无穷的魅力。她的文字让人能够感受到自然万物生长拔节的声音和人在社会中成长的节奏韵律，让读者看到，这样的一片苦寒之地，仍享有上天的照看，人们生活得有声有色、有滋有味、热气腾腾、烟火漫卷。

思考与练习：

中国地域辽阔，各地饮食文化样态丰富多彩，讨论交流你们故乡的四季美食。

第七讲

艺术之美

在日常的生活中，你是否喜欢听歌或看电影？是否曾在文学作品中流连忘返？是否在看到一幅画的时候受触动？是否曾到远方旅行，被那里的建筑或园林所吸引？这些有着各种不同表现形式和手法，有着不同质地和意蕴的创造物，都属于艺术。

艺术是在特定的文化语境中由艺术家创造出来的、为观众所体验的、具有表现性的符号系统。色彩、线条、文字、声音、图像、形状等都是艺术独特的符号语言。艺术家利用它们，按照美的规律塑造出形象，表达思想情感。而优秀的艺术作品，总能在人们面前呈现一个独特的意象世界，召唤着人们走进它、感受它，并产生美的愉悦。

对于艺术美的欣赏，应注意它的结构层次。

首先是材料。艺术作品需要有物质材料作为载体，如笔墨纸砚之于中国书法，砖石木料之于建筑，声音之于音乐。不同的物质载体不仅影响着艺术作品意象世界的生成，还能够产生不同的韵味和氛围。如同样是绘画，油画使用颜料和画布，水墨画使用水墨和宣纸，前者色彩丰富，立体质感强，后者更能产生“墨气四射，四表无穷”的效果。

其次是形式。形式是材料的外在表现方式，不仅显现着作品的内在意蕴，其本身就具有美的意味，即形式美。文学作品中语言的音韵和节奏，绘画中的线条、色彩和构图，建筑物的体积、外部造型、色彩、空间的布局、内部的结构及比例关系，音乐的旋律、节奏、节拍、速度、力度等，都构成了作品的形式层。形式美的结构法则主要有整齐一律、对称与均衡、比例与尺度、节奏与韵律，以及多样统一等。艺术家正是通过对这些法则自由灵活的创造性运用，创作出具有“灿烂的感性”的审美对象，形成艺术的个性表现。雨果的《圣母院》，朱自清的《“月朦胧，鸟朦胧，帘卷海棠红”》等文章中都对其所欣赏的艺术作品的形式美进行了精彩解读。

最后是意蕴。意蕴是寓于材料和形式中的意蕴，而不是简单指作品的“内容”。它难以用逻辑判断的方式直接“说”出，却可以在直接观赏作品时被全然地感受和领悟。它如陶渊明诗云：“此中有真意，欲辨已忘言。”也如冯骥才所说的“含混”：“它暧昧、未明、无尽、嗫嚅、富于想象。”所谓“诗无达诂”“一千个人眼中有一千个哈姆雷特”，便指出了优秀艺术作品意蕴的丰富性和宽泛性。朱自清面对一幅只有帘、月、海棠和鸟的小画，竟然想象到那帘后的“卷帘人”；科尔曼对贝多芬音乐的介绍让我们读懂音乐家的灵魂；宗白华的《中国艺术意境之诞生》则通过对中国绘画、书法、文学、舞蹈等的绝妙分析揭示出中国艺术的神采与妙境。

而这妙境的最初来源是什么？《毛诗序》中说“情动于中而形于言”，冯骥才看到黑色的孤鸟，“心里忽然涌出一些片段的感觉，一种类似的感觉；那种身体劳顿不堪而内心的火犹然熊熊不息的感觉。后来我把这只鸟，画在我的一幅画中”。“水墨文字”中，浸透的是作者一颗真情饱满的心。科尔曼说：“贝多芬的魅力，在于他将其坚毅刚强的性格与细致柔腻的气质完美地结合在一起。”宗白华则告诉我们：“人类这种最高的精神活动，艺术境界与哲理境界，是诞生于一个最自由最充沛的深心的自我”，“植根于一个活跃的、至动而有韵律的心灵”。作为欣赏者，能够理解和领悟这心灵，将是“我们深衷的喜悦”。

道、舞、空白：中国艺术意境结构的特点[①]（节选）

宗白华[②]

庄子是具有艺术天才的哲学家，对于艺术境界的阐发最为精妙。在他是“道”，这形而上原理，和“艺”，能够体合无间。“道”的生命进乎技，“技”的表现启示着“道”。在《养生主》里他有一段精彩的描写：

庖丁为文惠君解牛，手之所触，肩之所倚，足之所履，膝之所踦，砉然[③]响然，奏刀騞然[④]，若不中音。合于桑林之舞，乃中经首（尧乐章）之会（节也）。文惠君曰：“嘻，善哉！技盖至此乎？”庖丁释刀对曰：“臣之所好者道也，进乎技矣。始臣之解牛之时，所见无非牛者。三年之后，未尝见全牛也。方今之时，臣以神遇而不以目视，官知止而神欲行，依乎天理，批大郤[⑤]，道大窾[⑥]，因其固然，技经肯綮[⑦]之未尝，而况大軱[⑧]乎！良庖岁更刀，割也。族庖[⑨]月更刀，折也。今臣之刀十九年矣，所解数千牛矣，而刀刃若新发于硎[⑩]。彼节者有间，而刀刃者无厚，以无厚入有间，恢恢乎其于游刃，必有余地矣。是以十九年而刀刃若新发于硎。虽然，每至于族（交错聚结处）吾见其难为，怵然为戒，视为止，行为迟，动刀甚微，謋然[⑪]已解，如土委地！提刀而立，为之四顾，为之踌躇满志。善刀而藏之。”文惠君曰：“善哉，吾闻庖丁之言，得养生焉。”

“道”的生命和“艺”的生命，游刃于虚，莫不中音，合于桑林之舞，乃中经首之会。音乐的节奏是它们的本体。所以儒家哲学也说：“大乐与天地同和，大礼与天地同节。”《易》云：“天地絪缊，万物化醇。”这生生的节奏是中国艺术境界的最后源泉。石涛[⑫]题画云：“天地氤氲秀结，四时朝暮垂垂，透过鸿濛之理，堪留百代之奇。”艺术家要

---

① 本文节选自宗白华《中国艺术意境之诞生》。全文原载于《时与潮文艺》1943 年 3 月创刊号。

② 宗白华（1897—1986）：本名之櫆，字白华、伯华，江苏常熟虞山镇人。美学家、哲学家、诗人，被誉为“中国现代美学的先行者和开拓者”，与朱光潜并称为 20 世纪中国美学界的“双峰”。著有《宗白华全集》。

③ 砉（huā）然：皮骨相离的声音。

④ 騞（huō）然：进刀解物的声音。

⑤ 郤：通“隙”，指筋骨连接处的空隙。

⑥ 窾（kuǎn）：骨节间的空穴。

⑦ 技：应为“枝”，即枝脉。经：经脉。肯：黏着骨头的肉。綮：应为“綮（qìng）”，筋肉相结处。

⑧ 軱（gū）：大骨。

⑨ 族庖：技术一般的庖人。

⑩ 硎（xíng）：磨刀石。

⑪ 謋（huò）然：筋骨解散的样子。

⑫ 石涛：明末清初著名画家。

在作品里把握到天地境界！德国诗人诺瓦理斯（Novalis）说："混沌的眼，透过秩序的网幕，闪闪地发光。"石涛也说："在于墨海中立定精神，笔锋下决出生活，尺幅上换去毛骨，混沌里放出光明。"艺术要刊落一切表皮，呈显物的晶莹真境。

艺术家经过"写实""传神"到"妙悟"境内，由于妙悟，他们"透过鸿濛之理，堪留百代之奇"。这个使命是够伟大的！

那么艺术意境之表现于作品，就是要透过秩序的网幕，使鸿濛之理闪闪发光。这秩序的网幕是由各个艺术家的意匠组织线、点、光、色、形体、声音或文字成为有机谐和的艺术形式，以表出意境。

因为这意境是艺术家的独创，是从他最深的"心源"和"造化"接触时突然的领悟和震动中诞生的，它不是一味客观的描绘，像一照相机的摄影。所以艺术家要能拿特创的"秩序的网幕"来把住那真理的闪光。音乐和建筑的秩序结构，尤能直接地启示宇宙真体的内部和谐与节奏，所以一切艺术趋向音乐的状态、建筑的意匠。

然而，尤其是"舞"，这最高度的韵律、节奏、秩序、理性，同时是最高度的生命、旋动、力、热情，它不仅是一切艺术表现的究竟状态，且是宇宙创化过程的象征。艺术家在这时失落自己于造化的核心，沉冥入神，"穷元妙于意表，合神变乎天机"（唐代人批评家张彦远论画语）。"是有真宰，与之浮沉"（司空图《诗品》语），从深不可测的玄冥的体验中升化而出，行神如空，行气如虹。在这时只有"舞"，这最紧密的律法和最热烈的旋动，能使这深不可测的玄冥的境界具象化、肉身化。

在这舞中，严谨如建筑的秩序流动而为音乐，浩荡奔驰的生命收敛而为韵律。艺术表演着宇宙的创化。所以唐代大书家张旭见公孙大娘剑器舞而悟笔法，大画家吴道子请裴将军舞剑以助壮气说："庶因猛厉以通幽冥！"郭若虚①的《图画见闻志》上说：

唐开元中，将军裴旻居丧，诣吴道子，请于东都天宫寺画神鬼②数壁，以资冥助。道子答曰："吾画笔久废，若将军有意，为吾缠结，舞剑一曲，庶因猛厉，以通幽冥！"旻于是脱去缞服③，若常时装束，走马如飞，左旋右转，掷剑入云，高数十丈，若电光下射。旻引手执鞘承之，剑透室而入。观者数千

图 7-1　唐 吴道子 送子天王图（局部）

① 郭若虚：宋代书画评论家，生卒年不详。
② 如图 7-1。
③ 缞（cuī）服：丧服。

人，无不惊栗。道子于是援毫图壁，飒然风起，为天下之壮观。道子平生绘事，得意无出于此。

诗人杜甫形容诗的最高境界说：“精微穿溟涬，飞动摧霹雳。”（《夜听许十一诵诗爱而有作》）前句是写沉冥中的探索，透进造化的精微的机缄，后句是指着大气盘旋的创造，具象而成飞舞。深沉的静照是飞动的活力的源泉。反过来说，也只有活跃的具体的生命舞姿、音乐的韵律、艺术的形象，才能使静照中的“道”具象化、肉身化。德国诗人侯德林（Hoerdelin）有两句诗含义极深：

谁沉冥到
那无边际的“深”，
将热爱着
这最生动的“生”。

他这话使我们突然省悟中国哲学境界和艺术境界的特点。中国哲学是就“生命本身”体悟“道”的节奏。“道”具象于生活、礼乐制度。道尤表象于“艺”。灿烂的“艺”赋予“道”以形象和生命，“道”给予“艺”以深度和灵魂。庄子《天地》篇有一段寓言说明只有艺“象罔①”才能获得道真“玄珠”：

黄帝游乎赤水之北，登乎昆仑之丘而南望，还归，遗其玄珠。（司马彪云：玄珠，道真也）使知（理智）索之而不得。使离朱（色也，视觉也）索之而不得。使喫诟②（言辩也）索之而不得也。乃使象罔，象罔得之。黄帝曰：“异哉！象罔乃可以得之乎？”

吕惠卿③注释得好：“象则非无，罔则非有，不皦不昧，玄珠之所以得也。”非无非有，不皦不昧，这正是艺术形象的象征作用。“象”是境相，“罔”是虚幻，艺术家创造虚幻的境相以象征宇宙人生的真际。真理闪耀于艺术形象里，玄珠的砾④于象罔里。歌德曾说：“真理和神性一样，是永不肯让我们直接识知的。我们只能在反光、譬喻、象征里面观照它。”又说：“在璀璨的反光里面我们把握到生命。”生命在他就是宇宙真际。他在《浮士德》里面的诗句：“一切消逝者，只是一象征”，更说明“道”、“真的生命”是寓在一切变灭的形相里。英国诗人勃莱克的一首诗说得好：

---

① 象罔：虚构的人名，喻离形去知无所用心的状态。
② 喫（chī）诟：虚构的人名，喻善辩。
③ 吕惠卿（1032—1111）：北宋宰相，政治改革家。此句出自其著作《庄子义》。
④ 的（dē）砾（lì）：明亮，鲜明。

一花一世界，一沙一天国，

君掌盛无边，刹那含永劫。

这诗（田汉译）和中国宋僧道灿的重阳诗句：“天地一东篱，万古一重九”，都能喻无尽于有限，一切生灭者象征着永恒。

人类这种最高的精神活动，艺术境界与哲理境界，是诞生于一个最自由最充沛的深心的自我。这充沛的自我，真力弥满，万象在旁，掉臂游行，超脱自在，需要空间，供他活动。（参见拙作《中西画法所表现的空间意识》）于是“舞”是它最直接、最具体的自然流露。“舞”是中国一切艺术境界的典型。中国的书法、画法都趋向飞舞。庄严的建筑也有飞檐表现着舞姿。杜甫《观公孙大娘弟子舞剑器行》首段云：

昔有佳人公孙氏，一舞剑器动四方，

观者如山色沮丧，天地为之久低昂……

天地是舞，是诗（诗者天地之心），是音乐（大乐与天地同和）。中国绘画境界的特点建筑在这上面。画家解衣盘礴，面对着一张空白的纸（表象着舞的空间），用飞舞的草情篆意谱出宇宙万形里的音乐和诗境。照相机所摄万物形体的底层在纸上是构成一片黑影。物体轮廓线内的纹理形象模糊不清。山上草树崖石不能生动地表出他们的脉络姿态。只在大雪之后，崖石轮廓林木枝干才能显出它们各自的奕奕精神性格，恍如铺垫了一层空白纸，使万物以嵯峨突兀的线纹呈露它们的绘画状态。所以中国画家爱写雪景（王维），这里是天开图画。

中国画家面对这幅空白，不肯让物的底层黑影填实了物体的“面”，取消了空白，像西洋油画；所以直接地在这一片虚白上挥毫运墨，用各式皱文表出物的生命节奏。（石涛说：“笔之于皴也，开生面也。”）同时借取书法中的草情篆意或隶体表达自己心中的韵律，所绘出的是心灵所直接领悟的物态天趣，造化和心灵的凝合。自由潇洒的笔墨，凭线纹的节奏，色彩的韵律，开径自行，养空而游，蹈光揖影，抟虚成实。

庄子说：“虚室生白。”又说：“唯道集虚。”中国诗词文章里都着重这空中点染，抟虚成实的表现方法，使诗境、词境里面有空间，有荡漾，和中国画面具同样的意境结构。

中国特有的艺术——书法（如图 7-2），尤能传达这空灵动荡的意境。唐张怀瓘在他的《书议》里形容王羲之的用笔说：“一点一画，意态纵横，偃亚①中间，绰有余裕。然字峻秀，类于生动，幽若深远，焕若神明，以不测为量者，书之妙也。”在这里，我们见到书法的妙境通于绘画，虚空中传出动荡，神明里透出幽深，超以象外，得其环中，是中国艺术的一切造境。

---

① 偃亚：低俯下垂貌。

图 7-2　兰亭集序

王船山①在《诗绎》里说：“论画者曰，咫尺有万里之势，一势字宜着眼。若不论势，则缩万里于咫尺，直是《广舆记》前一天下图耳。五言绝句以此为落想时第一义。唯盛唐人能得其妙。如‘君家住何处，妾住在横塘，停船暂借问，或恐是同乡’，墨气所射，四表无穷，无字处皆其意也！”高日甫论画歌曰：“即其笔墨所未到，亦有灵气空中行。”笪重光②说：“虚实相生，无画处皆成妙境。”三人的话都是注意到艺术境界里的虚空要素。中国的诗词、绘画、书法里，表现着同样的意境结构，代表着中国人的宇宙意识。盛唐王、孟派的诗固多空花水月的禅境；北宋人词空中荡漾，绵渺无际；就是南宋词人姜白石的“二十四桥仍在，波心荡冷月无声”，周草窗③的“看画船尽入西泠，闲却半湖春色”，也能以空虚衬托实景，墨气所射，四表无穷。但就它渲染的境象说，还是不及唐人绝句能“无字处皆其意”，更为高绝。中国人对“道”的体验，是“于空寂处见流行，于流行处见空寂”，唯道集虚，体用不二，这构成中国人的生命情调和艺术意境的实相。

王船山又说：“工部（杜甫）之工在即物深致，无细不章。右丞（王维）之妙，在广摄四旁，圜中自显。”又说；“右丞妙手能使在远者近，抟虚成实，则心自旁灵，形自当位。”这话极有意思。“心自旁灵”表现于“墨气所射，四表无穷”，“形自当位”，是“咫尺有万里之势”。“广摄四旁，圜中自显”，“使在远者近，抟虚成实”，这正是大画家大诗人王维创造意境的手法，代表着中国人于空虚中创现生命的流行，絪缊的气韵。

王船山论到诗中意境的创造，还有一段精深微妙的话，使我们领悟“中国艺术意境之诞生”的终极根据。他说：“唯此窅窅摇摇之中，有一切真情在内，可兴可观，可群可怨，是以有取于诗。然因此而诗则又往往缘景缘事，缘以往缘未来，经年苦吟，而不能自道。以追光蹑影之笔，写通天尽人之怀，是诗家正法眼藏。”“以追光蹑影之笔，写通天尽人之怀”，这两句话表出中国艺术的最后的理想和最高的成就。唐、宋人诗词是这样，宋、元人的绘画也是这样。

---

① 王船山：即王夫之（1619—1692），字而农，号姜斋，人称“船山先生”，明末清初思想家。
② 笪（dá）重光（1623—1692）：清朝著名书画家。
③ 周草窗（1232—1298）：名密，字公谨，号草窗，晚宋著名词人。

尤其是在宋、元人的山水花鸟画里，我们具体地欣赏到这“追光蹑影之笔，写通天尽人之怀”。画家所写的自然生命，集中在一片无边的虚白上。空中荡漾着“视之不见、听之不闻、搏之不得”的“道”，老子名之为“夷”“希”“微”。在这一片虚白上幻现的一花一鸟、一树一石、一山一水，都负荷着无限的深意、无边的深情。（画家、诗人对万物一视同仁，往往很远的微小的一草一石，都用工笔画出，或在逸笔撇脱中表出微茫惨淡的意趣）万物浸在光被四表的神的爱中，宁静而深沉。深，像在一和平的梦中，给予观者的感受是一澈透灵魂的安慰和惺惺的微妙的领悟。

中国画的用笔，从空中直落，墨花飞舞，和画上虚白，融成一片，画境恍如“一片云，因日成彩，光不在内，亦不在外，既无轮廓，亦无丝理，可以生无穷之情，而情了无寄”（借王船山评王俭《春诗》绝句语）。中国画的光是动荡着全幅画面的一种形而上的、非写实的宇宙灵气的流行，贯彻中边，往复上下。古绢的黯然而光尤能传达这种神秘的意味。西洋传统的油画填没画底，不留空白，画面上动荡的光和气氛仍是物理的目睹的实质，而中国画上画家用心所在，正在无笔墨处，无笔墨处却是飘渺天倪，化工的境界。（即其笔墨所未到，亦有灵气空中行）这种画面的构造是植根于中国心灵里葱茏絪缊，蓬勃生发的宇宙意识。王船山说得好：“两间之固有者，自然之华，因流动生变而成绮丽，心目之所及，文情赴之，貌其本荣，如所存而显之，即以华奕照耀，动人无际矣！”这不是唐诗宋画给予我们的印象吗？

图 7-3　元 倪瓒 秋林野兴图

中国人爱在山水中设置空亭一所。戴醇士①说：“群山郁苍，群木荟蔚，空亭翼然，吐纳云气。”一座空亭竟成为山川灵气动荡吐纳的交点和山川精神聚积的处所。倪云林②每画山水（如图 7-3），多置空亭，他有“亭下不逢人，夕阳澹秋影”的名句。张宣题倪画《溪亭山色图》诗云：“石滑岩前雨，泉香树杪风，江山无限景，都聚一亭中。”苏东坡《涵虚亭》诗云：“惟有此亭无一物，坐观万景得天全。”唯道集虚，中国建筑也表现着中国人的宇宙意识。

空寂中生气流行，鸢飞鱼跃，是中国人艺术心灵与宇宙意象“两镜相入”互摄互映的华严境界。倪云林诗云：

① 戴醇士（1801—1860）：名熙，字醇士，号榆庵，钱塘（今浙江杭州）人，清代画家。

② 倪云林（1301—1374）：名瓒，初名倪珽，字泰宇，别字元镇，号云林子、荆蛮民、幻霞子，江苏无锡人，元末明初画家、诗人。

兰生幽谷中，倒影还自照。
无人作妍媛，春风发微笑。

希腊神话里水仙之神（Narciss）临水自鉴，眷恋着自己的仙姿，无限相思，憔悴以死。中国的兰生幽谷，倒影自照，孤芳自赏，虽感空寂，却有春风微笑相伴，一呼一吸，宇宙息息相关，悦怿风神，悠然自足。（中西精神的差别相）

艺术的境界，既使心灵和宇宙净化，又使心灵和宇宙深化，使人在超脱的胸襟里体味到宇宙的深境。

唐朝诗人常建的《江上琴兴》一诗最能写出艺术（琴声）这净化深化的作用：

江上调玉琴，一弦清一心。
泠泠七弦遍，万木澄幽阴。
能使江月白，又令江水深。
始知梧桐枝，可以徽黄金。

中国文艺里意境高超莹洁而具有壮阔幽深的宇宙意识生命情调的作品也不可多见。我们可以举出宋人张于湖的一首词来，他的念奴娇《过洞庭湖》词云：

洞庭青草，近中秋，更无一点风色。玉界琼田三万顷，著我片舟一叶。素月分晖，明河共影，表里俱澄澈。悠悠心会，妙处难与君说。

应念岭表经年，孤光自照，肝胆皆冰雪。短发萧疏襟袖冷，稳泛沧溟空阔。吸尽西江，细斟北斗，万象为宾客。（对空间之超脱）叩舷独啸，不知今夕何夕！（对时间之超脱）

这真是“雪涤凡响，棣通太音，万尘息吹，一真孤露”。笔者自己也曾写过一首小诗，希望能传达中国心灵的宇宙情调，不揣陋劣，附在这里，借供参证：

飙风天际来，绿压群峰暝。
云罅漏夕晖，光写一川冷。
悠悠白鹭飞，淡淡孤霞迥。
系缆月华生，万象浴清影。

（《柏溪夏晚归棹》）

艺术的意境有它的深度、高度、阔度。杜甫诗的高、大、深，俱不可及。“吐弃到人所不能吐弃为高，含茹到人所不能含茹为大，曲折到人所不能曲折为深。”（刘熙载评杜甫诗语）叶梦得《石林诗话》里也说：“禅家有三种语，老杜诗亦然。如波漂菰米沉云黑，露冷莲房坠粉红，为函盖乾坤语。落花游丝白日静，鸣鸠乳燕青春深，为随波逐浪语。百年地僻柴门迥，五月江深草阁寒，为截断众流语。”函盖乾坤是大，随波逐浪是深，截断众流是高。李太白的诗也具有这高、深、大。但太白的情调较偏向于宇宙境象的大和高。太白登华山落雁峰，说：“此山最高，呼吸之气，想通帝座，恨不携谢朓惊人句来，搔首问青天耳！”（唐语林）杜甫则“直取性情真”（杜甫诗句），他更能以深情掘发人性的深度，他具有但丁的沉着的热情和歌德的具体表现力。

李、杜境界的高、深、大，王维的静远空灵，都植根于一个活跃的、至动而有韵律的心灵。承继这心灵，是我们深衷的喜悦。

选自宗白华著：《美学散步》，上海人民出版社2015年版。

阅读提示：

意境是宗白华美学思想的核心。他的意境研究不仅使“意境”在理论上成了中国现代美学、文艺学的一个基本范畴，也使其成为现代中国文艺批评实践中使用频率很高的一个概念。《中国艺术意境之诞生》是宗白华最重要的美学论文之一。除引言外，全文共五部分。从引言到第四部分着重阐释了艺术意境的意义、意境与山水、意境创造与人格涵养、禅境的表现等问题。宗白华认为，中国艺术是中国文化史的核心，也是对世界贡献最大的部分，而意境则是中国艺术的精髓。艺术意境主于美，是情与景、艺术家主观生命情调与客观自然景象交融互渗而生的灵境。艺术意境的创构，是使客观景物作主观情思的象征。之所以能如此是因为山水与艺术家的心灵都映现着宇宙精神，意境的创构过程乃是天人合一的过程。营造微妙的艺术境界，有赖于艺术家平素的精神涵养；不能刻意写实，须凭胸臆创构。艺术意境是三个层次渐深的创构：由直观感相的摹写、活跃生命的传达，再到最高灵境的启示，其理想境界合于禅境，即能使人在丰满的色相中领悟生命本源。

本文所选为第五部分，即最后一部分，这部分重点阐释了中国艺术意境结构的特点。艺术意境是“道”与“艺”的完美融合。首先，艺术家要能领悟天地境界——也就是“道”，才能创造出意境美。其次，艺术家要创造出有机谐和的艺术形式，才能呈现“道”。在这方面，“舞”是中国一切艺术境界的典型，中国的书法、画法都趋向飞舞，即使庄严的建筑也表现着舞姿。再次，中国艺术追求以象呈道，以有限寓无限（即“以追光蹑影之笔，写通天尽人之怀”），所以着重抟虚成实的表现方法，使“虚实相生，无画处皆成妙境”。最后，艺术意境有其深度、高度、阔度，能使人的心灵得到净化和深化。

这是一篇讨论中国艺术美感的论文，同时也极具作者所倡导的那种“鸢飞鱼跃，活泼玲珑，渊然而深”的美。它不以细密严谨的逻辑推演取胜，而是用直觉感悟的方式阐发深奥的美学问题。文章以渊博的学识为涵养，随意取用古今中外，尤其是中国古代文学艺术的素材，充满澄明的感悟和诗意的阐发，读来令人“宛觉烟云之中有无限的丘壑在焉，确有一种‘丘壑美’”（王德胜）。

思考与练习：

“空白”对于中国艺术的意义是什么？结合中国古代经典艺术作品谈一谈你的理解。

“月朦胧，鸟朦胧，帘卷海棠红”[①]

朱自清[②]

这是一张尺多宽的小小的横幅，马孟容[③]君画的。上方的左角，斜着一卷绿色的帘子，稀疏而长；当纸的直处三分之一，横处三分之二。帘子中央，着一黄色的，茶壶嘴似的钩儿——就是所谓软金钩么？“钩弯”垂着双穗，石青色；丝缕微乱，若小曳于清风中。纸右一圆月，淡淡的青光遍满纸上；月的纯净，柔软与平和，如一张睡美人的脸。从帘的上端向右斜伸而下，是一枝交缠的海棠花。花叶扶疏，上下错落着，共有五丛；或散或密，都玲珑有致。叶嫩绿色，仿佛掐得出水似的；在月光中掩映着，微微有浅深之别。花正盛开，红艳欲流；黄色的雄蕊历历的，闪闪的。衬托在丛绿之间，格外觉着妖娆了。枝欹斜而腾挪[④]，如少女的一只臂膊。枝上歇着一对黑色的八哥，背着月光，向着帘里。一只歇得高些，小小的眼儿半睁半闭的，似乎在入梦之前，还有所留恋似的。那低些的一只别过脸来对着这一只，已缩着颈儿睡了。帘下是空空的，不着一些痕迹。

试想在圆月朦胧之夜，海棠是这样的妩媚而嫣润[⑤]；枝头的好鸟为什么却双栖而各梦呢？在这夜深人静的当儿，那高踞着的一只八哥儿，又为何尽撑着眼皮儿不肯睡去呢？他到底等什么来着？舍不得那淡淡的月儿么？舍不得那疏疏的帘儿么？不，不，不，您得到帘下去找，您得向帘中去找——您该找着那卷帘人了？他的情韵风怀，原是这样这样的哟！朦胧的岂独月呢；岂独鸟呢？但是，咫尺天涯，教我如何耐得？我拼着千呼万唤；你能够出来么？

这页画布局那样经济，设色那样柔活，故精彩足以动人。虽是区区尺幅，而情韵之厚，已足沦肌浃髓[⑥]而有余。我看了这画，瞿然[⑦]而惊；留恋之怀，不能自已。故将所感受的印象细细写出，以志这一段因缘。但我于中西的画都是门外汉，所说的话不免为内行

---

① 本文为散文《温州的踪迹》中的一篇。

② 朱自清（1898—1948）：原名自华，字佩弦，原籍浙江绍兴，生于江苏东海，后随父定居扬州。中国现代散文家、诗人、学者、民主战士。

③ 马孟容（1892—1932）：中国现代国画家，是朱自清在温州十中的同事和挚友。

④ 欹（qī）斜而腾挪：斜向一边伸展开去。欹：倾斜，歪向一边。

⑤ 嫣润：美好而滋润。

⑥ 沦肌浃（jiā）髓：浸透了肌肉和骨髓，比喻感受很深刻。

⑦ 瞿（jù）然：惊动的样子。这里形容情感受到了画的震动。

所笑。——那也只好由他了。

1924年2月1日，温州作。

选自朱乔森编：《朱自清全集》第1卷，江苏教育出版社1988年版。

阅读提示：

本文是一篇赏画散文，不过几百字，却写得玲珑剔透，其生动优美，不亚于画作本身。

先是解画。由上而下，由左至右，帘、钩、穗、月、海棠花、八哥，一一描述；位置、颜色、形状、状态、疏密、浓淡，各各不同。对画中意象，或淡淡点染，或细细描摹，虽用语简约，却写出不同风致，静谧中有意趣，简约中有余味。再是品意。由月的朦胧、花的嫣润、鸟的独醒竟写到画中不见却分明就在的“卷帘人”，好像那画上有的都是为了表现那没有的。于是，一种莫名的怅惘由那未见的“卷帘人”生发出来——而这显然是作者将自我的想象和感怀赋予了画意！最后再论画之布局、设色、情韵，以及自己赏画感到的震撼与留恋。作者虽谦称自己是“门外汉”，却再次凸显这幅小画的艺术魅力。

全文层层递进，用语极尽轻柔雅致。文中还多用比喻、拟人等修辞手法，再加上富有创造性的联想和想象，使得文章本身即如一幅色彩淡雅又生机灵动、韵味无穷的画。

思考与练习：

分析一下本文是从哪几个方面赏析这幅小画的？并模仿本文笔触赏析一幅你喜欢的画。

水墨文字

冯骥才①

一

兀自飞行的鸟儿常常会令我感动。

在绵绵细雨中的峨眉山谷，我看见过一只黑色的孤鸟。它用力扇动着又湿又沉的翅

① 冯骥才（1942—）：原籍浙江宁波，生于天津。中国当代作家、画家、社会活动家。代表作有小说《雕花烟斗》《神鞭》，散文集《珍珠鸟》等。

膀，拨开浓重的雨雾和叠积的烟霭，艰难却直线地飞行着。我想，它这样飞，一定有着非同寻常的目的。它是一只迟归的鸟儿？迷途的鸟儿？它为了保护巢中的雏鸟还是寻觅丢失的伙伴？它扇动的翅膀，缓慢、有力、富于节奏，好像慢镜头里的飞鸟。它身体疲惫而内心顽强。它像一个昂扬而闪亮的音符在低调的旋律中穿行。

我心里忽然涌出一些片段的感觉，一种类似的感觉；那种身体劳顿不堪而内心的火犹然熊熊不息的感觉。

后来我把这只鸟，画在我的一幅画中。

所以我说，绘画是借用最自然的事物来表达最人为的内涵。这也正是文人画的首要的本性。

二

画又是画家作画时的心电图。画中的线全是一种心迹。因为，唯有线条才是直抒胸臆的。

心有柔情，线则缠绵；心有怒气，线也发狂。心境如水时，一条线从笔尖轻轻吐出，如茧吐丝。又如一串清幽的音色流出短笛。可是你有情勃发，似风骤至，不用你去想怎样运腕操笔，一时间，线条里的情感、力度、乃至速度全发生了变化。

为此，我最爱画树画枝。

在画家眼里树枝全是线条；在文人眼里，树枝无不带着情感。

树枝千姿万态，皆能依情而变。树枝可仰，可俯，可疏，可繁，可争，可倚；唯此，它或轩昂，或忧郁，或激奋，或适然，或坚韧，或依恋……我画一大片木叶凋零而倾倒于泥泞中的树木时，竟然落下泪来。而每一笔斜拖而下的长长的线，都是这种伤感的一次宣泄与加深。以致我竟不知最初缘何动笔。

至于画中的树，我常常把它们当做一个个人物。它们或是一大片肃然站在那里，庄重而阴沉，气势逼人；或是七零八落，有姿有态，各不相同，带着各自不同的心情。有一次，我从画面的森林中发现一棵婆娑而轻盈的小白桦树。它娇小，宁静，含蓄；那叶子稀少的树冠是薄薄的衣衫。作画时我并没有着意地刻画它。但此时，它仿佛从森林中走出来了。我忽然很想把一直藏在心里的一个少女写出来。

三

绘画如同文学一样，作品完成后往往与最初的想象全然不同。作品只是创作过程的结果。而这个过程却充满快感，其乐无穷。这快感包括抒发、宣泄、发现、深化与升华。

绘画比起文学具有更多的变数。因为，吸水性极强的宣纸与含着或浓或淡水墨的毛笔接触时，充满了意外与偶然。它在控制之中显露光彩，在控制之外却会现出神奇。在笔锋扫过之地方，本应该浮现出一片沉睡在晨雾中的远滩，可是感觉上却像阳光下摇曳的亮闪闪的荻花，或是一抹在空中散步的闲云？有时笔中的水墨过多过浓，天下的云向下流散，压向大地山川，慢慢地将山顶峰尖黑压压地吞没。它叫我感受到，这是天空对大地惊人的爱！但在动笔之前，并无如此的想象。到底是什么，把我们曾经有过的感受唤起与激发？

是绘画的偶然性。

然而，绘画的偶然必须与我们的心灵碰撞才会转化为一种独特的画面。

绘画过程中总是充满了不断的偶然，忽而出现，忽而消失。就像我们写作中那些想象的明灭，都是一种偶然。感受这种偶然是我们的心灵。将这种偶然变为必然的，是我们敏感又敏锐的心灵。

因为我们是写作人。我们有着过于敏感的内心。我们的心还积攒着庞杂无穷的人生感受。我们无意中的记忆远远多于有意的记忆。我们深藏心中人生的积累永远大于写在稿纸上的有限的素材。但这些记忆无形地拥满心中，日积月累，重重叠叠，谁知道哪一片意外形态的水墨，会勾出一串曾经牵肠挂肚的昨天？

然而，一旦我们捕捉到一个千载难逢的偶然，绘画的工作就是抓住它不放，将它定格。然后去确定它、加强它、深化它。一句话：

艺术就是将瞬间化为永恒。

四

纯画家的作画对象是他人；文人（也就是写作人）作画对象主要是自己。面对自己和满足自己。写作人作画首先是一种自言自语；自我陶醉和自我感动。

因此，写作人的绘画追求精神与情感的感染力；纯画家的绘画崇尚视觉与审美的冲击力。

纯画家追求技术效果和形式感，写作人则把绘画作为一种心灵工具。

五

一阵急雨沙沙有声落在纸上。那是我洒落在纸上的水墨。江中的小舟很快就被这阵濛濛雨雾所遮翳。只有桅杆似隐似现。不能叫这雨过密过紧，吞没一切。于是，一支蘸足清水的羊毫大笔挥去，如一阵风，掀起雨幕的一角，将另一只扁舟清晰地显露出来，连那个头顶竹笠、伫立船头的艄公也看得分外真切。一种混沌中片刻的清明，昏沉里瞬息的清醒。可是，跟着我又将一阵急雨似淋漓的水墨洒落纸上，将这扁舟的船尾遮蔽起来，只留下这瞬息显现的船头与艄公。

我作画的过程就像我上边文字所叙述的过程。我追求这个过程的一切最终全都保留在画面上，并在画面上能够体验到，这就是可叙述性。

写作的叙述是线性的，过程性的，一字一句，不断加入细节，逐步深化。

这里，我的《树后边是太阳》正是这样：大雪后的山野一片洁白，绝无人迹。如果没有阳光，一定寒冽又寂寥。然而，太阳并非没有隐遁，它就在树林的后边。虽然看不见它灿烂夺目的本身，但它无比强烈的光芒却穿过树干与枝桠，照射过来，巨大的树影无际无涯地展开，一下子铺满了辽阔的雪原。

于是，一种文学性质需要说明白。就是我这里所说的叙述性。它不属于诗，而属于散文。那么绘画的可叙述也就是绘画的散文化。

六

最能寄情寓意的是大自然的事物。

比如前边所说树枝的线条可以直接抒发情绪。

再比如，这种种情绪还可以注入流水。无论它激扬、倾泻、奔流，还是流淌、潺缓、波澜不惊，全是一时的心绪。一泻万里如同浩荡的胸襟；骤然的狂波好似突变的心境；细碎的涟漪中夹杂着多少放不下的愁思？

至于光。它能使一切事物变得充满生命感。哪怕是逆光中的炊烟。一切逆光的树叶都胜于艳丽的花。这原因，恐怕还是因为一切生命都受惠于太阳。生命的一切物质含着阳光的因子。比如我们迎着太阳闭上眼，便会发现被太阳照透的眼皮里那种血色，通红透明，其美无比。

还有秋天的事物。一年四季里，唯有秋天是写不尽也画不尽的。春之萌动与锐气，夏之蓬勃与繁华，冬之萧瑟与寂寥，其实也都包括在秋天里。秋天的前一半衔接着夏天，后一半融入冬天。它本身又是大自然最丰饶的成熟期。故此，秋的本质是矛盾又斑斓，无望与超逸，繁华而短促，伤感而自足。

写作人的心境总是百感交集的。比起单纯的情境，他们一定更喜欢唯秋天才有的萧疏的静寂，温柔的激荡，甜蜜的忧伤，以及放达又优美的苦涩。

能够把一切人生的苦楚都化为一种美的只有艺术。

在秋天里，我喜欢芦花。这种在荒滩野水中开放的花，是大自然开得最迟的野花。它银白色的花有如人老了的白发。它象征着大自然一轮生命的衰老吗？如果没有染发剂，人间一定处处皆芦花。它生在细细的苇秆的上端，在日渐寒冽的风里不停地摇曳。然而，从来没有一根芦苇荻花是被寒风吹倒吹落的！还有，在漫长的夏天里，它从不开花。任凭人们漠视它，把它只当作大自然的芸芸众生，当作水边普普通通的野草。它却不在乎人们怎么看它，一直要等到百木凋零的深秋，才喷放出那穗样的毛茸茸的花来。没有任何花朵与它争艳。不，本来它的天性就是与世无争的。它无限的轻柔，也无限的洒脱。虽然它不停在风中摇动，但每一个姿态都自在，随意，绝不矫情，也不搔首弄姿。尤其在阳光的照耀下，它那么夺目和圣洁！我敢说，没有一种花能比它更飘洒、自由、多情，以及这般极致的美！也没有一种花比它更坚韧与顽强。它从不取悦于人，也从不凋谢摧折。直到河水封冻，它依然挺立在荒野上。它最终是被寒风一点点撕碎的。

在这永无定态的花穗与飘逸自由的茎叶中，我能获得多少人生的启示与人生的共鸣？

七

绘画的语言是可视的。

绘画的语言有两种。一是形式的，一是技术的。中国人叫做笔墨；现代人叫做水墨。

我更看重笔墨这种语言。

笔作用于纸，无论轻重缓疾；墨作用于纸，无论浓淡湿枯——都是心情使然。

笔的老辣是心灵的枯涩，墨的溶化是情感的舒展；笔的轻淡是一种怀想，墨的浓重是一种撞击。故此，再好的肌理美如果不能碰响心里事物，我也会将它拒之于画外。

文学表达含混的事物，需要准确与清晰的语言；绘画表达含混的事物，却需要同样含混的笔墨。含混是一种视觉美，也是我们常在的一种心境。它暧昧、未明、无尽、嗫嚅①、富于想象。如果写作人作画，便一定会醉心般地身陷其中。

八

我习惯写散文时，放一些与文章同种气质的音乐做背景。

那天，我在写一只搁浅于湖边的弃船在苦苦期待着潮汐。忽然，耳边听到潮汐之声骤起。当然这是音乐之声。是拉赫马尼诺夫②的音乐吧！我看到一排排长长的深色的潮水迎面而来。它们卷着雪白的浪花，来自天边，其速何疾！一排涌过，又一排上来。向着搁浅的小船愈来愈近。雨点般的水点溅在干枯的船板上，扬起的浪头像伸过来的透明而急切的手。音乐的旋律一层层如潮地拍打在我的心上。我紧张地捏着笔杆，心里激动不已，却不知该怎么写。

突然，我一推书桌，去到画室。我知道现在绘画已经是我最好的方式了。

我把白宣纸像月光一样铺在画案上，满满地刷上清水。然后，用一枝水墨大笔来回几笔，墨色神奇地洇开，顿时乌云满纸。跟着大笔落入水盂，笔中的余墨在盂中的清水里像烟一样地散开。我将一笔极淡的花青又窄又长地抹上去，让阴云之间留下一隙天空。随即另操起一支兼毫的长锋，重墨枯笔，捻动笔管，在乌云压迫下画出一排排翻滚而来的潮

---

① 嗫嚅（niè rú）：想说而又吞吞吐吐不敢说出来。

② 拉赫马尼诺夫（1873—1943）：俄国著名作曲家、钢琴家、指挥家。

汐……笔中的水墨不时飞溅到桌上手背上；笔杆碰在盆子碟子上叮当有声。我已经进入绘画之中了。

待我画完这幅《久待》，面对画面，尚觉满意。但总觉还有什么东西深藏画中。沉默的图画是无法把这东西“说”出来的。我着意地去想，不觉拿起钢笔，顺手把一句话写在稿纸上：

“人生的大部分时间就像钓者那样守着一种美丽的空望。”

跟着，我就写了下去：

“期望没有句号。”

“美好的人生是始终坚守着最初的理想。”

“真正的爱情是始终恪守着最初的誓言。”

“爱比被爱幸福。”

于是，我又返回到文学中来。

我经常往返在文学与绘画之间，然而这是一种甜蜜的往返。

选自冯骥才著：《冯骥才散文》，人民文学出版社 2005 年版。

阅读提示：

以小说、散文知名的冯骥才，也是独具风格的画家。他的画“不专事技巧的讲求”，强调对“意”的表现和意境的创造，被称为“现代文人画”。他的这篇散文，正阐释了他绘画的心迹和奥秘，展现了他的绘画与文学共通的脉搏。

冯骥才是一个对自然、对人生都饱含深情的艺术家。他总能在自然景物中体味出生命的故事，从而产生创作的冲动。对他来说，绘画、写作是相通的。在他的绘画中，每一个线条，每一根树枝，每一条流水，每一抹光，每一笔墨色，每一种事物，每一幅构图，无不寄寓着自己的情思和人生的感悟；而写作人敏感的内心能帮助他捕捉绘画过程中稍纵即逝的瞬间，并将其定格为永恒。音乐常常是他沟通绘画与写作的桥梁：在背景音乐的作用下，写作时浮现的画面和涌起的感情激发出绘画的冲动，而绘画中难明的心境再借文字倾吐出来，就这样，作者在文学和绘画间做着甜蜜的往返。他的绘画和文学也是互相成就的，文学因绘画而多姿，绘画因文学而深刻。

此文不仅是文解画意，更是文中有画，文画相融。读过此文，我们更感觉到，文学、绘画、音乐——所有的艺术，无不奠基于多感的心灵和饱满的情思之上。

思考与练习：

人们常说“真实是艺术的生命”，结合本文，谈谈你是如何理解这句话的？

圣母院[①]（节选）

维克多·雨果[②]

图 7-4　巴黎圣母院

自不待言，巴黎圣母院（如图 7-4）至今仍不失为巍峨壮美的建筑。然而，尽管她年事已高却风韵不减，但是目睹时光和人公然藐视奠定第一块基石的查理大帝[③]，藐视放上最后一块石材的菲利普·奥古斯都[④]，从两方面肆意毁损和肢解这座古老的丰碑，我们怎能不痛心疾首、义愤填膺？

在我国教堂的年迈王后的脸上，每一条皱纹都伴随一道伤痕。“时光贪婪，人更贪婪。”这句拉丁文我想释为：时光盲目，人则愚昧。

我们若是有闲暇，同读者一道拜谒这座古老教堂，一一察视她所受创伤的种种痕迹，就不难发现时间的破坏还算小的，最恶劣的是人为破坏，尤其是艺术家的破坏。我不能不称其为“艺术家”，因为近两百年来，那些人取得了建筑艺术家的称号。

这里只能举几个最突出的例子，当然首先要谈谈圣母院的门脸儿，建筑史上再也没有比这更为绚丽的篇章了。从正面望去，只见三座并排的尖顶拱门，上面有一层锯齿状雕花飞檐，一溜儿排着二十八尊列王塑像的神龛，飞檐上居中是花棂的巨型圆窗，左右护拥着两扇侧窗，好像祭师身边的两名助手：执事和副执事。再往上看，便是那亭亭玉立的修长的三叶形拱廊，那一根根纤细的圆柱支撑着沉重的平台，还有那赫然矗立，带有青石瓦披檐的两座黑沉沉的钟楼。纵观整个门脸儿，雄伟的五个层次，上下重叠，在恢弘的整体中布局和谐，一齐展现在眼前，又丝毫不给人以紊乱之感，甚至那难以计数的细部，诸如雕塑、浮雕、镂刻，无不强有力地凝聚在宁静而伟大的整体上。可以说这是石头谱成的波澜壮阔的交响乐，是一个人和一个民族的硕大无朋的作品，整个儿既浑然一体，又繁复庞杂，如同她的姊妹《伊利亚特》[⑤]和《罗曼司罗》[⑥]。这也是一个时代所有力量凝结的神奇产物，每一块石头都千姿百态，鲜明地显示由艺术天才所统摄的工匠的奇思异想。一言

---

① 本文节选自《巴黎圣母院》第三卷。

② 维克多·雨果（1802—1885）：法国浪漫主义文学运动的领袖，法国文学史上最有才华的作家之一。他的创作反映了 19 世纪法国的重大历史进程和文学进程。代表作有《巴黎圣母院》《悲惨世界》等。

③ 查理大帝（742—814）：又称“查理曼”，西欧中世纪初期最强大的统治者，被称为“欧洲之父”。

④ 菲利普·奥古斯都（1165—1223）：即法国国王腓力二世·奥古斯都，1180 年至 1223 年在位。

⑤ 《伊利亚特》：相传为盲诗人荷马所作的史诗。

⑥ 《罗曼司罗》：古西班牙民间史诗。

以蔽之，这是人的创造，伟壮而丰赡，赛似神的创造，似乎窃来神的创造的双重物质：繁丰和永恒。

我们对这座建筑门面的描述，同样适用于整座教堂；我们对巴黎这座大教堂的描述，也同样适用于中世纪基督教的所有教堂。一切都容含在这源于自身、逻辑严谨而又比例匀称的艺术之中。量一量足趾，也就等于量了巨人的全身。

扯回话题，还是谈圣母院的正面，如今我们去虔诚地瞻仰这座庄严雄伟的大教堂；所见的正面仍然是这个样子。这座大教堂令人敬畏，正如她的编年史家所称：庞然大物，见者无不震悚。

如今我们见到的这个门面，已经少了三件重要东西。首先是以往将其抬离地面的十一级台阶；其次是三座拱门上的神龛里的雕像，这是下层一排；上层还有一排，即法国更久远的二十八尊国王雕像，陈列在二楼的走廊上，从希德贝尔起始，直到手执“皇杖”的菲利普·奥古斯都。

石阶，是时间令其消失的，这是一个不可抗拒的缓慢进展过程，老城的地表升高了。时间推动巴黎地表这片上涨的潮水，逐一吞没了使这座建筑显得更雄伟高大的十一级台阶，然而对于这座大教堂，它给予的恐怕要多于它所取走的，因为文物年资愈古愈美，正是时间给这座教堂表面染上数百年沉滞的幽暗色泽。

然而，是谁拆除了那两排雕像？是谁留下空空的神龛？是谁在中央拱门的正中，新凿制了一个不三不四的尖拱？又是谁这么胆大妄为，就在毕斯科奈特的阿拉伯式雕花旁边，安装了路易十五式雕刻图案讨厌而笨重的木头门框？那是人，是建筑师——当代的艺术家。

再者，我们若是走进教堂看看，又是谁推倒了圣克里斯托弗的巨像？那可是天下雕像中的佼佼者，正如天下大厅莫过于司法宫大堂，天下钟楼莫过于斯特拉斯堡①的尖塔一样。在前后殿堂的各个圆柱之间，曾经布列无数的雕像：有跪下的、站立的、骑马的；有男人、女人、儿童；有国王、主教、骑卫；有石头雕的、大理石雕的；还有金的、银的、铜的，甚至蜡做的。那么多雕像，是谁粗暴地一扫而光？不是时间。

中世纪艺术的遭遇，在各国大抵如此，在法国尤甚。看它的废墟，能辨识出三种破坏，都不同程度地深深损害了这种艺术：一是时间，它在不知不觉中，随处弄出豁口裂缝，剥蚀这种艺术的表面；二是政治和宗教革命，它们从本质上说是盲目而狂暴的，凶猛地冲击中世纪艺术，撕破它那饰满雕塑和镂刻的丰艳的装束，打碎它那花棂彩绘圆窗，摧毁它那花案浮雕像的装饰项链，还因为讨厌教士帽或王冠，就把雕像扫荡出去；三是时髦，式样越出越怪诞、越愚蠢，从“文艺复兴”的杂乱无章、崇尚华丽的各种流弊开始，

① 斯特拉斯堡：法国东部城市，有著名的哥特式大教堂。

陈陈相因，势必导致建筑艺术的没落。时髦风尚比革命具有更大的破坏性，总是阉割要害部分，打击建筑艺术的骨架，不断地切削、砍凿、拆卸，从形式到象征，从内在逻辑到外观美，整个儿宰杀这座大厦。况且时尚多变，往往推倒重来，其践踏程度，是时间和革命所望尘莫及的。

时间和革命的破坏，至少光明正大，不失为公正。继之而来的学院派建筑师都是经过特许，宣誓就职的，他们蜂拥扑向这种艺术，但是趣味低下，不辨妍媸，把路易十五时期的菊苣饰纹当作巴特农神的最大光轮，取代哥特式的花边饰带，不啻对垂死的雄狮猛踢一驴蹄子，又好比老橡树，枝叶本已凋零，更哪堪害虫滋生，被啃啮蛀食，咬得体无完肤。

抚今追昔，感慨万千。遥想当年，罗贝尔·色纳利曾盛赞巴黎圣母院，比之为以弗所的著名的狄安娜神庙①，并认为这座高卢大教堂，“无论从长度、宽度、高度和结构上看，都要胜过一筹！”②

不过，巴黎圣母院绝不是一个完备的、定型并能归类的建筑。它不再是罗曼式③教堂，但也不是哥特式教堂。这座建筑不是个典型。巴黎圣母院不同于图尔尼教堂④。那座古教堂幅宽敦实而厚重，拱顶浑圆而开阔，就像所有采用半圆拱腹的建筑那样，冷冰冰而毫无装饰，朴实无华而又十分庄严。圣母院也不同于布尔日大教堂⑤：布尔日大教堂是尖拱穹隆的产物，既华丽又轻灵，既多姿又丰茂，既繁衍又花繁。同样，也不可能把圣母院归入古老教堂的家族：那些教堂幽暗、神秘、低矮，仿佛被半圆拱腹压垮了，除了拱顶之外，几乎完全是埃及风格的，象形文字式的，完全用于祭祀，无不具有象征意味。装饰上，菱形锯齿形多于花卉图案，花卉图案多于动物图形，而动物图形又多于人像。那些教堂，与其说是建筑师的设计，不如说是主教的作品。那是建筑艺术的最早变异，处处打着宗教和军国主义的烙印，显示从“后帝国”到征服者纪尧姆⑥那个时期的特点。我们的圣母院也不能纳入另一类教堂的家族：那类教堂高逸、空灵，装饰大量的彩绘玻璃和雕塑，整个建筑形体尖峭，姿态放纵，从政治角度看，象征村社和市民，作为文艺作品，则显得自由、随意而奔放。那是建筑艺术的第二次变异，始于十字军归来，到路易十一时期为止，那不再是象形文字式的，也不再是固定不变并仅仅用于祭祀，而是艺术的、进步的、

---

① 狄安娜神庙：古罗马神话中月亮女神狄安娜的神庙，因狄安娜在古希腊神话中称阿尔忒弥斯，神庙也称阿尔忒弥斯神庙。位于古希腊时期小亚细亚最大城市以弗所（今土耳其爱奥尼亚海滨），是世界七大奇观之一。建于公元前550年，后经两次被毁和重建，如今只剩下一根柱子。

② 《高卢史》第二卷第三篇，一三〇对开本第一页。——雨果原注

③ 罗曼式：欧洲中世纪一种以半圆拱为特征的建筑风格，也称为罗马式、罗马风，多见于修道院和教堂。后为12世纪兴起的哥特式所取代。

④ 图尔尼教堂：位于法国索恩－卢瓦尔省，属于罗曼式建筑。

⑤ 布尔日大教堂：位于法国巴黎南部的谢尔省布尔日市。始建于1195年，1992年被联合国教科文组织列入世界遗产名录。

⑥ 纪尧姆（1027—1087）：原为法国诺曼底公爵，1066年击败英国国王哈罗德二世，成为英国国王。

为民众所喜爱的建筑了。巴黎圣母院既不属于第一类纯种罗马式教堂，也不属于第二类纯种阿拉伯式教堂。

她是过渡时期的一种建筑，当初开始建造大殿时，撒克逊建筑师刚刚竖起第一批柱子，十字军带回来的尖拱式样，就以征服者的姿态出现，登上原本只用来支撑半圆拱腹的罗曼式宽大斗拱。尖拱一跃而为主宰，构成这座大教堂的其余部位。不过，这种式样毕竟还嫩了点，初登宝座，难免有些胆怯，有时放开手脚，有时又收敛拘谨，只是到后来才大有作为，在许许多多出色的大教堂上化为利剑长矛，直刺天空，而眼下在圣母院，还未得施展，大概是受到身边粗壮的罗曼式圆柱的影响吧。

尽管如此，从罗曼式到哥特式过渡的这类建筑，同纯粹的式样一样珍贵，一样值得研究。没有这类建筑，它们所表现的艺术格调就会失传。这种格调就是在半圆拱腹上嫁接尖拱式样。

巴黎圣母院正是这种变异下的一个弥足珍贵的样品。这座令人景仰的丰碑，每个侧面、每块石头，都不仅是我国历史的一页，而且是科学和艺术史的一页。我们这里不妨只举出主要几点来谈：例如，小红门造型之精美，几乎达到 15 世纪哥特建筑艺术的顶点，而大殿的圆柱，以其粗壮和凝重，又把我们带回到圣日耳曼草地修道院的加洛林时代。小红门和大殿圆柱之间，恐怕相距有六百年。就连炼金术士也能从那种大拱门的象征中，满意地找到炼金术的要点……这一中枢教堂，母体教堂，在巴黎所有古老教堂中，是集万形于一身的神奇之体：头颅、四肢、腰身，都分属不同的教堂，从所有教堂都取来一点儿东西。

我们重复一遍，对这种混合型的建构，艺术家、古物学家和历史学家仍有浓厚的兴趣。这种建构使人们感到，建筑艺术是多么原始的东西，它像巨人①时代的遗迹，像埃及金字塔和印度高大的佛塔那样，表明建筑艺术最伟大的作品，主要不是个人的创造，而是社会的创造，主要不是天才人物的灵感，而是民众劳动的成果；最伟大的建筑，是民族留下的财富，是世世代代的积淀，是人类社会不断升华的结晶，总而言之，这是相叠的生成层。时间的每一浪潮都覆上一片冲积，每一种族都为大厦增添自己的一层，每个人都奉献一砖一石。这是海狸所为，蜜蜂所为，也是人类所为。巴别塔，建筑艺术的伟大象征，就是一座蜂房。

伟大的建筑，如同高山一样，是多少世纪的产物。艺术发生变化，而建筑物往往还在停滞：中断的工程处于停滞状态；建筑随着变化的艺术平静地继续。新艺术碰到建筑物，就会抓住不放，钻进去，消化吸收，再随心所欲地发展它，并且尽量把它塑造成型。整个过程遵循平稳的自然法则，既无骚动，又不费力，不待引起反应就完成了。这是一种意外

---

① 巨人：指古希腊传说中的库克罗普斯人，迈锡尼时期的古城墙传说由他们建造。

的嫁接，是一种循环流通的汁液，是一株复活再生的植物。同一建筑物的不同高度相继焊接多种艺术，这种材料足够写几部巨著，足够写人类通史。在这些没有标出作者姓名的庞然大物上，人类、艺术家、个人都消泯了，其中只凝聚着人的智慧。时间是建筑师，人民是泥瓦匠。

选自［法］维克多·雨果著，李玉民译：《巴黎圣母院》，中央编译出版社2015年版。

阅读提示：

雨果一生对建筑艺术情有独钟，许多作品记录着他对古典建筑的热切关注。《巴黎圣母院》是其中将文学和建筑艺术结合最紧密的一部作品。小说中对建筑的描写占到三分之一还多，“圣母院”一节更是其中重要的部分。

巴黎圣母院坐落于巴黎市中心塞纳河中的西岱岛上，始建于1163年，历时180多年，直至1345年才全部建成。它是近9个世纪法国历史的见证者，也是世界建筑艺术的瑰宝，被誉为最美的哥特式教堂。

建筑是凝固的音乐。建筑造型在空间展开，它的各个组成部分和建筑构件都是有比例、有规则、有变化地排列着，从而形成一定的节奏。优秀的建筑物，总能使整个建筑的形状、体积、构件、线条、装饰图案等归于和谐统一，产生音乐般的旋律感。雨果在文中重点描写了圣母院最美的部分——正面，也就是西立面，并由此盛赞圣母院是“石头谱成的波澜壮阔的交响乐……整个儿既浑然一体，又繁复庞杂”。此外，建筑又有多个立面以及内部空间，当你在不同角度、不同位置进行欣赏的时候，会有不同的视觉体验。文中提及了殿堂中曾布列的无数雕像、造型精美的小红门、粗壮凝重的大殿圆柱等，假如人们能一一浏览，在移步换景中必然能感觉到建筑的节奏和旋律之美。

建筑艺术是一种有意味的形式，除了实用、稳固之外，美观也是建筑艺术的三要素之一。不同的建筑风格所传达出的美的风格和意蕴是不同的，雨果在文中比较了巴黎圣母院和其他风格教堂的不同，并仔细分析了巴黎圣母院所体现的继承与创新。虽然雨果将圣母院作为由罗曼式到哥特式过渡的一类，但现今一般还是把它视为哥特式教堂的代表。哥特式教堂以尖券、尖形肋骨拱顶、坡度很大的两坡屋面和教堂中的钟楼、扶壁、束柱、花空棂等为特点。那直刺云霄的尖顶、宏伟高耸的拱门、仰天巍立的钟楼，形成一种火焰式的冲力，能够将人的视觉和意念不断拔升，进入一种茫茫无限、物我皆忘的“神”的境界；幽深的走廊、高仰的穹隆、繁复的装饰，以及透过彩色玻璃映射的日光也造成一种目眩神迷的感觉，整体上显示出神秘崇高的气氛，正如文中所言“这座大教堂令人敬畏，正如她的编年史家所称：庞然大物，见者无不震悚”。巴黎圣母院将神学和中世纪的审美要求完美地以建筑的形式表达出来，具有极高的美学价值。

文中雨果沉痛地历数了革命动荡和不恰当的艺术修复对巴黎圣母院所造成的摧残。由于小说的极大成功，引发了当局对圣母院状况的关注，于1844年开启修复工程，使圣母院重新焕发了光彩。1991年联合国教科文组织将其列入世界遗产名录。但遗憾的是，这些并不能使她安然无恙。2019年4月15日，一场大火再次使巴黎圣母院受到重创，也点燃了全世界的哀伤。新的修复工程仍在继续，而雨果在小说中所表达出的热爱和保护古建筑的主题将永远值得我们倾听。

思考与练习：

结合本文，你认为应该如何看待时间和人对建筑艺术所造成的影响？

论贝多芬①

科尔曼②

贝多芬（如图7-5）的魅力，在于他将其坚毅刚强的性格与细致柔腻的气质完美地结合在一起。他捕捉住刹那间人心的激越、心灵的激荡；他以一种穿透万物表象的洞察力，力图表现春天野花绽放时的芬芳，云朵在风中的颤栗，苍蝇在草间的嘤鸣，人在命运面前的叹息和挣扎，我们对爱情的向往，还有我们对造物化生的赞美和礼拜。在他的音乐中，我们有时甚至可以觉察到一丝稚嫩，一丝冲动，一丝少年人的豪气冲天。那行云流水，气势如宏。但是有时，他又纤弱如水边的那喀索斯③，沉醉在丝绵般的纤柔和莫名的哀愁中。我们有时会惊叹，一个在战场上冲锋陷阵的勇士，居然内心深处有着如此缠绵的思绪。

图7-5　贝多芬像

其实，音乐本身赋予了他这样一个机会，能够结合他那种矛盾的气质。奔放和细腻的

① 路德维希·凡·贝多芬（1770—1827）：德国杰出作曲家，维也纳古典乐派代表人物之一，世界音乐史上最伟大的作曲家之一，被尊称为“乐圣”和“交响乐之王”。他集古典音乐之大成，开浪漫主义之先河，对世界音乐发展有着举足轻重的作用。

② 科尔曼（1932—1983）：英国钢琴演奏家。

③ 那喀索斯：古希腊神话中的美少年。因拒绝回声女神厄科的求爱，诸神惩罚他，使他爱恋自己在水中的倒影，最后憔悴而死，死后化为水仙花。

情怀被安排在一个整体里面，就像对称的两极。

事实上，我们每一个人都有着这种看似矛盾的心理。往往我们不能觉察到，但是每当我们聆听音乐，我们体验到的不仅仅只是贝多芬的心灵世界。他的乐曲所唤起的，是那潜藏在我们心底的情感。这情感是沉郁在阴霾后面的惊雷，一旦炸响，便会令我们看见自己，看见生命中蕴涵的神的意志。我们的灵魂就开始苏醒了。

于是，面对贝多芬，便好似在和我们的灵魂对话。我们如聋子、哑巴、盲人。我们能够体会到、感觉到、意识到，但我们不能言说。直觉在提醒着我们。这种朦朦胧胧的知觉，令我们感到怅惘。我们有一种挫败感。言辞只能描述语言可以表达的东西。但是灵魂既存在于我们可以意识到的世界之外，又包含在其之中。作为一个局外的评论者，语言无能为力。然而，贝多芬把他那些音乐带给我们。那乐声如一个灵媒，将我们同自己心灵底层的世界联系到了一起。刹那间，鸟儿的啁啾，天空的蔚蓝，黑夜的幽深，甚至于我们的呼吸，我们脉搏的跳动，顿然便具有了意义。我们领悟到自己生命的存在，和存在的一切的生命。流畅的旋律呈现出一派生机，灿烂、绚丽、辉煌；徘徊回旋的主题使人同样感受到生命的无奈。我们闭上眼睛，却看见光亮，闪烁不定，犹疑躲闪，稍纵即逝。无需语言的帮助，我们领会了。我们对自己说："原来如此。"

然而，贝多芬并不在乎我们的感受。他写过："孤独！孤独！孤独！"有如李尔王①咆哮的声音。他曾经生活在一片沉寂之中。对于一个以声音的安排为生命的作曲家来说，还有什么比失去声响更为哀恸的呢？想象一下，当我们聆听《庄严弥撒曲》《D小调第九交响曲》等篇章的时候，创作出如此卓越深湛、美轮美奂的乐曲的，竟然是一位失聪的孤独者。这寂静沉默的幕帘，如此的深沉、如此的凝重、如此的强大。在它的面前，我们会感到灰心气馁。然而，贝多芬没有自怨自艾地诉说他的痛苦。他以对生命的礼赞、对神的礼赞，给他自己、也给我们带来隧道尽头的那一丝光明。只有领会到这一点，我们才真正体会了贝多芬。

我的一位同事曾经对我这样说过："贝多芬的伟大，就在于他的平凡。"的确，同任何人一样，贝多芬有着热情、温存、对神的敬畏、对生命的热爱、对真理的挚诚、对爱的渴望。我们每一个人，都或多或少怀有着这些人性的感受与感情，但是，贝多芬却从这普通、共通的情感中，升华出那天际神灵的话语。那是一种不平凡的平凡，平凡的不平凡。

贝多芬在他耳聋失聪的时候，写下了他的天鹅之歌，《第九交响曲》。这是一部凝聚了他全部的心路旅程的作品。在这部交响乐中，我们可以听见英雄对命运的抗议，听见抬着他灵柩的沉重的脚步声，还有沉浸在爱情和期待中的渴求，更有达到彻悟时的心灵的讴

---

① 李尔王：传说中的不列颠国王。莎士比亚根据其故事创作了悲剧《李尔王》，讲述了李尔王退位后，把国土分给了对自己甜言蜜语实则虚伪的大女儿和二女儿，结果却被赶到荒野。说实话的三女儿被远嫁法国，她率军救父却被杀死，李尔王伤心地死在她身旁。

歌。“欢乐，你神的火苗，你天堂的女儿，/沉醉在火焰里啊，我们走进你的圣殿！/你的魔力凝合离散的世界。/在你的羽翼底下，所有的人类成为兄弟！”世界上的一切人种，所有民族，在这歌声的震撼下看到前头的希望。于是这欢乐不仅仅只是身心上的。它胜过狄俄尼索斯①的酒筵狂欢。这是超越了人的肉身的欢乐。这是超越了此岸和彼岸世界的终极的欢乐。

贝多芬的交响曲呈现给我们一个人成长的历程。他曾经对生命（生活）感到幻灭。他幻想胜利的喜悦，叙述他想象中与至高神性的结合。他在时代的浪潮中感受到英雄的雄健与悲壮。那壮丽的场景使他神往其中。然而，大自然所蕴涵的，是人不可知的奥秘。他陶醉了。他沉迷地陷入对世间万物那玄奥的冥想之中。他意识到，人在这大千世界中，如一颗微粒，渺小平凡。他超越了生命的本体。在那雷鸣电闪之中，他体验到神的伟大，从而意识到生命的意义，以及存在的意义。但是，不可思议的是，他返回到了尘世间。他回溯自己，经过反观自我，他明白了音乐对他、对人类来说，有如甘露般，滋润干涸的心灵荒漠。他讴歌的是神吗？是那置身于时世之外的超然的神吗？还是人的心灵中本身所具备的神性？

贝多芬从不否定神性。他绝不怀疑在这存在的一切的背后，隐含着一种意义。然而他并不拘泥于教义。在他的音乐里，我们感受到古代希腊悠远的底蕴。与此同时，时代也赋予他灵感，驱使他向前，追逐神对他的若隐若现的昭示。他感受到责任的重负。他挺立起来。孤独使他沉思，帮助他在那一片荒凉的寂静中聆听神的宣示。他忘记自己只是一颗悬浮在空中的小小的尘埃。相反，他令其他一切人，包括我们每一个人，都感到卑微。他是强大的，于是他和他的音乐不朽。于是他与神性融汇在一起，为我们点燃烛火。他是现世的普罗米修斯②。他以自身的苦难，带给我们以启示。他以他的音乐，伸展出他的手，企图搀扶我们从泥潭中爬起来，站立起来，再次迈出我们的步伐，走向他。

曾几何时，我们在时代的黑暗中悲叹，为自己与生俱来的、不可避免的命运和卑微而感到惋惜。这难道不正是我们与贝多芬的差异？我们聆听他的音乐，或多或少地得到感召和领悟。他的音乐激励着我们冷静沉着，勇敢地面对世事的不公。如果有一天，我们能够在经历了命运的磨难之后，抬起眼睛，朝着天空，歌颂生命，歌颂神灵，这时的我们，将能够放下心灵的负担，了解我们生存于这个世界的意义，甚至窥见那隧道尽头的闪烁的光明。

选自陈弘编：《英国艺术家随笔》，东方出版中心 1999 年版。

---

① 狄俄尼索斯：古希腊神话中的酒神，也是狂欢之神。

② 普罗米修斯：希腊神话中的形象，曾反抗宙斯，将火种带到人间，因此被缚在高加索山的悬崖上，每天被鹫鹰啄食肝脏，后被英雄赫拉克勒斯解救。

阅读提示：

贝多芬的音乐强烈震撼、也深深安慰着人类的灵魂。罗曼·罗兰曾在《贝多芬传》中分析其音乐中“英勇的力”：“多少人已颂赞过他艺术上的伟大。但他远不止是音乐家中的第一人，而是近代艺术的最英勇的力。对于一般受苦而奋斗的人，他是最大且最好的朋友。当我们对着世界的劫难感到忧伤时，他会到我们身旁来，好似坐在一个穿着丧服的母亲旁边，一言不发，在琴上唱着他隐忍的悲歌，安慰那哭泣的人。当我们对德与善的庸俗，斗争到疲惫的辰光，到此意志与信仰的海洋中浸润一下，将获得无可言喻的裨益。他分赠我们的是一股勇气，一种奋斗的欢乐，一种感到与神同在的醉意。仿佛在他和大自然不息的沟通之下，他竟感染了自然的深邃的力。”科尔曼在此文中则以细腻而深刻的笔触揭示出这“力”的源头——那“坚毅刚强的性格”与“细致柔腻的气质”。这两种看似矛盾的特质在贝多芬的音乐中得到了完美的结合和表达，令有着同样矛盾却不能觉察的人们从中看到自己的灵魂，更启示着人们放下心灵的负担，了解生存于这个世界的意义。

虽然本文为一篇艺术评论，但语言极具感染力。全文从贝多芬的矛盾特质入手，紧紧抓住倾听者的感受，以充满想象力的语言细腻地描摹出贝多芬音乐的风格和内涵，以饱满的激情一点点引读者进入贝多芬音乐的深处，其自身也如贝多芬音乐一般使读者感到震撼。

思考与练习：

聆听贝多芬《第九交响曲》，谈谈你的感受。

第八讲

优美与崇高

美源于生活，生活的丰富多彩决定了美的绚丽多姿。苏州园林与巴黎圣母院，《哈姆雷特》与《西厢记》，《恶之花》与《等待戈多》，《将进酒》与《茅屋为秋风所破歌》，很显然它们具有不同美的风格，属于不同美的类型。审美范畴就是对这些风格和类型的高度概括和浓缩。一般来说，审美范畴主要有优美与崇高、悲剧与喜剧、丑与荒诞、沉郁与飘逸、幽默与讽刺、空灵等。

本讲的主题是优美与崇高。

优美与崇高是西方美学的两个基本范畴，也是美的两种不同的具体形态。

优美作为美的一般形态，其特点是完整、单纯、绝对的和谐，在形式上呈现为小巧、细润、柔和、婉转、流畅、轻盈、宁静、淡雅、秀丽，符合和谐统一的形式美的规则。

优美是一种常态美，普遍存在于现实世界中。自然界的绿水青山、春风细雨、娇莺嫩柳，社会领域的盈盈笑颜、融融情意、美人美事，艺术领域的《蒙娜丽莎》、《摇篮曲》、婉约派词等，都是典型的优美形态。《西洲曲》摇曳缠绵，《破阵子》春和景明，《春底林野》天真烂漫，《笑》澄澈清丽，《第一次的茉莉》甜蜜温馨，《静》恬淡静谧，无论是这些作品自身的语言、意境，还是其所书写的内容，都是优美的体现。

从美感的角度来说，优美能给人以轻松愉快和心旷神怡的审美感受。如前述作品，无论是描写自然风景，还是表现人物神态和情感，都能够使欣赏者（审美主体）始终处于一种温柔舒展、平静和缓、怡和愉悦之中。整个审美过程，既无大起大落的情感突变，也无强烈摇撼的内心震荡。

崇高具有一种压倒一切的强大力量，是一种不可阻遏的强劲气势，呈现为巨大、雄伟、壮阔、刚健、粗犷、混莽、悲壮、奇崛等。与优美符合形式美的法则不同，崇高打破了和谐统一的形式美规则，康德称之为“无形式”，即对象形式无规律、无限制或无限大。

这种“无形式”可分为两种类型。一是数学的崇高，包括体积和数量的无限大。像巴黎圣母院、布达拉宫、埃菲尔铁塔等，这些建筑高大宏伟，具有一般建筑所没有的超常尺寸和比例，让人一见则心生敬畏。再如非洲野生动物大迁徙，为了寻求更多的食物和水源，数百万动物一齐奔腾在茫茫大草原上，那种浩荡和壮阔即使隔着电视屏幕也令人赞叹称奇。二是力的崇高，即力量的无比强大。如鹰击长空、虎啸山林、电闪雷鸣、巨浪汹涌，都会给人带来震慑感。力量的崇高并不局限于外部力量的强大，它同样体现于内在精神力量的强大。面对个体的渺小、现实的残酷，当人能够怀着坚韧不屈、英勇顽强、豁达博爱的精神去直面所有的苦难，以自觉主动的主体意识去突破局限、超越自我，也同样具有力量之美。文天祥壮烈殉国的凛然正气，浮士德永远向上的精神活力，托尔斯泰毕生不懈的精神探索，米里哀主教和冉阿让面对“悲惨世界”的仁慈、悲悯和博爱，贝多芬那荡气回肠、摄魂动魄的交响乐，都体现了人对自身不断的超越，闪现着人性崇高的光辉。

从美感的角度看，崇高感是一种矛盾的混合的审美感受，从冲突中抵达统一，在痛感中有快感，于不自由中蕴含着自由，从压抑中获得轻松愉快。因为崇高对象在数量或力量上的无限大超过了主体感知的阈限，这就对主体造成压抑和不适，从而产生暂时的痛感和恐惧感；但这同时也唤起了主体自身的理性、尊严和勇气，从而使主体在精神上达到新的高度。正如康德所说："我们称呼这些对象为崇高，因它们提高了我们的精神力量越过平常的尺度，而让我们在内心里发现另一种类抵抗的能力，这赋予我们以勇气来和自然界的全能威力的假象较量一下。"这"另一种类抵抗的能力"就是主体的超越精神，主体通过对无限的事物的体验来实现自身对无限的追求和超越。可以说，崇高感的来源是人对自身使命的崇敬。罗曼·罗兰写《巨人三传》的目的就在于通过英雄们面向苦难的抗争激起读者的崇高感，从而"重新鼓起对生命对人类的信仰"。

在中国美学中，和优美与崇高相类似的是阴柔之美和阳刚之美。

阴柔之美可称为优美，清人姚鼐在《复鲁絜非书》中说："其得于阴与柔之美者，则其文如升初日，如清风，如云，如霞，如烟，如幽林曲涧，如沦，如漾，如珠玉之辉，如鸿鹄之鸣而入寥廓；其于人也，漻乎其如叹，邈乎其如有思，暖乎其如喜，愀乎其如悲。"从这一系列形象化的描述中可见阴柔之美与优美的对象及审美特征是相通的。

阳刚之美可称为壮美。姚鼐说："其得于阳与刚之美者，则其文如霆，如电，如长风之出谷，如崇山峻崖，如决大川，如奔骐骥；其光也，如杲日，如火，如金镠铁；其于人也，如凭高视远，如君而朝万众，如鼓万勇士而战之。"从中可见壮美和崇高类似，但并不包含激烈的矛盾和冲突，不会引起主体强烈的恐惧感和压抑感，而是直接地与主体积极向上的昂扬情感相呼应。孟子充塞于天地之间的"浩然之气"，苏轼"九死南荒吾不恨，兹游奇绝冠平生"的豪迈旷达，李清照《渔家傲》中的"九万里风鹏正举。风休住，蓬舟吹取三山去"，都是壮美的绝佳表现。

西洲曲[1]

忆梅下西洲[2]，折梅寄江北。
单衫杏子红，双鬓鸦雏色[3]。
西洲在何处，两桨桥头渡[4]。
日暮伯劳飞[5]，风吹乌臼树[6]。
树下即门前，门中露翠钿[7]。
开门郎不至，出门采红莲。
采莲南塘秋，莲花过人头。
低头弄莲子，莲子青如水。
置莲怀袖中，莲心彻底红[8]。
忆郎郎不至，仰首望飞鸿[9]。
鸿飞满西洲，望郎上青楼[10]。
楼高望不见，尽日栏干头[11]。
栏干十二曲，垂手明如玉。
卷帘天自高，海水摇空绿[12]。
海水梦悠悠，君愁我亦愁。
南风知我意，吹梦到西洲。

选自（宋）郭茂倩编：《乐府诗集》，中华书局2019年版。

阅读提示：

这首诗是南朝乐府民歌的代表作，也是其中最长的抒情诗篇。一般认为，此诗写一个女子细腻深长的相思之情。诗歌构思高妙，将人物的情思与风物的变化、空间的转换

---

① 本诗最早被南朝陈徐陵收入《玉台新咏》，后被宋代郭茂倩编入《乐府诗集·杂曲歌辞》，作者不详。从全诗的语言、句式和格调看，应是经过文人加工润色过的南朝民歌。

② 梅：梅花，谐音“媒”。西洲：所在不详，有说为女子住处附近。

③ 鸦雏色：像小乌鸦羽毛一样的颜色。言其乌黑发亮。

④ “两桨”句：意指西洲不远，划动双桨到达桥头的渡口即是。

⑤ 伯劳：鸟名。性喜单栖，仲夏始鸣。此句既传递出时间背景为仲夏时节，也暗喻了女子的孤单。

⑥ 乌臼树：落叶乔木，夏季开黄花，秋季叶变红。

⑦ 翠钿：用翠玉镶嵌或加工而成的头饰。

⑧ 莲：“莲”字皆谐“怜”。莲心，即爱怜之心。

⑨ 望飞鸿：期盼音讯之意，因古代有鸿雁传书的故事。

⑩ 青楼：以青色涂饰之楼，谓其华美精致，此指女子住所。

⑪ 尽日：终日。

⑫ “海水”句：江水浩渺如海，空自荡漾碧波。

相融，再点染以女子的行为、服饰和仪容，极具细腻缠绵、委婉含蓄之美。诗歌语言清新典雅，如“门中露翠钿”之“露”字，巧妙地表现出女子的热切和羞涩；“卷帘天自高，海水摇空绿”映衬出女子的向往和落寞。诗歌音韵和谐，声情摇曳。全诗32句，基本是四句一换韵，且换韵自由、富于变化。诗歌还使用多种修辞手法：多处用比喻，如“单衫杏子红，双鬓鸦雏色”，引人产生丰富美好的想象；以“莲”谐“怜”，谐音双关，由“出门采红莲”（如图8-1）连用七“莲”字，将眼前景物与内心感受交织在一起；又用顶真手法，连字钩句，造成一种似断似续、回环婉转的效果。

图8-1　莲花

此诗情、景、韵完美交融，清人沈德潜评价：“续续相生，连跗接萼，摇曳无穷，情味愈出。”

思考与练习：

试谈一下本诗的语言特色。

破阵子[①]

晏　殊[②]

燕子来时新社[③]，梨花落后清明。
池上碧苔三四点，叶底黄鹂一两声。日长飞絮轻[④]。

---

① 破阵子：又名《十拍子》，唐教坊曲名，出自《破阵乐》，后用作词调名。《破阵乐》为唐开国时所创大型武舞曲，此因旧曲另度新声，乃是截取舞曲中一段。

② 晏殊（991—1055）：字同叔，抚州临川（今江西进贤）人。北宋著名政治家、词人，著有《珠玉词》。

③ “燕子”句：相传燕子于春社日北来，秋社日南归。新社，指春社，在立春后、清明前，古时人们在这一天祭祀土神以祈求来年获得丰收。

④ 日长：指春天昼长。

巧笑东邻女伴①，采桑径里逢迎。

疑怪昨宵春梦好，元是今朝斗草赢②。笑从双脸生。

选自（宋）晏殊，（宋）晏几道著；张草纫笺注：《二晏词笺注》，上海古籍出版社 2008 年版。

阅读提示：

上阕写景，归飞的燕子（如图 8-2）、飘落的梨花、池上的碧苔、啼鸣的黄鹂、飘飞的柳絮，从初春到暮春，时移物换，动静相宜，色彩斑斓，音调婉转。歇拍处“日长飞絮轻”，一长一轻，写出入春后白日渐长、春日融融的美好与恬静。

下阕写人，如花的笑颜、清脆的笑语、昨宵的美梦、斗草的欢愉，全都表现出春的浓烈气息。“笑从双脸生”，周汝昌先生评说：“再难另找一句更好的写少女笑吟吟的句子来替换……此词之美，美在情景，其用笔，明丽清婉，秀润无伦，而别无奇特可寻之迹。迨至末句，收足全篇，神理尽出，此虽非奇，岂为常笔？天时人事，物状心情，全归于一处。若无神力，能到此境乎？”

此词纯是活泼，纯是愉悦，通篇洋溢着春天的美好、青春的欢快。

图 8-2　清 李禅 桃花柳燕图

思考与练习：

本诗与《西洲曲》同样优美，但优美中又蕴含着不同的味道，请谈谈你的感受。

---

① 巧笑：美好的笑容。

② 斗草：古代女子的一种游戏。

春底林野①

许地山②

春光在万山环抱里，更是泄露得迟。那里底桃花还是开着；漫游底薄云从这峰飞过那峰，有时稍停一会，为底是挡住太阳，教地面底花草在它底荫下避避光焰底威吓。

岩下底荫处和山溪底旁边满长了薇蕨和其他凤尾草。红、黄、蓝、紫的小草花点缀在绿茵上头。

天中底云雀，林中底金莺，都鼓起它们底舌簧。轻风把它们底声音挤成一片，分送给山中各样有耳无耳底生物。桃花听得入神，禁不住落了几点粉泪，一片一片凝在地上。小草花听得大醉，也和着声音底节拍一会倒，一会起，没有镇定底时候。

林下一班孩子正在那里捡桃花底落瓣哪。他们捡着，清儿忽嚷起来，道："嘎，邕邕来了！"众孩子住了手，都向桃林底尽头盼望。果然，邕邕也在那里摘草花。

清儿道："我们今天可要试试阿桐底本领了。若是他能办得到，我们都把花瓣穿成一串瓔珞围在他身上，封他为大哥如何？"

众人都答应了。

阿桐走到邕邕面前，道："我们正等着你来呢。"

阿桐底左手盘在邕邕底脖上，一面走一面说："今天他们要替你办嫁妆，教你做我底妻子。你能做我底妻子么？"

邕邕狠视了阿桐一下，回头用手推开他，不许他底手再搭在自己脖上。孩子们都笑得支持不住了。

众孩子嚷道："我们见过邕邕用手推人了！阿桐赢了！"

邕邕从来不会拒绝人，阿桐怎能知道一说那话，就能使她动手呢？是春光底荡漾，把他这种心思泛出来呢？或者，天地之心就是这样呢？

你且看：漫游底薄云还是从这峰飞过那峰。

你且听：云雀和金莺底歌声还布满了空中和林中。在这万山环抱底桃林中，除那班爱闹的孩子以外，万物把春光领略得心眼都迷蒙了。

选自许地山著：《春底林野：许地山散文》，浙江文艺出版社2014年版。

---

① 本文原刊于1922年5月《小说月报》第13卷第5号，后收入商务印书馆1927年版《空山灵雨》。

② 许地山（1893—1941）：名赞堃，字地山，笔名落华生，台湾省台南人，祖籍广东揭阳。曾先后任教于燕京大学和香港大学。主要作品有小说集《缀网劳蛛》《危巢坠简》，散文集《空山灵雨》等。受家庭出身、人生经历和文化修养影响，其为人、为文都有较强的佛教意趣。

阅读提示：

《春底林野》不仅是写春天（如图 8-3）的佳篇，也是写人情的妙笔，其核心在于“春”。文中由色彩、声音，用拟人手法写出了无限春光。桃花、薇蕨、凤尾草、云雀、金莺……万物仿佛都铆足了劲儿，能开花的开花，能啼鸣的啼鸣，汇成一支欢快旖旎的“春之圆舞曲”。在春光中玩耍的孩童，似乎也被这春意熏染，聪黠顽皮的阿桐用一句话成功地将“从不会拒绝人的”邕邕惹恼。此文虽有着童稚的天真，但其意已非儿童文学所能涵盖。作者借孩童的玩笑直探“天地之心”，即人性中本然的爱；作者虽有宗教情怀，但并未走向虚无，而是以悲悯为灵魂，表达着对生活的热切和眷恋。

图 8-3　春天的林野

许地山散文文短语精，空灵玄奥，富有诗的意境。这万山怀抱、群童痴顽的小小一景，写出了春的暖、春的痴、春的醉、春的欢乐，更写出人类深挚爱情的滥觞。文中的一切都是和谐：山花山鸟、一草一木间是和谐，人与自然间是和谐，人与人之间亦是和谐。所以沈从文说：“在中国，以异教特殊民族生活，作为创作基本，以佛经中邃智明辨笔墨，显示散文的美与光，色香中不缺少诗，落华生为最本质的使散文发展到一个和谐的境界的作者之一。”

思考与练习：

分析一下哪些方面构成了这篇散文的优美色彩？

笑[1]

冰　心[2]

雨声渐渐的[3]住了，窗帘后隐隐的透进清光来。推开窗户一看，呀！凉云散了，树叶上的残滴，映着月儿，好似萤光千点，闪闪烁烁的动着。——真没想到苦雨孤灯之后，会

① 本文发表于《小说月报》1921 年 1 月第 12 卷第 1 号，后收入冰心小说散文集《超人》。

② 冰心（1900—1999）：原名谢婉莹，福建长乐人。现代作家、诗人、翻译家。新中国成立后出版《冰心文集》《冰心作品选》《冰心选集》。冰心的散文优美而富有诗意，满含真情，被称为“冰心体”。

③ 按照现代汉语语法要求，应该用“地”，此处遵从原文用法。本文其他类似情况亦同。

有这么一幅清美的图画！

凭窗站了一会儿，微微的觉得凉意侵人。转过身来，忽然眼花缭乱，屋子里的别的东西，都隐在光云里；一片幽辉，只浸着墙上画中的安琪儿。——这白衣的安琪儿，抱着花儿，扬着翅儿，向着我微微的笑。

“这笑容仿佛在哪儿看见过似的，什么时候，我曾……”我不知不觉的便坐在窗口下想，——默默的想。

严闭的心幕，慢慢的拉开了，涌出五年前的一个印象。——一条很长的古道。驴脚下的泥，兀自滑滑的。田沟里的水，潺潺的流着。近村的绿树，都笼在湿烟里。弓儿似的新月，挂在树梢。一边走着，似乎道旁有一个孩子，抱着一堆灿白的东西。驴儿过去了，无意中回头一看。——他抱着花儿，赤着脚儿，向着我微微的笑。

“这笑容又仿佛是哪儿看见过似的！”我仍是想——默默的想。

又现出一重心幕来，也慢慢的拉开了，涌出十年前的一个印象。——茅檐下的雨水，一滴一滴的落到衣上来。土阶边的水泡儿，泛来泛去的乱转。门前的麦垅和葡萄架子，都濯得新黄嫩绿的非常鲜丽。——一会儿好容易雨晴了，连忙走下坡儿去。迎头看见月儿从海面上来了，猛然记得有件东西忘下了，站住了，回过头来。这茅屋里的老妇人——她倚着门儿，抱着花儿，向着我微微的笑。

这同样微妙的神情，好似游丝一般，飘飘漾漾的合了拢来，绾在一起。

这时心下光明澄静，如登仙界，如归故乡。眼前浮现的三个笑容，一时融化在爱的调和里看不分明了。

一九二〇年

选自卓如编：《冰心全集》第1册，海峡文艺出版社2012年版。

阅读提示：

在中国现代文学史上的美文小品中，《笑》是较早出现的名篇。

文章语言清新典雅，由雨后月色引出三个画面：一幅是眼前，一幅是五年前的古道田边，一幅是十年前的田边茅屋。三幅画面，都是雨后月下，都是朴素的生活画面，都有笑意融融，传统的意象浸着现代的情韵，所示之境无不是和谐，无不是优美。

微笑者的身份也别有意味。五年前是纯真的孩童，十年前是慈祥的老妇，眼前则是爱的天使安琪儿。童真、母爱、爱的信仰——“绾在一起”，在一片天籁自然中呈现，这正是作者“爱的哲学”的体现。

思考与练习：

写一写你记忆中三个优美的画面。

第一次的茉莉

泰戈尔①

呵，这些茉莉花（如图 8-4），这些白的茉莉花！

我仿佛记得我第一次双手满捧着这些茉莉花，这些白的茉莉花的时候。

我喜爱那日光，那天空，那绿色的大地；

我听见那河水淙淙的流声，在黑漆的午夜里传过来；

秋天的夕阳，在荒原上大路转角处迎我，如新妇揭起她的面纱迎接她的爱人。

但我想起孩提时第一次捧在手里的白茉莉，心里充满着甜蜜的回忆。

我生平有过许多快活的日子，在节日宴会的晚上，我曾跟着说笑话的人大笑。

在灰暗的雨天的早晨，我吟哦过许多飘逸的诗篇。

我颈上戴过爱人手织的醉花的花圈，作为晚装。

但我想起孩提时第一次捧在手里的白茉莉，心里充满着甜蜜的回忆。

选自［印］泰戈尔著，郑振铎译：《泰戈尔作品集·新月集》，人民文学出版社 1961 年版。

阅读提示：

图 8-4　茉莉花

《第一次的茉莉》书写了作者回忆孩提时第一次手捧茉莉花时无与伦比的感受。诗歌并没有正面呈现这次经历，而是采用衬托的手法凸显自己当时的感觉。第一节采撷了大自然中的美好：阳光、天空、大地、流水、夕阳，这些景物组合在一起，形成一种安详、静谧、深沉的意境；第二节描绘了人世间的欢乐：与人的欢笑、独自的吟哦、爱人的相伴——友谊、艺术和爱情——这是人生幸福的高度浓缩。可所有这些都无法替代回忆起童年第一次手捧茉莉花时的喜悦和甜蜜！诗歌复沓回环，

① 泰戈尔（1861—1941）：印度著名诗人、小说家、艺术家、社会活动家。1924 年曾访问中国。在诸多身份中，他首先是一位诗人，1913 年以诗集《吉檀迦利》获诺贝尔文学奖，其他诗歌代表作还有《园丁集》《新月集》《飞鸟集》《流萤集》等，被誉为“孟加拉的雪莱”。

六次吟咏茉莉花，其中四次咏唱白茉莉，将一种清新淡雅又洁白璀璨的美好感觉不断强化。全诗虽未直接抒写童年生活，但在白茉莉意象的映照之下，其纯洁无邪、天真烂漫、欢畅愉悦呼之欲出。

《新月集》以浅显易懂、清新隽永、富有想象力和形象化的儿童语言而独具一格，呈现了一个和谐统一的爱的世界。郑振铎先生认为“在世界文学家里，没有一本诗集比他这个《新月集》描写儿童更好而且更美丽、真切的了。母亲的永久的神秘与美，与孩子之天真，都幽婉地温和地达出了十二分”，“他的诗正如这个天真烂漫的天使的脸；看着他，就知道一切事物的意义，就感到和平，感到安慰，并且知道真正相爱”。

思考与练习：

和同学们分享一篇泰戈尔的其他作品，并谈谈你的阅读感受。

静①

蒲　宁②

我们是在夜里到达日内瓦的，正下着雨。拂晓前，雨停了。雨后初霁，空气变得分外清新。我们推开阳台门，秋晨的凉意扑面而来，使人陶然欲醉。由湖上升起的乳白色的雾霭，弥漫在大街小巷上。旭日虽然还是曚曚昽昽③的，却已经朝气勃勃地在雾中放着光。湿润的晨飔④轻轻地拂弄着盘绕在阳台柱子上的野葡萄血红的叶子。我们盥漱过后，匆匆穿好衣服，走出旅社，由于昨晚沉沉地睡了一觉，精神抖擞，准备去做尽情的畅游，而且怀着一种年轻人的预感，认为今天必有什么美好的事在等待着我们。

“上帝又赐予了我们一个美丽的早晨，”我的旅伴⑤对我说，“你发现没有，我们每到

① 本文选自《林荫幽径》，这是蒲宁暮年最后一部自选集，历时8年完成。蒲宁认为这是他“一生中写得最好，在技巧上最圆熟的一个集子”。

② 伊凡·亚历克塞维奇·蒲宁（1870—1953）：俄国作家，1933年获诺贝尔文学奖，是第一位获此殊荣的俄罗斯作家。代表作有诗集《落叶》，短篇小说《安东诺夫的苹果》，中篇小说《米佳的爱情》《乡村》，长篇小说《阿尔谢尼耶夫的青春年华》等。

③ 曚曚昽昽：指日光不明。

④ 飔（sī）：这里指凉风。

⑤ 指弗拉基米尔·巴甫洛维奇·库罗夫斯基（1869—1915），他是画家和敖德萨博物馆的馆员。蒲宁曾评价“库罗夫斯基是个好的罕见的旅伴，跟他在一起总是非常有趣，他善于提醒你去注意大多数人会忽略的人和事”。

一地，第二天总是风和日丽？千万别抽烟，只吃牛奶和蔬菜。以空气为生，随日出而起，这会使我们神清气爽！不消多久，不但医生，连诗人都会这么说的……别抽烟，千万别抽，我们就可体验到那久已生疏了的感觉，感觉到洁净，感觉到青春的活力。”

可是日内瓦湖（如图 8-5）在哪里？有片刻功夫，我们茫然地站停下来。远处的一切，都被轻纱一般亮晃晃的雾覆盖着。只有街梢那边的路面已沐浴在霞光下，好似黄金铸成的。于是我们快步朝着我们误以为是路面的那浮光耀金的去处走去。

图 8-5　日内瓦湖

初阳已透过雾霭，照暖了阒无一人的堤岸，眼前的一切无不光莹四射。然而山谷、日内瓦湖和远处的萨瓦山脉依然在吐出料峭的寒气。我们走到湖堤上，不由得惊喜交集地站住了脚，每当人们突然看到无涯无际的海洋、湖泊，或者从高山之巅俯视山谷时，都会情不自禁地产生这种又惊又喜的感觉。萨瓦山消融在亮晃晃的晨岚之中，在阳光下难以辨清，只有定睛望去，方能看到山脊好似一条细细的金线，迤逦于半空之中，这时你才会感觉到那边绵亘着重峦叠嶂。近处，在宽广的山谷内，在凉丝丝的、润湿而又清新的雾气中，横着蔚蓝、清澈、深邃的日内瓦湖。湖还在沉睡，簇拥在市口的斜帆小艇也还在沉睡。它们就像张开了灰色羽翼的巨鸟，但是在清晨的寂静中还无力振翅高飞。两三只海鸥紧贴着湖水悠闲地翱翔着，冷不丁其中一只，忽地从我们身旁掠过，朝街上飞去。我们立即转过身去望着它，只见它猛地又转过身子飞了回来，想必是被它所不习惯的街景吓坏了……朝暾①初上之际有海鸥飞进城来，住在这个城市里的居民该有多幸福呀！

我们急欲进入群山的怀抱，泛舟湖上，驶向远处的什么地方……然而雾还没有散，我们只得信步往市区走去，在酒店里买了酒和干酪，欣赏着纤尘不染的亲切的街道和静悄悄的金黄色的花园中美丽如画的杨树和法国梧桐。在花园上方，天空已经廓清，晶莹得好似绿松玉一般。

“你知道吗，”我的旅伴对我说，“我每到一地总是不敢相信我真的到了这个地方，因为这些地方，我过去只能看着地图，幻想前去一游，并且时时提醒自己，这只不过是幻想而已。意大利就在这些崇山峻岭的后边，离我们非常之近，你感觉到了吗？在这奇妙的秋天，你感觉到南国的存在了吗？瞧，那边是萨瓦省②，就是我们童年时代阅读过的催人落

---

① 暾（tūn）：刚出的太阳。

② 萨瓦省：法国省名，毗邻瑞士。

泪的故事中所描写的牵着猴子的萨瓦孩子们的故乡!"

码头旁，游艇和船夫都在阳光下打着瞌睡。在蓝莹莹的清澈的湖水中，可以看到湖底的沙砾、木桩和船骸。这完全像是个夏日的早晨，只有主宰着透明的空气的那种静谧，告诉人们现在已是晚秋。雾已经消散得无影无踪，顺着山谷，极目朝湖面望去，可以看得异乎寻常得远。我们迫不及待地脱掉上衣，卷起袖子，拿起了桨。码头落在船后了，离我们越来越远。离我们越来越远的，还有在阳光下光华熠熠的市区、湖滨和公园……前面波光粼粼，耀得我们眼睛都花了，船侧的湖水越来越深，越来越沉，也越来越透明。把桨插入水中，感觉到水的弹性，望着从桨下飞溅出来的水珠，真是一大乐事。我回过头去，看到了我旅伴那升起红晕的脸庞，看到了无拘无束地、宁静地荡漾在坡度缓坦的群山中间的浩瀚的碧波，看到了漫山遍野正在转黄的树林和葡萄园，以及掩映其间的一幢幢别墅。有一刻间，我们停住了桨，周遭顿时静了下来，静得那么深邃。我们闭上眼睛，久久地谛听着，什么声音也没有，只有船划破水面时，湖水流过船侧发出的一成不变的汩汩声。甚至单凭这汩汩的水声也可猜出湖水多么洁净，多么清澈。

"划吗?"我问。

"慢着，你听!"

我把桨提出水面，连汩汩的水声也渐渐消失。从桨上滴下一滴水珠，然后又是一滴……太阳照得我们的脸越来越热……就在这时，一阵悠扬的钟声，从很远很远的地方飘至我们耳际，这是深山中某处的一口孤钟。它离我们那么远，有时我们只能隐隐约约听到它的声音。

"你还记得科隆①大教堂的钟声吗?"我的旅伴压低声音问我，"那天我比你醒得早，天还刚刚拂晓，我便站在洞开的窗旁，久久地谛听着独自在古老的城市和城市上空回荡的清脆的钟声。你还记得科隆大教堂的管风琴和那种中世纪的壮丽吗?还有莱茵省②那些古老的城市、古老的图画，还有巴黎……然而那一切都无法和这里相比，这里更美……"

由深山中隐隐传至我们耳际的钟声温柔而又纯净，闭目坐在船上，侧耳倾听着这钟声，享受着太阳照在我们脸上的暖意和从水上升起的轻柔的凉意，是何等地甜蜜、舒适。有一艘闪闪发亮的白轮船在离我们约莫两俄里远的地方驶过，明轮拍击着湖水，发出疏远、喑哑、生气的嘟囔声，在湖面上激起一道道平展的、像玻璃一般透明的浪，缓缓地朝我们奔来，终于柔情脉脉地晃动了我们的小船。

"瞧，我们已置身在崇山的怀抱之中，"当轮船渐渐变小，终于隐没在远处以后，我的旅伴对我说，"生活已留在那边，留在这些崇山峻岭之外了，我们已进入寂静的幸福之邦，

---

① 科隆：德国城市名。

② 莱茵省：法国省名。

这寂静之邦何以名之，我们的语言中找不到恰当的字眼。”

他一边慢慢地划着桨，一边讲着、听着。日内瓦湖越来越辽阔地包围着我们。钟声忽近忽远，似有若无。

“在深山中的什么地方有一座小小的钟楼，”我想道，“独自在用它回肠荡气的钟声赞颂着礼拜天早晨的安谧和寂静，召唤人们踏着俯瞰蓝色的日内瓦湖的山道，到它那儿去……”

极目四望，山上大大小小的树林都抹上了绚丽而又柔和的秋色，一幢幢环翠抱秀的美丽的别墅正在清静地度过这阳光明媚的秋日……我舀了一杯水，把茶杯洗净，然后把水泼在空中。水往天上飞去，迸溅出一道道光芒。

“你记得《曼弗雷德》① 吗？”我的同伴说，“曼弗雷德站在伯尔尼兹阿尔卑斯山脉②中的瀑布前。时值正午。他念着咒语，用双手捧起一掬清水，泼向半空。于是在瀑布的彩虹中立刻出现了童贞圣母山……写得多美呀！此刻我就在想，人也可以崇拜水，建立拜水教，就像建立拜火教一样……自然界的神力真是不可思议！人活在世上，呼吸着空气，看到天空、水、太阳，这是多么巨大的幸福！可我们仍然感到不幸福！为什么？是因为我们的生命短暂，因为我们孤独，因为我们的生活谬误百出？就拿这日内瓦湖来说吧，当年雪莱来过这儿，拜伦来过这儿……后来，莫泊桑也来过，他孑然一身，可他的心却渴望整个世界都幸福。当年所有的理想主义者，所有的恋人，所有的年轻人，所有来这里寻求幸福的人都已弃世而去，永远消逝了。我和你有朝一日，同样也将弃世而去……你想喝点酒吗？”

我把玻璃杯递过去，他给我斟满酒，然后带着一抹忧郁的微笑，加补说：

“我觉得，有朝一日我将融入这片亘古长存的寂静中，我们都站在它的门口，我们的幸福就在那扇门里边。你是否记得易卜生的那句话：‘玛亚，你听见这寂静吗？’③ 我也要问你：你有没有听见这群山的寂静呢？”

我们久久地遥望着重重叠叠的山峦和笼罩着山峦的洁净、柔和的碧空，空中充溢着秋季的无望的忧悒。我们想象着我们远远地进入了深山的腹地，人类的足迹还从未踏到过那里……太阳照射着四周都被山岭锁住的深谷，有只兀鹰翱翔在山岭与蓝天之间的广阔的空中……山里只有我们两人，我们越来越远地向深山中走去，就像那些为了寻找火绒草而死于深山老林中的人一样……

我们不慌不忙地划着桨，谛听着正在消失的钟声，谈论着我们去萨瓦省的旅行，商量我们在哪些地方可以逗留多少时间，可我们的心却不由自主地离开话题，时时刻刻在向往

---

① 《曼弗雷德》：英国诗人乔治·拜伦的诗剧，蒲宁曾将其译成俄文。

② 伯尔尼兹阿尔卑斯山脉：位于瑞士南部，是阿尔卑斯山脉的一部分。

③ 语出挪威剧作家易卜生所著悲剧《当我们这些死者苏醒的时候》第一幕。

着幸福。我们平生第一次见到的自然景色的美，以及艺术的美和宗教的美，不论是哪里的，都激起我们朝气蓬勃的渴求，渴求我们的生活也能升华到这种美的高度，用出自衷心的欢乐来充实这种美，并同人们一起分享我们的欢乐。我们在旅途中，无论到哪里，凡是我们所注视的女性无不渴求着爱情，那是一种高尚的、罗曼蒂克的、极其敏感的爱情，而这种爱情几乎使那些在我们眼前一晃而过的完美的女性形象神化了……然而这种幸福会不会是空中楼阁呢？否则为什么随着我们一步步去追求它，它却一步步地往郁郁苍苍的树林和山岭中退去，离我们越来越远？

那位和我在旅途中一起体验了那么多欢乐和痛苦的旅伴，是我一生中所爱的有限几个人中的一个，我的这篇短文就是奉献给他的。同时我还借这篇短文向我们俩所有志同道合的萍飘天涯的朋友致敬。

1901 年

选自［俄］伊凡·蒲宁著，戴骢译：《林荫幽径》，漓江出版社 2019 年版。

阅读提示：

蒲宁一生热爱自然，在他的创作中，无论小说、诗歌还是散文，大自然始终是其中最美的画面。与自然的对话使他内心蕴含着丰富的美感，也让他安顿了灵魂。

“静”是一种听觉的感知，亦是心灵的感受，怎样用有形的材料去传递这感觉呢？作者以日内瓦湖为核心，由远及近，一点点把这“静”晕染开来。未到湖中时，作者以“雾”中景象写静；泛舟湖中时，作者又主要以声音写静，以动衬静、以有声衬无声……文章色彩、光感、动静、构图绝佳，即使经过翻译，其生动、细腻、清丽的语言依然穿透纸背，向读者散发出幽深、静谧、恬淡的美。

蒲宁笔下的自然，往往既清新美丽，又饱含着生命的哲学的低语。末段由自然之静引发了对幸福的怀想与追求，而假如能够欣赏自然、艺术的美，由此升华自我、充实人生，并与人分享，这应该就是获得幸福的重要途径吧！就如文中蒲宁，沉浸在天地大美、无边静寂之中，身旁友人相伴，不正是在幸福中吗？

思考与练习：

结合课文，谈一谈优美范畴的特征是什么？

我善养吾浩然之气[①]

孟　子[②]

（公孙丑[③]问曰：）“敢问夫子恶乎长[④]？”

曰：“我知言，我善养吾浩然之气[⑤]。”

“敢问何谓浩然之气？”

曰：“难言也。其为气也，至大至刚，以直养而无害[⑥]，则塞于天地之间。其为气也，配义与道；无是，馁也[⑦]。是集义所生者[⑧]，非义袭而取之也。行有不慊于心[⑨]，则馁矣。我故曰，告子未尝知义，以其外之也[⑩]。必有事焉[⑪]，而勿正，心勿忘，勿助长也。无若宋人然：宋人有闵其苗之不长而揠之者，芒芒然归，谓其人曰：‘今日病矣，予助苗长矣[⑫]。’其子趋而往视之，苗则槁矣。天下之不助苗长者寡矣。以为无益而舍之者，不耘苗者也；助之长者，揠苗者也——非徒无益，而又害之。”

“何谓知言？”

曰：“诐辞知其所蔽，淫辞知其所陷，邪辞知其所离，遁辞知其所穷[⑬]——生于其心，害于其政；发于其政，害于其事[⑭]。圣人复起，必从吾言矣。”

选自杨伯峻译注：《孟子译注》，中华书局2010年版。

---

① 本篇选自《孟子·公孙丑上》，题目为后加。

② 孟子（前372—前289）：名轲，字子舆，战国时期邹国人，是孔子之后儒家的主要代表人物，与孔子合称“孔孟”。《孟子》是儒家经典之一，是孟子的言论汇编，主要记录孟子的政治活动和思想学说，由孟子及其弟子共同编著。

③ 公孙丑：孟子弟子。

④ 恶（wū）乎长（cháng）：擅长什么。

⑤ 知言：善于分析言辞。浩然：盛大流动之貌。

⑥ 以直养而无害：用正义培养它，一点也不伤害。

⑦ 馁：饥饿，这里形容没有力量。

⑧ 集义所生：积累正义而产生。非义袭而取之：不是偶然的正义行为能取得的。

⑨ 慊（qiè）：感到满足，快适。

⑩ 告子未尝知义，以其外之也：告子不曾懂得义，因为他把义看成心外之物。告子，战国人，曾受教于墨子。

⑪ 必有事焉：一定要培养（浩然之气）。勿正：不要有特定的目的。

⑫ 闵：忧愁。揠：拔。芒芒然：疲惫之貌。其人：家人。病：疲倦。

⑬ 诐（bì）辞：偏颇的言辞。蔽：片面。淫：过分。陷：失当。邪：不合正道。离：与正道分歧。遁：躲闪。穷：理屈词穷。

⑭ 此句意为：（这四种言辞）从思想中产生，一定会在政治上产生危害；如果体现于政治措施上，一定会危害国家的各种事业。

阅读提示：

孟子认为人性本善，先天的“善端”就像种子，经过自觉的修养，“人皆可成尧舜”。而要达到这种至善境地，就需要培养浩然之气。浩然之气集道、义而生，是宏大志伟的阳刚之气，是刚健充实的凛然正气。浩然之气是需要经过长期修养才能达到的一种自然而然的境界，需要不断反躬自省、身行正义，在日积月累中不断充沛壮大。孟子所倡导的这种至大至刚之气激励了历代无数仁人志士和英雄豪杰。

《孟子》作为儒家经典之一，千百年来一直具有无穷的魅力，原因之一在于从中可以清晰感受到孟子的个性、情感和精神。他关心民瘼，力推仁政，不惧王权，蔑视权贵，刚正不阿，顶天立地。在此精神人格的涵养下，《孟子》行文善于论辩，长于譬喻，大量使用排偶句、叠句等手法，气势充沛，莫之能御。

思考与练习：

你认为新时代大学生应该如何培养浩然之气？

六月二十日夜渡海①

苏　轼②

参横斗转欲三更③，苦雨终风也解晴④。
云散月明谁点缀⑤，天容海色本澄清。
空余鲁叟乘桴意⑥，粗识轩辕奏乐声⑦。

---

① 这首诗为元符三年（1100）苏轼自海南岛北归渡过琼州海峡时所作。

② 苏轼（1037—1101）：字子瞻，号东坡居士，眉州眉山（今四川眉山）人。北宋著名文学家，“唐宋八大家”之一。其诗、词、文、画、书法皆擅。

③ 参（shēn）横斗转：参星横斜，北斗星转向。参、斗：皆为二十八星宿之一。横、转：指星座位置移动。三更：一夜五更，此时为深夜。

④ 苦雨：久下不停的雨。终风：终日不息的风。《诗经·邶风·终风》：“终风且暴。”

⑤ “云散”句：语出《晋书·谢重传》，谢重在会稽王司马道子坐上做客，正值月夜明净，道子叹以为佳，而谢重则谓“不如微云点缀”，道子因戏曰：“卿居心不净，乃强欲滓秽太清邪！”（你自己心里不干净，还想将天空也弄得污秽吗？）

⑥ 鲁叟：指孔子。《论语·公冶长》载，孔子曾感慨：“道不行，乘桴（木筏）浮于海。”此处苏轼言自己北归，不能像孔子那样乘桴泛海行道。

⑦ 轩辕：黄帝。《庄子·天运》：“帝张（演奏）咸池之乐于洞庭之野。”这里形容自己两次渡海，大体能够领略有如咸池之乐的大海波涛之声。

九死南荒吾不恨，兹游奇绝冠平生[①]。

选自张志烈等主编：《苏轼全集校注》，河北人民出版社2010年版。

阅读提示：

绍圣元年（1094），宋哲宗亲政，启用已经变质的变法派，苏轼被政敌迫害，由英州（今广东英德）到惠州（今广东惠州），一再被贬，终于绍圣四年（1097）被贬儋州（今海南儋州）。在雷州半岛与亲友告别时，苏轼已经做好老死南荒的准备，没想到元符三年（1100）哲宗病逝，徽宗即位，苏轼竟得以遇赦北还。

站立船头，面对海天茫茫，诗人心头怎能不感慨万千？此诗将胸臆完美融于眼前景色当中，又将实景与典故巧妙化合，开阔壮美，意蕴丰沛。

首联点明时间和天气，也暗喻了自己的坎坷经历终将像黑夜要过去、风雨将结束一样，迎来转机，诗人的乐观心情溢于言表。颔联既写眼前实景，又巧用典故，表达出一次次悲喜交迭的遭逢仿佛是对灵魂的洗礼，终于呈现出一尘不染的本色。颈联分别用典，进一步丰富了诗意。前句既用“空余”对应当前遇赦回归，也借孔子之言寄寓自己曾经道之不行的感慨；后句借黄帝咸池之乐来表达自己领悟物我两忘的人生大道，“粗识”既含着苦涩，也透着通达。尾联直抒胸臆，即使九死一生，被贬南荒在诗人眼中也是生命中最为难得的奇妙游历，其淡泊豁达可见一斑，也将全诗的超拔之气推向高潮。

苏轼一生豪放，而历经磨难之后，其心胸已如皓月朗照，天海澄明。

思考与练习：

苏轼的精神人格对今人有何价值？请谈谈你的看法。

---

① 兹游：指被贬儋州。

渔家傲①

李清照②

天接云涛连晓雾，星河欲转千帆舞③。仿佛梦魂归帝所④，闻天语，殷勤问我归何处。

我报路长嗟日暮⑤，学诗谩有惊人句⑥。九万里风鹏正举⑦。风休住，蓬舟吹取三山去⑧。

选自王仲闻校注：《李清照集校注》，中华书局2020年版。

阅读提示：

这首词气势磅礴，意境阔大，想象雄奇，在以婉约词为主的《漱玉词》中独具异彩，即使在两宋词坛也属珍品。

此词记梦，构思奇特。开篇即显不凡，天、云、雾、星、河、帆，既构成一幅无边壮美的图景，又将天上银河与人间江河相连，显出梦之迷蒙无羁。作者浑冥中竟与天帝展开对话：天帝殷勤相问欲向何处，透着关心民瘼的慈祥；回答豪迈沧桑，一“嗟”一“谩”，前者巧妙化用屈原诗句，表达出上下求索的旅途艰辛，后者借学诗透出生不逢时、壮志难酬的感慨，皆于苦闷中不失超拔。下一句将全篇推向高潮，词人妙用《庄子》，表示自己要像大鹏一样乘风遨游，诗境愈显壮伟恢宏；最后两句振聋发聩，词人喝令长风劲吹，将自己的蓬舟吹到无人能至的仙山中去，不仅精神气魄震慑万物，也巧妙回答了上阕中天帝的问语，使词章完美收束。

此词并非脱离现实的无端想象，词中于豪迈中隐隐透露出的孤独无奈正是词人现实遭遇的反映。词押仄声韵，给人以深沉厚重之感，与作者后期词作在精神上有相通之处。

---

① 渔家傲：词牌名。此调始自晏殊，因其词中有“神仙一曲渔家傲”句，故以为名。一般认为此词作于李清照南渡之后。

② 李清照（1084—1155）：号易安居士，齐州章丘（今山东济南）人。宋代杰出女诗人，婉约词派的代表。李清照原有作品集已散佚，后人有《漱玉词》辑本。其创作由靖康之难分前后两期，前期多写婚姻爱情与自然之美，轻盈妙丽；后期多悲叹身世，凄凉凝重。

③ 星河：天河。指夜色将尽的时候，星河转换，有如千帆飞舞。

④ 帝所：天帝的居所。下句中“天”亦指天帝。

⑤ 此句暗用屈原《离骚》：“欲少留此灵琐兮，日忽忽其将暮。……路漫漫其修远兮，吾将上下而求索。”嗟：慨叹。

⑥ 谩有：空有。

⑦ 此句化用《庄子·逍遥游》：“北冥有鱼，其名为鲲。……化而为鸟，其名为鹏……怒而飞，其翼若垂天之云……‘鹏之徙于南冥也，水击三千里，抟扶摇而上者九万里……’”

⑧ 蓬舟：蓬蒿似的船。三山：传说中的仙山。《史记·封禅书》记载，渤海中有蓬莱、方丈、瀛洲三座仙山，可以望见但无人能至。

思考与练习：

请结合本诗谈谈你对壮美的理解。

正气歌

文天祥①

予囚北庭，坐一土室。室广八尺，深可四寻②。单扉低小，白间短窄，污下而幽暗。当此夏日，诸气萃然：雨潦四集，浮动床几，时则为水气③；涂泥半朝④，蒸沤历澜⑤，时则为土气；乍晴暴热，风道四塞，时则为日气；檐阴薪爨⑥，助长炎虐，时则为火气；仓腐寄顿⑦，陈陈逼人，时则为米气；骈肩杂遝⑧，腥臊污垢，时则为人气；或圊溷⑨，或毁尸，或腐鼠，恶气杂出，时则为秽气。叠是数气，当之者鲜不为厉⑩。而予以孱弱，俯仰其间，于兹二年矣。幸而无恙，是殆有养致然。然尔亦安知所养何哉⑪？孟子曰："我善养吾浩然之气。"彼气有七，吾气有一；以一敌七，吾何患焉！况浩然者，乃天地之正气也。作《正气歌》一首。

天地有正气，杂然赋流形⑫。下则为河岳，上则为日星。

于人曰浩然，沛乎塞苍冥。皇路当清夷，含和吐明庭⑬。

---

① 文天祥（1236—1283）：字履善，又字宋瑞，号文山，庐陵（今江西吉安）人。南宋末抗元名臣、文学家、民族英雄。宋理宗宝祐四年（1256）考取进士第一名（状元）。宋恭帝德祐元年（1275），捐家产作军费，起兵抗元。宋怀宗祥兴元年（1278）兵败被俘，后被囚于元大都（今北京）。狱中三年，面对威逼利诱，始终不屈，于元世祖至元十九年十二月（1283 年 1 月）壮烈殉国。著有《文山先生全集》。

② 寻：八尺为寻。

③ 白间：窗子。萃然：聚集笼罩。潦（liǎo）：雨水大。

④ 涂泥：涂在墙上的泥巴。朝：同"潮"。

⑤ 蒸沤（ò）：东西久泡水中，发出臭味。澜：风吹水面形成波纹曰澜。历澜指泥水翻腾。

⑥ 爨（cuàn）：烧火做饭。

⑦ 仓腐：陈米。寄顿：贮存。

⑧ 骈肩：肩靠肩，形容拥挤杂乱。遝（tà）：众多。

⑨ 圊（qīng）溷（hùn）：厕所。

⑩ 此句意为：很少人不生病。厉：疾病。

⑪ 然尔：即"然而"。

⑫ 杂然：多种多样。赋：赋予。流形：各种形体，指下文说的宇宙间各种事物。

⑬ 二句意为：在太平之世，浩然之气就在朝廷中和平地吐露发扬。皇路：指国运。清夷：清平、安定。明庭：圣明的朝廷。

时穷节乃见①，一一垂丹青②。在齐太史简③，在晋董狐笔④。
在秦张良椎⑤，在汉苏武节⑥。为严将军头⑦，为嵇侍中血⑧。
为张睢阳齿⑨，为颜常山舌⑩。或为辽东帽，清操厉冰雪⑪。
或为《出师表》，鬼神泣壮烈⑫。或为渡江楫，慷慨吞胡羯⑬。
或为击贼笏，逆竖头破裂⑭。是气所旁薄，凛烈万古存⑮。
当其贯日月，生死安足论⑯！地维赖以立，天柱赖以尊⑰。

---

① 时穷：艰难的时候。节：气节。见：同“现”。

② 丹青：画像。“垂丹青”此处意为被后人纪念。

③ 《左传·襄公二十五年》载，齐国大夫崔杼（zhù）杀齐庄公后，太史书曰：“崔杼弑其君。”崔杀之。太史的两个弟弟继续这样写，都被杀，第三个弟弟仍然这样写，崔杼没有办法，只好让他写在史册中。

④ 《左传·宣公二年》载，春秋时，晋灵公欲杀晋大夫赵盾，赵盾出逃，其族侄赵穿杀晋灵公，盾回来后没有处置赵穿，太史董狐因其“返不讨贼”而在史册上写下：“赵盾弑其君。”孔子称赞董狐乃“古之良史”。

⑤ 《史记·留侯传》载，张良祖上五代人为韩国丞相，秦灭韩，他决心为韩报仇，找到一个大力士，持一百二十斤的铁椎，在博浪沙（今河南省新乡县南）伏击出巡的秦始皇，误中副车。后来张良辅佐刘邦建立汉朝，封留侯。

⑥ 《汉书·李广苏建传》载，汉武帝时，苏武出使匈奴，被扣留，坚决不降，被流放北海（今西伯利亚贝加尔湖），持节放羊十九年，终归汉。节：使臣所持符节。

⑦ 《三国志·蜀志·张飞传》载，东汉末，严颜奉刘璋命镇守巴郡，被张飞俘获，要他投降，他回答：“我州但有断头将军，无降将军！”张飞见其威武不屈，遂将其释放。

⑧ 嵇（jī）侍中：嵇绍，嵇康之子，为晋惠帝侍中。《晋书·嵇绍传》载，晋惠帝永兴元年(304)，皇室内乱，面对飞剑如雨，嵇绍用身体挡住惠帝，被杀，血溅惠帝衣。事后有人要把这件衣服洗干净，惠帝说：“此嵇侍中血，勿去！”

⑨ 张睢（suī）阳：指唐安史之乱时固守睢阳（今河南商丘）的张巡。《旧唐书·张巡传》载，安禄山攻睢阳，张巡每次督战，都“大呼誓师，眦裂血流，齿牙皆碎”。

⑩ 颜常山：指唐安史之乱时担任常山太守的颜杲卿。《新唐书·颜杲卿传》载，安禄山反，颜起兵讨伐，后城破被俘，见安禄山，骂贼不止，被钩断舌头而死。

⑪ 东汉末年天下大乱，管宁有高节，避乱居辽东（今辽宁辽阳），一再拒绝朝廷征召。他常戴黑色帽子，安贫讲学，名闻于世。

⑫ 诸葛亮志在北定中原，出师伐魏前，上表后主刘禅，表明决心，其忠诚壮烈感天动地。

⑬ 《晋书·祖逖传》载，东晋元帝时，北方为少数民族占据，豫州刺史祖逖率兵北伐，渡长江时，敲船桨立誓北定中原，后来终于收复黄河以南失地。胡羯（jié）：古代对西北少数民族的称呼。

⑭ 《旧唐书·段秀实传》载，唐德宗时，朱泚（cǐ）谋反，召段秀实议事，段秀实不肯同流合污，以笏击泚头，大骂：“狂贼，吾恨不斩汝万段，岂从汝反耶?”遂被杀。笏（hù）：大臣朝见皇帝时所持的手板。逆竖：指叛贼朱泚。

⑮ 二句意为：这种正气充塞宇宙，万古长存。

⑯ 二句意为：当正气激昂、贯通日月的时候，个人的生死还有什么值得计较。

⑰ 二句意为：地和天都依靠正气支撑。地维：地的四角，古人认为地为方形。天柱：撑天之柱。

三纲实系命，道义为之根[1]。嗟予遘阳九[2]，隶也实不力[3]。
楚囚缨其冠，传车送穷北[4]。鼎镬甘如饴，求之不可得[5]。
阴房阒鬼火[6]，春院閟天黑[7]。牛骥同一皂，鸡栖凤凰食[8]。
一朝濛雾露，分作沟中瘠[9]。如此再寒暑，百沴自辟易[10]。
嗟哉沮洳场[11]，为我安乐国。岂有他缪巧，阴阳不能贼[12]。
顾此耿耿在[13]，仰视浮云白[14]。悠悠我心悲，苍天曷有极[15]？
哲人日已远，典型在夙昔[16]。风檐展书读，古道照颜色[17]。

选自刘文源校笺：《文天祥诗集校笺》，中华书局2017年版。

阅读提示：

《正气歌》写于至元十八年（1281）元大都狱中，是文天祥正气凛然、表里如一的写照。本诗可分四层。开头十句，以孟子“浩然之气”起笔，表明自己始终如一的信念。此后二十四句，以十二位历史人物的忠烈事迹铺写浩然正气的具体表现，点明正是

---

① 二句意为：正气是伦理和道义的根基和命脉。三纲即“君为臣纲、父为子纲、夫为妻纲”（《白虎通德论》），是封建时代最基本的伦理关系。

② 遘（gòu）：遭逢，遇到。阳九：厄运。

③ 此句意为：自己未能挽救国家于危亡之际。隶：徒隶，此为作者自指。

④ 《左传·成公九年》载，楚人钟仪成为晋国俘虏，一直戴着楚国帽子，晋侯问是何人，旁人回答说是郑国人献的“楚囚”。此处诗人以“楚囚”自喻，有不忘故国之意。缨：帽带。缨其冠：带着南冠。传车：驿车，古代官方的运输车辆。

⑤ 二句意为：自己早已做好以身殉国的准备，唯求速死而已。鼎镬（huò）：古代烹饪器具。把人放在鼎镬里烹煮是古代酷刑之一。饴：糖浆。

⑥ 阴房：牢房。阒（qù）：寂静。

⑦ 閟（bì）：关闭着。

⑧ 二句意为：牛和骏马同槽，鸡和凤凰共处，比喻自己落在牢狱之中，与囚犯杂处。骥：良马。皂：马槽。鸡栖：鸡窝。

⑨ 二句意为：有一天受雾露侵袭生病而死，自己就会成为沟中枯骨。瘠（jí）：瘦骨。

⑩ 二句意为：在这种环境里过了两年，居然没有受到疾病侵袭。百沴（lì）：指序文中所说的各种恶气。辟易：退避。

⑪ 沮（jù）洳（rù）场：低下阴湿的地方。

⑫ 二句意为：哪有什么神奇法术，让寒热之气不能伤害自己。缪巧：智谋机巧。贼：害。

⑬ 此句意为：心中充满正气。此：指正气。耿耿：光明貌。

⑭ 此句意为：绝不为贪图富贵而投降。浮云：语出《论语·述而》：“不义而富且贵，于我如浮云。”

⑮ 曷有极：哪有尽头。

⑯ 二句意为：前述先贤的时代虽已久远，但他们的事迹流传青史，足以为模范。典型：榜样，模范。夙昔：从前，过去。

⑰ 二句意为：在临风的廊檐下展开史册，古代的美德闪耀在面前。古道：古代传统美德。

这样的气骨和精神维系着人伦纲常。再后二十二句，回忆自己抗元被俘的经历，虽身陷囹圄，却甘之如饴，守志不二。最后四句称颂先辈贤哲典型犹在，自己将遵循古道，舍身成仁。此诗为五言古体，或议论，或叙述，慷慨淋漓，高古悲壮，闪耀着人性的光辉和人格的崇高。

文天祥久禁于暗无天日的牢狱之中，仍铁骨铮铮，其气节可谓惊天地泣鬼神。他有忠君思想，诗中有些称颂的人和事于今已不足为训；但历史地看，文天祥无疑是彪炳史册、辉映千古的英雄人物。

思考与练习：

中国历史上还有哪些人物具有和文天祥一样的崇高人格？

浮士德[①]（节选）

歌　德[②]

悲剧第一部

城门前

……

浮士德

哦，还能希望从错误大海中浮起的人，
真是幸运！
用非其所知，
知非其所用——
不过咱们别让无端的愁绪，
把眼前的良辰美景葬送！
你瞧，那些绿荫围绕的茅屋，
闪烁着斜阳的晚红。

① 《浮士德》：取材于德国16世纪的民间传说，以诗剧形式写成，分为两部，共12111行，以主人公浮士德的思想发展为线索，展现他探索真理的一生。本文内容分别为第一部和第二部中的片段节选。

② 约翰·沃尔夫冈·冯·歌德（1749—1832）：德国伟大的诗人、作家、思想家，欧洲18世纪启蒙文学最重要的代表。代表作有《少年维特之烦恼》《威廉·麦斯特》《浮士德》等。

落日西沉，白昼告终，
乌飞兔走，又促进新的生命流通。
哦，可惜我没有双翅凌空，
不断飞去把太阳追从！
要有，我将在永恒的斜晖中间，
瞧见平静的世界在我脚下显现，
万谷凝翠，千山欲燃，
银涧滚滚，流向金川。
深山大壑纵然凶险，
也不足以把我的壮游阻拦；
阳光照暖了港湾，
大海在惊异的眼前开展。
太阳女神似乎一去不返；
然而新的冲动苏醒，
我要赶去啜饮她那永恒的光源。
白昼在前，黑夜在后，
青天在头上，波涛在下边。
一场美丽的梦，可是太阳已经去远。
唉！肉体的翅膀
毕竟不易和精神的翅膀作伴。
可是人人的天性都一般，
他的感情总是不断地向上和向前：
有如云雀没入苍冥，
把清脆的歌声弄啭；
有如鹰隼展翼奋飞，
在高松顶上盘旋；
有如白鹤飞越湖海和平原，
向故乡回转。

瓦格纳

我也常有胡思乱想的时候，
却不曾这样好高骛远。
原野和森林容易看厌，
鸟儿的羽翼我不垂涎。

精神的快乐来自另一方面，
这就是逐册逐页地攻读简篇！
于是寒冷的冬天也美好堪羡，
幸福的生机把四肢百骸温暖，
啊！要是你翻读贵重的羊皮宝卷，
那末，整个天宇都下降到你的身边。

浮士德

哦，你只懂得一种冲动，
永不会把另一种认清！
在我的心中啊，盘据着两种精神，
这一个想和那一个离分！
一个沉溺在强烈的爱欲当中，
以固执的官能贴紧凡尘；
一个则强要脱离尘世，
飞向崇高的先人的灵境。
哦，如果空中真有精灵，
上天入地纵横飞行，
就请从祥云瑞霭中降临，
引我向那新鲜而绚烂的生命！
不错，但愿有魔衣一领，
载我到奇邦异国去远征！
它将是我的无上珍品，
那些珠玑黼黻①对我不值一文。
……

悲剧第二部

宫中宽广的前庭

……

浮士德（从宫中出来，摸索门柱）

① 黼（fǔ）黻（fú）：绣有华美花纹的礼服。

铁锹声多么使我心旷神怡！
这是那些群众在为我服役，
他们保护陆地不使倾圮，
对汹涌的波涛加以限制，
用紧密的长带将大海围起。

靡非斯陀（*旁白*）

你筑起塘堰和堤防，
无非是为他人作嫁衣裳；
因为你为海神纳普东①
已经准备好盛宴一场。
总而言之，你们已经完蛋——
四大元素②和我们连在一边，
一切终归要烟消云散。

浮士德

监工！

靡非斯陀

有！

浮士德

尽可能用各种方法，
征募一批又一批的工人，
宽猛相济，恩威并行；
给以报酬、引诱甚而强逼！
我每天都要得到消息：
开掘的濠沟延长到哪里。

---

① 纳普东：古罗马神话中的海神。也翻译为尼普顿。
② 四大元素：古希腊关于世界物质组成的学说，认为世界来源于土、气、水、火四种元素。

靡非斯陀（压低声音）

据我接到的消息说：
没有挖濠沟而是在掘坟墓。

浮士德

有一片泥沼延展在山麓，
使所有的成就蒙垢受污；
目前再排泄这块污潴①，
将是最终和最高的任务。
我为千百万人开疆辟土，
虽然还不安定，却可以自由活动而居住。
原野青葱，土壤膏腴！
人畜立即在崭新的土地上各得其趣。
勇敢勤劳的人筑成那座丘陵，
向旁边移植就可以接壤比邻！
这里边是一片人间乐园，
外边纵有海涛冲击陆地的边缘，
并不断侵蚀和毁坏堤岸，
只要人民同心协力即可把缺口填满。
不错！我对这种思想拳拳服膺，
这是智慧的最后结论：
人必须每天每日去争取生活与自由，
才配有自由与生活的享受！
所以在这儿不断出现危险，
使少壮老都过着有为之年。
我愿看见人群熙来攘往，
自由的人民生活在自由的土地上！
我对这一瞬间可以说：
你真美呀，请你暂停！
我有生之年留下的痕迹，
将历千百载而不致湮没无闻——

① 潴（zhū）：水积聚的地方。

现在我怀着崇高幸福的预感，
享受这至高无上的瞬间。
浮士德向后倒下，死灵们将他扶起，放在地上。

选自［德］歌德著，董问樵译：《浮士德》，复旦大学出版社1983年版。

阅读提示：

《浮士德》创作时间长达60年，既是歌德一生经验的总结，也具有历史总结的意义，是迄今为止德国文学史上最伟大的作品。诗剧以天帝和魔鬼靡菲斯陀的争论作为开端，他们以浮士德打赌，看人在追求过程中，到底是“一个善人即使在黑暗的冲动中/也一定会意识到坦坦正途”，还是终将会因不知满足而被引上魔路。当年逾半百的浮士德困在中世纪的书斋里，对旧的知识感到厌倦和绝望的时候，靡菲斯陀乘虚而入，和浮士德签订了契约。魔鬼充当浮士德的仆人，负责满足他的一切需求，而只要浮士德感到了满足，就要把灵魂交给魔鬼。在魔鬼的引诱下，浮士德返老还童，一生经历了追求知识、爱情、政治、艺术、事业等一系列的失败。他在百岁高龄双目失明之际，将魔鬼让死灵为他开凿坟墓的声音误当作人们正在围海造田、勤奋劳作的声音，在这一刻他感到了满足，也就走到了生命的终点。正当魔鬼想要抢夺浮士德的灵魂时，天使把他的灵魂接到了天国。浮士德的一生，是一个矛盾运动、辩证发展的过程，他却能够不断克服内在和外在的双重矛盾，最后达到个性的完善。在一次次追求中，他既没有在欲望中沉沦，也没有被失败打倒，而是始终表现出不断进取、自强不息的精神，这被称作“浮士德精神”。

本文第一部分表现了浮士德身为学者时对于投身现实生活的热烈渴望，他既有崇高的精神追求，又希望得到尘世的欢乐，虽然二者并不一致，但都体现了他勇于实践、追求新生的决心和勇气。第二部分表现出浮士德在百岁高龄的时候，终于为人民在自己的带领下改造大自然而感到了巨大幸福，虽然是受到了魔鬼的蒙蔽，但这种向上向善的精神却永远崇高伟大。

思考与练习：

结合原著，谈谈你对浮士德精神的理解。

他是我们的良知①（节选）

罗曼·罗兰②

战斗告终了，以八十二年的生命作为战场的战斗告终了。悲剧的光荣的争战，一切生的力量，一切缺陷一切德性都参预着——一切缺陷，除了一项，他不息地抨击的谎言。

最初是醉人的自由，在远远里电光闪闪的风雨之夜互相摸索冲撞的情欲——爱情与幻梦的狂乱，永恒的幻象。高加索，塞瓦斯托波尔，这骚乱烦闷的青春时代……接着，婚后最初几年中的恬静。爱情，艺术，自然的幸福，《战争与和平》。天才的最高期，笼罩了整个人类的境界，还有在心魂上已经成为过去的，这些争斗的景象。他统制着这一切，他是主宰；而这，于他已不足够了。如安德烈亲王③一样，他的目光转向奥斯特利茨无垠的青天。是这青天在吸引他：

> 有的人具有强大的翅翼，为了对于世俗的恋念堕在人间，翅翼折断了：例如我。以后，他鼓着残破的翅翼奋力冲飞，又堕下了。翅翼将会痊愈变成完好的。我将飞翔到极高。上帝助我！

图 8-6　托尔斯泰

这是他在最惊心动魄的暴风雨时代所写的句子，《忏悔录》便是这时期的回忆与回声。托尔斯泰（如图 8-6）曾屡次堕在地下折断了翅翼。而他永远坚持着。他重新启程。他居然"遨翔于无垠与深沉的天空中了"，两张巨大的翅翼，一是理智一是信仰。但他在那里并未找到他所探求的静谧。天并不在我们之外而在我们之内。托尔斯泰在天上仍旧激起他热情的风波，在这一点上他和一切舍弃人世的使徒有别：他在他的舍弃中灌注着与他在人生中同样的热情。他所抓握着的永远是"生"，而且他抓握得如爱人般的强烈。他"为了生而疯狂"。他"为了生而陶醉"。没有这醉意，他不能生存。为了幸福，同时亦为了苦难而陶醉，醉心于死，亦醉心于永生。他对于个人生活的舍弃，只是他对于永恒生活的企慕的呼声而已。不，他所达到的平和，他所唤引的灵魂的平和，并非是死的平和。这是那些在无

---

① 本文节选自罗曼·罗兰著《巨人三传》（又名《名人传》）中的《托尔斯泰传》。该书收录了作者在不同时期写的三部传记：《贝多芬传》（1902）、《米开朗琪罗传》（1905）、《托尔斯泰传》（1911）。

② 罗曼·罗兰（1866—1944）：二十世纪法国杰出的文学家、传记作家、音乐评论家和社会活动家，1915 年获诺贝尔文学奖。代表作有《约翰·克利斯朵夫》《母与子》《哥拉·布勒里翁》《名人传》等。

③ 安德烈亲王：列夫·托尔斯泰长篇小说《战争与和平》中的主人公。

穷的空间中热烈地向前蹚奔的人们的平和。在于他，愤怒是沉静的，而沉静却是沸热的。信心给予他新的武器，使他把从初期作品起便开始的对于现代社会的谎言的战斗，更愤激地继续下去。他不再限于几个小说中的人物，而向一切巨大的偶像施行攻击了：宗教，国家，科学，艺术，自由主义，社会主义，平民教育，慈善事业，和平运动……他痛骂它们，把他们攻击得毫无余地。

对于世界的奋战，是他和卢梭共同的争斗，此外尚另有一种更甚于此的争斗充塞着托尔斯泰最后三十年的生命，这是他心魂中两种最高的力量的肉搏：真理与爱。

真理——“这直透入心魂的目光”——透入你内心的灰色的眼珠中的深刻的光明……它是他的最早的信仰，是他的艺术之后。

“成为我作品中的女英雄的，为我以整个心魂的力量所爱的，在过去，现在，将来，永远是美的，这便是真理。”①

真理，是在他兄弟死后一切都毁灭了的时候所仅存的东西。真理，是他生命的中枢，是大海中的岩石。……

但不久之后，“残酷的真理”于他已不够了。爱占夺了它的地位。这是他童年时代的活泼的泉源，“他的心魂的自然的境界”。1880 年发生精神错乱时，他绝未舍弃真理，他把它导向爱的境界。

爱是“力的基础”。爱是“生存的意义”，唯一的意义，当然，美亦是的。爱是由生活磨炼成熟后的托尔斯泰的精髓，是《战争与和平》《答神圣宗教会议书》的作者的生命的精髓。

爱深入于真理这一点，成为他在中年所写的杰作的独有的价值，他的写实主义所以和福楼拜式的写实主义有别者亦为此。福楼拜竭力要不爱他书中的人物。故无论这种态度是如何伟大，它总缺少光明的存在！太阳的光明全然不够，必须要有心的光明。托尔斯泰的写实主义现身在每个生灵的内部，且用他们的目光去观察他们时，在最下贱的人中，他亦会找到爱他的理由，使我们感到这恶人与我们中间亦有兄弟般的情谊联系着。由了爱，他参透生命的根源。

但这种博爱的联系是难于维持的。有时候，人生的现象与痛苦是那么悲惨，对于我们的爱显得是一种打击，那时，为了拯救这爱，拯救这信念，我们不得不把它超临人世之上，以至它有和人世脱离一切关系的危险。而那秉有看到真理，且绝对不能不看到真理的这美妙而又可畏的天赋的人，将怎么办呢？托尔斯泰最后数年中，锐利的慧眼看到现实的残酷，热烈的心永远期待着锻炼着爱，他为了心与目的不断的矛盾所感到的痛苦，谁又能说出来呢？

我们大家都体验过这悲剧的争斗。我们屡次陷入或不忍睹或痛恨的轮回中！一个艺术

---

① 见托尔斯泰日记《1855 年 5 月之塞瓦斯托波尔》。

家——一个名副其实的艺术家，一个认识文字的美妙而又可怕的力量的作家，——在写出某项某项真理的时候，感得为惨痛的情绪所拗苦：此种情形何可胜数！在现代的谎言中，在文明的谎言中，这健全而严重的真理，有如我们赖以呼吸的空气一般需要……而我们发现这空气，为多少肺所不能忍受，多少为文明所磨成，或只为他们心地的慈悲而变成怯弱的人所不堪忍受！这使人骇而却走的真理，我们可毫不顾虑这些弱者而在他们眼前暴露么？有没有在高处如托尔斯泰所说的一般，一种“导向爱的”真理？——可是什么？我们能不能容忍以令人安慰的谎言去欺骗人，如皮尔·金特[①]把他的童话来麻醉他的垂死的母亲？……社会永远处在这两条路的中间：真理，或爱。它通常的解决，往往是把真理与爱两者一齐牺牲了。

托尔斯泰从未欺妄过他两种信心中的任何一种。在他成熟期的作品中，爱是真理的火焰。在他晚年的作品中，这是一种从高处射下的光明，一道神恩普照的光彩烛照在人生上，可是不复与人生融合了。我们在《复活》中看到信仰统制着现实，但仍站在现实之外。托尔斯泰所描写的人物，每当他隔别观察他们的面目时，显得是弱的，无用的，但一等到他以抽象的方式加以思索时，这些人物立刻具有神明般的圣洁了。——在他日常生活中，和他的艺术同样有这种矛盾的表现，而且更为残酷的。他虽然知道爱所支使他的任务，他的行动却总不一致；他不依了神而生活，他依了世俗而生活。即是爱，到哪里去抓握它呢？在它不同的面目与矛盾的系统中如何加以辨别？是他的家庭之爱，抑是全人类之爱？……直到最后一天，他还是在这两者中间彷徨。

如何解决？——他不知道。让那些骄傲的知识分子去轻蔑地批判他罢。当然，他们找到了解决办法，找到了真理，他们具有确信。在这些人看来，托尔斯泰是一个弱者，一个感伤的人，不足为训的。无疑的，他不是一个他们所能追随的榜样；他们没有相当的生命力。托尔斯泰不属于富有虚荣心的优秀阶级，他亦不属于任何教派，——他既非伪善者，亦非如他所称谓的犹太僧侣。他是自由基督徒中最高的一个典型，他的一生都在倾向于一个愈趋愈远的理想。

托尔斯泰并不向那些思想上的特权者说话，他只说给普通人听。——他是我们的良知。他说出我们这些普通人所共有的思想，为我们不敢在自己心中加以正视的。而他之于我们，亦非一个骄傲的大师，如那些坐在他们的艺术与智慧的宝座上，威临着人类的高傲的天才一般。他是——如他在信中自称的，那个在一切名称中最美，最甜蜜的一个，——“我们的弟兄”。

1911年1月

选自［法］罗曼·罗兰著，傅雷译：《巨人三传》，北京大学出版社2017年版。

---

① 皮尔·金特：易卜生同名戏剧中的主人公。

阅读提示：

罗曼·罗兰之所以称贝多芬、米开朗琪罗、托尔斯泰为“巨人”，是因为他们都是他眼中伟大的英雄：“我称为英雄的，并非以思想或强力称雄的人，而只是靠心灵而伟大的人。”书中并没有对传主的生平琐事或轶闻做细致呈现，而是集中笔力把握人物高度统一的精神人格，以饱含激情的笔墨着重刻画他们在忧患困顿的人生征途上历经苦难而不懈奋斗、勇于抗争的心路历程，表现他们顽强的意志、崇高的人格、博爱的情感和广阔的胸襟，为我们谱写出一曲激昂澎湃，又深沉庄严的“英雄交响曲”。

苦难是淬炼他们英雄品格的必由之路。罗曼·罗兰说：“他们的伟大固然来自坚强的毅力，同时也来自所经历的忧患。”贝多芬的苦难主要源于他正值盛年即开始的耳疾。米开朗琪罗的苦难既有性格原因，更因他天才的艺术理想只能依附于他不愿依附的教皇，而永远无法完全靠个人之力来实现。托尔斯泰的苦难则来自于他自身主观意志的选择：他不肯满足于生活的安稳，也不肯满足于文学上的创造力，而一心要为人类找出一条通往和谐与幸福的道路。

本文选自《托尔斯泰传》的最后一节。这是对托尔斯泰一生的总结。他用尽全副身心追求真理，为此一生都在痛击各种巨大的偶像，也对自我做真诚的忏悔。对真理的寻求并未使他走向冷峻、严酷和傲慢，因为无论现实多么残酷，他都没有放弃对爱的信仰。他有缺点、弱点，也体验着极度的两难，他穷其一生也未能将理想和现实完美地统一，但他从没有停止过努力。他为自己的贵族生活感到可耻，他回归朴素的农民生活、为受苦的人们呼吁、向他们施以援手，但终因无法放弃家庭之爱而不能实现夙愿。他备受良心的煎熬，终于在82岁高龄选择逃离。当他病倒在离家出走的路途中，在生命的最后一刻，他所痛心的依然是：“大地上千百万的生灵正在受苦；你们为何大家都在这里只照顾一个列夫·托尔斯泰？”

这就是巨人的缩影。在最凄惨、无助、卑微的时刻，他们的内心依然涌动着博大的爱，激荡着无穷的精神之力。通过三巨人，罗曼·罗兰创造出崇高的“精神的太阳”，其目的就是“让自由的空气重新进来”，因为“伟大的心魄有如崇山峻岭，风雨吹荡它，云翳包围它，但人们在那里呼吸时，比别处更自由有力。纯洁的大气可以洗涤心灵的秽浊；而当云翳破散的时候，他威临着人类了”。

思考与练习：

结合本文，谈一谈托尔斯泰何以崇高。

第九讲

悲剧与喜剧

悲剧与喜剧是美学的两个重要审美范畴。当美好的事物（真、善、美）被毁灭时，悲剧便产生了。喜剧的本质在于可笑性，把过时的无价值的东西（假、恶、丑）展示出来引人发笑。这就是鲁迅所说的“悲剧将人生的有价值的东西毁灭给人看”，而“喜剧将那无价值的撕破给人看”。

悲剧最早产生于古希腊，起源于古希腊人每年秋季举行的祭祀酒神的歌舞表演，即“酒神颂”，悲叹酒神狄俄尼索斯在尘世遭受的痛苦并赞美他的再生。人类的发展史是从必然王国向自由王国探索的过程（这个过程永远不会结束），受制于认识的局限，理性不能完全自由地支配世界，人的选择和努力有可能事与愿违，造成灾难——这是悲剧产生的原因。只要人类对个人、社会、历史还不能自由掌握，善良、正义、仁慈等美德以及忠诚、友爱等情感这些最可贵的部分仍然会被无情地扼杀和摧毁，悲剧就仍然是审美形态的一种，焦虑、恐惧、绝望和死亡就仍然会通过艺术的形式得到表现。法国美学家狄德罗、俄罗斯文学家别林斯基和德国剧评家莱辛，都把骇人听闻的事件、不幸和苦难归入悲剧的范畴。中国和西方一样也存在着悲剧。俄狄浦斯最终逃不出杀父娶母的命运（索福克勒斯《俄狄浦斯王》）、哈姆雷特为父报仇付出爱情和生命的沉重代价（莎士比亚《哈姆雷特》）、贾宝玉和林黛玉相爱却不能在一起（曹雪芹《红楼梦》）等，都是震撼人心的大悲剧。

作家为了充分发挥悲剧的悲愤与痛恨的力量，突出悲剧崇高的使命感，就必须把悲剧人物写得淋漓尽致：“悲剧总是摹仿比我们今天的人好的人。”（亚里士多德《诗学》）现实生活中，普通人遇到灾难和打击也会抗争，但往往做不到普罗米修斯的决绝，他公开宣称：“我宁肯被缚在岩石上，也不愿作宙斯的忠顺奴仆。”（埃斯库罗斯《普罗米修斯》）即使被囚禁于悬崖，受尽摧残也不肯低下高贵的头颅。在找到叔父杀害父王的确凿证据之前，哈姆雷特一再犹豫，不忍杀掉凶手，以至于最终父仇虽报，他也付出了爱情和生命的沉重代价。追求爱情、坚持理想的人很多，但纯粹的“贾宝玉”只有一个。这些悲剧人物身上美好的品格超越了同时代的人，是“比我们今天的人好的人”，所以遇到的阻力越强大，他们的抗争也越彻底。

马克思、恩格斯认为，人类社会是一个由低级向高级的演变辩证过程。在这个过程中，那些代表历史进步趋势的新生事物和新生力量作为必然性要求往往不可能立刻实现，它们不应失败而失败，不该毁灭却毁灭，但它们坚持的原则和表现的精神将永存。他们进而深刻地指出：悲剧表现的是“历史的必然性要求和这个要求的实际上不可能实现之间的”冲突。所以悲剧是新的社会制度代替旧的社会制度的宣言，是人类生活中新旧力量矛盾冲突的必然结果。从雨果的《巴黎圣母院》、纪君祥的《赵氏孤儿》、托尔斯泰的《安娜·卡列尼娜》等悲剧作品中，我们可以看到美与恶、爱情与世俗观念等的强烈冲突。

读者和观众阅读或欣赏悲剧不是幸灾乐祸地看别人的笑话，也不是花钱流眼泪找罪受。悲剧主人公在矛盾冲突中遭受苦难或被毁灭的经历，常常引起读者或观者强烈的同情，让他们不自觉地产生怜悯、畏惧、悲愤等情感反应，心理也受到极大的压抑。然而，读者和观众在沉痛和压抑甚至痛哭流涕之余往往痛定思痛，化悲痛为力量，把对悲剧主人公的同情转化为保护美、对抗恶的强大力量，也因此获得更强烈的审美愉悦。

“喜剧”一词也源于古希腊，出现的时间比悲剧略晚一些，意为“快活的演出”。它作为古希腊最初的艺术表演形式，同祭祀酒神的仪式和流行于民间的滑稽讽刺性演出相关。后来，雅典诗人克刺忒斯用喜剧性情节代替了一般的滑稽表演，推动了喜剧的初步独立。最后，“喜剧之父”阿里斯托芬以其杰出的创作促成了古希腊喜剧文学样式的定型。

世界是一个新陈代谢、不断更新和再生的过程，旧的东西死亡，新的生命和事物持续产生。正如林语堂所说，人类的智慧发展到一定阶段，除了处理和解决各种问题之外，还聪明到对人本身产生疑惑，处处发现人类的愚笨、矛盾、偏执、自大，幽默也就跟着出现。而那些旧的东西、丧失了生命力的即将死亡的东西以及“人类的愚笨、矛盾、偏执、自大”，便显得滑稽可笑，于是产生了喜剧。如《堂吉诃德》中，骑士小说早已成为历史，而堂吉诃德却沉迷其中，坚持以骑士自居，“行侠仗义”，游走世界，将风车当作巨人，把旅店当作城堡，把苦役犯当作被迫害的骑士，把皮囊当作巨人的头颅，闹了无数的笑话，做出了种种与时代相悖、令人匪夷所思的行径。

读者读喜剧而发笑有两种原因：一是出于读者自身智力上的“优越感”。正如亚里士多德所说“喜剧总是摹仿比我们今天的人坏的人”，喜剧作品中，无价值的人物以有价值进行自我炫耀，狂妄无知者以智者自居，他们往往名实不符、表里不一、以假乱真、以丑为美，却在自我炫耀和吹捧中暴露其渺小、可笑、愚笨、矛盾，令读者产生智力上的“优越感”，由此发出愉快的笑。比如《西游记》中，长相蠢笨的猪八戒总是自我掩饰，当流沙河的妖怪嫌弃八戒皮肤粗糙，不能像唐僧一样清蒸，“要剁鲊酱”时，八戒辩白道：“你这泼物，全没一些儿眼色！我老猪还掐出水沫儿来哩，你怎敢说我粗糙，要剁鲊酱！”实在令人捧腹。而好面子、过于自尊的悟空也处处以妖怪、雷公的“爷爷”“外公”自居，动不动就提自己大闹天宫的历史，以唐僧大徒弟的身份自我标榜，比如“行者道：‘累烦你老人家与我传达传达：我是东土大唐驾下御弟三藏法师的徒弟，齐天大圣孙悟空行者。今有一事，要见菩萨。’道人笑道：‘老爷字多话多，我不能全记。’行者道：‘你只说是唐僧徒弟孙悟空来了。’”这些都可让读者因为早就识破了他爱面子的真相而产生自豪感和优越感。

二是由于康德所说的“紧张的期待突然转化为虚无”。当原来所认为的庞大、严肃、强壮的事物突然露出了渺小、丑陋、孱弱的真相，这时人就会发笑，而且那个东西装得越大、越强、越一本正经，就越可笑。比如在《钦差大臣》中，人们在假钦差大臣面前极尽阿谀奉承、投其所好之能事。在假钦差大臣走后，那封被争相传阅的邮件告诉人们骗子的真相时，从镇长到邮政局长，这些喜剧人物就更显得乖谬和可笑。这和相声、小品里的抖包袱、翻转很相似。当事人的行为貌似重要无比，使观众不能绝对肯定不发生严重的结局，所以他心里绷着一根弦；但种种迹象又暗示观众，结局将是无伤大雅的，观众能够意识到这一点；然而，真正的结局又是完全出乎意料的、突然发生的，它弛懈了观众绷着的那根弦，满足了观众的某种期待。这就引发了笑。笑是突发的、不假思索的。“笑”使读者处于平静和轻松的精神愉快中，毫无紧张感和压抑感。因为“喜剧中的危险不是真正的灾难，而是窘迫和丢脸。喜剧之所以比悲剧‘轻快’，原因就在于此”。

喜剧通过戏谑、讽刺、滑稽与幽默等夸张的表现手法，展示丑与美、落后与进步事物之间的矛盾，对社会生活中否定性的事物给予辛辣的讽刺或轻松的调侃，即“把那些无价值的东西撕破给人们看”，让人们在轻松愉悦的笑中思考和反省世界、人生和自身。

不同的读者对于同一部喜剧，有可能读出不同的喜剧内容。比如《堂吉诃德》，青少年读出了可笑和愚蠢，把它当作讽刺喜剧；而成年人可能读出了作者理想幻灭的自嘲，体会到作者的同情，看到作品“含泪的微笑”。年轻人嘲笑八戒的粗糙、好色、偷懒、爱打小报告，悟空的自尊自大；中年人却从中看到了无奈的自己：悟空的压力，八戒的身材，沙僧的寡言，唐僧的絮絮叨叨，还有离西天越来越近的“结局”。好的喜剧都有着悲剧的内核，让人笑中带泪，读后深思。

赵氏孤儿[1]（节选）

纪君祥[2]

（屠岸贾领卒子上[3]云）兀的不走了赵氏孤儿也[4]。某已曾张挂榜文，限三日之内，不将孤儿出首，即将晋国内小儿但是半岁以下、一月以上，都拘刷到我帅府中[5]，尽行诛戮。令人[6]，门首觑者，若有首告之人[7]，报复某家知道。（程婴上[8]云）自家程婴是也。昨日将我的孩儿送与公孙杵臼去了[9]，我今日到屠岸贾根前首告去来。令人，报复去，道有了赵氏孤儿也。（卒子云）你则在这里，等我报复去。（报科云）报的元帅得知，有人来报赵氏孤儿有了也。（屠岸贾云）在那里？（卒子云）现在门首哩。（屠岸贾云）着他过来。（卒子云）着过来。（做见科，屠岸贾云）兀那厮[10]，你是何人？（程婴云）小人是个草泽医士程婴。（屠岸贾云）赵氏孤儿今在何处？（程婴云）在吕吕太平庄上公孙杵臼家藏着哩。（屠岸贾云）你怎生知道来？（程婴云）小人与公孙杵臼曾有一面之交，我去探望他，谁想卧房中锦绷绣褥上，躺着一个小孩儿。我想公孙杵臼年纪七十，从来没儿没女，这个是那里来的？我说道这小的莫非是赵氏孤儿么？只见他登时变色不能答应。以此知孤儿在公孙杵臼家里。（屠岸贾云）咄！你这匹夫，你怎瞒的过我，你和公孙杵臼往日无仇，近日无冤，你因何告他藏着赵氏孤儿？你敢是知情么！说的是万事全休，说的不是，令人，磨的剑快，先杀了这个匹夫者！（程婴云）告元帅暂息雷霆之怒，略罢虎狼之威，听小人诉说一遍咱。我小人与公孙杵臼原无仇隙，只因元帅传下榜文，要将普国内小儿拘刷到帅府，尽行杀坏。我一来为救普国内小儿之命，二来小人四旬有五，近生一子，尚未满月，元帅军令，不敢不献出来，可不小人也绝后了？我想有了赵氏孤儿，便不损坏一国生灵，连小人的孩儿也得无事，所以出首。（诗云）告大人暂停嗔怒，这便是首告缘故。虽然救普国生灵，其实怕程家绝户。（屠岸贾笑科云）哦，是了。公孙杵臼元与赵盾

---

① 《赵氏孤儿》全名《赵氏孤儿大报仇》，被后人誉为元代四大悲剧之一，是一部根据春秋史实改编的历史剧。本文选自第三折。

② 纪君祥：大都（今北京市）人，元前期杂剧作家，生平事迹不详。有杂剧六种，今仅存《赵氏孤儿》一种。剧作风格雅致，明代朱权《太和正音谱》说纪君祥的作品如“雪里梅花”。

③ 屠岸贾：晋国大将，因与赵盾不和，遂设计陷害并杀赵家三百余人，只剩下一个不满月的赵氏孤儿，也不肯放过。

④ 兀的：岂，怎。

⑤ 拘刷：拘捕、拘查。

⑥ 令人：传令兵。

⑦ 首告：出首告发。

⑧ 程婴：原为民间医生，后入驸马府，成为赵朔的门人。

⑨ 公孙杵臼：原为晋国中大夫，与赵盾同朝，后见屠岸贾专权，辞职返乡。

⑩ 兀：发语词。厮：家伙，对人轻蔑的称呼。

一殿之臣，可知有这事来①。令人，则今日点就本部下人马，同程婴到太平庄上拿公孙杵臼走一遭去。（同下）（正末公孙杵臼上云）老夫公孙杵臼是也。想昨日与程婴商议，救赵氏孤儿一事，今日他到屠岸贾府中首告去了，这早晚屠岸贾这厮必然来也呵！（唱）

【双调·新水令】我则见荡征尘飞过小溪桥，多管是损忠良贼徒来到。齐臻臻摆着士卒，明晃晃列着枪刀。眼见的我死在今朝，更避甚痛笞掠②。

（屠岸贾同程婴领卒子上云）来到这吕吕太平庄上也。令人，与我围了太平庄者。程婴，那里是公孙杵臼宅院？（程婴云）则这个便是。（屠岸贾云）拿过那老匹夫来！公孙杵臼，你知罪么？（正末云）我不知罪。（屠岸贾云）我知你个老匹夫和赵盾是一殿之臣，你怎敢掩藏着赵氏孤儿！（正末云）老元帅，我有熊心豹胆？怎敢掩藏着赵氏孤儿！（屠岸贾云）不打不招。令人，与我拣大棒子着实打者！（卒子做打科，正末唱）

【驻马听】想着我罢职辞朝，曾与赵盾名为刎颈交。（云）这事是谁见来？（屠岸贾云）现有程婴首告着你哩。（正末唱）是那个埋情出告③？原来这程婴舌是斩身刀。（云）你杀了赵家满门良贱三百余口，则剩下这孩儿，你又要伤他性命。（唱）你正是狂风偏纵扑天雕，严霜故打枯根草。不争把孤儿又杀坏了④。可着他三百口冤仇甚人来报。

（屠岸贾云）老匹夫，你把孤儿藏在那里？快招出来，免受刑法。（正末云）我有甚么孤儿藏在那里？谁见来？（屠岸贾云）你不招？令人，与我采下去着实打者⑤！（做打科，屠岸贾云）这老匹夫赖肉顽皮，不肯招承，可恼可恼！程婴，这原是你出首的，就着你替我行杖者！（程婴云）元帅，小人是个草泽医士，撮药尚然腕弱，怎生行的杖？（屠岸贾云）程婴，你不行杖，敢怕指攀出你么？（程婴云）元帅，小人行杖便了。（做拿杖子科，屠岸贾云）程婴，我见你把棍子拣了又拣，只拣着那细棍子，敢怕打的他疼了，要指攀下你来？（程婴云）我就拿大棍子打者。（屠岸贾云）住者。你头里只拣着那细棍子打，如今你却拿起大棍子来，三两下打死了呵，你就做的个死无招对。（程婴云）着我拿细棍子又不是，拿大棍子又不是，好着我两下做人难也。（屠岸贾云）程婴，你只拿着那中等棍子打。公孙杵臼老匹夫，你可知道行杖的就是程婴么？（程婴行杖科云）快招了者！（三科了⑥）（正末云）哎哟！打了这一日，不似这几棍子打的我疼。是谁打我来？（屠岸贾云）是程婴打你来。（正末云）程婴，你刬的打我那⑦？（程婴云）元帅，打的这老头儿兀的不胡说哩。（正末唱）

---

① 可知：难怪，可以想象。
② 笞掠：拷打。
③ 埋情：昧情。
④ 不争：倘若，一旦。
⑤ 采下去：揪下去。
⑥ 三科了：戏剧动作重复了三次。
⑦ 刬（chǎn）的：怎的，怎么，为反话语。

【雁儿落】是那一个实丕丕将着粗棍敲①？打的来痛杀杀精皮掉。我和你狠程婴有甚的仇，却教我老公孙受这般虐。

（程婴云）快招了者！（正末云）我招，我招。（唱）

【得胜令】打的我无缝可能逃，有口屈成招。莫不是那孤儿他知道，故意的把咱家指定了？（程婴做慌科）（正末唱）我委实的难熬，尚兀自强着牙根儿闹②。暗地里偷瞧，只见他早諕得腿脡儿摇③。

（程婴云）你快招罢。省得打杀你。（正末云）有，有，有。（唱）

【水仙子】俺二人商议救这小儿曹。（屠岸贾云）可知道指攀下来也。你说二人，一个是你了，那一个是谁？你实说将出来，我饶你的性命。（正末云）你要我说那一个，我说我说。（唱）哎！一句话来到我舌尖上却咽了。（屠岸贾云）程婴，这桩事敢有你么？（程婴云）兀那老头儿，你休妄指平人。（正末云）程婴，你慌怎么？（唱）我怎生把你程婴道，似这般有上梢无下梢④。（屠岸贾云）你头里说两个，你怎生这一会儿可说无了？（正末唱）只被你打的来不知一个颠倒。（屠岸贾云）你还不说，我就打死你个老匹夫！（正末唱）遮莫便打的我皮都绽⑤，肉尽销，休想我有半字儿攀着。

（卒子抱倈儿上科云）元帅爷贺喜，土洞中搜出个赵氏孤儿来了也。（屠岸贾笑科云）将那小的拿近前来，我亲自下手，剁做三段。兀那老匹夫，你道无有赵氏孤儿，这个是谁？（正末唱）

【川拨棹】你当日演神獒把忠臣来扑咬⑥，逼的他走死荒郊。刎死钢刀⑦，缢死裙腰⑧，将三百口全家老小尽行诛剿。并没那半个儿剩落，还不厌你心苗⑨。

（屠岸贾云）我见了这孤儿，就不由我不恼也。（正末唱）

【七兄弟】我只见他左瞧，右瞧，怒咆哮，火不腾改变了狰狞貌⑩，按狮蛮拽札起锦征袍⑪，把龙泉扯离出沙鱼鞘⑫。

（屠岸贾怒云）我拔出这剑来，一剑，两剑，三剑。（程婴做惊疼科，屠岸贾云）把这一个小业种剁了三剑，兀的不称了我平生所愿也。（正末唱）

---

① 实丕丕：实实在在。
② 兀自：还，还是。
③ 諕：通“吓”。腿脡（tǐng）儿：腿肚子。
④ 有上梢无下梢：有头无尾，有始无终。
⑤ 遮莫：即便，任凭。
⑥ 神獒：一种巨犬。屠岸贾曾训练一匹神獒，让其扑咬赵盾，赵盾因此“走死荒郊”。事见本剧楔子。
⑦ 刎死钢刀：指屠岸贾诈传晋灵公命令，逼赵盾之子赵朔举刀自杀。事见本剧楔子。
⑧ 缢死裙腰：指赵朔妻晋公主生下赵氏孤儿，将其托付给程婴后，自缢而死。事见本剧第一折。
⑨ 厌：满足。心苗：心意。
⑩ 火不腾：因发怒而面红耳赤的样子。
⑪ 狮蛮：古代武将使用的腰带，因其用狮子蛮王作图素，又称狮蛮带。
⑫ 龙泉：宝剑名，这里指剑。

【梅花酒】呀！见孩儿卧血泊，那一个哭哭号号，这一个怨怨焦焦，连我也战战摇摇。直恁般歹做作，只除是没天道。呀！想孩儿离褥草①，到今日恰十朝，刀下处怎耽饶，空生长枉劬劳②，还说甚要防老。

【收江南】呀！兀的不是家富小儿骄。（程婴掩泪科）（正末唱）见程婴心似热油浇，泪珠儿不敢对人抛，背地里揾了。没来由割舍的亲生骨肉吃三刀。

（云）屠岸贾那贼，你试觑者，上有天哩，怎肯饶过的你？我死打甚么不紧。（唱）

【鸳鸯煞】我七旬死后偏何老③，这孩儿一岁死后偏知小。俺两个一处身亡，落的个万代名标。我嘱咐你个后死的程婴，休别了横亡的赵朔④，畅道是光阴过去的疾，冤仇报复的早。将那厮万剐千刀。切莫要轻轻的素放了。

（正末撞科云）我撞阶基，觅个死处。（下）（卒子报科云）公孙杵臼撞阶基身死了也。（屠岸贾笑科）那老匹夫既然撞死，可也罢了。（做笑科云）程婴，这一桩里多亏了你，若不是你呵，如何杀的赵氏孤儿！（程婴云）元帅，小人原与赵氏无仇，一来救普国内众生，二来小人根前也有个孩儿，未曾满月，若不搜的那赵氏孤儿出来，我这孩儿也无活的人也。（屠岸贾云）程婴，你是我心腹之人，不如只在我家中做个门客，抬举你那孩儿成人长大，在你跟前习文，送在我跟前演武。我也年近五旬，尚无子嗣，就将你的孩儿与我做个义儿。我偌大年纪了，后来我的官位，也等你的孩儿讨个应袭，你意下如何？（程婴云）多谢元帅抬举。（屠岸贾诗云）则为朝纲中独显赵盾，不由我心中生忿，如今削除了这点萌芽，方才是永无后衅⑤。（同下）

选自（明）臧晋叔编：《元曲选》，中华书局1958年版。

阅读提示：

《赵氏孤儿》的主要内容是：晋国上卿赵盾被大将军屠岸贾诬陷，全家三百余口被杀害。为斩草除根，屠岸贾下令在全国搜捕出生刚一月的赵氏孤儿赵武。否则，将杀掉全国半岁以下、一月之上的所有婴儿。为存赵氏孤儿，赵家门客程婴和老臣公孙杵臼设计，将程婴未满月的儿子和孤儿交换，程婴的儿子被放在公孙家中冒充赵氏孤儿，然后程婴告发公孙杵臼收留赵氏孤儿。屠岸贾果然从公孙杵臼家中搜到假的赵氏孤儿，并将其杀死，以此救下真孤儿赵武。此外，为救护赵氏孤儿，晋公主、韩厥和公孙杵臼等人

---

① 褥草：产妇的垫褥垫席。

② 劬劳：劳累。

③ 何：语气词，与“呵”相近。

④ 休别了：不要忘记。

⑤ 后衅：后患。

也都献出了生命。程婴因告发有功，获屠信任。其子即赵氏孤儿被屠岸贾收为义子。二十年后，赵氏孤儿长大成人。程婴将实情告知于他，赵氏孤儿终于杀了屠岸贾，为赵家、也为拯救他的英雄们报了仇。

《赵氏孤儿》共有五折，此为第三折，是全剧的高潮。由公孙杵臼主唱，演程婴假告发，亲施刑于公孙杵臼，极为惊心动魄。此折共有三次矛盾冲突。

首先是屠岸贾怀疑程婴告发的诚意。屠岸贾非但不相信程婴的告发，反而质问："你怎瞒的过我，你和公孙杵臼往日无仇，近日无冤，你因何告他藏着赵氏孤儿？你敢是知情么！"程婴从容应答，以解救全国婴儿和保全自己孩儿为由，打消了屠的疑虑，矛盾暂时得以缓和。

第二次冲突是屠岸贾逼迫程婴毒打公孙杵臼。来到太平庄以后，为搜出赵氏孤儿，屠岸贾提出让程婴对公孙杵臼行杖，借此找出破绽，击垮对手。程婴内心经历了激烈的斗争，最终以大义为重，毅然对公孙行杖。这对程婴是一种严酷的煎熬。公孙杵臼也深明大义，配合得天衣无缝。屠岸贾诱供的企图失败了。

第三次冲突是程婴忍看自己的儿子被屠岸贾砍为三段，还要装作无动于衷。儿子被杀和公孙杵臼自杀，程婴都不能流露出丝毫的悲痛，但他内心有着剧烈的心理冲突。从表面上看，这场冲突似乎是屠岸贾胜利了，实际上恰恰相反，赵孤和全国的婴儿都得救了，屠岸贾在智慧和战略上都输给了程婴。屠岸贾将赵氏孤儿认作义子，亲手埋下了复仇的种子。

《赵氏孤儿》塑造了韩厥、程婴、公孙杵臼等英雄形象，为了救助孤儿，他们挺身而出，用生命和意志维护了正义。18 世纪意大利剧作家麦塔斯塔西奥将《赵氏孤儿》改名为《中国英雄》，正是对这些英雄人物最好的肯定和赞美。

思考与练习：

从《史记·赵世家》到戏曲《赵氏孤儿》，赵氏孤儿的故事发生了哪些变化？这些变化的意义是什么？

痴公子杜撰芙蓉诔[①]（节选）

曹雪芹[②]

独有宝玉一心凄楚，回至园中，猛然见池上芙蓉，想起小丫鬟说晴雯作了芙蓉之神，不觉又喜欢起来，乃看着芙蓉嗟叹了一会。忽又想起死后并未到灵前一祭，如今何不在芙蓉前一祭，岂不尽了礼，比俗人去灵前祭吊又更觉别致。想毕，便欲行礼。忽又止住道："虽如此，亦不可太草率，也须得衣冠整齐，奠仪周备，方为诚敬。"想了一想，"如今若学那世俗之奠礼，断然不可；竟也还别开生面，另立排场，风流奇异，于世无涉，方不负我二人之为人。况且古人有云：'潢污行潦，苹蘩蕴藻之贱，可以羞王公，荐鬼神。'原不在物之贵贱，全在心之诚敬而已。此其一也。二则诔文挽词也须另出己见，自放手眼，亦不可蹈袭前人的套头，填写几字搪塞耳目之文，亦必须洒泪泣血，一字一咽，一句一啼，宁使文不足悲有余，万不可尚文藻而反失悲戚。况且古人多有微词，非自我今作俑也。奈今人全惑于功名二字，尚古之风一洗皆尽，恐不合时宜，于功名有碍之故。我又不希罕那功名，不为世人观阅称赞，何必不远师楚人之《大言》《招魂》《离骚》《九辩》《枯树》《问难》《秋水》《大人先生传》等法，或杂参单句，或偶成短联，或用实典，或设譬寓，随意所之，信笔而去，喜则以文为戏，悲则以言志痛，辞达意尽为止，何必若世俗之拘拘于方寸之间哉"。

宝玉本是个不读书之人，再心中有了这篇歪意，怎得有好诗文作出来。他自己却任意纂着，并不为人知慕，所以大肆妄诞，竟杜撰成一篇长文，用晴雯素日所喜之冰鲛縠一幅楷字写成，名曰《芙蓉女儿诔》，前序后歌。又备了四样晴雯所喜之物，于是夜月下，命那小丫头捧至芙蓉花前。先行礼毕，将那诔文即挂于芙蓉枝上，乃泣涕念曰：

维太平不易之元[③]，蓉桂竞芳之月[④]，无可奈何之日，怡红院浊玉[⑤]，谨以群花

---

① 本文节选自《红楼梦》第78、79回。诔：哀悼死者的文字，历叙死人生前行事，在丧礼中宣读的一种古文文体，相当于现在的悼词。

② 曹雪芹（约1715—约1763）：名霑，字梦阮，号雪芹、芹圃、芹溪。祖籍辽阳，先世原是汉人，明末入满洲籍，属满洲正白旗。后来他的祖先随清兵入关，得到宠幸，成为显赫一时的世家。曹雪芹的曾祖曹玺是顺治帝的亲信侍臣，曹玺的妻子是康熙帝的乳母。雪芹祖父曹寅少年时作过康熙的"伴读"。曹家祖孙三代四人担任过江宁织造这一要职。康熙六次南巡，四次驻跸于曹家。雍正继位后，曹家开始失势，并被抄家，由南京迁往北京。曹雪芹的一生，是"生于繁华，终于沦落"的一生。他少年时代曾经历过一段富贵繁华的贵族生活，迁往北京后，生活艰难。晚年在北京西郊更过着"举家食粥酒长赊"的穷困生活。但他以坚韧的毅力创作《红楼梦》，"批阅十载，增删五次"，但终因贫病早卒，只留下前八十回的定稿，未能完成全书。后四十回文字，一般认为是高鹗所补。高鹗（1738—1815）：字兰墅，祖籍辽东铁岭，属汉军镶黄旗。乾隆六十年进士，官至翰林院侍读，著有《高兰墅集》《兰墅诗钞》等。

③ 维：用在句首，语助词，无义。元：开始，这里指年代。

④ 蓉桂竞芳之日：指农历八月。蓉桂，指芙蓉花和桂花。

⑤ 浊玉：宝玉自己的谦称。

之蕊，冰鲛之縠①、沁芳之泉、枫露之茗，四者虽微，聊以达诚申信②，乃致祭于白帝宫中抚司秋艳芙蓉女儿之前曰③：窃思女儿自临浊世④，迄今凡十有六载。其先之乡籍姓氏，湮沦而莫能考者久矣⑤。而玉得于衾枕栉沐之间⑥，栖息宴游之夕，亲昵狎亵⑦，相与共处者，仅五年八月有畸。忆女儿曩生之昔⑧，其为质则金玉不足喻其贵，其为性则冰雪不足喻其洁，其为神则星日不足喻其精，其为貌则花月不足喻其色。姊妹悉慕媖娴⑨，妪媪咸仰惠德。……昨承严命⑩，既趋车而远涉芳园；今犯慈威，复拄杖而遽抛孤柩⑪。及闻槥棺被燹⑫，惭违共穴之盟⑬；石椁成灾，愧迨同灰之诮⑭。尔乃西风古寺⑮，淹滞青燐⑯；落日荒丘，零星白骨。楸榆飒飒，蓬艾萧萧。隔雾圹以啼猿⑰，绕烟塍而泣鬼⑱。自为红绡帐里，公子情深；始信黄土垄中，女儿命薄！汝南泪血，斑斑洒向西风⑲；梓泽余衷，默默诉凭冷月⑳。……余乃欷歔怅望，泣涕彷徨。人语兮寂历，天籁兮筼筜㉑。鸟惊散而飞，鱼唼喋以响㉒。志哀兮是祷㉓，

---

① 冰鲛之縠：传说鲛人居南海中，如鱼，滴泪成珠，善机织，所织之绡明洁如冰，暑天令人清凉，以此命名。縠。有皱纹的纱。

② 聊：姑且、暂且。达诚申信：表达自己真诚心意。

③ 白帝：司时之神。抚司秋艳芙蓉女儿：管辖秋花的芙蓉女儿。芙蓉女儿，指晴雯之灵。

④ 窃：谦词，指私自、暗中。

⑤ 湮沦：埋没。

⑥ 衾枕栉（zhì）沐：叠被、梳头、洗澡。指生活在一起亲密无间。栉，梳头。

⑦ 亲昵狎亵：亲密无间在一起玩乐。

⑧ 曩（nǎng）：从前，以往。

⑨ 媖娴：美好文雅。女子美好叫瑛。娴，文雅。

⑩ 严命：严父的要求。

⑪ 慈威：慈母发怒。拄杖：表明自己有病前往，因哀痛所致。

⑫ 槥棺：棺材。蕙，古代一种小棺材。燹（xiǎn）：野火，引申为烧。

⑬ 共穴之盟：死当同葬的盟约。有版本为“共穴之情”。穴，墓穴。

⑭ 椁（guǒ）：棺外的套棺。愧逮同灰之诮：不能与芙蓉女儿同化烟化灰，对此我将受到讥诮和非议，我深深惭愧。因为过去宝玉曾对晴雯等说过同化灰尘的话。

⑮ 尔乃：发语词，无实义。

⑯ 淹滞青燐：青色的磷火缓缓飘动。骨中磷质遇到空气燃烧而发光，从前人们误认为是鬼火。

⑰ 隔雾圹（kuàng）以啼猿：哀猿隔着雾腾腾的墓窟啼叫。圹，坟墓。

⑱ 绕烟塍（chéng）而泣鬼：冤魂绕着烟蒙蒙的土埂哭泣。塍，田间的土埂。

⑲ 汝南泪血，斑斑洒向西风：汝南王失去爱妾碧玉，血泪斑斑。这里宝玉自比汝南王，将晴雯比碧玉。

⑳ 梓泽余衷，默默诉凭冷月：这是用石崇绿珠的故事，石崇有妓绿珠。孙秀欲夺绿珠，石崇怒斥。孙秀逮捕了石崇，绿珠跳楼死。石崇有别馆在河阳金谷，一名梓泽。宝玉自比石崇，将晴雯比绿珠。

㉑ 人语兮寂历，天籁兮筼筜（yún dāng）：寂寞无人，只有风吹竹子的声音。寂历：静默冷清。筼筜：一种长节的竹子。

㉒ 唼喋（shà zhá）：形容成群的鱼、水鸟等吃东西的声音。

㉓ 志哀兮是祷：写下我内心的悲哀，作为祈祷。

成礼兮期祥①。呜呼哀哉！尚飨②！

读毕，遂焚帛奠茗③，犹依依不舍。小鬟催至再四，方才回身。忽听山石之后有一人笑道："且请留步。"二人听了，不免一惊。那小鬟回头一看，却是个人影从芙蓉花中走出来，他便大叫："不好，有鬼！晴雯真来显魂了！"唬得宝玉也忙看时，……不是别人，却是林黛玉，满面含笑，口内说道："好新奇的祭文！可与曹娥碑并传的了。"宝玉听了，不觉红了脸，笑答道："我想着世上这些祭文都蹈于熟滥了，所以改个新样，原不过是我一时的顽意，谁知又被你听见了。有什么大使不得的，何不改削改削。"

黛玉道："原稿在那里？倒要细细一读。长篇大论，不知说的是什么，只听见中间两句，什么'红绡帐里，公子多情；黄土垄中，女儿薄命'。这一联意思却好，只是'红绡帐里'未免熟滥些。放着现成真事，为什么不用？"宝玉忙问："什么现成的真事？"黛玉笑道："咱们如今都系霞影纱糊的窗槅，何不说'茜纱窗下，公子多情'呢？"宝玉听了，不禁跌足笑道："好极，是极！到底是你想的出，说的出。可知天下古今现成的好景妙事尽多，只是愚人蠢子说不出想不出罢了。但只一件：虽然这一改新妙之极，但你居此则可，在我实不敢当。"说着，又接连说了一二十句"不敢"。

黛玉笑道："何妨。我的窗即可为你之窗，何必分晰得如此生疏。古人异姓陌路，尚然同肥马，衣轻裘，敝之而无憾，何况咱们。"宝玉笑道："论交之道，不在肥马轻裘，即黄金白璧，亦不当锱铢较量。倒是这唐突闺阁，万万使不得的。如今我越性将'公子''女儿'改去，竟算是你诔他的倒妙。况且素日你又待他甚厚，故今宁可弃此一篇大文，万不可弃此'茜纱'新句。竟莫若改作'茜纱窗下，小姐多情；黄土垄中，丫鬟薄命'。如此一改，虽于我无涉，我也惬怀的。"黛玉笑道："他又不是我的丫头，何用作此语。况且小姐丫鬟亦不典雅，等我的紫鹃死了，我再如此说，还不算迟。"宝玉听了，忙笑道："这是何苦又咒他。"黛玉笑道："是你要咒的，并不是我说的。"宝玉道："我又有了，这一改可妥当了。莫若说'茜纱窗下，我本无缘；黄土垄中，卿何薄命'。"

黛玉听了，忡然变色，心中虽有无限的狐疑乱拟，外面却不肯露出，反连忙含笑点头称妙，说："果然改的好。再不必乱改了，快去干正经事罢。才刚太太打发人叫你明儿一早快过大舅母那边去。你二姐姐已有人家求准了，想是明儿那家人来拜允，所以叫你们过去呢。"宝玉拍手道："何必如此忙？我身上也不大好，明儿还未必能去呢。"黛玉道："又来了，我劝你把脾气改改罢。一年大二年小……"一面说话，一面咳嗽起来。宝玉忙道："这里风冷，咱们只顾呆站在这里，快回去罢。"黛玉道："我也家去歇息了，明儿再

---

① 成礼兮期祥：举行这祭奠的仪式，期望吉祥。

② 尚飨（xiǎng）：古时祭文中的固定语，意思是望死者来享用祭品。

③ 焚帛奠茗：焚烧纸帛，用茶祭奠。茗，茶。

见罢。”说着，便自取路去了。

选自（清）曹雪芹著：《红楼梦》，人民文学出版社 1995 年版。

阅读提示：

图 9-1 《红楼梦》剧照

《红楼梦》全书一百二十回，以贾、王、史、薛四大家族的兴衰为背景，以贾宝玉、林黛玉（如图 9-1）的爱情经历为线索，表现了封建末世的家庭和社会悲剧，其影响所及，跨越了时代和国界，成为中国乃至世界文学艺术宝库的瑰宝。

《红楼梦》是一部描绘“有情之天下”毁灭的伟大悲剧。虽然后四十回的结局不是曹雪芹所写，但前八十回林黛玉的《葬花吟》、贾宝玉的《芙蓉女儿诔》，是对女儿不幸的悲叹，也是对时代的抗议，已经预示了悲剧的结局。山雨欲来风满楼，晴雯被逐出大观园后不久病死，是理想国“大观园”中女孩子们风流云散的开端。

“红绡帐里，公子多情；黄土垄中，女儿薄命”几句是宝玉对晴雯的悼念，林黛玉对使用熟滥词语“红绡帐里”不满意，和宝玉一起修改，宝玉无意改为“茜纱窗下，我本无缘；黄土垄中，卿何薄命”，变成了在场二人的“我本无缘”的感叹，林黛玉“忡然变色”，却口是心非，夸赞改得好，已经说明了她对两人的未来不敢怀抱希望的悲痛心情。

思考与练习：

结合现实，谈谈你对《红楼梦》中金玉良缘和木石前盟的看法。

哈姆莱特[1]（节选）

莎士比亚[2]

（哈姆莱特上。）

哈姆莱特： 生存还是毁灭，这是一个值得考虑的问题；默然忍受命运的暴虐的毒箭，或是挺身反抗人世的无涯的苦难，通过斗争把它们扫清，这两种行为，哪一种更高贵？死了；睡着了；什么都完了；要是在这一种睡眠之中，我们心头的创痛，以及其他无数血肉之躯所不能避免的打击，都可以从此消失，那正是我们求之不得的结局。死了；睡着了；睡着了也许还会做梦；嗯，阻碍就在这儿：因为当我们摆脱了这一具朽腐的皮囊以后，在那死的睡眠里，究竟将要做些什么梦，那不能不使我们踌躇顾虑。人们甘心久困于患难之中，也就是为了这个缘故；谁愿意忍受人世的鞭挞和讥嘲、压迫者的凌辱、傲慢者的冷眼、被轻蔑的爱情的惨痛、法律的迁延、官吏的横暴和费尽辛勤所换来的小人的鄙视，要是他只要用一柄小小的刀子，就可以清算他自己的一生？谁愿意负着这样的重担，在烦劳的生命的压迫下呻吟流汗，倘不是因为惧怕不可知的死后，惧怕那从来不曾有一个旅人回来过的神秘之国，是它迷惑了我们的意志，使我们宁愿忍受目前的磨折，不敢向我们所不知道的痛苦飞去？这样，重重的顾虑使我们全变成了懦夫，决心的赤热的光彩，被审慎的思维盖上了一层灰色，伟大的事业在这一种考虑之下，也会逆流而退，失去了行动的意义。且慢！美丽的奥菲利娅！——女神，在你的祈祷之中，不要忘记替我忏悔我的罪孽。

奥菲利娅： 我的好殿下，您这许多天来贵体安好吗？

哈姆莱特： 谢谢你，很好，很好，很好。

奥菲利娅： 殿下，我有几件您送给我的纪念品，我早就想把它们还给您；请您现在收回去吧。

哈姆莱特： 不，我不要；我从来没有给你什么东西。

奥菲利娅： 殿下，我记得很清楚您把它们送给了我，那时候您还向我说了许多甜言蜜语，使这些东西格外显得贵重；现在它们的芳香已经消散，请您拿回去吧，因为在有骨气的人看来，送礼的人要是变了心，礼物虽贵，也会失去了价值。拿去吧，殿下。

哈姆莱特： 哈哈！你贞洁吗？

奥菲利娅： 殿下！

哈姆莱特： 你美丽吗？

---

① 本文节选自《哈姆莱特》第三幕。

② 威廉·莎士比亚（1564—1616）：英国文艺复兴时期伟大的剧作家、诗人。代表作有四大喜剧，即《仲夏夜之梦》《威尼斯商人》《第十二夜》和《皆大欢喜》；以及四大悲剧，即《哈姆莱特》《奥赛罗》《李尔王》《麦克白》。

奥菲利娅： 殿下是什么意思？

哈姆莱特： 要是你既贞洁又美丽，那么你的贞洁应该断绝跟你的美丽来往。

奥菲利娅： 殿下，难道美丽除了贞洁以外，还有什么更好的伴侣吗？

哈姆莱特： 嗯，真的；因为美丽可以使贞洁变成淫荡，贞洁却未必能使美丽受它自己的感化；这句话从前像是怪诞之谈，可是现在时间已经把它证实了。我的确曾经爱过你。

奥菲利娅： 真的，殿下，您曾经使我相信您爱我。

哈姆莱特： 你当初就不应该相信我，因为美德不能熏陶我们罪恶的本性；我没有爱过你。

奥菲利娅： 那么我真是受了骗了。

哈姆莱特： 进尼姑庵去吧；为什么你要生一群罪人出来呢？我自己还不算是一个顶坏的人；可是我可以指出我的许多过失，一个人有了那些过失，他的母亲还是不要生下他来的好。我很骄傲，有仇必报，富于野心，我的罪恶是那么多，连我的思想也容纳不下，我的想象也不能给它们形像，甚至于我都没有充分的时间可以把它们实行出来。像我这样的家伙，匍匐于天地之间，有什么用处呢？我们都是些十足的坏人；一个也不要相信我们。进尼姑庵去吧。你的父亲呢？

奥菲利娅： 在家里，殿下。

哈姆莱特： 把他关起来，让他只好在家里发发傻劲。再会！

奥菲利娅： 嗳哟，天哪！救救他！

哈姆莱特： 要是你一定要嫁人，我就把这一个咒诅送给你做嫁妆：尽管你像冰一样坚贞，像雪一样纯洁，你还是逃不过谗人的诽谤。进尼姑庵去吧，去；再会！或者要是你必须嫁人的话，就嫁给一个傻瓜吧；因为聪明人都明白你们会叫他们变成怎样的怪物。进尼姑庵去吧，去；越快越好。再会！

奥菲利娅： 天上的神明啊，让他清醒过来吧！

哈姆莱特： 我也知道你们会怎样涂脂抹粉；上帝给了你们一张脸，你们又替自己另外造了一张。你们烟视媚行，淫声浪气，替上帝造下的生物乱取名字，卖弄你们不懂事的风骚。算了吧，我再也不敢领教了；它已经使我发了狂。我说，我们以后再不要结什么婚了；已经结过婚的，除了一个人以外，都可以让他们活下去；没有结婚的不准再结婚，进尼姑庵去吧，去。（下。）

奥菲利娅： 啊，一颗多么高贵的心是这样殒落了！朝臣的眼睛、学者的辩舌、军人的利剑、国家所瞩望的一朵娇花；时流的明镜、人伦的雅范、举世注目的中心，这样无可挽回地殒落了！我是一切妇女中间最伤心而不幸的，我曾经从他音乐一般的盟誓中吮吸芬芳的甘蜜，现在却眼看着他的高贵无上的理智，像一串美妙的银铃失去了谐和的音调，无比的青春美貌，在疯狂中雕谢！啊！我好苦，谁料过去的繁华，变作今朝的泥土！

选自朱生豪译：《莎士比亚全集》第五册，人民文学出版社 1994 年版。

阅读提示：

《哈姆莱特》是莎士比亚四大悲剧之首，也是莎士比亚戏剧艺术高峰的代表。

丹麦王子哈姆莱特回国为父奔丧，却目睹了叔父克劳狄斯即位并与母亲乔特鲁德结婚的一连串事变，他变得忧郁，也开始疑惑和不满。父亲的鬼魂出现，向哈姆莱特诉说被克劳狄斯下毒害死的真相，并要求儿子为他复仇。为了证实这一点，哈姆莱特装疯并通过“戏中戏”证实了叔父的确是杀父凶手。哈姆莱特误杀了恋人奥菲莉亚的父亲波罗涅斯，叔父试图借英王手除掉哈姆莱特，哈姆莱特逃回丹麦，却得知奥菲莉亚自杀，并不得不与其兄雷欧提斯决斗。决斗中哈姆莱特的母亲乔特鲁德因误喝克劳狄斯为哈姆莱特准备的毒酒而中毒死去，哈姆莱特和雷欧提斯也双双中了毒剑，得知中毒原委的哈姆莱特在临死前杀死了克劳狄斯，为父亲报了仇。

哈姆莱特深受人文主义影响，尊重生命，担心误杀叔父因而努力寻求证据。但他却缺乏理性，犹豫不决，最终造成恋人以及自己的死亡。莎士比亚擅长运用双关、比喻、夸张等修辞技巧，并采用民间谚语和俗语，使剧中人物的对白充满诗意，富于表现力。尤其是哈姆莱特的台词，将具体的为父报仇的现实问题上升为生与死、善与恶、理想与现实、责任与意志等哲理问题，读来耐人寻味。

思考与练习：

一千个读者眼里有一千个哈姆莱特，你眼里的哈姆莱特是什么样的？

木母同降怪体真[①]（节选）

吴承恩[②]

那二魔即点三千小妖，径到大路旁摆开，着一个蓝旗手往来传报，教：“孙行者！赶早出来，与我二大王爷爷交战！”八戒听见笑道：“哥呵，常言道，‘说谎不瞒当乡人’，就来弄虚头，捣鬼！怎么说降了妖精，就抬轿来送师父，却又来叫战，何也？”行者道：“老怪已被我降了，不敢出头，闻着个‘孙’字儿，也害头疼。这定是二妖魔不伏气送我们，故此叫战。我道兄弟，这妖精有弟兄三个，这般义气；我弟兄也是三个，就没些义

---

① 本文节选自吴承恩著《西游记》第76回《心神居舍魔归性 木母同降怪体真》。

② 吴承恩（约1500—1582）：字汝忠，号射阳山人。中国明代杰出小说家。在科举中屡遭挫折，晚年绝意仕途，闭门著书。近现代学者一般认为吴承恩是《西游记》的最后完成者。

气。我已降了大魔，二魔出来，你就与他战战，未为不可。”八戒道：“怕他怎的！等我去打他一仗来！”行者道：“要去便去罢。”八戒笑道：“哥呵，去便去，你把那绳儿借与我使使。”行者道：“你要怎的？你又没本事钻在肚里，你又没本事拴在他心上，要他何用？”八戒道：“我要扣在这腰间，做个救命索。你与沙僧扯住后手，放我出去，与他交战。估着赢了他，你便放松，我把他拿住；若是输与他，你把我扯回来，莫教他拉了去。”真个行者暗笑道：“也是捉弄呆子一番！”就把绳儿扣在他腰里，撮弄他出战。

那呆子举钉钯跑上山崖，叫道：“妖精！出来！与你猪祖宗打来！”那蓝旗手急报道：“大王，有一个长嘴大耳朵的和尚来了。”二怪即出营，见了八戒，更不打话，挺枪劈面刺来。这呆子举钯上前迎住。他两个在山坡前搭上手，斗不上七八回合，呆子手软，架不得妖魔，急回头叫：“师兄，不好了！扯扯救命索，扯扯救命索！”这壁厢大圣闻言，转把绳子放松了，抛将去。那呆子败了阵，往后就跑。原来那绳子拖着走，还不觉；转回来，因松了，倒有些绊脚，自家绊倒了一跌，爬起来又一跌。始初还跌个躘踵，后面就跌了个嘴抢地。被妖精赶上，捽开鼻子，就如蛟龙一般，把八戒一鼻子卷住，得胜回洞。众妖凯歌齐唱，一拥而归。

这坡下三藏看见，又恼行者道：“悟空，怪不得悟能咒你死哩！原来你兄弟全无相亲相爱之意，专怀相嫉相妒之心！他那般说，教你扯扯救命索，你怎么不扯，还将索子丢去？如今教他被害，却如之何？”行者笑道：“师父也忒护短，忒偏心！罢了，像老孙拿去时，你略不挂念，左右是舍命之材；这呆子才自遭擒，你就怪我。也教他受些苦恼，方见取经之难。”三藏道：“徒弟呵，你去，我岂不挂念？想着你会变化，断然不至伤身。那呆子生得狼犺，又不会腾那，这一去，少吉多凶。你还去救他一救。”行者道：“师父不得报怨，等我去救他一救。”

急纵身，赶上山，暗中恨道：“这呆子咒我死，且莫与他个快活！且跟去看那妖精怎么摆布他，等他受些罪，再去救他。”即捻诀念起真言，摇身一变，即变做个蟭蟟虫，飞将去，钉在八戒耳朵根上，同那妖精到了洞里。二魔帅三千小怪，大吹大打的，至洞口屯下，自将八戒拿入里边道：“哥哥，我拿了一个来也。”老怪道：“拿来我看。”他把鼻子放松，捽下八戒道：“这不是？”老怪道：“这厮没用。”八戒闻言道：“大王，没用的放出去，寻那有用的捉来罢。”三怪道：“虽是没用，也是唐僧的徒弟猪八戒。且捆了，送在后边池塘里浸着。待浸退了毛，破开肚子，使盐腌了晒干，等天阴下酒。”八戒大惊道：“罢了！罢了！撞见那贩腌的妖怪也！”众怪一齐下手，把呆子四马攒蹄捆住，扛扛抬抬，送至池塘边，往中间一推，尽皆转去。

大圣却飞起来看处，那呆子四肢朝上，撅着嘴，半浮半沉，嘴里呼呼的，着然好笑，倒像八九月经霜落了子儿的一个大黑莲蓬。大圣见他那嘴脸，又恨他，又怜他，说道：“怎的好么？他也是龙华会上的一个人。但只恨他动不动分行李散伙，又要撺掇师父念

《紧箍咒》咒我。我前日曾闻得沙僧说，他攒了些私房，不知可有否。等我且吓他一吓看。”

好大圣，飞近他耳边，假捏声音，叫声：“猪悟能，猪悟能！”八戒慌了道：“晦气呀！我这悟能是观世音菩萨起的，自跟了唐僧，又呼做八戒，此间怎么有人知道我叫做悟能？”呆子忍不住问道：“是那个叫我的法名？”行者道：“是我。”呆子道：“你是那个？”行者道：“我是勾司人。”那呆子慌了道：“长官，你是那里来的？”行者道：“我是五阎王差来勾你的。”那呆子道：“长官，你且回去，上复五阎王，他与我师兄孙悟空交得甚好，教他让我一日儿，明日来勾罢。”行者道：“胡说！‘阎王注定三更死，谁敢留人到四更！’趁早跟我去，免得套上绳子扯拉！”呆子道：”长官，那里不是方便，看我这般嘴脸，还想活哩。死是一定死，只等一日，这妖精连我师父们都拿来，会一会，就都了帐也。”行者暗笑道：“也罢，我这批上有三十个人，都在这中前后，等我拘将来就你，便有一日耽搁。你可有盘缠，把些儿我去。”八戒道：“可怜呵！出家人那里有甚么盘缠？”行者道：“若无盘缠，索了去！跟着我走！”呆子慌了道：“长官不要索。我晓得你这绳儿叫做‘追命绳’，索上就要断气。有！有！有！——有便有些儿，只是不多。”行者道：“在那里？快拿出来！”八戒道：“可怜，可怜！我自做了和尚，到如今，有些善信的人家斋僧，见我食肠大，衬钱比他们略多些儿，我拿了攒在这里，零零碎碎有五钱银子；因不好收拾，前者到城中，央了个银匠煎在一处，他又没天理，偷了我几分，只得四钱六分一块儿。你拿了去罢。”行者暗笑道：“这呆子裤子也没得穿，却藏在何处？……咄！你银子在那里？”八戒道：“在我左耳朵眼儿里揌着哩。我捆了拿不得，你自家拿了去罢。”

行者闻言，即伸手在耳朵窍中摸出，真个是块马鞍儿银子，足有四钱五六分重；拿在手里，忍不住哈哈的一声大笑。那呆子认是行者声音，在水里乱骂道：“天杀的弼马温！到这们苦处，还来打诈财物哩！”行者又笑道：“我把你这馕糟的！老孙保师父，不知受了多少苦难，你倒攒下私房！”八戒道：“嘴脸！这是甚么私房！都是牙齿上刮下来的，我不舍得买了嘴吃，留了买匹布儿做件衣服，你却吓了我的。还分些儿与我。”行者道：“半分也没得与你！”八戒骂道：“买命钱让与你罢，好道也救我出去是。”行者道：“莫发急，等我救你。”将银子藏了，即现原身，掣铁棒，把呆子划拢，用手提着脚，扯上来，解了绳。八戒跳起来，脱下衣裳，整干了水，抖一抖，潮漉漉的披在身上，道：“哥哥，开后门走了罢。”行者道：“后门里走，可是个长进的？还打前门上去。”八戒道：“我的脚捆麻了，跑不动。”行者道：“快跟我来。”

好大圣，把铁棒一路丢开解数，打将出去。那呆子忍着麻，只得跟定他。只看见二门下靠着的是他的钉钯，走上前，推开小妖，捞过来往前乱筑；与行者打出三四层门，不知打杀了多少小妖。那老魔听见，对二魔道：“拿得好人，拿得好人！你看孙行者劫了猪八戒，门上打伤小妖也！”那二魔急纵身，绰枪在手，赶出门来，应声骂道：“泼猢狲！这般无礼！怎敢渺视我等！”大圣听得，即应声站下。那怪物不容讲，使枪便刺。行者正是会家不忙，掣铁棒，劈面相迎。他两个在洞门外，这一场好杀：

黄牙老象变人形，义结狮王为弟兄。因为大魔来说合，同心计算吃唐僧。齐天大圣神通广，辅正除邪要灭精。八戒无能遭毒手，悟空拯救出门行。妖王赶上施英猛，枪棒交加各显能。那一个枪来好似穿林蟒，这一个棒起犹如出海龙。龙出海门云霭霭，蟒穿林树雾腾腾。算来都为唐和尚，恨苦相持太没情。

选自（明）吴承恩著：《西游记》，人民文学出版社2010年版。

阅读提示：

《西游记》写孙悟空大闹天宫后，遇见了唐僧、猪八戒和沙僧三人，西行取经，一路降妖伏魔，经历了九九八十一难，终于到达西天见到如来佛祖取回真经的故事。在小说中，人物的性格常常通过诙谐有趣的对话得以生动的表现，作者以幽默的笔法塑造了豪爽乐观的孙悟空、滑稽憨厚的猪八戒等生动有趣的形象。

在《西游记》中，无论遇到什么样的妖魔鬼怪，都基本是一样的有惊无险的故事模式：遇到妖魔，被妖魔困住，唐僧师徒凭自身的腾挪变化或借助神佛的法力除掉妖魔或脱困。相似的故事情节之所以令读者百读不厌，一个重要的原因在于故事的喜剧性色彩，这重点表现在孙悟空和他的“猪队友”八戒的一聪明一愚笨的对手戏中。本文所选的第76回故事就是一个典型例子：在狮驼岭，八戒被白象精卷走关押在池塘里，悟空来救他，因为救八戒是一个没有悬念的结局，所以悟空就变化成勾司人来捉弄八戒。在悟空和八戒要私房钱的讨价还价中，悟空的机智和八戒的胆小贪财表现得淋漓尽致，就如两个小儿在分零食，可爱有趣而不令人讨厌。这就是喜剧的魅力：它不改变人物的性格，只展示其无伤大雅的无价值的小私心，使读者在哈哈一笑的同时，更发现这些不足也是人类的共性。

思考与练习：

邀请同学与你分角色表演孙悟空和猪八戒，体会《西游记》的语言特色。

骇人的风车奇险[①]（节选）

塞万提斯[②]

这时候，他们远远望见郊野里有三十四架风车。堂吉诃德一见风车就对他的侍从说："运道的安排，比咱们要求的还好。你瞧，桑丘·潘沙朋友，那边出现了三十多个大得出奇的巨人。我打算去跟他们交手，把他们一个个杀死，咱们得了胜利品，可以发财。这是正义的战争，消灭地球上这种坏东西是为上帝立大功。"

桑丘·潘沙道："什么巨人呀？"

他主人说："那些长胳膊的，你没看见吗？那些巨人的胳膊差不多二哩瓦[③]长呢。"

桑丘说："您仔细瞧瞧，那不是巨人，是风车；上面胳膊似的东西是风车的翅膀，给风吹动了就能推转石磨。"

堂吉诃德道："你真是外行，不懂冒险。他们确是货真价实的巨人。你要是害怕，就走开些，做你的祷告去，等我一人来和他们大伙儿拼命。"

他一面说，一面踢着坐骑冲出去。他的侍从桑丘大喊说，他前去冲杀的明明是风车，不是巨人；他满不理会，横着念头那是巨人，既没听见桑丘叫喊，跑近了也没看清是什么东西，只顾往前冲，嘴里嚷道："你们这伙没胆量的下流东西！不要跑！前来跟你们厮杀的只是个单枪匹马的骑士！"

这时微微刮起一阵风，转动了那些庞大的翅翼。堂吉诃德见了说："即使你们挥舞的胳膊比巨人布利亚瑞欧[④]的还多，我也要和你们见个高下！"

他说罢一片虔诚向他那位杜尔西内娅小姐祷告一番，求她在这个紧要关头保佑自己，然后把盾牌遮稳身体，托定长枪飞马向第一架风车冲杀上去。他一枪刺中了风车的翅膀；翅膀在风里转得正猛，把长枪迸作几段，一股劲儿把堂吉诃德连人带马直扫出去；堂吉诃德滚翻在地，狼狈不堪。桑丘·潘沙趱驴来救，跑近一看，他已经不能动弹，驽骍难得把他摔得太厉害了。

桑丘说："天啊！我不是跟您说了吗，仔细着点儿，那不过是风车。除非自己的头脑里有风车打转儿，谁还不知道这是风车呢？"

---

① 本文节选自《堂吉诃德》第八章。

② 米格尔·德·塞万提斯·萨维德拉（1547—1616）：西班牙小说家、剧作家、诗人。出生于马德里附近的埃纳雷斯堡，从小跟着父亲颠沛流离，后来参加了西班牙驻意大利的军队，在著名的勒班陀大海战中被打残左手，回国途中又被海盗劫掳，多次逃跑均以失败告终，直到34岁才被家人赎回。以英雄的身份回国后的塞万提斯，终日为生活奔忙。他一面著书一面在政府里当小职员，曾干过军需官、税吏。不止一次被捕入狱，原因有时是不能足额缴纳税款，有时却是无妄之灾。《堂吉诃德》的部分内容也是他在监狱里构思和写作的。1616年他在贫病交加中去世。

③ 二哩瓦：一哩瓦合6.4公里。

④ 布利亚瑞欧：希腊神话里和神作战的巨人，有一百条手臂。

堂吉诃德答道："甭说了，桑丘朋友，打仗的胜败最拿不稳。看来把我的书连带书房一起抢走的弗瑞斯冬法师对我冤仇很深，一定是他把巨人变成风车，来剥夺我胜利的光荣。可是到头来，他的邪法毕竟敌不过我这把剑的锋芒。"

桑丘说："这就要瞧老天爷怎么安排了。"

桑丘扶起堂吉诃德；他重又骑上几乎跌歪了肩膀的驽骍难得。他们谈论着方才的险遇，顺着往拉比塞峡口的大道前去，因为据堂吉诃德说，那地方来往人多，必定会碰到许多形形色色的奇事。

选自［西班牙］塞万提斯著，杨绛译：《堂吉诃德》，人民文学出版社 1995 年版。

阅读提示：

堂吉诃德（如图 9-2）是个没落的小地主，因为看骑士小说着迷，所以自命为骑士，带着侍从潘丘遍游世界冒险，锄强扶弱，幻想实现他坚持的骑士精神，但遍尝失败，一事无成，回乡后郁郁而终。他追求的美德使他成了疯子，因为他拒绝承认世界的真实性，而是按照他的想象去生活。堂吉诃德一方面脱离现实，爱幻想，企图仿效游侠骑士的生活；另一方面又心地善良，立志铲除人间邪恶，是一个可笑、可叹、可悲又可敬的人物，是文学中不朽的典型形象。

图 9-2　堂吉诃德大战风车

本文是《堂吉诃德》里最著名的场景。堂吉诃德挥动着长枪去攻打巨大的风车，他耽于幻想，一切以自己的主观认识为准。所以在他的头脑中，一切都变了形。明明是风车，他却固执地看作"巨人""坏东西"，因此不顾一切地去攻打它，来表现自己奉行的伸张正义的骑士精神。这种行为在外人看来非常荒唐可笑，而他本人却不自知。当他一再不顾生命危险向风车和危险事物冲去的时候，我们会不由自主地联想到那些百折不挠的理想主义者。他的坚持和勇敢，令人心生敬意；他所受到的挫折和打击，又令人同情。

思考与练习：

有人认为堂吉诃德是可笑的"疯子"，有人认为他是可悲的英雄，你怎么看？

钦差大臣[①]（节选）

果戈里[②]

上场人物与邮政局长（喘息入场，手持已拆开的信）

邮局长：诸位，出了奇怪的事情！我们把他当做钦差大臣的官员，并不是钦差大臣。

众　人：怎么不是钦差大臣？

邮局长：完全不是钦差大臣——我从信里看了出来。

市　长：您怎么啦，您怎么啦？什么信？

邮局长：他自己的信，有封信送到邮政局来。我一看住址，是“邮政街”。我简直愣住了。我心里想：“一定在邮务方面发现了不按规则的事情，所以通知上司。”我拿起，就拆开来了。

市　长：您怎么能这样？……

邮局长：我自己也不知道：一种不自然的力量给了我冲动。我想叫信差用急递的方法送去，但是好奇心战胜了我，这种好奇心是我从来没有感到的。我不能，我不能，我不能自持！真是吸引我，我真是受了吸引！在一只耳朵里我听到：“你不能拆开！你会倒霉的。”另一只耳朵里好像有一个小鬼微语：“拆开来，拆开来，拆开来！”压火漆的时候——血筋里冒出火焰，一拆开来——竟冻僵住了，真是冻僵住了。手抖索起来，一切都糊涂了。

市　长：您为什么胆敢拆开钦差大员的信？

邮局长：就因为他不是钦差，也不是大员。

市　长：那么你以为他是什么人？

邮局长：不三不四的人；不知道是什么东西！

市　长：（恼怒）怎么叫做不三不四？您怎么敢称他作不三不四的人，还说不知道是什么东西？我要把您监禁起来……

邮局长：谁？您吗？

市　长：是的，是我。

邮局长：您的手够不到的！

市　长：您知道不知道，他要娶我的女儿，我也快做大官，我要把您遣送到西伯利亚去？

邮局长：唉，安东·安东诺维奇，西伯利亚去算什么？到西伯利亚去还远得很呢。不

---

① 《钦差大臣》：俄国讽刺作家果戈里的代表作，发表于1836年。本文选自第五幕第八场。

② 尼古莱·瓦西里耶维奇·果戈里·亚诺夫斯基（1809—1852）：笔名果戈理，俄国批判现实主义作家，代表作有《死魂灵》和《钦差大臣》。

如让我来念一下子。诸位！可以不可以念一下？

众　人：念吧，念吧！

邮局长：（读）“脱略皮慈金，我要告诉你，我遇到一件有奇事。在路上那个步兵上尉让我输得精光，我没有钱，旅馆老板想送我到狱中去。忽然，因为我的彼得堡人的面貌和服装，全城的人把我认作总督大人。我现在住在市长家里，享受愉快的生活，追求他的妻子和他的女儿；还没有决定，先从哪个女人下手——也许先从母亲下手，因为她现在大概是乐于从命的。你应该记得，你我两人如何贫困度日，吃人家白饭，有一次那个糖果店的老板，因为我白吃了他几个馅饼，竟抓住我的领子。现在完全是另一种境况了。大家全借给我钱，要多少有多少。他们真是很怪的东西，你会笑死的。我知道你现在写写文章，可以把他们写到文字里去。第一，那个市长愚蠢得像一只灰色的阉马……”

市　长：不会有的！上面不会有这句话。

邮局长：（示以信函）您自己去念吧。

市　长：（读）“像一只灰色的阉马。”不会有的！您是自己写上去的。

邮局长：我写上去做什么？

管理员：念吧！

视察员：念下去吧！

邮局长：（续读）“市长像一只灰色的阉马……”

市　长：见鬼！必须还要重复一遍！好像还不够。

邮局长：（续读）嗯……嗯……嗯……嗯……“灰色的阉马。邮政局长也是好人。……”（止读）他对我也有不客气的表示。

市　长：念出来吧！

邮局长：又何必？……

市　长：见鬼，既然念，就应该念下去。全都念出来吧！

管理员：让我来念。（戴眼镜而读）“邮政局长像司里的听差米海也夫，大概也是坏蛋，爱喝烧酒。”

邮局长：（对观众）这坏透了的小孩，应该加以鞭挞；没有别的话可说！

管理员：（续读）“慈善机关管理员是……是……”（作口吃状）

郭：您为什么止住了？

管理员：笔迹不清楚……但是显然他是一个恶徒。

郭：给我看！我觉得我的眼睛好些。（取信）

管理员：（不肯给信）不，这一段可以放过去，下面就清楚了。

郭：给我，我知道的。

管理员：念——我自己会念；下面全是清清楚楚的。

邮局长：不行，全都念下去！前面全都念过了。

众　人：把信拿出来吧，阿尔铁姆·费里帕维奇，把信拿出来吧！（对郭洛勃金）您念吧。

管理员：就来，就来。（授以信）在这里……（用手指掩住）从这里念起。

（大家围住他）

邮局长：念吧，念吧！不相干，全都念下去！

郭：（读）“慈善机关管理员宰姆利略尼卡是一只头戴小帽的猪猡。”

管理员：（向观众）这并不见得高明！一只头戴小帽的猪猡！哪里有猪猡戴小帽的！

郭：“学校视察员满身尽是葱味。”

视察员：天晓得，我嘴里从来不吃葱的。

法　官：（向旁言）阿弥陀佛，至少还没有讲到我！

郭：（读）“法官……”

法　官：也来了！……（出声）诸位，我以为这封信太长。管它呢，念这乌七八糟的做什么？

视察员：不行！

邮局长：不行，念下去！

管理员：不行，快念下去！

郭：（续读）法官利亚普金－贾布金是最厉害的 Mau－vaiston① （止住）大概是法国话。

法　官：谁知道是什么意思！假使是骗子的意思，那还好，也许比这更坏。

郭：（续读）然而他们全是好客而且好心肠的人。再见吧，亲爱的脱略皮慈金。我自己也要仿效你的办法，从事文学工作。这样生活下去，实在十分沉闷，颇想把自己的心灵抒发一下。我觉得现在必须从事高尚的工作。通讯处为萨拉托夫省，博特卡其洛夫卡村。（将信翻转来，读信上地址）圣彼得堡，邮政街 97 号，里院，三层楼，右首，伊凡·瓦西里也维奇·脱略皮慈金先生收。

某夫人：真是无趣的，出乎意料以外的事情。

市　长：这真是坑死人！被弄死了，完全被弄死了！我看出一些猪脸，并不是人脸，别的没有什么……把他追回来，赶紧把他追回来！（挥手）

选自［俄］果戈里著，耿济之译：《钦差大臣》，花城出版社 2014 年版。

---

① Mau－vaiston：下流的人。

阅读提示：

图 9-3 《钦差大臣》剧照

《钦差大臣》（如图 9-3）的主要内容是：纨绔子弟赫列斯塔科夫与人打赌输得精光，正一筹莫展，从彼得堡途经外省某市，被误认为是“钦差大臣”，在当地官僚中引起恐慌，闹出许多笑话。小说以假钦差的出现开端，以真钦差的到来告终，是整个俄国官僚界的缩影。作者为剧本的题词“自己的脸丑，为什么要怨镜子”，表明了现实主义的创作原则。

赫列斯塔科夫被误认为是钦差后，当地官僚对他极尽讨好谄媚之能事，尤其是市长，因为已经答应把女儿嫁给假钦差，以为飞黄腾达的梦想马上就要实现了而兴奋不已。但邮政局长当众拆开宣读的假钦差要邮寄给朋友的一封信却让大家呆若木鸡：原来大家都被捉弄了，而真的钦差已经到了。

果戈里用喜剧这面镜子照出了当时社会达官显贵们的丑恶原形，从而揭露了农奴制下俄国社会的黑暗腐朽和荒唐反动。赫尔岑称它是“最完备的俄国官吏病理解剖学教程”。

思考与练习：

阅读《钦差大臣》全文，学习果戈里通过“误会”描写喜剧人物的写作技巧。

第十讲

丑与荒诞

在西方，自然科学的发展和社会关系的变迁，诱发了很多新的审美范畴的产生，丑和荒诞就是其中最为突出的两个。

英国美学家李斯托威尔说“丑是近代精神的产物”。近代发达的自然科学，既打破了上帝创世的神话，又打破了理性万能的观点。人们开始认识到，人虽然超越于动物，却永远受到动物性和非理性因素的控制。因此，人类自身不仅有美，也有丑。人类要正视和表现这被发现了的“赤裸裸的丑”。19、20 世纪是英雄豪杰辈出的时代，但也给人类带来无穷的痛苦和灾难。拿破仑、俾斯麦这些“英雄”，为了“胜利”一再发动战争，把人类带入苦难的深渊。当战争结束、噩梦醒来后，人们感到幻想的破灭。人类的价值观，包括美丑、善恶、是非等观念，都受到怀疑和诘难。20 世纪后，高度工业化的西方社会，出现了种种畸形和矛盾。一方面，生产高度丰富化、社会化，另一方面，生活却高度个人化、孤独化。人际关系变得冷漠，人与世界开始变得隔绝。人类心理上产生严重的失落感、孤独感，在精神上就寻求丑、荒诞、怪诞等新的审美对象，以求情感安慰。

“丑”在中国古典艺术中早就有自己的位置。《庄子》的《德充符》里塑造了六位形丑德美的“圣人”“真人”：兀者王骀、申徒嘉、叔山无趾、哀骀它、闉跂支离无脤和瓮盎大瘿。这类肢体残缺不全的“畸形人”都懂得“安命”，顺乎自然，不被外物所牵绊和束缚，他们成为中国美学中一类重要的审美意象，代表着内在精神的崇高和力量，从神话传说中的“铁拐李”和“济公”到《红楼梦》里的癞头和尚和跛足道人，他们都以自己独特的仙佛形象度脱、点化世人。另外，发掘人性的丑恶而显现实际生活的真实面貌也是中国文学传统的重要使命，比如《金瓶梅》中集地痞、恶霸、官僚、淫棍、奸商多种角色于一身的西门庆形象，深刻地反映了拜金主义对人性的腐蚀和扭曲。

所以这里的“丑”，并不是指存在于生活中与美相对而言的丑，而是指人们对生活中的丑所产生的特殊感受，是一种丑感体验，是广义的美感的一种。丑的审美价值主要有两个方面。一是丑可以展示生活的本来面目，因为生活中不仅有美的、健康的、光明的东西，也有丑的、病态的、阴暗的东西，而美丑之间的对照以及扭结往往给我们的审美带来强大的冲击力。丑不仅是美的反衬、陪衬和烘托，而且是对美的丰富、扩展和解放，还是其他审美范畴如悲剧、喜剧、崇高、滑稽等的必要组成部分。比如雨果《巴黎圣母院》里塑造的敲钟人伽西莫多，丑陋的外表下包裹着一颗美丽的心。二是丑常常最能显现一个人的个性特征，例如奇特、怪异、缺陷、任性，以及生理上的畸形、道德上的败坏、精神上的怪癖等，莫言在《生死疲劳》中塑造的单干户农民就以蓝脸命名，给读者留下深刻的印象。波德莱尔作为著名的“恶魔诗人”，在《恶之花》的诗篇中强烈地歌颂了各种“丑”和“恶”。

“丑”在形式上的最大特点是不和谐。“丑”使人感受到历史和人生的复杂和深度，这给人一种精神上的满足感，从而使人得到一种带有苦味的愉快。丑补充着美学的疏漏，平衡着美学的偏颇，匡正着人类在感性学方面的偏失，激活着人的审美实践。

“荒诞”是指人的一切行为变得没有意义。“荒诞”在形态上的最显著标志是平面化、平板化以及价值削平。荒诞感是由于人与世界疏离而体验到的一种不安全感和不可信任感，并产生极度的焦虑、恐惧、失望和苦闷情绪。

与传统美学范畴相比，荒诞进入美学范畴的时间比较晚。因为在古代的审美活动中，荒诞只是作为一种元素出现，并没有形成独立的审美地位，但作为一种审美感受与体验，荒诞是早已存在的。荒诞经历了由一种艺术表现手法到文艺思潮流派，然后上升为美学范畴的过程，最后作为一种新的审美形态在当代生成和确立。

由于荒诞而造成的文学美感，表现在两个方面：其一，看似违反常理，显得很荒唐，但却有力地批判和鞭挞了现实，表达了作者对现实的强烈不满。其二，这种荒诞美给读者留下深刻的心理印象或情感震撼。

文学作品中蕴含的荒诞美是如何形成的呢？

第一，陌生化。所谓陌生化就是对传统和常规的偏离，于是自然而然产生一种陌生感和新奇感。陌生化的运用，可以变习见为新异、化腐朽为神奇，传递给读者一种新鲜的与众不同感受，从而达到审美的效果。包括：(1) 人物形象的陌生化。例如卡夫卡的《变形记》，主人公格里高尔·萨姆沙变成了一只甲虫。(2) 故事情节陌生化。例如莫言的《生死疲劳》写的是一个被冤杀的地主六道轮回的投胎经历。(3) 语言陌生化。主要通过意识流手法来实现，并大量运用内心独白、自由联想、意识流动和时空倒错的手法。比如《等待戈多》中两个流浪汉的对话，重复，罗嗦，颠三倒四，缺乏逻辑性，废话连篇，给人以强烈的荒诞感。

第二，象征手法。象征是体现文学作品荒诞美的一种常见手法。例如《百年孤独》中写马孔多的居民们在失眠病毒蔓延之后都失眠了，不久又患上了健忘症，连日常的生活用品的名字都忘了，于是只好在每件物品上贴上标签，注明名称、用途等。这个情节的象征寓意是耐人寻味的，它在告诫拉丁美洲人民，民族的历史和文化正在被人遗忘，这是何等危险啊！而且，这个经历了许多沧桑变化的马孔多小镇，正是一百多年来孤独而又多灾多难的拉丁美洲大陆的象征！

第三，悬念。悬念是一种独特的结构形式，它通过读者因对未知事物的好奇而产生的对故事前景的预期，引起读者强烈的进一步阅读的兴趣，却又在相当程度上延缓披露事件的真相或结局。例如《等待戈多》通篇都在写等待，吸引读者一直想知道等待的结局，却最终也没有结局。

荒诞与魔幻现实主义的区别在于，荒诞是西方现代文学的创作手法，魔幻现实主义则是一种创作潮流。二者的共同之处在于“变现实为幻想而不失其真实”。在魔幻现实主义作家的创作中，为了展现“神奇现实”，常常借用非理性的、极度夸张的荒诞手法。比如

《百年孤独》中描写霍·阿卡蒂奥被枪杀后流出的血从门下溢出的情景："穿过客厅，爬上街沿，顺着土耳其人大街奔驰，往右一拐，然后朝左一拐，径直踅向布恩蒂亚的房子。在关着的房门下面挤了进去，绕过客厅，贴着墙壁（免得弄脏地毯），在饭厅的食桌旁边画了条曲线，沿着秋海棠长廊蜿蜒行进。"

还需要特别指出荒诞与黑色幽默的关系。20世纪60年代，在美国产生了一种被称作"黑色幽默"的小说流派，它恰巧与同时期法国的荒诞派戏剧遥相呼应，因此也叫"荒诞小说"。它出现的起因是20世纪中叶美国动荡不安的社会环境。当时美国在朝鲜战争结束后，一方面社会矛盾、劳资矛盾频繁，另一方面麦卡锡主义使整个社会形成了压抑窒息的氛围；20世纪60年代初期，美国卷入越南战争，战事的失利和美军惨痛的伤亡，更使全国反战情绪高涨，局势比较动荡，社会状况比较混乱。西方民主的思想在现实面前受到质疑，传统的道德观念遭到抛弃。在这种情况下，美国中小资产阶级出于对共产主义革命的先天恐惧心理，在无所适从的社会背景下，产生了对现实嘲笑抨击、揭露讽刺的"黑色""幽默"。最具代表性的作品有《第二十二条军规》《烟草经纪人》《万有引力之虹》和《第五号屠场》等。这派作家将周围的世界和人性的丑恶、阴暗、畸形等放大、扭曲，使其更加荒诞不经。但"黑色幽默"这一派作品中充斥的幽默与传统的幽默大不相同，它并不表现一种单纯的滑稽可笑，而是用极其荒诞离奇的故事情节表达对现实无尽的绝望、嘲讽和鞭挞。加缪的《局外人》是荒诞小说的代表。而贝克特的《等待戈多》则是荒诞派戏剧的代表。

枯　树

韩　愈①

老树无枝叶，风霜不复侵。
腹穿人可过，皮剥蚁还寻。
寄托惟朝菌，依投绝暮禽。
犹堪持改火，未肯但空心。

选自陈迩冬选注：《韩愈诗选》，人民文学出版社 1997 年版。

阅读提示：

长庆四年（824）八月，韩愈因病告假，之后写成《枯树》一诗，表达了诗人暮年的人生追求。

清代刘熙载在《艺概》中说“昌黎诗往往以丑为美”，被认为是对韩愈诗歌特点的经典概括。本诗即如此，一棵光秃秃的枯树（如图 10-1），树皮都掉了，树干上的洞穴大得人都可以从中走过，这样的一棵没有生命力的“死树”谈不上美，但韩愈却写出了这棵树的特色之处：它不愿意空心腐朽，而是渴望做柴燃烧自己。这也是韩愈“烈士暮年，壮心不已”的写照。

图 10-1　元 倪瓒 枯树图

思考与练习：

谈谈韩愈的人生经历和诗歌创作的关系。

① 韩愈（768—824）：字退之，河南河阳（今河南省孟州市）人，唐代杰出的文学家。为唐德宗贞元八年（792）进士。元和十二年（817），出任宰相裴度的行军司马，参与讨平“淮西之乱”。因直言谏迎佛骨，被贬为潮州刺史。宦海沉浮，累迁吏部侍郎，人称“韩吏部”。长庆四年（824），韩愈病逝，年五十七，获追赠礼部尚书，谥号为“文”，故称“韩文公”。韩愈是唐代古文运动的倡导者，被后人尊为“唐宋八大家”之首，有《韩昌黎集》四十卷。

西门庆热结十兄弟[①]（节选）

兰陵笑笑生[②]

话休饶舌。捻指过了四五日，却是十月初一日。西门庆早起，刚在月娘房里坐的，只见一个才留头的小厮儿，手里拿着个描金退光拜匣，走将进来，向西门庆磕了一个头儿，立起来，站在旁边，说道："俺是花家，俺爹多拜上西门爹。那日西门爹这边叫大官儿请俺爹去，俺爹有事出门了，不曾当面领教的。闻得爹这边是初三日上会，俺爹特使小的先送这些分资来，说爹这边胡乱先用着，等明日爹这里用过多少，派开，该俺爹多少，再补过来便了。"西门庆拿起封袋一看，签上写着"分资一两"，便道："多了，不消补的。到后日叫爹莫往那去，起早就要同众爹上庙去。"那小厮儿应道："小的知道。"刚待转身，被吴月娘唤住，叫大丫头玉箫在食箩里拣了两件蒸酥果馅儿与他。因说道："这是与你当茶的。你到家拜上你家娘，你说西门大娘说，迟几日还要请娘过去坐半日儿哩。"那小厮接了，又磕了一个头儿，应着去了。

西门庆才打发花家小厮出门，只见应伯爵家应宝夹着个拜匣，玳安儿引他进来见了，磕了头，说道："俺爹纠了众爹们分资，叫小的送来，爹请收了。"西门庆取出来看，共总八封，也不拆看，都交与月娘道："你收了，到明日上庙，好凑着买东西。"说毕，打发应宝去了。立起身到那边看卓二姐。刚走到坐下，只见玉箫走来，说道："娘请爹说话哩。"西门庆道："怎的起先不说来？"随即又到上房，看见月娘摊着些纸包在面前，指着笑道："你看这些分子，止有应二的是一钱二分，八成银子，其余也有三分的，也有五分的，都是些红的黄的，倒像金子一般。咱家也曾没见这银子来，收他的也污个名，不如掠还他罢。"西门庆道："你也耐烦，丢着罢，咱多的也包补，在乎这些？"说着一直往前去了。

到了次日初二日，西门庆称出四两银子，叫家人来兴儿买了一口猪、一口羊、五六坛金华酒和香烛纸札、鸡鸭案酒之物，又封了五钱银子，旋叫了大家人来保和玳安儿、来兴三个："送到玉皇庙去，对你吴师父说，俺爹明日结拜兄弟，要劳师父做纸疏辞，晚夕就在师父这里散福。烦师父与俺爹预备预备，俺爹明早便来。"只见玳安儿去了一会，来回说："已送去了，吴师父说知道了。"

须臾，过了初二。次日初三早，西门庆起来，梳洗毕，叫玳安儿："你去请花二爹，到咱这里吃早饭，一同好上庙去。一发到应二叔家，叫他催催众人。"玳安应诺去。刚请花子虚到来，只见应伯爵和一班兄弟也来了，却正是前头所说的这几个人。为头的便是应伯爵，谢希大、孙天化、祝念实、吴典恩、云理守、常峙节、白赉光，连西门庆、花子虚

---

① 本文节选自《金瓶梅》第1回。《金瓶梅》是中国第一部文人独立创作的长篇白话世情章回小说，成书时间约在明朝隆庆至万历年间。

② 兰陵笑笑生：《金瓶梅》的作者，其真实姓名虽有各种提法，但仍无定论。

共成十个。进门来一齐箩圈作了一个揖。伯爵道："这时候好去了。"西门庆道："也等吃了早饭着。"便叫："拿茶来。"一面叫："看菜儿。"须臾，吃毕早饭，西门庆换了一身衣服，打选衣帽光鲜，一齐径往玉皇庙来。

不到数里之遥，早望见那座庙门，造得甚是雄峻。但见：

殿宇嵯峨，宫墙高耸。正面前，起着一座墙门八字，一带都粉赭色红泥；进里边，列着三条甬道川纹，四方都砌水痕白石。正殿上金碧辉煌，两廊下檐阿峻峭。三清圣祖庄严宝相列中央，太上老君背倚青牛居后殿。

进入第二重殿后，转过一重侧门，却是吴道官的道院。进的门来，两下都是些瑶草琪花，苍松翠竹。西门庆抬头一看，只见两边门楹上贴着一副对联道：洞府无穷岁月，壶天别有乾坤。

上面三间厂厅，却是吴道官朝夕做作功课的所在。当日铺设甚是齐整，上面挂的是昊天金阙玉皇上帝，两边列着的紫府星官，侧首挂着便是马、赵、温、关四大元帅①。当下吴道官却又在经堂外躬身迎接。西门庆一起人进入里边，献茶已罢，众人都起身，四围观看。白赉光携着常峙节手儿，从左边看将过来，一到马元帅面前，见这元帅威风凛凛，相貌堂堂，面上画着三只眼睛，便叫常峙节道："哥，这却是怎的说？如今世界，开只眼闭只眼儿便好，还经得多出只眼睛看人破绽哩！"应伯爵听见，走过来道："呆兄弟，他多只眼儿看你倒不好么？"……一面又转过右首来，见下首供着个黄将军，威风凛凛。上首又是一个黑面的，是赵元坛元帅，身边画着一个大老虎。白赉光指着道："哥，你看这老虎，难道是吃素的，随着人不妨事么？"伯爵笑道："你不知，这老虎是他一个亲随的伴当儿哩。"谢希大听得走过来，伸着舌头道："这等一个伴当随着我，一刻也成不的。不怕他要吃我么！"伯爵笑着向西门庆道："这等，亏他怎地过来！"西门庆道："却怎的说？"伯爵道："子纯，一个要吃他的伴当随不的，似我们这等七八个要吃你的随你，却不吓死了你罢了。"说着，一齐正大笑时，吴道官走过来，说道："官人们讲这老虎，只俺这清河县，这两日好不受这老虎的亏！往来的人也不知吃了多少，就是猎户，也害死了十来人。"西门庆问道："是怎的来？"吴道官道："官人们还不知道。不然我也不晓的，只因日前一个小徒，到沧州横海郡柴大官人那里，去化些钱粮，整整住了五七日，才得过来。俺这清河县近着沧州路上，有一条景阳岗，岗上新近出了一个吊睛白额老虎，时常出来吃人。客商过往，好生难走，必须要成群结伙而过。如今县里现出着五十两赏钱，要拿他，白拿不得。可怜这些猎户，不知吃了多少限棒哩！"白赉光跳起来道："咱今日结拜了，明日就去拿他，也得些银子使。"西门庆道："你性命不值钱么？"白赉光笑道："有了银子，要性

① 马、赵、温、关四大元帅：道教四大元帅。马元帅是马胜，赵元帅是赵公明，温元帅是温琼，关元帅是关羽。

命怎的！”众人齐笑起来。应伯爵道：“我再说个笑话你们听：一个人被虎衔了，他儿子要救他，拿刀去杀那虎。这人在虎口里叫道：‘儿子，你省可儿的砍，怕砍坏了虎皮。’”说着众人哈哈大笑。

只见吴道官打点牲礼停当，来说道：“官人们烧纸罢。”一面取出疏纸来，说：“疏已写了，只是那位居长？那位居次？排列了，好等小道书写尊讳。”众人一齐道：“这自然是西门大官人居长。”西门庆道：“这还是叙齿，应二哥大如我，是应二哥居长。”伯爵伸着舌头道：“爷可不折杀小人罢了！如今年时，只好叙些财势，那里好叙齿？若叙齿，还有大如我的哩。且是我做大哥，有两件不妥：第一，不如大官人有威有德，众兄弟都服你；第二，我原叫应二哥，如今居长，却又要叫应大哥了，倘或有两个人来，一个叫‘应二哥’，一个叫‘应大哥’，我还是应‘应二哥’应‘应大哥’呢？”西门庆笑道：“你这挡断肠子的，单有这些闲说的！”谢希大道：“哥休推了。”西门庆再三谦让，被花子虚、应伯爵等一干人逼勒不过，只得做了大哥。第二便是应伯爵，第三谢希大，第四让花子虚，有钱做了四哥。其余挨次排列。吴道官写完疏纸，于是点起香烛，众人依次排列。吴道官伸幵疏纸，朗声读道：

维大宋国山东东平府清河县信士西门庆、应伯爵、谢希大、花子虚、孙天化、祝念实、云理守、吴典恩、常峙节、白赉光等，是日沐手焚香，请旨。伏为桃园义重，众心仰慕而敢效其风；管鲍情深，各姓追维而欲同其志。况四海皆可兄弟，岂异姓不如骨肉？是以当今政和年月日，虔备猪羊牲礼，鸾驭金资，耑叩斋坛，虔诚请祷拜投昊天金阙玉皇上帝，五方值日功曹，本县城隍社令，过往一切神祇，仗此真香，普同鉴察。伏念庆等生虽异日，死冀同时，期盟言之永固，安乐与共，颠沛相扶，思缔结以常新，必富贵常念贫穷，乃始终有所依倚，情共日往以月来，谊若天高而地厚。伏愿自盟以后，相好无尤，更祈人人增有永之年，户户庆无疆之福。凡在时中，全叨覆庇，谨疏。

政和　　年　　月　　日文疏

吴道官读毕，众人拜神已罢，依次又在神前交拜了八拜，然后送神，焚化钱纸，收下福礼去。不一时，吴道官又早叫人把猪羊卸开，鸡鱼果品之类整理停当，俱是大碗大盘摆下两桌，西门庆居于首席，其余依次而坐，吴道官侧席相陪。须臾，酒过数巡，众人猜枚行令，耍笑哄堂，不必细说。正是：

才见扶桑日出，又看曦驭衔山。
醉后倩人扶去，树梢新月才弯。

选自（明）兰陵笑笑生著，王汝梅等校点：《张竹坡批评金瓶梅》，齐鲁书社1991年版。

阅读提示：

《金瓶梅》中，作者截取了《水浒传》中武松杀嫂的故事，由英雄传奇题材转向市井人情的描写。通过对兼有恶霸、富商、官僚三种身份的西门庆及其家庭生活的描写，展示了一个上至东京蔡京、陈洪等各色贪官，下至清河县各级污吏、奸商、青楼妓女、仆妇帮闲等各色人物组成的鬼魅世界，暴露了明代中叶社会的黑暗和腐败、金钱控制下社会风气的败坏以及人伦关系的扭曲，具有较深刻的认识价值。被列为明代“四大奇书”之首。

在《金瓶梅》里，传统社会理想、价值观念、伦理道德都被更为现实的物质利益所取代，传统的五伦关系已经全部被金钱腐蚀得面目全非，一切都变成了假的——假君臣、假父子、假夫妻、假兄弟、假朋友，唯有金钱和权力带来的丑恶才是真实的。本文可以让读者窥一斑而知全豹。

生药店老板西门庆字四泉（泉是“全”的谐音，喻酒色财气四毒俱全），相信金钱万能，第57回他有一段“名言”：“咱闻那佛祖西天，也止不过要黄金铺地，阴司十殿，也要些楮镪营求。咱只消尽这家私，广为善事，就使强奸了姮娥，和奸了织女，拐了许飞琼，盗了西王母的女儿，也不减我泼天富贵。”所以他所结交的“朋友”都是帮闲抹嘴的酒肉朋友。他们在一起谈论的无非是吃喝嫖赌，既没有崇高的人生理想，也没有患难与共的情谊，听说一个“兄弟”卜志道去世的消息，西门庆表现得非常淡漠，就极具讽刺意味。死了卜志道，为了凑够十人结拜兄弟，西门庆拉上了花子虚，原因就是他“手里肯使一股滥钱”。他们彼此也是各有所图：西门庆有钱有权需要“兄弟们”捧场奉承，而这些帮闲们图蹭吃蹭喝，所以玉皇庙里这一场热闹的结拜仪式也就成了一场笑话，排长幼顺序的标准是“论财势”而不是论年龄。所谓兄弟有义也是不存在的。西门庆不仅谋夺了“十兄弟”中花子虚的财产，还勾引了他的妻子李瓶儿。在西门庆死后，这些所谓的兄弟们图谋他的生意、试图转卖甚至敲诈他的妻妾，也就顺理成章了。

《金瓶梅》第1回将西门庆结十兄弟之“热”和武二郎遇亲哥嫂之“冷”（对潘金莲的态度）一块儿写，使假兄弟的虚情假意和真兄弟的同胞情深对比更加鲜明。

思考与练习：

黄霖先生说《金瓶梅》姓“金”，谈谈你的理解。

生死疲劳[①]（节选）

莫　言[②]

摆脱了牛的皮囊，我不屈的灵魂，在蓝脸那一亩六分地的上空盘旋。做牛的一世，又是如此悲壮。为驴之后，阎王曾当堂宣判我转世为人，可我竟从那头蛇尾母牛的产道里钻出来。我急于去面见阎王，斥责他要弄了我；但我又久久地在蓝脸上空盘旋，不忍离去。我看着那头牛血肉模糊的身体，看着趴在牛头上痛哭哀嚎的蓝脸那颗头颅，看着我那身材高大的儿子西门金龙那张表情痴呆的脸，看着我的妾迎春所生的那个小蓝脸，看着小蓝脸的朋友莫言那张沾满了鼻涕和眼泪的脏脸，还有那许许多多的似曾相识的面孔。随着灵魂脱离牛体，牛的记忆逐渐丧失，西门闹的记忆重新明晰，我是一个本不该死却被枪杀了的好人啊，连阎王也不得不承认我是被枪杀了的好人，但这错误难以挽回。阎王冷淡地问我：

"是的，错了，你自己说，想怎么办？我没有权力让你作为西门闹重生，你已轮回两遭，应该清楚，西门闹的时代早已结束，西门闹的子女都已长大成人，西门闹的尸骨已经腐烂成泥，西门闹的案卷，早已焚化成灰，陈年旧账，早已一笔勾销。你为什么不能忘记这些不愉快的往事，去享受幸福的生活呢？"

"大王殿下，"我跪在阎罗大殿冰冷的大理石地面上，痛苦地说，"殿下，我也想忘记过去，但我忘不了。那些沉痛的记忆像附骨之蛆，如顽固病毒，死死地缠绕着我，使我当了驴，犹念西门闹之仇；做了牛，难忘西门闹之冤。这些陈年的记忆，折磨得我好苦啊，殿下。"

"难道那比蒙汗药还要峻烈千倍的孟婆忘魂汤，竟然对你没有作用吗？"阎王不解地问，"你是不是没喝那汤就冲下了望乡台？"

"殿下，实话实说，为驴时我确实没喝那老婆子的汤，但为牛时，那两个鬼差捏着我的鼻子硬给我灌了一碗，怕我呕吐，他们还用破布堵住了我的嘴巴。"

"这倒奇了，"阎王对身边的判官说，"难道孟婆子也敢造假？"

判官们摇头否定阎王的猜测。

"西门闹，你要知道，我对你已经忍无可忍，如果每个鬼魂都像你这样难缠，那我这阎王殿就彻底乱了套。念你前世为人时多有善举，为驴为牛时又吃了不少苦头，本殿这次法外开恩，安排你到一个遥远的国度去投胎，那里社会安定，人民富足，山明水秀，四季

---

① 《生死疲劳》是莫言的代表作之一。书名出自佛经："生死疲劳，从贪欲起，少欲无为，身心自在。"佛教认为人之所以生也疲劳，死也疲劳，皆因贪欲起。因此，莫言认为唯有放下仇恨和贪欲，才能找到做"人"的乐趣。本文节选自该书第二十一章。

② 莫言（1955—）：原名管谟业，山东高密人，中国当代著名作家。2012 年，成为首位中国籍诺贝尔文学奖获得者。主要作品有小说《檀香刑》《丰乳肥臀》《透明的红萝卜》等。

如春。你的父亲现年三十六岁，是那个国家里最年轻的市长。你的母亲，是一个温柔美丽的歌唱演员，获得过多次国际性大奖。你将成为这两个人的独生儿子，一出生就是掌上明珠。你的父亲官运亨通，四十八岁时就会当上省长。你的母亲，中年之后会弃艺从商，成为一家著名化妆品公司的老板。你爹的车是奥迪，你娘的车是宝马，你的车是奔驰。你这一辈子享不尽的荣华富贵，交不完的桃花红运，足可以抵消你前几次轮回所受的那点痛苦和委屈，”阎王用手指敲敲案桌，略加停顿，眼睛仰望着大殿黑黝黝的穹隆，意味深长地说，“这样安排，你总该满意了吧？”

但是，阎王老子又一次耍弄了我。

这次投生，一出大厅他们就用黑布蒙上了我的眼睛。在望乡台上，挟带着地狱腥臭的阴风，吹得我周身凉彻。那个老婆子哑着嗓子痛骂我在阎王那里告了她的刁状。她用一柄梆硬的乌木勺子，响亮地敲打着我的脑壳，然后扯着我的耳朵，一勺一勺地往我嘴里灌汤。那种汤味道古怪，似乎是用蝙蝠的粪便和胡椒熬成。“灌死你这头笨猪，竟敢说我的汤里掺假！灌死你，灌死你的记忆，灌死你的前生前世，让你只记得泔水和粪便的味道！”在这刁婆子折磨我时，押送我的鬼差始终牢牢地抓住我的胳膊，并发出幸灾乐祸的冷笑。

跌跌撞撞地走下这高台后，我被鬼差们挟持着，脚不点地地奔跑，速度极快，仿佛凌空飞行。我脚踩着软绵绵的东西，仿佛踩着云絮。我几次想开口问讯，但刚一张嘴，就有一只毛茸茸的爪子将一丸腥臭难闻的东西塞进口中。我突然嗅到了一股酸溜溜的气味，仿佛是陈年的酒糟，抑或是发酵的豆饼，这正是西门屯大队饲养棚里的气味啊，天啊，当牛时的记忆犹存，难道我还是一头牛，前边发生的一切都是梦境？好像要摆脱梦魇一样我拼命挣扎着，嘴巴里发出吱吱的声音。我被自己的声音吓了一跳，定睛一看，发现在身体周围，蠕动着十几个肉团子。肉团子里有黑，有白，有黄，有黑白相间成花。在肉团子前面，横卧着一头白色的母猪。我听到一个极其熟悉的女子声音在惊喜地喊叫：“第十六个！老天爷，我们的老母猪一胎生了十六只小猪！”

我用力眨巴眼睛，将眼睛里的黏液排除，这时，虽然我还没看到自己的形象，但我知道自己已经投胎为猪，在我面前那些颤抖着、蠕动着、吱吱乱叫的小家伙，都是我的哥哥姐姐，看到了它们的形象，我也就知道了自己的形象。我的心中充满怒火，恨老奸巨猾的阎王又一次耍弄了我。我憎恨猪，这肮脏的畜生。我宁愿再次为驴、为牛，也不愿意做一只在粪便上打滚的猪。我决心绝食饿死，好尽快地赶赴阴曹地府找阎王算账。

选自莫言著：《生死疲劳》，上海文艺出版社 2012 年版。

阅读提示：

《生死疲劳》以轮回转世为线索，避免了因果宿命的套路，借用了古典章回体形式，叙述了被冤杀的地主西门闹历经六道轮回的荒诞故事，一共分为五个部分，分别是“驴折腾”“牛犟劲”“猪撒欢”“狗精神”“结局与开端”。西门闹带着记忆变成给他打工的蓝脸家的驴、牛、猪、狗、猴，最后是婴儿。通过各种动物的眼睛，作家反思了中国乡村社会五十多年庞杂喧闹、充满苦难的蜕变历史。

在西门闹一次次的轮回经历中，仇恨在一步步地消解，作家的思考也变得越来越深刻。没有人能够穿越所有苦难，但可以直面人性深处的绝望，清醒地活下去。

本文是第二十一章“再鸣冤重登阎罗殿　又受瞒降生母猪窝”的节选，奇特神秘的主观视角、天马行空的叙述、陌生化的处理、明显的魔幻现实主义色彩，都充分体现了《生死疲劳》的创作风格。

思考与练习：

以《生死疲劳》为例，谈谈作为文学形象的“丑”与生活中的“丑”的联系与区别。

局外人①（节选）

加　缪②

今天，妈妈死了。也许是在昨天，我搞不清。我收到养老院的一封电报：“令堂去世。明日葬礼。特致慰唁。”它说得不清楚。也许是昨天死的。

养老院是在马朗戈，离阿尔及尔八十公里。我明天乘两点的公共汽车去，下午到，赶得上守灵，晚上即可返回。我向老板请了两天的假。事出此因，他无法拒绝。但是，他显得不情愿。我甚至对他说：“这并不是我的过错。”他没有答理我。我想我本不必对他说这么一句话。反正，我没有什么须请求他原谅的，倒是他应该向我表示慰问。不过，到了后

① 《局外人》：加缪的成名作。小说以一种客观记录式的“零度风格”，粗线条地描述了主人公默尔索经历的种种荒谬的事。从参加母亲的葬礼到成了杀人犯，再到被判处死刑，默尔索似乎对一切都无动于衷。默尔索的种种行为看似荒谬，不合常理，却正是他抗击荒谬世界的武器。

② 阿尔贝·加缪（1913—1960）：法国作家、哲学家，存在主义文学、“荒诞哲学”的代表人物。1957 年获得诺贝尔文学奖。加缪在他的各种类型的著述中，深刻地揭示出人在异己世界中的孤独和异化。他在揭示世界荒诞的同时并不颓废和绝望，而是主张要在荒诞中抗争。主要作品有小说《局外人》《鼠疫》等。

天，他见我戴孝上班时，无疑会作此表示的。似乎眼下我妈还没有死。要等到下葬之后，此事才算定论入档，一切才披上正式悼念的色彩。

我乘上两点钟的公共汽车，天气很热。像往常一样，我是在塞莱斯特的饭店里用的餐。他们都为我难过，塞莱斯特对我说“人只有一个妈呀”，我出发时，他们一直送我到大门口。我有点儿烦，因为我还要上艾玛尼埃尔家去借黑色领带与丧事臂章。几个月前他刚死了伯父。

为了赶上公共汽车，我是跑着去的。这么一急，这么一跑，又加上汽车的颠簸与汽油味，还有天空与公路的反光，这一切使我昏昏沉沉，几乎一路上都在打瞌睡。当我醒来的时候，正靠在一个军人身上。他冲我笑笑，并问我是不是从远方来的。我懒得说话，只应了声“是”。

养老院离村子还有两公里。我是步行去的。我想立刻见到妈妈。但门房说我得先会见院长。由于院长正忙，我就等了一会儿。这期间，门房说着话，而后我就见到了院长：他是在自己的办公室里接见我的。这是个矮小的老头，佩带着荣誉团勋章。他用那双明亮的眼睛打量打量我，随即握着我的手老也不松开，叫我不知如何抽出来。他翻阅了一份档案，对我说：“默尔索太太入本院已经三年了。您是她惟一的赡养者。”我以为他有责备我的意思，赶忙开始解释。但他打断了我：“您用不着说明，我亲爱的孩子，我看过令堂的档案。您负担不起她的生活费用。她需要有人照料，您的薪水却很有限。把她送到这里来她会过得好一些。”我说：“是的，院长先生。”他补充说：“您知道，在这里，有一些跟她年龄相近的人和她做伴，他们对过去时代的话题有共同的兴趣。您年纪轻，她跟您在一起倒会感到烦闷的。”

的确如此。妈妈在家的时候，一天到晚总是瞧着我，一言不发。刚来养老院的那段时间，她经常哭，但那是因为不习惯。过了几个月，如果要把她接出养老院，她又会哭的，同样也是因为不习惯。由于这个原因，自从去年以来我就几乎没来探望过她。当然，也由于来一次就得占用我的一个星期天，且不算赶公共汽车、买车票以及在路上走两个小时所费的气力。

院长还说个不停，但我几乎已经不听他了。最后他对我说：“我想您愿意再看看令堂大人吧。”我什么也没说就站了起来，他领我出了办公室。在楼梯上，他向我解释说：“为了不刺激其他的老人，我们已经把她转移到院里的小停尸房去了。这里每逢有老人去世，其他人两三天之内都惶惶不可终日，这给服务工作带来很多困难。”我们穿过一个院子，那里有很多老年人三五成群地聊天。我们经过的时候，他们就不出声了。我们一走过，他们又聊起来了，就像是一群鹦鹉在聒噪。走到一幢小房子门前，院长告别我说：“默尔索先生，我失陪啦，我在办公室等您。原则上，下葬仪式是在明天上午十点钟举行。我们要您提前来，是想让您有时间守守灵。再说一点，令堂大人似乎向她的院友们表示过，她希望按照宗教仪式安葬。这件事，我已经完全安排好了。不过，还是想告诉您一声。”我向他道了谢。妈妈虽说不是无神论者，可活着的时候从来没有想到过宗教。

我走进小屋，里面是一个明亮的厅堂，墙上刷了白灰，顶上是一个玻璃天棚，放着几把椅子与几个X形的架子，正中的两个架子支着一口已盖合上了的棺材。棺材上只见一些闪闪发亮的螺丝钉，拧得很浅，在刷成褐色的木板上特别醒目。在棺材旁边，有一个阿拉伯女护士，身穿白色罩衫，头戴一块颜色鲜亮的方巾。

这时，门房走进屋里，来到我身后。他大概是跑着来的，说起话来有点儿结巴：“他们给盖上了，我得把盖打开。好让您看看她。”他走近棺材，我阻止了他。他问我：" 您不想看?”我回答说：“不想。”他只好作罢。我有些难为情，因为我觉得我不该这么说。过了一会儿，他看了我一眼，问道：“为什么?”但语气中并无责备之意，似乎只是想问个清楚而已。我回答说：“我说不清。”于是，他捻捻发白的小胡子，没有瞧我一眼，一本正经地说：“我明白。”他有一双漂亮的淡蓝色的眼睛，面色有点儿红润。他给我搬过来一把椅子，自己则坐在我的后面一点儿。女护士站起身来，朝门外走去。这时，门房对我说：“她长的是一种下疳。”因为我不明白，就朝女护士瞧了两眼，见她眼睛下面有一条绷带绕头缠了一圈，在齐鼻子的地方，那绷带是平的。在她的脸上，引人注意的也就是绷带的一圈白色了。

她走出屋后，门房说：“我失陪了。”我不知道我做了什么手势，他又留下了，站在我后面。背后有一个人，这使我很不自在。整个房间这时充满了夕阳的余晖。两只大胡蜂冲着玻璃顶棚嗡嗡乱飞。我觉得困劲上来了。我头也没有回，对门房说：“您在这院里已经很久了吧?”他立即答道：“五年了。”似乎他一直在等着我向他提问。

接着，他大聊特聊起来。在他看来，要是有人对他说，他这一辈子会以在马朗戈养老院当门房告终，那他是苟难认同的。他今年不过六十四岁，又是巴黎人。他说到这里，我打断说：“哦，您不是本地人?”这时，我才想起，他在引我到院长办公室之前，曾对我谈过妈妈。他劝我要尽快下葬，因为平原地区天气热，特别是这个地方。正是说那件事的时候，他已经告诉了我，他曾在巴黎待过，后来对巴黎一直念念不忘。在巴黎，死者可以停放三天，有时甚至四天。在此地，可不能停放那么久。这么匆匆忙忙跟在柩车后面去把人埋掉，实在叫人习惯不了。他老婆在旁边，提醒他说：“别说了，不应该对这位先生说这些。”老门房脸红了，连连道歉。我立即进行调和，说：“没关系，没关系。”我觉得老头讲的有道理，也有意思。

选自［法］加缪著，柳鸣九译：《局外人》，上海译文出版社2013年版。

阅读提示：

节选部分展现的是默尔索在情感生活方面的“局外人”存在：“今天，妈妈死了。也许是昨天，我搞不清。”这是小说惊世骇俗的开篇。丧失亲人的打击对普通人来说是沉痛和惨烈的，可是默尔索却以非常平静的口吻轻描淡写地讲述，仿佛和自己无关，甚至连时间也没确认，自始至终都没有流过半点伤心的泪水。让人震惊。

小说通过塑造默尔索这个行为惊世骇俗、言谈离经叛道的“局外人”形象，充分揭示了世界的荒谬性及人与社会的对立。

思考与练习：

谈谈你对默尔索的认识。

变形记[①]（节选）

卡夫卡[②]

一天清晨，格雷戈尔·萨姆沙从一串不安的梦中醒来时，发现自己在床上变成一只硕大的虫子。他朝天仰卧，背如坚甲，稍一抬头就见到自己隆起的腹部分成一块块弧形硬片，被子快要盖不住肚子的顶部，眼看就要整个滑下来了。他那许多与身躯比起来细弱得可怜的腿正在他眼前无助地颤动着。

“我出什么事了?”他想。这不是梦，他的房间，一间一点儿也不假的人住的房间，只不过稍做小了一点，仍稳稳当当地围在四片他熟悉的墙壁之间，桌上开着货品选样——萨姆沙是一个旅行推销员——桌子上方的墙上挂着那张他不久前从一本画报上剪下来装在一个漂亮的金色镜框里的画，画上画着一位戴着裘皮帽围着裘皮围巾的女士，她端坐着，前臂整个插在厚重的裘皮手筒里，抬着手臂要将皮手筒递给看画的人。

格雷戈尔接着又将目光转向窗户，阴霾的天气——窗檐上雨滴声可闻——使他全然陷于忧郁之中。“如果我再继续睡一会儿，将所有这些蠢事忘个干净，这样会不会好一些

---

① 《变形记》是卡夫卡的中篇小说，小说以主人公变为甲虫这一荒诞故事反映了世人唯利是图、对真情不屑一顾的冷酷现实，揭露了资本主义制度下真实的社会生活。

② 弗兰兹·卡夫卡（1883—1924）：奥匈帝国（1867—1918）作家。代表作品有小说《变形记》《审判》《城堡》等。他生活在奥匈帝国即将崩溃的时代，又深受尼采、柏格森等的哲学影响，对政治事件一直抱旁观态度，其作品大都用变形荒诞的形象和象征直觉的手法，表现被充满敌意的社会环境所包围的孤立、绝望的个人。

呢？”他想，但他根本办不到，平时他习惯于向右侧躺着睡觉，在现在的状况下，他无法翻身侧卧，无论他用多大的气力翻向右侧，他总是又摇摇晃晃地转回仰卧的姿势。他试了大概有一百次，眼睛也闭上，以免看见那些动个不停的腿，直到在腰侧感到一种前所未有的轻微的钝痛他才停止。

“天啊，”他想，“我选了个多么累人的职业啊！日复一日奔波于旅途之中。生意上的烦人事比在家坐店多得多，还得忍受旅行带来的痛苦，倒换火车老得提着心，吃饭不定时，饭菜又差，交往的人经常变换，相交时间不长，感情无法深入。让这一切都见鬼去吧！”他感到肚子上有点痒，便用背将身躯蹭到靠近床柱处，这样才比较容易抬起头来看。他看见发痒的地方布满白色小点，说不出那是些什么东西，想用腿去摸摸，但立刻就缩回来了，因为一接触全身就起一阵寒战。

他又滑回原来的地方。“这种提早起床的事，”他想，“会把人弄傻的。人需要睡眠。别的旅行推销员过的是后妃般的生活。譬如说，上午当我找好订户回旅馆来抄写订单时，这些先生们才坐在那儿吃早餐；若是我敢和老板也来这一套的话，会马上就被炒鱿鱼的。谁知道呢，说不定那样的话对我倒好，如果不是为了父母而强加克制的话，我老早就辞职不干了，我会到老板那儿去把心底话一吐为快，他听了定会从桌子上摔下来！那也真是一种怪异做法，自己高高地坐在桌子上对底下的职员说话，而他又耳背，人家不得不靠到他跟前去。还好，我还没有完全失去希望，一旦把父母欠他的钱存够了——大概还得五六年时间吧——我一定要做这事，到时候会有个大转机的，不过暂时还是得起床，我的火车五点就要开了。”

他看看柜子上滴滴答答响着的闹钟。“天哪！”他想，时间是六点半，而指针还在毫不迟疑地向前走着，六点半已过了，已经接近六点三刻了。闹钟难道没有响？从床上看到闹钟是拨到四点钟的，这没错：它肯定是响过了，是的，但他怎么可能在那震耳欲聋的闹声中安静地睡着呢？噢，他睡得并不安宁，但可能因此睡得更熟吧。只是，现在该怎么办呢？下一班火车七点开，想搭上它，他就必须火速行动，而样品还没有收拾好，他自己也感到不怎么有精神，并且不怎么想动。就算他赶得上这班车，老板照样会大发雷霆，因为公司的差役等在五点那班车旁，早把他没赶上车的事报告上去了，那人是老板的走狗，没脊梁也没头脑。那么，请病假好不好呢？那将会很尴尬，而且也显得可疑，因为格雷戈尔工作五年以来还没生过一次病，老板一定会带着医疗保险公司的特约医生来，还会为他的懒惰而责怪他的父母。所有的借口都会因为医生的在场而被反驳掉，对这位医生而言，世界上根本就只有磨洋工泡病号的极为健康的人，况且，今天这事如果他这么认为的话，是不是就完全不对呢？除了昏昏欲睡，而这一点在睡了这么久之后简直是多余的，格雷戈尔感觉极佳，甚至感到特别饿。

他脑子里快速地想着这一切，下不了起床的决心——闹钟正敲六点三刻——这时靠他床头那边的门上传来小心翼翼的门声。“格雷戈尔，”有人叫他——那是妈妈——“六点三刻了，你不是还得赶火车吗？”正是那柔和的声音！格雷戈尔听见自己回答的声音时吓了一跳，这明明是他原来的声音，可是里面夹杂着一种好像是来自下面的、压制不了的痛苦的尖声，正是这高音使得他说出的话只有初时还听得清，紧接着就被搅乱了，使人不知道自己到底听对了没有。格雷戈尔本想详细回答，还想一一解释，但是在这种情况下，他只说了：“是的，是的，谢谢，妈妈，我这就起床。”格雷戈尔声音的改变在木门外大概听不出来，因为母亲听了这一解释也就放心了，她踢踢踏踏地走开了，但是家里其他人由于这简短的对话注意到格雷戈尔还在家，这是出乎他们意料的。父亲这时已经在敲侧面那扇门了，轻轻敲，但用的是拳头。“格雷戈尔！格雷戈尔！”他叫道，“你怎么啦？”过了一会儿他用比较低沉的声音再次催促他：“格雷戈尔！格雷戈尔！”从另一侧的那扇门传来妹妹轻轻的带着担心的声音：“格雷戈尔？你是不是不舒服？你需要什么吗？”格雷戈尔同时回答着两边的话说：“我这就好了。”他极为小心地注意发音，每个字之间停顿得比较久，竭力使话听不出有什么异常。父亲也回去接着吃他的早餐了，妹妹却低声地说：“格雷戈尔，开开门，我求你了。”格雷戈尔却一点也不想开门，反而高兴自己由于经常旅行养成小心的习惯，晚上在家也锁上所有通向他房间的门。

首先他想安静而不受打扰地起床穿衣，最要紧的是吃早饭，然后，好好地想想下一步怎么做，因为他很清楚，躺在床上想是想不出什么好结果的。他想起，或许是由于睡觉姿势不对，平时他躺在床上时，身上常有隐隐作痛的感觉，起床之后就明白那只不过是想象的，他很想知道，今天的幻想会如何渐渐地消失。他的变声不是因为什么别的原因，而是重感冒的先兆，这是旅行推销员的职业病，对此他深信不疑。

选自［奥］卡夫卡著，谢莹莹译：《卡夫卡小说全集·变形记》，人民文学出版社2013年版。

阅读提示：

《变形计》的主人公格雷戈尔·萨姆沙是一名推销员。当他还能以微薄的薪金供养家庭时，他是家中受尊敬的长子。有一天他变成了甲虫，丧失了劳动力，对这个家再也没有物质贡献时，家人对他逐渐显现出冷漠、嫌弃、憎恶的态度。最后萨姆沙在饥饿中孤独痛苦地死去。

节选部分的内容是写格雷戈尔从不安的梦中醒来，发现自己变成一只巨大的甲虫躺在床上时的反应。他没有表现出一个正常人所应有的惊恐，而是冷静地想了一下“我出什么事了”，甚至连惊讶都没有。从表面上看，变形的是从人变为虫的格雷戈尔，然而，他的精神世界，他的责任感和对家人的尊敬，特别是对妹妹的爱，是自始至终都坚定不变的。反而是家庭的另外三个成员在整个过程中经历着起伏的“思想变形”。

《变形记》用表面的荒诞不经，来表达作者对生活的观察和思考，蕴涵了丰富而深刻的内容。

思考与练习：

《变形记》中的“变形”，意味着什么？

等待戈多[①]（节选）

萨缪尔·贝克特[②]

乡间的一条路。一棵树。

黄昏。

爱斯特拉冈坐在一个低低的土墩上，想脱掉靴子。他用两手使劲拉着，直喘气。他停止拉靴子，显出精疲力竭的样子，歇了会儿，又开始拉靴子。

如前。

弗拉季米尔上。

爱斯特拉冈：（又一次泄了气）毫无办法。

弗拉季米尔：（叉开两腿，迈着僵硬的、小小的步子前进）我开始拿定主意。我这一辈子老是拿不定主意，老是说，弗拉季米尔，要理智些，你还不曾什么都试过哩。于是我又继续奋斗。（他沉思起来，咀嚼着“奋斗”两字。向爱斯特拉冈）哦，你又来啦。

爱斯特拉冈：是吗？

弗拉季米尔：看见你回来我很高兴，我还以为你一去再也不回来啦。

爱斯特拉冈：我也一样。

弗拉季米尔：终于又在一块儿啦！我们应该好好庆祝一番。可是怎样庆祝呢？（他思索着）起来，让我拥抱你一下。

---

① 《等待戈多》是萨缪尔·贝克特的两幕悲喜剧，历来被认为是荒诞派戏剧的经典之作。本文节选自第一幕。

② 萨缪尔·贝克特（1906—1989）：爱尔兰作家，20世纪活跃于法国，是荒诞派戏剧的重要代表人物。1969年，他因“以一种新的小说与戏剧的形式，以崇高的艺术表现人类的苦恼”而获得诺贝尔文学奖。主要剧作有《等待戈多》《最后一局》《哑剧》《美好的日子》等。

爱斯特拉冈：（没好气地）不，这会儿不成。

弗拉季米尔：（伤了自尊心，冷冷地）允不允许我问一下，大人阁下昨天晚上是在哪儿过夜的？

爱斯特拉冈：在一条沟里。

弗拉季米尔：（羡慕地）一条沟里！哪儿？

爱斯特拉冈：（未做手势）那边。

弗拉季米尔：他们没揍你？

爱斯特拉冈：揍我？他们当然揍了我。

弗拉季米尔：还是同一帮人？

爱斯特拉冈：同一帮人？我不知道。

弗拉季米尔：我只要一想起……这么些年来……要不是有我照顾……你会在什么地方……？（果断地）在这会儿，你早就成一堆枯骨啦，毫无疑问。

爱斯特拉冈：那又怎么样呢？

弗拉季米尔：光一个人，是怎么也受不了的。（略停。兴高采烈地）另一方面，这会儿泄气也不管用了，这是我要说的。我们早想到这一点就好了，在世界还年轻的时候，在九十年代。

爱斯特拉冈：啊，别啰嗦啦，帮我把这混账玩艺儿脱了吧。

弗拉季米尔：手拉着手从巴黎塔顶上跳下来，这是首先该做的。那时候我们还很体面。现在已经太晚啦。他们甚至不会放我们上去哩。（爱斯特拉冈使劲拉着靴子）你在干吗？

爱斯特拉冈：脱靴子。你难道从来没脱过靴子？

弗拉季米尔：靴子每天都要脱，难道还要我来告诉你？你干吗不好好听我说话？

爱斯特拉冈：（无力地）帮帮我！

弗拉季米尔：你脚疼？

爱斯特拉冈：脚疼！他还要知道我是不是脚疼！

弗拉季米尔：（忿怒地）好像只有你一个人受痛苦。我不是人。我倒是想听听你要是受了我那样的痛苦，将会说些什么。

爱斯特拉冈：你也脚疼？

弗拉季米尔：脚疼！他还要知道我是不是脚疼！（弯腰）从来不忽略生活中的小事。

爱斯特拉冈：你期望什么？你总是等到最后一分钟的。

弗拉季米尔：（若有所思地）最后一分钟……（他沉吟片刻）希望迟迟不来，苦死了等的人。这句话是谁说的？

爱斯特拉冈：你干吗不帮帮我？

弗拉季米尔：有时候，我照样会心血来潮。跟着我浑身就会有异样的感觉。（他脱下帽子，向帽内窥视，在帽内摸索，抖了抖帽子，重新把帽子戴上）我怎么说好呢？又是宽心，又是……（他搜索枯肠找词儿）……寒心。（加重语气）寒——心。（他又脱下帽子，向帽内窥视）奇怪。（他敲了敲帽顶，像是要敲掉沾在帽上的什么东西似的，再一次向帽内窥视）毫无办法。

爱斯特拉冈使尽平生之力，终于把一只靴子脱下。他往靴内瞧了瞧，伸进手去摸了摸，把靴子口朝下倒了倒，往地上望了望，看看有没有什么东西从靴里掉出来，但什么也没看见，又往靴内摸了摸，两眼出神地朝前面瞪着。

爱斯特拉冈：什么也没有。

弗拉季米尔：给我看。

爱斯特拉冈：没什么可给你看的。

弗拉季米尔：再穿上去试试。

爱斯特拉冈：（把他的脚察看一番）我要让它通通风。

弗拉季米尔：你就是这样一个人，脚出了毛病，反倒责怪靴子。（他又脱下帽子，往帽内瞧了瞧，伸手进去摸了摸，在帽顶上敲了敲，往帽里吹了吹，重新把帽子戴上）这件事越来越叫人寒心。（沉默。弗拉季米尔在沉思，爱斯特拉冈在揉脚趾）两个贼有一个得了救。（略停）是个合理的比率。（略停）戈戈。

爱斯特拉冈：什么事？

弗拉季米尔：我们要是忏悔一下呢？

爱斯特拉冈：忏悔什么？

弗拉季米尔：哦……（他想了想）咱们用不着细说。

爱斯特拉冈：忏悔我们的出世？

弗拉季米尔纵声大笑，突然止住笑，用一只手按住肚子，脸都变了样儿。

弗拉季米尔：连笑都不敢笑了。

爱斯特拉冈：真是极大的痛苦。

弗拉季米尔：只能微笑。（他突然咧着嘴嘻笑起来，不断地嘻笑，又突然停止）不是一码子事。毫无办法。（略停）戈戈。

爱斯特拉冈：（没好气地）怎么啦？

弗拉季米尔：你读过《圣经》没有？

爱斯特拉冈：《圣经》……（他想了想）我想必看过一两眼。

弗拉季米尔：你还记得《福音书》吗？

爱斯特拉冈：我只记得圣地的地图。都是彩色图。非常好看。死海是青灰色的。我一看到那图，心里就直痒痒。这是咱俩该去的地方，我老这么说，这是咱们该去度蜜月的地方。咱们可以游泳。咱们可以得到幸福。

弗拉季米尔： 你真该当诗人的。

爱斯特拉冈： 我当过诗人。（指了指身上的破衣服）这还不明显？（沉默）

弗拉季米尔： 刚才我说到哪儿……你的脚怎样了？

爱斯特拉冈： 看得出有点儿肿。

弗拉季米尔： 对了，那两个贼。你还记得那故事吗？

爱斯特拉冈： 不记得了。

弗拉季米尔： 要我讲给你听吗？

爱斯特拉冈： 不要。

弗拉季米尔： 可以消磨时间。（略停）故事讲的是两个贼，跟我们的救世主同时被钉死在十字架上。有一个贼——

爱斯特拉冈： 我们的什么？

弗拉季米尔： 我们的救世主。两个贼。有一个贼据说得救了，另外一个……（他搜索枯肠，寻找与“得救”相反的词汇）……万劫不复。

爱斯特拉冈： 得救，从什么地方救出来？

弗拉季米尔： 地狱。

爱斯特拉冈： 我走啦。（他没有动）

弗拉季米尔： 然而……（略停）……怎么——我希望我的话并不叫你腻烦——怎么在四个写福音的使徒里面只有一个谈到有个贼得救呢？四个使徒都在场——或者说在附近，可是只有一个使徒谈到有个贼得了救。（略停）喂，戈戈，你能不能回答我一声，哪怕是偶尔一次？

爱斯特拉冈：（过分地热情）我觉得你讲的故事真是有趣极了。

弗拉季米尔： 四个里面只有一个。其他三个里面，有两个压根儿没提起什么贼，第三个却说那两个贼都骂了他。

爱斯特拉冈： 谁？

弗拉季米尔： 什么？

爱斯特拉冈： 你讲的都是些什么？（略停）骂了谁？

弗拉季米尔： 救世主。

爱斯特拉冈： 为什么？

弗拉季米尔： 因为他不肯救他们。

爱斯特拉冈： 救他们出地狱？

弗拉季米尔： 傻瓜！救他们的命。

爱斯特拉冈： 我还以为你刚才说的是救他们出地狱哩。

弗拉季米尔： 救他们的命，救他们的命。

爱斯特拉冈：嗯，后来呢？

弗拉季米尔：后来，这两个贼准是永堕地狱、万劫不复啦。

爱斯特拉冈：那还用说？

弗拉季米尔：可是另外的一个使徒说有一个得了救。

爱斯特拉冈：嗯？他们的意见并不一致，这就是问题的症结所在。

弗拉季米尔：可是四个使徒全在场。他们当中只有一个谈到有个贼得了救。为什么要相信他的话，而不相信其他三个？

爱斯特拉冈：谁相信他的话？

弗拉季米尔：每一个人。他们就知道这一本《圣经》。

爱斯特拉冈：人们都是没知识的混蛋，像猴儿一样见什么学什么。

他痛苦地站起身来，一瘸一拐地走向台的极左边，停住脚步，把一只手遮在眼睛上朝远处眺望，随后转身走向台的极右边，朝远处眺望。弗拉季米尔瞅着他的一举一动，随后过去捡起靴子，朝靴内窥视，急急地把靴子扔在地上。

弗拉季米尔：呸！（他吐了口唾沫）

爱斯特拉冈走到台中，停住脚步，背朝观众。

爱斯特拉冈 美丽的地方。（他转身走到台前方，停住脚步，脸朝观众）妙极了的景色。（他转向弗拉季米尔）咱们走吧。

弗拉季米尔：咱们不能。

爱斯特拉冈：干吗不能？

弗拉季米尔：咱们在等待戈多。

爱斯特拉冈：啊！（略停）你肯定是这儿吗？

弗拉季米尔：什么？

爱斯特拉冈：我们等的地方。

弗拉季米尔：他说在树旁边。（他们望着树）你还看见别的树吗？

爱斯特拉冈：这是什么树？

弗拉季米尔：我不知道。一棵柳树。

爱斯特拉冈：树叶呢？

弗拉季米尔：准是棵枯树。

爱斯特拉冈：看不见垂枝。

弗拉季米尔：或许还不到季节。

爱斯特拉冈：看上去简直像灌木。

弗拉季米尔：像丛林。

爱斯特拉冈：像灌木。

弗拉季米尔：像——你这话是什么意思？暗示咱们走错地方了？

爱斯特拉冈：他应该到这儿啦。

弗拉季米尔：他并没说定他准来。

爱斯特拉冈：万一他不来呢？

弗拉季米尔：咱们明天再来。

爱斯特拉冈：然后，后天再来。

弗拉季米尔：可能。

爱斯特拉冈：老这样下去。

弗拉季米尔：问题是——

爱斯特拉冈：直等到他来为止。

选自［爱尔兰］萨缪尔·贝克特著，施咸荣译：《等待戈多》，人民文学出版社2002年版。

阅读提示：

《等待戈多》没有完整的故事情节，没有开端、发展、高潮、结局等传统的戏剧模式，以两个流浪汉苦等“戈多”，而“戈多”不来的情节，喻示人生是一场无尽无望的等待，表达了世界荒诞、人生痛苦的存在主义思想，也反映出“二战”后资本主义世界普遍空虚绝望的精神状态。

本文节选的内容体现了《等待戈多》的无情节特点。幕布拉开，主角是两个流浪汉，背景是一片荒野，路旁只有一棵枯树，两个流浪汉在树下等待着一个叫戈多的人。他们一面做着闻臭靴子之类的无聊动作，一面在语无伦次地梦呓。最后有一个男孩来说戈多今晚不来了，第一幕结束。第二幕是第一幕的重复，只是当知道戈多又不来的时候，他们就想上吊，结果裤带一拉就断，于是只能毫无希望地等待下去。

有人认为戈多从英语“God”（神、上帝、造物主）演变而来，暗指上帝；他一直不露面，若有若无，说来不来，表现了宗教已经失去了信服力。《等待戈多》是对人类生存状态的自我嘲讽，但“等待”的主题又给人一种“会发生什么”的期待。所以作品的意义有两点：一是揭示了人类的尴尬处境和幻灭情绪；二是展现这种处境中人类坚强的意志和心底那盏不灭的希望之灯。《等待戈多》是戏剧史上真正的革新，也是第一部演出成功的荒诞派戏剧。

思考与练习：

谈谈你对《等待戈多》主题的理解。

第二十二条军规[①]（节选）

约瑟夫·海勒[②]

这真是个恐怖的笑话，但是丹尼卡医生没有笑，直到约塞连又完成一次任务后过来找他，再次恳求——实在不抱任何成功的希望——停飞。丹尼卡医生干笑一声，但很快就沉浸在自己的种种麻烦之中了，其中包括一级准尉怀特·哈尔福特。此人那天上午一直在向他挑战，要跟他角力；还有约塞连，这家伙当场决定要发疯。

“你在浪费时间。”丹尼卡医生不得不跟他说。

“难道你不能让一个发疯的人停飞？”

“哦，当然。我必须那么做。有一条规定说，我必须停止任何发疯的人飞行。”

“那你为什么不让我停飞？我真是疯了。不信问克莱文杰。”

“克莱文杰？克莱文杰在哪里？你把克莱文杰找来，我来问他。”

“那你随便问问其他人。他们会告诉你我疯成什么样。”

“他们都疯了。”

“那你为什么不让他们停飞？”

“他们为什么不来找我要求停飞？”

“因为他们都疯了，原因就在这里。”

“他们当然都疯了，”丹尼卡医生回答道，“我刚跟你说过他们全都疯了，是不是？而你不能让疯子来判定你是不是疯了，对不对？”

约塞连冷静地看着他，尝试另一种方法。“奥尔疯了吗？”

“他当然疯了。”丹尼卡医生说。

“你能让他停飞吗？”

“当然可以。但是首先他必须向我提出要求。这是那条规定的一部分。”

“那他为什么不向你提出要求？”

“因为他疯了，”丹尼卡医生说，“那么多次死里逃生，他一定得疯了，才能不停地飞作战任务。没问题，我可以让奥尔停飞，但是首先他必须向我提出要求。”

“他只要这样做就可以停飞？”

“没错。让他向我提出来。”

“这样你就能让他停飞？”约塞连问。

---

① 美国作家约瑟夫·海勒创作的长篇小说。作品以第二次世界大战为背景，通过对驻扎在地中海一个岛上的美国空军飞行大队中所发生的一系列事件的描写，揭示了现实世界的荒诞、非理性。

② 约瑟夫·海勒（1923—1999）：美国黑色幽默派代表作家，出生于纽约市布鲁克林犹太移民家庭，第二次世界大战期间曾任空军中尉。战后进入大学学习，1948 年毕业于纽约大学。1961 年，他创作的长篇小说《第二十二条军规》问世，一举成名，被视为黑色幽默的经典名著。

“不能。这样我就不能让他停飞。”

“你是说有圈套?”

“当然有圈套,”丹尼卡医生答道,“第二十二条军规,凡是想逃脱作战任务的人,绝对不是真正疯了。”

世上只有一个圈套,那便是第二十二条军规。军规明确说明,面临真实而迫在眉睫的危险时对自身安全的关切是理性思维的过程。奥尔疯了,可以获准停飞。他必须做的,就是提出要求;而一旦他提出要求,他就再不是疯子,因而必须执行更多飞行任务。奥尔必是疯了才会执行更多飞行任务,而如果没有飞那么多,他就是心智健全的;然而,如果他是心智健全的,那就必须飞那些任务。如果他飞那些任务,他就是疯子,因而不必飞;但如果他不想飞,那他就是心智健全的,因而必须飞。约塞连对第二十二条军规这一条款的绝对简洁性深为感动,发出一声敬仰的口哨声。

“还真是个圈套,第二十二条军规。”他评论道。

“无与伦比。”丹尼卡医生表示赞同。

它那种螺旋式的推演,约塞连看得十分清楚。它完美的部分既优雅又令人惊异,其中存在一种极为简略的精确,就像好的现代艺术,然而有时约塞连又不很肯定是否真把它看透了,正如他从来不曾对好的现代艺术十分有把握,或者确信奥尔在阿普尔比的眼睛里看到了苍蝇。他信了奥尔的保证,以为阿普尔比的眼睛里有苍蝇。

“噢,苍蝇就在那里,确实。”一次约塞连与阿普尔比在军官俱乐部斗拳之后,奥尔明确地告诉他阿普尔比眼里有苍蝇,“虽然他可能自己都不知道。那就是他看东西总走样的原因。”

“他怎么可能不知道?”约塞连问。

“因为他眼睛里有苍蝇。”奥尔耐着性子解释道,“如果他眼睛里有苍蝇,他怎么可能看得见眼睛里有苍蝇?”

这话颇有点道理,约塞连也愿意相信奥尔的话,因为奥尔来自纽约市外边的荒野,对野生动物的了解比约塞连多得多,还因为奥尔从来没有在关键问题上对他撒过谎,不像约塞连的母亲、父亲、姊妹、兄弟、姨母、伯父、姻亲、老师、精神领袖、立法员、邻居和报纸。约塞连花了一两天的时间,私下里仔细思考了关于阿普尔比的这个新消息,于是决定做件好事,把它告诉阿普尔比本人。

“阿普尔比,你眼睛里有苍蝇,”每周一次去帕尔马的例行飞行那天,他们在降落伞帐篷门口擦身而过,约塞连好心地对阿普尔比低语道。

“什么?”阿普尔比吓了一跳,约塞连竟然跟他说话,弄得他十分慌乱。

“你眼睛里有苍蝇。”约塞连重复道,“那可能就是你看不见它们的原因。”

阿普尔比一脸反感和困惑地离开约塞连,默默生着闷气,直到他坐进吉普车,跟哈弗迈耶一道沿着那条又长又直的公路驱车前往简令室,那儿大队作训军官丹比少校正焦躁地等着给全体领队飞行员、轰炸员和领航员下达飞行简令。阿普尔比说话声音很轻,免得司机和布莱克上尉听见。上尉闭着双眼，手脚伸展地躺坐在吉普车前排座位上。

“哈弗迈耶，”阿普尔比犹豫地问道，我眼睛里有苍蝇吗？”

哈弗迈耶疑惑地眯缝了眼。“睑腺炎？”他问。

“不，苍蝇。”那是他听到的。

哈弗迈耶又眯缝了眼。“苍蝇？”

“我眼睛里。”

“你一定疯了。”哈弗迈耶说。

“不，我没疯。约塞连疯了。你只要告诉我眼睛里有还是没有苍蝇就行了。只管说。我受得了。”

哈弗迈耶又往嘴里塞进一块花生糖，然后往阿普尔比的眼睛里细细窥视了一番。

“我没看见什么苍蝇。”他说。

阿普尔比长长地舒了一口气。哈弗迈耶的嘴唇、下巴和脸颊上粘着些花生糖碎屑。

“花生糖渣子粘你脸上了。”阿普尔比提醒他说。

“我宁可脸上粘花生糖渣子，也不要眼睛里进苍蝇。”哈弗迈耶反击道。

选自［美］约瑟夫·海勒著，吴冰青译：《第二十二条军规》，译林出版社2014年版。

阅读提示：

《第二十二条军规》中有一个悖论，根据“第二十二条军规”：只有疯子才能获准免于飞行，但又必须由本人提出申请。但一旦提出申请，恰好证明你是一个正常人，还是在劫难逃。第二十二条军规还规定：飞行员飞满25架次就能回国。但规定又强调，你必须绝对服从命令，否则就不能回国。

约塞连是一名空军上尉、飞行中队主投弹手，但是他非常痛恨战争。在作战过程中，他想着的不是要如何圆满完成上级交给他的任务，而是费尽心思使自己活下来，不管付出什么代价。为了从轰炸区逃命，他竟然拔掉对讲机的连接线，好有一个借口返航；为了不执行危险的飞行任务，他半夜偷偷地移动轰炸路线图。最后约塞连不想再继续执行永无休止的飞行任务，就以实际行动来反抗上级。本文节选内容就是约塞连陷入第二十二条军规死循环的形象展示。他无法证明自己疯了，也无法使别人证明自己疯了，于是永远实现不了自己停飞的愿望。

《第二十二条军规》以荒诞的故事情节揭示了“二战”后美国社会对传统道德的背弃，成为“黑色幽默”的经典之作，对20世纪世界文坛有着里程碑式的意义。

思考与练习：

以《第二十二条军规》为例，谈谈你对“黑色幽默”小说流派的认识。

第十一讲

幽默与讽刺

幽默和讽刺是一对既有联系、又有区别，同时亦有着多重身份的概念。它们同为喜剧中“笑”的两种形式，又是两种美学范畴，在艺术创作中，还是两种重要的表现手法。

幽默一词原是拉丁文，由林语堂先生根据英语 humor 音译为汉语词汇。其一，幽默首先指人的脾性。英国剧作家康格里夫说幽默是“一种特殊的、不可避免的言谈举止方式”。它不是装腔作势、扭捏作态，而是“一个敏锐的心灵，在精神饱满生趣洋溢时的自然流露”（余光中）。幽默是智慧开出的花朵。林语堂说：“无论何时，当一个民族在发展的过程中生产丰富之智慧足以表露其理想时则开放其幽默之鲜葩，因为幽默没有旁的内容，只是智慧之刀的一晃。”智慧使人能够“对人之智慧本身发生疑惑，处处发见人类的愚笨、矛盾、偏执、自大，幽默也跟着出现”。幽默的心灵又有着博爱的特质。幽默的人常常嘲笑别人，也嘲笑自己的弱点和错误，但他并不是泼辣强辩、尖酸刻薄抑或油滑戏谑，“一个真正幽默的心灵，必定是富足，宽厚，开放，而且圆通的”（余光中）。幽默的最高境界在于洞彻万物运行规律之后，以恬淡的心境表达一种理解的同情。老舍说：“幽默是一种心态……幽默的人是由世事中看出可笑之点而技巧地写出来。他自己看出人间的缺欠，也愿使别人看到。不仅是看到，他还承认人类的缺欠。于是人人有可笑之处，他自己也非例外。再往大处一想，人寿百年，而企图无限，根本矛盾可笑，于是笑里带着同情，而幽默乃通于深奥……和颜悦色，心宽气朗，才是幽默。”由此可见，幽默表现出对其对象的理解，最终表达一种同情的伦理关怀。

当幽默这种脾性和文艺家的身份相结合，便会形成鲜明的创作个性。正如果戈里凭借着自己“喜剧性的兴奋”而疾呼：“只要给我一个情节，马上可以写出五幕的喜剧”，“我简直为喜剧发狂了”。老舍也声明说：“我喜欢笑，写悲剧不合适。”

其二，幽默又是一种美学现象，是文艺作品中富有思想性和艺术性且引人发笑的美感特征。徐侗认为“当幽默成为一个美学事实，是通过它的内容所特有的滋味、色彩、情调、意境，构成一个氛围而为我们感知的，使我们在审美过程中能够咀嚼、理解、欣赏，从而依据审美经验，作出一个明确的审美判断——幽默”。幽默的首要特征就是能引起我们的笑。然而这笑不是生理性的单纯快感，不是空虚无聊、低级庸俗的无病呻吟或矫揉造作，而是一种有益的笑。黑格尔强调，要把那些外表上像是幽默，而实际上“无聊的琐屑不足道的东西”同真正的幽默区别开来。真正的幽默“有深刻而丰富的精神基础”，是智慧，是真理，有思想内涵，有艺术魅力，能够产生令人陶醉的美感，它所引发的笑是有所领悟的会心的笑。

幽默的风味又是变幻多样的。由于文艺作品采用的形式不同，表达的内容不同，蕴含的思想不同，具体的手法不同，幽默也包容着言说不尽的味道。它可以是放达不羁的，如杜甫的《饮中八仙歌》；可以是睿智深刻的，如余光中的《幽默的境界》；可以是温和风趣的，如汪曾祺的《跑警报》；可以是略带戏谑和自嘲的，如王小波的《我为什么要写作》；也可以是带着苦涩的"含泪的微笑"，如鲁迅的《阿Q正传》。幽默可以和辛辣的讽刺相融合，如钱锺书的《围城》；也可以和荒诞相表里，如约瑟夫·海勒的《第二十二条军规》。

其三，幽默还是一种艺术表现手法，它既可以通过作品中人物自身的言行举止展现出来，如"饮中八仙"的各种醉态、阿Q的精神胜利法，也可以通过作家的叙述语言流露出来，如余光中将幽默比喻成泻药，说"幽默则是一种反膨胀（deflationary）作用，好像一帖泻药，把一个胖子泻成一个瘦子那样"，寓庄于谐，产生了幽默的效果。

幽默有几个容易混淆的"兄弟"——戏谑、滑稽、讽刺，幽默与它们虽面目相仿，但性情实有不同。

幽默不同于戏谑。车尔尼雪夫斯基认为戏谑"笑的是别人，但却尊崇和原谅自己"，对于戏谑者来说，万物皆可笑和愚蠢，却唯独不包括他自己，而幽默却是"对自己和其他人的笑"，他能够从别人和自己的身上，同样发现渺小、无益、可笑、可鄙的东西。

幽默与滑稽的区别在于前者是智慧游刃有余的自然流露，而后者则是愚钝蒙昧无知的荒唐展览；前者近于优美，而后者近于丑。车尔尼雪夫斯基说"只有到了丑强把自己装成美的时候这才是滑稽"，幽默引人笑的同时也给人启迪，滑稽尽管也可以惹人笑，却是黑格尔所说的"笨拙或无意义的言行"。

幽默与讽刺的关系最为微妙复杂。幽默有广义和狭义之分。别林斯基在分析果戈理时，指出两种幽默类型：一种是"平静的、淳朴的幽默"，一种是"严峻而露骨的幽默"。广义幽默包含以上两种，狭义幽默则不包含后者——讽刺。

幽默（狭义）与讽刺有相通之处：它们都强调真实，要把现实中被遮掩的真相以否定的形式揭示出来。但二者不同的是，幽默是温和的否定，是带着善意的否定。它把对象内容和形式上的不协调以一种直率而风趣的形式外化出来，注重对象行为上的无价值，往往在否定对象形式丑的同时，对其中包含的内容不乏同情。如汪曾祺的《跑警报》，虽然展示了联大师生令人发笑的行为，但表达的却是对他们面对日本侵略，依然可以保持从容生活态度的肯定。

讽刺则是一种比幽默更尖锐、更辛辣的否定丑的形式，如别林斯基所说："它咬得你出血，刺透你的皮骨，直言无隐，用毒蛇编织的鞭子前后左右地抽打你，一种苦辣的、恶毒的、无慈悲的幽默。"它入木三分，不留情面，是对否定性对象进行审美评价的特殊方式。朱立元主编的《美学大辞典》对此进行了阐释："其对象是社会上具有普遍性的弊端和人们的乖讹、丑恶、虚伪、荒诞的思想、言行。其手法因对象不同而有态度、程度的差异。对于同主体处于对抗性的丑恶事物，常以愤怒、轻蔑、冷峻、尖刻的语言进行冷嘲，淋漓尽致地揭露、鞭挞、讥刺对象的表里不一、名不符实、自相矛盾、虚伪、荒唐、无价值，让对象进行自我暴露；对于有缺陷的事物，则以幽默、诙谐、夸张、戏谑等方式进行热讽、嘲弄，讪笑对象的乖讹。讽刺具有鲜明强烈的倾向性，表现了清醒的理智和炽热的爱憎，其目的是为了暴露丑和恶的本质，使人警醒、贬斥、憎恶、戒备。它的审美价值在于从彻底否定丑和恶中肯定美和善，使人产生优胜感，获得精神的愉悦。”

讽刺还是一种常见的艺术创作手法，可以存在于任何风格的作品中。如《幽默的境界》虽是一篇以智性的幽默为倾向的文章，却也存在着对“第三等”人的讽刺。在作品中，讽刺常常通过比喻、夸张、反语等方式表现出来。《围城》中把鲍小姐比喻为“局部真理”“熟食铺子”，既是对人物特征的凸显，也是对其委婉的讽刺。夸张即故意言过其实，对客观的人、事物尽力做扩大或缩小的描述，如老舍《四世同堂》中写瑞丰“鼻孔要朝天，像一双高射炮口”，讽刺他小人得志、目中无人的丑态。反语是使用与本来意思相反的词语或句子去表达本意，如《围城》中说“中国是世界上最提倡科学的国家，没有旁的国家肯这样给科学家大官做的”，以此讽刺中国传统文化中“学而优则仕”的弊端。讽刺也可以通过不动声色、客观写实的白描手法呈现出来，如《儒林外史》写匡超人吹嘘自己的八股文选本一段，纯用对话，其虚荣、无知、薄情、狂妄一目了然。

当讽刺手法和意图在文学作品中占有主导地位的时候，便形成了“讽刺文学”这一独特的文学类型。在讽刺文学中，对丑恶的揭露与否定，并不是简单直白的揭露，而往往整体采取婉言隐语、正话反说的方式，明明糟糕却说成是好，明明丑陋却说成是美，明明渺小却说成是伟大，将荒谬推到极端，“引君入瓮”，用事件的真相和人物自己的言行暴露其本质。如《围城》中高松年明明是自己出尔反尔，将已经许诺给方鸿渐的教授职位给了旁人，面对对方的询问，却捏造事实，振振有词，揭示出他的世故和虚伪。《午餐》中的女士冠冕堂皇，口口声声说自己吃得很少，而其大吃特吃的行为彻底暴露了她的贪婪与自私。鲁迅的作品常常通过白描手法，用人物自相矛盾、表里不一的言行来揭示其深层的丑陋，如《肥皂》写一个“假道学”受到街痞对一个女乞丐的戏语的触动，竟买回家一块肥皂给太太用，《高老夫子》写不学无术的“高老夫子”因发表了一篇“整理国史”的文章而受聘为贤良女校教师，通过对其课前、课上与课后的心理与行为描写，揭露出他阴暗猥琐的心理。

由上可见，讽刺与幽默的复杂关系在于它们既相互独立，也常常水乳交融。作为不同的美学范畴，它们各有鲜明的特点，在创作实践中，也确实存在一些泾渭分明的情况。比如讽刺文学虽时常引人笑，但有时与幽默并无关系，如《诗经·硕鼠》讽刺了统治者贪婪的本性，却并不引人发笑；鲁迅的许多杂文如匕首投枪，也没有使人笑的意图。幽默也完全可以不含讽刺，如杜甫对于“饮中八仙”的描写。但在更多情况下，二者常常共存于同一对象之中，讽刺中透着幽默，幽默中也含着讽刺。将二者融合，往往能使作品产生更大的艺术感染力，于是便有了“说不尽的阿Q”以及迄今仍畅销不衰的《围城》。即使放在现实交流中，寓讽刺于幽默，也会收获更好的效果，如“优旃之讽漆城，优孟之谏葬马”，如果不是将讽谏与幽默融在一起，不仅不一定能够“抑止昏暴”，更不一定能保全性命。

饮中八仙歌

杜　甫①

知章骑马似乘船②，眼花落井水底眠③。

汝阳三斗始朝天④，道逢曲车口流涎⑤，恨不移封向酒泉⑥。

左相日兴费万钱⑦，饮如长鲸吸百川，衔杯乐圣称避贤⑧。

宗之潇洒美少年⑨，举觞白眼望青天⑩，皎如玉树临风前。

苏晋长斋绣佛前⑪，醉中往往爱逃禅⑫。

李白一斗诗百篇，长安市上酒家眠，天子呼来不上船，自称臣是酒中仙⑬。

张旭三杯草圣传，脱帽露顶王公前，挥毫落纸如云烟⑭。

焦遂五斗方卓然，高谈雄辩惊四筵⑮。

选自萧涤非主编：《杜甫全集校注》，人民文学出版社2014年版。

---

① 杜甫（712—770）：字子美，自号少陵野老，河南府巩县（今河南巩义）人。他是伟大的爱国主义诗人，被后世尊称为“诗圣”，其诗被称为“诗史”。

② 知章：贺知章，唐代诗人，官至秘书监。性放旷，善谈笑，晚年自号“四明狂客”。骑马似乘船：醉后骑马，身体摇晃如同乘船。

③ 此句意为：醉眼朦胧，跌落井中犹不自知，索性醉眠而卧，乃夸张其醉态。

④ 汝阳：指唐睿宗长子宁王李宪（唐玄宗兄）的长子李琎，封汝阳王。朝天，朝见天子。

⑤ 曲车：装酒曲的车。

⑥ 移封：另换封地。酒泉：今甘肃省酒泉市，相传“城下有金泉，泉味如酒”。

⑦ 左相：指李适之。天宝元年（742）任左丞相，受李林甫排挤，天宝五年罢相，不久服毒自尽。

⑧ 此句用典，李适之罢相后门庭冷落，曾赋诗云：“避贤初罢相，乐圣且衔杯。为问门前客，今朝几个来。”

⑨ 宗之：指崔宗之。为李白好友。

⑩ 白眼：语出《世说新语·简傲篇》：“（阮）籍能为青白眼，见凡俗之士，以白眼对之。”此喻崔宗之傲世嫉俗。

⑪ 苏晋：幼慧能文，时称才子，曾为户部和吏部侍郎，后皈依佛门，长期斋戒。绣佛：指佛像。

⑫ 逃禅：指不守佛门戒律。苏晋信佛嗜酒，实际是“以禅避世，以醉逃禅”。

⑬ “李白”句：李白好酒，据《旧唐书·李白传》载：“白既嗜酒，日与饮徒醉于酒肆。玄宗度曲，欲造乐府新词，亟召白，白已卧于酒肆矣。召入，以水洒面，即令秉笔，顷之成十余章，帝颇嘉之。”范传正《唐左拾遗翰林学士李公新墓碑并序》中记玄宗“泛白莲池，公不在宴，皇欢既洽，召公作序。时公已被酒于翰苑中，仍命高将军扶以登舟”。此章既写李白醉态，也反映其不畏权贵的性格。

⑭ 张旭：开元、天宝间著名书法家，曾为金吾长史，世称“张长史”。擅草书，被称为“草圣”。李肇《国史补》云：“旭饮酒辄草书，挥笔而大叫，以头揾水墨中而书之，天下呼为‘张颠’。”脱帽露顶：脱去帽子，露出头顶，写其不拘礼节之态。

⑮ 焦遂：布衣之士，生平不详。蔡梦弼《杜工部草堂诗笺》中《饮中八仙歌》注引《唐史拾遗》云：“焦遂，与白号为酒中仙。口吃，对客不能出言，醉后酬诘如注射，时目为酒吃。”

阅读提示：

《饮中八仙歌》在杜甫诗中可谓“奇篇”。

图 11-1　明 唐寅 临李公麟饮中八仙图（局部）

其一在于诗之情调。此诗寓慨于谐，如浮雕般勾勒出一幅酒仙群像图（如图 11-1）。诗中八公，身份不同，境遇各异，却同好酒，皆放逸。诗人用笔极简却浓墨重彩，以漫画式的夸张手法写其醉、其狂、其傲、其卓然，从而产生了幽默效果。但嗜酒狂放的背后却并非是纯然的轻松和欢乐，而是蕴含着发人深省的意味。诗中人物或无缘帝位，或仕途坎坷，无论如何狂放不羁，都有着各自的生命苦闷，这和作者本人仕途失意的情绪融合到了一起。诗歌以酒浇出的是诗人和诗中之人胸中的块垒，全面透视出唐代社会从王公贵胄到士庶阶层存在的不满情绪，暗示出唐王朝繁荣之下的巨大阴影。

其二在于诗之章法。全诗前无开端，后无结语，共写八人，互不连贯，各成一章，却又浑然一体，操纵自如，不仅在杜诗中仅见，在唐诗中也堪称新奇。诗人不做面面俱到的铺陈，而是抓住每个人的特征着力凸显，“或两句，或三句四句，如云在晴空，卷舒自如，亦诗中之仙也”（王嗣奭）。在音韵上，此诗一韵到底，不避重韵，旋律流畅，一气呵成。

思考与练习：

谈谈你对此诗幽默风格的理解。

跑警报[1]

——昆明忆旧之四

汪曾祺[2]

西南联大有一位历史系的教授——听说是雷海宗先生，他开的一门课因为讲授多年，已经背得很熟，上课前无需准备；下课了，讲到哪里算哪里，他自己也不记得。每回上课，都要先问学生："我上次讲到哪里了？"然后就滔滔不绝地接着讲下去。班上有个女同学，笔记记得最详细，一句不落。雷先生有一次问她："我上一课最后说的是什么？"这位女同学打开笔记夹，看了看，说："您上次最后说：'现在已经有空袭警报，我们下课。'"

这个故事说明昆明警报之多。我刚到昆明的头二年，三九、四〇年，三天两头有警报。有时每天都有，甚至一天有两次。昆明那时几乎说不上有空防力量，日本飞机想什么时候来就来。有时竟至在头一天广播：明天将有二十七架飞机来昆明轰炸。日本的空军指挥部还真言而有信，说来准来！

一有警报，别无他法，大家就都往郊外跑，叫做"跑警报"。"跑"和"警报"联在一起，构成一个语词，细想一下，是有些奇特的，因为所跑的并不是警报。这不像"跑马""跑生意"那样通顺。但是大家就这么叫了，谁都懂，而且觉得很合适。也有叫"逃警报"或"躲警报"的，都不如"跑警报"准确。"躲"，太消极；"逃"又太狼狈。唯有这个"跑"字于紧张中透出从容，最有风度，也最能表达丰富生动的内容。

有一个姓马的同学最善于跑警报。他早起看天，只要是万里无云，不管有无警报，他就背了一壶水，带点吃的，夹着一卷温飞卿或李商隐的诗，向郊外走去。直到太阳偏西，估计日本飞机不会来了，才慢慢地回来。这样的人不多。

警报有三种。如果在四十多年前向人介绍警报有几种，会被认为有"神经病"，这是谁都知道的。然而对今天的青年，却是一项新的课题。一曰"预行警报"。

联大有一个姓侯的同学，原系航校学生，因为反应迟钝，被淘汰下来，读了联大的哲学心理系。此人对于航空旧情不忘，曾用黄色的"标语纸"贴出巨幅"广告"，举行学术报告，题曰《防空常识》。他不知道为什么对"警报"特别敏感。他正在听课，忽然跑了出去，站在"新校舍"的南北通道上，扯起嗓子大声喊叫："现在有预行警报，五华山挂了三个红球！"可不！抬头望南一看，五华山果然挂起了三个很大的红球。五华山是昆明的制高点，红球挂出，全市皆见。我们一直很奇怪：他在教室里，正在听讲，怎么会"感

---

① 本文原载《滇池》1985 年第 3 期。

② 汪曾祺（1920—1997）：江苏高邮人。中国当代小说家、散文家、戏剧家。毕业于西南联大中文系。1940 年发表第一篇小说，新时期以后进入创作高峰期。影响较大的作品有短篇小说《大淖记事》《受戒》《异秉》等，被誉为"中国最后一个士大夫"。

觉”到五华山挂了红球呢？——教室的门窗并不都正对五华山。

一有预行警报，市里的人就开始向郊外移动。住在翠湖迤北的，多半出北门或大西门，出大西门的似尤多。大西门外，越过联大新校舍门前的公路，有一条由南向北的用浑圆的石块铺成的宽可五六尺的小路。这条路据说是古驿道，一直可以通到滇西。路在山沟里。平常走的人不多。常见的是驮着盐巴、碗糖或其他货物的马帮走过。赶马的马锅头侧身坐在木鞍上，从齿缝里咝咝地吹出口哨（马锅头吹口哨都是这种吹法，没有撮唇而吹的），或低声唱着呈贡“调子”：

哥那个在至高山那个放呀放放牛，
妹那个在至花园那个梳那个梳梳头。
哥那个在至高山那个招呀招招手，
妹那个在至花园点那个点点头。

这些走长道的马锅头有他们的特殊装束。他们的短褂外都套了一件白色的羊皮背心，脑后挂着漆布的凉帽，脚下是一双厚牛皮底的草鞋状的凉鞋，鞋帮上人都绣了花，还钉着亮晶晶的“鬼眨眼”亮片。——这种鞋似只有马锅头穿，我没见从事别种行业的人穿过。马锅头押着马帮，从这条斜阳古道上走过，马项铃哗稜哗稜地响，很有点浪漫主义的味道，有时会引起远客的游子一点淡淡的乡愁……

有了预行警报，这条古驿道就热闹起来了。从不同方向来的人都涌向这里，形成了一条人河。走出一截，离市较远了，就分散到古道两旁的山野，各自寻找一个合适的地方呆下来，心平气和地等着——等空袭警报。

联大的学生见到预行警报，一般是不跑的，都要等听到空袭警报：汽笛声一短一长，才动身。新校舍北边围墙上有一个后门，出了门，过铁道（这条铁道不知起讫地点，从来也没见有火车通过），就是山野了。要走，完全来得及。——所以雷先生才会说“现在已经有空袭警报”。只有预行警报，联大师生一般都是照常上课的。

跑警报大都没有准地点，漫山遍野。但人也有习惯性，跑惯了哪里，愿意上哪里。大多是找一个坟头，这样可以靠靠。昆明的坟多有碑，碑上除了刻下坟主的名讳，还刻出“×山×向”，并开出坟茔的“四至”。这风俗我在别处还未见过。这大概也是一种古风。

说是漫山遍野，但也有几个比较集中的“点”。古驿道的一侧，靠近语言研究所资料馆不远，有一片马尾松林，就是一个点。这地方除了离学校近，有一片碧绿的马尾松，树下一层厚厚的干了的松毛，很软和，空气好——马尾松挥发出很重的松脂气味，晒着从松枝间漏下的阳光，或仰面看松树上面的蓝得要滴下来的天空，都极舒适外，是因为这里还可以买到各种零吃。昆明做小买卖的，有了警报，就把担子挑到郊外来了。五味俱全，什么都有。最常见的是“丁丁糖”。“丁丁糖”即麦芽糖，也就是北京人祭灶用的关东糖，不过做成一个直径一尺多，厚可一寸许的大糖饼，放在四方的木盘上，有人掏钱要买，糖贩即用一个刨刃形的铁片楔入糖边，然后用一个小小铁锤，一击铁片，丁的一声，一块糖就震裂下来了——所以叫做“丁丁糖”。其次是炒松子。昆明松子极多，个大皮薄仁饱，很香，也很便宜。我们有时能在松树下面捡到一个很大的成熟了的生的松球，就掰开鳞瓣，一颗一颗地吃起来。——那时候，我们的牙都很好，那么硬的松子壳，一嗑就开了！

另一个集中点比较远，得沿古驿道走出四五里，驿道右侧较高的土山上有一横断的山沟（大概是哪一年地震造成的），沟深约三丈，沟口有二丈多宽，沟底也宽有六七尺。这是一个很好的天然防空沟，日本飞机若是投弹，只要不是直接命中，落在沟里，即便是在沟顶上爆炸，弹片也不易蹦进来。机枪扫射也不要紧，沟的两壁是死角。这道沟可以容数百人。有人常到这里，就利用闲空，在沟壁上修了一些私人专用的防空洞，大小不等，形式不一。这些防空洞不仅表面光洁，有的还用碎石子或破瓷片嵌出图案，缀成对联。对联大都有新意。我至今记得两副，一副是：

人生几何
恋爱三角

一副是：

见机而作
入土为安

对联的嵌缀者的闲情逸致是很可叫人佩服的。前一副也许是有感而发，后一副却是记实。

警报有三种。预行警报大概是表示日本飞机已经起飞。拉空袭警报大概是表示日本飞机进入云南省境了，但是进云南省不一定到昆明来。等到汽笛拉了紧急警报：连续短音，这才可以肯定是朝昆明来的。空袭警报到紧急警报之间，有时要间隔很长时间，所以到了这里的人都不忙下沟——沟里没有太阳，而且过早地像云冈石佛似的坐在洞里也很无聊，大都先在沟上看书、闲聊、打桥牌。很多人听到紧急警报还不动，因为紧急警报后日本飞机也不定准来，常常是折飞到别处去了。要一直等到看见飞机的影子了，这才一骨碌站起来，下沟，进洞。联大的学生，以及住在昆明的人，对跑警报太有经验了，从来不仓惶失措。

上举的前一副对联或许是一种泛泛的感慨，但也是有现实意义的。跑警报是谈恋爱的机会。联大同学跑警报时，成双作对的很多。空袭警报一响，男的就在新校舍的路边等着，有时还提着一袋点心吃食，宝珠梨、花生米……他等的女同学来了，“嗨！”于是欣然并肩走出新校舍的后门。跑警报说不上是同生死，共患难，但隐隐约约有那么一点危险感，和看电影、遛翠湖时不同。这一点危险感使两方的关系更加亲近了。女同学乐于有人伺候，男同学也正好殷勤照顾，表现一点骑士风度。正如孙悟空在高老庄所说："一来医得眼好，二来又照顾了郎中，这是凑四合六的买卖。"从这点来说，跑警报是颇为罗漫蒂克的。有恋爱，就有三角，有失恋。跑警报的"对儿"并非总是固定的，有时一方被另一方"甩"了，两人"吹"了，"对儿"就要重新组合。写（姑且叫做"写"吧）那副对联的，大概就是一位被"甩"的男同学。不过，也不一定。

警报时间有时很长，长达两三个小时，也很"腻歪"。紧急警报后，日本飞机轰炸已毕，人们就轻松下来。不一会，"解除警报"响了：汽笛拉长音，大家就起身拍拍尘土，络绎不绝地返回市里。也有时不等解除警报，很多人就往回走：天上起了乌云，要下雨了。一下雨，日本飞机不会来。在野地里被雨淋湿，可不是事！一有雨，我们有一个同学一定是一马当先往回奔，就是前面所说那位报告预行警报的姓侯的。他奔回新校舍，到各个宿舍搜罗了很多雨伞，放在新校舍的后门外，见有女同学来，就递过一把。他怕这些女同学挨淋。这位侯同学长得五大三粗，却有一副贾宝玉的心肠。大概是上了吴雨僧先生的《红楼梦》的课，受了影响。侯兄送伞，已成定例。警报下雨，一次不落。名闻全校，贵在有恒。——这些伞，等雨住后他还会到南院女生宿舍去敛回来，再归还原主的。

跑警报，大都要把一点值钱的东西带在身边。最方便的是金子——金戒指。有一位哲学系的研究生曾经作了这样的逻辑推理：有人带金子，必有人会丢掉金子，有人丢金子，就会有人捡到金子，我是人，故我可以捡到金子。因此，他跑警报时，特别是解除警报以后，他每次都很留心地巡视路面。他当真两次捡到过金戒指！逻辑推理有此妙用，大概是教逻辑学的金岳霖先生所未料到的。

联大师生跑警报时没有什么可带，因为身无长物，一般大都是带两本书或一册论文的草稿。有一位研究印度哲学的金先生每次跑警报总要提了一只很小的手提箱。箱子里不是什么别的东西，是一个女朋友写给他的信——情书。他把这些情书视如性命，有时也会拿出一两封来给别人看。没有什么不能看的，因为没有卿卿我我的肉麻的话，只是一个聪明女人对生活的感受，文字很俏皮，充满了英国式的机智，是一些很漂亮的 Essay，字也很秀气。这些信实在是可以拿来出版的。金先生辛辛苦苦地保存了多年，现在大概也不知去向了，可惜。我看过这个女人的照片，人长得就像她写的那些信。

联大同学也有不跑警报的，据我所知，就有两人。一个是女同学，姓罗。一有警报，她就洗头。别人都走了，锅炉房的热水没人用，她可以敞开来洗，要多少水有多少水！另一个是一位广东同学，姓郑。他爱吃莲子。一有警报，他就用一个大漱口缸到锅炉火口上去煮莲子。警报解除了，他的莲子也烂了。有一次日本飞机炸了联大，昆中北院、南院，都落了炸弹，这位郑老兄听着炸弹乒乒乓乓在不远的地方爆炸，依然在新校舍大图书馆旁的锅炉上神色不动地搅和他的冰糖莲子。

抗战期间，昆明有过多少次警报，日本飞机来过多少次，无法统计。自然也死了一些人，毁了一些房屋。就我的记忆，大东门外，有一次日本飞机机枪扫射，田地里死的人较多。大西门外小树林里曾炸死了好几匹驮木柴的马。此外似无较大伤亡。警报、轰炸，并没有使人产生血肉横飞，一片焦土的印象。

日本人派飞机来轰炸昆明，其实没有什么实际的军事意义，用意不过是吓唬吓唬昆明人，施加威胁，使人产生恐惧。他们不知道中国人的心理是有很大的弹性的，不那么容易被吓得魂不附体。我们这个民族，长期以来，生于忧患，已经很“皮实”了，对于任何猝然而来的灾难，都用一种“儒道互补”的精神对待之。这种“儒道互补”的真髓，即“不在乎”。这种“不在乎”精神，是永远征不服的。

为了反映“不在乎”，作《跑警报》。

一九八四年十二月六日

选自季红真主编：《汪曾祺全集·散文卷》，人民文学出版社2019年版。

阅读提示：

《跑警报》写的是20世纪三四十年代在日本侵华的飞机空袭之下，西南联大师生和昆明当地人的生活。面对空袭警报，人们没有慌张恐惧，没有无奈悲伤，反而从容有致，心平气和，不乏生活的乐趣。比如跑警报时买丁丁糖、炒松子等各种零食；或在防空洞里用碎石子嵌图案、拼对联，打发时间；甚至可以借跑警报谈恋爱、送雨伞、捡金子，“发挥所长”；即使不跑警报，也是为了洗头、煮莲子，享受生活……这些趣味十足的画面，读来令人忍俊不禁。

文章笔随意到、挥洒自如，看似散漫，实际气贯神聚、酣畅淋漓。由雷海宗教授的课堂趣闻引出“跑警报”之事，再按照时间顺序展现“跑警报”不同阶段的趣闻，之后再讲不“跑警报”的特例。文末点出题旨，这样展现昆明人的战时生活就是为了写出中国人的“皮实”和“不在乎”。这种“皮实”和“不在乎”，用汪曾祺曾评价其他作家的话来说就是“能够度过困苦的、卑微的生活，这还不算；能于困苦卑微的生活觉得快乐，在没有意思的生活中觉出生活的意思，这才是真正的‘皮实’，这才是生命的韧性……是我们民族普遍的品德”。

汪曾祺的笔下没有金刚怒目，也少写时代风云，语言如话家常，幽默风趣，具有绚烂之极归于平淡的美。

思考与练习：

你如何理解本文中以幽默笔法写战时生活的用意？

幽默的境界

余光中①

据说秦始皇有一次把他的苑囿扩大，大得东到函谷关，西到今天的凤翔和宝鸡。宫中的弄臣优旃说："妙极了！多放些动物在里面吧。要是敌人从东边打过来，只要教麋鹿用角去抵抗，就够了。"秦始皇听了，就把这计划搁了下来。

这么看来，幽默实在是荒谬的解药。委婉的幽默，往往顺着荒谬的逻辑夸张下去，使人领悟荒谬的后果。优旃是这样，淳于髡②、优孟③是这样，包可华④也是这样。西方有一句谚语，大意是说：解释是幽默的致命伤，正如幽默是浪漫的致命伤。虚张声势，故作姿势的浪漫，也是荒谬的一种，凡事过分不合情理，或是过分违背自然，都构成荒谬。荒谬的解药有二：第一是坦白指摘，第二是委婉讽喻，幽默属于后者。什么时候该用前者，什么时候该用后者，要看施者的心情和受者的悟性。心情好，婉说；心情坏，直说。对聪明人，婉说；对笨人，只有直说。用幽默感来评人的等级，有三等。第一等有幽默的天赋，能在荒谬里觑见幽默。第二等虽不能创造幽默，却多少能领略别人的幽默。第三等连领略也无能力。第一等是先知先觉，第二等是后知后觉，第三等是不知不觉。如果幽默感是磁性，第一等便是吸铁石，第二等是铁，第三等便是一块木头了。这么看来，秦始皇还勉强可以归入第二等，至少他领略了优旃的幽默感。

第三等人虽然没有幽默感，对于幽默仍然很有贡献，因为他们虽然不能创造幽默，却能创造荒谬。这世界，如果没有妄人的荒谬表演，智者的幽默岂不失去依据？晋惠帝的一句"何不食肉糜"惹中国人嗤笑了一千多年。晋惠帝的荒谬引发了我们的幽默感：妄人往往在不自知的情况下，牺牲自己，成全别人，成全别人的幽默。

虚妄往往是一种膨胀作用，相当于螳臂当车，蛇欲吞象。幽默则是一种反膨胀（deflationary）作用，好像一帖泻药，把一个胖子泻成一个瘦子那样。可是幽默并不等于尖刻，因为幽默针对的不是荒谬的人，而是荒谬本身。高度的幽默往往源自高度的严肃，不能和杀气、怨气混为一谈。不少人误认尖酸刻薄为幽默，事实上，刀光血影中只有恨，并无幽默。幽默是一个心热手冷的开刀医生，他要杀的是病，不是病人。

---

① 余光中（1928—2017）：当代著名作家、学者、翻译家。出生于江苏南京，祖籍福建永春，1949 年随家人迁居香港。代表作有诗集《舟子的悲歌》《白玉苦瓜》，散文集《听听那冷雨》《左手的缪斯》等。

② 淳于髡（kūn）：战国时期齐国政治家、思想家，齐威王客卿，滑稽多辩。《史记·滑稽列传》中记载，齐威王好淫乐，淳于髡谏曰："国中有大鸟，止王之庭，三年不蜚又不鸣，王知此鸟何也？"齐威王回答："此鸟不飞则已，一飞冲天；不鸣则已，一鸣惊人。"从此便逐渐振作，开始奋发有为。

③ 优孟：春秋时期楚国的宫廷艺人。《史记·滑稽列传》中记载其"多辩，常以谈笑讽谏"。楚庄王的爱马死后，欲以大夫礼葬之，优孟大哭，上谏要以人君礼葬之，这样就能令人皆知大王"贱人而贵马"了，楚庄王终于醒悟。

④ 包可华（1925—2007）：美国著名专栏作家，文章富有幽默讽刺意味。

把英文 humour 译成幽默，是神来之笔。幽默而太露骨嚣张，就失去了“幽”和“默”。高度的幽默是一种讲究含蓄的艺术，暗示性愈强，艺术性也就愈高。不过暗示性强了，对于听者或读者的悟性，要求也自然增高。幽默也是一种天才，说幽默的人灵光一闪，绣口一开，听幽默的人反应也要敏捷，才能接个正着。这种场合，听者的悟性接近禅的“顿悟”，高度的幽默里面，应该隐隐含有禅机一类的东西。如果说者语妙天下，听者一脸茫然，竟要说者加以解释或者再说一遍，岂不是天下最扫兴的事情？所以说，“解释是幽默的致命伤”。世界上有两种话必须一听就懂，因为其言不堪重复：第一是幽默的话，第二是恭维的话。最理想也是最过瘾的配合，是前述“幽默境界”的第二等人围听第一等人的幽默：说的人说得精彩，听的人也听得尽兴，双方都很满足。其他的配合，效果就大不相同。换了第一等人面对第三等人，一定形成冷场，且令说者懊悔自己“枉抛珍珠付群猪”。不然便是第二等人面对第一等人而竟想语娱四座，结果因为自己的“幽默境界”欠高，只赢得几张生硬的笑容。要是说者和听者都是第一等人呢？“顿悟”当然不成问题，只是语锋相对，机心竞起，很容易导致“幽默比赛”的紧张局面。万一自己舌翻谐趣，刚刚赢来一阵非常过瘾的笑声，忽然邻座的一语境界更高，利用你刚才效果的余势，飞腾直上，竟获得更加热烈的反应和更为由衷的赞叹，则留给你的，岂不是一种“第二名”的苦涩之感？

幽默，可以说是一个敏锐的心灵，在精神饱满生趣洋溢时的自然流露。这种境界好像行云流水，不能作假，也不能苦心经营，事先筹备。世界上有的是荒谬的事，虚妄的人，诙谐天成的心灵，自然左右逢源，取用不尽。幽默最忌的便是公式化，譬如说到丈夫便怕老婆，说到教授便缺乏常识，提起官吏，就一定要刮地皮。公式化的幽默很容易流入低级趣味，就像公式化的小说中那些人物一样，全是欠缺想象力和观察力的产品。我有一个远房的姨丈，远房的姨丈有几则公式化的笑话，那几则笑话有一个忠实的听众，他的太太。丈夫几十年来翻来覆去说的，总是那几则笑话，包括李鸿章吐痰韩复榘训话等等，可是太太每次听了，都像初听时那样好笑，令丈夫的发表欲得到充分的满足。夫妻两人显然都很健忘，也很快乐。

一个真正幽默的心灵，必定是富足，宽厚，开放，而且圆通的。反过来说，一个真正幽默的心灵，绝对不会固执成见，一味钻牛角尖，或是强词夺理，疾言厉色。幽默，恒在俯仰指顾之间，从从容容，潇潇洒洒，浑不自觉地完成：在一切艺术之中，幽默是距离宣传最远的一种。“舍我其谁”的英雄气概和幽默是绝缘的。宁曳尾于涂中，不留骨于堂上；非梧桐之不止，岂腐鼠之必争？庄子的幽默是最清远最高洁的一种境界，和一般弄臣笑匠不能并提。真正幽默的心灵，绝不抱定一个角度去看人或看自己，他不但会幽默人，也会幽默自己，不但嘲笑人，也会释然自嘲，泰然自贬，甚至会在人我不分物我交融的忘我境界中，像钱锺书所说的那样，欣然独笑。真具幽默感的高士，往往能损己娱人，参加别人来反躬自笑。创造幽默的人，竟能自备荒谬，岂不可爱？吴炳钟①先生的语锋曾经伤人无算。有一次他对我表示，身后当嘱家人在自己的骨灰坛上刻“原谅我的骨灰”（Excuse my dust）一行小字，抱去所有朋友的面前谢罪，这是吴先生二十年前的狂想，不知道他现在还要不要那样做？这种狂想，虽然有资格列入《世说新语》的任诞篇，可是在幽默的境界上，比起那些扬言愿捐骨灰做肥料的利他主义信徒来，毕竟要高一些吧。

其他的东西往往有竞争性，至少幽默是“水流心不竞”的。幽默而要竞争，岂不令人啼笑皆非？幽默不是一门三学分的学问，不能力学，只可自通，所以“幽默专家”或“幽默博士”是荒谬的。幽默不堪公式化，更不堪职业化，所以笑匠是悲哀的。一心一意要逗人发笑，别人的娱乐成了自己的责任，那有多么紧张？自生自发无为而为的一点谐趣，竟像一座发电厂那样日夜供电，天机沦为人工，有多乏味？就算姿势升高，幽默而为大师，也未免太不够幽默了吧。文坛当有论争，唯“谐坛”不可论争。如果有一个“幽默协会”，如果会员为了竞选“幽默理事”而打起架来，那将是世界上最大的荒唐，不，最大的幽默。

一九七二年六月

选自余光中著：《凡·高的向日葵：余光中散文》，浙江文艺出版社2014年版。

阅读提示：

《幽默的境界》以幽默的笔触谈幽默，不仅讲清了“幽默”的本质和特点，更通过自身极具幽默色彩的语言，生动地展现出幽默的趣味、风度和境界。

文章可分两层。第一层主要从幽默和荒谬的关系解析幽默是什么：由秦始皇的典故引出“幽默是荒谬的解药”，再引出幽默感的三个等级，进而论述第三等人的功用就是以自己的荒谬成全“别人的幽默”，最后说明幽默针对的是荒谬本身，能够戳穿虚妄而并不尖刻。第二层则从各个角度进一步论述幽默的特点：幽默是含蓄的，对说与听的人要求都高；幽默是敏锐、生趣饱满的心灵自然而然产生的，不能作假，也不能刻意；幽默的心灵要富足、开放、圆通；幽默不能有竞争心。全文如行云流水，“五步一楼，十步一阁，步步莲花，字字珠玉，绝不冷场”，智性、知性、感性相融，充满人文情怀。

文章广征博引，典故逸闻信手拈来，诗文意象穿插化用，多种修辞妙手天成，左右逢源，机趣叠出。余光中“右手写诗，左手写散文”，潇洒宏阔，优游自如，不愧为“文字的魔术师”“台湾诗化散文的集大成者”。

思考与练习：

按照本文对幽默的理解，你还能举出哪些具有幽默风格的人物事例？

---

① 吴炳钟：台湾大学外文系教授，著名翻译家，曾为余光中老师。

我为什么要写作[1]

王小波[2]

有人问一位登山家为什么要去登山——谁都知道登山这件事既危险，又没什么实际的好处，他回答道："因为那座山峰在那里。"我喜欢这个答案，因为里面包含着幽默感——明明是自己想要登山，偏说是山在那里使他心里痒痒。除此之外，我还喜欢这位登山家干的事，没来由地往悬崖上爬。它会导致肌肉疼痛，还要冒摔出脑子的危险，所以一般人尽量避免爬山。用热力学的角度来看，这是个减熵现象，极为少见。这是因为人总是趋利避害，热力学上把自发现象叫做熵增现象，所以趋害避利肯定减熵。

现在把登山和写作相提并论，势必要招致反对。这是因为最近十年来中国有过小说热、诗歌热、文化热，无论哪一种热都会导致大量的人投身写作，别人常把我看成此类人士中的一个，并且告诫我说，现在都是什么年月了，你还写小说（言下之意是眼下是经商热，我该下海去经商了）？但是我的情形不一样。前三种热发生时，我正在美国念书，丝毫没有受到感染。我们家的家训是不准孩子学文科，一律去学理工。因为这些缘故，立志写作在我身上是个不折不扣的减熵过程。我到现在也弄不明白自己为什么要干这件事，除了它是个减熵过程这一点。

有关我立志写作是个减熵过程，还有进一步解释的必要。写作是个笼统的字眼，还要看写什么东西。写畅销小说、爱情小诗等热门东西，应该列入熵增过程之列。我写的东西一点不热门，不但挣不了钱，有时还要倒贴一些。严肃作家的"严肃"二字，就该做如此理解。据我所知，这世界上有名的严肃作家，大多是凑合过日子，没名的大概连凑合也算不上。这样说明了以后，大家都能明白我确实在一个减熵过程中。

我父亲不让我们学文科，理由显而易见。在我们成长的时代里，老舍跳了太平湖，胡风关了监狱，王实味被枪毙了。以前还有金圣叹砍脑壳等实例。当然，他老人家也是屋内饮酒门外劝水的人，自己也是个文科的教授，但是他坦白地承认自己择术不正，不足为训。

我们兄弟姐妹五个就此全学了理工科，只有我哥哥例外。考虑到我父亲脾气暴躁、吼声如雷，你得说这种选择是个熵增过程。而我哥哥那个例外是这么发生的：七八年考大学时，我哥哥是北京木城涧煤矿最强壮的青年矿工，吼起来比我爸爸音量还要大。无论是动手揍他，还是朝他吼叫，我爸爸自己都挺不好意思，所以就任凭他去学了哲学，在逻辑学

---

① 原文最初发表于《香港文学》1994年3月第111期。

② 王小波（1952—1997）：北京人。当过知青、民办教师、工人。1978年考入中国人民大学。1984年赴美留学，1986年获匹兹堡大学硕士学位。先后任教于北京大学和中国人民大学。1992年起成为自由撰稿人。代表作有《黄金时代》《白银时代》《青铜时代》《黑铁时代》等。

界的泰斗沈有鼎先生的门下当了研究生。考虑到符号逻辑是个极专门的学科（这是从外行人看不懂逻辑文章来说），它和理工科差不太多的。从以上的叙述，你可以弄明白我父亲的意思。他希望我们每个人都学一种外行人弄不懂而又是有功世道的专业，平平安安地度过一生。我父亲一生坎坷，他又最爱我们，这样的安排在他看来最自然不过。

我自己的情形是这样的：从小到大，身体不算强壮，吼起来音量也不够大，所以一直本分为人。尽管如此，我身上总有一股要写小说的危险情绪。插队的时候，我遇上一个很坏的家伙（他还是我们的领导，属于在我们这个社会里少数坏干部之列），我就编了一个故事，描写他从尾骨开始一寸寸变成了一头驴，并且把它写了出来，以泄心头之愤。后来读了一些书，发现卡夫卡也写了个类似的故事，搞得我很不好意思。还有一个故事，女主人公长了蝙蝠的翅膀，并且头发是绿色的，生活在水下。这些二十岁前的作品我都烧掉了。在此一提是要说明这种危险倾向的由来。后来我一直抑制着这种倾向，念完了本科，到美国去留学。我哥哥也念完了硕士，也到美国去留学。我在那边又开始写小说，这种危险的倾向再也不能抑制了。

在美国时，我父亲去世了。回想他让我们读理科的事，觉得和美国发生的事不是一个逻辑。这让我想起了前苏联元帅图哈切夫斯基对大音乐家萧斯塔科维奇说的话来："我小的时候很有音乐天才，只可惜我父亲没钱给我买把小提琴！假如有了那把小提琴，我现在就坐在你的乐池里。"这段话乍看不明其意，需要我提示一句：这次对话发生在前苏联的三十年代，说完了没多久，图元帅就一命呜呼了。那年头专毙元帅将军，不大毙小提琴手。……我父亲在世时，一心一意地要给我们每人都弄把小提琴。这把小提琴就是理工农医任一门，只有文科不在其内，这和美国发生的事不一样，但是结论还是同一个——我该去干点别的，不该写小说。

有关美国的一切，可以用一句话来描述：American's business is business，这句话的意思就是说，那个国家永远是在经商热中，而且永远是1000摄氏度的白热。所以你要是看了前文之后以为那里有某种气氛会有助于人立志写作就错了。连我哥哥到了那里都后悔了，觉得不该学逻辑，应当学商科或者计算机。虽然他依旧无限仰慕罗素先生的为人，并且竭其心力证明了一项几十年未证出的逻辑定理，但是看到有钱人豪华的住房，也免不了唠叨几句他对妻儿的责任。

在美国有很强大的力量促使人去挣钱，比方说洋房，有些只有一片小草坪，有的有几百亩草坪，有的有几千亩草坪，所以仅就住房一项，就能产生无穷无尽的挣钱的动力。再比方说汽车，有无穷的档次和价格。你要是真有钱，可以考虑把肯尼迪遇刺时坐的汽车买来坐。还有人买下了前苏联的战斗机，驾着飞上天。在那个社会里，没有人受得了自己的孩子对同伴说：我爸爸穷。我要是有孩子，现在也准在那里挣钱。而写书在那里也不是个挣钱的行当，不信你到美国书店里看看，各种各样的书胀了架子，和超级市场里陈列的卫生纸一样多——假如有人出售苦心积虑一页页写出的卫生纸，肯定不是好行当。除此之外，还有好多人的书没有上架，窝在他自己的家里。我没有孩子，也不准备要。作为中国人，我是个极少见的现象。但是人有一张脸，树有一张皮，别人都去挣钱，自己却在干可疑的勾当，脸面上也过不去。

在美国时，有一次和一位华人教授聊天，他说他的女儿很有出息，放着哈佛大学人类学系奖学金不要，自费去念一般的大学的 law school，如此反潮流，真不愧是书香门第。其实这是舍小利而趋大利，受小害而避大害。不信你去问问律师挣多少钱，人类学家又挣多少钱。和我聊天的这位教授是个大学问家，特立独行之辈，一谈到了儿女，好像也不大特立独行了。

说完了美国、前苏联，就该谈谈自己。到现在为止，我写了八年小说，也出了几本书，但是大家没怎么看到。除此之外，我还常收到谩骂性的退稿信，这时我总善意地想：写信的人准是在领导那里挨了骂，找我撒气。提起王小波，大家准会想到宋朝在四川拉杆子的那一位，想不起我身上。我还在减熵过程中。顺便说一句，人类的存在、文明的发展就是个减熵过程，但是这是说人类。具体说到自己，我的行为依旧无法解释。再顺便说一句，处于减熵过程中的，绝不只是我一个人。在美国，我遇上过支起摊来卖托洛茨基①、格瓦拉②、毛主席等人的书的家伙，我要和他说话，他先问我怕不怕联邦调查局——别的例子还很多。在这些人身上，你就看不到水往低处流、苹果掉下地，狼把兔子吃掉这一宏大的过程，看到的现象相当于水往山上流、苹果飞上天、兔子吃掉狼。我还可以说，光有熵增现象不成。举例言之，大家都顺着一个自然的方向往下溜，最后准会在个低洼的地方汇齐，挤在一起像粪缸里的蛆。但是这也不能解释我的行为。我的行为是不能解释的，假如你把熵增现象看成金科玉律的话。

当然，如果硬要我用一句话直截了当地回答这个问题，那就是：我相信我自己有文学才能，我应该做这件事。但是这句话正如一个嫌疑犯说自己没杀人一样不可信。所以信不信由你吧。

选自王小波著：《我的精神家园》，译林出版社 2017 年版。

阅读提示：

王小波在本文中摒弃了严肃、直接、正面说理的论证方式，以和读者聊天式的轻松口吻，以自我否定、自我戏谑的方式展开了对自己人生选择的说明。他善于从反面走向

---

① 托洛茨基（1879—1940）：苏联无产阶级革命家，苏联工农红军、第四国际的主要缔造者。

② 格瓦拉（1928—1967）：古巴革命领导人，古巴共产党、古巴共和国、古巴革命武装力量的主要缔造者。

肯定的一面：写“为什么写作”，却并不急于解释“为什么”，而是不惜笔墨地“否定”自己的选择，一再证明自己立志写作是个减熵过程；人生道路的选择本来是很严肃的事，他却偏偏用幽默自嘲的语气去展开这一话题，甚至称自己想写小说是一种“危险情绪”，在美国写小说是“在干可疑的勾当”。

但幽默戏谑只是王小波展现自己生命飞扬不被束缚的一种方式。在自我戏谑的背后，体现出的恰恰是王小波对写作的笃定、自信和真正的热爱。写作是他生命中不可遏制也不能被剥夺的自由。他对自己的写作有着最严肃的要求，他要写的并不是迎合市场的热门东西，而是可能很少人愿意看而自己真正想说的话。他从自己的经历中，昭示出人生的选择不应被别人规训，更不能与世俯仰随波逐流，而应该充分尊重个体的独特性和独立性，只有这样才符合“人类存在”“文明发展”的大道。对这些，他又并不高高在上、言之凿凿地要求你必须接受，而是用一种口语化的方式、平等的态度向你娓娓道来，并且尊重你的选择。

王小波的随笔游走于个体与人类、外向与内省、幽默与严肃、情感与理智、常识与哲学、逻辑与悖谬的多重张力之间，幽默、机智、犀利，彰显着对人类命运的深切关怀。

思考与练习：

你还读过哪些王小波富有幽默色彩的作品，分享给大家，并谈谈你的感受。

蝜蝂传[①]

柳宗元

蝜蝂者，善负小虫也。行遇物，辄持取，卬其首负之[②]。背愈重，虽困剧不止也[③]。其背甚涩，物积因不散，卒踬仆不能起[④]。人或怜之，为去其负。苟能行，又持取如故。又好上高，极其力不已，至坠地死。

今世之嗜取者，遇货不避[⑤]，以厚其室，不知为己累也，唯恐其不积。及其怠而踬

---

① 蝜蝂（fù bǎn）：一种黑色小虫。
② 卬（áng）：昂。
③ 困：疲倦。剧：极，非常。
④ 卒：最终。踬（zhì）仆（pū）：跌倒。
⑤ 货：财物。

也，黜弃之，迁徙之，亦以病矣。苟能起，又不艾①。日思高其位，大其禄，而贪取滋甚，以近于危坠，观前之死亡不知戒。虽其形魁然大者也，其名人也，而智则小虫也。亦足哀夫！

选自（唐）柳宗元著：《柳宗元集》，中华书局1979年版。

阅读提示：

柳宗元是中唐古文运动的领袖之一，是唐宋八大家中的佼佼者。他创造性地继承前人的成果，使寓言首次获得独立的文学地位，具有里程碑式的意义。

柳宗元的寓言多有社会讽刺意义，《蝜蝂传》就是其中的代表。此文名“传”，却并非一般展现传主行迹的传记，而是由虫及人，以虫喻人，极尽讽刺。先写虫喜负物、喜爬高，终至摔死；再写人嗜取、贪高位，即使有前车之鉴亦不知止。两相对应，一以贯之，有叙有议，逻辑严密。全文结构短小，虽仅百余字，却“笔笔锋刃，无坚不摧”。此文不仅讽刺了腐败官僚的贪得无厌，其所揭示出的那种处心积虑、无限攫取、不思悔改的心态也可作为无数世人的一面镜子。

思考与练习：

拓展阅读《三戒并序》，体会柳宗元寓言的讽刺特色。

匡超人高兴长安道②（节选）

吴敬梓③

话说匡超人看了款单④，登时面如土色，真是“分开两扇顶门骨，无数凉冰浇下来”。口里说不出，自心下想道：“这些事，也有两件是我在里面的；倘若审了，根究起来，如

① 艾：停止。

② 本文选自《儒林外史》第二十回。《儒林外史》是中国古代讽刺文学中最杰出的作品。小说假托明代故事，实际展示的是18世纪清代中叶的社会风俗画。它以知识分子为主要描写对象，既进行了不留情面的批判，也流露出深刻的同情，对封建社会和科举制度对知识分子的腐蚀和毒害进行了深入的反思。

③ 吴敬梓（1701—1754）：字敏轩，号粒民，安徽全椒人，晚年自号文木老人，清代文学家。吴敬梓出身科举世家，从曾祖辈到祖父辈，6人中进士。吴敬梓亦天资聪颖，自幼读经习文，博览群书。大约20岁考中秀才，之后却屡试不第，再加上家业衰落，饱经世态炎凉，几经波折后终于放弃科举之路，晚年研究经学，穷困以终。《儒林外史》主要是他33岁移家南京后所写，49岁时基本完稿，此后仍不断修改。今存《文木山房集》四卷和辑佚诗文三十多篇。

④ 此前匡超人结交的潘三犯案，此款单为分条列举他犯罪事实的单子。

何了得!”当下同景兰江别了刑房，回到街上，景兰江作别去了。匡超人到家，踌躇了一夜，不曾睡觉，娘子问他怎的，他不好真说，只说：“我如今贡了，要到京里去做官，你独自在这里住着不便，只好把你送到乐清家里去。你在我母亲跟前，我便往京里去做官；做的兴头，再来接你上任。”娘子道：“你去做官罢了，我自在这里，接了我妈来做伴。你叫我到乡里去，我那里住得惯？这是不能的!”匡超人道：“你有所不知。我在家里，日逐有几个活钱，我去之后，你日食从何而来？老爹那边也是艰难日子，他那有闲钱养活女儿？待要把你送在娘家住，那里房子窄，我而今是要做官的，你就是诰命夫人，住在那地方，不成体面；不如还是家去好。现今这房子转的出四十两银子，我拿几两添着进京，剩下的，你带去放在我哥店里，你每日支用。我家那里东西又贱，鸡、鱼、肉、鸭，日日有的，有甚么不快活?”娘子再三再四不肯下乡，他终日来逼，逼的急了，哭喊吵闹了几次。他不管娘子肯与不肯，竟托书店里人把房子转了，拿了银子回来。娘子到底不肯去，他请了丈人、丈母来劝。丈母也不肯。那丈人郑老爹见女婿就要做官，责备女儿不知好歹，着实教训了一顿。女儿拗不过，方才允了。叫一只船，把些家伙什物都搬在上。匡超人托阿舅送妹子到家，写字与他哥，说将本钱添在店里，逐日支销。择个日子动身，娘子哭哭啼啼，拜别父母，上船去了。

匡超人也收拾行李来到京师见李给谏①，给谏大喜；问着他又补了廪②，以优行贡入太学，益发喜极，向他说道：“贤契，目今朝廷考取教习③，学生料理，包管贤契可以取中。你且将行李搬在我寓处来盘桓几日。”匡超人应诺，搬了行李来。又过了几时，给谏问匡超人可曾婚娶，匡超人暗想，老师是位大人，在他面前说出丈人是抚院的差，恐惹他看轻了笑，只得答道：“还不曾。”给谏道：“恁大年纪，尚不曾娶，也是男子汉‘摽梅之候’了④。但这事也在我身上。”

次晚，遣一个老成管家来到书房里向匡超人说道：“家老爷拜上匡爷。因昨日谈及匡爷还不曾恭喜取过夫人，家老爷有一外甥女，是家老爷夫人自小抚养大的，今年十九岁，才貌出众，现在署中，家老爷意欲招匡爷为甥婿。一切恭喜费用俱是家老爷备办，不消匡爷费心。所以着小的来向匡爷叩喜。”匡超人听见这话，吓了一跳，思量要回他说已经娶过的，前日却说过不曾；但要允他，又恐理上有碍；又转一念道：“戏文上说的蔡状元招

---

① 曾是匡超人故乡的知县，对匡多有提携，后入京为官。给谏：唐宋时给事中及谏议大夫的合称，清代用作六科给事中的别称。

② 补了廪（lǐn）：明清科举制度，生员经岁、科两试成绩优秀者，增生可依次升廪生，谓之“补廪”。

③ 教习：官学的教师。做教习满三年可做知县。下文匡超人说自己“将来有了地方”，或“得个肥美地方”，即指到州、县任职。

④ 摽（biào）梅之候：比喻女子当婚之时。语出《诗经·郑风·摽有梅》。

赘牛相府①，传为佳话，这有何妨!”即便应允了。给谏大喜，进去和夫人说下，择了吉日，张灯结彩，倒赔数百金装奁，把外甥女嫁与匡超人。到那一日，大吹大擂，匡超人纱帽圆领，金带皂靴，先拜了给谏公夫妇；一派细乐，引进洞房。揭去方巾，见那新娘子辛小姐，真有沉鱼落雁之容，闭月羞花之貌；人物又标致，嫁装又齐整，匡超人此时恍若亲见瑶宫仙子，月下嫦娥，那魂灵都飘在九霄云外去了。自此，珠围翠绕，宴尔新婚，享了几个月的天福。

不想教习考取，要回本省地方取结。匡超人没奈何，含着一包眼泪，只得别过了辛小姐，回浙江来。一进杭州城，先到他原旧丈人郑老爹家来。进了郑家门，这一惊非同小可，只见郑老爹两眼哭得通红，对面客位上一人便是他令兄匡大，里边丈母嚎天喊地的哭。匡超人吓痴了，向丈人作了揖，便问：“哥几时来的？老爹家为甚事这样哭?”匡大道：“你且搬进行李来，洗脸吃茶，慢慢和你说。”匡超人洗了脸，走进去见丈母，被丈母敲桌子，打板凳，哭着一场数说：“总是你这天灾人祸的，把我一个娇滴滴的女儿生生的送死了!”匡超人此时才晓得郑氏娘子已是死了，忙走出来问他哥。匡大道：“自你去后，弟妇到了家里，为人最好，母亲也甚欢喜。那想他省里人，过不惯我们乡下的日子。况且你嫂子们在乡下做的事，弟妇是一样也做不来；又没有个白白坐着，反叫婆婆和嫂子伏侍他的道理，因此心里着急，吐起血来。靠大娘的身子还好，倒反照顾他，他更不过意。一日两，两日三，乡里又没个好医生，病了不到一百天，就不在了。我也是才到，所以郑老爹、郑太太听见了哭。”匡超人听见了这些话，止不住落下几点泪来；便问：“后事是怎样办的?”匡大道：“弟妇一倒了头，家里一个钱也没有，我店里是腾不出来，就算腾出些须来，也不济事。无计奈何，只得把预备着娘的衣衾棺木都把与他用了。”匡超人道：“这也罢了。”匡大道：“装殓了，家里又没处停，只得权厝在庙后②，等你回来下土。你如今来得正好，作速收拾收拾，同我回去。”匡超人道：“还不是下土的事哩。我想如今我还有几两银子，大哥拿回去，在你弟妇厝基上替他多添两层厚砖，砌的坚固些，也还过得几年。方才老爹说的，他是个诰命夫人，到家请会画的替他追个像，把凤冠补服画起来，逢时遇节，供在家里，叫小女儿烧香，他的魂灵也欢喜。就是那年我做了家去与娘的那件补服，若本家亲戚们家请酒，叫娘也穿起来，显得与众人不同。哥将来在家，也要叫人称呼‘老爷’，凡事立起体统来，不可自己倒了架子。我将来有了地方，少不得连哥嫂都接到任上同享荣华的。”匡大被他这一番话说得眼花缭乱，浑身都酥了，一总都依他说。晚间，郑家备了个酒，吃过，同在郑家住下。次日上街买些东西。匡超人将几十两银子递与他哥。

又过了三四日，景兰江同着刑房的蒋书办找了来说话，见郑家房子浅，要邀到茶室里

---

① 蔡状元招赘牛相府：指元末戏曲家高明创作的南戏《琵琶记》中所写东汉书生蔡邕中状元后重娶牛太师女儿的故事。

② 权厝（cuò）：临时置棺待葬。

去坐。匡超人近日口气不同，虽不说，意思不肯到茶室，景兰江揣知其意，说道：“匡先生在此取结赴任，恐不便到茶室里去坐。小弟而今正要替先生接风，我们而今竟到酒楼上去坐罢，还冠冕些。”当下邀二人上了酒楼，斟上酒来。景兰江问道：“先生，你这教习的官，可是就有得选的么？”匡超人道：“怎么不选？像我们这正途出身，考的是内廷教习，每日教的多是勋戚人家子弟[①]。”景兰江道：“也和平常教书一般的么？”匡超人道：“不然！不然！我们在里面也和衙门一般：公座、朱墨、笔、砚，摆的停当。我早上进去，升了公座；那学生们送书上来，我只把那日子用朱笔一点，他就下去了。学生都是荫袭的三品以上的大人，出来就是督、抚、提、镇，都在我跟前磕头。像这国子监的祭酒，是我的老师，他就是现任中堂的儿子，中堂是太老师。前日太老师有病，满朝问安的官都不见，单只请我进去，坐在床沿上，谈了一会出来。”蒋刑房等他说完了，慢慢提起来，说：“潘三哥在监里，前日再三和我说，听见尊驾回来了，意思要会一会，叙叙苦情。不知先生你意下何如？”匡超人道：“潘三哥是个豪杰，他不曾遇事时，会着我们，到酒店里坐坐，鸭子是一定两只；还有许多羊肉、猪肉、鸡、鱼；像这店里钱数一卖的菜，他都是不吃的。可惜而今受了累。本该竟到监里去看他一看，只是小弟而今比不得做诸生的时候[②]，既替朝廷办事，就要照依着朝廷的赏罚；若到这样地方去看人，便是赏罚不明了。”蒋刑房道：“这本城的官并不是你先生做着，你只算去看看朋友，有甚么赏罚不明？”匡超人道：“二位先生，这话我不该说；因是知己面前不妨。潘三哥所做的这些事，便是我做地方官，我也是要访拿他的。如今倒反走进监去看他，难道说朝廷处分的他不是？这就不是做臣子的道理了。况且我在这里取结，院里、司里都知道的，如今设若走一走，传的上边知道，就是小弟一生官场之玷。这个如何行得！可好费你蒋先生的心，多拜上潘三哥，凡事心照。若小弟侥幸，这回去就得个肥美地方，到任一年半载，那时带几百银子来帮衬他，倒不值甚么。”两人见他说得如此，大约没得辩他，吃完酒，各自散讫。蒋刑房自到监里回覆潘三去了。

匡超人取定了结，也便收拾行李上船。那时先包了一只淌板船的头舱[③]，包到扬州，在断河头上船。上得船来，中舱先坐着两个人：一个老年的，茧绸直裰，丝绦朱履；一个中年的，宝蓝直裰，粉底皂靴，都戴着方巾。匡超人见是衣冠人物，便同他拱手坐下，问起姓名。那老年的道：“贱姓牛，草字布衣。”匡超人听见景兰江说过的，便道：“久仰。”又问那一位，牛布衣代答道：“此位冯先生，尊字琢庵，乃此科新贵，往京师会试去的。”匡超人道：“牛先生也进京么？”牛布衣道：“小弟不去，要到江上边芜湖县地方寻访几个朋友，因与冯先生相好，偶尔同船；只到扬州，弟就告别，另上南京船，走长江去了。先生仙乡贵姓？今往那里去的？”匡超人说了姓名。冯琢庵道：“先生是浙江选家。尊选有好

---

① 勋戚：“勋”指勋官，“戚”指皇帝家亲戚。他们的子弟可进国子监读书，也可世袭官职，即下文所说的“荫袭”。

② 诸生：秀才的别称。

③ 淌板船：即躺板船，一种专门载客、走长路的船。

几部弟都是见过的。”匡超人道：“我的文名也够了。自从那年到杭州，至今五六年，考卷、墨卷、房书、行书、名家的稿子①，还有《四书讲书》《五经讲书》《古文选本》——家里有个帐，共是九十五本。弟选的文章，每一回出，书店定要卖掉一万部，山东、山西、河南、陕西、北直的客人，都争着买，只愁买不到手；还有个拙稿是前年刻的，而今已经翻刻过三副板。不瞒二位先生说，此五省读书的人，家家隆重的是小弟，都在书案上，香火蜡烛，供着‘先儒匡子之神位’。”牛布衣笑道：“先生，你此言误矣！所谓‘先儒’者，乃已经去世之儒者，今先生尚在，何得如此称呼？”匡超人红着脸道：“不然！所谓‘先儒’者，乃先生之谓也！”牛布衣见他如此说，也不和他辩。冯琢庵又问道：“操选政的还有一位马纯上，选手何如？”匡超人道：“这也是弟的好友。这马纯兄理法有余，才气不足；所以他的选本也不甚行。选本总以行为主，若是不行，书店就要赔本；惟有小弟的选本，外国都有的！”彼此谈着。过了数日，不觉已到扬州。冯琢庵、匡超人，换了淮安船到王家营起旱②，进京去了。

选自（清）吴敬梓著：《儒林外史》，人民文学出版社2005年版。

阅读提示：

《儒林外史》中共有200多个人物，匡超人是其中由良善到堕落转变的典型。他本是一个淳朴忠厚的农村少年，虽家境贫寒，仍潜心读书；他操劳家业，事父极孝，敬事兄嫂，亲睦乡里。但在社会各色人等的影响下，他逐渐变化。马二先生使其醉心科举，斗方名士促其追名逐利，潘三之徒教他无恶不作。

本篇为潘三事发入狱后，匡超人只顾自保，去京城依附老师李给谏，一路腾达。他抛妻弃女、骗娶新人、蒙兄诳友，无情无义；他装腔作势，势利虚荣，自吹自擂，寡廉鲜耻。吴敬梓以“戚而能谐，婉而多讽”的态度、以客观写实的白描手法讽刺了匡超人的丑态，也揭示出匡超人走向堕落的根源在于那个堕落的社会。

思考与练习：

《儒林外史》中还讽刺了哪些人物，请举例说明。

---

① 房书、行书：都是八股文选集。“房书”选的是进士的文章，也叫“房稿”；“行书”选的是举人的文章，也叫“行卷”。

② 起旱：指由陆地行走。

围　城[1]（节选）

钱锺书[2]

三闾大学校长高松年是位老科学家。这“老”字的位置非常为难，可以形容科学，也可以形容科学家。不幸的是，科学家跟科学大不相同，科学家像酒，愈老愈可贵，而科学像女人，老了便不值钱。将来国语文法发展完备，总有一天可以明白地分开“老的科学家”和“老科学的家”，或者说“科学老家”和“老科学家”。现在还早得很呢，不妨笼统称呼。高校长肥而结实的脸像没发酵的黄面粉馒头，“馋嘴的时间”咬也咬不动他，一条牙齿印或皱纹都没有。假使一个犯校规的女学生长得非常漂亮，高校长只要她向自己求情认错，也许会不尽本于教育精神地从宽处分。这证明这位科学家还不老。他是二十年前在外国研究昆虫学的；想来二十年前的昆虫都进化成为大学师生了，所以请他来表率多士。他在大学校长里，还是前途无量的人。大学校长分文科出身和理科出身两类。文科出身的人轻易做不到这位子，做到了也不以为荣，准是干政治碰壁下野，仕而不优则学，借诗书之泽、弦诵之声来休养身心。理科出身的人呢，就全然不同了。中国是世界上最提倡科学的国家，没有旁的国家肯这样给科学家大官做的。外国科学进步，中国科学家进爵。在外国，研究人情的学问始终跟研究物理的学问分歧；而在中国，只要你知道水电、土木、机械、动植物等等，你就可以行政治人——这是“自然齐一律”最大的胜利。理科出身的人当个把校长，不过是政治生涯的开始；从前大学之道在治国平天下，现在治国平天下在大学之道，并且是条坦道大道。对于第一类，大学是张休息的摇椅；对于第二类，它是个培养的摇篮——只要他小心别摇摆得睡熟了。

高松年发奋办公，亲兼教务长，精明得真是睡觉还睁着眼睛，戴着眼镜，做梦都不含糊的。摇篮也挑选得很好，在平成县乡下一个本地财主的花园里，面溪背山。这乡镇绝非战略上必争之地，日本人唯一豪爽不吝啬的东西——炸弹——也不会浪费在这地方。所以，离开学校不到半里的镇上，一天繁荣似一天，照相铺、饭店、浴室、地方戏院、警察局、中小学校，一应俱全。今年春天，高松年奉命筹备学校，重庆几个老朋友为他饯行。席上说起国内大学多而教授少，新办尚未成名的学校，地方偏僻，怕请不到名教授。高松年笑道：“我的看法跟诸位不同。名教授当然很好，可是因为他的名望，学校沾着他的光，他并不倚仗学校里的地位。他有架子，有脾气，他不会全副精神为学校服务，更不会绝对服从当局的指挥。万一他闹别扭，你不容易找替人，学生又要借题目麻烦。我以为学校不

---

① 本文节选自《围城》第六章。

② 钱锺书（1910—1998）：字默存，号槐聚，江苏无锡人，著名作家，学者。主要著作有长篇小说《围城》，短篇小说集《人・兽・鬼》，散文集《写在人生边上》，学术专著《谈艺录》《宋诗选注》《管锥编》等。

但造就学生，并且应该造就教授。找一批没有名望的人来，他们要借学校的光，他们要靠学校才有地位，而学校并非非有他们不可，这种人才真能跟学校合为一体，真肯出力为公家做事。学校也是个机关，机关当然需要科学管理，在健全的机关里，决没有特殊人物，只有安分受支配的一个个分子。所以，找教授并非难事。”大家听了，倾倒不已。高松年事先并没有这番意见，临时信口胡扯一阵。经朋友们这样一恭维，他渐渐相信这真是至理名言，也对自己倾倒不已。他从此动不动发表这段议论，还加上个帽子道：“我是研究生物学的，学校也是个有机体，教职员之于学校，应当像细胞之于有机体——”这至理名言更变而为科学定律了。

亏得这一条科学定律，李梅亭、顾尔谦，还有方鸿渐会荣任教授。他们那天下午两点多钟到学校；高松年闻讯匆匆到教员宿舍里应酬一下，回到办公室，一月来的心事不能再搁在一边不想了。自从长沙危急，聘好的教授里十个倒有九个打电报来托故解约，七零八落，开不出班，幸而学生也受战事影响，只有一百五十八人。今天一来就是四个教授，军容大震，向部里报上去也体面些。只是怎样对李梅亭和方鸿渐解释呢？部里汪次长介绍汪处厚来当中国文学系主任，自己早写信聘定李梅亭了——可是汪处厚是汪次长的伯父，论资格也比李梅亭好，那时候给教授陆续辞聘的电报吓昏了头，怕上海这批人会半路打回票，只好先敷衍汪次长。汪处厚这人不好打发，李梅亭是老朋友，老朋友总讲得开，就怕他的脾气难对付，难对付！这姓方的青年人是容易对付的。他是赵辛楣的来头，辛楣最初不肯来，介绍了他，说他是留学德国的博士，真糊涂透顶！他自己开来的学历，并没有学位，只是个各国游荡的“游学生”，并且并非学政治的，聘他当教授太冤枉了！至多做副教授，循序渐升，年轻人做事不应该爬得太高，这话可以叫辛楣对他说。为难的还是李梅亭——无论如何，他千辛万苦来了，决不会一翻脸就走的；来得困难，去也没有那么容易，空口允许他些好处就是了。他从私立学校一跳而进国立学校，还不是自己提拔他的？做人总要有良心。这些反正是明天的事，别去想它，今天——今天晚上还有警察局长的晚饭呢。这晚饭是照例应酬，小乡镇上的盛馔，翻来覆去，只有那几样，高松年也吃腻了，可是这时候四点钟已过，肚子有点饿，所以想到晚饭，嘴里一阵潮润。

明天上午，辛楣先上校长室去，说把鸿渐的事讲讲明白，叫鸿渐等着，听了回话再去见高松年。鸿渐等了一个多钟点，不耐烦了，想自己真是神经过敏，高松年直接打电报来的，一个这样机关的首领好意思说话不作准么？辛楣早尽了介绍人的责任，现在自己就去正式拜会高松年，这最干脆。

高松年看方鸿渐和颜悦色，不相信世界上会有这样脾气好或城府深的人，忙问：“碰见赵先生没有？”

“还没有。我该来参见校长，这是应当的规矩。”方鸿渐自信说话得体。

高松年想糟了！糟了！辛楣一定给李梅亭缠住不能脱身，自己跟这姓方的免不了一番唇舌："方先生，我是要跟你谈谈——有许多话我已经对赵先生说了——"鸿渐听口风不对，可是脸上的笑容一时不及收敛，怪不自在地停留着，高松年看得恨不能把手指为他撮去——"方先生，你收到我的信没有？"一般人撒谎，嘴跟眼睛不能合作，嘴尽管雄赳赳地胡说，眼睛懦怯不敢平视对方。高松年老于世故，并且研究生物学的时候，学到西洋人相传的智慧，那就是：假使你的眼光能与狮子或老虎的眼光相接，彼此怒目对视，那野兽给你催眠了不敢扑你。当然野兽未必肯在享用你以前，跟你飞眼送秋波，可是方鸿渐也不是野兽，至多只能算是家畜。

他给高松年三百瓦特的眼光射得不安，觉得这封信不收到是自己的过失，这次来得太冒昧了，果然高松年写信收回成命，同时有一种不出所料的满意，惶遽地说："没有呀！我真没收到呀！重要不重要？高先生什么时候发的？"倒像自己撒谎，收到了信在抵赖。

"咦！怎么没收到？"高松年直跳起来，假惊异的表情做得维妙维肖，比方鸿渐的真惊惶自然得多；他没演话剧，是话剧的不幸而是演员们的大幸——"这信很重要。唉！现在抗战时间的邮政简直该死。可是你先生已经来了，好得很，这些话可以面谈了。"

鸿渐稍微放心，迎合道："内地去上海的信，常出乱子。这次长沙的战事恐怕也有影响，一大批信会遗失，高先生给我的信假如寄出得早——"

高松年做个一切撇开的手势，宽宏地饶赦那封自己没写、方鸿渐没收到的信："信就不用提了，我深怕方先生看了那封信，会不肯屈就，现在你来了，你就别想跑，呵呵！是这么一回事，你听我说，我跟你先生虽然素昧平生，可是我听辛楣讲起你的学问人品种种，我真高兴，立刻就拍电报请先生来帮忙，电报上说——"高松年顿一顿，试探鸿渐是不是善办交涉的人，因为善办交涉的人决不这时候替自己说许下的条件的。

可是方鸿渐像鱼吞了饵，一钓就上，急接口说："高先生电报上招我来当教授，可是没说明白什么系的教授，所以我想问一问。"

"我原意请先生来当政治系的教授，因为先生是辛楣介绍的，说先生是留德的博士。可是先生自己开来的履历上并没有学位——"鸿渐的脸红得像有一百零三度寒热的病人——"并且不是学政治的，辛楣全搞错了。先生跟辛楣的交情本来不很深罢？"鸿渐脸上表示的寒热又升了华氏表上一度，不知怎样对答，高松年看在眼里，胆量更大——"当然，我决不计较学位，我只讲真才实学。不过部里定的规矩呆板得很，照先生的学历，至多只能当专任讲师，教授待遇呈报上去一定要驳下来的。我相信辛楣的保荐不会错，所以破格聘先生为副教授，月薪二百八十元，下学年再升。快信给先生就是解释这一回事，我以为先生收到信的。"

鸿渐只好第二次声明没收到信，同时觉得降级为副教授已经天恩高厚了。

"先生的聘书，我方才已经托辛楣带去了。先生教授什么课程，现在很成问题。我们暂时还没有哲学系，国文系教授已经够了，只有一班文法学院一年级学生共修的论理学，三个钟点，似乎太少一点，将来我再想办法罢。”

鸿渐出校长室，灵魂像给蒸气碌碡滚过，一些气概也无。只觉得自己是高松年大发慈悲收留的一个弃物，满肚子又羞又恨，却没有个发泄的对象。回到房里，辛楣赶来，说李梅亭的事总算帮高松年解决了，要谈鸿渐的事。他知道鸿渐已经跟高松年谈过话，忙道：“你没有跟他翻脸罢？这都是我不好。我有个印象以为你是博士，当初介绍你到这儿来，只希望这事快成功——” “好让你去专有苏小姐。”——“不用提了，我把我的薪水，——好，好！我不，我不！”辛楣打拱赔笑地道歉，还称赞鸿渐有涵养，说自己在校长室讲话，李梅亭直闯进来，咆哮得不成体统。鸿渐问梅亭的事怎样了的。辛楣冷笑道：“高松年请我劝他，纠缠了半天，他说除非学校照他开的价钱买他带的西药——唉，我还要给高松年回音呢。我心上牵挂着你的事，所以先赶回来看你。”鸿渐本来气倒平了，知道高松年真依李梅亭讨的价钱替学校买他带的私货，又气闷起来，想李梅亭就有补偿，只自己一个人吃亏。高松年下帖子当天晚上替新来的教授接风，鸿渐闹别扭要辞，经不起辛楣苦劝，并且傍晚高松年亲来回拜，总算有了面子，还是去了。

选自钱锺书著：《围城》，人民文学出版社 1991 年版。

阅读提示：

《围城》是中国现代文学史上一部风格独特的讽刺小说，被誉为“新儒林外史”。小说以留学欧洲却一事无成的主人公方鸿渐归国后在爱情、事业、家庭等方面的一系列经历，描绘了抗战背景下中上层知识界的众生相，暴露出中国知识分子在封建传统文明与现代西方文明夹击中的精神病态，揭示出现代人身陷“围城”的生存困境。

感情事业双双受挫的方鸿渐在赵辛楣的举荐下，和几位同聘教授一起从上海来到位于内地的三间大学教书。他们旅途中及来到大学后的种种经历和表现，构成了一个个令人绝倒的讽刺画面。节选部分对校长高松年的刻画可谓入骨三分。通过语言、动作、表情、心理等多方面的精彩描写，运用比喻、夸张、用典等修辞手法，刻画出高松年老谋深算、世故圆滑、精于权数、道貌岸然的政客和伪君子形象，也反映出方鸿渐的匮乏无力和不够练达。

《围城》的讽刺语言极有特色。古今中西典故、科学历史常识，随手拈来，知识密度大；频用修辞，尤其比喻手法新奇复杂；讽刺中透着机智和幽默，揶揄戏谑、妙语连珠。这些都标志着中国现代讽刺文学达到一个新的高度。

思考与练习：

详细分析本文如何对高松年进行了入木三分的讽刺。

午　餐[①]

毛　姆[②]

我是在剧场看戏时见到她的。她向我招了招手，我趁幕间休息的时候走了过去，在她旁边坐下。我最后一次见到她还是很久以前的事了，如果不是有人提过她的名字，我想我这次就认不出她来了。她满面春风地和我拉扯起来：

“哦，好多年没见了，时间过得真快！我们也都老了。你还记得咱们第一次见面的情况吗？你邀请我去吃了一次中饭。”

我怎么能不记得。

那是二十年之前的事了，当时我住在巴黎。我在拉丁区有一间小小的公寓，从窗里可以俯瞰教堂的墓地。我的收入刚好够维持住我的灵魂和躯壳不分家。她读了一本我写的书，给我写了封信谈论这本书。我回信表示感谢。过了没多久我就又收到她一封信，说她要路经巴黎，想同我谈谈；不过她的时间有限，只能在下星期四抽出点空来，早上她要去卢森堡公园，问我是否愿意中午请她在福约特餐厅随便吃点什么。福约特是法国议员们经常光顾的一家餐厅。它远远超出我的经济能力，所以我从来不敢问津。但是她信中的恭维话说得我心头发痒，而且那时我太年轻，还没能学会对一位女士说“不”。（我不妨加一句，没有几个男人学得会拒绝女人。等到他们学会时，年纪已经太老了。）我还有八十个法郎（金法郎）可以维持月底之前的开销。一顿便餐不会超过十五个法郎。如果我后半月不喝咖啡的话，我没准可以对付过去。

我回信和我这位朋友约好星期四中午十二点半在福约特餐厅见面。她没有我想象的那样年轻。她的外表与其说风姿动人毋宁说富态魁梧。实际上她已经有四十岁了（一个颇能迷惑人的年纪，但不是一眼就可以使你激动和产生强烈情感的年龄），她给我的印象是她的牙齿比实际需要多了一些，整齐、洁白，比较大。她很善谈，但因为她好像倾向于谈论关于我的事，所以我准备好做一名专心致志的听众。

菜单拿上来的时候我吓了一跳，价钱比我预料的要贵得多。但她说的话叫我放了心。

“我中午从来不吃什么。”她说。

“哦，可不要这么说！”我慷慨大方地回答。

“我只吃一道菜。我觉得现在人们吃得太多了。也许我可以来点鱼，我不知道有没有鲑鱼。”

---

① 本文为傅惟慈译。

② 威廉·萨默赛特·毛姆（1874—1965）：英国小说家，剧作家。代表作有长篇小说《月亮与六便士》《人性的枷锁》《刀锋》等。他的短篇小说也极为出色，被誉为“英国的莫泊桑”“短篇小说大师”。他的小说致力于人性的探索，常常在不露声色的叙述中，对人性的丑陋进行毫不留情、一针见血的揭示。

吃鲑鱼的季节还略嫌早了一点，菜单上也没有写着这道菜。但是我还是问了一下侍者。有，刚刚进了一条头等鲑鱼，这是他们今年第一次进这种货。我为我的客人叫了一份。侍者问她在等着烹制鲑鱼的时候是否吃点别的。

“不，”她回答，“我中饭只吃一道菜。除非你们有鱼子酱。吃点鱼子酱我倒不反对。”

我的心微微一沉，我知道我吃不起鱼子酱，但我无法对她讲明这点，结果我还是吩咐侍者拿了份鱼子酱。我为自己挑了一份菜单上价格最便宜的菜——一份羊排。

“我认为你吃肉可并不明智，”她说，“我不知道你在吃完像肉排这类油腻的东西以后还怎么能工作。我可不能叫我的胃负担过重。”

这以后出现了饮料问题。

“我中饭从来不喝什么酒。”她说。

“我也如此。”我迫不及待地补了一句。

“除了白葡萄酒，”她继续说道，仿佛没听见我刚才的话，“法国白葡萄酒一点儿也不厉害，对消化很有帮助。”

“你想喝点什么？”我依然殷勤地问道，但已不那么曲意逢迎了。

她的一口洁白的牙齿一闪，对我殷勤地笑了笑。

“除了香槟我的医生绝对禁止我喝其他的酒。”

我想我的脸当时一定变得有些苍白。我叫了半瓶。我用随便的语气提到我的医生不允许我喝香槟。

“那么你喝什么？”

“水。”

她吃掉鱼子酱。她吃掉鲑鱼。她谈笑风生地谈论艺术、文学和音乐。可我却一直琢磨账单加起来会要我多少钱。当我那份羊排端上来时，她非常严肃地教训我。

“我看得出来你习惯中饭吃得很多。我认为这肯定不好。为什么你不学学我只吃一道菜？我肯定这对你会大有好处的。”

“我是只吃一道菜。”我说道，这时侍者又带着菜单来了。

她手一挥把他打发到一边去。

“我可不这样，我中饭从来不吃什么，吃也只吃一点，吃这点也是为了聊天方便。我可再也吃不下什么了——除非那种大龙须菜。如果不尝尝的话，这次到巴黎来可是件憾事。”

我的心沉了下去。我在橱窗里见到过龙须菜，我知道这东西贵得要命。我的嘴巴也常常因为看到它们而馋涎欲滴。

“夫人想知道你们有没有龙须菜。”我问侍者。

我捏着把汗真希望他说没有，一个快乐的笑容掠过了侍者的神甫似的大脸。他对我说他们有一些那么大、那么好、那么嫩的龙须菜，简直绝无仅有。

我叫了一份。

“你不要吗?”

“不要，我从来不吃龙须菜。”

“我知道有人不喜欢龙须菜。事实是你吃的那些肉把你的胃口破坏了。”

我们等着龙须菜上来。我吓得心惊胆战。现在已经不是我可以剩下几个钱过日子的问题了，而是我是否有足够的钱拿出来付账。如果发现自己缺十个法郎不得不向客人张口的话，那就太叫人丢脸了。说什么我也不能丢这个丑。我清楚地知道我有多少钱，如果不够付账的话我下决心把手往兜里一伸，然后戏剧性地大喊一声，跳起来说我被扒手扒了。当然了，那将是一个极其尴尬的场面，如果她也没有足够的钱付账的话。要是那样，唯一可行的办法就是留下我的表作抵押，过后再来赎了。

龙须菜上来了，又大又粗，一咬一汪水，真吊人胃口。它那滋滋作响的奶油香味一阵阵地往我鼻孔里钻，就像耶和华嗅到虔诚的希伯来人奉献上烤得香喷喷的供品。我一边望着这位纵情大嚼的女人一大口一大口地往嗓子眼里塞，一边客客气气地谈论着巴尔干半岛的戏剧界现状。她终于吃完了。

“咖啡?”我问道。

“好吧，一客冰激凌加咖啡。”她回答。

我现在已经把一切置之度外了，我给自己也叫了咖啡，给她要了冰激凌加咖啡。

“你知道，我是相信这个真理的，”她边吃冰激凌加咖啡边说，“一个人吃饭时一定要只吃八成饱。”

“你还饿吗?”我有气无力地问道。

“哦，不饿了；你看，我中午不吃饭。早上我喝一杯咖啡，之后就吃晚饭了。中饭我至多只吃一道菜。我这也是在劝你。”

“说得是，我一定听从你的劝告。”

之后一件可怕的事发生了。当我们等着咖啡的时候，领班侍者摆着一副讨好的笑容向我们走来，胳膊上挎着一满篮子大桃，红得好像纯洁的姑娘的脸蛋，色调有如意大利绚丽的风景画。桃子肯定还没有到上市的季节。只有上帝知道多少钱一个。我也知道了——那是在过了一会儿以后，因为我的客人一边继续谈话，一边心不在焉地随手拿了一个。

“你看，你用肉塞满了肠胃，”——她指的是我那一块可怜的肉排——“你什么也吃不下去了。而我只随便像吃点心一样地吃了点，我还可以享受个桃子。”

账单来了，付完账后我发现剩下的钱不够一次像样的小费。她的目光在我留给侍者的三个法郎上停留了片刻，我知道她一定在想我很吝啬。但是我在走出饭馆时，带着一张嘴和一个肚子，但口袋里却一文不名。

“学我的样子，”在我们握手道别时她说道，“中饭千万只吃一道菜。”

“我会比这做得还好，”我大声回答，“今天晚饭我就什么也不吃了。”

“幽默家！”她快乐地喊着，跳上了一辆马车，“你真是一个十足的幽默家！”

但我终于复了仇。我不认为我是位睚眦必报的人，可是当不朽的大神插手这件事时，你暗自得意地看着这个结果也还是可以原谅的。今天她体重三百磅。

选自［英］毛姆著，陆谷孙等译：《毛姆短篇小说精选集》，译林出版社2021年版。

阅读提示：

《午餐》仅仅通过法国高级餐厅的一顿午餐就刻画出一个贪得无厌、自私虚伪的女性形象。她口口声声称自己中午只吃一道菜，却一而再再而三地点上昂贵的菜肴，还不断地批评只吃了一道最便宜的菜的“我”，其所言与所行的巨大反差，产生了强烈的讽刺效果。青年作家“我”尽管囊中羞涩，却碍于面子，不敢如实相告，其虚荣和自欺欺人也自然地呈现出来。

毛姆塑造人物并不面面俱到，也很少进行直接评判和说明，而是善于抓住人物的主要特征进行入木三分的刻画。《午餐》对女主人公的牙齿进行了漫画式的突出表现，两次提及，不露痕迹地暗讽了她的贪吃。小说对女主人公进行了大量的语言描写，对男主人公则主要运用了心理描写的手法，更巧妙地体现出两人一个是大言不惭，一个是死要面子活受罪。

毛姆的小说故事性强，情节跌宕，结构谨严，擅长使用伏笔和悬念。《午餐》开头写“我”“认不出来她”，后来写二十年前初次见面时“她”“富态魁梧”，结尾处写“今天她体重三百磅”，都紧紧围绕其贪吃的特点，首尾呼应，巧妙流畅。

思考与练习：

结合本文，谈谈讽刺的美学特征。

第十二讲

沉郁与飘逸

沉郁和飘逸两种审美范畴分别源于儒家和道家思想。“沉郁”风格的作品源于儒家的仁爱思想，表现为诗人面对家国鼎革巨变和同胞手足颠沛流离产生的沉郁悲壮之情和醇美意象。道家选择出世的生活方式，追求“逍遥”和“自由”，西汉末年传入的佛教对现世社会的否定态度和道家是一致的，和道家思想一起共同塑造了古典文学飘逸的美学风格。

儒家的“仁”是沉郁的文化内涵。儒家主张仁爱，并积极入世承担家国责任。孔子是儒家学派的创始人，他提出的“仁”的思想是儒家文化的核心。《论语》中，孔子提出“爱人”，还说“志士仁人，无求生以害仁，有杀身以成仁”，并在此基础上提出了“君子”“圣人”的理想人格。这样的自我要求使得无数的志士仁人在国家动荡、人民流离失所之时无法做到道家的超然世外，往往表现为他们对人世沧桑的深刻体验和对百姓疾苦的深刻同情。这种沉郁的仁爱是韦庄的“未老莫还乡，还乡断人肠”，是杜甫的“穷年忧黎元，叹息肠内热”，是鲁迅笔下“再到年关也没有看见他”的孔乙己的无声消亡。

沉郁的审美特征表现为忧国忧民的沉郁悲壮之情和醇美的意象。中国历史上战乱多而盛世少，每当外族侵略、国家和民族处于危亡的关头时，总会出现一大批爱国诗人，沉郁的忧患意识成了文学的主调。《诗经》和楚辞是这种审美传统的源头。《诗经》中这样的作品很多，《王风·黍离》的“黍离之悲”堪称代表，屈原的《离骚》形象地展示了诗人一心为国却横遭放逐的内心世界，表现了作者“虽九死其犹未悔”的高尚人格，充满了哀怨深广的情感。一代英雄曹操，对人生的有限和功业难成有着深刻的体验，他的《短歌行》中“去日苦多”“何枝可依”的慨叹充满了人生的悲凉感。之后的杜甫、陆游、辛弃疾、林则徐、黄遵宪、艾青、闻一多等诗人都留下了慷慨沉郁的爱国忧民诗篇。由于这种哀怨深广的情感体验出自内心深厚的同情和悲悯，所以常常表现为醇美的意象。苏武出使并滞留匈奴十九年，经受住了名利的诱惑、匈奴的逼迫、恶劣的生活环境种种考验，不辱使命回汉，“武留匈奴凡十九岁，始以强壮出，及还，须发尽白”（《苏武传》），苏武温厚、坚韧、平和，人物形象“醇美”。杜甫的《登高》写诗人带病于秋日登台，见滚滚江水东流，无边落叶飘下，心内百感交集，但情感表现为哀而不怨，是“醇美”的典型。

“飘逸”的文化内涵主要是道家的“游”，后来还吸收了道教的修道成仙、佛教的修心思想，追求精神的自由超脱，以及生命与大自然的“天人合一”。道家学派的创始人是老子，道家以老子、庄子为代表，主张顺应自然、无为而无不为，认为只要放弃一切欲望，忘记所有知识，抛开人世功名，回到自然中去，就能达到自由自在的境界。老子认为，真正得道的人应该是无知、无欲、无争、无为，抱朴守素，谦下柔弱，“复归于婴儿”。这也是庄子在《逍遥游》里所追求的“至人无己，神人无功，圣人无名”的自由境界。汉代以后，发源于道家思想的道教开始兴起。道教把原来的道家哲学家进行神化和仙化，主要宗旨是追求长生不死、得道成仙。与儒、道思想不同，佛教是外来思想。佛教认为人一出生就有贪嗔痴的本性，只有通过严格的修行，才能祛除心魔得到解脱和自由，后来更宣扬“一切众生，皆有佛性”“皆能成佛”的观点，提倡通过心的觉悟，达到涅槃的自在境界。

道家和道教追求的“出世”“求仙”“成仙”等思想，是魏晋以来到陶渊明、李白、李贺等诗人创作的游仙诗的来源。魏晋南北朝的志怪小说、唐传奇以及明清神魔小说则取材于佛道谈神说鬼的故事。佛教的四大皆空、修心等观念，常深入到古代文人思想深处，让中国古典文学产生了一种看似逍遥实则无可奈何的虚幻缥缈感，直接影响到王维、白居易、苏轼等的诗歌主题，《红楼梦》“千红一窟（哭），万艳同杯（悲）”的一幕幕悲剧让人无限唏嘘，而飘然来去的“一僧一道”代表了曹雪芹理想中的逍遥和自由。

飘逸的审美特征表现为雄浑阔大、意气风发的美感。这种阔大不是视觉空间的大，而是超越时空、无所不包、无所依赖的心灵世界的大。《逍遥游》中的北冥、天池不能确指为今天的任何一个海洋湖泊。同样，鲲鱼、鹏鸟、大瓠、大树也不是我们能眼见到的生物，它们有的飞至九万里高空视地上的万物为尘埃，有的大到无所实用而达到哲学意义上的大用，它们属于庄子虚构的没有任何束缚的心灵世界。读李白的诗可以强烈地感受到这种向往逍遥、乘风破浪的美感：“大鹏一日同风起，扶摇直上九万里，假令风歇时下来，犹能簸却沧溟水。”（《上李邕》）“长风破浪会有时，直挂云帆济沧海。”（《行路难》）

飘逸的审美特征也表现为超脱世俗事物、打破思维模式、物我齐同、自由自在的人生态度。《逍遥游》的下篇用宋人到南方卖衣服等寓言告诉我们，思维单一、僵化是我们不自由的根源。《齐物论》提倡物我齐同、生死为一，人和万物一样都来自于自然，也最终回到自然中去，生和死是自然的过程。“枢始得其环中，以应无穷”（《齐物论》），在宇宙这个大“环”中，万物虚空，不见其发源也不见其终极，立于“环中”就是“游心”于虚空，不粘不滞，就能达到精神自由的境界。就如李白追慕的高士鲁仲连功成却不受赏；也如蒲松龄笔下的菊仙黄英，既有陶渊明的隐士之风，又能种菊致富摘掉“渊明贫贱骨”的帽子，过得惬意洒脱。

黍　离[1]

彼黍离离[2]，彼稷之苗[3]。行迈靡靡[4]，中心摇摇[5]。知我者谓我心忧，不知我者谓我何求。悠悠苍天[6]，此何人哉！

彼黍离离，彼稷之穗。行迈靡靡，中心如醉。知我者谓我心忧，不知我者谓我何求。悠悠苍天，此何人哉！

彼黍离离，彼稷之实。行迈靡靡，中心如噎[7]。知我者谓我心忧，不知我者谓我何求。悠悠苍天，此何人哉！

选自周振甫译注：《诗经译注》，中华书局2010年版。

阅读提示：

周大夫经过古都镐京（今西安），见旧时宗庙宫室遗址上黍稷繁茂，不觉悲从中来，痛心周王室的覆亡，而写作此诗。

全诗三章，每章八句，从黍稷之禾苗茂盛写到抽穗结子以及果实累累，在时间的流逝中，诗人怀念故国的心情因为不被他人理解而越来越痛苦。反复问苍天，“悠悠苍天，此何人哉”，到底谁造成了这种结局呢？此诗由物及情，寓情于景，回环往复，一唱三叹，蕴含着主人公连绵不尽的故国之思。

思考与练习：

和同学一起有感情地朗读《黍离》，体会诗中的情感表达特点。

---

① 本诗出自《诗经·王风》。
② 黍：谷物名，北方的一种农作物，形似小米，有黏性。离离：成排成行的样子。
③ 稷：谷物名，古代一种粮食作物，粟或黍类。
④ 行迈：前行。靡靡：步行缓慢的样子。
⑤ 中心：心中。摇摇：心神不定的样子。
⑥ 悠悠：遥远的样子。
⑦ 噎（yē）：忧闷已极而气塞，无法喘息。

短歌行①

曹　操②

对酒当歌③，人生几何？譬如朝露，去日苦多④。慨当以慷⑤，忧思难忘。何以解忧？惟有杜康⑥。青青子衿⑦，悠悠我心⑧。但为君故，沉吟至今⑨。呦呦鹿鸣，食野之苹⑩。我有嘉宾，鼓瑟吹笙⑪。明明如月，何时可掇⑫？忧从中来⑬，不可断绝。越陌度阡⑭，枉用相存⑮。契阔谈宴⑯，心念旧恩⑰。月明星稀，乌鹊南飞。绕树三匝⑱，何枝可依？山不厌高，海不厌深。周公吐哺⑲，天下归心。

选自余冠英选注：《汉魏六朝诗选》，人民文学出版社 1997 年版。

阅读提示：

诗歌层次分明，可以分为三段。第一段写作者忧思之深，只能通过饮酒来消愁。第二段交代忧思之因：求贤不得。最后一段真诚呼唤人才：不要像乌鹊一样徘徊不定了，快到我这儿来，帮助我一起实现统一天下的大业。

---

① 《短歌行》是乐府旧题，曹操的《短歌行》共有两首，本文选的是第一首，也是最著名的一首。

② 曹操（155—220）：字孟德，沛国谯县（今安徽亳州）人。汉末丞相，后受封为魏王，三国中曹魏政权的奠基人。曹丕称帝后，追曹操为魏武帝。曹操的诗现存二十余首，均为乐府诗，以旧体旧调表现新内容。或反映社会动荡，或书写个人怀抱，风格慷慨悲凉。

③ 当：面对着。

④ 去日：过去的日子。苦多：恨多。苦，感到烦恼。

⑤ 慨当以慷：指宴会上的歌声激昂慷慨。

⑥ 杜康：相传是古代最早造酒的人，这里指酒。

⑦ 衿：通“襟”，古代指衣服的交领。青襟是周代学子的服装。

⑧ 悠悠：长。形容思绪连绵不绝。

⑨ 沉吟：沉思吟味，整日思绪在心头盘旋。

⑩ 苹：艾蒿，嫩叶有香味。

⑪ 瑟、笙：两种乐器名。

⑫ 掇：摘取。一作“辍”，停止。

⑬ 中：心中，内心。

⑭ 越陌度阡：客人远道来访。阡、陌，都是田间的道路，南北的叫“阡”，东西的叫“陌”。

⑮ 枉用相存：屈驾前来探望。枉：屈驾。用：以。存：问候。

⑯ 契阔：聚散。

⑰ 旧恩：旧日的情谊。

⑱ 匝：周。

⑲ 周公：西周初期政治家。姓姬名旦，周文王之子，周武王之弟，周成王之叔。他虚心招纳贤才，辅佐成王治理天下。哺：口中咀嚼着的食物。《韩诗外传》卷三说周公“然一沐三握发，一饭三吐哺，犹恐失天下之士”，指周公因接待贤士，顾不上洗头和吃饭。

诗中曹操以周公自比，表达了他求贤若渴的心情以及渴望统一天下的志向，他曾大力强调“唯才是举”，为此先后发布了“求贤令”“举士令”“求逸才令”等。这首《短歌行》可以说是一首“求贤歌”，巧妙地运用诗歌形式，一唱三叹，呼唤人才。作者的忧思并非儿女闲愁，而是因得不到贤士而不能统一天下的遗憾，所以诗歌读来既觉格局阔大，又有慷慨悲凉之气。

思考与练习：

谈谈你对历史上和《三国演义》中曹操形象的理解。

登　高

杜　甫

风急天高猿啸哀①，渚清沙白鸟飞回②。
无边落木萧萧下③，不尽长江滚滚来。
万里悲秋常作客④，百年多病独登台⑤。
艰难苦恨繁霜鬓⑥，潦倒新停浊酒杯⑦。

选自萧涤非主编：《杜甫全集校注》，人民文学出版社2014年版。

阅读提示：

历来评论家用“沉郁”来概括杜甫诗歌特色，《登高》则是“沉郁”风格的代表作品。《登高》作于唐代宗大历二年（767）秋天，杜甫在夔州。当时安史之乱已经结束四年，但地方军阀又乘时而起，为抢夺领地争战不已。杜甫在夔州依然身体多病，生活困苦。一天，他登上夔州白帝城外的高台，百感交集，写下了这首被胡应麟誉为“七律之冠”的《登高》。

---

① 猿啸哀：长江三峡多猿猴，常常发出凄厉的叫声。
② 渚（zhǔ）：水中的小块陆地。迴：回旋。
③ 落木：秋天的落叶。萧萧：风吹落叶的声音。
④ 万里：远离故乡，作者流落在夔州，距离长安遥远。常作客：长期漂泊他乡。
⑤ 百年：一生。多病：杜甫晚年患多种疾病。
⑥ 苦恨：极恨，极其遗憾。苦：极。繁霜鬓：增多了白发。繁：这里作动词，增多。
⑦ 潦倒：衰颓，失意，这里指衰老多病。新停：新近停止，指因病戒酒。

前四句写景，描写登高所见秋天江边空旷寂寥的景色（如图12-1）。夔州猿多风大，一二句起笔勾勒出一幅夔州秋景图：猿长啸，鸟急飞，令人感到扑面而来的肃杀的秋意。句中“风急天高”对“渚清沙白”，“猿啸”对“鸟飞”，如天造地设，自然成对。不仅上下两句对，而且还有句中自对，如上句“天”对“风”，“高”对“急”；下句“沙”对“渚”，“白”对“清”，读来富有节奏感。三四句对仗工整，沉郁悲凉，为千古名句。萧萧而下的落叶，滚滚东流的江水，前边加上“无边”“不尽”修饰，写夔州又超出了夔州的界限，气势磅礴。在无尽的宇宙时空中，人是那么的渺小，诗人不禁发出时光易逝、壮志难酬的感叹。后四句抒情，抒发登高所感，围绕自己的身世遭遇，抒发了穷困潦倒、年老多病、流寓他乡的悲哀之情。五六句自伤身世，在“万里”“百年”的时空中，诗人长年漂泊，独自登台，字字皆是悲秋之意。末两句以哀愁病苦的情状收尾：诗人白发日多，国难家愁、衰老病痛，再加断酒，悲愁就更难排遣。杜甫忧国伤时的沉痛感人至深。

图12-1　明 吴伟 长江万里图（局部）

思考与练习：

结合律诗的特点，谈谈《登高》的对仗押韵和沉郁情感的关系。

关山月①

陆　游②

和戎诏下十五年③，将军不战空临边④。

---

① 关山月：汉乐府横吹曲名，“《关山月》，伤离别也”（《乐府解题》）。主要写戍边将士月夜思乡之情，后用来写边塞生活。

② 陆游（1125—1210）：字务观，号放翁，越州山阴（今浙江省绍兴市）人。南宋文学家、史学家、爱国诗人，诗词文都有很高成就。他的诗语言晓畅、章法谨严，兼有李白的雄奇奔放与杜甫的沉郁悲凉，饱含爱国热情，对后世影响深远，有《剑南诗稿》传世。

③ 和戎：原意是与少数民族和睦相处，这里指宋朝向金人屈膝求安。宋孝宗隆兴元年（1163）下诏与金人第二次议和，次年签订和议。至作者作此诗时，正满十五年。

④ 临：到。边：边防，边境。边塞上的将帅没有征战任务，只不过徒劳地巡逻防守而已。

朱门沉沉按歌舞①，厩马肥死弓断弦②！
戍楼刁斗催落月③，三十从军今白发④。
笛里谁知壮士心⑤，沙头空照征人骨⑥。
中原干戈古亦闻⑦，岂有逆胡传子孙⑧。
遗民忍死望恢复⑨，几处今宵垂泪痕！

选自钱仲联校注：《剑南诗稿校注》，上海古籍出版社 2005 年版。

阅读提示：

这首七言古诗，作于南宋孝宗淳熙四年（1177）陆游罢官闲居成都时，以乐府旧题写时事和感慨。诗中痛斥了南宋朝廷十五年来对金屈服、议和、不光复中原的软弱态度，表现了爱国将士报国无门的苦闷以及中原人民盼望恢复故土的心情，体现了诗人忧国忧民、渴望统一的爱国情怀。

全诗十二句，每四句一转韵，共分三层，第一层写将军权贵偏安江南、醉生梦死，第二层写戍边战士虚度岁月、壮志难酬，第三层写中原遗民的悲愤。构思巧妙，以月夜统摄全篇，将三个场景融成一个整体，既是一幅关山月夜全景图，又是当时南宋社会的缩影。

陆游一生收复中原的信念始终不变，却又对时局无能为力，这使得此诗读来沉郁悲凉。

思考与练习：

结合南宋历史，谈谈你对《关山月》的理解。

---

① 朱门：红漆大门，借指豪门贵族。沉沉：形容庭院深邃。按：击节拍。

② 厩：马棚。肥死：马棚里的马不用，渐渐死去。弓断弦：弓很久不用，绷得弦都断了。战马肥死、弓箭弦断表明统治者根本无意收复中原。

③ 戍楼：边塞用以守望、警戒的岗楼。刁斗：古代军用铜锅，可以做饭，也可用来打更。

④ “三十从军”二句：在刁斗声中，从军生涯白白流逝，三十从军到满头白发，未曾参加过一场收复国土的战争。

⑤ 笛里：指以笛吹奏的曲调声。

⑥ 沙头：边塞沙漠之地。征人：出征戍守边塞的战士。

⑦ 干戈：本为古代兵器，干为矛，戈为戟，后代指战争。

⑧ 逆胡传子孙：指金人长期占领中原。金自太宗完颜晟进占中原，至此时已有四世，故云传子孙。

⑨ 遗民：指金国占领下的中原百姓。恢复：恢复中原故土。

苏武传[①]（节选）

班　固[②]

武字子卿，少以父任[③]，兄弟并为郎[④]，稍迁至栘中厩监[⑤]。时汉连伐胡[⑥]，数通使相窥观[⑦]。匈奴留汉使郭吉、路充国等[⑧]，前后十余辈。匈奴使来，汉亦留之以相当[⑨]。天汉元年[⑩]，且鞮侯单于初立[⑪]，恐汉袭之，乃曰："汉天子我丈人行也[⑫]。"尽归汉使路充国等。武帝嘉其义，乃遣武以中郎将使持节送匈奴使留在汉者[⑬]，因厚赂单于[⑭]，答其善意。武与副中郎将张胜及假吏常惠等募士斥候百余人俱[⑮]。既至匈奴，置币遗单于[⑯]。单于益骄，非汉所望也。

方欲发使送武等，会缑王与长水虞常等谋反匈奴中[⑰]。缑王者，昆邪王姊子也[⑱]，与

---

① 本文节选自《汉书·李广苏建传》。《汉书》又称《前汉书》，是我国第一部纪传体断代史，东汉史学家班固编撰，前后历时二十余年，于建初年中基本修成。《汉书》是继《史记》之后又一部重要史书，与《史记》《后汉书》《三国志》并称为"前四史"。全书主要记述了上起西汉的汉高祖元年（公元前206年），下至新朝王莽地皇四年（公元23年）共230年的史事，有十二本纪、八表、十志、七十传，共一百篇。八表由其妹班昭续成，《天文志》由马续帮助班昭续成。

② 班固（32—92）：字孟坚，扶风安陵（今陕西咸阳）人，东汉著名史学家、文学家。班固出身儒学世家，其父班彪、伯父班嗣，皆为当时著名学者。班固一生著述颇丰，与司马迁并称"班马"。

③ 武：苏武，字子卿，杜陵（今陕西西安）人。武帝天汉元年（前100）奉命出使匈奴，被扣19年，誓死不降。昭帝始元六年得遣回汉。父：指苏武的父亲苏建，因战功封平陵侯，后任代郡太守。

④ 兄弟：指苏武和他的哥哥苏嘉、弟弟苏贤。依照汉制，年俸二千石以上者，可保举其子弟为郎，苏武和他的兄弟们因其父亲的官职而得做郎。郎：官名，宫廷守卫，随皇帝出行。

⑤ 稍迁：逐渐升职。栘（yí）中厩（jiù）：马厩名。汉宫中有栘园，园中有马厩（马棚）。监：主管。

⑥ 胡：我国古时西北民族的统称，汉时指匈奴。

⑦ 通使：派遣使者往来。

⑧ 郭吉、路充国：都为汉武帝时人，曾出使匈奴。

⑨ 相当：相抵。

⑩ 天汉元年：公元前100年。天汉，汉武帝年号。

⑪ 且鞮（jū dī）侯：匈奴乌维单于的兄弟。单于：匈奴首领的称号。

⑫ 丈人行：长辈。丈人：对亲属长辈的通称。行：辈分。

⑬ 中郎将：官职名，皇帝的侍卫长，地位仅次于将军。节：符节，使臣所持信物，以竹为杆，上有牦牛尾等装饰物。

⑭ 赂：赠送财物。

⑮ 假吏：临时委任的使臣属官。募士：招募来的士兵。斥候：负责守卫侦查的士兵。俱：一起。

⑯ 币：礼物。遗（wèi）：赠送。

⑰ 会：正赶上。缑（gōu）王：匈奴的一个亲王。长水：水名，在今陕西省蓝田县西北。虞常：长水人，后投降匈奴。

⑱ 昆邪（hún yé）王：匈奴一个部落的王，其地在河西（今甘肃省西北部）。昆邪王于汉武帝元狩二年（前121）降汉。

昆邪王俱降汉，后随浞野侯没胡中①。及卫律所将降者②，阴相与谋劫单于母阏氏归汉③。会武等至匈奴，虞常在汉时素与副张胜相知，私候胜曰④："闻汉天子甚怨卫律⑤，常能为汉伏弩射杀之⑥。吾母与弟在汉，幸蒙其赏赐。"张胜许之，以货物与常⑦。后月余，单于出猎，独阏氏子弟在。虞常等七十余人欲发⑧，其一人夜亡，告之。单于子弟发兵与战。缑王等皆死，虞常生得。

单于使卫律治其事。张胜闻之，恐前语发⑨，以状语武。武曰："事如此，此必及我。见犯乃死，重负国⑩。"欲自杀，胜、惠共止之。虞常果引张胜⑪。单于怒，召诸贵人议⑫，欲杀汉使者。左伊秩訾曰⑬："即谋单于，何以复加⑭？宜皆降之⑮。"单于使卫律召武受辞⑯，武谓惠等："屈节辱命⑰，虽生，何面目以归汉！"引佩刀自刺。卫律惊，自抱持武，驰召医。凿地为坎，置煴火⑱，覆武其上，蹈其背以出血⑲。武气绝，半日复息。惠等哭，舆归营⑳。单于壮其节，朝夕遣人候问武，而收系张胜㉑。

武益愈，单于使使晓武，会论虞常㉒，欲因此时降武。剑斩虞常已，律曰："汉使张胜谋杀单于近臣㉓，当死，单于募降者赦罪。"举剑欲击之，胜请降。律谓武曰："副有罪，当相坐㉔。"武曰："本无谋，又非亲属，何谓相坐？"复举剑拟之㉕，武不动。律曰：

---

① 浞（zhuó）野侯：汉将赵破奴的封号。曾与匈奴作战，兵败而降。

② 卫律：本为长水胡人，但长于汉，由协律都尉李延年推荐出使匈奴。回汉后，正值延年因罪全家被捕，卫律怕受牵连，又逃奔匈奴，被封为丁陵侯。将：率领。

③ 阏氏（yān zhī）：匈奴王后的封号。

④ 私候：私自造访。

⑤ 怨：恨。

⑥ 伏：埋伏。之：指卫律。

⑦ 货物：财物。

⑧ 发：指举事。

⑨ 发：泄露，案发。

⑩ "见犯"二句：受到侮辱才死，就更对不起国家。见犯：被冒犯。重：更加。

⑪ 引：牵连。

⑫ 贵人：匈奴贵族。

⑬ 左伊秩訾（zī）：伊秩訾，匈奴的王号有"左""右"之分。

⑭ "即谋"二句：假如谋害单于，再怎么样加重惩罚？即，假如。

⑮ 降之：迫使他们投降。

⑯ 受辞：受审讯。

⑰ 屈节辱命：使节操和君命受到侮辱。

⑱ 煴（yūn）火：无焰的微火。

⑲ 蹈：踏。出血：指让瘀血流出。

⑳ 舆：轿子。此用作动词，犹"抬"。

㉑ 收系：逮捕。

㉒ 晓：通知。会论：共同定罪。

㉓ 单于近臣：指卫律自己。

㉔ 相坐：连坐，连带治罪。

㉕ 拟：比画，做动作。

"苏君，律前负汉归匈奴，幸蒙大恩，赐号称王；拥众数万，马畜弥山①，富贵如此。苏君今日降，明日复然。空以身膏草野②，谁复知之！"武不应。律曰："君因我降③，与君为兄弟。今不听吾计，后虽欲复见我，尚可得乎？"武骂律曰："女为人臣子④，不顾恩义，畔主背亲⑤，为降虏于蛮夷，何以女为见⑥？且单于信女，使决人死生，不平心持正，反欲斗两主⑦，观祸败。南越杀汉使者，屠为九郡⑧；宛王杀汉使者，头县北阙⑨；朝鲜杀汉使者，即时诛灭⑩。独匈奴未耳。若知我不降明⑪，欲令两国相攻，匈奴之祸从我始矣。"

律知武终不可胁，白单于。单于愈益欲降之，乃幽武置大窖中⑫，绝不饮食。天雨雪，武卧啮雪与旃毛并咽之⑬，数日不死，匈奴以为神，乃徙武北海上无人处⑭，使牧羝，羝乳乃得归⑮。别其官属常惠等⑯，各置他所。

武既至海上，廪食不至⑰，掘野鼠去屮实而食之⑱。杖汉节牧羊，卧起操持⑲，节旄尽落⑳。积五六年，单于弟於靬王弋射海上㉑。武能网纺缴㉒，檠弓弩㉓，於靬王爱之，给

---

① 弥：满。

② 膏：肥美滋润，此用作动词。

③ 因我：通过我。

④ 女：即"汝"，下同。

⑤ "畔"：通叛。亲：指父母。

⑥ "何以"句：为什么要见你？

⑦ 斗两主：使汉皇帝和匈奴单于相斗。斗，用为使动词。

⑧ 南越：国名，今广东、广西南部一带。屠：平定。《汉书·西南夷两粤朝鲜传》载，武帝元鼎五年（前112），南越相吕嘉杀其国王及汉使者，叛汉。武帝发兵讨伐，俘获吕嘉，因将其地改为南海、苍梧等九郡。

⑨ "宛王"句：汉武帝派使持重金至大宛求良马，宛王不与，并杀汉使。武帝即命李广利讨伐大宛，大宛诸贵族乃杀宛王而降汉。见《汉书》之《西域传》和《张骞传》。北阙：宫殿的北门。

⑩ 《史记·朝鲜列传》载，武帝元封二年（前109）派遣涉何出使朝鲜，无功而返，涉何杀了伴送他的朝鲜人，回朝谎报杀了朝鲜武将，因而被封为辽东东部都尉。后朝鲜人杀涉何，武帝发兵讨伐朝鲜，朝鲜人杀其王右渠降汉。

⑪ "若知"句：你很明白我不会投降。

⑫ 幽：囚禁。

⑬ 啮：咬。旃：同"毡"。

⑭ 北海：即今贝加尔湖，为匈奴之北界。

⑮ 羝（dī）：公羊。乳：用作动词，生育，指生小羊。公羊不可能生小羊，故此句是说苏武永远没有归汉的希望。

⑯ 别：分开。

⑰ 廪食：官给的粮食。

⑱ 去：通弆（jǔ），收藏。屮（cǎo）：草。

⑲ 操持：拿着。

⑳ 旄：牦牛尾，节上的饰物。

㉑ 於靬（wū jiān）王：当时单于的弟弟。弋射：射猎。

㉒ 网：结狩猎用的网。缴（zhuó）：系在箭上的丝绳。

㉓ 檠（qíng）：校正弓箭的工具。此作动词。

其衣食。三岁余，王病，赐武马畜、服匿、穹庐①。王死后，人众徙去。其冬，丁令盗武牛羊②，武复穷厄。

初，武与李陵俱为侍中③，武使匈奴明年，陵降，不敢求武。久之，单于使陵至海上，为武置酒设乐，因谓武曰："单于闻陵与子卿素厚，故使陵来说足下，虚心欲相待。终不得归汉，空自苦亡人之地④，信义安所见乎？前长君为奉车⑤，从至雍棫阳宫⑥，扶辇下除⑦，触柱折辕⑧，劾大不敬⑨，伏剑自刎，赐钱二百万以葬。孺卿从祠河东后土⑩，宦骑与黄门驸马争船⑪，推堕驸马河中溺死，宦骑亡，诏使孺卿逐捕不得，惶恐饮药而死。来时，大夫人已不幸⑫，陵送葬至阳陵⑬。子卿妇年少，闻已更嫁矣。独有女弟二人⑭，两女一男，今复十余年，存亡不可知。人生如朝露，何久自苦如此！陵始降时，忽忽如狂，自痛负汉，加以老母系保宫⑮，子卿不欲降，何以过陵？且陛下春秋高⑯，法令亡常，大臣亡罪夷灭者数十家，安危不可知。子卿尚复谁为乎？愿听陵计，勿复有云！"武曰："武父子亡功德，皆为陛下所成就，位列将⑰，爵通侯⑱，兄弟亲近⑲，常愿肝脑涂地。今得杀身自效，虽蒙斧钺汤镬⑳，诚甘乐之。臣事君，犹子事父也，子为父死亡所恨。愿勿复再言！"陵与武饮数日，复曰："子卿壹听陵言㉑。"武曰："自分已死久矣㉒！

---

① 服匿：盛酒酪的陶器。穹庐：圆顶毡帐，犹今之蒙古包。

② 丁令：即丁灵，匈奴部落名。

③ 李陵：字少卿，李广之孙，善骑射，武帝时为骑都尉。天汉二年（前99）出征匈奴，兵败投降，后病死匈奴。侍中：官职名，皇帝的侍从。

④ 亡：通"无"。

⑤ 长君：尊称别人的长兄，指苏嘉。奉车：即"奉车都尉"，皇帝出巡时，负责车马的侍从官。

⑥ 雍：汉代县名，在今陕西凤翔县南。棫（yù）阳宫：秦时所建宫殿，故址在今陕西扶风县东北。

⑦ 辇：皇帝所乘的车。除：宫殿的台阶。

⑧ 触：触碰。

⑨ 劾：弹劾，汉时称判罪为劾。大不敬：不敬皇帝的罪名，为一种不可赦免的重罪。

⑩ 孺卿：苏武弟苏贤的字。河东：郡名，在今山西境内。祠：祭祀。后土：土地神。

⑪ 宦骑：骑马的宦官。黄门驸马：汉代掌管皇帝出行车马的官。

⑫ 大（tài）夫人：指苏武的母亲。

⑬ 阳陵：汉景帝陵墓所在地，在今咸阳东。

⑭ 女弟：妹妹。

⑮ 保宫：本名"居室"，汉武帝时更名"保宫"，为当时囚禁犯罪大臣及其眷属之处。

⑯ 春秋高：年老。春秋，指年龄。

⑰ 位：指被封的爵位。列将：一般将军的总称。苏武父子曾被任为右将军、中郎将等。

⑱ 通侯：汉爵位名，本名彻侯，因避武帝讳改。苏武父苏建曾被封为平陵侯。

⑲ "兄弟"句：指苏武兄弟都是朝廷的亲近之臣。

⑳ 斧钺：古时用来杀犯人的斧子。钺：大斧。汤：沸水。镬：大锅。汤镬：指把人投入开水锅煮死。此泛指酷刑。

㉑ 壹听陵言：听我一句劝。

㉒ 自分：自料，自以为。

王必欲降武[1]，请毕今日之驩[2]，效死于前!”陵见其至诚，喟然叹曰：“嗟乎，义士！陵与卫律之罪上通于天。”因泣下沾衿，与武决去。

陵恶自赐武[3]，使其妻赐武牛羊数十头。后陵复至北海上，语武：“区脱捕得云中生口[4]，言太守以下吏民皆白服，曰上崩[5]。”武闻之，南乡号哭[6]，欧血[7]，旦夕临[8]。

数月，昭帝即位[9]。数年，匈奴与汉和亲[10]。汉求武等，匈奴诡言武死。后汉使复至匈奴，常惠请其守者与俱，得夜见汉使，具自陈道。教使者谓单于，言天子射上林中[11]，得雁，足有系帛书，言武等在某泽中。使者大喜，如惠语以让单于[12]。单于视左右而惊，谢汉使曰：“武等实在。”于是李陵置酒贺武曰：“今足下还归，扬名于匈奴，功显于汉室。虽古竹帛所载[13]，丹青所画[14]，何以过子卿！陵虽驽怯[15]，令汉且贳陵罪[16]，全其老母，使得奋大辱之积志，庶几乎曹柯之盟[17]，此陵宿昔之所不忘也[18]。收族陵家[19]，为世大戮[20]，陵尚复何顾乎？已矣！令子卿知吾心耳！异域之人，壹别长绝！”陵起舞，歌曰：“径万里兮度沙幕[21]，为君将兮奋匈奴[22]。路穷绝兮矢刃摧[23]，士众灭兮名已隤[24]。老母已

---

① 王：指李陵。

② 驩（huān）：通“欢”，交好。

③ 恶（wù）：忌讳，这里指不愿意。自：亲自。

④ 区（ōu）脱：与汉连界处的边塞哨所。云中：郡名，在今山西省北部和内蒙古自治区南部一带。生口：活口，即俘虏。

⑤ 上崩：皇帝去世。指后元二年（前87）汉武帝死。

⑥ 南乡：向南。

⑦ 欧：同“呕”。

⑧ 临：哭临，哭奠。

⑨ 昭帝：武帝少子，刘弗陵。

⑩ 和亲：此指和好。

⑪ 上林：即上林苑。故址在今陕西省西安市附近，汉朝皇帝游玩射猎的园林。

⑫ 让：责让。

⑬ 竹帛：古代以竹片或帛绸记事，此代指史籍。

⑭ 丹：朱砂。青：青雘（huò）。都是绘画所用的颜色。在此指绘画。

⑮ 驽怯：无能和胆怯。

⑯ 贳（shì）：赦免。

⑰ 曹柯之盟：《史记·刺客列传》载，春秋时鲁将曹沫与齐作战，三战三败，鲁庄公割地求和，但仍用曹沫为将。后齐桓公与鲁庄公会盟于柯邑（时为齐邑，在今山东省阳谷县东北），曹沫持匕首胁迫齐桓公归还了鲁地。李陵引此以自比，表示要立功赎罪。

⑱ 宿昔：从早到晚。

⑲ 收：逮捕。族：灭族。

⑳ 戮：耻辱。

㉑ 径：穿过。沙幕：沙漠。

㉒ 君：指汉武帝。奋：奋战。

㉓ 穷：阻塞不通。矢刃：兵器。摧：毁坏，摧折。

㉔ 隤（tuí）：倒下，崩溃。

死，虽欲报恩将安归!”陵泣下数行，因与武决①。单于召会武官属，前以降及物故②，凡随武还者九人③。

武以始元六年春至京师④。诏武奉一太牢谒武帝园庙⑤，拜为典属国⑥，秩中二千石⑦，赐钱二百万，公田二顷，宅一区。常惠、徐圣、赵终根皆拜为中郎，赐帛各二百匹。其余六人老归家，赐钱人十万，复终身⑧。常惠后至右将军，封列侯，自有传。武留匈奴凡十九岁，始以强壮出，及还，须发尽白。

选自（汉）班固撰，（唐）颜师古注：《汉书》，中华书局1962年版。

阅读提示：

孟子说：“富贵不能淫，贫贱不能移，威武不能屈，此之谓大丈夫。”（《孟子·滕文公下》）而苏武就是这样一位爱国英雄和“大丈夫”。文章真实地展示了汉武帝时出使匈奴的苏武在受到威逼利诱，处于冰天雪地、绝粮断食的险恶环境下，不动心、不屈服、不改气节的爱国者形象（如图12-2）。

《苏武传》是《汉书》中写得最好的人物传记。首先表现在情节曲折动人。全文通过苏武出使匈奴，缑王、虞常谋反，苏武自杀未果，到卫律胁诱苏武，苏武北海牧羊，苏武拒降李陵，苏武得归汉朝一系列连贯完整的故事，使苏武这一爱国人物形象饱满充实。其次，文中大量运用对话来表现人物性格。如李陵劝降苏武，苏武说：“自分已死久矣！王必欲降武，请毕今日之驩，效死于前!”苏武的威武不屈和李陵的自惭形秽形成鲜明对比：“嗟乎，义士！陵与卫律之罪，上通于天。”语简情真，读来令人感慨不已。

图12-2　宋 李迪 苏武牧羊图

思考与练习：

结合苏武的故事，谈谈你对忠君与爱国的理解。

---

① 决：辞别。
② 已降：已经投降。物故：死去。
③ 凡：总共。
④ 京师：京都，指长安。始元六年：公元前81年，始元，汉昭帝年号。
⑤ 太牢：古代以牲畜作祭品，牛、羊、猪三牲具备称为太牢。谒：此指祭告。园庙：祭祀祖先的祠庙。
⑥ 典属国：官名，掌管臣附汉朝的外族事务。
⑦ 秩：官俸的等级。中二千石：在汉制中，二千石官秩分三等，最高为中二千石，即每月一百八十石。
⑧ 复：免除徭役。

与妻书

林觉民①

意映卿卿如晤②：

吾今以此书与汝永别矣！吾作此书时，尚是世中一人；汝看此书时，吾已成为阴间一鬼。吾作此书，泪珠和笔墨齐下，不能竟书而欲搁笔③。又恐汝不察吾衷，谓吾忍舍汝而死，谓吾不知汝之不欲吾死也，故遂忍悲为汝言之。

吾至爱汝，即此爱汝一念，使吾勇于就死也。吾自遇汝以来，常愿天下有情人都成眷属，然遍地腥云，满街狼犬④，称心快意，几家能彀⑤？司马春衫⑥，吾不能学太上之忘情也⑦。语云：仁者“老吾老，以及人之老，幼吾幼，以及人之幼⑧”。吾充吾爱汝之心，助天下人爱其所爱，所以敢先汝而死，不顾汝也。汝体吾此心，于啼泣之余，亦以天下人为念，当亦乐牺牲吾身与汝身之福利，为天下人谋永福也。汝其勿悲！

汝忆否？四五年前某夕，吾尝语曰：“与使吾先死也，无宁汝先吾而死。”汝初闻言而怒，后经吾婉解，虽不谓吾言为是，而亦无词相答。吾之意盖谓以汝之弱，必不能禁失吾之悲⑨，吾先死，留苦与汝，吾心不忍，故宁请汝先死，吾担悲也。嗟夫！谁知吾卒先汝而死乎？

吾真真不能忘汝也！回忆后街之屋，入门穿廊，过前后厅，又三四折，有小厅，厅旁一室，为吾与汝双栖之所。初婚三四个月，适冬之望日前后，窗外疏梅筛月影⑩，依稀掩映；吾与（汝）并肩携手⑪，低低切切，何事不语？何情不诉？及今思之，空余泪痕。又回忆六七年前，吾之逃家复归也，汝泣告我：“望今后有远行，必以告妾，妾愿随君行。”吾亦既许汝矣。前十余日回家，即欲乘便以此行之事语汝，及与汝相对，又不能启口，且以汝之有身也⑫，更恐不胜悲，故惟日日呼酒买醉。嗟夫！当时余心之悲，盖不能以寸管

---

① 林觉民（1887—1911）：字意洞，号抖飞，福建闽侯（今福州市）人。

② 意映：林觉民妻子陈意映。卿卿：旧时丈夫对妻子的爱称。

③ 不能竟书：不能把信写完。竟：完毕。

④ 遍地腥云，满街狼犬：比喻清末的血腥统治。

⑤ 彀：同“够”。

⑥ 司马春衫：应为司马青衫。出自白居易《琵琶行》：“江州司马青衫湿。”

⑦ 吾不能学太上之忘情：自己对国事不能无动于衷。出自《晋书·王衍传》：“圣人忘情，最下不及情，情之所钟，正在我辈。”太上：旧指思想境界达到最高的所谓圣人，他们能忘却人的情感。

⑧ “语云”二句：敬重自己家的老人，从而推及他人的老人；爱护自己家的孩子，从而推及他人的孩子。见《孟子·梁惠王上》。

⑨ 禁：受得住。

⑩ 疏梅筛月影：月光透过稀疏的梅树树枝。

⑪ “汝”字原缺，据文意补。

⑫ 有身：怀孕。

形容之①。

吾诚愿与汝相守以死。第以今日事势观之，天灾可以死，盗贼可以死，瓜分之日可以死，奸官污吏虐民可以死，吾辈处今日之中国，国中无地无时不可以死，到那时使吾眼睁睁看汝死，或使汝眼睁睁看我死，吾能之乎？抑汝能之乎？即可不死，而离散不相见，徒使两地眼成穿而骨化石②，试问古来几曾见破镜能重圆③？则较死为苦也，将奈之何？今日吾与汝幸双健。天下人不当死而死与不愿离而离者，不可数计，钟情如我辈者，能忍之乎？此吾所以敢率性就死不顾汝也。吾今死无余憾，国事成不成自有同志者在。依新已五岁④，转眼成人，汝其善抚之，使之肖我。汝腹中之物，吾疑其女也，女必像汝，吾心甚慰。或又是男，则亦教其以父志为志，则吾死后尚有二意洞在也，幸甚，幸甚！吾家后日当甚贫，贫无所苦，清静过日而已。

吾今与汝无言矣。吾居九泉之下遥闻汝哭声，当哭相和也。吾平日不信有鬼，今则又望其真有。今是人又言心电感应有道，吾亦望其言是实，则吾之死，吾灵尚依依旁汝也，汝不必以无侣悲。

吾平生未尝以吾所志语汝，是吾不是处；然语之，又恐汝日日为吾担忧。吾牺牲百死而不辞，而使汝担忧，的的非吾所忍。吾爱汝至，所以为汝谋者惟恐未尽。汝幸而偶我，又何不幸而生今日之中国！吾幸而得汝，又何不幸而生今日之中国！卒不忍独善其身⑤。嗟夫！巾短情长⑥，所未尽者，尚有万千，汝可以模拟得之。吾今不能见汝矣！汝不能舍吾，其时时于梦中寻我乎？一恸！辛未三月廿六夜四鼓，意洞手书。

家中诸母皆通文⑦，有不解处，望请其指教。当尽吾意为幸。

选自鲁迅等著：《见信如面》，中译出版社2021年版。

阅读提示：

林觉民十四岁进入高等学堂，毕业后留学日本，加入中国同盟会，从事革命活动。1911年春得同盟会通知，回国约集福建同志参加起义。4月24日写下绝笔《与妻书》，4月27日举行广州起义，林觉民加入敢死队率先攻打总督衙门，不幸中弹被捕。后从

---

① 寸管：毛笔的代称。

② 骨化石：古时传说，一女子每天登山盼望丈夫回来，最后她化成了一块石头。

③ 破镜重圆：比喻夫妻分离后重新团聚。

④ 依新：林觉民的长子。

⑤ 独善其身：出自《孟子·尽心上》："穷则独善其身，达则兼济天下。"原意是自己尽可能完善自己的操守，此处是只顾自己苟且偷生的意思。

⑥ 巾短情长：这封《与妻书》写在一条白布方巾上。

⑦ 诸母：伯母、婶婶的总称。

容就义，年仅二十四岁。这次起义牺牲的一百多人，被葬于黄花岗，史称“黄花岗七十二烈士”，林觉民是其中之一。

这是林觉民烈士在广州起义前写给妻子陈意映的诀别书。信中回忆夫妻情深的往事，不忍分离，感国事艰难无法做到独善其身，只得做出“牺牲百死而不辞”的抉择。他把家庭幸福、夫妻恩爱和国家前途、人民命运紧紧地联系在一起，告诉我们一个深刻的道理：没有国家和人民的幸福，就不会有个人的真正幸福。全文感情真切，笔调细腻动人，读后令人荡气回肠，具有强烈的感染力。

林觉民还有一封《禀父书》，文短情深，也是以国家大义为重：“不孝儿觉民叩禀：父亲大人，儿死矣，惟累大人吃苦，弟妹缺衣食耳。然大有补于全国同胞也。大罪乞恕之。”不妨共读。

思考与练习：

有感情地朗读《与妻书》，并以当代大学生的身份给林觉民烈士写一封信，谈谈你对爱情、家庭和国家三者关系的理解。

拟挽歌辞[1]（其三）

陶渊明

荒草何茫茫，白杨亦萧萧。
严霜九月中，送我出远郊。
四面无人居，高坟正嶕峣[2]。
马为仰天鸣，风为自萧条。
幽室一已闭，千年不复朝[3]。
千年不复朝，贤达无奈何。
向来相送人，各自还其家。
亲戚或余悲，他人亦已歌。

---

① 《拟挽歌辞》共三首，一般认为作于427年，陶渊明时年63岁。诗人因饥饿而身染重病，于九月写下此组绝笔诗，两个月后辞世。

② 嶕峣（jiāo yáo）：高耸貌。

③ 朝：白天。

死去何所道，托体同山阿。

选自逯钦立校注：《陶渊明集》，中华书局1979年版。

阅读提示：

《拟挽歌辞》组诗是诗人根据生活经验想象自己死后的送葬仪式。前两首写儿女伤心，亲友悲痛。祭奠的烛光摇曳，杯中酒满，而自己躺在棺木中已无知无觉，口不能言，眼不能睁。第三首则写送葬的过程，自己与世界天人永隔。诗人娓娓道来，令读者无限伤感，却又被作者的达观和自我调侃态度所折服：生死是一个自然的过程，要面对它，接受它。

思考与练习：

结合《拟挽歌辞》，谈谈你的生死观。

古风·齐有倜傥生

李　白

齐有倜傥生①，鲁连特高妙②。
明月出海底③，一朝开光曜④。
却秦振英声⑤，后世仰末照⑥。
意轻千金赠，顾向平原笑⑦。

---

① 倜傥（tì tǎng）：气宇轩昂，不受拘束的样子。

② 鲁连：战国时期齐人鲁仲连。高妙：杰出，出众。

③ 明月：夜明珠。《淮南子·说山训》高诱注："珠有夜光、明月，生于蚌中。"

④ 光曜（yào）：光辉。

⑤ 却秦振英声：指鲁仲连义不帝秦、却秦救赵一事。

⑥ 末照：犹余光也。

⑦ 意轻千金赠，顾向平原笑：见《史记·鲁仲连邹阳列传》。鲁仲连游赵时，遇秦军围赵都邯郸（今河北邯郸），赵国求援于魏国，魏安釐王使客将军辛垣衍令赵尊秦为帝。鲁仲连往见赵相平原君，陈以利害，义不帝秦，坚定赵王抗秦之决心。鲁仲连帮助赵国坚定信念击退秦军后，平原君赵胜以千金相赠，鲁仲连笑道："所贵于天下之士者，为人排患释难解纷乱而无所取也。即有所取者，是商贾之人也。仲连不忍为也。"于是辞别平原君而去，终生不复见。

吾亦澹荡人①，拂衣可同调②。

选自复旦大学古典文学教研组编：《李白诗选》，人民文学出版社 1995 年版。

阅读提示：

《古风·齐有倜傥生》是李白的古体诗作品，约作于开元二十九年（741）。李白一生深受儒道侠思想影响，既有兼济天下的志向，又有独善其身的情怀，战国时的鲁仲连是他的榜样之一。

李白在《代寿山答孟少府移文书》中非常明确地表达了自己的人生理想："吾与尔达则兼济天下，穷则独善一身……使寰区大定，海县清一，事君之道成，荣亲之义毕。然后与陶朱、留侯浮五湖，戏沧州，不足为难矣！"他不止一次地以鲁仲连自比，如"所冀旄头灭，功成追鲁连。"（《在水军宴赠幕府诸侍御》）"愿一佐明主，功成还旧林。"（《留别王司马嵩》）这首《古风》更是集中地表达了对鲁仲连的钦慕之情。

前四句是对鲁仲连的推崇，说他倜傥的为人和高妙的智谋如明月出海，中间四句写鲁仲连却秦不受封赏的逸事光照后世，最后用"吾亦澹荡人，拂衣可同调"点明诗人在这点上和鲁仲连高度契合。

一"倜傥"，一"澹荡"，既是鲁仲连的人格写照，也是李白的精神追求。

思考与练习：

李白追慕鲁仲连，你的偶像是谁？

定风波③

苏　轼

三月七日，沙湖道中遇雨④。雨具先去，同行皆狼狈⑤，余独不觉。已而遂晴⑥，故作此。

---

① 澹（dàn）荡：淡泊，不慕名利。

② 拂衣：超然高举，表示语气坚决。同调：谓志趣相合。

③ 定风波：词牌名。

④ 沙湖：在今湖北黄冈东南三十里，又名螺丝店。

⑤ 狼狈：进退皆难的困顿窘迫之状。

⑥ 已而：过了一会儿。

莫听穿林打叶声①，何妨吟啸且徐行②。
竹杖芒鞋轻胜马③，谁怕？一蓑烟雨任平生④。
料峭春风吹酒醒⑤，微冷，山头斜照却相迎⑥。
回首向来萧瑟处⑦，归去，也无风雨也无晴⑧。

选自张志烈主编：《苏轼全集校注》，河北人民出版社2010年版。

阅读提示：

《定风波》是苏轼醉归遇雨抒怀之作。词人借雨中潇洒徐行的举动，表达了虽屡遭挫折但不畏惧不颓丧的旷达胸怀。

此词上片着眼于雨中，风雨中行走不忧不惧；下片着眼于雨后，寒冷和斜阳交替，经历过都不算什么。“归去，也无风雨也无晴”，是写生活更是写人生，在经历了政治上的风风雨雨后，作者不悲观不失望，无论风雨还是阳光对他来说都不足道，既不会因风雨而担惊受怕，也不会因阳光而欣喜若狂。这是一种了悟宇宙、人生之后的大超越。全词即景生情，语言俏皮幽默。

思考与练习：

“人生如何不快乐，只因缺少苏东坡。”谈谈你对这句话的理解。

---

① 穿林打叶声：指大雨点透过树林打在树叶上的声音。

② 吟啸：放声吟咏。

③ 芒鞋：草鞋。

④ 一蓑烟雨任平生：披着蓑衣在风雨里过一辈子也处之泰然。一蓑（suō）：蓑衣，用草或棕叶制成的雨披。

⑤ 料峭：微寒的样子。

⑥ 斜照：偏西的阳光。

⑦ 向来：方才。萧瑟：风雨吹打树叶声。

⑧ 也无风雨也无晴：意谓风雨天和晴天是一样的，没有差别。

黄　英

蒲松龄①

马子才，顺天人。世好菊，至才尤甚。闻有佳种，必购之，千里不惮。一日，有金陵客寓其家，自言其中表亲有一二种②，为北方所无。马欣动③，即刻治装，从客至金陵。客多方为之营求，得两芽④，裹藏如宝。归至中途，遇一少年，跨蹇从油碧车⑤，丰姿洒落。渐近与语，少年自言："陶姓。"谈言骚雅⑥。因问马所自来，实告之。少年曰："种无不佳，培溉在人。"因与论艺菊之法⑦。马大悦，问："将何往？"答云："姊厌金陵，欲卜居于河朔耳⑧。"马欣然曰："仆虽固贫⑨，茅庐可以寄榻。不嫌荒陋，无烦他适。"陶趋车前，向姊咨禀⑩。车中人推帘语，乃二十许绝世美人也。顾弟言："屋不厌卑，而院宜得广。"马代诺之，遂与俱归。

第南有荒圃，仅小室三四椽，陶喜，居之。日过北院，为马治菊。菊已枯，拔根再植之，无不活。然家清贫，陶日与马共食饮，而察其家似不举火⑪。马妻吕，亦爱陶姊，不时以升斗馈恤之。陶姊小字黄英⑫，雅善谈，辄过吕所，与共纫绩⑬。陶一日谓马曰："君家固不丰，仆日以口腹累知交⑭，胡可为常。为今计，卖菊亦足谋生。"马素介⑮，闻陶言，甚鄙之，曰："仆以君风流高士⑯，当能安贫，今作是论，则以东篱为市井，有辱黄

---

① 蒲松龄（1640—1715）：字留仙，一字剑臣，别号柳泉居士，淄川（今山东淄博）人。出身没落地主家庭，一生热衷科举考试，却始终不得志，71岁时才补为贡生，对科举制度的不合理深有感触。他用毕生精力完成的《聊斋志异》，继承和发展了我国文学中志怪传奇文学的优秀传统和表现手法，内容丰富多彩，情节幻异曲折，文笔简练，将花妖狐魅和幽冥世界的事物人格化、社会化，代表了我国古代文言短篇小说的最高水平。

② 中表亲：古代称姑母的儿子为外兄弟，称舅父或姨母的儿子为内兄弟。外为"表"，内为"中"，合称这种亲戚关系为"中表亲"。

③ 欣动：欣喜动心。

④ 两芽：两支幼苗。菊花芽栽，从老根上所生的幼苗叫"芽"。

⑤ 跨蹇从油碧车：骑着小驴跟随在油碧车后面。蹇：蹇卫，驴子。油碧车：也作"油壁车"，因车壁以油涂饰得名，为古时妇女所乘之车。

⑥ 谈言骚雅：说话文雅，有诗人气质。《楚辞》有《离骚》，《诗经》有《大雅》和《小雅》，故以"骚雅"代指文学修养。

⑦ 艺：种植。

⑧ 河朔：黄河以北地区。

⑨ 固贫：固守贫困。

⑩ 咨禀：商量，禀告。

⑪ 不举火：不烧火做饭。

⑫ 小字：小名，乳名。

⑬ 纫绩：缝纫、捻线，指针线活。

⑭ 口腹：指饮食。

⑮ 素介：素来耿介。介：孤洁，有操守。

⑯ 风流高士：志节高尚的文士。风流：有才学，不拘礼法。

花矣①。”陶笑曰：“自食其力不为贪，贩花为业不为俗。人固不可苟求富②，然亦不必务求贫也③。”马不语，陶起而出。自是，马所弃残枝劣种，陶悉掇拾而去。由此不复就马寝食，招之始一至。未几，菊将开，闻其门嚣喧如市④。怪之，过而窥焉，见市人买花者，车载肩负，道相属也。其花皆异种，目所未睹。心厌其贪，欲与绝；而又恨其私秘佳本⑤，遂款其扉，将就诮让。陶出，握手曳入。见荒庭半亩皆菊畦，数椽之外无旷土⑥。劚去者⑦，则折别枝插补之；其蓓蕾在畦者，罔不佳妙；而细认之，尽皆向所拔弃也。陶入屋，出酒馔，设席畦侧，曰：“仆贫不能守清戒⑧，连朝幸得微资，颇足供醉。”少间，房中呼“三郎”，陶诺而去。俄献佳肴，烹饪良精。因问：“贵姊胡以不字?”答云：“时未至。”问：“何时?”曰：“四十三月。”又诘：“何说?”但笑不言。尽欢始散。过宿，又诣之，新插者已盈尺矣。大奇之，苦求其术。陶曰：“此固非可言传；且君不以谋生，焉用此?”又数日，门庭略寂，陶乃以蒲席包菊，捆载数车而去。逾岁，春将半，始载南中异卉而归⑨，于都中设花肆，十日尽售，复归艺菊。问之去年买花者，留其根，次年尽变而劣，乃复购于陶。陶由此日富：一年增舍，二年起夏屋。兴作从心，更不谋诸主人。渐而旧日花畦，尽为廊舍。更于墙外买田一区，筑墉四周⑩，悉种菊。至秋，载花去，春尽不归。而马妻病卒。意属黄英，微使人风示之。黄英微笑，意似允许，惟专候陶归而已。

年余，陶竟不至。黄英课仆种菊⑪，一如陶。得金益合商贾⑫，村外治膏田二十顷，甲第益壮⑬。忽有客自东粤来⑭，寄陶生函信，发之，则嘱姊归马。考其寄书之日，即妻死之日；回忆园中之饮，适四十三月也，大奇之。以书示英，请问“致聘何所”。英辞不受采。又以故居陋，欲使就南第居，若赘焉。马不可，择日行亲迎礼。黄英既适马，于间壁开扉通南第，日过课其仆。马耻以妻富，恒嘱黄英作南北籍⑮，以防淆乱。而家所需，

---

① “以东篱”二句：把种菊的地方当作贸易的场所，这对菊花是一种污辱。意谓陶生庸俗，大煞风景。晋陶渊明《饮酒》诗：“采菊东篱下，悠然见南山。”因此这里以“东篱”代指种菊的园地。黄花：指菊花。

② 苟求富：以不正当的手段谋求富足。

③ 务求贫：立志追求贫穷。

④ 嚣喧：吵闹，喧哗。

⑤ 佳本：优良品种。本：菊根。

⑥ 旷土：空地。

⑦ 劚（zhú）：掘。

⑧ 清戒：清廉的戒规。

⑨ 南中异卉：南方的珍奇花卉。南中：泛指南方。

⑩ 墉：土墙。

⑪ 课仆：督促仆人。课：督促完成指定的工作。

⑫ 合商贾：和商人合伙。

⑬ 甲第：古时贵族住的房子分甲乙第，“甲第”就是大房子。

⑭ 东粤：或作“东越”，指今东南沿海地区。

⑮ 作南北籍：为南北两宅各立账薄。

黄英辄取诸南第。不半岁，家中触类皆陶家物。马立遣人一一赍还之，戒勿复取。未浃旬[①]，又杂之。凡数更，马不胜烦。黄英笑曰："陈仲子毋乃劳乎[②]？"马惭，不复稽，一切听诸黄英。鸠工庀料[③]，土木大作，马不能禁。经数月，楼舍连亘[④]，两第竟合为一，不分疆界矣。然遵马教，闭门不复业菊，而享用过于世家。马不自安，曰："仆三十年清德[⑤]，为卿所累。今视息人间[⑥]，徒依裙带而食[⑦]，真无一毫丈夫气矣。人皆祝富[⑧]，我但祝穷耳！"黄英曰："妾非贪鄙；但不少致丰盈，遂令千载下人，谓渊明贫贱骨，百世不能发迹，故聊为我家彭泽解嘲耳[⑨]。然贫者愿富，为难；富者求贫，固亦甚易。床头金任君挥去之，妾不靳也。"马曰："捐他人之金，抑亦良丑。"黄英曰："君不愿富，妾亦不能贫也。无已，析君居：清者自清，浊者自浊，何害？"乃于园中筑茅茨[⑩]，择美婢往侍马。马安之。然过数日，苦念黄英。招之，不肯至；不得已，反就之。隔宿辄至，以为常。黄英笑曰："东食西宿[⑪]，廉者当不如是。"马亦自笑，无以对，遂复合居如初。

会马以事客金陵，适逢菊秋[⑫]。早过花肆，见肆中盆列甚烦[⑬]，款朵佳胜[⑭]，心动，疑类陶制。少间，主人出，果陶也。喜极，具道契阔，遂止宿焉。要之归，陶曰："金陵，吾故土，将婚于是。积有薄资，烦寄吾姊。我岁杪当暂去[⑮]。"马不听，请之益苦[⑯]。且曰："家幸充盈，但可坐享，无须复贾。"坐肆中，使仆代论价，廉其直，数日尽售。逼促囊装，赁舟遂北。入门，则姊已除舍，床榻裀褥皆设，若预知弟也归者。陶自归，解装课役，大修亭园，惟日与马共棋酒，更不复结一客。为之择婚，辞不愿。姊遣二婢侍其寝处，居三四年，生一女。

---

① 浃旬：即"浃日"，十日。古代以干支纪日，称自甲至癸一周十日为"浃"日。

② "陈仲子"句：指马子才如此追求廉洁未免过分。陈仲子，战国时齐人，当时著名廉士。传说陈仲子不愿吃不义之食，吃了人家送给他哥哥的鹅肉，就把它吐出来，见《孟子·滕文公下》。

③ 鸠工庀（pǐ）料：召集工匠，置备建筑材料。庀：备具材料。

④ 连亘：连贯。

⑤ 清德：清廉自守的德行。

⑥ 视息人间：白白地、无意义地活着。视：眼睛看。息：鼻子呼吸。

⑦ 徒依裙带而食：但靠妻子生活。旧时讥称因妻而致的官职为"裙带官"。

⑧ 祝：祈求。

⑨ 渊明：晋代诗人陶渊明。"我家彭泽"中，彭泽也指陶渊明。陶渊明曾为彭泽县令，黄英也姓陶，故曰"我家彭泽"。

⑩ 茅茨：草屋。

⑪ 东食西宿：比喻兼有两利。《艺文类聚》卷四十引《风俗通》，谓齐人有女，二人求之。一人丑而富，一人美而贫。父母疑而不决，问其女。女曰："欲东家食，西家宿。"这里以此故事嘲笑马生所标榜的"清廉"。

⑫ 菊秋：菊花开放的秋天。

⑬ 烦：同"繁"，多。

⑭ 款朵：花朵的式样，指菊花品种。

⑮ 岁杪（miǎo）：岁末。杪：末尾，末端。

⑯ 苦：极力。

陶饮素豪①，从不见其沉醉。有友人曾生，量亦无对。适过马，马使与陶共较饮。二人纵饮甚欢，相得恨晚。自辰以迄四漏，计各尽百壶。曾烂醉如泥，沉睡座间。陶起归寝，出门践菊畦，玉山倾倒②，委衣于侧，即地化为菊，高如人；花十余朵，皆大如拳。马骇绝，告黄英。英急往，拔置地上，曰："胡醉至此！"覆以衣，要马俱去，戒勿视。既明而往，则陶卧畦边。马乃悟姊弟皆菊精也，益敬爱之。而陶自露迹，饮益放，恒自折柬招曾，因与莫逆。值花朝③，曾乃造访，以两仆舁药浸白酒一坛，约与共尽。坛将竭，二人犹未甚醉。马潜以一瓻续入之④，二人又尽之。曾醉已惫，诸仆负之以去。陶卧地，又化为菊。马见惯不惊，如法拔之，守其旁以观其变。久之，叶益憔悴。大惧，始告黄英。英闻骇曰："杀吾弟矣！"奔视之，根株已枯。痛绝，掐其梗，埋盆中，携入闺中，日灌溉之。马悔恨欲绝，甚怨曾。越数日，闻曾已醉死矣。盆中花渐萌，九月既开，短干粉朵，嗅之有酒香，名之"醉陶"，浇以酒则茂。后女长成，嫁于世家。黄英终老，亦无他异。

异史氏曰："青山白云人，遂以醉死⑤，世尽惜之，而未必不自以为快也。植此种于庭中⑥，如见良友，如对丽人，不可不物色之也。"

选自（清）蒲松龄著，朱其铠主编：《全本新注聊斋志异》，人民文学出版社 1995 年版。

阅读提示：

《黄英》写的是嗜好菊花（如图 12-3）的马子才与菊花精幻化的黄英姐弟之间交往的有趣取事。与《聊斋志异》其他爱情作品不同，《黄英》并不重在描写曲折跌宕的爱情故事，而是在向人们展示一种豁达包容的人生态度：即君子爱财取之有道，属光明正大行为，而朋友、夫妻之间能互相谅解才最为可贵。

图 12-3　清 赵之谦 菊石图

---

① 豪：豪放，此指豪饮。

② 玉山倾倒：形客酒醉摔倒。《世说新语·容止》记载，嵇康为人傲然若孤松独立，酒醉时"若玉山之将崩"。后以"玉山倾倒"形容醉倒。

③ 花朝：旧俗以阴历二月十日为百花生日，称为"花朝节"，见《梦梁录·二月望》。

④ 瓻（chī）：古代陶制酒器。

⑤ "青山白云人"二句：傅奕生平未曾请医服药。年八十五，常醉酒酣卧。一日，忽然蹶起，自言将死，因自为墓志曰："傅奕，青山白云人也，因酒醉死。"见《旧唐书·傅奕传》。这里是赞叹陶弟的旷达。

⑥ 此种：指上文所说的"醉陶"菊。种：品种。

《逍遥游》里塑造的姑射山上的神人“其神凝，使物不疵疠（cī lì）而年谷熟”，大自然风调雨顺、谷物无灾而熟，这是神人平和专注的结果。对蒲松龄来说，黄英就像姑射山上的神人，所有的难题对她来说都能从容解决：面对着马子才对她“不能安贫”的刻薄指责，黄英摆下精美的宴席邀请马子才饮酒，展示“贩花”所带来的实际好处，打破了马子才“君子安贫乐道”的固有思维模式。与马子才成婚后，面对着马子才“人皆祝富，我但祝穷”的不安以及将各自财产登记造册的可笑行为，黄英并没有干预，而是给予了充分的谅解和宽容，使得“东食西宿”的马子才最终不好意思地结束了自己矫揉造作的表演，与黄英“合居如初”。

因为《黄英》主要是通过琐碎、细小的日常生活展示谅解、宽容最为可贵的道理，所以，全篇在风格上不以情节曲折取胜，而以平淡叙述见长。正如司空图所说“落花无言，人淡如菊”，从情节到语言，《黄英》正如陶诗一样，朴实亲切而又意味隽永。

思考与练习：

谈谈《黄英》的诗化写作特点。

第十三讲

空灵之美

空灵，指艺术作品中表现出的虚空、灵动的审美境界。和沉郁、飘逸一样，空灵也是一种根植于中国传统文化的审美范畴。宗白华先生在《中国艺术意境之诞生》中曾以“太虚片云，寒塘燕迹”形容艺术的空灵境界：太空白云缥缈，寒塘掠过飞雁，“太虚”“寒塘”是空虚的背景，“片云”“雁迹”是背景中活跃的生命律动，可见“空”是一种纯净的可以进行审美静观的形象氛围，“灵”是灵气、生机的自由往来，其中蕴涵着丰富的情感体验和活泼生动的人生情趣。

空灵的文化基因主要有二。

一是道家。老子认为宇宙的根本是“道”，道是先天地而生的，是“有无相生”，虚空中充满了生灵；庄子讲“虚室生白”“唯道集虚”，主张人应保持虚无空明的心境，反对各种人为的雕饰，以自然、空灵为美，《庄子》一书也充满潇洒灵动之气。这些可谓是“空灵”思想的滥觞和萌芽。魏晋玄学的“有无之辩”和对“以无为本”的阐发，促使“清”“虚”“简”“远”等新的审美意象诞生。陆机的“课虚无以责有，叩寂寞而求音”，沈约的“秉气怀灵”，刘勰的“性灵”“隐秀”和颜之推的“性灵”等都蕴含着“空灵”元素。

二是佛家，尤其是禅宗。“空”是佛家最重要的一个概念。“凡所有相，皆是虚妄”，佛家认为世上所有的表象都是幻相，其本质就是“空”。禅宗融合道家等思想，借鉴了道家“无”的思想阐释“空”，把“空”看成造化生命精神的自然体现。禅宗一方面认为万事万物的终极趋向虚无缥缈的静寂境界，启示人们用超然眼光看待世间一切，不染尘垢，另一方面又主张投身现实、扎根生活，通过体味世间一切感悟心灵、育养心性。如慧开禅师的“春有百花秋有月，夏有凉风冬有雪”，便是借四时风物谈禅境。所谓即空即色，便是空灵之美的基础。川端康成受源于中国的日本禅宗影响较大，其代表作《雪国》思想上有虚无色彩，艺术境界上也充满空幻之美。

空灵的主要审美特征首先是静。静的产生常常在于“空无”。中国画讲究留白，中国古代诗歌与之相似。袁枚说：“诗之灵在空不在巧。”富有空灵之美的诗歌往往呈现出一个无人/少人的空间。王维诗中常有此意境，如“空山不见人”“夜静春山空”“深林人不知”等；再如崔峒的“无人空夕阳”，王安石的“坐觉尘襟一夕空”，张居正的“夜深高咏独鸣舷”等也都有寂寥无人之味。但此处的“空无”不是了无一物的绝对虚空，而是一个摆脱了人世喧嚣的自然/自在世界。这里的“静”，更不是静止和死寂，而是在空无人声的世界中依然流动着色彩和生命，是富有意趣的静。如谢灵运的“清霄扬浮烟，空林响法鼓”以动衬静，清幽中不失生意；王维的“涧户寂无人，纷纷开且落”描写空山中的花开花落，空寂中却充满了生命的自在；而在佛门禅院中，也有“清磬度山翠，闲云来竹房”（崔峒）的趣味。

其次，空灵还有兴象玲珑的特点。严羽在《沧浪诗话》中说：“羚羊挂角，无迹可求。故其妙处透彻玲珑，不可凑泊。如空中之音，相中之色，水中之月，镜中之象，言有尽而意无穷。”在空灵的艺术中，艺术家所传达的意象，往往如镜中之花、水中之月，空灵剔透。苏轼评价王维时曾谓：“味摩诘之诗，诗中有画；观摩诘之画，画中有诗。”王维诗中常有玲珑的意象，如穿过深林的“返景”（日影）、似有若无的山色，以及明月、清泉、春山等。再如张若虚《春江花月夜》中的春、江、花、月、夜，五种意象交织，伴随江水迤逦而出，后又与诗中人的梦境水乳交融，营造出澄明空阔又迷离恍惚的幽远意境。王安石《垂虹亭》中，暮色苍茫、远山衔日、草木葱茏、星河闪烁，张居正《舟泊汉江望黄鹤楼》中樣影荡漾、笛音远飞，都有“羚羊挂角、无迹可求”之妙。连孔孚《雨后》中被拧光了水、挂在海边树上的云，扑扇开翅膀的雀鸟，以及湿湿的、挂在飞檐上的风都闪烁着令人回味无穷的灵动色彩。

空灵之美，可以给人以澄明恬淡、平静愉悦的感受。宗白华说：“艺术心灵的诞生，在人生忘我的一刹那，即美学上所谓‘静照’。静照的起点在于空诸一切，心无挂碍，和世务暂时绝缘。这时一点觉心，静观万象，万象如在镜中，光明莹洁而各得其所，呈现着它们各自的充实的、内在的、自由的生命。所谓万物静观皆自得，这自得的、自由的各个生命在静默里吐露光辉。”空灵之美，最易引人进入“静照”，它的空无灵动之境让人在刹那间忘却物我，超越凡俗，在一朵花中窥知宇宙万物的流变，在一片叶中了悟人生在世的沉浮，在光明莹洁的万象中感受生命本身的充实、自由。在这一瞬间，人自身也体悟到了自由和永恒，感觉到了美的愉悦。

过瞿溪石室饭僧[1]

谢灵运[2]

迎旭凌绝嶝，映泫归溆浦[3]。
钻燧断山木，掩岸墐石户[4]。
结架非丹甍，藉田资宿莽[5]。
同游息心客，暧然若可睹[6]。
清霄扬浮烟，空林响法鼓[7]。
忘怀狎鸥鲦，摄生驯兕虎[8]。

---

① 题目又作《登石室饭僧》或《登石室饭僧诗》。瞿（qú）溪：水名。源于瞿溪山。《光绪永嘉县志》卷二："瞿溪山，在城西南五十里，上有龙潭，瞿溪所出。"石室：永嘉郡（今永嘉县）楠溪江边一个由箬笠帽形花岗岩石块覆盖的可容数千人的巨大山洞（陶公洞），内有一座香火旺盛的大道观。石室所在的山又名石室山、大若岩、赤水石（山）。饭僧：即斋僧，送饭食给僧人。

② 谢灵运（385—433）：南朝宋诗人，佛学家。祖籍陈郡阳夏（今河南太康），生于会稽始宁（今浙江上虞）。东晋名将谢玄之孙，晋时袭爵封康乐公，世称"谢康乐"。小名客，人称谢客。政治失意，放浪山水，以其大量的山水诗创作使山水的描写从玄言诗中独立出来，被认为是晋宋之际山水诗派的主要创始人。有《谢康乐集》。

③ 二句意为：迎着旭日，跨过陡峭的山间小路；渡过潺潺的溪涧，来到水边。旭：早晨刚出山的太阳。凌：登上、跨过。绝嶝（dèng）：小山坡的最高处。嶝：登山的小道。映泫（xuàn）：身影倒映在水流中，意谓沿溪而行。泫：露水。溆（xù）浦：水名，源出湖南省溆浦县东南，流入沅江。这里指瞿溪之滨。

④ 二句意为：一路上只见山里人家截断树木，钻木取火；屋舍建在水边高崖之下，门户用泥土涂塞。燧（suì）：取火具，即火石。掩岸：封闭崖岸作为屋墙。墐（jìn）：以泥涂塞。

⑤ 二句意为：结构不能与华丽的宫殿相比，赖以耕种的是长满野草的荒地。结架：用木材架构屋脊。丹甍（méng）：红色屋脊，雕梁画栋，代指华丽的宫室。藉田：指在田中耕作。资：借助。宿莽：经冬不死的草。

⑥ 二句意为：与我同游的僧人，其住处已可隐约望见了。息心客：指称沙门僧人。息心：梵语"沙门"的古译，谓勤修善法，熄灭恶行。《阿含经》有"息心达本源"语。暧（ài）然：朦胧昏暗的样子。若可睹：似乎能看见但又看不清楚。

⑦ 二句意为：明净的天空漂浮着轻轻的烟雾，寂静的山林响起了法鼓的声音。清霄：净朗碧透的天宇。扬浮烟：随风飘荡着丝丝炊烟。法鼓：佛寺所用的大鼓。

⑧ 二句意为：善于养生的人，与海鸥和鲦鱼相伴游乐，不会遇到兕牛和老虎。忘怀：抛弃一切尘俗牵挂。狎：亲近而不庄重，此处意为"与……相伴游乐"。摄生：养生。兕虎：犀牛和老虎，泛指猛兽。兕（sì）：古代犀牛一类的兽名。这两句赞美僧人慈悲为怀，有好生之德，能与禽兽和谐相处，都运用了道家典故。《列子·黄帝篇》说，海边有人好鸥鸟，每天与鸥鸟嬉戏，彼此都无猜嫌和防范之心。有一天其父让他去捉一只鸥鸟回来，结果鸥鸟在空中飞舞再也不落地。《庄子·秋水》记载庄子和惠施在濠上观鱼，庄子体会到了鱼从容出游之乐。《老子》第五十章说，体道之人，若能泯灭机心，则鸟兽视之如同类，既不畏惧他，也不加害他。

望岭眷灵鹫，延心念净土①。
若乘四等观，永拔三界苦。

选自（清）张玉榖编：《古诗三百首》，京华出版社 2003 年版。

阅读提示：

谢灵运出身世家大族，政治上有理想，可乱世之中却难得实现，无奈出任永嘉（今浙江温州）太守。此诗便为其在任期间所作。永嘉山水秀美，不仅给予谢灵运以心灵的安慰，更让本就信奉佛教的他找到了体道适性、舍却世俗纷扰的新路径。细细品味这首诗，能体会到作者在观照山水景物时，对佛家玄理的倾慕与认同。

图 13-1　明 仇英 桃源仙境图

前六句写由旭日、高山、泉水等构成的山野深僻之境中，沙门僧人过着简朴原始的生活，隐约表达对"苦节之僧"的仰慕和返璞归真生活的向往。"同游息心客"等六句写僧人居处隐现，白烟袅袅、碧空晴朗、山林幽静、法鼓嘹亮，无不透着佛禅意味（如图 13-1）；又以道家典故释佛理，体现对佛家慈悲为怀、泯灭机心，与鸟兽同游、浑然无物我之别境界的赞颂。最后四句直抒胸臆，表达因山中之行引发自己对佛家灵慧之境的向往，祈愿超脱烦恼，进入成佛境界。

本诗写僧不见僧，却处处有僧；处处山水有色，却处处思绪清空。全诗虚实相生，动静相映，亦真亦幻，意境空灵。

思考与练习：

有人说本诗将山水景物的自然清新与佛理的空灵旷达融为一体，做到了色空一体、虚实相生，你如何看？

---

① 二句意为：遥望山岭渴慕佛境，内心向往庄严洁净的极乐世界。岭：指瞿溪山。灵鹫（líng jiù）：本指印度的"耆（qí）阇（shé）崛山"，因山顶形似秃鹫头（一说山中多秃鹫）而又名灵鹫山。延心：引向内心。净土：指佛教描绘的庄严洁净、没有任何污秽的极乐世界。

春江花月夜[①]

张若虚[②]

春江潮水连海平，海上明月共潮生。
滟滟随波千万里[③]，何处春江无月明！
江流宛转绕芳甸[④]，月照花林皆似霰[⑤]。
空里流霜不觉飞[⑥]，汀上白沙看不见。
江天一色无纤尘，皎皎空中孤月轮。
江畔何人初见月？江月何年初照人。
人生代代无穷已，江月年年望相似。
不知江月待何人，但见长江送流水。
白云一片去悠悠，青枫浦上不胜愁[⑦]。
谁家今夜扁舟子[⑧]？何处相思明月楼[⑨]。
可怜楼上月裴回[⑩]，应照离人妆镜台。
玉户帘中卷不去，捣衣砧上拂还来[⑪]。
此时相望不相闻，愿逐月华流照君[⑫]。
鸿雁长飞光不度，鱼龙潜跃水成文。
昨夜闲潭梦落花[⑬]，可怜春半不还家。
江水流春去欲尽，江潭落月复西斜。

---

① 春江花月夜：乐府《清商曲辞·吴声歌曲》旧题。创制者说法不一。郭茂倩《乐府诗集》录有七首。时至今日，人们已经把《春江花月夜》这一诗题的真正创制权归于张若虚了。

② 张若虚（约660—约720）：字号不详。扬州（今属江苏）人。唐中宗神龙年间，与贺知章、张旭、包融合称“吴中四士”，是一位有文章盛名而政治失意的文人。《全唐诗》另收录其《代答闺梦还》一首。

③ 滟滟（yàn yàn）：波光动荡闪烁的样子。

④ 芳甸（diàn）：遍生花草的郊野。

⑤ 霰（xiàn）：雪珠。此处形容月光映照下的春花。

⑥ 空里流霜：古人想象霜和雪一样从空中落下，称为飞霜。此处指月光。

⑦ 青枫浦：地名。此处泛指遥远的水边。

⑧ 扁舟子：浪迹天涯的游子。扁（piān）舟：小船。

⑨ 明月楼：明月映照下的楼阁，化用曹植《七哀》诗“明月照高楼，流光正徘徊。上有愁思妇，悲叹有余哀”。这里指楼上的思妇。

⑩ 裴回（pái huái）：同“徘徊”。来回走动，往返回旋。

⑪ 捣衣砧（zhēn）：捣衣用的石头。多与思念亲人之情相联系。

⑫ 流照：月照。古有“月光如水”说法。

⑬ 闲潭梦落花：意味着春天将逝去。闲潭：幽静的江潭。梦落花：梦见花在飘落。

斜月沉沉藏海雾，碣石潇湘无限路①。
不知乘月几人归，落月摇情满江树。

选自（清）彭定求等编：《全唐诗》，中华书局1999年版。

阅读提示：

本诗以月为媒，将“万古长空”（宇宙）和“一朝风月”（人情）完美相融。从开篇至“但见长江送流水”写月下的万古长空。月从海上生，随江千万里，弥漫空中，照耀万物，遍洒大地。“春”“江”“花”“月”“夜”，共同营造出一个美好又无限开阔的空间。诗人关于月与人的一声长问，将时间拉到无限，引人遐想宇宙的无穷和玄奥；在人生代代与江月年年的相互映照中，虽见出个体的渺小，但更表现出人类生生不已的无穷活力。从“白云一片去悠悠”起，诗歌转入“一朝风月”的抒写。月光洒在游子思妇的身上（边），也照进他们的心里。“月”成为他们共同的倾诉对象，可谓“一种相思，两处闲愁”。诗歌后半部分聚焦思妇，写她的思念和梦想，虽透着忧伤情调，却是少年人的憧憬和忧伤，虽然惆怅，仍感快慰，虽然叹息，总是轻盈。

“月”是全诗的主线。诗歌从月升写到月落，中间逐次叙写月下江流、月下芳甸、月下花林、月下沙汀、月下思妇，在月光的笼罩中呈现出澄澈辽阔的空明之境。人是全诗的主体。人与月的对话，无论是关于宇宙无穷，还是有关人情缱绻，都赋予了万古长空以最美的灵动和生机。

全诗融诗情、画意、哲思于一体，哀而不伤，是大唐之音的完美传达，被闻一多先生誉为“诗中的诗，顶峰上的顶峰”。

思考与练习：

本诗是怎样在艺术上和情绪上传递出大唐之音的？谈谈你的看法。

① 碣石潇湘：喻指游子思妇分处两地。碣石：山名，在今河北省。潇湘：潇水和湘水在湖南零陵汇合后流入洞庭湖。

竹里馆[1]

王　维[2]

独坐幽篁里[3]，弹琴复长啸[4]。
深林人不知[5]，明月来相照[6]。

选自（清）彭定求等编：《全唐诗》，中华书局1999年版。

阅读提示：

这首小诗寥寥四句，就点染出一个“清幽绝俗”的境界。前两句不论“弹琴”还是“长啸”，都透射出诗人高雅闲淡、超拔脱俗的气质；后两句说明自己虽僻居“深林”之中，却有“明月”相伴，自有意趣。

全诗妙用衬托手法：以弹琴、长啸等反衬出月夜竹林的幽静，是以声写幽、以动衬静；以明月的光影流照深林，是以明衬暗。诗歌还使用拟人手法，描写清幽澄净的“明月”和“弹琴”“长啸”的隐者似乎悠然相会了，这是以陪伴写孤独。诗歌格调幽静恬淡，人之心境与自然景致水乳交融，令人品读不尽。

思考与练习：

《唐人绝句精华》说此诗“一时清景与诗人兴致相会合，故虽写景色，而诗人幽静恬淡之胸怀，亦缘而见”。你有什么体会？

---

① 此诗收录于《王右丞集笺注》，为《辋川集》二十首中的第十七首。竹里馆为辋川别墅胜景之一，房屋周围有竹林，故名。诗写山林幽居情趣，属闲情偶寄。

② 王维（701—761）：字摩诘，太原祁（今山西祁县）人，后迁居河东蒲州（今山西永济西南蒲州镇），遂称河东王氏。唐开元九年（721）中进士，精通佛学，受禅宗影响很大，人称“诗佛”。与孟浩然合称“王孟”。

③ 幽篁（huáng）：幽深的竹林。

④ 长啸：撮口而呼，打口哨，这里指吟咏、歌唱。

⑤ 深林：指“幽篁”。

⑥ 此句意为：唯有明月似解人意，偏来相照。相照：与“独坐”相应。

题崇福寺禅院[①]

崔　峒[②]

僧家竟何事[③]，扫地与焚香。
清磬度山翠[④]，闲云来竹房[⑤]。
身心尘外远[⑥]，岁月坐中长[⑦]。
向晚禅堂掩[⑧]，无人空夕阳。

选自（清）彭定求等编：《全唐诗》，中华书局1999年版。

阅读提示：

此诗描述诗人在禅院所见、所闻、所感。首联描写僧人日常的事务，简单中不染凡俗。颔联写僧人的视听体验，清幽的磬声越过翠绿的山间，有缥缈灵奇之致；悠闲的白云来去于竹房，妙喻僧人心闲常自在。颈联写僧人坐禅时的心理体悟。禅悟的僧人超越尘世，尽享悠长的岁月。尾联写傍晚大门紧闭，僧人入定，空余夕阳，世界静寂得连夕阳斜晖都“空”无了！这一刻，时间得到相对的超越，无尽岁月入于一念，一念中又仿佛现出永恒。

全诗造语雅洁，意境清空，透出深深的禅意。

思考与练习：

诗歌中常采用以“动”写“静”的手法，扩展空间，扩大境界，传递审美感受，试举例说明。

---

① 崇福寺禅院：禅院乃佛寺常设之院。据《开元释教录》记载，崇福寺为佛经翻译之所。

② 崔峒：唐博陵安平（今河北安平）人。代宗时进士及第，官左拾遗、右补阙、集贤学士等职。“大历十才子”之一。其诗辞意清新，意境宁静淡泊。《全唐诗》录崔峒诗一卷。

③ 僧家：僧人，和尚。

④ 清：清越。磬：佛寺中钵状铜制打击乐器物，礼佛时击之，也可用以集合寺众。度：绕过。

⑤ 竹房：指禅修僧人之所。

⑥ 尘外：世外。

⑦ 坐：坐禅。谓静坐息虑，凝心参究。长（cháng）：长远。

⑧ 向晚：临近晚上的时候。禅堂：禅宗寺院专供集体坐禅之场所。掩：闭关。

垂虹亭[1]

王安石[2]

坐觉尘襟一夕空，人间似得羽翰通[3]。
暮天窈窈山衔日，爽气駸駸客御风[4]。
草木韵沉高下外，星河影落有无中[5]。
飘然更待乘桴伴，一到扶桑兴未穷[6]。

选自傅璇琮等主编：《全宋诗》，北京大学出版社1992年版。

阅读提示：

两宋时期文人对垂虹亭的歌咏，重点是对吴江历史上“三高”的吟咏。“三高”乃春秋越国的范蠡、西晋吴郡的张翰、晚唐隐居松江的陆龟蒙三位高士，他们被视为中国隐逸文化的代表。王安石此诗亦是从此处着笔，表达了乘桴浮于海、一棹到扶桑的向往。

王安石善于借助本真的“自然”载体呈现“空灵”诗境：诗人于大千世界的怀抱中，享受沁人心脾的清爽之气；暮色苍茫中，群山吞吐着落日；万物浮沉，银河隐现。全诗给人以逸怀浩气、超然尘外之感。

思考与练习：

再找几篇吟咏“垂虹亭”的作品，比较一下和本诗的异同。

---

① 垂虹亭：位于今苏州市吴江区利往桥上。利往桥，又名长桥，因上建有垂虹亭，所以又名垂虹桥，是松江上的著名桥梁，始建于北宋。此桥地理位置优越，位于松江和江南运河的交汇处，濒临太湖，是南北水路交通的必经之处，加之构造宏丽，一直吸引着文人词客登临觞咏，历代歌咏之作众多。

② 王安石（1021—1086）：北宋政治家、文学家、思想家、改革家，曾主持新法改革。唐宋散文八大家之一，世称王文公。有《王临川集》《临川集拾遗》。

③ 羽翰：鱼类或昆虫的翅膀。道教传说中指会飞的仙人。

④ 窈窈（yǎo yǎo）：深冥幽暗。爽气：凉爽之气。駸駸（qīn qīn）：迅疾。御风：乘风飞行，借指仙家。盖源于《列子·黄帝第二》：“竟不知风乘我邪？我乘风乎？”后可见《庄子·逍遥游》：“夫列子御风而行，泠然善也。”

⑤ 二句意为：万籁皆寂，水天如一，不复知高下有无之辨。

⑥ 乘桴伴：《论语·公冶长》有云：“子曰：‘道不行，乘桴浮于海，从我者，其由与！’”诗意当本于此。另春秋越国范蠡曾佐越王勾践灭吴，后因知勾践不可以共安乐而乘桴出海。扶桑：古代神话中海外的大桑树，据说生长在太阳出来的地方，后演变为仙家居所的代称或国名（如扶桑国）。

泊汉江望黄鹤楼①

张居正②

枫霜芦橘净江烟③，锦石游鳞清可怜。
贾客帆樯云外见，仙人楼阁镜中悬。
九秋槎影横清汉④，一笛梅花落远天⑤。
无限沧州渔父意⑥，夜深高咏独鸣舷⑦。

选自（明）张居正著，（明）张嗣修等编撰：《张太岳集》，中国书店出版社2019年版。

阅读提示：

明朝嘉靖三十三年（1554），严嵩专权、“举世皆浊”，三十岁的张居正，理想无法实现又体弱多病，于是上疏告假还乡，归田休养，得予照准。这首诗就是他从北京归家途中、舟泊汉江时写的。

放眼江山，经霜的枫叶、常绿的芦橘让天空、汉江显得特别明净。斑斓的石头、嬉游的鱼儿、澄清的江水，着实悦人心目。首联为下文仙境般的图景出现作氛围准备，隐含作者的归隐之思。商贾的帆船好像出没于云天之外，蛇山上的黄鹤楼宛如仙人楼阁高悬于莹洁的天空。从汉江口仰望，黄鹤楼奇丽空灵。传说仙人乘浮槎年年定期往来海天之间，吟咏梅花傲雪凌霜的笛曲传到很远的地方。颔联、颈联中，“云外见”“仙人楼阁”“九秋槎影”集中营造尘外世界的意境。诗人归园田居的念头进一步得到强化。尾联以“渔父”抒发归隐之意，即使已经夜深人静，诗人仍忍不住手叩船舷、高声吟咏。

作品既描眼前实景，又绘虚幻仙界，人间与仙境浑然难分，呈现出缥缈无极、空灵剔透之美。

思考与练习：

此诗是如何一步步写出作者的归隐之思的？

---

① 黄鹤楼：原在湖北武汉蛇山黄鹄矶上，面临长江，传说仙人王子安（一说费文伟）驾鹤过此，实为风景胜地。

② 张居正（1525—1582）：字叔大，号太岳，谥文忠。湖北江陵人，人称张江陵。明朝政治家。官至内阁首辅，曾辅佐神宗皇帝朱翊钧实行“万历新政”。著有《张太岳集》《书经直解》和《帝鉴图说》等。

③ 芦橘：常绿小乔木。也指此种乔木结的果实，是水果枇杷的别称。

④ 槎（chá）影：木筏的影子。槎：指浮槎，是传说中仙人用以来往于海上和天河之间的木筏。

⑤ 梅花：指横吹曲辞《梅花落》，是古代笛曲的代表作，一般以傲雪凌霜的梅花为主题。

⑥ 沧州：沧江幽僻之地，古代指隐者所居处，后代指隐居。渔父：《楚辞》中有作品《渔父》，此指隐逸之士。

⑦ 独鸣舷（xián）：自己一个人敲船帮作为节拍。鸣舷：古人叩船舷作为歌咏的节拍。

印　象

戴望舒①

是飘落深谷去的
幽微的铃声吧，
是航到烟水去的
小小的渔船吧，
如果是青色的真珠；
它已堕到古井的暗水里。

林梢闪着的颓唐的残阳，
它轻轻地敛去了
跟着脸上浅浅的微笑。

从一个寂寞的地方起来的，
迢遥的，寂寞的呜咽，
又徐徐回到寂寞的地方，寂寞地。

选自戴望舒著：《戴望舒选集》，人民文学出版社2005年版。

阅读提示：

戴望舒认为，新诗最重要的是诗情上的神韵而不是字句上的神韵。在这首诗中，诗人的心灵犹如“深谷”“烟水”“古井”，是一个“寂寞的地方”。“铃声”“渔船”“真珠”“残阳”“呜咽”等意象的流动，从听觉、视觉和幻觉等方面写出了诗人情绪的流动：面对现实，诗人不舍、惆怅、寂寞的情绪不断加强，仿佛弹响隐秘的心灵之弦，发出袅袅颤音。

本诗采用象征手法，描写了诗人特有的心灵感受和心理印象。既表达对美好事物逝去的惋叹，又通过使用多种意象，造成弥漫全诗的如梦似雾的朦胧感，传递难以言传的深层的意蕴。诗歌展现的空间是寂静的，寂静中有唯美的意象、真切的感情，加之诗的情绪的内在音乐性，营造出本诗空灵的意境。

思考与练习：

诗歌作品不能不表达空虚愁怨等情绪，人们也会受到这种艺术力量的感染，你如何看待此种情绪及其感染力？

---

① 戴望舒（1905—1950）：中国现代派象征主义诗人，翻译家。原名戴朝安，又名戴梦鸥，戴望舒为笔名。浙江省杭州市人。因成名作《雨巷》影响大，人称“雨巷诗人”。著有诗集《我的记忆》《望舒草》。

雨　后

孔　孚①

1

云，
把水拧光了。

挂在海边的树上
晾。

2

所有的雀鸟，
都扑搧开翅膀②，
晒它们湿漉漉的羽毛。

3

风也湿湿的，
飞不多远，
落在太平宫的飞檐上了③。

也晒它的翎羽呢！

4

那根笋④，
眼看着长。

1981. 8. 24

选自孔孚著：《山水清音》，重庆出版社 1984 年版。

---

① 孔孚（1925—1997）：原名孔令桓，字笑白。人称“当今中国诗坛上新山水诗派的祭酒”。其诗集《孔孚山水》被誉为“空灵之现代派”的活标本。

② 扑搧：扑扇。

③ 太平宫：初名太平兴国院，又称上苑。系宋太祖为华盖真人刘若拙敕建的道场，金明昌年间重修。正殿名三清殿，配殿为三官殿和真武殿，坐落在崂山东部上苑山北麓、仰口湾畔。

④ 那根笋：指玉笋峰中之一峰。玉笋峰：山东省青岛市崂山风景区北九水的景点，山上怪石林立，如雨后春笋拔地而起，故称“玉笋峰”。

阅读提示：

孔孚是中国新山水诗的代表诗人。在他笔下，万千气象仿佛摆脱了世俗的喧嚣和扰攘，山山水水似乎充满着灵性和神韵。

诗人善于以简驭繁，以寥寥意象营造无限“灵趣”。《雨后》写海边的云、雀鸟、风和远处的玉笋峰，全诗不见“雨”，却处处有“雨”。诗歌运用拟人、拟物等手法，前三节以动写动，意趣盎然，第四节以“笋”代指玉笋峰，并通过雨后竹笋拔节生长写出雨后山峰渐高的奇妙错觉，以动写静，想落天外。在作者的创作魔法下，这些眼前的“山水”顿时充满令人意想不到的生气与灵动。

本诗虽只是一首山水小诗，却辉映着诗人“本真生命”的灵光，给人以尘埃荡尽的精神享受。

思考与练习：

如何认识孔孚诗歌的“空灵”美？

倒　影

李　瑛[①]

一个桂林站在岸上
一个桂林浸在水里

山浸在水里
山上的云浸在水里
云中的鸟浸在水里
鸟的叫声便湿淋淋的了
山浸在水里
山上的树浸在水里
树上的花浸在水里
花的香味便湿淋淋的了

---

① 李瑛（1926—2019）：当代诗人，出版了54部诗集，有多部长诗和组诗获过多种奖项。其作品《我骄傲，我是一棵树》曾获1983年首届全国诗集评选一等奖，诗集《生命是一片叶子》获首届鲁迅文学奖诗歌奖。

不息的江水流向远方
岸上的倒影留了下来
一幅幅风景装订成册
便成为地方志
便成为旅游指南
便成为永远的记忆
比世界更美、更真实

古老的波涛拍打着
桂林，拍打着
两倍的时间和空间
日日夜夜，回响不息

我想写一首关于倒影的诗
铺开纸，流水便打翻每一个字
那些没有橹、没有帆、没有锚的字
就漂流在水上
两个桂林便一起望着
半江渔火里我的诗歌的
倒影

1991.5 于桂林

选自李瑛著：《李瑛诗文总集》，中国文联出版社 2010 年版。

阅读提示：

世上只有一个桂林，为了表现桂林山水的美丽（如图 13-2），作者没写“一个桂林站在岸上”的实景，而写“一个桂林浸在水里”的虚景，诗人选取“倒影”为切入口，从侧面来写，以假乱真、以虚写实，凸现新意，写出了桂林山水的风姿和灵气。

图 13-2 桂林山水

诗人在第二节中“反常言道”，描写“鸟的叫声”和“花的香味”都“湿淋淋”的，表达出一种难以言说的感觉。从水中的倒影写到纸上的倒影（地方志与旅游指南中的风景画）和脑中的倒影（永远的记忆），用这些倒影来表现桂林实在的美。诗人还写古老的波涛拍打“两倍的时间和空间”，让人产生悠远空旷的历史感。最后一节使用了西方称为“陌生化”的主客颠倒、视觉转换手法，本来“我”要看“站在岸上”的“桂林”，结果却是“两个桂林”来看“我的诗歌的倒影”，营造出一种迷离倘恍的状态。

思考与练习：

试模仿本诗写写你曾看过的美景。

读　山

贾平凹①

在城里呆得一久，身子疲倦，心也疲倦了。回一次老家，什么也不去做，什么也不去想，懒懒散散地乐得清静几天。家里人都忙着他们的营生，我便往河上钓几尾鱼了，往田畦里拔几棵菜了，然后空着无事，就坐在窗前看起山来。

山于我是有缘的。但我十分遗憾，从小长在山里，竟为什么没对山有过多少留意？如今半辈子行将而去了，才突然觉得山是这般活泼泼的新鲜。每天都看着，每天都会看出点内容；久而久之，好像面对着一本大书，读得十分地有滋有味了。

其实这山来得平常，出门百步，便可蹚着那道崖缝夹出的细水，直嗓子喊出一声，又可以叩得石壁上一片嗡嗡回音。太黑乱，太粗笨了，浑浑沌沌的；无非是崛起的一堆石头：石上有土，土上长树。树一岁一枯荣，它却不显出再高，也不觉得缩小；早晚一推窗子，黑兀兀地就在面前，午后四点，它便将日光逼走，阴影铺了整个村子。但我却不觉得压抑，我说它是憨小子，憨得可恼，更憨得可爱。这么再看看，果然就看出了动人处，那阳面，阴面，一沟，一梁，缓缓陡陡，起起伏伏，似乎是一条偌大②的虫，蠕蠕地从远方运动而来了，蓦然就在那里停下，骤然一个节奏的凝固。这个发现，使我大惊，才明白：浑浑沌沌，原来是在表现着大智：强劲的骚动正寓以屑屑的静寂里啊！

于是，我常常捉摸这种内在的力，寻找着其中贯通流动的气势。但我失望了，终未看

---

① 贾平凹（1952—）：陕西省丹凤县人。主要作品有中短篇小说《腊月·正月》《天狗》等，长篇小说有《浮躁》《废都》《秦腔》等。曾获茅盾文学奖、美国美孚飞马文学奖和法国费米娜文学奖等。

② 偌大（ruò dà）：这样大，那么大（多见于早期白话）。

出什么规律。一个山峁①，一个山峁，见得十分平凡，但怎么就足以动目，抑且历久？一个崖头，一个崖头，连连绵绵地起伏，却分明有种精神在团聚着？我这么想了：一切东西都有规律，山则没有；无为而为，难道无规律正是规律吗?!

最是那方方圆圆的石头生得一任儿自在，满山遍坡的，或者立着，或者倚着，仄，斜，蹲，卧，各有各的形象，纯以天行，极拙极拙了。拙到极处，却便又雅到了极处。我总是在黎明，在黄昏，在日下，雨中，以我的情绪去静观，它们就有了别样形象，愈看愈像，如此却好。如在屋中听院里拉大锯，那音响假设“嘶，嘶，嘶”，便是“嘶”声，假设“沙，沙，沙”，便是“沙”声。真是不可思议。

有趣的是山上的路那么乱！而且没有一条直的，能从山下走到山顶，能从山顶走到山底，常常就莫名其妙地岔开，或者干脆断去了。山上啃草的羊羔总是迷了方向，在石里，树里，时隐时现。我终未解，那短短的弯路，看得见它的两头，为什么总感觉不到尽头呢？如果将那弯线儿拉直，或许长了，那一定却是感觉短了呢，因为城里的大街，就给人这种效果。

我早早晚晚是要看一阵山上的云雾的：陡然间，那雾就起身了，一团一团，先是那么翻滚，似乎是在滚着雪球。滚着滚着，满世界白茫茫一片了，偶尔就露出山顶，林木蒙蒙地细腻了，温柔了，脉脉地有着情味。接着山根也出来了。但山腰，还是白的，白得空空的。正感叹着，一眨眼，云雾却倏忽散去，从此不知消失在哪里了。我想这不是别的什么，大概这阅历久久的大山们在显示妩媚和灵怪，也说不定。

如果是早晨，起来看天的四脚高悬，便等着看太阳出来，山顶就腐蚀了一层红色，折身过山梁，光就有了棱角，谷沟里的石石木木，全然淡化去了，隐隐透出轮廓，倏忽又不复存在，如梦一般。完全的光明和完全的黑暗竟是一样看不清任何东西，使我久久陷入迷惘，至今大惑不解。

看得清的，要算是下雨天了。自然那雨来得不要太猛，雨扯细线，就如从丝帘里看过去，山就显得妩妩媚媚。渐渐黑黝起来，黑是泼墨地黑，白却白得光亮，那石的阳处，云的空处，天的阔处，树头的虚灵处……一时觉得山是个莹透物了，似乎可以看穿山的那边，有蓄着水的花冠在摇曳，有一只兔子水淋淋地喘着气……很快雨要停了，天朗朗一开，山就像一个点着的灯笼，凸凸凹凹，深深浅浅，就看得清楚：远处是铁青的，中间是黑灰的，近处是碧绿的，看得见的那石头上，一身的苔衣，茸茸的发软发腻，小草在铮泠泠②挺着，每一片叶子，像长着一颗眼珠，亮亮地闪光。这时候，漫天的鸟如撕碎纸片的自由，一朵淡淡的云飘在山尖上空了，数它安详。

---

① 峁（mǎo）：中国西北地区一种黄土丘陵。顶部平缓，斜坡陡峭。

② 铮泠泠（zhēng líng líng）：（雨后的小草）清凉的样子。铮：光亮耀眼。泠泠：清凉，凄清。

我总恨没有一架飞机，能使我从高空看下去山是什么样子，曾站在房檐看院中的一个土堆，上面甲虫在爬，很觉有趣，但想从天上看下面的山，一定更有好多妙事了。但我却确实在满月的夜里，趴在地上，仰脸儿上瞧过几次山。那是月亮还没有出来，天是一个昏昏的空白，山便觉得富富态态；候月光上来了，但却十分地小，山便又觉得瘦骨嶙峋了。

到底我不能囫囵囵[①]道出个山来，只觉得它是个谜，几分说得出，几分意会了则不可说，几分压根儿就说不出。天地自然之中，一定是有无穷的神秘，山的存在，就是给人类的一个窥视吗？我趴在窗口，虽然看不出个彻底，但却入味，往往就不知不觉从家里出来，走到山中去了。我走月也在走，我停月也在停。我坐在一堆乱石之中，聚神凝想，夜露就潮起来了，山风森森，竟几次不知了这山中的石头就是我呢，还是我就是这山中的一块石头？

作于 1982 年 4 月 29 日夜静虚村

选自贾平凹著，雷达主编：《贾平凹文集·闲澹卷》，中国文联出版公司 1995 年版。

阅读提示：

山与石（如图 13-3）作为审美意象经常出现在贾平凹的散文中。贾平凹受老庄美学思想影响，继承发扬“中国古代的婉约而清空的艺术精神”，利用自己的生命体验和审美经验，赋予“山”“石”意象以独特的个性，使之成为自我心灵的象征和精神世界的外化。

图 13-3　元 黄公望 富春山居图（局部）

作者把山看作一本书，试图从山的浑沌中读出大智慧，从山的静寂里品出强劲的骚动；从山的起伏中读出宇宙的无为而为，从方方圆圆的石头中读出自在；从山中弯弯曲曲的路中读出含蓄，从山里陡然而来又倏忽而去的云雾中读出妩媚和灵怪……贾平凹在“读山”中体味天地自然的神奇与神秘，体悟天地自然与人类的联系与共鸣。读到最后，山中的“石”与“我”已经难分彼此——大山不语，却是整整一个宇宙人生！

文章意象空灵，意境幽远，字里行间闪烁着奇异的灵光。全文结语“我坐在一堆乱石之中，聚神凝想，夜露就潮起来了，山风森森，竟几次不知了这山中的石头就是我呢，还是我就是这山中的一块石头”，简直可谓当代版的“庄周梦蝶”。

---

① 囫囵囵（hú lún lún）：中原官话，意为非常完整。

思考与练习：

以本文为例，谈谈贾平凹对传统的继承。

雪　国[1]（节选）

川端康成[2]

穿过县界长长的隧道，便是雪国。夜空下一片白茫茫。火车在信号所前停了下来。

一位姑娘从对面座位上站起身子，把岛村座位前的玻璃窗打开。一股冷空气卷袭进来。姑娘将身子探出窗外，仿佛向远方呼唤似的喊道：

"站长先生，站长先生！"

一个把围巾缠到鼻子上、帽耳耷拉在耳朵边的男子，手拎提灯，踏着雪缓步走了过来。

岛村心想：已经这么冷了吗？他向窗外望去，只见铁路人员当作临时宿舍的木板房，星星点点地散落在山脚下，给人一种冷寂的感觉。那边的白雪，早已被黑暗吞噬了。

"站长先生，是我。您好啊！"

"哟，这不是叶子姑娘吗！回家呀？又是大冷天了。"

"听说我弟弟到这里来工作，我要谢谢您的照顾。"

"在这种地方，早晚会寂寞得难受的。年纪轻轻，怪可怜的！"

"他还是个孩子，请站长先生常指点他，拜托您了。"

"行啊。他干得很带劲，往后会忙起来的。去年也下了大雪，常常闹雪崩，火车一抛锚，村里人就忙着给旅客送水送饭。"

"站长先生好像穿得很多，我弟弟来信说，他还没穿西服背心呢。"

"我都穿四件啦！小伙子们遇上大冷天就一个劲儿地喝酒，现在一个个都得了感冒，东歪西倒地躺在那儿啦。"

站长向宿舍那边晃了晃手上的提灯。

"我弟弟也喝酒了吗？"

"这倒没有。"

---

① 《雪国》是川端康成的第一部中篇小说，也是他唯美主义的代表作，这部小说以平静的语调叙写了坐食祖产的舞蹈艺术研究家岛村三次去雪国的故事。

② 川端康成（1899—1972）：日本新感觉派代表作家之一。1968 年获诺贝尔文学奖，为日本文学走向世界作出了杰出贡献。主要作品有《伊豆的舞女》《古都》《雪国》《千只鹤》等。

“站长先生这就回家了?”

“我受了伤，每天都去看医生。”

“啊，这可太糟糕了。”

和服上罩着外套的站长，在大冷天里，仿佛想赶快结束闲谈似的转过身来说：

“好吧，路上请多保重。”

“站长先生，我弟弟还没出来吗?”叶子用目光在雪地上搜索，“请您多多照顾我弟弟，拜托啦。”

她的话声优美而又近乎悲戚。那嘹亮的声音久久地在雪夜里回荡。

火车开动了，她还没把上身从窗口缩回来。一直等火车追上走在铁路边上的站长，她又喊道：

“站长先生，请您告诉我弟弟，叫他下次休假时回家一趟!”

“行啊!”站长大声答应。

叶子关上车窗，用双手捂住冻红了的脸颊。

这是县界的山，山下备有三辆扫雪车，供下雪天使用。隧道南北，架设了电力控制的雪崩报警线。部署了五千名扫雪工和二千名消防队的青年队员。

这个叶子姑娘的弟弟，从今冬起就在这个将要被大雪覆盖的铁路信号所工作。岛村知道这一情况以后，对她越发感兴趣了。

但是，这里说的“姑娘”，只是岛村这么认为罢了。她身边那个男人究竟是她的什么人，岛村自然不晓得。两人的举动很像夫妻，男的显然有病。陪伴病人，无形中就容易忽略男女间的界限，侍候得越殷勤，看起来就越像夫妻。一个女人像慈母般地照拂比自己岁数大的男子，老远看去，免不了会被人看作是夫妻。

岛村是把她一个人单独来看的，凭她那种举止就推断她可能是个姑娘。也许是因为他用过分好奇的目光盯住这个姑娘，所以增添了自己不少的感伤。

已经是三个钟头以前的事了。岛村感到百无聊赖，发呆地凝望着不停活动的左手的食指。因为只有这个手指，才能使他清楚地感到就要去会见的那个女人。奇怪的是，越是急于想把她清楚地回忆起来，印象就越模糊。在这扑朔迷离的记忆中，也只有这手指所留下的几许感触，把他带到远方的女人身边。他想着想着，不由地把手指送到鼻子边闻了闻。当他无意识地用这个手指在窗玻璃上划道时，不知怎的，上面竟清晰地映出一只女人的眼睛。他大吃一惊，几乎喊出声来。大概是他的心飞向了远方的缘故。他定神看时，什么也没有。映在玻璃窗上的，是对座那个女人的形象。外面昏暗下来，车厢里的灯亮了。这样，窗玻璃就成了一面镜子。然而，由于放了暖气，玻璃上蒙了一层水蒸气，在他用手指揩亮玻璃之前，那面镜子其实并不存在。

玻璃上只映出姑娘一只眼睛，她反而显得更加美了。

岛村把脸贴近车窗，装出一副带着旅愁观赏黄昏景色的模样，用手掌揩了揩窗玻璃。

姑娘上身微倾，全神贯注地俯视着躺在面前的男人。她那小心翼翼的动作，一眨也不眨的严肃目光，都表现出她的真挚感情。男人头靠窗边躺着，把弯着的腿搁在姑娘身边。这是三等车厢。他们的座位不是在岛村的正对面，而是在斜对面。所以在窗玻璃上只映出侧身躺着的那个男人的半边脸。

姑娘正好坐在斜对面，岛村本是可以直接看到她的，可是他们刚上车时，她那种迷人的美，使他感到吃惊，不由得垂下了目光。就在这一瞬间，岛村看见那个男人蜡黄的手紧紧攥住姑娘的手，也就不好意思再向对面望去了。

镜中的男人，只有望着姑娘胸脯的时候，脸上才显得安详而平静。瘦弱的身体，尽管很衰弱，却带着一种安乐的和谐气氛。男人把围巾枕在头下，绕过鼻子，严严实实地盖住了嘴巴，然后再往上包住脸颊。这像是一种保护脸部的方法。但围巾有时会松落下来，有时又会盖住鼻子。就在男人眼睛要动而未动的瞬间，姑娘就用温柔的动作，把围巾重新围好。两人天真地重复着同样的动作，使岛村看着都有些焦灼。另外，裹着男人双脚的外套下摆，不时松开耷拉下来。姑娘也马上发现了这一点，给他重新裹好。这一切都显得非常自然。那种姿态几乎使人认为他俩就这样忘记了所谓距离，走向了漫无边际的远方。正因为这样，岛村看见这种悲愁，没有觉得辛酸，就像是在梦中看见了幻影一样。大概这些都是在虚幻的镜中幻化出来的缘故。

黄昏的景色在镜后移动着。也就是说，镜面映现的虚像与镜后的实物好像电影里的叠影一样在晃动。出场人物和背景没有任何联系。而且人物是一种透明的幻像，景物则是在夜霭中的朦胧暗流，两者消融在一起，描绘出一个超脱人世的象征的世界。特别是当山野里的灯火映照在姑娘的脸上时，那种无法形容的美，使岛村的心都几乎为之颤动。

在遥远的山巅上空，还淡淡地残留着晚霞的余晖。透过车窗玻璃看见的景物轮廓，退到远方，却没有消逝，但已经黯然失色了。尽管火车继续往前奔驰，在他看来，山野那平凡的姿态越是显得更加平凡了。由于什么东西都不十分惹他注目，他内心反而好像隐隐地存在着一股巨大的感情激流。这自然是由于镜中浮现出姑娘的脸的缘故。只有身影映在窗玻璃上的部分，遮住了窗外的暮景，然而，景色却在姑娘的轮廓周围不断地移动，使人觉得姑娘的脸也像是透明的。是不是真的透明呢？这是一种错觉。因为从姑娘面影后面不停地掠过的暮景，仿佛是从她脸的前面流过。定睛一看，却又扑朔迷离。车厢里也不太明亮。窗玻璃上的映像不像真的镜子那样清晰了。反光没有了。这使岛村看入了神，他渐渐地忘却了镜子的存在，只觉得姑娘好像漂浮在流逝的暮景之中。

这当儿，姑娘的脸上闪现着灯光。镜中映像的清晰度并没有减弱窗外的灯火。灯火也没有把映像抹去。灯火就这样从她的脸上闪过，但并没有把她的脸照亮。这是一束从远方投来的寒光，模模糊糊地照亮了她眼睛的周围。她的眼睛同灯火重叠的那一瞬间，就像在夕阳的余晖里飞舞的妖艳而美丽的夜光虫。

叶子自然没留意别人这样观察她。她的心全用在病人身上，就是把脸转向岛村那边，她也不会看见自己映在窗玻璃上的身影，更不会去注意那个眺望着窗外的男人。

岛村长时间地偷看叶子，却没有想到这样做会对她有什么不礼貌，他大概是被镜中暮景那种虚幻的力量吸引住了。也许岛村在看到她呼唤站长时表现出有点过分严肃，从那时候起就对她产生了一种不寻常的兴趣。

火车通过信号所时，窗外已经黑沉沉的了。在窗玻璃上流动的景色一消失，镜子也就完全失去了吸引力，尽管叶子那张美丽的脸依然映在窗上，而且表情还是那么温柔，但岛村在她身上却发现她对别人似乎特别冷漠，他也就不想去揩拭那面变得模糊不清的镜子了。

选自［日］川端康成著，叶渭渠等译：《雪国·古都》，中国社会科学出版社 1996 年版。

阅读提示：

《雪国》（如图 13-4）是一篇充满了空幻之美的小说。选文开头捕捉的正是主人公岛村当时的瞬间感觉：列车驶进夜空下一片莹白的"雪国"，好像驶进岛村虚无的心灵。岛村在虚幻变动的火车车窗的映像中初识了女主角之一——叶子。小说极力写出叶子的生与死都是力图摆脱世俗的，其身心浸透了难以言状的悲哀：她沉湎于与病人行男的精神之爱，比女主角之一的驹子对岛村的爱更加虚无和徒劳；后来又沉浸于行男死亡的哀伤不能自拔；丧生于大火让她最终摆脱世俗羁绊。川端康成极力渲染爱的沉重、生的艰难和"失去生命而显得自由了"的瞬间，显示出作者从"死"中求"美"的颓废哲学。

图 13-4
《雪国》电影海报

叶子之美被"仰视"，成为空幻、纯粹的化身，这种美的被欣赏和最终的仙逝，中间形成了自足虚幻的艺术空间。作为日本新感觉派的代表人物之一，川端康成深受日本佛禅虚无思想的影响，认为人生本无所谓生灭，应在不受人间一切烦恼影响的清净明澈的状态下生存，坚信只有宁静的内心与广延的宇宙融为一体才是人生的永恒。至于其作品中浓重的虚无思想，川端康成说，这"不是西方的虚无，而是天下万有得大自在的空，是无际涯无尽藏的心宇"，他强调从"无"的境界中发现完全的、纯粹的"有"——"无中万般有"。

本篇文字异于写实派文学对时间、地点和环境等要素的客观交代和描写，浸透了岛村的主观情绪，突出反映了岛村感觉中的有声有色的世界，如文中利用日暮时分列车车窗透明且反射的特性，营造虚实、动静中人与背景相融的多层次的美，亦真亦幻，表现出日本文学独特的物哀之美。

思考与练习：

谈谈你对本文中具有空灵之美的画面的认识。

第十四讲

人生境界

“境界”的本意是边疆，由此引申为地域或区域。东汉后期的汉译佛典中也使用“境界”一词，尤其到了唐朝时，禅宗常将心中幻现的场景称为“境界/境”，诗学中也称诗歌中呈现的场景为“境界/境”。这里我们所说的“人生境界”，便是在此基础上产生的比喻义：指人的精神或心灵状态。冯友兰在《人生的境界》中说“人的各种行动带来了人生的各种意义；这些意义的总体构成了我所称的‘人生境界’”。

人究竟应该如何活着——这是古今中外思想家、文学艺术家思考和表达的核心问题、终极问题，而人应该追求怎样的人生境界，当然是其中的关键。他们孜孜以求，将自己的思考和人生、艺术实践贡献于人类的精神文化宝库，为后人提供了伟大丰赡的指引。

中国文化的核心是人生问题。儒道两家作为中国文化最重要的两大思想支柱，尽管在政治与人生价值观念上有很大不同，但是在对人生境界的执着上，却是一致的，而且它们在对理想人生境界的描绘方面，也有不少相通之处。

一是都重视个人的道德操守。儒家所追求的内圣外王之道，要首先通过内在的道德完善来实现，它推崇君子人格，这一人格的基础便是“修身”。道家崇尚自然，虽似乎有反“道德”的倾向，但其实它所反对的是虚伪、狭隘、以追逐私欲为目的的道德，要达到庄子所谓的圣人真人至人之境，就要“无己”“无功”“无名”，这其实也需要道德上的极高水平方可实现。《德充符》中对一个个形体丑陋残缺的人物大加赞赏，就是因为他们卓越的内在品德。

二是都追求万物调谐、天人合一的自由境界。《论语·先进篇》中孔子与弟子言志一段中有对这一境界的最好演绎。孔子认同曾点“暮春者，春服既成，冠者五六人，童子六七人，浴乎沂，风乎舞雩，咏而归”的人生理想，虽然这并不一定是孔子的全部理想，但至少可以肯定的是，孔子的内心始终保有对这种“与天地万物，上下同流，各得其所之妙”（朱熹）境界的向往。所谓“七十而从心所欲不逾矩”，同样包含着知天、顺天和乐天的自在自由。王阳明《泰山高次王内翰司献韵》以泰山之磅礴伟岸，写出至高至远的圣贤境界，更是形象地表现出自然与人相合为一。而道家《庄子》所追求的“逍遥游”的境界，便是通过“破我执”“齐万物”“堕肢体，黜聪明，离形去知，同于大通”，使“自我”化于自然，从而达到“天地与我并生，而万物与我为一”的自由境界。

三是都肯定乐的人生状态。《论语》开篇就是“学而”章，提出对学习、对同道、对异己都应保持“乐”的心态，李泽厚由此解读出中国文化的“乐感”特征，即重视“此世间的快乐”，“不离人世、不离感性而又超出它们”。《庄子》中濠梁观鱼、庄周梦蝶的故事，也都向我们传递出破除物我之分后所体验到的那种“飘飘然”“栩栩然”之“乐”。

佛教从东汉时期传入我国，逐渐与中国本土文化相融，经历了许多变迁后，终于日益发展成为具有鲜明特色的中国佛学——禅宗。“唐宋时期的禅宗思想，是中国人生境界论成熟的重要标志。”（袁济喜）禅宗提倡在日常生活中参道悟道，顿悟是它独特的精神领会方式。禅宗讲究在砍柴担水、观花赏月的平常生活中体验禅境，在“万古长空，一朝风月”的瞬间顿悟佛性，因此“它没有出世的寂灭与‘高处不胜寒’的虚幻，相反，倒是充满着日常生活的趣味，是一种恬淡闲和，平静如水的心境，体现了中国文化一以贯之的宁静而世俗的品格趣味”（袁济喜）。南宋惠开禅师的偈颂“春有百花秋有月”便是对这一趣味的充分体现。另外，我们应该看到，人们还常把庄与禅并举，其原因在于二者确有许多相通、相似之处，如空物我、齐死生、亲自然、寻超脱等。李泽厚认为由于它们对人生采取超脱的审美态度，对恶劣环境和政治采取不合作的傲视态度，所以它们的积极意义在于“可以陶冶、培育和丰富人的精神世界和心灵境界。它可以教人们去忘怀得失，摆脱利害，超越种种庸俗无聊的现实计较和生活束缚，或高举远慕，或怡然自适，与活泼流动盎然生意的大自然打成一片，从中获得生活的力量和生命的意趣。它可以替代宗教来作为心灵创伤、生活苦难的某种慰安和抚慰。这也就是中国历代士大夫知识分子在巨大失败或不幸之后并不真正毁灭自己或走进宗教，而更多是保全生命、坚持节操、隐逸遁世，而以山水自娱、洁身自好的道理”①。

事实上，儒释（禅）道已经交融互渗于中国古代士大夫的思想和理想情怀中，使他们在不同的生命情境下，既保持着一以贯之的品格，又可以随时取用不同的精神资源，努力保持着心灵的平衡与内在的超越。阮籍、嵇康、陶渊明、李白、王维、欧阳修、曹雪芹……从中国历代文人的身上，都可寻出多种思想的影响。苏轼就是其中一位极其优秀的代表。他一生宦海沉浮，但无论何时，都能保持一种不为境遇所滞的超然和豪迈，《宝绘堂记》中所推崇的“寓意于物”的态度，反映出的正是苏轼的个人禀赋与儒释道等多家思想融合之后，所抵达的那种面对生活既可入乎其中又能出乎其外的境界。

西方文化对于人生境界的追求同样值得我们重视。从罗马帝国开始，西方文化就与基督教结下了不解之缘。特别从中世纪开始，基督教构成了西方文化的精神根基，影响力延续至今，其原罪说对于改造社会现实的作用很有限，但对不愿屈服于不公正现实的人们来说，它意味着尚未泯灭的良知，这使得西方文化衍生出悲悯博爱的精神。在文学领域，许多作家对于罪恶的自我忏悔促使他们的笔触突破生活表层而到达社会与人的心灵深处，具有深刻的反思和批判意识，闪耀着人道主义的光辉。雨果、易卜生、托尔斯泰、陀思妥耶夫斯基等是其中优秀的代表。雨果的《悲惨世界》一方面体现出正是不公正的法律制度和虚伪的道德观念造成了贫苦人民的不幸命运；另一方面又从人道主义出发，主张道德感化，认为仁爱能有效解决社会问题。小说塑造出米里哀主教和冉阿让两个至善至圣的崇高形象，以他们的仁慈博爱感召着一代又一代的读者。《从彼得堡到莫斯科旅行记》的选文也启示我们：即使在最卑微的生活中、在最底层的人民身上，依然可以发现高尚有趣的

---

① 李泽厚：《庄玄禅宗漫述》，《中国思想史论》，安徽文艺出版社1999年版，第221页。

灵魂。

中国美育学科的奠基人之一蔡元培曾经说过：“美育之目的，在陶冶活泼敏锐之性灵，养成高尚纯洁之人格。”当你跟随本书中的文字，领略过这些伟大的心灵对人的深沉思考之后，感悟过一代又一代文人学者对自然、人生、艺术以及美本身的不懈探索和美好表达之后，对美、对爱、对生命的价值当有更深的觉解。生命的进取过程，不是知识或岁月的叠加，而是心灵涵养的积淀；生命的价值，不在于单向无度的索取，而在于自我的创造和对他人的贡献。冯友兰认为人生境界有四等，从低到高为自然境界、功利境界、道德境界、天地境界，只有以更加活泼饱满的心灵，不断抵达更高的境界，才能创造出更好的生活，做出更多的贡献，绽放出更美的生命光彩！

子路、曾皙、冉有、公西华侍坐章[①]

子路、曾皙、冉有、公西华侍坐。

子曰："以吾一日长乎尔，毋吾以也[②]。居则曰：'不吾知也[③]！'如或知尔，则何以哉[④]？"

子路率尔而对曰："千乘之国，摄乎大国之间，加之以师旅，因之以饥馑；由也为之，比及三年，可使有勇，且知方也[⑤]。"

夫子哂之[⑥]。

"求！尔何如[⑦]？"

对曰："方六七十，如五六十，求也为之，比及三年，可使足民。如其礼乐，以俟君子[⑧]。"

"赤！尔何如？"

对曰："非曰能之，愿学焉[⑨]。宗庙之事，如会同，端章甫，愿为小相焉[⑩]。"

"点！尔何如？"

鼓瑟希，铿尔，舍瑟而作，对曰："异乎三子者之撰[⑪]。"

子曰："何伤乎[⑫]？亦各言其志也！"

---

① 本文出自《论语·先进篇》。子路：姓仲，名由，字子路，又字季路，以勇力、直率著称。曾皙：名点。冉有：姓冉，名求，字子有，长于政事。公西华：复姓公西，名赤，字子华。

② 此句意为：不要以为我比你们大一两天，（你们就）不敢讲话。毋：不要。以：同"已"，停止。

③ 居则曰：你们平时常说。不吾知：即不知我。言外之意，没人推荐我们做官。

④ 此句意为：假使有人了解你们，那么你们用什么办法治理呢？

⑤ 此句意为：子路急忙回答："如果让我治理夹在大国之间的千乘之国，即使对这个中等国家发动战争，继之发生严重的灾情。用三年时间，我也能让人民勇于作战、知道礼法。"率尔：轻率、急忙的样子。乘（shèng）：指一辆兵车。摄乎：夹在。加之：给它（指千乘之国）加上。师旅：军队的代称。此处引申为战争。因之以饥馑：又加以灾荒。为之：治理它（国家）。比及三年：等到三年的时候。有勇：指敢于作战。知方：知礼义、礼法等。

⑥ 哂（shěn）之：讽刺地微笑。之：指子路。

⑦ 此句意为：冉有，你怎么样？下文"赤！尔何如？""点！尔何如？"皆孔子之语，其前都省略了"子曰"。

⑧ 方六七十：指方圆六七十里的小国。如：或，选择连词。足民：使民富足。如其：至于那。以：连词，而。俟：等待。

⑨ 此句意为：不是说我已经很有本领了，我愿意这样学习。

⑩ 宗庙之事：指时为国家大典的祭祀。如会同：或者诸侯会盟，共同朝见天子。端章甫：穿上礼服，戴上礼帽。相：祭祀或会盟时负责赞礼、司仪的官，分卿、大夫和士三级。小相：最低级的"士"一级的赞礼、司仪官。

⑪ 此句意为：曾皙被孔子提问，注意力分散，琴声逐渐稀疏。铿的一声，曾皙放下瑟站起来，回答说："我有不同于前面三人的言志。"铿（kēng）尔：一说"铿然"，形容声音响亮有力。

⑫ 此句意为：有什么妨碍呢？倒装句。何伤：何妨。

曰："莫春者，春服既成，冠者五六人，童子六七人，浴乎沂，风乎舞雩，咏而归①。"

夫子喟然叹曰："吾与点也②！"

三子者出，曾皙后。曾皙曰："夫三子者之言何如？"

子曰："亦各言其志也已矣。"

曰："夫子何哂由也？"

曰："为国以礼，其言不让③，是故哂之。"

"唯求则非邦也与④？"

"安见方六七十如五六十而非邦也者？"

"唯赤则非邦也与？"

"宗庙会同，非诸侯而何⑤？赤也为之小，孰能为之大⑥？"

选自杨伯峻译注：《论语译注》，中华书局2006年版。

阅读提示：

相较于子路、冉有和公西华三人强兵、富国、礼乐治国的"心志"，曾皙描绘的"莫春者，春服既成，冠者五六人，童子六七人，浴乎沂，风乎舞雩，咏而归"的人生理想更受孔子青睐，这种理想被后人称为"曾点气象"，受到历代学者重视。从审美角度看，它表现的是人在日常生活中达到的审美境界，是人面对日常生活保持审美自觉，将生活审美化、艺术化的结果。

这种境界，首先是和谐之境。其一是人与人的和谐，友人相与从游，志趣相投，心无挂碍；其二是人与自然的和谐，暮春时节，感受春暖花开，春水汩汩，春风无限；其三是人与自我的和谐，自我在水中、在风中、在歌声中得到彰显和挥洒，从而获得统一和圆满。这种境界更是人生的乐境和美境：人在和谐的关系中表现自我、交流思想、收获

---

① 莫：同"暮"，暮春。春服既成：春天的衣服已经穿上了。冠者：成年人。古代男子二十岁行加冠礼，算成年人了。童子：未冠的少年。浴乎沂：在沂水里沐浴。沂：水名，发源于山东邹县东北，流经曲阜，与洙水合，入于泗水。舞雩（yú）：舞雩坛，曲阜城东南沂水边上鲁国祭天求雨之处。雩：求雨时的祭礼。古代举行雩祭，伴有音乐和舞蹈。

② 喟（kuì）然：叹气的样子。与（yù）：赞成，同意。

③ 不让：不谦让，不谦虚。

④ 此句意为：难道冉求说的就不是邦国之事了吗？唯：句首语气词。邦：国家。与：语气词。唯……与：表反问。

⑤ 此句意为：宗庙祭祀、会盟朝见，不是诸侯之事又是什么？

⑥ 此句意为：公西华只能做小相，那谁还能做大相呢？为（wèi）：介词，替。之：代指诸侯。小：小相。用作动词，指做"小相"。大：大相，用作动词，指做"大相"。

愉悦、感受自由，这就是诗意的栖居，是富有美趣的人生画面。

人不仅是理性的存在，也是感性的存在，“曾点气象”说明，通过日常生活中的审美自觉，将生活艺术化，便可实现理性与感性的平衡与结合。朱熹从道德角度将曾点气象视为圣人气象，曾赞曰：“曾点之学……胸次悠然，直与天地万物上下同流，各得其所之妙，隐然自见于言外。”脱开其道德理想不说，就个体生命本身而言，这也是一种真善美统一的，豁达敞亮、尽情尽兴、自在自由、天人同乐的，普通人亦可追求和实现的生命状态和人生境界。

《论语》不是抽象的思想论述，更不是教条的道德说教，而是一部高度生活化的语录。通过孔子及其门人在各种情景中的对话，将对人、物、事、生活和世界的体验、感受和看法表达出来。其中每一个情境，几乎都是生命体验和人生思考的高度融合。这种表现方式本身就是感性和理性的统一、生活和艺术的统一，是日常生活审美化的结果。

思考与练习：

孔子说“知之者不如好之者，好之者不如乐之者”。针对学习来看，如果说“知”在知识层面，“好”在功利层面，那么“乐”则走进了审美境界。你怎么看待这个问题？

逍遥游①（节选）

庄　子

尧让天下于许由②，曰：“日月出矣而爝火不息③，其于光也，不亦难乎！时雨降矣而犹浸灌④，其于泽也⑤，不亦劳乎⑥！夫子立而天下治⑦，而我犹尸之⑧，吾自视缺然⑨。

---

① 逍遥游：出自《庄子》。主旨是讲一个人应当破除功、名、利、禄、权、势、尊、位的束缚，从而使精神活动臻于优游自在、无挂无碍的境地。本文节选自后半部分。

② 尧：传说中上古的圣明君主。许由：古代隐者，隐于箕山。相传尧要让天下给他，他自命高洁而不受。死后，尧谥曰箕公，即尧之师也。

③ 爝（jué）火：炬火，火把，此指小火。

④ 时雨：按时令季节及时降下的雨。浸灌：灌溉。

⑤ 泽：润泽。

⑥ 劳：徒劳。

⑦ 夫子：对人的尊称。立：位，在位。治：正。

⑧ 尸之：主事，治理。尸：庙中的神主，这里取其空居其位、虚有其名之义。

⑨ 缺然：不足的样子。

请致天下①。”

许由曰：“子治天下，天下既已治也。而我犹代子，吾将为名乎？名者，实之宾也。吾将为宾乎②？鹪鹩巢于深林，不过一枝；偃鼠饮河，不过满腹③。归休乎君④，予无所用天下为⑤！庖人虽不治庖⑥，尸祝不越樽俎而代之矣⑦！”

肩吾问于连叔曰⑧：“吾闻言于接舆⑨，大而无当⑩，往而不返⑪。吾惊怖其言，犹河汉而无极也⑫；大有迳庭，不近人情焉⑬。”

连叔曰：“其言谓何哉？”

曰：“藐姑射之山⑭，有神人居焉，肌肤若冰雪，绰约若处子⑮，不食五谷，吸风饮露。乘云气，御飞龙，而游乎四海之外⑯。其神凝⑰，使物不疵疠而年谷熟⑱。吾以是狂而不信也⑲。”

连叔曰：“然。瞽者无以与乎文章之观⑳，聋者无以与乎钟鼓之声㉑。岂唯形骸有聋盲

---

① 致：送，给与。

② 七句意为：你治理天下，天下治理得已经很好了。而我还要代替你，我为着名吗？名是依附于实而产生的事物。我要成为有名无实的人，成为一种附属品吗？宾：从属、附属之物。

③ 四句意为：小鸟在深林里筑巢，所需不过一枝；偃鼠到河里饮水，所需不过满腹。鹪鹩（jiāo liáo）：一种善于筑巢的小鸟，又名巧妇鸟。偃（yǎn）鼠：又名隐鼠、鼹鼠。

④ 此句意为：您回去吧，算了。是“君归休乎”的倒装。休：止，算了。君：您，指尧。

⑤ 此句意为：天下对我来说是没什么用的！为：句末表感叹的语助词。

⑥ 此句意为：掌管庖厨的人没有供应好的祭品。庖（páo）人：厨子。

⑦ 此句意为：尸祝不能超越权限代庖人行事。祝：执掌祭祀之官，因他对神主而祝，故称尸祝。樽俎（zūn zǔ）：此处代指厨子。樽：盛酒器。俎：盛肉器。

⑧ 肩吾、连叔：被人们认为是贤人、神仙或“古之怀道人”（郭庆藩《庄子集释》），又疑是作者虚构的人物。

⑨ 接舆：春秋时楚人，姓陆名通，字接舆，隐居不仕。这里作为庄子笔下的理想人物出现。

⑩ 此句意为：言语弘大而没有边际。当（dàng）：底。

⑪ 往而不返：漫无边际。

⑫ 此句意为：好像银河那样漫无边际。河汉：银河。极：边际。

⑬ 二句意为：跟一般人的言谈差异甚远，实在太不近情理了。迳庭：过分，相差太远。迳：门外路。庭：堂前地。门外路和中庭，一偏一正差别很大。

⑭ 藐（miǎo）：遥远。姑射之山：传说中仙山名。一说藐姑射三字连读，山名。

⑮ 绰约：柔弱。处子：处女。

⑯ 三句意为：与天地精神往来。

⑰ 此句意为：他的精神凝聚、专注。

⑱ 疵疠（cī lì）：灾害疫病。年谷：五谷。

⑲ 此句意为：我认为这是诳言而不相信。以：认为。是：此，指接舆的话。狂：通“诳（kuáng）”，虚妄之言。信：真实可靠。

⑳ 此句意为：盲人无法和他共赏文采的美观。瞽者（gǔ）：盲人。与：参与。文章：指有文采的东西。

㉑ 此句意为：聋人无法和他共赏钟鼓的乐声。

哉？夫知亦有之①。是其言也，犹时女也②。之人也，之德也，将旁礴万物以为一③，世蕲乎乱，孰弊弊焉以天下为事④！之人也，物莫之伤，大浸稽天而不溺⑤，大旱金石流土山焦而不热⑥。是其尘垢秕穅，将犹陶铸尧舜者也，孰肯以物为事⑦！”宋人资章甫而适诸越⑧，越人断发文身，无所用之⑨。尧治天下之民，平海内之政⑩，往见四子藐姑射之山，汾水之阳，窅然丧其天下焉⑪。

选自（清）郭庆藩辑，王孝鱼整理：《庄子集释》，中华书局1961年版。

阅读提示：

《逍遥游》位列《庄子》内篇第一，被视为全书的总纲。在前半部分，庄子（如图14-1）提出了“至人无己，神人无功，圣人无名”的逍遥游境界，指出真正的自由是抛弃了小我、事功、名利等主客观束缚，让心灵与自然融为一体的精神状态。后半部分，是对“无己”“无功”“无名”的描述和佐证。尧让天下于许由的故事侧重于“无名”，强调“名”对生命本质毫无意义可言。“肩吾问于连叔”一则，以姑射山的神人形象地描述了绝对自由的生命境界，着重于“无功”“无己”。神人“游乎四海之外”，不求事功，却能使万物无伤、五谷丰登——这不是弃置天

图14-1　元 华祖立 玄门十子图（局部·庄子像）

---

① 知：通“智”。

② 二句意为：上面所说的这些话，指的就是你啊。时：是。女：通“汝”，你。

③ 三句意为：那个神人，那种德行，与万物合为一体。之：那个，远指。旁礴（bó）：形容无所不包，无所不及。

④ 二句意为：世人祈求功名利禄纷纷扰扰，神人谁肯劳劳碌碌去管世间的俗事呢？蕲（qí）：通“祈”，祈求。弊弊焉：忙忙碌碌、疲惫不堪的样子。

⑤ 三句意为：那个人，外物伤害不了他，洪水滔天不会溺毙他。大浸：大水。稽：至。

⑥ 此句意为：大旱使金石熔化、土山枯焦，而他不会感到热。

⑦ 三句意为：神人身上的尘垢秕穅，也可以造就出尧舜，他怎肯把管理万物当作己任呢？秕（bǐ）：谷不熟为秕，瘪谷。穅：“糠”的异体字，指谷皮。陶：用土烧制瓦器。铸：熔炼金属铸造器物。陶铸为培植、造就之意。

⑧ 此句意为：宋国人到越国贩卖帽子。资：贩卖。章甫：古代殷地人的一种礼帽。适：往。

⑨ 二句意为：越人剪光头发、身刺花纹，用不着它。断发：不蓄头发。文身：在身上刺满花纹。越国处南方，习俗与中原的宋国不同。

⑩ 二句意为：尧治理天下的人民，安定海内的政事。

⑪ 此句意为：不禁茫然忘其身居天下之位。窅（yǎo）然：惆怅，怅然。窅：眼睛眍（kōu）进去，比喻深远。丧：忘掉。

下的完全的无所作为，而是不贪图个人之功，使万物各安其性、自能而为的“不为”。神人正是舍弃了对事功和小我的孜孜以求，才能顺物而行，与时而化，“物莫之伤”。

虽然庄子提倡的绝对精神自由难以实现，要求放弃一切现实欲望和追求的主张有消极色彩，对事物的认识也存在相对主义的偏颇，但庄子思想最重要的意义在于其超越精神。他提示人们应时刻反躬自省自己的选择和追求，避免被本能、欲望、小我和社会流俗所吞噬，从而保持心灵的完整、纯净和自由。正如陈鼓应所说：“对于这疯狂的时代，庄子哲学也许有一份清醒的作用，作为调整人心的清凉剂。”

《庄子》善用寓言讲道理，想象丰富，气象万千，营造出瑰玮神奇的艺术境界，可以说是先秦诸子散文中最有文学价值的作品之一。

思考与练习：

结合现实，谈谈你读《逍遥游》的体会。

宝绘堂记[1]

苏　轼

君子可以寓意于物[2]，而不可以留意于物[3]。寓意于物，虽微物足以为乐，虽尤物不足以为病[4]；留意于物，虽微物足以为病，虽尤物不足以为乐。老子曰：“五色令人目盲，五音令人耳聋，五味令人口爽，驰骋田猎令人心发狂[5]。”然圣人未尝废此四者，亦聊以寓意焉耳。刘备之雄才也，而好结髦[6]；嵇康之达也，而好锻炼[7]；阮孚之放也，而好蜡屐。此岂有声色臭味也哉[8]？而乐之终身不厌。

---

① 宝绘堂记：北宋画家王诜（1048—1104）是苏轼的朋友，家有宝绘堂收藏历代书画，苏轼感于朋友收藏历代书画的态度写成此文。

② 寓意于物：寄托意趣于事物之中。

③ 留意于物：耽溺、拘泥于事物，不可自拔。留：耽溺、拘泥。

④ 尤物：特异之物，与“微物”相对。病：担忧，祸害，与“虽微物足以为乐”的“乐”字相对。

⑤ 四句意为：缤纷的色彩，使人眼花缭乱；嘈杂的音调，使人听觉失灵；丰富的食物，使人舌不知味；纵情狩猎，使人心情放荡发狂。(《老子》第十二章) 田：后作“畋”，猎取野兽。

⑥ 二句意为：刘备这样杰出的人才，喜好用毛编结饰物。雄：杰出的、强有力的。好结髦(máo)：喜好用毛编结饰物。髦：本义为毛发中的长毫。

⑦ 二句意为：嵇康这样的达人，喜好锻造冶炼。达：(心胸) 开阔。锻铼：锻造冶炼。

⑧ 声色臭味：美好的声音、颜色及气味。臭味：气味。

凡物之可喜，足以悦人而不足以移人者[1]，莫若书与画。然至其留意而不释[2]，则其祸有不可胜言者[3]。钟繇至以此呕血发冢[4]，宋孝武、王僧虔至以此相忌[5]。桓玄之走舸[6]，王涯之复壁[7]，皆以儿戏害其国，凶其身[8]。此留意之祸也。

始吾少时，尝好此二者。家之所有，惟恐其失之；人之所有，惟恐其不吾予也。既而自笑曰：吾薄富贵而厚于书，轻死生而重于画，岂不颠倒错缪失其本心也哉？自是不复好[9]。见可喜者虽时复蓄之，然为人取去，亦不复惜也。譬之烟云之过眼，百鸟之感耳，岂不欣然接之[10]？然去而不复念也。于是乎二物者常为吾乐而不能为吾病。

驸马都尉王君晋卿虽在戚里[11]，而其被服礼义，学问诗书，常与寒士角[12]。平居攘去膏粱[13]，屏远声色[14]，而从事于书画，作宝绘堂于私第之东，以蓄其所有[15]，而求文以为记。恐其不幸而类吾少时之所好，故以是告之，庶几全其乐而远其病也[16]。熙宁十年七月二十二日记[17]。

选自张志烈等主编：《苏轼全集校注》，河北人民出版社2010年版。

---

① 移人：使人的精神情态等改变。

② 释：放弃，舍弃，抛弃。这里“不释”指过分沉溺不松手，即不能自拔。

③ 此句意为：那么有意想不到的祸害。是倒装句，定语后置。

④ 钟繇（yóu）：三国魏著名书法家，字元常，长于隶书、楷书，与王羲之并称“钟王”。发冢（zhǒng）：盗人坟墓。

⑤ 宋孝武：指南朝宋孝武帝刘骏（430—464）。王僧虔（426—485）：南朝宋书法家，晋王羲之四世族孙。

⑥ 桓玄（369—404）：东晋权臣桓温之子，好二王书法。走舸（gě）：不忘记把书画带上船。舸：大船。

⑦ 王涯（764—835）：唐代文学家，文宗时任宰相，曾将大量书画收藏在夹墙中，太和九年（835）甘露之变时，尽被人破壁取去。复壁：夹墙。复：夹层的。

⑧ 儿戏：贪念书画等身外之物。害其国，凶其身：亡国丧身。

⑨ 不复好（hào）：不再沉溺于其中。

⑩ 欣然接之：喜悦高兴地去欣赏它（指前面所提到的美丽的烟云和百鸟的鸣叫声）。

⑪ 驸马都尉：官名。汉武帝时始置，掌副车之马，为陪奉皇帝乘车之近臣。魏、晋以后，帝婿例授以驸马都尉，遂成为称号而非实官，简称驸马。戚里：帝王外戚聚居之处。

⑫ 角（jué）：衡量，考察。

⑬ 平居：平时，平素。攘去膏粱：指饮食节俭。攘：戒除。膏粱：精美的食品。

⑭ 屏（bǐng）远：断绝，远离。屏：除去，排除。声色：歌舞和女色。

⑮ 蓄其所有：（在屋舍中）放置（他收藏的）书画作品。

⑯ 庶几：句首表示希望的语气词。全其乐：保全收藏书画带来的快乐。远其病：避免过度沉溺其中，为之所奴役。

⑰ 熙宁十年：1077 年。熙宁（1068—1077）是宋神宗赵顼（1048—1085）的年号。

阅读提示：

本文虽名为《宝绘堂记》，但并未把写作重心放在建筑上，而是开篇就提出“君子可寓意于物，而不可以留意于物”的观点，表达了人对物的两种态度，一是“寓意”，一是“留意”。

“寓意”乃寄托意趣于事物之中，以物来寄情明志，其要在于适度。此时，人面对物，是一种有节制的欣赏态度，既可入乎其中又能出乎其外；物于人的意义在于“美”，它可以“悦人”，给人带来乐与趣，这自然是有益的。

图 14-2　明 仇英 宝绘堂

“留意”乃沉溺于物，以物来满足欲望，这极易导致贪婪、过度。此时，人面对物，有无节制占有的目的，入乎其中而无法自拔；物于人的意义在于“物”，它容易“移人”，使人因深陷得失之苦而失去本心，这肯定是有害的。

全文逻辑清晰，从古人到自己再到王晋卿，层层推演，既有理论论证，又有历史事实和现身说法；在将“寓意于物”和“留意于物”进行对比的过程中，步步深入地揭示出人与物的理想关系，并最终回归题旨，即希望宝绘堂（如图 14-2）堂主应以此态度收集和赏玩书画。

苏轼所推崇的“寓意于物”的态度，无论是面对书画等艺术作品，还是面对人生诸事，都是一种值得追求的境界。

思考与练习：

结合人生经历及对生活的观察，谈谈你对“寓意于物”与“留意于物”两种态度的理解。

颂平常心是道[①]

无门慧开禅师[②]

春有百花秋有月，夏有凉风冬有雪。
若无闲事挂心头[③]，便是人间好时节。

选自魏道儒释译：《禅宗无门关》，佛光文化事业有限公司 2013 年版。

阅读提示：

“平常心是道”源自《五灯会元》中赵州从谂禅师请教师傅南泉普愿禅师的公案。在回答弟子赵州和尚问“如何是道”时，南泉禅师回答：“平常心是道。”意为心中应消除一切是非、取舍、凡圣等意念，进入“无念”的心境。无念并非绝对没有念头，而是不为此念头所束缚，所以虽然时刻有念头，但实际上又没有“执念”，这就是解脱之道。慧开的这首颂古诗表达的正是这种思想。

春花秋月、夏风冬雪，都是人间胜景，何用他求？四季轮回不断，又何须执着？如果心中不再牵挂于那些恼人的“闲事”，随时随处皆是好时节。这不就像人的生命流转一样吗？假如人能将生老病死的无常、荣辱得失的好坏都不挂在心上，人生不是处处有美景吗？禅宗讲究顿悟，这首诗就通过四时风物道出了禅悟者应有的境界：心为万法之根本，而道在平常。这种认知对于我们做人、处世、安身立命也有积极的借鉴意义。

颂古诗常把佛理蕴含在比较平常的事物中，以含蓄委婉的方式传达真知，既“不离文字”，又“不立文字”。此诗全用白描，简洁明了，却意境优美，清新隽永。

思考与练习：

人们应该如何对待诗中所言的人间“闲事”？谈谈你的看法。

---

① 这是一首禅宗的颂古诗（也称偈颂诗）。颂古在公案基础上产生。公案原指官府判决是非的案例。禅宗中指禅宗祖师的言行或故事，通常体现禅宗祖师的开悟过程或教学片段，作为禅修者的指示，因为能够助人解决疑难问题，如同官府判案的案例，故曰公案。颂古是对公案的阐释，解说禅师的言行语录，并对其中蕴含的古德进行赞颂，同时，它也是教禅学禅的一种手段。

② 无门慧开禅师（1183—1260）：杭州钱塘人，俗姓梁，是南宋临济宗禅僧。

③ 若无：如果没有。闲事：烦心之事。

泰山高次王内翰司献韵[①]

王守仁[②]

欧生诚楚人，但识庐山高。庐山之高犹可计寻丈，若夫泰山，仰视恍惚，吾不知其尚在青天之下乎？其已直出青天上？我欲仿拟试作泰山高，但恐培塿之见未能测识高大[③]，笔底难具状。扶舆磅礴元气钟[④]，突兀半遮天地东。南衡北恒西泰华，俯视伛偻谁争雄[⑤]？人寰茫昧乍隐见，雷雨初解开鸿蒙[⑥]；绣壁丹梯[⑦]，烟霏霭霸[⑧]。海日初涌，照耀苍翠。平麓远抱沧海湾，日观正与扶桑对。听涛声之下泻，知百川之东会。天门石扇，豁然中开；幽崖邃谷，襞积隐埋[⑨]。中有遁世之流，龟潜雌伏，飧霞吸秀于其间，往往怪谲多仙才[⑩]。上有百丈之飞湍，悬空络石穿云而直下，其源疑自青天来。岩头肤寸出烟雾，须臾滂沱遍九垓[⑪]。古来登封，七十二主；后来相效，纷纷如雨。玉检金函无不为[⑫]，只今埋没知何许？但见白云犹复起封中。断碑无字[⑬]，天外日月磨刚风。飞尘过眼倏超忽，飘荡岂复有遗踪！天空翠华远，落日辞千峰。鲁郊获麟[⑭]，岐阳会凤[⑮]。明堂既毁[⑯]，閟宫兴颂[⑰]。宣尼曳杖[⑱]，逍遥一去不复来，幽泉呜咽而含悲，群峦拱揖如相送。俯仰宇宙，千载相望。堕山乔岳，尚被其光。峻极配天，无敢颉颃[⑲]。嗟予瞻眺门墙外，何能仿佛窥室

---

① 次……韵：旧体诗词写作时按照原诗的韵和用韵的次序来和诗。次韵就是和诗的一种方式，也叫步韵。王内翰司献：王瓒（1462—1524），字思献，号瓯滨，一号环庵，永嘉华盖乡（今温州龙湾区）人，累官至礼部左侍郎。

② 王守仁（1472—1529）：字伯安，人称阳明先生。浙江余姚人。明代思想家、文学家和军事家，传承发展儒学，上承孟子，中继陆象山，形成风靡明朝中后期并与程朱理学分庭抗礼的阳明心学，影响远播日韩等东亚国家。有《王文成公全书》传世。

③ 培塿（péi lǒu）：小土山。

④ 扶舆（fú yú）：亦作“扶于”“扶与”，犹扶摇，盘旋升腾貌。

⑤ 伛偻（yǔ lǚ）：腰背弯曲。

⑥ 鸿蒙：自然的元气。

⑦ 丹梯：红色的台阶，指高入云霄的山峰或寻仙访道之路，亦喻仕进之路。

⑧ 烟霏霭霸：云烟弥漫或烟雾云团。霭：云气。霸（duì）：聚集。

⑨ 襞积（bì jī）：亦作“襞绩”，衣服上打的褶子，比喻皱纹。

⑩ 飧（sūn）：指吃，食用。怪谲：古怪而变化多端。

⑪ 滂沱（pāng tuó）：雨下得很大。九垓（jiǔ gāi）：中央至八极之地。

⑫ 玉检（yù jiǎn）：意思是玉牒书的封箧，借指玉牒文。金函：金匣。

⑬ 断碑：位于泰山极顶玉皇庙山门前八米处，因通体无字，俗称无字碑。

⑭ 获麟（huò lín）：指春秋鲁哀公十四年（前481）猎获麒麟事。

⑮ 岐阳（qí yáng）：岐山之南。

⑯ 明堂：古代帝王宣明政教、举行典礼等活动的地方。

⑰ 閟（bì）宫：神宫。“閟宫，颂僖公能复周公之宇也。”（《毛诗序》）

⑱ 宣尼：汉平帝刘衎（kàn）元始元年（1）追谥孔子为褒成宣尼公，后因称孔子为宣尼。（《汉书·平帝纪》）

⑲ 颉颃（xié háng）：鸟飞上下貌。引申为不相上下，互相抗衡。

堂？也来攀附摄遗迹，三千之下，不知亦许再拜占末行。吁嗟乎！泰山之高，其高不可极。半壁回首，此身不觉已在东斗傍。

选自（明）王守仁著，王晓昕等点校：《王阳明集》，中华书局2016年版。

阅读提示：

明孝宗弘治十七年（1504），王阳明在济南府主考山东乡试期间登临泰山（如图14-3）。泰山为五岳之首，雄伟磅礴，深峦灵秀，为历代帝王封禅之地，更与孔圣故乡毗邻。这一切激荡着王阳明的心胸，于是他写下多首吟咏泰山的诗作，此为其中最长、也最能表现他心之所向的一首。

图14-3　泰山

开篇，诗人将泰山与庐山作比较，庐山虽高，尚可丈量，泰山之高，却让他担忧自己的笔力和见识无法描摹。接下来详写登山的所见所思：起笔直写泰山高拔之势，元气淋漓，傲立天地间；再写雷雨、云雾、朝阳、流瀑、天门、深谷等，从仰视、平视、俯视等多重视角凸显泰山之高；还写与山相关之人，有避居山中的隐士，有登封泰山的帝王，但他们或如仙人一样难觅踪影，或已消散于历史的烟云中，眼前唯见长空落日、千峰叠翠。最后笔锋一转，引出圣贤孔子，又始终不离泰山：以幽泉群峦写对圣人离去的留恋，更以山之高不可及写圣人思想的博大精深。统揽全篇，此诗实际旨在由泰山之高写对圣贤孔子的崇高礼赞，表达了诗人向往效仿圣人、登堂入室成为圣贤的心声。诗人虽有暂时不得其门而入的困惑迷茫，但追寻圣人的志向已昂扬而坚定。泰山之行推动王阳明走上儒家圣贤之学的觉醒之路，是他思想转折的开始。第二年，他就开始授徒讲学，首倡身心之学，后经被贬贵州后的“龙场悟道”，终于开始创立和发展心学体系。

本诗为杂言古体，颇有李白古风遗韵。诗中大量引用历史典故和神话传说，并采用夸张、比喻、拟人等修辞手法，想象奇特、虚实相间，呈现出一泻千里、回旋奔腾的宏伟气势，传达出诗人鲜明强烈的主观体验、非凡轩昂的气魄和生命激情。

思考与练习：

了解王阳明的生平经历和思想，你认为他是否达到了本诗中所向往的圣贤之境？

人生的境界

冯友兰[①]

哲学的任务是什么？在第一章里我说，按照中国哲学的传统，哲学的任务不是为了人对客观实际增加正面的知识，而是为了提高人的心智。这里正是对这句话加以说明的一个好机会。

在我所著《新原人》[②]（人性新论）里，我说过自己的看法，人与其他动物不同，在于当他做什么事时，他知道自己在做的是什么事，并且自己意识到，是在做这件事。正是这种理解和自我意识使人感到他正在做的事情的意义。人的各种行动带来了人生的各种意义；这些意义的总体构成了我所称的“人生境界”。不同的人们可能做同样的事，但是他们对这些事情的认识和自我意识不同，因此，这些事情对他们来说，意义也不同。每个人有他的生命活动的范围，与其他任何人都不完全一样。尽管人和人之间有种种差别，我们仍可以把各种生命活动范围归结为四等。由最低的说起，这四等是：一本天然的“自然境界”，讲求实际利害的“功利境界”，“正其义，不谋其利”的“道德境界”，超越世俗、自同于大全的“天地境界”。

一个人可以按照他的本能或社会风俗而生活。这样的人好像儿童或原始社会中的人，他们做各种事情，而对自己所做的事缺乏自觉，或并不真正意识到它的意义。因此，他所做的对他自己并没有什么意义，这种人生是“自然境界”的人生。

还有一种人，他有私，时刻意识到自己，所做的事情都是为了自己。这不一定表明他就是全然不讲道德。他也可以做一些于别人有益的事情，但他这样做的动机是为了自己的好处。因此，他所做的每一件事，对他自己来说，都是“有用”的。他的人生境界可以称作“功利境界”。

还可能有些人，懂得世上并不是只有自己，还存在着一个社会，它是一个整体，自己是社会的一个组成部分。本着这样的理解，他做任何事情，都是为了整个社会的好处；或者用儒家的话来说，他行事为人是为义，而不是为利（“正其义而不谋其利”[③]），他是真正有道德的人，所做的都合乎道德，都具有道德的意义。他的人生境界可以称之为“道德境界”。

---

① 冯友兰（1895—1990）：字芝生，河南唐河人。中国当代著名哲学家、思想家和教育家，毕生以弘扬儒家哲学思想为己任，以程朱理学结合新实在论，建构了“新理学”思想体系。论著编为《三松堂全集》。

② 《新原人》是冯友兰的著作，书中各篇于1942年陆续发表于《思想与时代》杂志，1943年结集成书，主要论述了人生的意义及人生的境界等问题，此书在冯友兰的新理学思想体系中居于核心地位。

③ 正其义不谋其利：语出《汉书·董仲舒传》。意为匡扶正义而不是为了个人的利益。儒家的“义”代表整体利益，孔子告诫世人要“见利思义”，并将此定为成人的最高道德标准。

最后，人也可以达到一种认识：知道在社会整体之上，还有一个大全的整体，就是宇宙。他不仅是社会的一个成员，还是宇宙的一个成员。就社会组织来说，他是一个公民，但他同时还是一个“天民”，或称“宇宙公民”。这是孟子早已指出的。一个人具有这样的意义，在做每一件事时，都意识到，这是为宇宙的好处。他懂得自己所做的事情的意义，并且自觉地这样做。这种理解和自觉使他处于一个更高的人生境界，我称之为在精神上超越人间世的“天地境界”。

在这四种人生的境界中，前两种都是人的自然状态，后两种是人应有的生命状态；前两个境界可以说是来自天然，后两种境界则是人自己的心灵所创造的。自然境界是最低级的存在，功利境界比自然境界稍高一点，更高是道德境界，最高是天地境界。这样排列是因为，自然境界的人生不需要对人生有任何理解和自我意识；功利境界和道德境界需要有一点对人生的理解和自我意识；天地境界需要的人生理解和自我意识则最高。道德境界所讲求的是道德价值，天地境界所讲求的则是超越道德的价值。

按照中国哲学的传统，哲学的任务是为了帮助人达到后两种境界，特别是天地境界。天地境界也可以称之为“哲学境界”，因为唯有经验哲学给人的宇宙情怀，人方始可能达到天地境界。道德境界其实也是一种哲学境界，因为道德行动并不仅仅是符合道德规范的行动，或由于人养成某些符合道德的习惯，它还要求人懂得自己行为中涉及的种种道德问题，而这正是哲学所要给予他的。

人在道德境界中生活的衡量标准是“贤”，它的含义是“道德完美”。人在天地境界里生活，则是追求“成圣”。哲学就是启发人追求“成圣”。在本书第一章里我曾说，成圣是人所能达到的生命最高点。这便是哲学的崇高任务。

柏拉图在《理想国》一书中曾说：哲学家必须从感觉世界的“洞穴”里上升到“智性的世界”。哲学家如果是在智性世界中生活，他也就是超越于人间世。在这样的境界里，最高的成就是和宇宙合一；在这种和宇宙的融合中，他也超越了智性。

在前面我们已经看到，中国哲学强调一点：圣人并不需要为当圣人而做什么特别的事情。他不可能施行神迹，也不需要去那样做。圣人所做的事无非就是寻常人所做的事；但是他对所做的事有高度的理解，这些事对他有一种不同的意义。换句话说，寻常人在蒙昧状态（佛家称之为“无明”）中做事，圣人则是在完全自觉（觉而又悟）的状态中做事。禅僧常说：“觉字乃万妙之源。”由厕身宇宙之中的“觉”而直觉地“悟”到和宇宙融为一体，这便是天地境界。

因此，中国人所说的圣人，既在世界里生活，又不属于世界；中国哲学既是现世的，又是彼岸世界的。随着未来的科学进步，我相信宗教的教条和迷信将让位给科学，人对于彼岸世界的追求将在未来的哲学中得到满足。这个未来哲学既是现世的，又是彼岸的。在这方面，中国哲学可能有所贡献。

选自冯友兰著，赵复三译：《中国哲学简史》，生活·读书·新知三联书店 2009 年版。

阅读提示：

人生境界说是冯友兰哲学思想的核心。他认为，人生境界由低到高分为四个层次：自然境界、功利境界、道德境界、天地境界。

自然境界的人，自我处于蒙昧状态，依本能或习俗行事，对自身行为的性质并不了解，因此其所行之事对其自身缺乏意义。功利境界的人，意识到自己的存在，做事有明确的目标，即个人之“利”；其行为虽也可能有益他人，但仍受限于个人欲望，仍处于较低层次。道德境界的人，意识到个人是社会的一分子，做事是为公、为义；他超越了个人欲望和私利，具有更多主体性。天地境界的人，意识到个人是天地宇宙的一员（知天），做事是为“事天”，因此即使是做寻常之事，也可达“乐天”乃至“同天”之境。

人生境界说的意义在于，提示人们应当有自己的主体意识，不能做一个仅被本能和欲望驱使的人，而应当不断反省自我，与自我交流、与生活对话，从而获得更多体悟；人应努力追求更高的境界，求索新知、追求真理，为社会乃至宇宙谋求更大福祉。它还指明了人生的最高境界是天地境界。具体来说，天地境界是主体与客体的统一，是真善美的统一，是出世与入世的统一，是理性和信仰、信仰和践行的统一。天地境界永远值得人们“心向往之”，无穷思慕，努力追求，自我才有可能成长，才有可能体悟到天人合一的自由。

该文用朴素平实的话语，深入浅出地说明了哲学的任务，不仅阐释了哲学与人生的内在关系，更使读者对人生有更多的理解和自我意识，为当代人的精神建构提供了深刻有益的启示。

思考与练习：

在这个价值多元的时代，你如何看待冯友兰先生关于人生境界的看法？

诗化人生

王兆胜①

常言道，人生不如意者十有八九。即是说，在本质的意义上，上天对每个人都是平等的，他们都要面对悲伤、怨恨、疾病、绝望和死亡等人生的苦难。然而，为什么在这个世界上又有着不同的人生呢？比如有的人忧思百结，总是闷闷不乐，而有的人却笑口常开，充满欢歌。在我看来，这主要是由于不同的人，有着不同的性情、心灵世界和生活态度。

对那些没有参透人生的人来说，生活的每次不顺都是一次苦痛，都会令他生出几许伤怀与哀婉；而对于那些读懂了人生的人来说，生活的不满足是正常的，自然而然的，他会如平日一样欢快地生活和谈笑。

殊不知，天上的月亮每月也不过只有几日的圆满，天空和大地也不是总充满白昼而无黑暗，一年四季除了春夏也还有严冬……自然天地尚且如此，那么，作为它的派生物——人生——也是一样。可以说，没有一个人的人生能够完满无缺。

理解了这一点，也就理解了天地人生的本根悲剧性，理解了这个世界与人的生命的先验性“缺失”。从此意义上说，佛家认为“人来到这个世界就是为了承受苦难”是有几分道理的。如果有了一颗正确对待人生“缺憾”的心灵，以一种审美的态度对待这个世界，我想，这个人的人生将是轻松快乐的。

我们常看到这样的现象：有的人一生辛苦，做着没完没了的工作，然而他们却身体健康，精力旺盛，生活幸福；而有的人一生锦衣玉食，清闲无事，甚至过着寄生的生活，但他们却身心疲累，一脸愁容。这是为什么呢？我认为，最根本的原因在于：前者“心”轻，后者“心”累。

同样地，一个人的一生是否快乐幸福，有时主要不是取决于外在的劳累和不顺，而主要看他能否有一颗快乐之心，一颗“诗”心。如果能用一颗审美的心灵看取这个世界，面对他所遇到的困难，他的人生将会如枝头上小鸟不停地歌唱，似不冻的河水汩汩地流淌。

其实，人之所需无多，庄子《逍遥游》里说：“鹪鹩巢于深林，不过一枝；偃鼠饮河，不过满腹。”孔子《论语》也说：“饭蔬食饮水，曲肱而枕之，乐亦在其中矣。”孔子的学生颜回之理想即是“一箪食，一瓢饮”足矣。看来，关键的并不是物质的多少，而是“精神”与“心灵”的高度和境界。当然，甘于贫困和甘于寂寞有个前提，即在物质生活上要达到最基本的满足，如果食不果腹，有家难养，居无定所，甚至身无立锥之地，那就很难快乐了。

---

① 王兆胜（1963—）：男，山东蓬莱人，研究专长为林语堂研究、散文研究。著有《林语堂的文化情怀》《文学的命脉》《逍遥的境界》等十部书，散文代表作有《诗化人生》等。曾获第四届中国报人散文奖。

有了诗心，就可以与挫折对抗。比如，苏东坡一生坎坷，但总是乐不可支。最典型的是他被放逐荒僻的海南时之情怀。当时的海南，夏天极其潮湿气闷；秋天雾气很重，秋雨连绵不断，所有的东西都会发霉。苏轼的床柱上还长了许多白蚁。另外，这个岛上要什么没什么。这对苏东坡这个六十岁的老人来说如何承受？更何况，这种放逐并无止期，很可能是他最后的死地。离开京城的繁华与奢华，来到海南这个僻远之地（林语堂称之为“域外”），尽管吃得粗劣，水土不服，无朋无友，寂寞无聊，但苏东坡却没有悲观厌世，更没有失去生活的乐趣与美好的理想，而是很快安定下来。他自己制墨、采药、盖房，同时，抄录了《唐书》①《汉书》②，注释《尚书》③，编定《东坡志林》④，考定⑤药书，赋诗作词等等，取得了令人刮目相看的成就。最有意思的是，苏东坡在杂记《辟谷之法》中提到“食阳光充饥”的办法。在这个世界上，似乎没有什么能让苏东坡不快乐，更难以将他打倒，因为他总有一颗“诗心”。

当有了诗心，人们才能够体悟大自然的规律与心情。天地一年四季：春天繁华；夏天挥霍；当树叶变黄、干脆，并纷纷向大地飘落，生命就进入了晚秋；而严寒到来，万物将激情收敛珍藏，这就是冬天了。其实，这种更迭与人生何异？实际上，生命在自然和人生这一点上具有一样的节奏。自然生命和人生就如同一首诗，一首有着成长与死亡韵律的和谐的诗。通过“诗心”，在发现天地、人生蕴含的诗意后，我们就会进入一种新境界：人生就是一个进程，天地尚且还有其生死、离别与悲欢，而渺小的人还有什么困惑和滞碍？所以，心里通亮的庄子在妻子死后竟能“举盆而歌”。在诗心的烛照下，自然这首生命之歌还会启示人类：既然大自然到了秋冬已不像春夏那样张扬挥霍，而是积蓄收敛起来，那么，人生也该如此，在创造、付出和张扬时，切不可忘了保存、宁静和虚怀。

通过诗心，人们还可以感受大自然的生命力，并将这种生命与自身的生命贯通起来，那么，个体就会感到自己生命的强大。比如，看到一树绿叶，我们不要对其熟视无睹，而应用诗心去体悟它。当你的诗心与绿叶的生命接通，在你的意念中一股生命的泉水就会顺着树叶的脉络汩汩流出，直流入你的身心。此时的人就好像一个气球，正在接受大自然的“充电”。可以设想，在与大自然接通时，人不仅进行了生命充电，也在进行精神充电。

---

① 《唐书》：泛指记录唐代历史的纪传体正史。后人称后晋时刘昫、张昭远等编纂的《唐书》为《旧唐书》，称宋代欧阳修、宋祁等编纂的《唐书》为《新唐书》。

② 《汉书》：东汉班固开创编制的“包举一代”的断代史书。记事始于汉高祖刘邦元年（前202），终于王莽地皇四年（23）。

③ 《尚书》：最早书名为《书》，因是儒家五经之一，又称《书经》，是上古历史文件以及部分追述上古事迹著作的汇编。

④ 《东坡志林》：此书为苏轼自元丰至元符年间之杂说史论，内容广泛，长短不拘，有行云流水、涉笔成趣的文学风格。

⑤ 考定：考核审定。

诗心就如同和煦的阳光，它不仅能消融冰雪，还可驱除黑暗，如此人生必然其乐融融，幸福之河长流不息。

选自王兆胜著：《天地人心》，山东文艺出版社2006年版。

阅读提示：

面对“人生不如意者十有八九”的现实，人当如何自处？在本文中，作者便指出了一条通向快乐幸福的道路——拥有一颗“诗心”。

“诗心”，就是能够用审美的态度看世界。“诗心”的产生，首先奠基于对天地人心“本根悲剧性”的理解之上，接受人生的缺憾，才有可能悦纳人生。其次，“诗心”产生于丰富的心灵和超越的境界，能够满足于基本的物质需求，而欣然自足于精神的世界。“诗心”可以助人快乐，其一在于能予人对抗挫折的力量；其二在于能让人体悟自然，从中发现自然之道与生命之道的相通，从而感受到生命过程的美好。

本文是一篇哲理散文，从拥有“诗心”的必要，到如何培育“诗心”，再到“诗心”的价值，作者从平实的日常生活入手，运用丰富的论据，循循善诱，引领读者领悟什么是“诗化人生”以及应如何实现，体现着空灵的哲学智慧与和煦的情感温度。文章语言平淡素朴又真实可感，具有诗一般温厚典雅的意境，而这些都源自作者清澈透明的诗心。

思考与练习：

“诗化人生”的意义和实现路径是什么？谈谈你的看法。

从彼得堡到莫斯科旅行记①（节选）

拉吉舍夫②

“古时有个罗马城，城中有位大公，名叫叶夫菲米恩……”这首民歌叫做《圣徒阿列

① 《从彼得堡到莫斯科旅行记》为一部旅行笔记，共二十六章，各章以作者旅行沿途所经驿站名称为标题，情节上紧密联系，又可独立成篇。本文选自第二十三章“克林”。

② 拉吉舍夫（1749—1802）：俄国早期革命知识分子的代表，因创作《自由颂》预言革命必将到来而成名。1790年被沙皇政府逮捕并判处死刑，后改为苦刑监禁，因其改革方案被沙皇视为过激行为，愤而服毒自杀。其代表作《从彼得堡到莫斯科旅行记》揭露专制农奴制是万恶之源。

克赛》[①]，唱歌的是一位双目失明的老人。他坐在驿站大门口，围着一大群人，其中多数是孩子和青年。他那苍苍的白发，紧闭的双眼，脸上的安详神情，使围观的人对这个歌手肃然起敬。他的曲调虽然简朴，但歌词柔和，扣人心弦，使听众深受感动。他们比莫斯科和彼得堡的居民更能领略自然的声音，首都的居民习惯于听华美的曲调，常常听加勃丽耶莉[②]、玛尔克齐[③]和托季[④]的花腔。当克林的歌手以欲断还续的声音唱到主人公的离别时，听众无不心情激动。由衷的悲哀使歌手的眼窝里充满了泪水。泪珠从他的脸颊上滚滚而下。大自然啊！你的威力是多么巨大！看到老人落泪，女人们都痛哭失声；青年嘴边常有的微笑消失了；少年的脸上露出不安的神色，这是他们所不熟悉的痛苦感情的真实流露；甚至男子汉大丈夫，虽然对于残酷的事情已经司空见惯，脸色也变得严峻起来。"啊！大自然，"我又大声呼叫……

这种并不伤人的悲痛感情是多么甜蜜！它能使心灵及其感情复苏。我随着驿站的人群一起痛哭。我觉得我的眼泪是甜蜜的，就像维特[⑤]从心里迸发出来的眼泪一样……我的朋友啊，我的朋友！为什么你没有看到此情此景？如果你看到的话，你也一定会和我一样潸然泪下，这种甜蜜的感情交融将更加令人快慰。

一曲既毕，围观的人纷纷向老人送东西表示奖励。他相当平静地收下所有的四分之一戈比[⑥]和半戈比的铜币，以及大大小小的面包。他对每个施舍者都鞠躬致谢，画着十字说："上帝保佑你健康。"在没有得到这位上帝喜爱的老人的祝福之前，我不想动身上路。我希望他祝福我旅途平安，吉祥如意。我觉得，而且这是我一直梦寐以求的，好像富有同情心的人的祝福可以减轻前进道路上的困难，去掉心头疑虑的痛苦。我走到他跟前，把一个卢布放在他发抖的手里。我的手也因害怕而发抖，我怕我这样做是出于虚荣心。他画着十字，还没有来得及说出他向施舍者常说的那句祝福话，就由于手掌的异常感觉而缩了回去。这可伤了我的心。"给他四分之一戈比的铜币倒更使他高兴！"我对自己说，"这个铜币使他感觉到人类对贫困的通常的同情心，而我的卢布也许使他感到了我的傲慢。因此他没有因为这个卢布而向我祝福。"唉，我当时觉得自己是多么渺小！我多么羡慕那些给老歌手一个铜币和一块面包的人！

"不是五戈比吗？"他问道，和他所有的话一样，不确定问谁。

---

① 圣徒阿列克赛：法国中世纪史诗《圣徒阿列克赛行传》中的青年人物形象，出身名门贵族，决心为神献出一生，离别家园到异邦折磨自己的肉体度过了十七年，后作为未领悟者回到家园，在陋室里度过了十七年，直到死才领悟，被视为圣徒而受到颂扬。

② 加勃丽耶莉（1730—1796）：著名歌唱演员。

③ 玛尔克齐（1755—1829）：在彼得堡演出的意大利歌唱家。

④ 托季（1748—1793）：在彼得堡享有盛名的意大利歌剧演员。

⑤ 维特：歌德的小说《少年维特的烦恼》中的主人公。

⑥ 戈比：沙俄、苏俄、苏联、俄罗斯的辅币一直被称为戈比（主币卢布的1/100）。

“不是，老爷爷，是一个卢布。”站在他旁边的一个男孩说。

“为什么施舍这么多？”瞎子说道，他垂下眼睑，仿佛在琢磨，放在他手里的是什么东西。“对于不能享用它的人来说，它有什么用。如果我没有双目失明，我就要为这个卢布而感激不尽了。即使我用不着它，也可以把它送给穷人。咳！如果上次这里发生火灾后我有这么一个卢布就好了，邻居饥饿的孩子们至少可以少号哭一昼夜。但是现在它对于我有什么用呢？我甚至不知道把它放在哪里。它也许会诱使人们犯罪。偷一个铜子没有多大的好处。但一个卢布就会有很多人想伸手。好心的老爷，收回这个卢布吧，你，我和你的这个卢布可能引人做贼。”真理啊！当你责备人的时候，你使一个多愁善感的心多么难受！

“把它收回去吧，真的，我不需要它，而且我已经不配得到它了，因为我没有为卢布上印的君主效劳。是造物主的意志，使我在年轻力壮的时候就失去了双目。我耐心忍受着上帝的惩罚。因为我有罪，他惩罚了我……我是一个士兵，曾参加过许多战役，和祖国的敌人厮杀。我作战从不畏缩，但战士只应在必要时表现出勇敢。而我总是战斗一开始心里就充满了狂怒；我从不饶恕躺在脚下的敌人，也从不放过放下武器、乞求饶恕的敌人。有一次，我为我军取得的胜利所鼓舞，正冲向前去斩杀敌人、缴获武器时，我突然倒下去，炮弹片从我的眼角上穿过，使我失去了视力和知觉。啊！后来的人们，你们要勇敢，但别忘了人道。”他把我给的那个卢布还给我，又安详地坐回原地。

“老爷爷，这是你过节的馅饼，”一个五十岁上下的妇女走过来对盲人说。他非常高兴地双手接过馅饼。

“这才是真正的慈悲，这才是真正的施舍。三十年来每逢节日和星期天，我都能吃到这种馅饼。你没有忘记你年轻时的诺言。我为你已故的父亲做了一点事，值得你直到我死都不忘记我吗？我的朋友们，我搭救过她的父亲，使他免遭过路的士兵的殴打。过路士兵是经常殴打农民的。士兵们想抢走他的什么东西，他和他们争吵起来。事情发生在谷仓后面。士兵们已经开始打他。我是这些士兵所属连队的中士。走到这里，听到农民的喊声，我就跑过去，救了他，使他免于挨打。也许不只挨打，但还没发生的事情也用不着瞎猜。后来当这位女善人看见我在这里行乞时就记起了这件事。这就是她每天和每个节日都念念不忘的事情。我做的是小事，但是好事。好事总是使上帝高兴的。上帝对任何事情都会有报应。”

“老人家，难道你想当众侮辱我，”我对他说，“独独拒绝我的施舍？难道我的施舍是罪人的施舍？就算是罪人的施舍，倘若这施舍能使他残忍的心变软，对他也是有好处的。”

“你是在使我这颗早已因上帝的惩罚而破碎的心再感到悲痛，”老人说，“我没有想到，我不接受这可能带来祸害的施舍竟会使你见怪；请原谅我的过错。如果你愿意给我东西，那就给我吧，但要给用得着的东西……我们这里春天寒冷，我常常嗓子痛，没有围脖子的围巾。只有上帝开恩，病才会好……你有没有旧围巾？当我嗓子痛时，我就围上它，它会使我的脖子暖和，嗓子就不会痛了。如果你需要一个叫花子的怀念，我会记住你的。”

我从自己脖子上解下围巾，系在盲人的颈上……我和他分别了。

当我回来再经过克林时，已经找不到这位盲歌手了。他在我来到之前死了。据那位每逢节日给他馅饼的妇人对我说，他得了病，临死前还系着我的围巾，人们把这条围巾和他一起放进了棺材。啊！谁能感受到这条围巾的价值，谁就能够感受我听到这些话后心里的感触。

选自［俄］拉吉舍夫著，汤毓强等译：《从彼得堡到莫斯科旅行记》，外国文学出版社 1982 年版。

阅读提示：

拉吉舍夫有一句名言："我心中充满人类的苦难。"他曾写道："环顾一下我的周围后，我的心灵被人类的痛苦刺痛了。"这不奇怪，在沙俄专制的黑暗王国里，事事处处都令人感到愤慨和悲伤，所以其作品才火力全开地揭批封建农奴制。同时他还具有当时俄国知识分子对受苦受难的俄国人民怜悯和爱恋的典型精神。

本文就以一个年迈体弱的盲歌手为中心，通过他与听众、与"我"、与坚持三十年施舍馅饼的妇女等数重人物关系，反映出人与人之间的关爱、理解与同情，赞美剔除了虚荣、超越了傲慢的真正的慈悲。这位老歌手虽遭遇困苦，仍淳朴善良、所求有度，拒绝了"我"超出常理的"一卢布"的施舍。更深刻的是，老人还反思自己在战争中的嗜杀行为，指出人固然要勇敢，但"别忘了人道"。同样令人敬佩的还有那位送馅饼的妇女，仅仅因为老歌手当年曾搭救过自己的父亲，她就三十年如一日，以这种方式一直关爱、回馈着老人。最后，作者送给盲歌手的"围巾"，连接起人与人之间朴素的温情，使善良和悲悯拥有了最恰当的表达方式。

本文让我们见证了俄国社会底层百姓精神世界的高尚，并以其强烈的艺术感染力让人领悟：在人类历史不断发展的过程中，真诚悲悯、平等博爱永远是值得珍视的美好品质。

思考与练习：

结合本文，想一想普通人可以追求怎样的人生境界。

我的世界观[1]

爱因斯坦[2]

我们这些尘世之人真是奇怪！每个人来到世上都只是匆匆过客。目的何在，无人清楚，虽然人们有时自认为有所感悟。不用做过深的思考，仅从日常生活的角度看，有一点我们是清楚的：我们是为其他人而活着的——首先是为了那些人，他们的欢乐与安康与我们自身的幸福息息相关；其次是为了那些素昧平生的人，同情的纽带将他们的命运与我们联系在一起。我每天都会无数次意识到，我的物质生活和精神生活很大程度上建立在他人的劳动成果之上，这些人有的尚健在，有的已故去。对于我已经得到和正在得到的一切，我必须竭尽全力做出相应的回报。我渴望过简朴的生活，常常为自己过多地享用他人的劳动成果而深感不安。我不认为社会的阶级划分是合理的，归根结底是靠强制手段维系的。我还相信，简朴而平易的生活，对每个人的身心都是有益的。

我认为，在哲学意义上，人类根本没有任何自由可言。每个人的行为不仅受制于外在压力，还受限于内在需求。叔本华说过："人虽然可以为所欲为，但却不能得偿所愿[3]。"从青年时代起，这句话就让我深受启发。每当自己或他人经历种种磨难时，这句话总能给我带来慰藉，成为无穷无尽的宽容的源泉。幸运的是，这种认识不仅能缓解那种让人感到无能为力的责任感，也能防止我们过于严苛地对待自己和他人。这导致了一种人生观，其中，幽默尤其应该占有一席之地。

从客观的角度来看，探究一个人自身存在或一切创造物存在的意义或目的，对我来说，似乎总是愚蠢的。然而，每个人都有一定的理想，这些理想决定了他的奋斗目标和判断方向。在这个意义上，我从未将安逸和享乐视为终极目标（我把这种伦理准则称为猪群的理想）。一直以来，对真、善、美的追求照亮了我的道路，不断给我勇气，让我欣然面对人生。如果没有志同道合的友情，如果不专注于探索客观世界，那个在艺术和科学研究领域永不可及的世界的话，生命对我而言就毫无意义。从儿时起，人们所追求的那些庸俗目标——财产、外在的成功以及奢侈的享受，我都不屑一顾。

我有强烈的社会正义感和社会责任感，然而却又明显地缺乏与他人和社会的直接接触，这两者形成了奇怪的反差。我是一个真正的"独行者"，从未全心全意地属于过我的国家、我的家乡、我的朋友，乃至我最亲近的家人。面对这些关系，我从未消除那种疏离感，以及对孤独的需求——这种感觉随着岁月的流逝与日俱增。一方面，它能让人清楚地

---

① 本文发表于1930年，最初题为《我的信仰》。

② 阿尔伯特·爱因斯坦（1879—1955）：现代物理学之父。其毕生崇尚科学民主，反对纳粹专制，致力于和平事业。

③ 叔本华（1788—1860）：德国哲学家，唯意志论者。他致力于柏拉图、康德哲学的研究，认为宇宙的本质是意志。

意识到，这将使自己与他人的相互理解和支持受到限制，但我毫无遗憾。这样的人无疑要失去一些天真无邪和无忧无虑。但另一方面，这样的人才能在很大程度上独立于他人的意见、习惯和判断，避免让自己内心的平衡置于这样一些不稳固的基础之上。

民主是我的政治理想。让每个人都得到应有的尊重，任何人都不应该成为被崇拜的偶像。可是造化弄人，我自己却受到了过多的赞美和尊敬，尽管这既不是我的过错，也不是我的功劳。之所以如此，可能是因为许多人理解不了我以绵薄之力并经过艰苦努力而提出的少数观念的缘故。我很清楚，任何一个组织若想实现既定目标，都必须有一个人来思考、指挥，并承担起大部分责任。但是被领导的人不应受到胁迫，他们应该有权选择他们的领导人。我确信，专制的独裁制度很快就会衰败，因为暴力总会招致那些品德低下的人，而且在我看来，天才的暴君往往由无赖来继承，这是亘古不变的规律。正因如此，我一直强烈反对我们如今在意大利和俄国看到的那种制度。而使现今在欧洲盛行的民主形式遭到质疑的，不是民主原则本身，而是现行的制度让各国政府首脑缺乏稳定性，以及选举制度的与个人无关的特征。我认为美国在这方面已经找到了正确的方法。他们选举出一个有合理任期的总统，并授予充分的权力，使其能真正履行职责。然而，我看重的是在我们的政治制度①中，当公民患有疾病或需要救济时，国家能给予个人很大程度的关怀。在我看来，驱动我们人类向前的东西中，真正有价值的不是国家，而是有创造性的、有情感的个人，是人格。只有个人才能造就高尚和尊贵，而随大流的人群在思想和感觉上都是迟钝的②。

讲到这里，我想起了随大流的群体行为中最恶劣的结果，就是我厌恶的军事制度！一个人能随着军乐扬扬得意地行进在列队中，就足以让我鄙视他了。他能有大脑肯定是个错误，因为对他来说只要有脊髓就够了。这种文明的污点应该被尽快消除。命令之下的英雄主义、无谓的暴行，以及一切自称爱国主义的可憎蠢行，都让我深恶痛绝③！战争对我来说，是何等的卑鄙无耻；我宁愿被撕成碎片，也不愿参与这种可恶的勾当。不过，我还是相信人性是美好的，如果不是因为商业利益和政治利益假以学校和媒体之手，系统地破坏了人们的正常理智的话，这种可怕的事情早就应该销声匿迹了。

我们可以体验到的最美好的事物是难以理解的神秘之物。这种基本情感，是真正的艺术和科学的摇篮。谁要是不了解它，谁要是不再有好奇心，谁要是不再感到惊讶，那他就如同死了一般，他的眼睛早就黯淡无光。正是因为这种掺杂了恐惧的神秘体验，宗教产生了。我们认识到有某种东西是我们无法洞察到的，只能以某种最原始的形式才能把握那最深奥的理性和最灿烂的美——正是这种认识和情感构成了真正的宗教情怀。从这个意义上

---

① 本文写于1930年，这里指的是德国。

② 此句作者所讲的“个人”，是指有创造性的、有感情的个人；这里所讲的“人群”，是指“在思想和感觉上都是迟钝的”那部分“人”。

③ 此处议论，是作者针对当时意大利和德国法西斯专制势力的战争图谋和其他种种暴行的严厉谴责。

讲，也只有从这个意义上讲，我是一个具有深沉的宗教情怀的人。我无法想象，有这样一个造物主，他会对自己所造之物进行奖惩，并且具有我们自己所体验到的那种意志。我无法也不愿去想象一个人在肉体死后还能继续活着。让那些脆弱的灵魂，无论是出于恐惧还是可笑的唯我论，继续怀有此类想法吧①。对我而言，能够察觉生命和意识的永恒奥秘，了解现实世界的神奇结构，并且能投入全身心的努力去领悟自然界中所展示出来的理性，哪怕只能得到其中极小的部分，便也心满意足了。

选自［美］阿尔伯特·爱因斯坦著，方在庆编译：《我的世界观》，中信出版社2018年版。

阅读提示：

爱因斯坦是有史以来最著名的科学家之一，但他绝不只是一位科学家，还是一位伟大的思想家和人道主义者。从本文中，可以看到他热爱真理、追求社会正义、深切关注社会进步的崇高人格。

他认为人生的意义在于贡献，肯定简单淳朴的生活；他承认人的自由的相对性，因此能够宽容幽默地面对人生的苦难；他向往真、善、美，以追求安逸和享乐为耻；他说自己是“孤独的旅客”，虽然牺牲了关系的密切，但收获了思想的独立；他崇尚民主与和平，他的具体意见和建议也许并不成熟，有些也许不切实际，但却源自他强烈的道德信念；他认为自己具有真正的宗教感情，但这并非是信仰某个偶像，而是坚信宇宙尽管有诸多未知，但一定存在着有待被发现的自然规律。

这些是他的理想，也是他一生实践的指导。他用毕生的精力和热情投入宇宙规律的探索与发现，他提出的光电效应理论、布朗运动理论和狭义相对论具有划时代的意义，他提出的广义相对论被认为是人类认识大自然最伟大的成果。1921年，他因获诺贝尔奖成名，却始终淡泊名利，保持着当年穷学生式的简朴生活。直到生命的最后一刻，他还立下遗嘱：不发讣告、不搞葬礼、不建坟墓、不立墓碑。他反对美国的种族隔离政策、反对核战争图谋……爱因斯坦提出了伟大的科学理论，他思想的光辉、道德的力量也是人类宝贵的精神财富。

本文自然坦诚又深刻犀利。只有这位思想纯粹、品德高尚，又可“描绘宇宙的人”才能举重若轻地写出态度如此鲜明、堪称不朽的大文。

思考与练习：

人文情怀对于科学研究者是否重要？请结合本文谈谈你的看法。

---

① 这里表明作者有着并非一般意义上的宗教感情，即深刻关怀人类福祉的深挚感情。